KB165117

열린 문, 닫힌 문

열린 문, 닫힌 문 : 첨성대 설계도의 비밀과 남산 입상불이 된 선덕

초판발행일 | 2018년 11월 17일

지은이 | 김인배
펴낸곳 | 도서출판 황금알
펴낸이 | 金永馥

주간 | 김영탁
편집실장 | 조경숙
인쇄제작 | 칼라박스
주소 | 03088 서울시 종로구 이화장2길 29-3, 104호(동숭동)
전화 | 02)2275-9171
팩스 | 02)2275-9172
이메일 | tibet21@hanmail.net
홈페이지 | http://goldegg21.com
출판등록 | 2003년 03월 26일 (제300-2003-230호)

ⓒ2018 김인배 & Gold Egg Publishing Company. Printed in Korea

ISBN 979-11-89205-18-8-93810

열린 문, 닫힌 문

첨성대 설계도의 비밀과 남산 입상불이 된 선덕

김인배 장편소설

황금알

작가의 말

　이 소설의 제목인 '열린 문, 닫힌 문'에 관한 이야기는 단순히 한쪽 문이 닫히면 새로운 문이 열릴 수 있다는 이야기를 하려는 게 아니다. 이것은 야누스의 두 얼굴에 관한 이야기다. 야누스는 두 얼굴은 과거와 미래를 모두 보는 것이다. 그러므로 정면과 뒤통수 양쪽에 얼굴이 있다.

　뒤통수의 얼굴은 과거를, 정면의 얼굴은 미래를 응시하는데, 두 얼굴은 역사를 통찰하여 미래를 준비하는 지혜와 통한다. 로마인들은 이런 두 얼굴의 야누스를 〈안과 밖〉을 향해 두 얼굴을 내밀고 있는 문(門)과 짝 지웠다. 문을 라틴어로 〈야누아〉(Ianua)라고 하니 야누스는 영락없이 문의 신이다.

　문은 안에 있는 사람이 바깥 세계로 나가는 통로다. 문이 없다면 차단되고 고립될 수밖에 없다. 여기에서 로마인들의 신앙이 생겨났다고 한다. 밖으로 나가려면 문을 통과해야 하니 "조심하라! 문의 신이 노하면 한 발짝도 내밀 수가 없다."

　이리하여, 그들은 새해로 들어가는 문이란 뜻에서 1월을 야누스의 달이라 했고, 새해 첫날, 정성껏 재물(財物)을 바쳤다.

말하자면 영어의 재뉴어리가 된 이유인데, 1월(Janus)은 명암까지 관장하는 바쁜 신이었다. 야누스의 어원인 야누스는 결과적으로 1월을 뜻하는 야누스(Janus)로부터 왔다. 과거를 보고 새해를 보는(즉, 미래를 보는) 얼굴이 두 개인 야누스로부터 온 것.

결국, 야누스의 뜻은, 문을 지키는 신, 앞뒤가 다른 두 얼굴을 가졌다. 1월을 야누스의 이름을 따서 붙인 이유가 그것이다. 내가 하고 싶은 이야기도 여기서부터 시작된다.

야누스는 얼굴이 앞뒤에 있어서 한쪽은 앞을 바라보고, 또 다른 쪽은 뒤를 바라보고 있다. 그러니 입구와 출구를 지배하는 쪽이다.

차례

제1편

정광(庭光) ― 빛 내린 뜨락

제1장

구궁팔괘도(九宮八卦圖)

한 사람의 일생에는 그 나름의 팔자가 있어 운세의 상승과 하강이 번갈아 교체한다. 일국의 흥망성쇠에도 그처럼 운기(運氣)의 주기적 순환이 있다. 흥하면 언젠가 망하고, 성하면 반드시 쇠퇴하는 것이 자연의 이치다.

만물의 흐름은 그처럼 일정한 패턴을 가지고 있다. 건곤(乾坤)이 바뀌고 음양의 운세가 바뀌는 게 천지간의 법도이다. 변화하는 모든 현상에는 징조가 있다. 주변 상황이 불투명하고 급변할수록 천시(天時)를 꿰뚫는 혜안을 가져야 한다. 변화의 조짐을 분석해 보면 때의 흐름을 알 수 있다. 따라서 적기(適期)를 택해 신속히 대응함으로써 기회를 놓치지 않아야만 하늘이 허락한 운을 잡을 수 있다. 그것이 국가 경영자의 최고 자질이다. 그 가운데 제일로 갖춰야 할 덕목은 민심을 천심으로 여겨 국민과 직접 소통하는 열린 마음가짐이다.

흔한 점쟁이나 역술가의 말 같기도 한데, 아무튼 이것이 경주에 사는 정광산인(庭光山人)의 지론이다.

'산인'이라 하여 깊은 산골짝에 숨어 사는 도사나 기인(奇人)으로 착각하기 싶다. 그러나 그는 역술에 능한 도사나 점쟁이가 아니다. 그렇다 해서 무슨 별난 언행을 하는 기인이라고도 할 수 없다. 그냥 주변에서 볼 수 있는 평범한 사람인데, 경주 남산에 미쳐서 틈만 나면 산골짝을 헤매고 다닌다는 점에서는 좀 별난 사람이긴 하였다.

그는 주말이면 어김없이 배낭을 메고 남산을 오른다. 건강관리를 위해 자주 산행하는 여느 등산객과 다를 바 없다. 카메라와 수첩은 그의 필수품이다. 관심이 가는 유적·유물 혹은 아름다운 자연 경관들을 포착하면 그는 마구 셔터를 누른다. 그런 모습이 남들 눈에는 흡사 사진작가처럼 보일수도 있다. 그때그때 느낀 소감들을 그는 수첩에 꼼꼼히 적바림하는 습관을 가졌다.

거저 얻어지는 것은 아무것도 없다. 그의 대부분의 시간, 경험, 노력들은 이처럼 경주 남산 일대를 헤매고 다니며 사진 찍고 기록하는 데에 바쳐졌다.

그는 컴퓨터에 자신의 블로그를 만들어 그 사진들과 기록을 올려 인터넷 상에 유포하는 일을 취미로 삼고 있었다. 그렇게 자족하는 삶을 사는 평범한 일상인에 속했다. 때로는 그가 새로이 발굴한 몇몇 '신라 유적들의 비밀'에 대한 명쾌한 해석은 세간을 놀라게 했다. 당시까지 한국고대사학계, 특히 신라사 연구자나 승가의 불교문화 전문가마저 미처 알지 못해 관심조차 두지 않았던 수수께끼들을 푸는 데 기여했기 때문이다.

정광산인의 블로그에 접속했던 사람들이 먼저 그것을 알아보았다. 차츰 그들의 입소문을 타고 그는 조금씩 세상에 알려지게 되었다. 우연이 아니다. 실상 그는 우리 생활 도처에 숨어 있어 잘 드러나지 않는 고수(高手)

들 가운데 하나였다. 사람들이 삶의 일상 속에서 가는 곳마다 쉽게 만날 수 있는 각 분야의 전문가라도 심안(心眼)으로 보지 않으면 발견되지 않는 존재를 고수라 한다면, 정광도 그런 유의 인물이다.

그는 '신라인의 마음'으로 살고 있었다.

경주 남산의 동편 산록에는 문천(蚊川)이라고도 불리는 남천(南川)이 사행(蛇行)하듯 흐른다. 그 한쪽에 양지마을이 있다.

문천의 본류를 이루는 발원지는 토함산 계곡이다. 거기서 모인 하천이 현재의 불국사역이 있는 불국동을 지나 남쪽으로 흐르다가 성덕왕릉 근처에서 서북쪽으로 방향을 틀어 신무왕릉 · 신문왕릉 앞을 지나 장사 벌지지(長沙伐知旨)를 거쳐 망덕사지 당간지주 쪽이 있는 곳을 굽이돌아 간다. 그리고는 신유림(神遊林)의 사천왕사지와 선덕여왕 능이 있는 낭산 아래 내리들을 따라가는 동안 불곡석불좌상, 세칭 감실 할매부처가 있는 데서 조금 위쪽의 양지마을 앞을 흘러간다. 그는 오래 전에 그곳에 삶의 터를 잡았다.

남천은 또 경주국립박물관 서편을 끼고 돌 때 향교(鄕校) 유적지 쪽에서 한번 휘어져 일정교 · 월정교로 이어지다가 형산강으로 유입되기 전, 오릉(五陵)과 옛 영묘사지(靈廟寺址) 및 흥륜사(興輪寺) 사이로 흘러, 거기서 100m 남짓 거리의 형산강과 만나는 것이다. 형산강 원류를 이루는 물줄기는, 두동면 지류와 천마산 복안리 지류가 합수되어 경주 내남면을 거쳐 서쪽으로 남산 앞을 흐른다.

신라와 관련이 있는 경주의 유적지라면 안 가본 데 없이 샅샅이, 그것도 수백 번 발품을 팔아 탐색하고 연구하기를 벌써 십여 년이었다. 그동안 남산의 으슥한 골짜기까지 구석구석을 거의 훑다시피 했었다. 허물어진 절터의 여기저기에 흩어진 초석(礎石)들이며, 풀숲에 버려진 채 부서져 있는 석상, 그리고 땅에 묻혀 간신히 흔적을 표면에 드러낸 망가진 불상들까지.

그리하여 그의 머릿속에는 뭐가 어디에 있는지 확연한 지도가 그려졌다.

정광은 경주에 정착한 뒤로 실은 구궁도(九宮圖)에 깊은 관심을 갖고 옛 왕경(王京)을 두루 살폈다. 그러기를 12년째, 그는 마침내 옛 서라벌에서의 구궁도의 위치를 찾아냈다.

삼황(三皇)의 첫머리에 꼽는 중국의 전설상 제왕이며 신격 존재였던 태호복희씨(太昊伏羲氏)가 황하(黃河)에서 나온 용마(龍馬)한테서 얻은 그림, 즉 하도(河圖)를 보고 역(易)의 팔괘(八卦)를 처음 만들었다. 이것이 이른바 복희팔괘도인데, 오행의 상생(相生)을 도상화해 놓은 것이다. 하도(河圖)가 상생도(相生圖)라면 낙서(洛書)는 상극도(相剋圖)로서 낙서의 수(數)와 팔괘가 규정한 구궁이 하나로 되어 이뤄진 그림이다. 낙수(洛水)에서 나온 그림이라 하여 낙서라 불렀는데, 문왕(文王)이 이것을 자세히 살펴보니, 우주 만물의 생성과 조화 그리고 천지운행의 이치가 구체적으로 나타나 있었다. '낙서구궁도(洛書九宮圖)', 이른바 문왕팔괘도가 여기서 완성된다.

어쨌거나, 복희팔괘도[일명 선천도(先天圖)]는 오랜 뒷날 당말(唐末)~송초(宋初)의 인물이었던 화산도인(華山道人) 진희이(陳希夷)에 의해 64괘로 세분되고 더 정밀해졌다. 후베이성(湖北省) 무당산(武當山)의 그의 도장(道場) 벽에도 그려져 있었다.

그런데 송(宋)나라 유학자 소강절(邵康節 · 1011~1077)이 이것을 보고 자신의 서물(書物)에 그려 넣으면서 더욱 세상에 널리 퍼졌다.

그러나 소강절은 「하도와 낙서」[1]를 각각 별개로 취급하였다.[2] 소강절 이전엔 '하도'와 '낙서'가 병기되어 나타난다.[3]

하지만 우주만물의 근원이 되는 실체를 밝히는 태극사상과 팔괘는 송대(宋代) 이전에도 벌써 세상에 익히 알려져 있었던 것이다. 예컨대, 동양의 전통적 우주관 혹은 세계관과 신체관의 원리가 유사함을 꿰뚫어 보고 집필한 허준 선생의 『동의보감』에서도, 상고시대부터 연구되어온 이 팔괘의 수가 규정한 구궁도를 원용(援用)하여, 인체의 비밀인 기맥(氣脈)의 흐름과 순환을 진단하고 있다.

정광은 이것이 우주의 변화와 근본적으로 같은 이치임을 깨달았다. 그는 세상 운기의 변화가 결국 인체의 기의 순환과도 유사함을 일국의 흥망성쇠를 통해 알게 되었다. 거기엔 무엇보다 그 나름의 신라사를 궁구(窮究)하는 과정에서 이런 이치를 절로 터득하게 된 것이다.

이 점은 정광산인이 자신의 블로그에 올린 글들의 논조를 통해서도 대충 짐작할 수 있다.

"고대 마야의 역법(曆法)에 따르면 2012년(임진년)이 다 가기 전인 12월 21일이 지구 종말의 날이란다. 그 때문인지 세상 곳곳에서 제법 떠들썩했었다. 그러

---

1) 하도(河圖)와 낙서(洛書) : 하도는 옛날 중국 복희씨 때에 황하에서 용마(龍馬)가 가지고 나왔다는, 55개의 점(點)으로 된 그림인데, 낙서(洛書)와 함께 주역(周易)의 기본 이치가 됨. 그리고 낙서는 중국 하(夏)나라의 우왕(禹王)이 홍수를 다스릴 때, 낙수(洛水), 즉 황하에서 나온 거북의 등에 쓰여 있었다는 45개의 점으로 이뤄진 아홉 개의 무늬(9궁)를 말한다. 그런데 문왕(文王)이 이것을 자세히 살펴보니, 우주 만물의 생성과 조화, 그리고 천지 운행의 이치가 구체적으로 나타나 있었다. 이를 낙수에서 나온 그림이라 하여 낙서라 불렀다.
2) 하도와 낙서를 별도 취급 : 조선의 성리학자 '권근의『입학도설』'에 나와 있다.
3) 병기되어 있는 서적 :『사기(史記)』『회남자(淮南子)』『숙진훈(俶眞訓)』

나 해가 바뀌어 이듬해인 계사년이 되었지만 세상은 아직 멀쩡하다. 태양을 중심으로 지구의 공전이 다시 한 바퀴 시작되는 동지(冬至)가 지났으니 분명 계사년이다. 세계의 종말은 커녕 여전히 태양은 다시 떠오르고, 사람들의 일상도 변함없이 움직여 돌아간다. 그러고 보면 2013년 계사년은 마야력의 한 주기가 끝나고 새로운 5천년이 시작되는 해인 셈이다.

임진년은 지극천충(地克天衝)의 운기였다. 그래서 경제문제, 영토문제, 제도문제가 지구촌의 큰 쟁점이었다. 일본은 여전히 독도(獨島) 침탈의 야욕을 버리지 못하고 영토분쟁을 일으키고 있다. 임진년의 역사적 대사건인 1592년의 임진왜란은 오래 전부터 한민족 집단기억의 트라우마로 작용해온 것이 사실이다.

흔히 역사는 되풀이된다고들 말한다. 이것은 계절의 운행과도 같이 유사한 천기(天氣)의 운세가 60주갑(週甲)으로 순환하기 때문이다.

서기 632년 임진년에는 신라 제26대 진평왕이 붕어하고, 덕만(德曼)공주가 부왕의 뒤를 이었다. 역사상 첫 여왕인 27대 선덕(善德)왕 즉위 원년이었다. 공교롭게도 2012년 임진년 겨울, 한국에서는 첫 여성대통령이 당선되어 새 정부의 수반으로 등장한 해였다.

천지비(天地否)의 선천시대가 끝나고, 지금은 지천태(地天泰)의 후천개벽 시대에 접어든 21세기. 그러므로 같은 임진년이라도 과거와는 반대 현상이 두드러진 게 특징임을 눈여겨봐야 한다. 이 해에, 한국은 세계적인 경제 불황을 가장 슬기롭게 극복한 몇 안 되는 나라로 손꼽혔으나 서민들의 삶은 여전히 고달픈 역설에 빠졌다. 그런 중에도 소위 '한류(韓流)'가 지구촌 곳곳에 퍼져나가 문화강국으로 발돋움하고 있다. 용의 해에 이미 대한민국의 국운은 서서히 용틀임하듯 상승하기 시작한 형국이었다.

해를 넘긴 계사년(2013년) 올해는 어떨까? 이 해는 천극지충(天克地衝)의 기운으로 우주의 변화, 기온문제, 환경문제, 이념과 사상의 문제, 더 어려워질 민생경제와 가치기준의 문제 등이 어지럽게 소용돌이칠 것으로 보인다. 이런 때일수록 민심을 얻어야 국가경영은 성공할 수 있다. 한반도를 둘러싸고 펼쳐질 주변 강국들과의 외교나 국가 안보에서도 정말 힘든 한 해가 될 것이다. 비유컨대 언 땅이 녹고 아지랑이가 피어오르는 초봄의 기운이 감도는 형국이니, 이는 필시 상생(相生)과 대통합을 위한 조화의 노력이 필요한 때이다.

그런 까닭에, 계사년의 중요한 역사적 사건을 되짚어보는 것도 도움이 된다.

1953년 계사년은 동족상잔의 6·25전쟁을 일단 멈추고 정전협정이 체결된 해였다. 휴전이라는 명분으로 남북 분단을 더욱 고착시킨 지 딱 60주년째인 금년에도 한반도의 정세에 해빙(解氷)의 기미는 아직 요원한 듯하다.

1893년의 계사년은 어떠했던가? 충북 보은에서 대대적인 동학집회가 열렸다. 그것은 조선의 낡은 정치와 질서를 바꾸려 한 민중봉기의 기운이 감돈 해였다.

또, 633년 선덕여왕 재위 2년의 계사년에 왕은 나라 안에 스스로 자립하기 힘든 백성들을 찾아내 위로하고 돌봄으로써 민생정치에 치중했었다.

이렇듯 혹독한 겨울의 한기를 몰아내는 훈풍이 불고 완연한 소생의 봄이 오기 위해선 어수선한 혼돈의 고비가 반드시 있기 마련이다. 바야흐로 하늘의 운세와 여타 주변적 여건이 바뀌는 소용돌이 속에서도 어떤 새로운 기운이 정립되는 시기.─그처럼 모든 일에는 비상한 조짐이 있다. 이런 기회를 놓치지 않으려면 먼저 순정(純正)한 자기 변신의 처세술이 뒤따라야 비로소 천운도 붙잡을 수 있다. 계사년 뱀의 해엔 허물을 벗고 새롭게 변모하는 국면이 펼쳐지는 때이다.

다가오는 갑오년(2014)엔 갖가지 대형 참사들로 온 나라가 시끄럽고 민심이 흉흉해질 것이다. 예상 못한 큰 사건·사고들이 대부분 인재(人災)에 따른 것으로, 하늘과 땅과 바다를 가리지 않고 도처에서 일어나리라. 1894년 갑오경장(甲午更張)이 있던 때로부터 2주갑(週甲) 되는 이 해엔 슬픔과 분노의 봄날들을 온 국민이 경험할 것이다.

바람에 꽃이 져야 비로소 녹음이 짙어오는 법. 이른바 홍소녹장(紅消綠長)이다. 그러므로 이 난관을 슬기롭게 이겨내어 120년 전과 같은 실패를 되풀이하지 않으려면 모름지기 혁명에 버금가는 국가 개조의 노력을 기울여야 한다.

16

이것은 시스템과 매뉴얼의 문제가 아니다. 조국의 미래에 대한 책임감과 의무감, 그리고 민족 자긍심의 문제로 접근하여 전체 국민의 의식을 개조하는 운동으로 파급되지 않는다면 희망의 새 시대는 요원해지리라.

마땅히 양기가 강해지면 음기는 제풀에 소멸한다. 말하자면 양장음소(陽長陰消)의 이치를 깨닫고, 국가적 전환점이 될 이 해엔 국민 모두가 무익한 논쟁을 멈추고 조용히 숨고르기를 해야 할 시점이다.

명심해야 할 것은, 국운상승의 기미가 역연해진 시기일수록 매사에 긍정적 마인드로 임해야 한다는 점이다. 그럴 때라야만 한국의 미래도 낙관적이다."

정광은 그렇게 쓰고 있었다.

어쨌거나, 역술에 대해 전문지식이 없는 범인(凡人)들로서는 무슨 근거로 이렇게 예단(豫斷)하는지 알아먹을 도리가 없다. 단지 놀라운 것은 신라가 삼국을 통합할 수 있었던 국운상승의 참다운 시작이 한국 역사상 '최초의 여왕시대'를 열었던 선덕여왕 즉위 때인 임진년부터였다고 말한 대목이다. 그 이유로 왕릉의 위치가 풍수지리상 간괘(艮卦)에 해당하는 천류궁(天留宮)에 속하기 때문이란 거였다.

이 괘의 돌아온 운수가 2007년에서 2025년까지 여기에 머문다는 사실에 그는 주목하고 있었다. 달리 말하면, 이 시기에 걸쳐 신라 첫 여왕의 능에 상서로운 운기가 모여 감돌고 있을 것이란 점이다. 이미 2008년도에 TV드라마 '선덕여왕'이 온 국민의 애호와 관심을 모았다는 현상은 우연이 아니다.—고 그는 적고 있었다.

정말 모를 일이었다. 왜 그렇게 주장하는지. 또한, 2012년 임진년과 2013년 계사년은 그때와 같은 운세에 비견될 만한 적기(適期)가 도래(到來)한 셈이어서, 대선에서 첫 여성 대통령이 당선될 운기임을 그는 벌써 예견하고 있었다. 뿐만 아니라, 이제는 한반도에도 여성의 지위와 인권이 더욱 신장되어야 할 시대가 왔다고 주장한다. 더구나 상생공존의 시대에는 선덕여왕이 그랬던 것처럼 민생을 우선시하는 정책을 내세우는 자가 필경 하늘의 뜻을 얻을 것이라고도 했다. 요컨대 민심이 천심이라는 얘기였다.

실제 선덕여왕은 즉위년(632 · 임진년) 10월에 사자(使者)를 파견하여 나라 안에 의지할 곳 없이 외로운 처지에 있는 사람들[鰥寡孤獨 · 환과고독], 또 스스로 생활을 꾸려나갈 수 없는 자들을 찾아내 위문하고 구제함으로써 민심을 안정시켰다.

이듬해 재위 2년(633년 · 계사년)에는 전 해의 가뭄을 이유로 백성들에게 그 해의 세금을 면제해 주었다. 이런 조치들로 여왕의 즉위로 인해 빚어질 사태를 걱정하는 분위기를 누르고 민심을 얻는 정책을 펴나간 것이다. 여왕재위 3년(634년 · 갑오년)으로 접어든 정월부터 연호를 고쳐 인평(仁平)이라 한 것은 거기에 새 시대정신의 구현을 위한 명분을 담은 셈이었다.

이를 본받아서 계사년(2012)에 출범하는 새 정부의 정책도 민생을 우선하되, 새로운 시대정신에 걸맞게 운용해야 한다고 그는 역설(力說)한다. 아니, 그렇게 될 수밖에 없는 운세라는 것이었다. 그러면서 그는 최초의 여성 대통령이 이끌어나갈 새 정부에 대해 우려 섞인 당부의 말을 조심스레 덧붙이고 있었다. 그것은 모처럼 찾아온 대한민국의 상승국운을 스스로 망치는 행위에 대한 엄중한 경고의 소리였다.

일제식민지 치하에서 독립한 이후 역대 모든 대통령들의 임기 말년이 하나같이 불행했던 원인을 상기시키며 그늘 속에서 은밀히 저지르는 측근들의 비리를 단호히 쳐내지 못하는 한 똑같은 전철을 밟게 될 것을 경고하는 논조였다. 이번에도 역시 대통령의 임기 말년에 소위 비선(秘線) 실세라 일컫는 몇몇 측근들이 권력을 사유화하여 정권을 농단할 것을 예견하고 있는 것이다. 이에 장단 맞춰 놀아난 대통령은 국민의 조롱거리가 되고 스스로 민주공화국의 적(敵)으로 전락함으로써 민심의 거대한 저항에 부딪히는 재앙을 자초할 것임을 정광산인은 내심 경계하고 있었다. 무엇보다 국민의 소리에 귀를 기울이고 민심과 소통하려고 노력해야 한다. 천수백 년 전 선덕여왕이 비록 왕정시대에도 백성의 아픈 마음을 어루만지고 그들과 한편이 되어 조국의 원대한 미래를 설계했던 것처럼, 국민과 함께하라고 당부하고 있는 것이다.

그러나 만일 민심에 역행하는 정치, 측근의 농간에 놀아나는 사사로운 정사(政事)를 대업(大業)인 양 착각한다면, 대통령으로서의 권위와 신뢰를 모두 잃고 맨 먼저 국민의 분노에 찬 탄핵을 받아 결국엔 불명예스런 퇴장을 면치 못할 것이라고 정광은 은근히 속내를 내비치는 논조를 편다. 허나, 실제로 그런 결과를 맞이한들 그 또한 국운 탓인 걸 어쩌랴, 하고 그는 애석해하는 투로 글을 마무리 짓고 있다.

알듯 하면서도 모를 소리였다. 역술의 논리상 그런지 어쩐지 실상 일반인은 잘 모른다. 따라서 그것이 상식이나 합리성이 통하는 주장이라고 느껴지진 않는다.

한마디로 어디까지가 진실인지 믿기 어려웠다. 뭣보다 그의 주장에서 과학적 근거를 찾을 수 없었기 때문이다. 그래도 일견 그럴 듯한 그의 해설에는 사람들의 눈길을 사로잡는 부분이 없지도 않았다.

제 2 장

수수께끼의 첨성대

남산의 동편 앞을 흐르는 남천, 일명 문천이라 불리는 이 냇물이 태극의 선을 그리듯, '내리들'이라 일컫는 들판을 관류하여 낭산(狼山)을 휘돌아 흐르고 있다.

'낙서구궁도'—이 도형(圖形)이 하나의 원반과 같다. 그래서 팔괘원단반(八卦圓壇盤) 또는 지반(地盤)이라 한다. 그러니까 지반은 원형으로 그려진다.

이 원반을 에워싼 팔방, 즉 팔괘의 각 숫자는 아홉 개의 다른 성질의 성수(星宿)를 대표한다. 이를 '자백구성(紫白九星)'이라 한다. 이 자백구성은 일정한 궤적을 따라 운행하는데 이를 비성궤적(飛星軌跡), 또는 낙서궤적(洛書軌跡)이라고도 일컫는다.

구궁도를 보면 대칭방향의 괘의 합수(合數)가 9이고, 9는 곧 태극수임을 말해준다. 이 한가운데 자리하는 곳이 중궁(中宮)인데, 정광이 왕경인 옛 서라벌을 헤매고 다닌 끝에 찾아낸 곳이 바로 여기였다.

남천(문천)의 중간지점에 '내리들'이 있다. '내리'는 하강의 뜻이다. 선덕여왕 능의 운기가 하강하여 무극대도(無極大道), 즉 새로운 일태극(一太極)이 지상에서 이루어진다는 곳이다. 바로 이 한가운데를 남천이 중궁을 가로지르듯, 지금도 변함없이 태극의 상하를 구분 짓는 곡선의 형상을 만들며 흐르는 것이다.

『천부경』의 원리도 이와 유사하다. 일테면 천부경은 우주의 운행 궤적이 일수(一水)의 북방에서 시작하여 중궁에 와서 종결됨에 따라 구궁(九宮) 안에서 중궁이 곧 일태극을 이루는 위치가 된다는 이론이다. 중궁에서 천지가 화합하여 통일된 하나의 세계가 이루어질 때, 무극대도의 일태극이 마침내 지상에서 성취된다는 것이다. 그것이 곧 천부경에서 예언하고 있는 미래적 결론이다. 이를 불교적 세계관에 비추어 보면 도리천(忉利天)의 부처로 환생하고자 했던 선덕여왕의 소망이 현세에 재현되는 이치와 다를 바 없다.

그런데, 흔히 '복희팔괘도'라 통칭하는 선천도의 우주는 어느 방향에서 시작되더라도 모순 없이 일정한 시계방향으로 운행하고 있다. 이는 마치 봄여름가을겨울이 변동 없는 윤회를 반복하는 양상과 같은 것이다.

가령, 생명이 싹트는 모태이자 한량없이 베푸는 대지인 곤괘(坤卦)에서 시작한다고 가정해 보자. 이때의 운행궤적은 곤(坤 · 땅)→진(震 · 벼락, 번개)→이(離 · 불)→태(兌 · 못)→건(乾 · 하늘)→손(巽 · 바람)→감(坎 · 물)→간(艮 · 산)의 8괘를 한 바퀴 돌고나면 다시 곤괘로 되돌아가는 패턴이 선천도의 원리이다.

어쨌거나, 전문적인 풍수지리를 따져가며 팔괘를 논하는 것은 별개의 문제이므로 이쯤에서 생략한다. 다만 여기서 정광산인이 말히고자 한 바는, 남산의 동편과 그 맞은편 낭산을 둘러싼 원형도가 바로 풍수학으로 본

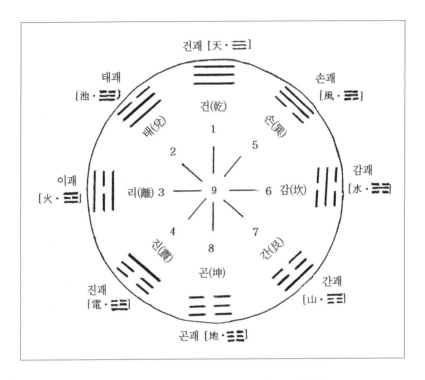

〈선천도(先天圖)〉의 우주 운행궤적 (8괘 원단반)

기존 역술학적 이론에 따르면 '선천도'는 위 그림과 같이 시작점인 곤(坤ㆍ땅)→ 진(震ㆍ벼락, 번개)→ 리(離ㆍ불)→ 태(兌ㆍ못)→ 건(乾ㆍ하늘)→ 손(巽ㆍ바람) 감(坎ㆍ물)→ 간(艮ㆍ산)의 8괘를 한 바퀴 돌고 나면 다시 곤괘로 되돌아가는 모순 없는 패턴을 보인다고 한다. 또, 선천도의 수(數)의 합이 9이고, 9는 곧 태극수(太極數)임을 말한다.

(네이버 블로그 http://blog.naver.com/PostView.nhn?blogID=bae3372&logNO=60165928664&beginT...:천지비괘/ 木魚그림 참조)

'지반'이란 뜻이다.

선덕여왕의 능은 팔괘 중 간괘에 해당하며 산(山)을 상징하는데, 구궁도의 천류궁에 속한다. 이른바 '신들이 노니는 숲'이라는 뜻의 신유림(神遊林)은 낭산 남쪽에 있는 기슭이다. 그 위 산허리께 솔숲을 일부 쳐낸 중턱에 왕릉이 있다.

간괘의 상징인 산은 곧 수미산(須彌山)이요, 여왕이 죽어서 도리천에 묻어주길 유언했던 바로 그 언덕바지다.

왕궁 옆 첨성대가 있는 곳은 태괘(兌卦)에 해당하며 못(澤·池)을 상징한다. 구궁도에서는 창과궁(倉果宮)이다.

따라서 첨성대는 결코 하늘의 별자리 관측소로 세운 것이 아니었다. 못물과 관련된 태괘의 자리에다 수미산의 형상을 염두에 둔 우물 모양으로 구체화하였다. 그것을 기본적인 상징 요소로 삼아 설계가 이뤄진 건축물이다.

어떤 연구자는 첨성대의 전체 구조를 설명하기를, 맨 아래쪽 2단—(그러나 2단으로 본 것은 잘못이며, 땅 밑에 묻힌 1단은 드러나지 않기에 실제로 보이는 부분은 1단)—으로 된 사각형의 하층 기단부와 원통형으로 된 27단의 몸통부, 여기에 다시 사각의 정자석(井字石) 형태로 얹은 2단의 상층부로 이뤄져 모두 31단이라고 계산하였다.

그래서 그 연구자는 현실적으로 눈에 보이는 것은 단지 30단뿐인데도 31단으로 간주하고, 그 외에 불가시적인 두 단이 더 있어 모두 33단을 이루고 있다는 주장을 펼치기도 했다. 그 하나는 바로 기단석을 받치고 있는 땅이라는 이 세상의 단이고, 다른 하나는 첨성대 위에 푸르게 얹혀 있는 하늘의 단이라는 것이다.

도리천은 세계의 중심인 수미산의 정상에 있고, 거기에 제석신(帝釋神)

이 다스리는 33천이 있다는 것이 불교적 세계관이다. 그래서 첨성대는 모두 33층의 세계를 표현하고 있다는 설명이다.[4]

　나름대로 일리가 있는 주장이긴 하나, 이는 33천에 꿰맞추기 위한 억지 주장으로 보인다. 그리고 실제 지표면에서 눈으로 볼 수 있는 기단석은 2단이 아니라 석재수(石材數) 12개로 이루어진 1단으로 보는 것이 정설이다. 또, 지상이나 하늘은 실재하는 단이 아니다. 지상에 세운 현상학적 건조물은 어디까지나 인간 세상이며, 그 아래 지하세계인 욕계악처(欲界惡處 : 아수라계 · 아귀계 · 축생계 · 지옥계)나 하늘나라인 도리천은 관념의 세계에 불과하다. 그곳은 현세에선 볼 수 없고 죽어서나 갈 수 있는 불교적 관념의 세계이므로, 이를 구체적 형상으로 나타낼 수 없는 한계가 있다.

　그런 까닭에 오직 지상에서 보여줄 수 있는 건조물의 구조는 부득이 31단에서 끝난 셈이라고 설명하는 주장에도 역시 타당성이 부족하다.

　「선덕여왕 지기삼사(知機三事)」에 전하는 이야기로, 여왕은 사후에 천신인 제석이 계시는 그곳 도리천에다 자신을 묻어달라고 유언했다. 그러한 선덕여왕의 소망대로, 왕이 죽기 전에 건립한 첨성대는 도리천으로 가고 싶은 열망의 발현으로 이룩된 건조물이었음을 알게 해주는 까닭이다.

　그 유언대로, 첨성대의 태방(兌方)에서 바라볼 때 왕궁지인 신월성(新月城) 건너 맞은편 간방(艮方)에 해당하는 낭산 남쪽에 선덕여왕의 능을 안치한 것은 우연이 아니었다. 팔괘도와 구궁도의 원리에 따른 의도적인 배치였고, 바로 그것이 수수께끼의 답이다. 왕명인 '선덕'이 본래 도리천에 환생하고자 한 '선덕바라문'의 이름에서 따왔다는 사실에도 주목해야 한다.

---

4) 김기흥 『천년의 왕국 신라』(창작과 비평사) P.260

첨성대를 건립할 태괘의 못[池]자리에서 낭산의 간괘인 산(山)자리가 일직선상으로 연결되는 중간에 공교롭게도 월성 언덕이 시야를 가로막고 있다. 이에 과거 남궁(南宮)이 있던 곳에 우물을 새로 파서 낭산으로 이어지는 중간통로로 삼게 하였다. 지금의 국립경주박물관이 들어선 그 자리가 남궁 터였고, 훗날 그 우물 근처에서 출토된 기와 조각에 새겨진 '남궁'이란 글자가 이를 시사하고 있다. 흔히 안압지(雁鴨池)라 불리는 곳이 실은 동궁(東宮) 자리였음을 말해주는 것도 마찬가지다. 출토된 기와에 새겨진 글로써 거기가 동궁 터였음이 분명해진 것처럼.

다만 '첨성대(瞻星臺)'라 이름 지은 것은 별자리 관측대의 단순한 용도라기보다 하늘과 연결되는 통로인 우물과 수미산의 형상을 결합한 형태로 건립하게 된 것으로 봄이 옳은 것이다. 신라인의 의식 속에 신성한 세계와 연결되는 우물이 곧 신(神)과 통하는 출입구나 경로로서 설정된 예들들 자주 발견할 수 있다. 신라 건국주로 등장하는 박혁거세의 탄생설화에 얽힌 나정(蘿井)이란 우물과 알영의 탄생설화인 알영정(閼英井)에 관련한 이야기라면 새삼스레 들먹일 필요가 없을 만큼 웬만한 사람들은 다 안다.

그밖에 잘 알려지지 않은 예로, 『삼국유사』 속에 등장하는 혜공법사의 이름을 따서 붙인 '혜공정(惠空井)'도 그런 유형의 우물이다.

스님의 별명은 부궤화상(負簣和尙)이었다. 늘 삼태기를 짊어지고 다녔다 해서 붙여진 이름이다. 그가 머물러 지낸 절 이름까지 부개사(夫蓋寺)라 한 까닭은 삼태기의 신라 말이 '부개'였기 때문이라고 한다. 또 그는 매양 그 절의 우물 속에 들어가 두어 달씩 나오지 않기도 했다. 그래서 그 우물을 '혜공정'이라 한 것이다.

그가 우물 속에서 나올 때마다 기이한 일이 벌어졌다. 언제나 푸른 옷을 입은 신동이 먼저 솟아나왔다. 그래서 그 절의 중들은 푸른 옷의 신동이 솟아나오는 현상을 통해 혜공사가 나올 징후를 알고 있었다. 우물에서 나와도 혜공사의 옷은 젖어 있는 일이 없었다.

요컨대 그가 하늘의 뜻을 감지해 신통(神通)하고 있었음을 우물 속으로 드나드는 형국으로 표현했던 것으로 해독할 때면 이 혼란스런 의문도 벗겨진다.

『삼국유사』는 이 혜공법사와 교분이 깊고, 신인종(神印宗)의 조사(祖師)였던 '명랑(明朗)법사' 조(條)에서도 또한 우물과 관련된 내용을 기록해 놓았다.

명랑은 그 유명한 대덕(大德) 자장율사(慈藏律師 · 590~658)의 누이동생인 남간부인(南澗夫人)의 세 아들 중 막내로 태어났으니, 두 사람은 외숙질 간이었다. 명랑은 법명이고 속세의 자(字)는 국육(國育)인데, 어머니가 청색의 구슬을 삼킨 꿈을 꾸고서 잉태됐던 것이다. 그는 선덕여왕 즉위년(632)에 당나라로 유학 가서 도(道)를 깨치고 여왕 재위 4년(635)에 신라로 돌아왔다.

'금광사본기(金光寺本記)'를 인용한 『삼국유사』의 기록으로는, 그 귀국의 과정을 이렇게 전한다.

『……(명랑은) 본국으로 돌아올 때 해룡(海龍)의 청에 따라서 용궁에 들어가 비법을 전하고, 황금 천 냥(혹은 천근이라고도 함)을 시주받아 지하를 잠행하여 자기 집 우물 밑에서 솟아나왔다.』[5]

---

5) 將還, 因海龍之請, 入龍宮傳秘法, 施黃金千兩(一云 千斤), 潛行地下, 湧出本宅井底, …… [삼국유사, 권5, 神呪 제6, 「명랑신인(明朗神印)」 조(條)]

이처럼 신라인의 의식 속에 생명의 원천인 우물은 지하세계와 인간세상을 연결해주는 터널과도 같은 통로였다. 그것은 한 세계와 다른 세계를 연결해주면서 신령스러운 이들이 드나드는 출구였다. 말하자면 지상에서 하늘로 갈 때도 지하의 우물을 통하여 간다고 믿었던 것이다.

오랜 가뭄으로 흉년이 드는 경우 천신에게 간절한 열망을 담아 올리는 기우제를 지내는 행위를, 신라에서는 우물을 매개로 행하였다. 그때 바친 제물인 짐승의 뼈와 기물(器物)들과 인골이 훗날 궁터 우물 속에서 발굴된 것도 하늘에 뜻을 전하려 한, 이러한 신라인의 제사의식에 의한 것으로 학계에서는 추정하고 있다.

그러나 그게 다가 아니다. 그것으로 모든 의문이 풀리지 않는 것은 훗날 메워진 우물을 파내자 층위마다 각기 다른 부장품인 기물과 가축의 뼈들이 출토되었다는 사실 때문이다. 제사를 지낼 목적으로 했더라도 그 모든 제물이 한꺼번에 같은 날짜에 우물 속에 던져진 것이 아니라 시간의 층위를 달리하여 묻혀있었던 데서 의문이 생긴다.

특히 맨 위의 토층에는 거꾸로 던져진 듯 머리가 아래로 향한 형태의 어린애 인골 하나가 발굴되었던 것이다. 아이를 제물로 바쳤다고 학계에서는 추정하고 있다. 그러나 설득력이 없다. 왜, 오직 한 개의 인골뿐인가? 가축 대신 사람을 제물로 바칠 만큼 엄청난 재앙이 닥쳤기에 그토록 하늘에 간절히 소원을 빌었을까?

그럴 수도 있지만, 그렇지 않을 수도 있다. 앞서 이미 말한 대로, 남궁터의 이 우물은 첨성대와의 연장선상에 위치하고, 낭산과도 일직선 방향에 놓여 있다. 물론 가뭄과 같은 자연 재해에 대하여 하늘에 비는 제사의식의 제물로 바친 것으로 추정해볼 수도 있으리라.

그러나 또 한편으로, 남궁에서 기르던 애완동물인 사슴이나 개를 불교적 윤회에 따라 내세에 인간으로 환생하기를 빌며 하늘나라에 보내는 의식을 치렀던 것일 수도 있다. 특히, 거기서 출토된 그 어린애 인골은 그런 소망의 간절함을 담아 궁궐에 살던 귀족의 자식을 우물을 통해 하늘나라로 보낸 지상의 무덤이 아니었을까? 아마도 그것을 끝으로 그 우물은 영원히 메워져 버렸을 것이다.

이와 마찬가지로, 선덕여왕 때 세워진 우물 형태의 첨성대는 내세에 제석궁의 아들로 태어나고자 했던 여왕의 세계관과 결합하여 도리천으로 나아갈 수 있는 통로가 되는 건축물이었던 셈이다. 우물은 이렇게 이 세상과 다른 세계를 연결한다는 믿음 아래 신라인들의 의식구조 속에서 전통으로 깊이 자리 잡았을 터였다.

옛사람들은 땅속에 현실과 또 다른 세상이 있다고 생각했고, 그 지하세계를 황천(黃泉) 혹은 구천(九泉)이라 불렀다. 그곳은 또한 죽은 사람이나 죽은 자의 영혼만이 갈 수 있는 곳으로, 현실세계에서 지은 죄업과 덕업에 따라 지옥이나 하늘나라로 가는 중간 통로로 믿어 내렸다. 신라인에게는 그것이 우물이었다.

그럼에도 불구하고, 지금껏 첨성대가 하늘의 별자리를 관측하기 위한 천문대라고 알려진 것은 왜일까? 그 주된 이유는 「瞻星臺」라는 한자 표기 때문이었다.

하지만 그것을 문자 그대로 받아들이지 못하는 가장 큰 걸림돌 노릇을 하는 것이 바로 그 구조면이다. 첨성대가 정말 천문관측을 위한 시설로 축조되었다면 가급적 평지보다 하늘의 상태를 더욱 잘 관찰하기 쉬운 높은 곳을 골라 짓는 것이 이치에 맞는다. 그런데 왕궁 근처의 평지에 겨우 9m

정도의 높이로, 그것도 사람이 오르내리기에 불편하기 그지없는 구조를 하고 있기 때문이다.

다수의 학자들은 주로 『증보문헌비고』의 기록에 따라 첨성대의 건립시기를 선덕여왕 몰년(沒年 · 647)으로 보고 있다. 그런데 이보다 이전 기록인 『삼국사절요』에 비담(毗曇) · 염종(廉宗) 일당의 반란 발생(647년 음력 정월 7일), 첨성대의 건립, 그리고 선덕여왕의 죽음(음력 정월 8일)이 차례대로 적혀 있는 것으로 보건대, 여왕의 죽음과 첨성대 건립은 같은 해의 사건일 뿐 아니라 밀접한 관계가 있었던 것으로 해석된다.

만일 그렇게 본다면, 이는 곧 첨성대가 천문관측소였을 가능성이 더욱 희박하다는 것을 의미하는 셈이다. 왜냐하면 신라가 당(唐)으로부터 천체의 주기적 현상을 기준하여 시간을 구분하고 날짜의 순서를 매기는 방법인 역법(曆法)을 배워 천문학을 본격적으로 수용하기 시작한 것은 삼국통일이 이룩된 7세기 후반의 일이기 때문이다.[6] 이때는 이미 선덕여왕이 세상을 떠난 지도 한참 뒤였다.

몇 년 전 국립경주문화재연구소는 월성 앞의 계림(鷄林)과 첨성대 사이

---

[6] 『삼국사기』 「신라본기」 문무왕 14년(서기 674) 기록에 의하면, 〈정월에 당(唐)에 들어가서 숙위(宿衛)하던 대내마 덕복(大奈麻 德福)이 역술(曆術)을 배워 가지고 돌아와 새로 역법을 고쳐 사용하였다.〉고 나온다. 물론, 그 이전에도 간혹 하늘에 나타나는 달과 별자리의 이상 징후라든가 천재지변 따위를 기술하고 있긴 해도 이때부터 신라에서도 본격적인 천문관측을 통해 천체의 주기적 현상을 기준하여, 시간을 구분하고 날짜의 순서를 매기는 새로운 역법이 시행되었음을 알 수 있다. 효소왕 원년(692)에는 〈고승 도증(高僧道證)이 당으로부터 돌아와서 천문도(天文圖)를 올렸다.〉고 하였다. 또, 성덕왕 17년(718), 〈6월에 황룡사탑에 벼락이 쳤다. 이때에 처음으로 누각(漏刻 · 물시계)을 창조했다.〉는 기록으로 봐서, 비로소 누각전이 설치됐음을 알 수 있다. 그리고 경덕왕 8년(749) 3월 조(條)에 〈천문박사(天文博士) 1명과 누각박사(漏刻博士) 6명을 두었다.〉고 했는데, 이처럼 신라에 체계적인 천문관측을 할 수 있는 천문박사와 누각박사가 등장한 때는 첨성대가 세워진 지 약 100년 뒤의 일이다. 이러한 사실들만 미루어 봐도, 첨성대는 문자 그대로의 천문관측 기능을 위해 축조된 것이 아님을 짐작케 한다.

의 황남동 일대에서 옛 건물터를 조사했다. 그 결과 신라왕실의 제의(祭儀)
시설로 추정되는 유적이라고 판명하였다. 여기서 흙속에 6개의 구덩이 중
지진구(地鎭具·절이나 탑 같은 건축물을 세울 때 땅기운을 무마하여 건조물이 오래
보존되도록 하기 위해 묻는 물건들)로 보이는 항아리가 5개나 발견되었기 때문
이다.

이로써 이 유적지에 제의시설인 사당(祠堂) 같은 건물이 있었을 것이란
추정도 가능하다. 아마도 그 사당은 선덕여왕을 제사지내며, 우물과 수미
산의 형상을 결합한 상징적 건축물인 첨성대를 통해 도리천으로 가는 통
로로 삼았음직하다. 그렇기에, 낭산 신유림의 간방(艮方·동북방)과 일직선
상에 놓인 첨성대의 위치가 연못을 상징하는 태방(兌方·서북방)에 해당하
는 것은 결코 우연이 아니다. 그것은 의도적인 배치였던 것으로 봐도 무방
하다.

따라서 첨성대는 현실세계와 천상세계를 연결하는 상징적인 우주 통로
의 우물이었음이 확연해진다. 이는 다른 민족의 세계관에서처럼 우주와
통하는 신목(神木) 혹은 천신과의 교감을 위한 매개체로서 하늘과 땅을 이
어준다고 믿었던 우주목(宇宙木)과 똑같은 기능을 하는 것이었다. 단군신
화 속에 나오는 고조선의 신단수(神壇樹)도 그 한 예이다.

명랑법사가 용궁에 다녀오며 신인(神印)의 비법을 전하고 왔다는 이야
기도 그러므로 이와 유사하다.

신라인의 세계관에서 이 세상과 저 하늘, 혹은 이 세상과 다른 세계를
연결하는 통로와 같은 기능을 하는 것이 바로 우물이었듯, '용궁'도 이곳이
아닌 '딴 세상'을 상징하는 말임에 다름없다.—(그런데 『삼국유사』 「혜통항룡(惠

通降龍)」조에는 조금 달리, 그가 '용궁에 들어가 신인을 얻었다.'[7]라고 기록돼 있다.)
—어쨌거나, '신인(神印)'을 범어로는 '무드라(Mudra)', 즉 문두루(文豆婁)라
고 했는데 이를 번역한 말이 신인이다. 명랑의 신인종은 여기서 유래한 것
이다.[8]

  그는 귀국 후 자기 집을 희사(喜捨)해서 절을 만들었다. 용왕이 시주한
황금으로 탑과 불상을 장식하니 유난히 광채가 났다. 그런 때문에 그 절
이름을 금광사(金光寺)라고 했다.

  거듭 말하건대, 이 땅에 처음으로 새로운 불교종파인 신인종을 연 조사
(祖師)를 명랑법사로 보는 데는 이견이 없다. 흔히 밀교라고도 불리는 진
언종(眞言宗)은 인도에서 일어나 당나라에 전해졌고, 인도승려 금강지(金剛
智 · Vajrabodha)의 제자인 불공(不空)에 이르러 대성한 종파다.

  그러나 명랑이 당에 가서 불법을 배우고 돌아와서 세운 신인종은 진언
종의 별파이긴 해도 중국 밀교의 정통으로 알려진 금강지의 진언종으로
보기엔 그 연대가 사뭇 다르다.

  기록에 의하면 신라시대 승려 혜초(慧超 · 704~787)가 당나라 광주(廣州)
로 건너가 그 인도승(印度僧) 금강지의 문하에 들어간 것이 719년, 그의 나
이 16세 때였다.

  금강지의 제자가 되어 5년간 밀교를 수학한 혜초는 스승의 권유로 스무
살 무렵인 723년, 감연히 인도 여행을 떠난다. 처음에 바닷길로 나신국(裸
身國)을 경유하였다.

---

7) 入龍宮得神印
8) 신인(神印)이란 뜻은 범어 '무드라(Mudra)'를 음역해서 중국 동진(東晋)시대에 문두루(文豆婁)
   라고 썼던 데서 유래했다고 하며, 밀교의 결인(結印) 혹은 인계(印契)를 가리키는 것이다. 따
   라서 이 문두루를 신인(神印)이라 번역한 것은 그런 이유에서다.

인도네시아의 수마트라 섬 북단 밖의 벵골 만(灣)에 있는 여러 섬들을 통틀어 니코바르 제도(諸島·Nicobar Islands)라 일컫는데, 나신국은 그 중 하나였을 것이다. 주요 섬은 현재 지명으로 대(大)니코바르, 카모르타, 테레사, 소(小)니코바르 등이며 안다만 제도 남쪽에 위치하여 예로부터 인도의 영토였다. 혜초는 그곳을 거쳐 인도 동해안에 도착, 내륙으로 깊숙이 들어간 것이다. 훗날 그가 남긴 왕오천축국전(往五天竺國傳)은 이때의 견문기다.

갈 때는 해로, 올 때는 육로를 통해서였다. 대략 4년 남짓 인도 여행 끝에 727년경 당나라 안서도호부(安西都護府)가 있는 쿠차(Kucha·龜玆)로 돌아왔다. 733년에 당의 수도 장안(長安·지금 西安)의 천복사(薦福寺) 도량에 머물며 스승 금강지와 함께 밀교 경전─『대승유가 금강성해 만주실리 천비천발 대교왕경(大乘瑜伽金剛性海曼珠實利千臂千鉢大教王經)』─을 연구하였다. 740년부터는 이 경전의 한역(漢譯)에 착수하였으나, 이듬해 스승의 죽음으로 중단되었다.

혜초는 금강지의 법통을 이은 불공삼장(不空三藏)의 6대 제자 중 한 사람으로 우뚝 섰다. 당나라에서도 그 이름을 떨치며 780년에는 우타이산(五臺山·중국 산시성 오대현 동북쪽에 있는 산)의 절간에 거주하며 「대교왕경서」를 지었다.

이 오대산의 다른 이름은 청량산(淸凉山)인데 일찍이 자장(慈藏)과도 인연이 깊은 곳이다. 혜초보다 80여년 앞서 자장은 선덕여왕 5년(636년)에 당으로 유학을 갔다. 그때 이곳 오대산에 이르렀더니 만수대성(曼殊大聖), 즉 문수보살(文殊菩薩)의 소상(塑像)이 있었다. 그 앞에서 기도하고 명상하던 중 마침내 감응하여 이상한 중으로 현신(現身)한 문수보살이 나타나 그에게 비결을 주어 깨달음을 얻었던 장소이기도 하다.

훗날 혜초스님은 여기서 머물다가 787년에 생을 끝내고 적멸(寂滅)에 든 것으로 전해 온다.

그렇게 연대를 따졌을 때 금강지와 혜초의 관계와는 달리, 훨씬 앞선 시대의 명랑법사와 이들 사이엔 아무런 연결이 닿지 않는다. 이 때문에 명랑의 밀교인 신인종은 그 자신의 새로운 깨침에서 비롯한 것인지 일종의 수수께끼로 남는다.

그러나 현전하는 문헌들을 샅샅이 더 뒤적여 보면 그 수수께끼가 조금은 풀릴 듯한 단서가 발견되기도 한다.

앞서 언급한『삼국유사』'혜통항룡(惠通降龍)'조에는 혜통이란 승려 이야기가 나온다. 그가 아직 출가하기 전의 속인(俗人)이었을 때 그의 집이 서라벌 남산 서쪽 기슭인 은천동(銀川洞) 어귀에 있었다. 그 정확한 장소에 대해, '지금의 남간사(南澗寺) 동쪽 마을'[今南澗寺東里]이란 주석을 달아 놓았다.

이 '남간사'란 절은 바로 명랑법사가 세운 사찰이다. 자신의 모친인 남간부인[혹은 법승낭(法乘娘)이라고도 함]을 기리기 위해서였다. 일연스님이『삼국유사』를 기술하던 고려시대까지 그 절이 존재하였기에 '지금의 남간사'라고 표현되었을 것이다.

여러모로 판단할 때 명랑법사가 혜통보다 연대가 앞선 사람이었던 점은 분명하다. 왜냐하면 명랑이 당나라 유학을 간 632년(선덕여왕 즉위년)과 귀국한 635년(선덕여왕 4년)에 비해, 혜통의 당나라 입국 시기는 분명치 않더라도 그가 본국인 신라로 돌아온 665년(문무왕 5년)이 훨씬 뒤진다는 게 이를 잘 말해준다. 게다가 그는 신라가 삼국을 통일한 뒤의 신문왕(神文王) 시절에 주로 활동한 인물이기에 더욱 그렇다.

혜통은 당나라에서 밀교의 포교에 힘썼던 선무외삼장(善無畏三藏)으로 부터 심법(心法)의 비결을 전수받고 주문(呪文) 외는 법을 배우는 등 신통력을 얻게 되었다. 또 그가 (선)무외삼장의 제자가 되는 과정에 왕화상(王 和尙)이란 별명을 갖게 된 일화 따위가 『삼국유사』에 자세히 기록돼 있다.

무외삼장은 원래 인도 마갈타국(摩竭陀國)의 임금인데 출가해서 중이 되었고, 포교를 위해 중국으로 건너온 것으로 전한다.

명랑법사의 밀교가 확실히 이 무외삼장과는 실제적 연관이 없는 듯이 기술된 것이 있어 흥미롭다. 그렇기에 또한 당연히 혜통보다 앞서 밀교를 신라 땅에 전한 그가 신인종의 개조(開祖)였음도 짐작할 수 있다.

"……이보다(즉, 혜통화상보다) 앞서, 밀본법사의 뒤에는 고승 명랑이 있었다. 그는 용궁에 들어가서 신인(神印)[범어로 '문두루'라고 하는데, 이를 '신인'이라 일컬음]을 얻어 신유림(神遊林)[지금의 천왕사]을 처음 세우고, 여러 차례 이웃나라의 침입을 기도로 물리쳤다.

이제 (혜통)화상은 무외(삼장)의 핵심적인 진수(眞髓)를 전하고 속세를 두루 다니면서 사람을 구제하고 만물을 감화시켰다. 아울러 전생에서의 인연을 꿰뚫어보는 밝은 지혜로써 절을 세워 원한을 풀어주게 하는 등, 밀교의 풍도(風度)가 이에서 크게 떨쳤다……."[9]

---

9) ……先是密本之後 有高僧明朗. 入龍宮得神印(梵云文豆婁此云神印). 祖創神遊林(今天王寺) 屢禳隣國之寇. 今和尙傳無畏之髓 遍歷塵寰 救人化物. 兼以宿命之明 創寺雪怨 密敎之風 於是乎大振……. 『삼국유사』 권5 神呪 제6. '혜통항룡'조)
신라시대 밀교 승려들의 활약과 전래한 교법을 살펴보면, 최초로 신라에 밀교를 전한 승려는 안홍(安弘)이다. 그는 서기 600년(진평왕 22년)에 혜숙(惠宿)과 함께 중국으로 가서 서역승(西域僧) 3인과 중국승려 2인을 데리고 귀국하여 황룡사에서 「전단향화성광묘녀경(栴檀香火星光

'혜통항룡'조의 이 부분은 연문(衍文 · 글 가운데 잘못하여 들어간 쓸데없는 구절)으로 '명랑신인'조에 있어야 할 것이 혜통화상의 이야기 뒷부분에 삽입된 형태임을 금방 알 수 있다.

그렇다 치더라도 명백한 것은, 선덕여왕의 능이 조성된 낭산 남쪽 언덕 기슭의 신유림 바로 아래에 명랑법사가 679년(문무왕 19년)에 사천왕사(四天王寺)를 세웠다는 사실이다. 이는 문무왕이 삼국을 통합한 뒤 명랑법사로 하여금 도리천 아래에 있는 사대왕천(四大王天 · 짜투마하라지까)[10]을 상징하는 사천왕사를 짓게 함으로써 도리천에 묻혀 부처가 되길 소망한 여왕의 유지를 받들었던 셈이다.

도리천의 위계(位界)는 지상에서 가장 높은 곳이며 하늘 세계로는 아래에서 두 번째, 즉 욕계육천(欲界六天)의 제2천(天)에 해당한다.[11] 그 바로 아

妙女經)」을 번역하고, 640년(선덕여왕 9년)에는 만선도량(萬善道場)을 펼쳤다. 명랑법사는 안홍과 거의 같은 시기에 신라에서 신인종의 개조가 되었다.

그런데, 일반적으로 「대일경(大日經)」과 「금강정경(金剛頂經)」이 성립되기 이전의 밀교사상을 잡밀(雜密)이라 하고, 그 이후의 것을 순밀(純密)이라 하여 구별하였다. 이러한 인도 밀교의 두 가지 형태 가운데서 중국에 먼저 전래된 것이 잡밀 계통인데, 명랑과 안홍은 잡밀 계통을 받아들였고, 그 이후 혜통(惠通)이 신라에서 처음으로 순밀 사상을 전개시킨 것으로 보고 있다.

10) 사대왕천으로 번역되는 '짜투마하라지까'는 「Cātu(四)+māhā(大)+rāja(王)'의 의미로서, 곡용형태를 취해 'rāja(王)'에 '―ikâ'라는 어미를 붙여 만든 단어이다. 즉, '사대왕에 속하는 세계'라는 뜻에서 四大王天이라 한다. 사대왕천은 문자적인 뜻 그대로 네 가지 영역으로 구분된다. 이 넷은 동서남북의 4방위와 일치한다. 동쪽의 천왕은 다따랏타(Dhataratta · 한국에서는 '딴따라'로 와전됨)인데, 천상의 음악가들인 간답바(Gandabba · 건달바/乾達婆라고 한역됨)들을 통치한다. 남쪽의 천왕은 비룰하까(Virūlhaka)인데, 숲이나 산 속에 숨겨진 보물을 관리하는 꿈반다(Kumbhanda)들을 통치하고, 서쪽의 비루빠카(Virūpakkha)천왕은 용(龍)들을 통치하며, 북쪽의 베싸바나(Vessavana · 비사문/毘沙門)천왕은 약카(Yakka · 야차/夜叉)들을 통치한다고 한다.

11) 도리천에는 33천을 나타내는 '따와(3)+띰사(30)', 즉 33의 천신들 무리가 있고 이들의 우두머리가 인드라(Indra)이다. 또는 삭까(Sakka)라고도 한다. 중국에서 이를 제석 혹은 제석천황이라 옮긴 탓에 33천을 제석천이라고도 부른다.

래의 제1천(天)이 사대왕천이기 때문에 이로써 선덕여왕 생전의 유언이 비로소 실현되었음을 증명하였다.

문두루 비법[12]으로 당군(唐軍)의 침입을 물리친 명랑법사와 그의 밀교종 파인 신인종에 관한 기록은 『삼국유사』 「신주(神呪)」편 '밀본최사(密本摧邪)' 조에 한 구절, 같은 「신주」편 '명랑신인(明朗神印)'조의 내용 전체, 「의해(義解)」편 '의상전교(義湘傳敎)'조에 한 구절, 「기이(紀異)」편 '문무왕 법민'조의 일부 등으로 흩어져 실려 있다.

『삼국유사』 혜공스님 관련 조에도 명랑법사가 '금강사(金剛寺)'를 세우고 낙성회(落成會)를 열었다는 기록이 나온다. 이것은 인도승려 '금강지'를 기리기 위한 절은 아니었을 터이다. 명랑법사의 진언밀교인 신인종이 금강지의 밀교보다 한 세대 앞서 신라 땅에서 시작된 사실로도 이유는 분명해진다.

따라서 그 절은 불경의 이름을 딴 '금강사'일 개연성이 높지만, 혹시 그가 처음 불사를 일으킨 '금광사'의 오기(誤記)가 아니라면 각기 다른 장소에 세워진 두 군데 절 이름이었을 것이다. 이 점에 대해선 자세히 알 수가 없다.

낙성회 때는 당대의 고승(高僧)들이 다 모였는데 오직 혜공만이 오지 않았다. 이에, 명랑이 향을 피우고 정성껏 기도했더니 조금 후에 혜공이 찾아왔다. 이때 큰 비가 내리고 있었는데도 그의 옷은 젖지 않았고, 발에 진흙도 묻지 않았다. 혜공이 명랑에게 말했다.

---

12) 문두루(신인) 비법은 명랑법사가 선덕여왕 4년(635)에 귀국할 때 가져온 「불설관정 복마봉인 대신주경(佛說灌頂伏魔封印大神呪經)」(약칭 「관정경」) 제7권에서 그 사상적·의례적인 연원을 찾을 수 있지만, 신라의 신인 비법은 「관정경」 사상을 주축으로 하면서, 그 위에 「관불삼매해경(觀佛三昧海經)」과 「금광명경(金光明經)」의 사상까지도 폭넓게 수용하였다.

"은근히 초청하기에 왔소이다."

이처럼 혜공에게는 신령스러운 자취가 자못 많았다.

그는 만년에 항사사(恒沙寺·경북 영일/迎日의 오천면/烏川面 항사리/恒沙里 운제산/雲梯山에 있던 절)에 머물러 있었다. 그때 마침 원효(元曉·617~686) 대사가 여러 경(經)과 소(疏)를 찬술하고 있었는데, 원효는 매양 혜공 선사의 항사사로 찾아가 의심나는 점을 물었고 혜공은 이를 지도해 주었다. 둘은 서로 익살과 장난 피우기를 예사로 했는데 척척 장단이 맞았다.

하루는 두 법사가 시냇물을 따라다니며 물고기를 잡아먹고 바위 위에다 똥을 누었다. 이때 혜공사가 문득 원효의 똥을 가리키며 익살을 떨었다.

"니 똥은 내 고기다."

원효는 껄껄껄 웃었다. '네가 눈 똥은 내가 잡아준 물고기를 먹고 눈 것'이란 의미를 금방 알아챈 때문이었다. '항사사'란 절 이름을 한편으로 '오어사(吾魚寺)'라고도 부르게 된 것은 이런 연유에서였다.

본디 '항사사'란 절 이름이 이 고장에서 항시 물가 모래처럼 많은 사람이 출세했기에 항하사(恒河沙)의 의미인 항사리(恒沙里)였던 데서 유래했듯, '오어사'도 이처럼 '내가 잡은 물고기의 사연을 담고 있는 절' 이름이었다.

하여간, 많은 기적을 남긴 혜공은 죽을 때조차도 공중에 떠서 숨졌다 한다. 다비(茶毘)가 끝난 뒤에 남은 사리(舍利)는 그 수를 헤아릴 수 없을 만큼 많았다고도 전한다.

제 3 장
우연은 전생의 연에 따른 필연인가

이런 기이한 판타지 소설 같은 『삼국유사』의 기록들을 어떻게 봐야 할까? 정광은 이성적 논리에 따라 나름대로 과학적인 재해석을 시도해보려 해도 처음엔 난감하기만 하였다.

그는 원래 독실한 기독교인이었다. 현대과학의 입장으로 조명하면 도저히 수용하기 힘든 불가사의한 내용들이 성경 속에도 숱하게 나오기는 마찬가지다. 그런 점에서 종교는 과학과 이성으로 판단할 분야가 아니란 것을 그는 잘 알고 있었다. 기독교인으로서의 그는 의심 대신 믿음이 뭣보다 중요하다고 여기며 하나님의 존재를 부인하지 않았다.

그런 그가 나중 불교로 개종하여 경주에 새로운 삶의 터전을 잡은 것은 단순히 경주 김씨의 후예라는 이유 때문이 아니었다. 거기에는 다른 깊은 연유가 있었다. 그가 출생 시에 하얀 보를 뒤집어쓴 것처럼 태반에 싸여 나와, 머리 부분을 받아낸 할머니가 껍질을 벗기듯 벗겨내었다고 한다. 정광산인의 탄생은 이처럼 기이했다. 이는 속설(俗說)대로 필경 '중이 될 팔자'라고 주변에서 이구동성으로 말한 일화도 있다. 옛 신화적 인물들이 흰 알에서 나온 경우와 비슷한 이야기다.

또 그가 아직 초등학교에 입학하기 전의 일로, 한의사였던 조부의 약방에 하루는 당사주(唐四柱)를 잘 보는 사람이 찾아왔다.

약국에는 환자들 외에도 별별 손님들이 다 드나들었다. 정기적으로 주문받은 한약재를 갖고 오는 약종상, 평소 조부와 교분을 터놓고 지내는 지인들 중 한시깨나 짓고 그림 혹은 서예에 능한 묵객(墨客)들……. 그런 부류의 과객들이 심심찮게 찾아와 진료실과 떨어진 한쪽에서 바둑을 두거나 시간을 축내며 놀기 예사였다. 조부가 특히 예능인을 좋아한다는 소문을 듣고는 지나치는 길에 느닷없이 찾아오는 나그네도 더러 있었다.

그 당사주 잘 본다는 사람도 그런 유의 인물이었다. 그는 본래 인장(印章)을 파는 일이 주업이었다. 그 자가 한의원에 처음 발을 들여놓을 때의 용무는 혹시 새로 파야 할 도장이 필요하지 않느냐는 것이었다. 필요하면 즉석에서 새겨줄 수 있다고 운을 떼었고, 조부는 딱히 필요한 것도 아닌데 그러라며 도장 몇 개를 파도록 시켰다. 일이 끝나 도장 값에 덧붙여 점심까지 대접해 보내려 했더니 그 사람은 고맙다며 답례로 당사주를 봐주겠다고 넌지시 제의했던 것이다. 조부는 껄껄 웃고는 재미삼아 흔쾌히 요청했다. 그는 집안 식구들의 사주를 차례로 봐주었다.

그날 무슨 일로 어린 정광이 조부의 약방에 가 있었는지는 잘 생각나지 않아도 그 자리에 있었던 것만은 확실하다. 그 인장 파는 손님이 꺼내놓은 당사주풀이 책까지 확연히 기억하고 있는 것이다. 채색된 그림과 함께 해설을 곁들인 제법 두꺼운 책자였다. 자주 펼쳐본 탓으로 손때가 묻고 표지의 겉장이 꽤 낡았다.

정광은 조부 옆에 무릎을 꿇고 앉아 신기한 듯이 그 사주풀이 그림책을 목을 빼어 밀고 들여다보고 있었다. 그런 손자를 힐끔 돌아본 조부가 마침내 한마디 하였다.

"이 아이 것도 한번 봐주시오."

조부가 불러주는 대로 어린 정광의 음력 생년월일시를 손가락으로 꼽던 사주쟁이는 세차(歲次), 월건(月建), 일진(日辰)의 수를 계산하여 괘(卦)를 찾는다고 하더니 잠시 후에 책을 펼쳐 보였다. 그때 소년의 눈앞에 펼쳐진 것은 초년, 중년, 장년, 노년에 걸친 평생의 운명을 단계별로 그림의 형태로 보여주는 장면들이었다.

다른 것은 세월이 지나면서 다 기억 속에 지워졌다. 그러나 끝내 잊히지 않는 그 사주책의 그림 가운데 생생히 되살아나는 장면이 하나 있었다. 그것은 맨 마지막의 그림이었다. 머리 깎은 중이 석장(錫杖)을 손에 들고 서 있는데, 오른쪽 어깨 위에 왕관을 쓴 여인의 유령이 올라 앉아 있는 기묘하고도 희한한 그림.―아무리 오랜 세월이 흘러도 그것만은 결코 잊히지 않는 거였다. 그 사주쟁이는 맨 끝의 그림을 손가락으로 짚어 보이더니 나직이 말했다.

"그냥 웃고 넘깁시다만…… 이 아인, 늘그막에 중 될 팔자로군요."

정광이 불교에 관심을 갖게 된 것은 우연한 계기였다. 물론 지금은 그 '우연'이 결코 우연이 아니라 필연을 위해 예정된 거라고 깨닫고 있지만.

그는 법대를 졸업하고 사법고시 준비를 하던 무렵 한동안 산사에 들어가 머물렀던 적이 있었다. 그때는 고시공부에 몰두하기 위한 조용한 공간이 필요했기에 도심의 도서관보다는 절을 찾았을 뿐, 불교 자체에는 전혀 관심이 없었다.

그는 사법고시에 두 번 실패하고는 이내 법조계로 나갈 뜻을 접었다. 그 대신 기업체의 신입사원 시험에 합격하여 직장생활을 시작했다. 한국 굴지의 대기업인 H그룹의 계열사인 주식회사 '금강(金剛)'의 본사영업사원 직책이 그의 사회생활의 출발점이었다.

1997년의 이른바 'IMF쇼크' 당시, 대다수 사원들은 인력 구조조정의 감원 바람을 피해갈 수 없었다. 지방영업소의 부장직책을 끝으로 그도 역시 옷을 벗었다. 40대 후반의 일이었다.

한 해 남짓 계속된 룸펜생활을 할 동안 그는 집안에서 빈둥거리기가 민망하여 매일 등산 다니는 일을 취미삼아 했는데, 어느덧 그것이 삶의 낙이 되었다. 사진 찍는 취미를 갖게 된 것도 그때부터의 일이다.

당장 직장생활을 그만둔 직후에는 미래가 불안하거나 초조하기보다 오히려 그동안 아등바등 살아온 세월이 참 부질없는 삶처럼 느껴지기도 했다. 남들이 출근하는 시간에도 느긋하게 집에서 쉴 수 있다는 게 뭣보다 좋았다. 언제 또 이런 날들이 인생에서 찾아오랴 싶을 만큼 그는 행복했다.

그의 아내는 중등학교 교원이었다. 그가 직장을 그만둔 첫해에 아내가 막 교감으로 승진했던 것은 매우 다행한 일이었다. 그의 실직에도 불구하고 맞벌이할 때만큼은 못 돼도 당장 쪼들리는 집안 살림살이는 아니었다. 아내 역시 남편이 다른 일거리나 새 직장을 찾기까지 한 1년 정도 모색 기간으로 삼으라며 실의에 빠지지 않도록 격려하고 있었다.

그런 아내의 호의와 믿음에 힘입어 그는 여유를 갖고 매일의 즐거움과 재미를 찾아 돌아다녔다. 그때마다 아내에겐 기껏 새로운 직장이나 일거리를 알아보는 중이라는 핑계를 들이대곤 했다. 하지만 그것은 지난날 가까운 인맥과 정분을 두터이 해 두었던 옛 거래처의 사장들과 함께 어울리며 자유를 만끽하는 시간이나 다름없었다. 직장생활을 할 때보다 그렇게 한가로이 지낼 때가 이상하게 더 바빴다. 물론 누구보다 신앙심 깊은 아내와 함께 열심히 교회에 나가는 일만은 결코 빠뜨리지 않았다.

그렇게 매일을 뾰족한 일 없이 보냈다. 룸펜생활 1년째 막 접어드는 때부터 그는 오른쪽 어깻죽지 부위에 이따금씩 느끼는 심한 통증에 공연히 불안해졌다. 뚜렷한 원인도 까닭도 없이 시나브로 찾아오는 아픔이었다. 그래도 처음엔 예사로 생각했다. 오십대에 흔한 근육통이어서 세칭 오십견(五十肩)이라 일컫는 병이거니 여기고 있었다. 통증을 완화시켜주는 파스를 사다 붙이거나 온천욕으로 뭉친 근육을 풀어주는 미봉책으로 자가치료를 해봐도 아무 효험이 없었다. 눈에 보이지 않는 무슨 군살 같은 더껑이가 상완삼두근 전체에 달라붙어 있는 것 같은 느낌으로 늘 시리고 불편했다. 심지어 한 번씩 찾아드는 통증은 비명을 지를 만큼 오른쪽 목줄기부터 상완근을 옥죄며 뼈 속까지 아리게 하는 것이었다.

그는 부득이 가까운 동네병원을 찾아 담당 전문의에게 보이고 치료를 받았다. 그러나 별 이상이 없다는 말만 들었을 뿐, 며칠 가지 않아 어김없이 통증이 재발하곤 했다. 이를 보다 못한 아내가 제의했다.

"아무래도 더 큰 종합병원에 가서 정밀검사라도 받아보세요. 아, 참! 신(申) 장로님 친구 분이 대학병원 무슨 과장으로 있다던데, 그쪽으로 한번 알아봐야겠어요."

같은 교회 신도였던 신 장로는 정신과 전문의로 평소 정광의 부부와도 친분이 두터운 사이였다. 나중 신 장로의 주선으로 대학병원에서 정밀검진을 거쳐 일정 기간 치료를 받았지만 그것 또한 결과는 마찬가지였다.

그렇게 물색 모르게 아프기 시작한 때부터 그의 삶에 조금씩 변화가 일어났다.

"암만 생각해도 이건 하나님이 내게 주시는 시련인 듯해. 왠지 심상찮은 예감이 들어. 주님께서 내게 어떤 임무를 맡기시려는 걸까? 마치 어깨에 무거운 짐을 지우듯, 이런 육신의 아픔을 통해 소명의식을 깨닫게 하려는 건 아닌지……"

정광은 아내더러 그렇게 진지하게 말했다.

"당분간 어디 기도원 같은 데라도 가서, 내가 정작 앞으로 해야 할 일이 무엇인지, 하나님께 간구(懇求)하며 정성껏 기도라도 올려야 할까봐……"

그러나 아내는 불안한 눈길로 그를 응시했을 뿐 당장엔 아무 대꾸도 하지 않았다. 그녀 역시 어떻게 해야 할지 난감하긴 마찬가지였을 터였다.

생각을 즉각 행동으로 옮기지 않으면 어떤 성과도 현실에서 기대할 수 없다는 절박한 심정이 되었다. 그래서 그날부터 그가 우선적으로 행할 수 있었던 일은 교회의 새벽기도를 실천하는 것이었다. 신께서 나로 하여금 역사(役事)하시는구나! 정광은 속으로 그렇게 되뇌며 그 사명이 무엇인지를 깨닫기 위해서도 간절히 기도하리라 결심한 것이다. 그러나 십자가 앞에 엎드려 구원의 힘을 얻을 수 있는 성경의 온갖 구절들을 암송해 봐도 어깨를 짓누르는 통증은 가시질 않았다.

그런 사정을 하소연하는 그에게 하루는 신 장로가 말했다.

"견디기 힘들 만큼 심한 관절염이나 신경통을 호소하는 노인네들을 종종 봤어요. 제발 좀 덜 아프게만 해달라는 부탁을 모른 척할 수 없을 때면 이따금 그 분들한테 주사를 놓아주곤 했는데……. 그러면 한 6개월 정도는 거짓말처럼 통증을 잊고 생활하는 경우가 있긴 해요. 소위 '뼈 주사'라고 하는 건데, 정녕 못 참을 것 같으면 그거 한 방 맞아볼래요?"

신 장로가 말한 그 '뼈 주사'가 실은 스테로이드 계통의 약으로 통증을 완화시켜주는 특효가 있긴 해도 면역체계를 교란시켜 신경이 무력해지는 부작용이 뒤따른다는 거였다. 다시 말해, 부신(副腎) 호르몬을 인공적으로 주사하여 자가면역체계를 일시적으로 교란시키는 점이 특징이란다.

흔히 관절염으로 고생하는 이들이 밤낮으로 고통을 받는 데는 이처럼 면역체계의 이상으로 일어나는 끊임없는 공격이 통증으로 나타나는 현상 때문이다. 즉, 관절부분에 이상한 점을 발견한 몸속의 자가면역체가 피아의 구분을 인식 못하고 아군을 적으로 오인하여 계속적으로 공격하니 관절부분이 붙고 고통은 끊임없이 일어나는 것이란다. 그런 현상이 왜 발생하는지 아직 현대의학은 완전히 밝혀 내지 못하고 있다고 신 장로는 설명해 주었다.

"우선 고통을 완화시키는 게 급선무라서 부득이 부신계통의 주사를 실시하게 된 건데……암튼, 약효는 단방이지요. 고통 때문에 업혀서 들어온 환자도 이 주사 한방에 금방 걸어서 나갈 정도로 효과만점이긴 해요. 말하자면 이게 단방약인 셈이지. 이 주사의 원리가 면역체를 무력화시킴으로써 면역결핍을 유도하는 거니까. 하지만, 지속적으로 맞을 수는 없지요. 면역결핍으로 종국에는 다른 병으로 사망에 이를 수 있으니까. 그런데도 노인들의 경우엔 당장 고통 완화가 우선적이니 자주 사용하고 있긴 한데……, 실상 의학계에선 규제가 심해서 오용에 대한 심사가 까다로워요. 하지만, 김 선생은 건강한 편이라 주사 한 대쯤 맞아도 뭐, 별 지장은 없을 겁니다. 정확한 원인은 모르겠지만 심리적인 요인도 무시하지 못하죠.

늘 나가던 직장을 갑자기 그만두고 삶의 패턴이 바뀌면 저절로 생체 리듬까지 깨어지기도 하니까. 우선 한 번 시험 삼아 맞아보고 경과를 지켜보는 건 어때요?”

신 장로의 권유에 듣고 보니 그럴 듯도 하여 정광은 오른쪽 목 부위와 견갑골의 중간쯤, 평소 통증이 심하던 곳에 주사를 각각 한 대씩 맞았다. 바로 그것이 좋잖은 사단이 될 줄은 미처 몰랐다.

온 몸에 발진이 생기면서 보름 만에 몸무게가 7킬로그램이나 축났다. 붉은 발진과 농이 고인 여드름 형태로 온 피부가 변했고, 온천욕을 하고 나면 몸 전체의 피부 각질이 일어나고 겉껍질이 벗겨지며 하얀 속살이 드러났다.

참기 어려운 것은, 마치 영과 육이 따로 놀고 있듯, 육체를 정신으로 통제 못할 지경이 온종일 계속되어진다는 점이었다. 흡사 만취한 육체가 뇌의 통제에서 벗어나듯 유체이탈 같은 기분을 느끼는 심적 고통까지 지속되는 것이었다. 허공에 뜬 자신의 정신을 육체가 잡을 수 없는 불면의 고통이 거듭될수록 그는 점점 광인으로 변해갔다.

온천장을 찾아 온열욕을 할 때마다 발진은 사그라지고 피부 껍질이 벗겨지기를 반복했다. 거울 속의 얼굴은 부신 주사의 후유증으로 팅팅 불은 메주덩어리 같은 전형적인 삼각형 얼굴의 괴물로 변하고 있었다. 부은 볼살과 턱 선이 없는 기형적 얼굴! 정광은 그 몸속의 괴물이 빠져 나오려 발악하고 있는 듯한 착각에 빠지곤 했다.

그렇게 완전히 허물을 한 번 벗어버리듯 했을 무렵엔 이미 전신의 근육이 다 파괴된 상태였다. 기력이 쇠진하여 걸음을 떼어놓을 때마다 숨이 차고 식은땀이 나서 무언가에 의지하거나 붙잡지 않고는 오래 서 있지를 못했다.

또, 면역 체계가 교란되어 한 번 걸린 감기가 육 개월이 지나도 낫지를 않았다. 막상 건강상태가 그렇게 망가지자 몹시 당황한 것은 그에게 주사를 놓아준 신 장로였다. 그는 스스로의 예상을 훨씬 뛰어넘는 부작용에 고개를 갸웃거리며 미안해했다. 그러면서도 그는 이 사태를 전혀 이해할 수 없는 불가사의한 일로 여기는 듯했다.

이후로 정광이 할 수 있는 일이라곤 집안에서 꼼짝 않고 누워 있거나 가급적 바깥출입을 삼가는 것밖에 없었다. 당연히 주일에도 교회에 나가는 것마저 귀찮게 생각하기에 이르렀다. 이것이 아내와의 사이에 불화를 야기한 작은 불씨가 되었다.

"아플수록 더 열심히 교회에 나가 하나님께 의지해야죠."

아내는 오히려 병을 핑계로 교회를 기피하는 그를 용납할 수가 없었다.

"걷는 것조차 힘든데, 교회는 무슨……"

그렇게 짜증을 부릴 때마다 아내는 심지어 결혼 전에 약속한 맹세를 환기시키며 은근히 정광을 꾸짖었다. 사실, 독실한 기독교 집안이었던 아내와의 결혼이 성사되는 데에 그가 지켜야 했던 첫 번째 조건이 기독교 신앙을 갖는다는 맹세였던 것이다. 어쨌든 그 약속을 지금껏 잘 이행하여 그는 개신교 집사의 위치까지 오른 셈이었다.

그러나 건강의 악화로 그가 교회를 기피하면서부터 집안 분위기는 갈수록 냉랭해졌다. 옛날과 달리 나날이 변해가는 남편의 태도에 아내는 당혹감과 불안으로 어쩔 줄 몰랐다. 티격태격 말다툼이 잦아지고, 그런 끝에 각방을 쓰기 시작한 뒤로는 더더욱 서로에 대한 무관심과 침묵으로 일관했다. 애들마저 이상하게 달라져 가는 아빠에 대해 불안감을 지닌 채 남처럼 데면데면하게 굴었다.

정광은 성서 속의 욥을 떠올렸다. 온 몸뚱이가 무너져 내리는 듯한 이 시련은 하나님이 신앙심을 시험해 보려고 욥에게 덮씌운 고통과도 같은 것이라고 생각했다. 잠깐의 외출에도 그는 채 5분을 못 걷고 한숨 돌리려 길바닥에 주저앉기 일쑤였다.

1998년 12월 31일, 새벽녘에 그는 몰래 집을 나섰다. 가까운 주차장까지는 걸어서 10분 거리인데도 천천히 한참을 걸려, 쉬엄쉬엄 걸어서 도착했다. 직장을 잃고 놀고 있을 당시 그의 생활 거주지는 부산 동래구였다. 거기서 그리 멀지 않은 양산 통도사(通度寺)로 가는 버스를 탄 것은 그러나 처음부터 의도된 행위는 아니었다.

제 4 장

정광, 집을 나서다

경남 양산군 하북면 지산리에 터를 잡은 통도사는 신라시대 자장율사
(慈藏律師·590~658)가 세운 법보사찰이다. 그 경내에 딸려 있거나 혹은
제법 거리를 둔 채 많은 암자들이 주변에 산재한다.

안양암(安養庵)은 그 중 하나였다. 통도사 적멸보궁 옆 가장 가까운 거
리에 위치한 암자다. '안양(安養)'이란 불교에서 몸을 쉬게 한다는 뜻으로
'극락'의 다른 이름으로 흔히 쓰인다. 일테면, 안양교주(敎主)가 아미타불
이요, 안양보국(寶國)이 곧 극락을 의미하는 까닭이다.

대웅전에서 서남쪽으로 올려다보는 정상부근에 평탄한 바위봉우리가
있다. 그 봉우리를 안양동대(安養東臺)라 부르는 것도 이런 이유에서다. 그
정상부근에 올라서면 통도사가 들어있는 골짜기와 그 건너편 영축산(靈鷲
山) 봉우리가 에워싼 아늑한 분지일대가 극락 같은 느낌을 준다고 한다.
석가모니가 화엄경을 설법했다는 고대 인도의 산 이름을 영축, 혹은 영취
라 한 데서 따온 것이다. 그 영축산 봉우리에서 바라보면 맞은편에 위치한
암자 이름이 안양암이다.

정광은 통도사 정문의 매표소가 곧바로 보이는, 가장 가까운 사찰마을의 한 모텔에 방 한 칸을 빌려 장기투숙을 한 이래 잃어버린 건강을 회복하려고 매일 걷기 운동을 시작했다. 새로운 마음으로 1999년 정월 초하루부터 시작된 발걸음이었다. 절 입구의 매표소에서 일보는 사람이 아직 나와 있지도 않은 이른 아침 6시 경이면 그는 매일 숙박소 현관문을 나선다. 도보로 불과 20~30분 거리의 본전(本殿)인 금강계단(金剛戒壇)까지 오는 데 무려 3시간 남짓이나 걸렸다. 피폐해진 육신에 무력증이 엄습하여 그냥 아무 데나 주저앉아 멍하니 시간을 지체하곤 하였다. 몸은 절간에 와 있어도 여전히 기독교적 의식이 그를 지배하고 있었다.

'주님이 나와 함께 하시나니……'

홀로 마음속으로 중얼거려 보는 것이다. 그리고는 평소 힘들 때마다 즐겨 읊조리던 성경 구절들을 떠올리곤 하였다.

"여호와여, 우리에게 은혜를 베푸소서. 우리가 주를 앙망하오니 주는 아침마다 우리의 팔이 되시며, 환난 때에 우리의 구원이 되소서."(이사야 33:2)

"너의 시대에 평안함이 있으며, 구원과 지혜와 지식이 풍성할 것이니, 여호와를 경외함이 너의 보배니라."(이사야 33:6)

어깨 부위의 통증이 사라진 대신 무력증이 그를 짓눌러 한 걸음씩 발을 떼어놓을 때마다 숨이 가쁘고 흐느적거리는 다리의 근육이 말을 듣지 않기에 멈춰 쉬기를 수십 번이나 되풀이하는 고행의 일과였다. 거기서 허전대며 다시 숙소로 되돌아 나오는 데 또 3시간, 절 입구에서 금강계단까지만 오가는 데도 6시간이 소요되는 어이없는 산책을 매일매일 반복하였다.

힘들면 아무데나 주저앉아 가쁜 숨을 몰아쉴 때마다 지금껏 살아온 반

평생이 참으로 덧없고 허망하다는 생각에 잠겨 눈을 감고 중얼거리곤 했었다.

"……헛되고 헛되며 헛되고 헛되니 모든 것이 헛되도다."(전도서 1:2)

퇴직금이 든 통장 외에 집 나올 때 챙겨들고 온 여행용 가방 속의 옷가지랑 생필품 몇 가지가 전부였다. 그는 장기투숙자의 경우 할인요금으로 1일 숙박비 3만원, 모텔 근처의 식당에서 두 끼 식사비에 만원, 도합 4만원의 하루 경비로써 스스로 재활훈련을 받는 환자 같은 심정으로 그렇게 통도사 경내를 오갔다.

정월부터 2월 사이에 걸쳐 세 차례 눈이 내렸다. 동안거(冬安居)에 든 절간에는 참배객은 물론, 승려들의 그림자조차 뜸했다. 눈길이 가 닿는 데까지 온통 백색 천지였다. 그런 날에도 정광은 어김없이 텅 빈 경내를 찾았다. 귀에 들리는 것이라고는 눈밭을 밟을 때마다 저벅거리는 자신의 발자국 소리, 나뭇가지에 쌓인 눈가루를 흩뿌리며 코끝을 시리게 불어오는 솔바람 소리뿐이었었다.

3월에 접어들자 경내의 매화와 동백꽃이 피고지면서 다른 나뭇가지에도 싹눈을 틔우는 훈풍이 불었다.

연두색과 연초록 등 산야에 신록이 넘실거리기 시작한 4월엔 먼 산에 분홍빛 진달래와 산벚나무까지 어우러져 색채의 모자이크를 수놓고 있었다. 잦은 봄비 속에서도 봄의 숨결은 싱그러워 그는 옷을 적시면서도 웬만하면 하루의 일과를 빼먹지 않았다.

봄바람에 벚꽃이 흩날리는 것을 볼 때는 불과 두어 달 전에 눈송이를 맞으며 이 길을 오가던 때가 까마득한 옛날인 양 생각되기도 했었다.

계절이 완연히 바뀐 5월에는 사방에 초록의 물결이 넘쳤다.

절 입구에서부터 본전 금강계단까지 대략 1.5km를 걷는 것이 하루의 최종 목표였다. 성인의 평균 도보로 고작 20분가량 소요되는 그 거리를 무려 3시간이 걸리는 힘든 과정을 겪고 나면 기력이 소진해버리는 것이었다. 그러기를 5개월. 정광은 금강계단 앞뜰에 앉아 한참을 쉬곤 했다. 그동안 그 본전건물에 4개의 편액이 걸려있는 희귀한 사실도 발견했다. 적멸보궁, 대웅전, 대방광전, 금강계단―한 건물에 그런 네 가지 명칭이 붙은 것은 유래가 없었다.

그러나 그때까지만 해도 정광은 이 본전 계단(戒壇)에 얽힌 일종의 비밀 같은 사연에 대해서도 전혀 모르고 있었다.

선덕여왕 재위12년(643)에 자장법사가 당나라에서 귀국할 때 부처의 머리뼈와 어금니와 사리 1백 알과, 또 부처가 입던 붉은 비단에 금색 점이 있는 가사(袈裟) 한 벌을 가지고 왔다. 그때 가져온 사리를 셋으로 나누어 하나는 황룡사구층탑에 두고, 하나는 대화사(大和寺) 탑에 두고, 하나는 가사와 함께 통도사 계단(戒壇)에 두었다고 전한다. 그런데 이 통도사 계단에는 두 층이 있었다. 위층 가운데에는 돌 뚜껑을 안치하여 마치 가마솥을 엎어놓은 것과 같았다.

오랜 세월이 지난 뒤 고려조정(高麗朝廷)의 지방장관이었던 안렴사(按廉使) 두 사람이 시차를 두고 참배를 왔다가 소문의 진위를 확인코자 계단에 절을 하고 공손히 돌솥을 들쳐보았다. 처음에는 긴 구렁이가 돌함(函) 속에 똬리를 틀고 있는 것을 본 안렴사가 소스라쳤다. 다음번에 찾아온 사람은 큰 두꺼비가 돌 밑에 쪼그리고 있는 것을 보고는 화들짝 놀랐다. 이로부터는 감히 누구도 이 돌을 들어볼 엄두를 못 내었다고 한다.

정광은 훗날 여기 금강계단 혹은 적멸보궁인 본전 앞으로 자신을 이끈 데에는 어떤 보이지 않는 연(緣)의 손길이 작용하여, 필연의 끈으로 이은 것이라고 깊이 깨닫고 있었다.

집을 나온 첫날, 그가 묵으려 들어간 그 숙박소의 본래 이름은 '청수장(淸水莊) 여관'이었다. 한데 그동안 조금씩 개축을 하더니 나중엔 옥호(屋號)까지 '황토방 모텔'로 바뀌는 변화를 겪었다. 그만큼 5개월은 꽤 긴 시간이기도 했다.

그 기간만큼 어느 틈에 눈과 발에 익숙해진 길이 되고 시간도 점점 단축해 가며 조금씩 행동반경을 넓혀 사찰의 더 깊숙한 안쪽까지 들어가곤 하였다. 그가 안양암까지 쉬지 않고 걸어서 갈 수 있게 된 데는 그처럼 힘들고 긴 시간이 걸리는 반복의 노력 끝에 가능해진 것이었다.

안양암을 오르면 그 뒷길인 아스팔트로 된 차도가 길게 뻗어있다. 이 길이 사찰 입구로 난 차도와 연결돼 있어 차편을 이용하면 너무나 쉽게 여기까지 들어올 수가 있다. 그렇게 쉬운 길을 5개월이나 걸렸다니! 그는 언덕에 앉아 땀을 식히며 통도사 경내를 내려다본 채 조금씩 건강이 회복되는 기미를 스스로 느끼며 한참을 감회에 젖곤 했다. 5개월간 한 번도 깎지 않은 수염이 얼굴의 절반을 뒤덮었고 길어진 머리는 뒤로 묶어 꽁지머리를 땋았다. 이젠 누가 봐도 속세와 연을 끊은 산거처사(山居處士) 같은 풍모로 변해 있었다. 여기서는 아내의 닦달과 비난의 잔소리도 들리지 않는다. 그야말로 적막한 세계였다.

집을 몰래 떠나올 때 서재의 책상 위에 쪽지 한 장만 달랑 남기고 홀연히 나선 뒤로 가족과의 연락도 완전히 끊겼다. 아무데나 조용한 기도원에라도 가야겠으니 당분간 찾지 말라고 썼기에 아내도 그를 찾지 않고 있을 것이다. 아니, 깜깜 무소식으로 5개월 남짓 지났으니 어쩌면 백방으로 수소문하고 있을지도 모른다는 생각도 들었다. 마음 한편에서는 은근히 그러기를 바라고 있었던 것 같기도 했다.

안양암에 이르면 두 갈래 길이 나온다. 왼편 길에 서운암과 사명암이 자리잡고 있다. 오른쪽 길을 따라 영축산 정상으로 가는 길에도 몇 개의 암자가 더 있었다.

5월 어느 날, 정광은 안양암에 이르렀을 때 이번엔 자장암(慈藏庵) 쪽으로 가볼 생각을 하였다. 안양동대의 뒤편 계곡을 타고 올라가면 왼쪽 편에 있는 암자가 자장암이다. 자장법사가 통도사를 창건하기 전에 이곳에 와서 수행하던 거처였다.

그날, 정광은 처음 자장암으로 발길을 돌렸다. 안양암에서 고개를 넘어 걷노라면 서축암이 보인다. 여기서 곧장 영축산으로 가게 되면 그쪽으로 극락암, 비로암, 그리고 가장 높은 곳에 자리한 백운암까지 이어진다.

제 5 장

금와보살의 출현

서축암 왼편으로 맑은 물이 흐른다. 계곡물 주위로 5월의 초록빛을 담고 있는 논물에 햇살이 반사되어 은빛으로 반짝이는 물빛이 눈자위를 자극한다. 모내기를 마치고 가득히 물댄 논에 초록의 산과 하늘까지 잠겨 포근하게 느껴졌다.

걸어 들어갈수록 계곡의 물소리가 끊임없이 조잘거린다. 계절 변화의 풍경들을 접하면서 정광은 마음 속 깊은 곳에서 무언지 행복한 싹이 트는 느낌을 떨쳐버릴 수가 없었다. 오랜만에 느끼는 야릇한 감정이었다.

계곡 깊은 곳으로 가니 너럭바위가 보이고 맑은 물에 나무 그림자가 부서진다. 이곳이 자장동천(慈藏洞天)이라 불리는 곳이다. 시원한 물소리에 마음과 몸까지 가뿐해지듯 모든 고민을 잊게 해주는 아름다운 계곡이었다.

이윽고 자장암에 이르렀다. 자신의 회복된 건강을 시험해 보려고 쉬지 않고 허위넘어 단숨에 오른 것이다. 좀 무리를 했는지 한꺼번에 힘을 쏟아 다리가 허청거렸다.

평일의 정오 무렵, 5월의 자장암은 나뭇잎들의 연록빛깔로 가득하였다. 조금 전에 지나온 시원한 계곡이 내려다보였다. 맑디맑은 계곡물이 햇살에 반짝이며 아까 근처에 앉아 한숨을 돌리려 쉬던 그 화강암 너럭바위 위로 흐른다.

암자를 에워싼, 어른 허리 높이의 담장 기와에 손을 짚고 그는 자장동천의 아름다움을 무심히 바라보고 있었다. 이 순간 형용할 수 없는 느낌이 마음속으로부터 목까지 올라온다. 건강을 잃고 직장도 잃고 가족도 마음에서 떠나보내고, 이 세상 외톨이가 된 자신에게 지금의 이 조용한 시간만이 전부였다. 그는 목울대까지 차오른 뜨거운 덩어리 같은 것을 토해내듯 몇 번 길게 한숨을 쉬었다. 그러자 가슴속이 조금 시원해졌다.

산바람이 암자의 뜰을 살랑거리고 지나간다. 그 훈훈한 봄바람을 따라 관음암 뒤편에 있는 암벽으로 발길을 돌렸다. 금와보살(金蛙菩薩)이란 조그만 개구리가 이 암자 뒤편에 천년 넘게 살아오고 있다는 전설로 더 유명한 바위이다.

전설은 이러했다.―자장율사가 통도사를 창건하기 전, 바위벽 아래 움집을 짓고 수도하고 있을 때의 일이다. 하루는 스님이 여느 때와 마찬가지로 저녁밥을 지으려 암벽 아래 석간수가 흘러나오는 옹달샘으로 공양미를 씻으러 갔다. 그런데 석간수로 인해 괸 그 얕은 샘물에 그날따라 개구리 한 쌍이 자꾸 흙탕물을 일으키며 놀고 있었다. 그것을 본 자장스님은 빙그레 미소를 짓고는 개구리들을 타일렀다.

"허허, 이 넓은 산자락에 어디 보금자리가 없어서 하필이면 부처님이 계신 절간의 샘물을 흐리며 놀고 있는고? 내 당장 너희들을 딴 곳에 데려다 주마."

스님은 한 쌍의 개구리를 두 손으로 건져 올려 근처 숲속의 다른 웅덩이 근처로 옮겨놓았다.

다음날 아침, 공양미를 씻기 위해 암벽 아래 그 샘터로 나간 자장스님은 어제 보았던 두 마리 개구리가 도로 그곳에 와있는 것을 발견했다.

"요놈들, 참 맹랑하구나. 내가 너희들의 보금자리를 따로 마련해 주었건만 어찌 다시 왔느냐? 어서 너희들이 살 곳으로 돌아가거라."

그러나 개구리 한 쌍은 스님의 타이름 따위는 들은 척도 않고 샘물에서 여전히 풍당거리며 놀고 있었다. 그 아랑곳하지 않는 개구리들을 다시는 돌아오지 못하도록 자장스님은 이번엔 산자락의 아주 먼 곳으로 데려다놓았다. 그런데 웬걸, 다음날에도 녀석들은 어느새 절간의 그 옹달샘으로 되돌아와서는 천연스럽게 놀고 있었다.

하도 이상하게 여긴 스님은 녀석들의 생김새를 자세히 살펴보았다. 그들은 여느 개구리와는 다른 형상을 띠고 있었다. 등에 거북 모양의 무늬가 있을 뿐만 아니라 눈가와 입 주위에 금줄이 선명하게 나 있는 게 매우 신기했다. 이것은 필시 부처님과 인연이 있는 영물들이라 생각하여 스님은 그들이 이 샘에서 살도록 그냥 놔두었다.

어느덧 겨울이 다가오며 날이 점점 추워졌다. 개구리들도 이젠 동면을 위해 어딘가에 몸을 감추어야 할 것이었다. 스님은 녀석들의 행방을 살피러 샘터로 나가보았다. 그런데 추위에도 아랑곳하지 않고 녀석들은 여전히 그곳을 떠날 줄을 몰랐다. 스님은 은근히 걱정이 되었다. 아무리 영물이라 할지라도 자연의 순리를 거스를 수는 없는 법이다. 이러다가 얼어 죽을지도 모른다고 염려한 자장스님은 겨울을 넘길 수 있는 피신처를 마련해주기로 작정했다. 그리고는 석간수가 나오는 뒤편 큰 바위에 손가락으로 구멍을 뚫어 개구리가 은신할 수 있는 거처를 만들고, 그 안에 안전하게 넣어주며 말했다.

"사람들은 세월이 지나면 불법을 잊고 진리의 등불에 의지하지 않을 때가 있기도 할 것이다. 불연이 깊은 너희들을 이제부터 '금와보살'이라 할 것이니, 이 암자와의 현세 인연이 다해 내가 가고 없더라도 너희만이라도 남아서 불법이 영원함을 일러 주거라."

그 뒤로부터 통도사의 스님들은 이 개구리를 '금와보살'이라 칭하고, 또한 자장법사가 뚫은 바위구멍을 '금와석굴'이라 불렀다. 1천4백여 년이 지난 지금도 이끼 낀 바위구멍 속에는 금와보살이 살면서 이따금씩 출현한다고 전한다.

하지만, 그런 헛된 전설 따위를 정광은 아예 믿지 않았다. 실제로 개구리의 존재가 거기 있다 한들 그것은 계절의 특성상 흔한 일일 터여서 그것조차 그에겐 관심 밖이었다. 더구나 이 금와보살은 아무에게나 모습을 보여주지 않는다고 했다. 다만 불연이 깊은 사람에게만 모습을 드러낸다는 것이었다.

정광은 매일같이 통도사를 드나들 동안 낯을 익힌 종무소(宗務所) 보살한테서 들은 이야기가 생각났다. 부산에 사는 어떤 칠순의 보살은 심지어 8년간을 이곳에 들러 금와보살을 친견하려 했지만 안타깝게도 아직 뜻을 이루지 못했다는 것이었다. 그만큼 자장암 뒤편 암벽의 금와보살을 만나게 되는 일은 쉽지 않은 일이란다. 오로지 눈이 뜨이고, 가슴을 비우고, 마음이 열린 이에게만 다가온다는 것이었다.

정광은 그와 같은 전설을 액면 그대로 믿는 주변 사람들의 이야기들은 어디까지나 불연(佛緣)의 신비함과 불교적 가치의 신성성(神聖性)을 과장되게 꾸며낸 것이라고 여겼다. 금와보살의 존재를 보기가 힘든 것은 인연이 없기 때문이란 말도 한낱 핑계거리에 지나지 않을 터였다.

그가 통도사에 온 지 어느덧 5개월이란 시간이 흘렀다. 이제 건강도 예전의 평상시 같게는 못 미쳐도 그 절반 정도는 회복된 셈이었다. 통도사 적멸보궁인 금강계단으로부터 그날은 자장암까지 걷고 싶었던 까닭도 사찰을 창건하기 전에 법사께서 수도하던 그 암자가 궁금해서였다. 게다가 제법 회복된 제 자신의 건강을 시험해보려는 의도가 깔려 있었다. '내 차라리 하루라도 계(戒)를 지키다 죽을지언정, 파계하고서 백년 살기를 바라지 않는다.'라는 서릿발 같은 각오로 수도에 정진했던 자장율사의 인품에 대한 개인적 호기심까지 작용했던 것이다.

그래도 기독교인으로서 수십 년, 정광의 의식 속엔 여전히 그리스도의 사상이 가득 차 있었다. 5개월 남짓 매일 찾아온 통도사 경내의 불당에 안치된 부처상을 향해 그는 결코 절하지 않았었다. 하나의 완전한 구도자의 입장을 대변하는 조상(造像)의 개념으로서 오직 그 불상들을 바라보았을 뿐이었다. 금와보살의 전설 역시 하나의 재미있는 이야기로만 여기고 있었다.

몸은 비록 사찰 경내와 그 주변 일대를 헤매고 다녔으나 마음속에선 이따금 주님의 목소리를 들었다. 사실은 어디선가 읽고 기억해 두었던 누군가의 글귀였을 수도 있었다. 아니, 미처 다 섭렵하지 못한 성경의 어느 구절일 것도 같은데, 그는 마치 주님의 목소리로 착각하며 떠올리곤 했었다.

"나의 사랑, 어여쁜 자여. 나를 찾고자 하는 열망으로 하루를 시작해라.

네가 잠자리에서 일어나기도 전에 나는 이미 오늘 네가 걸을 길을 예비하며 일하고 있단다. 길마다 너를 위한 보물이 준비되어 있다. 어떤 보물은 시험으로 너를 옭아맨 이 땅의 수갑을 벗겨주기 위해 계획한 것이란다. 다른 보물은 내 임재(臨在)를 밝히 드러내는 복으로써 햇빛, 꽃, 새, 우정, 그리고 응답받는 기도 제목 등이 여기에 해당되지. 죄로 부서진 이 세상을 포기하지 않았기 때문에 나는 여전히 그 안에서 풍성히 드러난다. 오늘 하루를 사는 동안 깊은 곳에 숨겨진 보물을 찾으렴. 이 길을 가는 내내 나를 발견하게 될지니……."

내면에서 울려오는 목소리에 귀를 기울이듯 고개를 숙이고 정광은 자장암의 관음당 뒤편으로 발길을 옮겼다.

수직 화강암 바위벽이 앞을 가로막았다. 관음당의 벽면과 화강암벽과는 3미터 정도의 너비로 가깝다. 자장율사가 뚫었다는 금와석굴이 보인다. 어른의 키 높이보다 30센티미터쯤 높은 곳에 엄지손가락 하나 들어갈 정도의 구멍이 나 있다. 그 밑엔 나무로 만든 발판이 놓여 있다. 그 발판을 딛고 올라가 구멍을 들여다보면 금와보살을 볼 수 있다고 한다.

1천4백여 년 전의 금와보살 한 쌍이 이곳에서 줄기차게 종(種)을 이어가며 살고 있는 게 사실일까? 봄이 되면 진짜 이따금씩 구멍 밖으로 모습을 드러낸다는 것이 의심스럽다. 곤궁에 처한 사람들을 구제하러 이따금 나타나는 문수보살의 화신(化身)을 만났다는 이야기처럼, 인간의 간절한 염원이 만들어낸 전설 같은 일화일지도 모른다.

혼자서 그런 생각들을 하며 한 10분쯤 바위 앞에 서 있었다. 이때, 중년의 여자 보살 세 분이 나타났다. 그녀들은 금와석굴에 기도를 드리며 구멍을 보고 있었다.

"안 보여."

"오늘도 안 보이는데……."

"금와보살님, 부디 한 번 모습을 보여주세요."

합장한 채 간절히 애원하듯 세 보살들은 저들끼리 나직이 속삭인다. 옆에 서 있는 정광의 존재 따위는 의식조차 하지 않는 듯 계속해서 그녀들은 입속으로 연신 중얼거리며 소원을 빌고 있었다. 그때 정광은 금와석굴 조금 옆쪽으로 불쑥 튀어나온 작은 바위 위에 발을 딛고 올라섰다. 방금 막 바위 틈새에서 반짝 빛나는 물체를 확인했기에 더 자세히 들여다볼 요량에서였다.

암벽의 가로로 난 틈 사이에 돌이끼가 깔려 있었다. 그 위에 살포시 앉아있는 물체! 바로 금와보살이었다. 화강암 색깔과 흡사하여 쉽게 구별해내기 힘든 작은 크기의 개구리였다. 보통 청개구리보다 3분의 2정도 크기였다. 어른 새끼손가락 끝마디보다 작았다. 더 놀라운 것은 움직임이 없다는 것이었다. 모든 개구리들은 마치 숨을 쉬듯 줄곧 목덜미를 불룩거리는데, 금와보살은 아예 미동조차 하지 않는다. 한눈에 척 봐도 예사롭지 않은 자태다.

아래쪽 여자 보살들은 정광의 행동에 전혀 관심을 보이지 않고 계속 합장한 채 절을 올리고 있다. 그는 손가락으로 살짝 금와보살의 살갗에 접촉해 보았다. 그래도 꼼짝 않는다. 그는 대번에 보통 개구리완 다르다는 것을 느꼈다.

"아, 문수보살님!"

정광의 입에서 절로 튀어나온 말이었다.

그는 슬며시 오른쪽 다리를 내려놓고 평형을 잡았다. 그리고는 다시 금

와보살이 있는 곳의 정면으로 와서,

"나무금와보살님……"

합장하고 서서 세 번 배례를 올렸다.

그의 옆에 서서 절하며 소원을 빌던 세 보살들이 갑자기 그에게 물었다.

"금와보살님을 보았어요?"

"예."

"어디 있어요?"

"저 바위틈에 계세요."

"어디, 어디?"

정광이 가리키는 손가락 끝을 따라 눈길들이 모아진다.

"저기, 저 틈새 비쭉 나온 이끼가 보이죠? 약간 회색빛 물체가…… 자세히 보세요. 눈에 띄죠?"

"어디요?"

그들 눈엔 쉽게 들어오지 않는 모양이었다.

"아직…… 안 보이세요?"

하는 수없이 정광은 아까 했던 것처럼 앞 바위를 딛고 금와보살이 엎드려 계시는 곳에까지 이끌듯 손가락으로 지적해주었다.

"아이고! 진짜 저기 계시네."

"금와보살님!"

그제야 세 보살들의 합장과 배례가 이어졌다.

정광은 자기 앞에 전혀 예측히지 못한 일들이 일어난 것 같아 어안이 벙벙해졌다.

그는 관음암을 빠져나왔다. 마침 뜰 앞에 스님 한 분이 서 계신다. 그는 무심코 말을 건넸다.

"금와보살님이 나왔네요."

"아, 처사님도 보셨군요. 나온 지 사흘 되었답니다. 그 사흘 동안 7센티 움직였더군요."

자기가 주지스님이란다. 정광의 산발한 머리와 콧수염, 긴 턱수염을 쳐다보고 웃으면서 대꾸해준다.

"금와보살이 나타난 의미를 깊이 사유해 성불하시길 기원합니다."

주지는 그에게 합장하고는 선방으로 들어갔다.

통도사 앞 처소로 돌아오는 시간 내내 금와보살의 조용한 자태가 정광의 뇌리에서 지워지지 않았다. 반은 꿈을 꾸는 듯 비현실적 기분으로 그는 불교관련 서적들을 파는 통도사 만세루로 발길을 옮겼다.

자장암 금와보살이 그의 가슴에 안겨와 던져준 의미가 뚜렷하게 무엇인지는 알지 못했다. 단지 가슴 안쪽에서부터 시작하여 줄곧 그를 답답하게 싸고 있던 짙은 안개가 희미하게 걷혀가면서 어떤 형체가 나타남을 느낄 수 있었다. 정확한 형상은 알 수 없었다.

그래도 그날 이후로 정광은 비로소 불교에 대한 공부에 몰두하는 인간으로 변하기 시작했다. 몸이 아파서 우연히 찾아온 통도사. 그것은 한 때 고시공부에 열중할 무렵 조용한 산사를 찾았던 때와 똑같은 기분으로 떠올린 사찰에 지나지 않았다. 그런데 어쩌면 운명적으로 불교에 귀의하도록 짜인 계획된 인생의 또 다른 삶의 시작임을 그는 나중에야 알게 되었다.

정광은 자신의 인생에서 중요한 깨달음을 얻고 새로운 사실을 발견할 때마다 금와보살이 기적처럼 나타나 그의 발길을 인도해주던 경험을 갖고 있었다. 훗날 2004년 경주의 백률사(栢栗寺)에서 만난 금와보살은 대웅전 좁은 앞뜰에 우뚝 솟아있던 바위벽에 새겨진 마애삼층석탑의 실체를 그에게 보여주었다.

최소한 1금당 1탑이 원칙인데 백률사는 유서 깊은 고찰임에도 희한하게 외관상 탑이 하나도 없었다. 경주에 살 동안 그가 매일 탐방하는 등산로에 위치한 백률사를 들를 때마다 이상하게 여긴 것이 그거였다. 주지승에게 물어도 옛날부터 이곳은 탑이 없는 절이라고만 답했다. 그러려니 여기다가 하루는 좁은 절 앞뜰을 그늘 짓고 있는 커다란 암벽의 이끼 낀 틈서리에 아주 작은 청개구리 한 마리가 앉아 있는 것을 보았다. 자장암 뒤편의 금와보살 생각이 문득 들었다. 그래서 개구리를 유심히 살피다가 정광은 비로소 놀라운 실체를 발견한 것이었다.

오랜 세월의 풍상에 마모되고 푸르스름한 곰팡이 같은 석태(石苔)가 잔뜩 낀 암벽에 도무지 판별하기 힘든 삼층석탑의 음각화가 그의 눈에 희미하게 윤곽을 드러낸 순간이었다. 그때의 희열은 형용할 수가 없었다.

인연 있는 사람에게만 보이나니!…… 정광은 그렇게 중얼거렸다.

여기저기 돌이끼를 긁어내자 인공으로 암벽에 새긴 홈들이 제법 선명해지면서 탑의 형상을 드러냈다. 암벽 거의 꼭대기부터 새겨 내린 삼층석탑은 맨 밑의 기단부(基壇部)를 표현한 땅바닥 조금 윗부분까지 걸쳐 거대한 형상이었다.

탑신 전체가 한눈에 들어오지 않기에 사람들은 바로 눈앞에 두고도 청맹과니처럼 알아채지 못하고 지나쳤던 것이다. 백률사의 좁은 경내에는 실제의 탑을 세울 공간이 좁아 마애삼층석탑을 새김으로써 이를 대신했던 옛사람의 지혜를 엿볼 수 있었다.

그는 늘 갖고 다니던 카메라의 셔터를 연신 눌러댔다. 그 사진들을 최초로 신문사에 제보하고 학계에도 보고하여 세상에 알린 것이 그였다.

금와보살과의 인연은 이후에도 계속되었다. 2012년 경주남산 탑곡(塔谷) 마애군상 여래석불입상 발치에 나타나 그에게 놀라운 깨달음을 안겨 준 금와보살. 또, 같은 해 망덕사지(望德寺址) 동탑 심초석의 심주공(心柱孔)에서 본 금와보살. 남산리 쌍탑사(雙塔寺)의 서탑 '마후라가'신장상(摩睺羅伽神將像 · 뱀을 손에 쥔 신장) 아래서 본 금와보살 들이 그에게 중요한 메시지를 전하고 있었다. 그 정체는 화신불(化身佛)로서 그에게 전할 강력한 메신저로 다가오는 작은 청개구리였던 것이다.

제 6장

문수보살의 기별(記莂)

통도사 앞의 숙소에 머물러 있는 동안 정광은 자장암 금와보살을 본 이후 나름대로 계획을 세웠다. 그 전까지는 막연했던 앞날이었다. 잃었던 건강을 완전히 회복할 때까지 통도사를 중심으로 그 근역(近域)에 산재한 모든 암자나 말사(末寺)들을 다 둘러보리라고 작정했다.

그는 우선 통도사 경내의 가까운 곳부터 내심 순번을 정해 보았다. 경내의 안내판이나 팜플렛을 통해서도 미리 숙지한 바 있지만, 5개월 남짓 그곳 일대를 오르락내리락 되풀이하는 동안 암자들의 위치나 거리 등에 관해 제법 알 만큼 안 뒤였다.—훗날 정광은 통도사 일대의 사찰이나 암자들을 모두 탐방한 뒤로는 자리에 누워 눈을 감고도 머릿속에 떠오르는 지역도(地域圖)를 훤히 그려볼 수 있을 정도였다.

통도사 적멸보궁 옆 제일 가까운 안양암을 오르면 그 뒷길 아스팔트 찻길이 펼쳐진다. 그 길이 통도사 본찰(本刹) 입구로 난 차도와 연결돼 있다. 그리고 안양암에서 갈라지는 두 길이 나온다. 왼편 길에 서운암과 사명암이 자리 잡고 있다. 오른편 길을 따라 영축산 정상으로 가는 길에도 통도사 암자가 몇 개 더 있다.

그 중에서도 가장 오래된 것이 자장암이다. 더 안쪽에는 일찍이 통도사 주지를 역임하고 일제강점기인 대동아전쟁 말기에 사찰의 동종(銅鐘)과 가마솥까지 강제 공출되던 것을 막아낸 경봉선사가 주석(主席)으로 계셨던 극락암이 유명하다. 이름이 암자이지 큰 사찰의 규모로서 특히 입구의 거대한 공중누각이 멋지다. 기다랗게 이어진 우진각지붕과 이층 목재 벽면만이 보여 정면에서 보는 것과는 전혀 다른 멋이 있다. 고색창연한 단청색조가 극락세계로 들어가는 느낌을 주는 절이다.

그곳을 따라 수령 백년 정도의 소나무 오솔길을 따라 오르면 계곡이 앞을 가로막는다. 국권상실기에 만들었던 시멘트다리인 비로교를 건너면 가파른 언덕길이 나온다. 그 언덕 위에 비로암이 버티고 있다. 비로나자불이 모셔진 곳이다.

비로암 뒤편은 바위절벽이다. 암자와 절벽 사이의 거리는 두 사람 정도가 다닐 만큼의 지척지간이다. 그 암벽의 구멍에서 흘러나오는 맑은 샘물 맛이 이름나 있다. 비로암은 통도사 경내에서 자동차로 갈 수 있는 가장 먼 암자인 것이다. 그곳을 잠시 내려와 영축산 정상으로 가는 길을 다시 오르면 팔부 능선인 해발 8백 미터에 위치한 백운암이 나타난다. 그곳이 정광에겐 마지막 도전 코스였다.

자신의 건강이 완전히 회복되고 통도사를 떠나는 날의 기점이 바로 백운암까지 오르는 것이었다. 그날까지 얼마나 더 많은 시간이 필요한지 예측하긴 힘들었다.

6월 어느 날이었다. 그는 마음속에서 정한 순서에 따라 사명암(四溟庵)

을 탐방하기로 했다. 사명암은 통도사 근역의 말사 중 하나이다. 사명대사의 법호 때문에 왠지 엄숙하고 장엄한 느낌마저 들었다.

입구 주차장 옆 연지(蓮池)가 제일 먼저 눈에 띈다. 서방 극락정토에는 구품연지(九品蓮池)에서 피는 연꽃이 있다는데, 대개 절에 가면 이를 상징하는 연못을 만들어 연꽃을 심어 놓았다. 뒷날 그가 경주에 이주해 살면서 삼릉계(三稜溪) 쪽 망월사(望月寺)에 가본 적이 있었다. 구각연당(九角蓮塘) 안에 세운 삼층석탑과 연꽃을 보았을 때 비록 규모는 작아도 가장 인상 깊은 대표적 연지임을 알게 되었다. 물론 그것은 먼 훗날의 일이었다.

계단을 오르면 작은 정자가 나온다. 정자의 이름이 눈길을 끈다. 무진정(無塵亭).

정광은 14년 전인 1985년 처음으로 딱 한 번 이곳 무진정에 온 적이 있었다. 자발적으로 왔다기보다는 지인의 권유에 동참한 것이었다.

사연인즉, 부산의 '한국전통차 모임'이 주관하여 사명암 대웅전 건축비 모금행사를 한 적이 있었다. 기장요(機張窯)에서 만든 도자기 전시회를 열어 그 판매대금 중 일부를 기부하는 행사였다. 부산시 여성단체 가운데서도 특히 불자들의 모임인 '연꽃회'의 보살들이 주체가 되었다. 당시 회장직을 맡고 있던 소천(小泉)이란 법호의 조(趙) 여사는 사명암의 신도였다. 도자기 작품전에 나온 작품들의 판매를 권유하는 업무를 맡은 소천 보살은 '천궁'이라는 전통찻집을 운영하는 주인이기도 했다.

마침 정광의 근무처 부근에 그 찻집이 있었다. 그곳에 몇 번 드나든 것을 계기로 조 여사와는 구면이었다. 업무상 주로 지붕용 슬레이트와 페인트, 그리고 건축 내장재 등속을 취급하던 '금강' 부산영업소 과장이었던 시절이었기에 정광은 그 계통 업자들을 많이 알고 있었다. 그래서 찻집을 리 모델링할 때는 그가 인테리어 업자를 소개해 주기도 했던 것이다.

그런 인연으로 그는 '천궁' 다실에서 차와 다기에 대해 상당한 식견을 넓힐 수 있었고, 아울러 깊은 관심도 지니게 되었다. 도자기 전시회 때에도 정광은 그의 회사 대리점 사장들에게 권유하여 제법 많은 작품들을 팔아주어 '연꽃회'에 협조했었다.

모금한 대웅전 건축비를 전해주기 위해 사명암에 동행할 기회가 있었다. 물론 정광은 그 당시 불교와는 아무 관련이 없었다. 단지 소천 보살의 간곡한 청을 마다하지 못해 기부협력자로서 갔을 따름이다.

그때 무진정에서 처음 만나본 동원스님의 인상을 떠올려본다. 50대 후반 정도의 큰 체구에 얼굴이 훤하여 부산의 뭇 여보살들이 많이 따른다는 소문을 '연꽃회'를 통해 듣기는 하였다.

법명인 '동원'을 '同○'이라고 적는 데서는 좀 괴짜 같은 느낌도 들었다. 동원스님은 본래 사명암의 주지였던 동산(東山)스님의 상좌로 생활했다고 한다. 당시 70대 후반에 든 동산스님은 단청과 불화까지 능숙하게 그려내는 단청장(丹靑匠)이었다. 금어(金魚)라 하여 단청만 그리는 어장(魚丈)보다 더 권위를 인정받고 있었다. 하지만, 1985년 무렵에 이미 동산스님은 연로하여 동원스님이 모든 것을 전수받은 상태였다. 그는 신축 대웅전 불사를 계획 중이었다.

무진정에서 부산의 '연꽃회' 소속 보살들과 동행한 정광은 이때 동원스님과는 첫 상면을 하였다.

부산에서 간 일행이 무진정에 도착하기 전 이미 서울 번호판을 단 외제 관용차가 몇 대 주차장에 있었다. 그들이 무진정 안으로 들어갔을 때 서울

손님인 듯한 처사(남신도) 한 명과 두 명의 보살이 동원스님과 면담을 나누고 있었다. 단번에 보아도 남자는 제법 지위가 높은 권세가로 보였고, 여자 보살들도 차려입은 옷매무시로 하여금 부유한 신도임을 직감할 수 있었다.

옆에서 기다릴 동안 나누는 이야기를 듣자하니 그들은 불사를 위해 많은 기부금을 약조하는 듯했다. 이윽고 그들이 떠난 뒤, 동원스님은 '연꽃회' 보살들 가운데 유일한 남자로 끼어 앉아있는 정광을 마치 관상을 보는 듯 빤히 쳐다보다가,

"불교 중흥에 일조할 처사님이네요. 저희 사명암을 찾아주셔서 깊은 감사를 드립니다."

라고 새삼스레 합장하며 그에게 목례를 올렸다.

황당했다. 그때 정광은 개신교 집사였던 시절이었다. 건축 불사에 참여하라고 독려하는 말인 줄로만 알아듣고, 어떻게 대꾸해야 할지 몰라 머뭇거리며 침묵했다. 같이 간 보살들이 도자기 전시회의 판매를 통해 얻은 기부금을 드리고, 차를 대접받고 나올 때 동원스님은 자리에서 일어나 옆자리의 화첩상자에서 화선지에 그려진 그림 한 장을 정광에게 선물로 주었다.

"처사님께 드립니다. 귀한 자리 해 주셔서 감사의 뜻으로 드리는 징표입니다."

묵으로 그린 선화(禪畵)였다. 동자승이 웃고 있는 그림이었다. 간결한 선(線)의 붓놀림으로 주저 없이 단숨에 그린 듯한 필치였다. '同○'이란 호와 낙관이 선명했다.

그로부터 14년이 흘렀다. 1999년 5월 말경, 자장암에서 금와보살을 직접 목도하고 혹시나 싶어서 찾아간 사명암. 그 앞에 있는 연지에는 6월의 초록빛 연잎이 한창 싱싱하게 자라고 있었다.

　연지가 한눈에 내려다보이는 무진정에 올랐다. 그곳엔 지금 아무도 없었다. 변한 것은 처마에 화려한 단청을 입혀 단장한 대웅전이 새롭게 들어선 것이었다. 14년 만에 우선 눈에 들어오는 겉모습의 변화를 그는 느꼈다.

　40대 후반에 벌써 직장도 건강도 잃은 채 세상과 동떨어진 무진정에서 그는 무심히 연지의 연잎에 뒹구는 오후의 햇살만 눈 찌푸리고 바라볼 뿐이었다. 무너지려는 심신을 지탱할 것이라곤 오직 그것뿐인 듯 정자의 누각 기둥을 한 손으로 감싸 안고는 그렇게 무심한 시간을 흘려보냈다.

　누각의 이층과 뜰은 거의 평형의 위치에 있었다. 일층 기둥은 돌로 쌓은 축담 아래를 지탱해주기 때문에 이층의 누각 마루와 뜰과는 거의 평형을 이루었다. 그런 구조였던 까닭에 일층의 기둥은 볼 수 없었다. 하지만 아래 연지 쪽에서 본 정자는 일층 기둥과 대웅전 뜰과 거의 같은 높이가 되어, 이층의 누각이 한눈에 다 보였다.

　갑자기 그의 뒤편에서 인기척이 났다. 그리고 그것은 어느새 대웅전 빈 뜰의 석등 아래 폭신한 황토를 밟는 소리로 변했다. 그가 뒤를 돌아보니, 보통사람보다 체구가 큰 스님 한 분이 먹장 가사를 입고 누각 쪽으로 다가오고 있었다. 정광은 몰래 누각 위에 올라간 것이 겸연쩍어 스님과 눈길이 마주치자마자 얼른 합장하며 고개를 숙였다.

　그의 앞으로 가까이 다가온 스님의 얼굴을 자세히 보니, 뜻밖에 동원스님이었다. 14년간의 세월 때문에 50대 후반 무렵의 풍만한 체구와 주름살

없이 훤하게 윤기가 흐르던 그때의 스님 얼굴은 어느새 공기 빠진 공처럼 볼 살이 사그라진 노안(老顔)으로 변해 있었다. 세월의 무상한 변화에 정광은 무척 놀랐다. 그는 무의식중에

"동원스님이 아니십니까? 오랜만에 뵈옵습니다."

하고 말을 건넸다.

동원스님의 표정이 잠깐 흔들리는 듯했다. 이내 합장하면서

"저를 아시는 모양입니다그려."

하고는 안색이 약간 밝아진다.

"예. 오래 전에 뵌 적이 있습니다. 이 무진정에서 말입니다. 대략 14년 전쯤 된 것 같네요."

마침 적막한 사찰엔 맑은 6월의 따사로운 햇볕과 고요만이 두 사람의 재회 시간을 꽤 길게 허락하고 있었다. 동원스님의 눈에 비친 정광의 몰골 속에도 6개월 동안 자란 산발머리와 얼굴의 절반을 뒤덮은 콧수염과 턱수염 등, 한눈에 봐도 무슨 사연을 가진 인간의 형색이 담겨 있었을 것이다. 14년 전, 부산의 여신도들 모임인 '연꽃회'와 대웅전 건립의 불사에 참여했던 인연, 몸이 아파 통도사 근처에 요양 차 머물고 있다는 사연 등을 전해들은 동원스님은 시간이 허락한다면 사명암을 다시 찾아줄 것을 정광에게 권했다.

그날의 재회를 계기로 정광은 며칠 걸러 한 번씩, 자주 사명암을 드나들었다. 이미 여든 살 가까운 연세에 접어든 동원스님도 옛 스승인 동산스님이 그랬던 것처럼 단청장(丹靑匠)이 되어 한가로이 단청연구에 몰두하고 있었다. 특히 치근엔 대웅전 단청을 실험적으로 시도하고 있는 중이라 하

였다.

옛 단청 물감은 자연광물성 안료로 만들었기 때문에 천년까지 색조를 유지할 수 있었던 비법이었다는 것이다. 하지만 자연광물성으로 물감을 만드는 특수한 안료가 국내에서는 생산되지 않는 것도 있고, 중국에서 수입하는 것은 값이 너무 비싸서 건축물 단청에 사용하기 쉽지 않다는 말도 하였다. 부득이 흔하게 쓰는 화학적 안료, 즉 수성페인트를 사용하는데, 이것은 바깥에 노출되면 고작 20년 정도면 퇴색해버리는 게 단점이라고 하였다. 그래서 수명을 연장시키기 위해 고안한 것이 바로 화학적 안료인 수성페인트를 먼저 칠한 다음 그 위에 옻칠을 먹이는 방법을 사용한다는 거였다.

1980년대 당시 대웅전 50평 정도의 단청 가격만 일억 원 남짓의 거금이 들었다고도 하였다. 그때 한 번 칠한 이후 10년의 세월이 지났지만 아직 색조의 질이 원형에 가깝다고 동원스님은 매우 안도하는 것이었다.

정광을 만나면 스님은 자연스레 자기 관심 분야인 단청의 색감을 화제에 올렸고, 한국의 전통 오방색에 관해서도 설명해 주었다. 거듭되는 만남에 따라 두 사람은 차츰 선불교에 대해 자주 얘기하는 즐거움을 나누곤 했다.

어느 날 정광은 자장암에서 보았던 금와보살에 대해 조심스레 말을 꺼냈다. 찾아간 첫날, 금와석굴 밖으로 나와 있는 개구리를 바로 친견하게 된 행운을 누릴 수 있었던 감회를 말했더니, 동원스님은 대뜸

"오호, 불은(佛恩)이로고!"

하였다.

"여기 통도사를 창건하신 자장율사께서 인평(仁平) 3년인 서기 636년에 당나라로 불법을 배우러 갔을 때도 그와 비슷한 신이(神異)를 경험했다고

전해내려 오고 있지요. 그 나라 우타이산(五臺山)에는 문수보살의 소상(塑像)이 있었답니다. 사람들의 입으로 전해지는 소문에는, 제석천(帝釋天)이 공인(工人)들을 데리고 와서 조각해 만든 것이라고들 한답니다. 자장스님은 그 산에 머물며 늘 소상 앞에서 기도하고 명상에 잠기곤 했는데, 한 번은 꿈에 소상이 스님의 이마를 만지면서 범어(梵語)로 된 게(偈)를 주었지만, 잠을 깨어 암만 생각해 봐도 무슨 뜻인지 알 수가 없었대요. 그때까지 범어를 배운 적이 없었으니 당연한 일이겠죠. 이튿날 아침, 이상한 중이 오더니 이것을 해석해 주고는 '비록 만 가지 가르침을 배운다 해도 이보다 더 나은 것은 없다' 하고는 가사(袈裟)와 사리(舍利) 등을 건네주고는 사라졌답니다. 바로 그 이상한 중이 곧 문수보살의 화신(化身)인 것을 뒤늦게 깨닫고 자장스님은 자기가 이미 성별(聖莂)을 받은 것을 알고는 산을 내려왔답니다. '성별'이란 것은 문수대성(文殊大聖)의 기별(記莂)을 말함인데, 부처가 도를 닦는 사람에게 미래에 성불할 것을 예언한 말이지요."

"아, 네에. 그렇습니까.……"

"처사님 앞에 금와보살이 모습을 드러낸 것도 그와 같은 무언의 기별을 준 것으로 느껴집니다."

"아, 그렇습니까.……"

정광은 이 순간 불교에 귀의하겠다는 결의를 마음속에서 다짐했다. 그리고는 동원스님에게 14년 전의 첫 만남에서 기독교인인 자기에게 큰 불자가 될 것이라는 암시를 던졌던 그 이야기를 꺼내고는 무슨 이유로 그런 말을 했는가 물어보았다. 그것은 항시 그에게 의문으로 남아 있던 사건이었기 때문이다. 더욱이 동자승의 그림을 받았다는 이야기를 듣고 난 후에 동원스님은 조심스레 입을 떼었다.

"너무 오래 전 일이라 당시의 기억은 없지만, 지금 되짚어 보더라도 분명한 것은 처사님의 모습을 처음 봤을 때 전생에 큰 스님의 환생으로 느꼈기 때문일 겁니다. 아마 그런 뜻에서 동자승의 그림까지 주었을 거라고 대답할 수 있겠군요."

그 말이 정광의 귀에는 아마도 육체의 고통보다 더한 심신의 아픔을 통해 이곳까지 오게 만든 석가여래의 부르심에 감사하라는 당부처럼 들렸다.

동원스님은 그에게 '정광(庭光)'이란 법호까지 내려 주었다.

"지금 내 눈에 보이는 처사님의 관상은 한 번 허물을 벗은 뒤처럼 정문(頂門)에서 미간(眉間) 사이의 이마가 말끔히 씻긴 듯이 광채가 돕니다. 옛글에, 추우홀개제, 건곤변청량(秋雨忽開霽, 乾坤變淸凉)[가을비가 홀연히 멎어 하늘이 활짝 개이니, 천하가 맑고 시원하게 변했다]라고 했는데, 그와 같이 개미(開眉 · 마음의 근심을 풀어버림)의 상태가 마치 뜰에 내린 빛과도 같습니다. 그래서 법명을 '정광(庭光)'이라 함이 어떨는지요? 텅 빈 충만함이요, 영광되고 신비한 평화를 담은 이름입니다.……"

통도사 암자인 관음암 뜰에서 따사로운 햇살 속에 앉아 눈물을 삼켰던 어느 순간을 떠올려본다. 대웅전과 삼층석탑과 석등이 보름 달빛 아래 그림자를 드리웠던 그 그늘 속에 우두커니 서서, 제 자신마저 고요가 내려앉은 풍경의 일부가 되었던 때를 생각해 본다. 또, 하얀 벚꽃이 경내를 구름처럼 휘덮고 있던 지난 4월, 포근함이 눈과 가슴으로 스며들어와, 부처가 자신의 내면에 들앉은 것 같은 기분도 느꼈었다. 그 꿈속 같은 풍경에 취해 있던 때를 음미해 본다.

음력 사월초파일의 연등회로 법석대던 인파가 물러간 뒤 갑자기 황량해진 경내를 거닐 때의 적요함을 그는 더 좋아했다. 암자들을 탐방하러 산길을 오르내릴 때면 마음과 몸이 자연과 하나 된 평안함이 자기 안에 가득했었다. 옛 선사(禪師)들이 말하는 불성(佛性), 즉 '참마음'이란 대개 이런 느낌이 아니었을까?

어쨌거나, 스님이 그에게 '정광'이란 법명을 준 것이다. 그는 비로소 불교에 귀의한 셈이었다.

정광은 그가 마지막 코스로 남겨두었던 영축산 팔부 능선에 위치한 백운암까지 다 둘러본 다음날 동원스님의 거처를 찾았다. 이제 통도사를 떠나야 할 시기가 왔다는 느낌 때문이었다. 처음 이곳에 왔던 날로부터 열 달이 거의 다 찬 무렵이었다. 건강도 완전히 회복되었다. 그는 마지막으로 떠나기 전에 만나보기로 했다.

"이젠 떠날 때가 된 것 같아, 하직인사 드리러 왔습니다."

그렇게 말문을 연 즉시, 그는 스님에게 다짜고짜 물었다.

"늘 궁금했는데, 대관절 달마가 동쪽으로 온 까닭은 무엇입니까?"

"왜 그런 것을 묻는고?"

"제가 장차 가야 할 길 때문입니다."

고개를 끄덕이며 잠시 생각하던 동원이 대답했다.

"서쪽을 밝히는 금성의 별빛, 이미 창문으로 비치었도다! 부디 수선덕(修善德)하시오."

"선한 덕을 마음 가운데 세워야겠군요."

선문답하듯 둘은 이치에 맞지 않는 말을 잠깐 주고받았다.

그 길로 정광은 동원과 헤어졌다.

제 2편

개종(改宗)

제1장

운명을 예견한 선문답(禪問答)

인과의 법칙대로 움직이는 것이 천리이다. 따지고 보면 세상사에는 필연 아닌 것이 없다. 무수한 우연들의 현상 이면에 감춰진 본질을 꿰뚫어보면 거기에도 일정한 법칙이 존재함을 깨닫는 때가 온다.

사명암에서 헤어질 때 나누었던 그들의 대화 속엔 분명 논리적 추리로써 밝혀낼 성질의 것이 아닌, 직관에 의해서만 간파될 수 있는 어떤 의미가 감춰져 있었다. 마치 무수히 흩어놓은 우연의 구슬들을 필연의 끈으로 꿰듯 보이지 않는 손길이 작용하는 불가사의를, 정광은 마침내 긍정하기에 이르렀다. 그것은 흐리멍덩한 혼돈의 안개에 싸여 분별할 수 없다가 시간의 경과와 함께 어느 순간 번쩍 깨달아지는 것이었다. 그것이 바로 신의 뜻이라고.

동원스님이 그에게 "서쪽을 밝히는 금성의 별빛, 이미 창문으로 비치었도다! 부디 수선덕하시오."라고 한 말의 의미는 무엇일까?

때와 장소도 없이 불쑥불쑥 떠오르는 그 의문을 정광은 이후에도 두고두고 곱씹고 있었다.

금성(金星)은 이른 새벽 동쪽 하늘에서 반짝일 때는 '샛별'이라 한다. 해가 진 뒤 저녁 시간에 서쪽에서 빛날 때는 '개밥바라기'라고 한다. 시간대에 따라 부르는 이름이 달랐다. 굳이 서쪽을 향해 밝히는 별빛이라 한 것은 샛별을 지칭한 것일까? '금성의 별빛'이란 말도 의미가 중복되어 잘못 표현된 어법이다. 또, 창문으로 비치었다는 것은 무슨 뜻인가?

'수선덕(修善德)'은 말 그대로 '선한 덕을 닦으시오'라는 의미에 불과했을까?

그 말을 듣고 정광 역시 반사적으로 '선한 덕을 마음 가운데 세워야겠군요.'라고 거의 무의식중에 대꾸했었다. 그것은 실상 그 이상의 다른 뜻을 담은 발언이 아니었다.

하지만 곱씹을수록 의문이 자꾸 꼬리를 물었다. 그리하여 정광은 자주 수수께끼 같은 그 선문답에 의혹의 그림자를 던져보곤 하였다.

서방정토는 오방(五方) 중에 금(金)이다. 금성(金星)은 신라시대 경주를 일컫던 옛 이름 금성(金城)과도 동음이며, 오행의 하나인 금(金)에 해당하는 성씨인 금성(金姓)과도 동음이다.

어쩌면 동원스님은 그때 선문답을 통해 훗날 경주에서 김씨 성을 가진 정광이 할 일을 예견하며 이런 기별(記莂)을 던졌던 게 아니었을까? 마치 자장스님이 당나라 오대산에 머물 때 문수보살의 소조(塑造)가 꿈속에 범어로 된 기별을 전한 바로 그 다음날, 문수의 화신불로 나타난 이상한 스님이 찾아와 그 뜻을 해독해주고 사라진 것처럼.

온갖 것에서 수수께끼 같은 현상을 섭해 한번 보기 시삭하면 궁금증은 멈출 수가 없다.

'수선덕(修善德)하라'는 말도 단순히 선한 덕을 닦으라는 뜻을 넘어 '선덕여왕을 깊이 연구하라'는 의미로 해석되었다. 그 자신 선한 덕을 '마음 가운데' 세워야겠다고 응답했을 뿐이지만, 돌이켜보면 그 속엔 선덕여왕을 염두에 두겠다는 뜻을 무의식중에 받아들인 것으로 볼 수도 있었다.

'가운데'란 오방의 하나인 중토(中土)를 가리킨다. 그것은 수미산 도리천의 중앙 제석궁에 부처로 태어난 선덕을 다시 현세로 불러내 부활시키라는 정광처사의 임무를 예견한 선문답이었을까?

그렇다고 스스로 결론을 내린 이후부터 정광은 그 선문답의 비의(秘意)를 분명히 깨달은 것으로 믿어 의심치 않았다.

"서방정토를 밝히는 서라벌[金城]의 별빛, 금성(金姓)인 그대 영혼의 창에 이미 비쳐들어 사물에 녹아 있던 진리를 찾는 개안(開眼)이 되었도다!"

동원이 정광에게 던진 기별은 그런 뜻이 아니었을까?

깨닫는다는 것은 무명(無明)의 속박에서 해방되는 것을 뜻한다. 도(道)와 하나가 된다는 것, 그것은 우주 전체와 하나가 된다는 뜻이기도 하다. 그 안에 있는 수만 가지 사물과도 일체가 된다는 뜻이다. 그는 비로소 눈을 떴다. 어린 시절 조부의 한의원에 찾아온 사주쟁이가 펼쳐 보인 당사주 그림책에, 늘그막의 자신의 모습이 석장(錫杖)을 손에 쥔 승려로 그려져 있던 사실을 아득한 기억 속에서 끄집어냈다. 게다가 그 승려의 어깨 위에 올라앉아 있던, 왕관 쓴 여인의 유령이 곧 선덕여왕의 형상이었다는 깨달음으로 귀결된 것이었다.

정광은 그 순간 눈앞의 헛된 환상을 걷어내고 도(道)를 보았다. 앎[識]

혹은 깨달음은 곧 시야를 홀리는 환상으로부터 자유로워지는 것을 뜻하니 말이다. 도를 본다는 의미는 무엇인가? 쉽사리 빠지기 마련인 함정을 굽어보면서 그것이 환상에 지나지 않는다는 사실이 금방 드러남을 깨달아 안다는 뜻이다.

그는 날아갈 듯 몸과 정신이 홀가분해졌다. 지금까지 그의 어깨를 짓누르며 아픔을 동반했던 온갖 고통스런 의혹들이 한 순간에 해소돼버리는 심정이었다. 이런 경험은 마치 악몽을 꾸다가 갑자기 깨어났을 때와 같은 것이었다.

제 2장

자연 속의 불성(佛性)

그런 큰 깨달음을 얻은 직후부터 그는 자신의 앞날에 대해 며칠간 깊은 고민에 빠졌다. 통도사 정문 앞 여관에 방을 얻어 장기 투숙한 이래 특별히 일기불순한 날 외에는 거의 빠짐없이 절간 경내를 산책해 왔던 일과마저 빼먹을 만큼 깊은 고민 속에 놓여 있었다.

그는 이곳에서 보낸 열 달 가까운 시간들 속에서 가장 핵심적 사건들의 의미만을 되짚어 보았다. 우선, 죽을 만큼 힘들어도 살아야 하는 이유를 하나쯤 만들어 보려고 궁리한 끝에 일단 집을 나섰던 것이다. 건강을 회복해 가던 과정에 기독교에서 불교로 개종하였다. 마침내 이번 기회에 아예 머리 깎고 승려가 되어 속세와 완전히 연을 끊을 것인지를 그는 깊이 생각했고, 또한 망설이고 있었다.

집을 떠나올 때 준비했던 여비도 거의 바닥이 난 처지였다. 애초에 생각하기로는 건강을 회복한 뒤 돈이 다 떨어지면 다시 환속하리라는 막연한 계획으로 출발했던 것인데, 이제 그런 상황에 이르자 어찌해야 좋을지 난감한 지경이 된 것이다. 막상 세속으로 돌아간다 해도 기꺼이 반겨줄 가

정도 없다. 빈털터리가 된 자기를 환영해줄 곳도 없다. 그런 심정 때문에 그는 이삼일 동안 여관방에 꼼짝 않고 드러누워 온갖 생각에 잠겨 있었다.

정광은 그런 침통한 기분 속에 지내다가 하루는 문득 서운암의 주지인 성파(性坡) 스님을 떠올렸다. 통도사 옛 주지였다가 이 무렵엔 경내의 여러 암자 중 하나인 서운암에 거처하고 있다고 들었다. 그 사실을 정광은 이곳에 와서 비로소 알았다. 그를 뵈러 언젠가 서운암을 들렀던 적도 있으나 때마침 출타중이라 만나지 못하였을 뿐이다. 다만 통도사를 떠나기 전에 한 번쯤 다시 찾아뵙고자 스스로 후일을 기약한 대신 그 당시엔 사명암의 동원스님을 자주 친견하느라 잊고 지냈던 것이다.

그가 성파스님을 처음 만나보게 된 것은 1988년 일본의 나라현(奈良縣) 텐리시(天理市)에서였다. 그 무렵 정광은 소속사 '금강'의 해외지사인 오사카 지점에 파견근무로 나가 있던 시절이었다.

〈한국 선불교와 일본불교〉라는, 한-일 불교교류 세미나에 초청 강연자로 나온 성파스님을 현장에서 뵙게 된 것이다.

승려이자 시조시인으로 문단에서 활동 중인 성파의 경력에 호기심을 갖고 정광도 참석하였다. 코후쿠지(興福寺 · 흥복사)에서 열린 세미나였는데, 한국 민단(民團) 소속 불자들이 그곳 현지의 한국 상사(商社)나 지사들에 대거 초청장을 보냈었다.

긴테츠나라역(近鐵奈良驛)의 2번 출구로 나오면 400미터 거리에 자리한 고찰 흥복사(코후쿠지)가 나온다. 740년에 창건한 유서 깊은 고찰로서 1426년에 개축되었다. 특히 5층 복탑의 조형미와 백제인 후예들이 건립했다는 이유로 정광은 일부러 가고 싶은 곳이기도 하였다. 동쪽 금당의 말

쑥하고 아름다운 건축물도 왠지 낯설지 않았고, 백제의 건축미가 남아 있어 한국적 냄새가 짙었다.

강연자로 나온 성파스님의 약력을 보니 무척 반가웠다. 부산과는 지척지간에 있는 통도사의 옛 주지승이란 점에서 정광은 특히 지리적 친연성(親緣性)을 느꼈다. 뿐만 아니라, 정광의 부친이 조선의 국권상실기에 이곳 나라현에 있는 텐리대학(天理大學)을 졸업했던 관계로 심정적으로는 왠지 낯설지 않다는 생각마저 들었다.

1988년은 서울올림픽을 계기로 한-일 민간교류가 정식으로 이뤄진 해여서 오사카에 나가 있던 민간상사에까지 참석을 권유하는 서울본사의 공문에 따라 참석한 것이긴 해도, 개인적으로는 유명사찰인 코후쿠지의 관람 목적도 있었다.

행사가 끝난 직후에도 그냥 남아서 부산, 양산과 같은 지역 인사라는 이유로 성파 스님과의 개인적 만남도 이루어졌다.

그리고 일 년 후, 부산 지점으로 발령이 났다. 그는 귀국한 얼마 뒤에 가고시마(鹿兒島)에 사는 미쓰이시(三つ石) 교수를 모시고 통도사 서운암을 찾아간 적이 있었다.

미쓰이시 교수는 큐슈대학의 사학과에 근무하다 은퇴한 분이었다. 퇴직 이후엔 고향 가고시마에 정착하여 주로 그 일대의 여러 신사(神社)·신궁(神宮)의 사적 편찬에 관여하며 노후를 보내고 있었다. 그는 퇴직한 후에도 가고시마 현립(鹿兒島縣立) 대학에 외래교수로 출강하는 한편, 주변의 신궁·신사 등에서 정기적으로 편찬해내는 책자들의 주요 집필자 겸 강연자로 바쁜 나날을 보냈다. 예컨대, 일반에겐 잘 알려지지 않은 역사적 유물·유적의 유래를 추적하며 향토사와 관련된 각종 글들을 쓰는 것이 여생의 주된 일과였던 셈이다.

그런 노교수와 정광이 인연을 맺은 것은 그 무렵 큐슈대학에 유학을 와 있던 대학동창생 박상익(朴詳翼)의 소개를 통해서였다.

큐슈의 미야자키현(宮岐縣) 기타모로가타군(北諸縣郡)에는 하타씨족(秦氏族)과 연관이 있는 마토노신사(的野神社)가 있다.

그 신사로 오르는 돌계단이 끝나는 경내 입구의 양쪽에 같은 모양의 아주 오래 된 몇 기(基)의 석등롱(石燈籠)이 눈에 띈다. 특히 그 등롱의 간석(竿石) 4면에 각각 수수께끼의 문자를 빙 둘러가며 조각해놓은 것이 3기나 있다. 형태는 석등이지만 문자가 있다는 점에서는 석비로 보기도 한다.

수수께끼의 그 고문자들은 한글과 흡사한 형태였다. 굳이 이름 붙인다면 '원시(原始) 한글', 혹은 한글의 모태랄 수 있는 '가림토(加臨土) 문자'라고도 할 수 있었다. 쓰시마(對馬島)의 아히루(阿比留)에서 오래 전에 발견된 적이 있어 흔히 '아히루 문자'라고도 불려진다. 또 일찍이 일본 신궁문고(神宮文庫)의 고자(古字)로서 발견된 경우도 있어 이른바 '신대문자(神代文字)'라고 일컬어지기도 했던 것이다.

미쓰이시 교수는 이 마토노신사의 석비에 대해 오랫동안 의문을 품어오면서도 막상 그 수수께끼의 문자 해독이 이뤄지지 않아 고심해 왔다. 주변의 어느 누구도 이 문자들의 분명한 의미를 해독해내는 자가 없었다.

오래 전부터 그 지역에 정착해 살던 한국계 주민들을 대상으로 비문 해독을 의뢰해 봤으나 그들 역시 아는 바가 없었다. 여전히 의혹 속에 남겨둔 채로 지내다가 우연한 기회에 큐슈대학 역사과의 옛 후배교수인 후지모토(藤本) 씨와 전화 통화 중에 마토노신사의 석비에 관한 이야기를 하게 되었다. 그 때가 마침 큐슈대 사학과에 유학을 와있던, 정광의 동창생인 박상익이 후지모토 교수의 제자로 박사과정을 밟고 있던 무렵이었다.

후지모토 교수는 석비의 명문(銘文)이 한글 고문자와 유사하다는 말에 박에게 연락하여 적당한 날을 정해 미쓰이시 교수를 만나 함께 마토노신사를 방문하기로 하였다.

박은 그런 사정을 오사카 현지에 파견근무로 나와 있던 친구 정광에게 즉시 전화로 알렸다. 마토노신사의 석비 외에도 미쓰이시 교수한테서 들은 기리시마신궁(霧島神宮)의 국보급 비밀벽화에 관해서도 말했다. 신궁을 모신 뒷벽에 한국계 도래인 화공(畵工)의 그림이 있다는 내용이었다. 오사모(烏紗帽)를 쓰고, 일본과는 확연히 다른 관복을 입은, 높은 관리들의 모습을 그린 그림들이랑 그밖에 신비로운 채색의 고려 불화(佛畵)들도 몇 점 있는데 일반인에게는 일절 공개하지 않고 있다는 것이었다.

박상익은 "혹시 지인 중에 신문기자가 있으면 이를 기사화하도록 제보하면 특종감이 될 수 있을 것도 같다"며, "네가 잘 아는 기자가 없느냐?"고 알려왔다.

정광은 대번에 사촌형을 떠올렸다. 백부님의 외아들 범보(凡甫) 형이 신문사 기자였다. 그는 중앙일간지의 하나인 M신문사 문화부에 근무했는데 당시 차장 직책을 맡고 있었다. 대학에서 문학을 전공하였고 이미 소설가로 문단에 등단한 현역작가이기도 했다.

정광은 즉시 범보 형에게 어쩌면 특종감이 될 수도 있으니 현지취재가 가능하면 도일(渡日)하라고 연락을 취하였다. 실제 그의 사촌형인 범보는 그 직후 취재 차 사진기자를 대동하고 일본으로 왔었다. 그때 상익을 통역 겸 안내자로 삼아 일행은 가고시마의 미쓰이시 교수를 만나 현지에서 많은 도움을 받고 또 여러모로 신세를 지기도 했던 것이다. 그때의 취재 내용이 〈일본 속의 한국문화 기행〉이란 타이틀로 몇 차례 연재되었던 것으로 정광은 기억하고 있다.

아무튼 미쓰이시 교수와는 그런 사연에 얽힌 인연이 있었다. 한국의 불교 사찰에 대해서도 지대한 관심을 갖고 있었던 미쓰이시 교수가 통도사를 찾아 부산으로 건너온 것은 그로부터 이태 뒤였다. 미리 정광에게 연락을 해왔기에, 수소문 끝에 성파스님이 통도사 경내의 서운암에 계신다는 근황을 알게 되었고, 일부러 틈을 내어 미쓰이시 교수를 모셔가 스님께 소개해 주었다.

그 무렵 성파스님은 서운암 한쪽 기슭에 도자기 가마를 만들어 팔만대장경의 도자기판(版)을 굽고 있었다. 몇 년 전 일본 나라현 고후쿠지의 불교 세미나 때 만난 이야기부터 시작하여 미쓰이시 교수를 소개함으로써 자연스레 연결을 주선하였다. 정광은 팔만대장경의 도자기판 두 장을 30만원에 구입하였다. 당시로선 꽤 큰 금액이었다.

그와 같은 연분으로 구면이 된 지 그럭저럭 5년이 흐른 셈이다. 건강 회복을 위해 휴양 차 왔다가 자장암 뒤편 암벽에서 금와보살을 직접 목도한 후로 나날이 몸이 정상으로 돌아오면서 정신도 많이 맑아져 있었다. 산길을 오르내릴 동안 언젠가는 서운암을 한 번 방문하리라 생각했다.

성파스님이 여태 거기 계시는지도 궁금해서 어느 날 문득 찾았을 때는 마침 출타 중이라 만나지 못했다. 그러다가 일부러 다시 한 번 그곳을 찾았다. 이쯤에서 그만 통도사를 떠나든지, 아니면 이번 기회에 아예 불교에 귀의하여 승적(僧籍)에 몸을 두든지 고민할 즈음이었다.

서운암은 거의 평지나 다름없는 장소에 있었다. 통도사와는 가장 거리가 가까운 암자다.

10월초 햇살이 서운암 뜨락을 비추는 오후였다. 날씨가 맑고 공기도 깨끗한, 한국 특유의 완연한 가을날이었다.

먼발치에서 본 모습으로도 금방 성파스님으로 짐작되는 노승이 뜰에서 몇 사람의 보살과 함께 일하고 있었다.

가까이 다가가 보니, 천연물감을 베에 물들이는 작업이었다. 보살들과 스님이 커다란 주홍색 고무 대야에 쪽물을 담아 하얀 천을 넣고는 골고루 치대어 파랗게 물들이고 있었다. 다른 한쪽에선 뜰 마당에 이미 물들인 천들이 양쪽 바지랑대에 걸친 빨랫줄에 길게 매달린 채 널려있는 광경이 눈에 띄었다. 맑은 공기와 햇볕, 선선한 바람에 하늘색을 닮은 쪽빛이 물결치고 있었다.

합장을 하고 다가가서 보니, 노승은 짐작대로 성파스님이었다. 몇 번 들른 서운암에서 드디어 그 분을 만나자 이런저런 옛 이야기로 금세 친숙해졌다. 물론 처음 한순간은 정광의 텁수룩한 수염과 장발의 모습에 어리둥절했으나, 미쓰이시 교수 얘기를 꺼내자마자 아! 하는 탄성을 발하며 즉시 알아보았다.

작업도중이어서 그냥 뜰에 서서 잠시 이야기를 나누다가 아무래도 이야기가 길어질 듯싶다고 여겼는지 스님은 방안으로 정광을 안내했다. 그리고 요즈음은 도자기 굽는 일은 하지 않고 천연물감으로 염색한 옷감을 만들어 전국의 사찰에 판매하고 있다고 설명했다. 그 돈으로 사찰을 운영한다고도 했다. 재주가 다양한 스님이었다.

나중엔 손이 모자라 정광의 손품까지 원했다. 한동안 정신수양 겸 건강

회복을 위해 통도사 정문 앞의 여관에 머물고 있다는 정광의 근황을 듣자마자 그렇다면 당분간만이라도 도와달라며 노승은 유쾌한 웃음으로 제안해 왔다. 그런 속내를 기탄없이 드러낼 만큼 담박(淡泊)하고 솔직한 분이었다. 정광도 즉석에서 흔쾌히 봉사해줄 것을 약속했다. 비록 치자색과 황토색, 그리고 쪽물의 파란색 정도만 아는 얕은 지식으로 한 약속이었지만.

그러나 시간이 흐를수록 그는 천연 염색의 종류와 특징에 대해 실제 현장에서의 봉사활동을 통해 놀라울 만큼 많은 것을 배우게 되었다. 붉나무에서 채취하는 혹 모양의 충영(蟲癭)인 오배자(五倍子) 염료, 보라조개를 원료로 하는 동물성 염료, 황토주(黃土朱)를 사용하는 광물성 원료, 식물의 잎, 꽃, 열매, 수피(樹皮), 나무줄기의 심재(心材), 그리고 뿌리를 활용한 식물성 원료 같은 다양한 지식들을 습득하였다.

적색계통의 발현을 위해 사용하는 소목, 홍화, 꼭두서니···. 황색계통으로는 치자, 황련, 물금, 황백, 괴화 등을 이용하였다. 청색계통은 쪽[藍], 계장초, 포도···. 갈색계통으로는 감, 밤나무, 뽕나무, 대추나무···. 흑색계통으로 오배자, 상수리나무 등을 사용하고 있었다.

염색을 위한 원단도 모직과 견직물을 비롯하여, 식물성 섬유인 마직(麻織)계통의 모시, 삼베 등이며 옷감의 성질에 따라 조금씩 물들이는 방법에도 차이가 있었다.

정광은 서운암에서 스무날 가량 봉사활동을 통해 색감에 대한 심미안과 자연의 오묘함을 깊이 새겼다. 그 또한 무의미한 일은 아닐 것이었다. 막연하지만 자연속의 어떤 불성(佛性)에 눈을 뜨게 된 계기라고 그는 여겼다.

진정 몸과 마음의 평안을 얻기 위한 치유란 세속의 모든 것을 내려놓는 일이었던 것이다. 그리하여 그는 봉사의 열정으로 애태움의 울화를 씻어내고, 편히 휴식하며 마음의 피로를 덜어내고, 머릿속이 텅 비도록 사사로운 잡념을 떨쳐냄으로써 비움의 즐거움을 느낄 수 있었다. 그것이 또한 불심(佛心)이 아니겠느냐고 그는 생각했다.

제3장

다시 서게 된 교단(教壇)

  그럭저럭 통도사에서의 휴양기간이 벌써 10개월이 되었다. 그 시간들은 통도사 경내의 구석구석을 비롯해 근처 모든 암자를 다 둘러본 세월이기도 했다. 자장암에서 금와보살을 만났고, 사명암의 동원스님에게서 법명을 받았다. 서운암에서는 성파스님 덕분에 천연염색의 봉사체험도 해보았다.

  어느덧 통도사 경내와 그 일대를 에워싼 영축산 줄기며 봉우리와 계곡이 온통 단풍으로 물들기 시작한 10월 말경의 어느 날이었다.

  그날도 여느 날과 다름없이 그는 아침 6시 반에 눈을 떴다. 그리고는 평소 매일 하듯 7시에 숙소를 나와 1.2킬로미터 가량의 통도사 입구 소나무 숲길을 걷는다. 개울 물소리가 계절마다 다름을 알았다.

  반월교를 건너 사찰 입구를 지나면 종루 기둥이 가로막는다. 만세루 앞 넓은 뜰의 한적한 공간에서 한숨을 돌리고는 이내 불이문(不二門)을 겸허한 마음으로 들어선다. 팔정도(八正道)를 음각으로 새긴 팔가석주 앞에 오자 그는 한 바퀴 빙 둘러 새겨진 그 글자를 따라 돌았다. 고통을 소멸하는 참된 진리인 8가지 덕목[13]을 눈에 확 띄게 붉은색으로 쓴 글귀가 이젠 새롭게 들어온다.

다시 발걸음을 옮기자 점차 높아지는 뜰이 나온다. 적멸보궁인 동시에 금강계단(金剛戒壇)이다. 자장스님이 당나라에서 가져온 석가모니 진신사리(眞身舍利)를 봉안한 곳이다. 한국에서 '적멸보궁'의 편액을 붙인 전각은 본래 진신사리의 예배장소로 마련된 절집이었다. 이 통도사 금강계단이 5대 적멸보궁 중 하나가 된 것도 그 때문이었다.

금강계단의 축성 형태가 얼핏 보면 일본 성곽의 형태처럼 돼 있어 늘 정광의 마음에 탐탁찮았다. 특히 모서리 부분이 그랬다. 금강계단 담 벽면에 새겨놓은 건축 헌금자의 명단에 일본인들과 한국인들의 이름이 뒤섞여 있는 것이 보인다. 직함을 보니 일제강점기의 관료들이 상당수였다.

일본식 성곽 형태뿐 아니라 석등 역시 일본식이어서 아무래도 한국 고유의 사찰에 어울리지 않는다. 이런 사실들을 정광은 경내를 들락거리는 동안 이곳 지방 신문사 문화부에 전화상으로 알리기도 했다. 왠지 그래야만 할 것 같아서였다. 이후 그가 제보한 내용의 기사를 본 기억이 난다. 이 사찰뿐 아니라 언젠가 본 동래 범어사 대웅전 앞 석등도 일본식이었다.

여기서 제일 가까운 암자인 안양암으로 올라 뒤편 자장암까지 갔다가 거기서 다시 극락암까지 가서 경내의 청정수 한 잔 마시고, 다시 올라갔던 길을 되돌아 적멸보궁까지 내려오면 대개 11시경이 된다. 이것이 몸의 건강이 완전히 회복된 뒤로 매일 반복해온 오전 일과였다.

---

13) 8덕목: ①정견(正見): 올바로 봄. ②정사(正思; 正思惟): 올바로 생각함. ③정어(正語): 올바로 말함. ④정업(正業): 올바로 행동함. ⑤정명(正命): 올바로 목숨을 유지함. ⑥정근(正勤; 正精進): 올바로 부지런히 노력함. ⑦정념(正念): 올바로 기억하고 생각함. ⑧정정(正定): 올바로 마음을 안정함.

적멸보궁 뜰 앞 명부전 돌계단에 앉아 오래된 그 건축물을 시간 가는 줄 모른 채 바라보고 있노라면 가슴 안이 텅 빈다. 육신(肉身)은 사라진 듯 잊어버리고 마음마저 솜틸처럼 가벼워진다.

관심을 갖고 구입한 『삼국유사』에서 그가 자장법사와 통도사에 관련된 부분을 읽고 또 읽어 이젠 외울 정도가 된 「탑상(塔像)」편, '전후에 가져와 봉안한 사리(前後所藏舍利)' 조항(條項)의 기록을 떠올려 본다.

"법흥왕 때인 태청(太淸)[14] 3년 기사년(己巳年 · 549)에 양(梁)나라에서 심호(沈湖)를 시켜 사리 몇 알을 보내왔다. 선덕왕 때인 정관(貞觀)[15]17년 계묘년(癸卯年 · 643)에는 자장법사가 당나라에서 부처님 머리뼈와 어금니와 불사리 100알과 부처님이 입었던 붉은 비단에 금색 점이 있는 가사 한 벌을 가지고 왔다. 그 사리를 세 부분으로 나누어 하나는 황룡사 탑에 두고, 하나는 대화사(大和寺) 탑에 두고, 하나는 가사와 함께 통도사 계단(戒壇)에 두었다. 그 나머지는 어디에 있는지 자세히 알 수 없다. 통도사 계단에는 두 층이 있는데, 위층 가운데에는 돌 뚜껑을 안치하여서 마치 가마솥을 엎어놓은 것과 같았다."

금당(金堂)은 특이하게도 정사각형 건물로 바깥 사면에 각각 다른 이름의 편액이 걸려 있다. 동쪽은 대웅전(大雄殿), 서쪽은 대방광전(大方廣殿), 남쪽은 금강계단(金剛戒壇), 북쪽은 적멸보궁(寂滅寶宮)이다.

대방광전 편액을 등지고 서면 '구룡못'이 보인다. 본래 통도사 절터가 큰 연못이었다고 한다.

전해오는 이야기로는, 문수보살이 자장법사로 하여금 구룡(九龍)이 사는 이 못 위에 금강계단을 쌓고 부처님 사리를 봉안하면 만대에 이르도록

---

14) 태청(太淸)은 南朝인 양(梁)나라 무제(武帝)의 연호.
15) 정관(貞觀)은 당(唐)나라 태종(太宗)의 연호.

불법이 오래 머문다고 일러주었다는 것이다. 그리하여 자장은 아홉 마리 용 가운데 여덟 마리를 쫓아내었다. 하지만 용 한 마리는 끝내 터를 지키 겠다고 맹세했다던가. 아무튼 그 용을 위해 자장은 못 한 귀퉁이를 메우지 않았는데, 그것이 바로 대방광전 편액 앞쪽에 보이는 못이다. 이를 두고 '구룡못'이라 부르게 된 것은 그런 연유에서였다.

정광은 열 달 가량 거의 매일 같이 이곳에 오면 마음에 새기듯 자장법사 가 대웅전에 남긴 불탑게(佛塔偈)를 조용조용 읊조렸다.

만대전륜삼계주(萬代轉輪三界主)
쌍림시적기천수(雙林示寂幾千年)
진신사리금유재(眞身舍利今猶在)
보사군생예불휴(普使群生禮不休)

(만대까지 불법의 수레바퀴를 굴린 삼계의 주인
쌍림에 열반하신 뒤 몇 천 년이던가!
진신사리 오히려 지금도 있으니
널리 중생의 예불 쉬지 않게 하리)

자장의 부친 호림공(虎林公)의 맏누님 마야부인(摩耶夫人)은 진평왕의 비 (妃)가 되었다. 훗날 선덕여왕이 된 덕만 공주의 생모이다. 그러므로 자장 에게 고모였던 마야부인의 딸 덕만 공주와 그와는 사촌지간이었다. 선덕 여왕 측에서 따지면 자장의 집안은 외가였던 것이다. 또, 명랑법사의 어머 니 남간부인은 자장의 누이동생이었고, 이로써 자장과 명랑의 관계는 외 숙질 간이다. 그들은 이처럼 아주 가까운 친족 관계로 얽혀 있었다.

어느 날 정광과 동원스님 사이에 오갔던 선문답 이래 줄곧 정광의 뇌리에 남아 맴돌고 있는 것이 '수선덕(修善德)'이란 말이었다.

　그는 이 말뜻을 단순히 착한 덕을 닦으라는 의미로 해석하지 않고 선덕여왕에 대해 궁구(窮究)하라는 뜻으로 받아들였다. 그렇다고 무슨 특별한 까닭이 있어서가 아니었다. 선문답 속의 전후좌우 행간의 의미들이 가리키는 바가 그러했던 것이다. 정광은 그렇게 굳게 믿었다. 자기 인생에서 선덕여왕에게로 다가가기 위해 그 길목의 첫 단계에서 먼저 친족관계였던 자장법사를 만난 셈이었던 거라고.

　적멸보궁 계단에 앉아 하염없이 그와 같은 생각의 실타래를 풀어가고 있던 그날 정오쯤, 한 무리의 관광객들이 우르르 이쪽으로 몰려오고 있었다. 정광은 무심코 그들을 바라봤다. 그 무리 중에 한 낯익은 얼굴이 계단으로 다가온다. 그와 눈이 마주쳤다. 정광이 먼저 말을 걸었다.

　"어, 이게 누군가? 자네 서병직이 아닌가!"

　"아…… 예."

　그는 머뭇거리며 앞을 가로막아 서서 자기 이름을 스스럼없이 부르는 낯선 이를 바라본다. 예기치 않은 순간, 느닷없이 황당한 처지에 빠졌을 때의 당혹감이 그 얼굴에 번진다.

　"저어…… 누구신지?"

　"야, 나다. 진주교대 동기, 김문배다. 알아보겠나?"

　정광은 처음으로 세속에서 불리는 자기 본명을 들먹였다. 언젠가 동창회 때 한 번 본 뒤로 십여 년 만에 엉뚱한 장소에서 우연히 맞닥뜨린 옛 친구에게 자기 정체를 드러내는 유일한 수단이라고는 본명을 말하는 것 외엔 달리 있을 수 없는 노릇이었다.

　그는 깜짝 놀라는 표정이 역력했다.

"어어, 자네가 여기 웬일인가?"

서병직이라 불린 사내는 정광의 현재의 몰골을 전혀 알아보지 못했던 것 같았다. 그도 당연한 일이었다. 무려 열 달 동안 자르지 않은 긴 머리며 콧수염과 턱수염 등 야인(野人) 상태의 그를 첫눈에 알아볼 리가 없을 터였으니 말이다.

서병직의 머릿속엔 정광이 동기생 중에서도 일찌감치 교직을 떠났다는 것과 유명 대기업의 영업부장인지 이사인지, 꽤 높은 직책을 맡고 있다는 사실을 익히 알고 있었다. 사범학교 정기 동창회는 매년 열리기 때문에 참석하지 않은 사람에 관해서도 그들의 근황에 대한 간접 소식들은 여러 경로로 접할 수 있었던 까닭이다.

두 사람은 일행으로부터 약간 떨어진 곳으로 옮겨가 지난 일들을 이야기했다.

정광이 서병직을 진주교대 동창생으로 만나게 된 해가 1970년이었다. 과거 사범학교 제도가 폐지된 대신 2년제 교육대학으로 승격되면서 교사의 원활한 수급을 위해 교내에 RNTC(학생 군사 훈련단) 제도를 도입한 것은 1969년부터였다. 그리고 남학생들은 의무적으로 군사 훈련을 받도록 돼 있었다. 여름방학 기간을 이용, 2년간 두 차례 병영훈련을 실시하고 대학 졸업과 동시에 예비역 하사관에 예편됨으로써 국방의무가 면제되었던 것이다.

그런 까닭에, 이런 학사제도는 교사발령 이후 군 복무로 인해 생기던 교사 결원이라는 폐단을 원천적으로 막을 수 있는 획기적 교원수급 정책이기도 했었다. 등록금도 거의 공짜이다시피 했다. 국비장학금의 혜택을 상당수 적용함으로써 교대 지망생들은 다른 대학에 비해 파격적인 정부의 수혜를 받을 수 있었다. 따라서 집안이 가난한 고교 졸업생들이 특히 선호하였다.

그러나 국가 교육정책의 일환으로 실시된 교대생의 병역면제 혜택에는 교사 발령 후 5년간의 재직 의무연한이란 조건이 수반되었다. 만일 5년의 기간을 채우지 못하고 중간에 교직을 그만둘 경우, 현역 하사관으로 군복무를 반드시 이행해야 하는 조건이었다.

정광은 그 5년의 의무연한을 채우자마자 곧 교직을 떠났다. 1970년대 초의 교원의 봉급은 일반 기업체에 비해 형편없는 박봉이었다. 그는 보통의 젊은이들이 대개 그러하듯 경제적으로 좀 더 윤택한 삶을 꿈꾸었다. 4년제 대학에 진학할 수 있는 편입시험을 치르고 법대에 들어간 것은 그 때문이었다. 처음엔 사법고시를 겨냥하고 나름대로 열심히 도전했으나 여의치 않자 이내 진로를 바꾸었다.

70년대 당시 대기업체 직원의 봉급 수준이 평균적으로 교사 월급의 대여섯 배나 되었다. 1997년 세칭 IMF쇼크를 당하기 전까지만 해도 정광은 국내 유수의 대기업인 H그룹 계열사 중 하나였던 주식회사 '금강' 사원이 된 것만으로도 인생의 목표를 다 이룬 것처럼 여겼을 정도였다. 시쳇말로 한때 '굉장히 잘나갔던' 시절이 있었다.

서병직은 동창회 때 한 번 보고 이후 십여 년 만에 만난 정광의 손을 꼭 잡은 채 자꾸 위아래로 훑어보곤 했다. 영문을 알 수 없이 낙백한 듯한 지금의 모습과 한 때 그렇게 잘나갔던 시절의 그가 잘 연결되지 않는 듯 한참 의아한 눈길을 거두지 못하는 것이었다.

IMF로 직장의 강제 구조조정 때 부장급 이상 이사직의 사원들이 대거 명예퇴직으로 물러났다. 그때 자기도 물러나게 됐다고 정광은 설명했다. 최근엔 건강마저 잃고 몸이 아파서 휴양 차 왔다는 사실을 확인한 병직은 현재의 정광의 건강상태 등을 자세히 묻는 것이었다.

많이 회복되었다는 정광의 대답에, 그는 무슨 부탁이라도 할 듯 망설이며 조심스레 말을 꺼낸다. 자기는 현재 부산에 있는 모 초등학교 교감으로 재직 중에 있다고 하더니, 정광을 향해 갑자기 새삼스런 질문을 던졌다.

"교직을 떠난 지가 꽤 오래 됐지?"

"글쎄, 한 이십 오륙년쯤 됐나……."

"그럼, 교직 떠난 뒤로는 오랫동안 자격증 묵힌 채로 그냥 집에 놔두고 있겠네?"

"그야, 쓸 일이 없으니까. 교사 자격증이라면…… 초등, 중등 두 가지 다 가졌지. 법대 다닐 때 중등2급 정교사자격도 획득했지만 지금까지 쓸 일은 없었어."

"아하, 그랬구나.……"

그는 웬일로 고개만 끄덕일 뿐 금세 뒷말을 이을 것 같으면서도 한참 뜸을 들인다. 이런 경우 서로 안부만 묻고 헤어지는 것이 상례다. 게다가 약 십 년 만에 우연히 서로 마주친 얼굴이라 겉치레 인사 정도가 오히려 서로를 위해 좋을 법도 한데 말이다. 그런데도 그가 정광을 붙잡는 것에는 무슨 급박한 일이 있는 것이 틀림없어 보였다.

"그런데 서 교감, 느닷없이 내게 교원자격증은 왜 묻나?"

"김 형!"

그가 어색하게 그런 호칭으로 정광을 불렀다. 정광의 초라한 현재 모습을 보고 자존심을 상하지 않도록 배려한 명칭인 것 같았다.

"내 보기엔 현재 직장 없이 놀고 있는 것 같은데, 이렇게 있지 말고 우리 학교 기간제교사를 좀 해줄 수 없겠나?"

병직은 뜻밖의 제안을 해왔다.

"웬 기간제교사야?"

오히려 정광 쪽에서 더 황당하여 반문하고는,

"보다시피 내 몸이 지금 정상이 아니라서 휴양 중인데다, 별로 그럴 생각 같은 건 없다."

그렇게 한마디로 잘라서 거절했다.

옛 동창생에게 자기의 초라함을 보여주기엔 약간 자존심이 상할 일이건만 정광은 왠지 부끄러움이나 자존심 따윈 전혀 개의치 않은 상태였다. 모든 것이 운명에 의해 전개되고 있는 과정이라고 받아들였기 때문이다.

세칭 IMF사태가 오자 김대중 정부는 경력이 오래되어 호봉이 높은 교사들을 명퇴란 명분으로 교단에서 퇴출시켰다. 이른바 페이퍼워크 시대에 길들여진 교사를 '컴맹교사'로 치부하여 일찌감치 교단에서 몰아냄으로써 이중의 효과를 거두는 정책을 실시했다. 일테면, 급변하는 시대에 적응도는 낮고 임금은 높은 교사 한 명의 퇴출로 신규채용 교사 2명을 쓸 수 있다는 단순 셈법을 적용한 퇴출방안이었다.

전국적으로 수만 명이 한꺼번에 교단을 떠났다. 그로 인한 후유증이 부족한 교사 충원문제로 대두되었다. 이미 4년제로 승격된 교육대학 입학정원수를 더 늘렸지만 그들이 교단 현장에 임용되기까지는 4년이란 세월이 필요했다. 교육부에서는 전국적으로 임용교사 채용에 열을 올렸다. 지난날 방송통신대학에서 따놓은, 책장이나 서랍 속에 잠자던 자격증들을 다 끌어 모아도 교사수급에 비상이 걸린 상태였다.

제일 급한 사태는 임산부 대체 교사들 문제라고 병직은 현직 교감으로서의 애로사항을 이야기하였다. 2~3개월 산후기간을 맡아줄 대체교사를 구하지 못해 출산을 앞둔 임산부 교사들이 직접 기간제교사를 수소문하는 상태까지 이르렀다는 것이다. 특히 교장, 교감들은 아는 인력을 총동원하여 현직을 떠난 동기나 지인들 중에서 잠자는 자격증 여부를 수소문하는 일에 신경을 곤두세우던 시절이었다. 그런 와중에 때마침 정광을 만나니 구세주를 만난 것 같이 반가울 수밖에 없었다.

그러나 정광의 현재 처지로서는 20년도 넘게 교직계의 자세한 소식을 접하지 않았던 까닭에 기간제교사란 말조차 처음 듣게 된 때였다. 솔직히 그가 교육계 일선에 첫 발을 디딘 때는 정부의 교육시책으로 제3차 교육과정이 마련되던 시절이었다. 그때에 비하면, 지금은 제7차 교육과정이 막 시작된 시점이다.

그런 낯선 환경과 여건에서 다시 교단에 선다는 것조차 정광에겐 생소하고 자신 없는 일이었다. 그래서 일언지하에 거절하였지만, 서 교감 역시 이제는 막무가내로 자기의 명함을 한 장 건네며 통사정하였다.

"김 형, 무조건 못 한다고 거절만 하지 말고, 한 번 생각해 보고 연락 주게. 그리고 자네 연락처도 좀 알려주게나."

정광은 얼떨결에 친구의 명함을 받아 쥐고는 의례적인 인사로

"그래. 하지만 기대는 하지 마."

라고 씁쓸하게 대꾸했다.

휴대전화기가 귀하던 시절이었다. 회사를 퇴직할 무렵 그는 이사 신분이었기에 그 직분이면 대개 소지했던 개인 모토롤라 휴대전화가 있어 자기 번호를 알려 주기는 하였다.

서병직이란 그 친구와는 학창시절 병영생활을 할 때도 같은 소대, 같은 내무반에 배치되어 보통 이상으로 친분이 쌓인 인연이 있어 동기생 중에서도 부담 없이 지냈던 사이였다. 만약 그 친구가 아니었더라면 정광은 애초에 알은 체도 하지 않고 미리 피했을 것이다.

　그날 이후에도 며칠간은 서 교감한테서 휴대전화 상으로 계속적인 권유가 이어졌다. 그럼에도 정광은 자신감이 생기지 않았다. 교직사회로 되돌아가겠다는 결심도 전혀 서지 않았고, 따라서 그도 역시 계속 사양과 거절만을 되풀이했다.

　"다시는 전화 걸지 마라. 지금 내 처지가 교직에 나갈 상태가 아니다."

　친구의 권유를 그렇게 단호하고도 모질게 뿌리치고 나니 왠지 스스로 미안한 마음에 가슴 속이 편치 않았다.

　하루는 저녁을 먹고 처소인 여관방에 쉬고 있을 때 갑작스레 그의 휴대전화 벨이 울렸다. 모르는 사람한테서 걸려온 전화였다.

　"김 선생님이시죠?"

　"예. 그런데요. 누구시죠?"

　"이렇게 무작정 전화를 드려 죄송합니다. 저어, 서병직 교감선생님의 소개로 직접 전화 올리는 무례를 범하게 됐습니다. 아무쪼록 양해해 주세요."

　"아, 그래요? 헌데, 제게 하시고 싶은 말씀이⋯⋯"

　"저의 첫애 출산일이 오늘, 내일 하는 급한 처지라서요.⋯⋯"

　"⋯⋯⋯⋯⋯."

　"기간제 선생님을 아직 못 구해 출산입원도 못할 형편입니다. 태어날 새 생명을 위해서, 꼭 김 선생님께서 도와주세요. 제발, 부탁드립니다. 살려주세요."

얼굴도 본 적 없는 어느 여선생의 그토록 절박하게 애원하는 목소리가 정광의 가슴을 야릇한 아픔으로 흔들어 놓았다.

'태어날 새 생명을 위해서……' 라는 말이 정광의 귓가에 달라붙어 떨어지지 않았다. 그 한마디가 그에게 전혀 예상치 못한 교육자의 길로 다시 들어서게 만들 줄 몰랐다. 그래, 이것도 개인이 미처 알지 못했던 정해진 운명의 궤도로 진입하는 수순의 부름일지도 모른다. 나 역시 새로 태어나는 기분으로……. 정광의 머릿속에 퍼뜩 그런 생각이 스쳤다.

이튿날 날이 밝자 그는 통도사 근처 읍내 이발소에 들렀다.

"처사님, 도(道) 닦고 이제 하산하시는 모양이구려."

같은 장소에서 평생을 터 잡고 머리 깎는 일을 해온 듯한 시골 이발사가 정광의 봉두난발과 턱수염에 꽤나 놀란 듯 껄껄거리며 말했다.

"예. 다시 세속으로 들어갑니다. 허허허……"

정광도 따라 소리 내어 웃고는, '새 생명의 탄생을 위해서, 시대가 다시 나를 필요로 하니까.'라는 말은 속으로 삼켰다.

속세와 등지고 수도승의 길을 가는 대신 세속으로의 새로운 길이 열리는 운세가 도래한 것인지도 몰랐다. 인간의 의지로써 피하거나 거역할 수 없는 처지에 부닥치면 되어오는 대로 기꺼이 그 상황에 몸을 맡기는 것도 순리이리라.

부산행 시외버스를 타고 오는 동안 차창으로 멀어져 가는 통도사 쪽을 바라보았다. 그곳에 스스로 자신의 영육(靈肉)을 가둬 놓았던 열 달가량의 세월이 지금껏 살아온 삶에 하나의 전환점이 되었다. 말하자면 통도사가 반환점이 되어 새로운 인생 후반 레이스가 펼쳐지고 있었다.

제4장

굴곡진 인생의 종착지 천년고도(千年古都)

　서병직 교감이 근무하는 초등학교에서 정광이 첫 기간제교사로 출근을 시작한 것은 그해 11월초부터였다. 12월 하순이면 겨울방학에 들어간다. 그때부터 이듬해 정월 한 달을 쉬고, 2월초에 다시 개학하여 하순경에 한 학기가 완전히 끝날 때까지 3개월의 시한이었다.

　암만해도 이해할 수 없는 것이 인생인가 보다. 불과 며칠 전까지만 해도 전혀 예상치도 못한 일들이 벌어지곤 하니까 말이다. 비록 임시직이지만 교사로서 다시 학교에 출근하여 교단에 서자 정말 한 치 앞도 못 보는 게 인생살이라는 옛말이 실감났다. 정광은 출산휴가를 낸 그 여선생의 대체교사로 5학년 한 반의 임시담임을 맡았다. 그에게는 이십 오륙년 전에 교단에 잠깐 있었던 경험이 전부였다.

　4년제 법학대학에 편입한 후로는 사법고시 준비에 전념했던 시절도 있었다. 그러나 이내 인생의 방향을 틀어 대기업의 신입사원으로 서울 본사 근무 중 해외지점으로 파견되기도 하는 등, 그는 주로 장삿속으로 뛰었다. 만나는 모든 거래처의 사람들과는 셈 빠르게 각자의 잇속과 부딪치며 수

완을 발휘하던 영업현장에서의 경험들만 겪었다. 그래서 교사시절의 기억은 꿈속처럼 희미하다.

그는 지금껏 학생들의 교육과는 전혀 다른 삶을 살아왔던 것이다. 더욱이 7차 교육과정이 막 시작된 시점의 학교 환경도 컴퓨터와 프레젠테이션 모니터 시대로 접어들고 있었다. 종이시대에서 전자시대로 패러다임이 바뀐 것이다.

그래도 다행히 정광은 당황하지 않고 짧은 시간에 적응할 수 있었다. 당시 대기업 산하 회사에서는 사무개선 차원의 우선순위로 모든 업무가 컴퓨터로 전환된 것이 일반학교보다 훨씬 빨랐었다. 그 때문에 그에겐 컴퓨터 사용에서부터 별다른 문제없이 적응하기가 수월했던 것이다.

아이들을 가르치며 지내는 학교생활은 의외로 즐거웠다. 반면에, 가출하여 열 달 만에 돌아온 집안 분위기는 너무나 냉랭했다. 아내는 그와 얼굴을 마주치려고도 하지 않았다. 대학에 다니는 두 딸은 모두 타지에서 유학 중이라 그 무렵 집안에는 부부만 남았으나 둘은 한마디 말도 나누지 않았고, 각자의 동선(動線)대로 물과 기름처럼 따로 움직이며 서로 소 닭 보듯 하였다.

첫날 막 귀가하여 문을 들어섰을 때부터 이미 예견했던 바였다. 아파트의 자기 집 비밀번호는 다행히 바뀌지 않아서 그는 문을 열고 들어왔지만 텅 빈 실내는 썰렁하기 그지없었다. 아내가 직장에서 돌아올 시간은 한참 멀었고, 그는 자기의 서재로 들어간 이후부터 줄곧 그곳에만 들어박혀 지내는 생활이 시작되었던 것이다.

무언(無言)과 무관심이 조성하는 침울한 분위기가 집안에 가득했고, 각자 굳게 다문 입과 찌푸린 표정을 통해 상대에 대한 불만과 거부의 의사를 전달하는 격이었다. 그것은 서로에게 상처 입은 자존심과 고집의 대결이나 다름없었다. 식사도 각자 알아서 챙겨먹거나 밖에서 해결하고 들어와 집에서는 잠만 자고 나가는 식이었다.

학교에 출근하지 않은 어느 일요일, 정광은 서재에서 늦잠 자며 쉬고 있었다. 주일예배를 마치고 들어온 아내를 뒤따라 과거 친숙했던 교인들의 얼굴이 우르르 몰려왔다. 목사와 장로와 집사들—그 낯익은 지인들이 현재의 냉랭한 이 부부 사이에 화해를 주선할 요량으로 일종의 매개 역할을 위해 찾아온 모양이었다. 반갑게 웃으며 다정한 말투를 건네 오는 그들에게 그러나 정광은 그 자신만의 오롯한 거처였던 서재의 방문을 거칠게 쾅! 닫아 붙이며 매몰차게 내뱉었다.

"내 가정사에 왈가왈부 하러들지 마시오. 당신들과는 할 말 없으니, 모두 가시오!"

무색해진 그들이 돌아갈 때까지 그는 방안에서 움쩍도 않고 내다보지도 않았다. 그저 그뿐이었다. 그 이후 아내도 남편에게 완전히 마음의 문을 닫았다.

—내가 세상에 화평을 주러 온 줄로 생각지 말라. 화평이 아니요, 검을 주러 왔노라. 내가 온 것은 사람이 그 아비와, 딸이 어미와, 며느리가 시어미와 불화하게 함이니. 사람의 원수가 자기 집안 식구리라. 아비나 어미를 나보다 더 사랑하는 자는 내게 합당치 아니 하고, 아들이나 딸을 나보다 더 사랑하는 자도 내게 합당치 아니하고, 또 자기 십자가를 지고 나를 좇지 않는 사도 내게 합낭치 아니하니라.(마태복음 10:34~38)—

두 사람은 이미 종교적 신앙 면에서도 멀어지고 있었다. 서로의 생활에 일절 간섭하지 않고 남남처럼 지냈으나 이상하게도 이번 참에 갈라서자는 투로 가정을 깨는 '이혼'의 말만은 어느 쪽에서도 먼저 발설하지 않았다.

매일 무거운 기분으로 집을 나서도 그는 학교에 오면 금세 기분이 밝아지고 마음속도 한결 편안해졌다. 아마도 아내 역시 그랬을 것이다.

겨울방학이 시작되려면 아직 20여 일이나 남은 어느 날, 서교감이 일과를 끝낸 정광을 업무 외적인 일로 따로 불러 교내 휴게실에서 잠시 차를 대접했다. 가끔씩 그렇게 만나 옛 동창에 대한 나름대로의 마음 씀씀이를 보이곤 했던 것이다.

"어때? 힘들지만 그런 대로 할 만하지?"

그런 새삼스런 위로의 말과 일상의 보통이야기에 지나지 않았는데, 그날은 좀 뜻밖의 화제를 꺼낸다.

"며칠 전 시교육청에 교감회의가 있어 참석했더랬지. 내년도 교원신규 채용 건에 관한 문제였는데……"

그러더니, 교대졸업생 중 임용고사에 합격한 숫자를 최대치로 잡더라도 전국적으로 교사수급에 턱없이 부족하다는 얘기를 꺼내는 것이었다.

"서울이나 여기 부산 같이 선호도가 높은 A급지(級地)는 타도(他道)로부터 들어오려는 사람들이 하도 많아 빈자리가 없고, 가까운 경남지역도 그럭저럭 메워질 것으로 보던데……. 암튼, 내가 들은 바로는 강원도 전라도, 그리고 경북 쪽에는 상당수 교사수급 문제로 어려움이 있겠다는 말들이 있었거든. 이건 확실한 정보인데, 이제 곧 신문지상으로 공표할 것으로 예견되는 내용이 있어. 뭔가 하면, 교사자격증 소지자에 한해 만 50세까지 채용고사에 응할 수가 있을 것 같더라. 경북이라면 부산서 가까우니까 그쪽도 괜찮지 않겠어? 김 형이 마음만 먹으면 이번 기회에 한 번 도전해 보는 게 어떨까 싶어서 하는 소리야. 아직 한참 일할 나이에 그 아까운 자격증을 썩혀서 뭐해? 교직처럼 만년(晩年)을 걱정 없이 대비할 만한 직장이 어디 있어? 지금부터 시작해도 퇴직 때까진 앞으로 십년 넘게 노후가 보장되는데……"

하긴, 듣고 보니 옳은 말이었다. 병직은 옛 친구를 향해 진심 어린 걱정을 담아 그렇게 제안하는 거였다.

정광은 당장엔 아무런 대꾸 없이 그냥 싱긋이 웃기만 했지만, 곰곰 생각해보니 그것도 괜찮은 일일 듯하였다.

이십 오륙년 전 그가 교대를 갓 졸업한 직후의 초임시절에 중등교사 준교사라는 특이한 시험제도가 있었다. 1970년대 대한민국도 소위 조국근대화라는 국가 시책 아래 중화학공업, 중공업, 건설업의 비약적 발전으로 전문분야의 고급인력이 필요했었다. 중등교사들 중에서도 대학에서 그 분야를 전공했던 많은 인력들이 교직을 떠나 더 나은 보수가 보장되는 회사를 택해 옮겨갔다. 그 때문에 한꺼번에 중등교사가 부족해진 현상을 초래하였다. 그 해결책의 하나로 만들어진 것이 중등 준교사 시험제도였다.

정광은 초등학교에 근무하면서도 한 때 그 준교사 시험공부에 전념했던 때가 있었다. 급료가 초등보다 나았기 때문이다. 열심히 노력한 덕분에 그는 국사과목 준교사 자격증을 땄다. 그때 집중적으로 공부한 교육학의 기초 지식이 시험합격에 상당한 밑거름이 되었다. 그 뒤 법과대학 진학 후에도 역시 중등2급 정교사자격 획득을 위해 필수과목이기도 했던 교육학의 정해진 학점을 반드시 따야 했다.

정광은 법대 2학년으로 편입했기에 법학 과목을 4학년까지 완전 이수하려면 3년 안에 마쳐야 했다. 그러기엔 전체 학기를 통틀어 수업 일정이 늘 빠듯했다. 게다가 교육학까지 신청하기란 사실 무리였다. 부득이 부족한 시간을 채우려고 야간학부까지 가서 교육학 신청하는 것을 지도교수들은 탐탁찮게 여겼다.

"우물을 파도 한 우물을 파라. 사법고시—이 길이 아니면 실업자가 돼도 좋다는 각오로 우선 배수진을 치고 달려들어야지. 안 그래? 법대생이라면 최소한 그런 신조로 공부에 몰두하란 말이야."

대개 그런 논조로, 학과담임 교수는 법대 제자들이 중등교사 자격증 획득을 위해 교육학을 신청하는 것을 만류하기까지 했다. 사법고시 합격자의 숫자에 따라 대학서열이 매겨지던 풍토 때문이기도 하였다. 그러나 정광의 개인적 생활신조는 그와 달랐다. 사람의 일이란 장차 어찌될지 모르는 것이다. 미래에 대한 허황된 꿈을 꾸며 근거 없는 자만심에 젖는 대신 일상인의 소박한 소망 실현을 위해 현재에 충실하면 그만이다. 단지 그것으로 족하지 않은가. 그런 생각으로 그는 기어이 야간학부에까지 가서 소정의 교육학 학점을 신청했고, 그 결과 중등학교 2급 정교사자격증을 딸수 있었다.

어쨌거나, 그가 교육학을 공부한 것은 햇수로만 따져도 대략 9년이었다. 교대에 다니던 시절과 이후 초등학교 근무 중에 중등준교사 시험을 준비할 때, 그리고 법대 학부시절에도 필수과목으로 이수했다. 그 덕분에 그날 우연히 서병직 교감이 귀띔해준 대로 초등교사 신규임용시험에 응시할 자신감이 생겼다.

이상하게도 이 모든 것이 정해진 그의 운명의 수순대로 새로 바뀐 길을 따라 차근차근 밟아가는 게 아닌가 하는 생각마저 들었다.

그때부터 다시 공부를 시작하여, 방학 한 달은 꼬박 서재에만 들어박혀 두문불출했다. 신문지상에 공표된 초·중등교사 신규임용시험의 응시 조건상 그에게 딱 알맞은 지역은 가까운 거리 면에서도 경북밖에 없었다. 그나마 다행이었다.

시험 결과도 우수하여 은근히 바라던 경주 시내에 발령을 받는 성과를 얻은 것이다. 성인으로 사회에 첫발을 내디딜 때 그가 택했던 첫 직장인 학교로 우여곡절 끝에 되돌아와 있었다. 이후로 그는 방과 후거나 주말께 휴일이면 어김없이 고도(古都) 경주 일대의 유적지와 유물들을 찾아 구석구석 더듬어 보는 순례를 거듭하기를 12년.

언젠가 번역본 '논어'를 읽다가 술이(述而)편에서 발견한 '나는 선천적으로 깨달은 자가 아니라, 옛것을 좋아하고 부지런히 찾아 배우는 자'[16]라고 한 구절을 늘 명심하면서 그 오랜 시간들을 끈질기게 헤매고 다녔다.

환갑이 되던 해엔 스스로 직장을 명퇴했다. 새로 개정된 연금법에 따라 그간의 국민연금과 교직연금을 통합해 20년 이상을 채우면 혜택을 받을 수 있게 되자 망설이지 않고 사직서를 제출했다.

세월의 흐름에 따라 더욱 분명해진 것은 그 자신에게 내려진 일종의 소명(召命) 의식이었다. 굴곡진 인생 후반기에 새로 정착하게 된 이 천년고도에서 정광은 자기 생애가 선덕여왕인 덕만여래(德曼如來)의 존재를 세상에 알리는 역할을 위해 준비돼 왔던 운명의 과정임을 깊이 깨달아 가고 있었다. 그러기에 더욱더 본격적으로 몰두해야 할 일이 따로 있었던 것이다.

---

16) 我非生而知之者, 好古敏以求之者也.

제 5장

중생사(衆生寺) 마애삼존불의 정체

임진년(2012년) 한 해가 저무는 12월 하순의 어느 날 이른 아침, 정광은 양지마을 옆을 흐르는 남천을 따라 산책을 나섰다. 그의 발길은 어느덧 잔설(殘雪)이 아직도 그늘진 곳에 무더기로 남아 있는 선덕여왕릉 쪽으로 향했다.

아침 추위 때문인지 신유림(神遊林)의 울창한 소나무 숲길에는 인적이 없다.

늘 깨끗이 벌초된 상태로 시들어 누런 색조를 띤 봉분이 언덕 중턱에 솟아오르는 달처럼 저만치서 빛났다. 황룡사 9층탑을 세우고, 분황사와 영묘사를 건립하여 도리천의 제석궁에 부처로 환생하길 원했던 여왕이 아니던가. 중생을 제도하기 위해 서원(誓願)했던 지장보살처럼 법력의 힘이 미치어, 이제 막 낭산(狼山)을 환하게 밝히는 아침 햇빛처럼 찬란히 대한민국의 미래를 떠받치려는 것일까. 공교롭게도 얼마 전에 끝난 대선에서 한국 최초의 여성 대통령이 탄생했다.

여왕릉을 넘어 키 큰 솔밭 사이의 오솔길을 따라간다. 한 보름 전에 경주에 폭설이 연이틀 내렸었다. 계사년 음력정월 대보름께 있을 여성 대통령의 취임을 미리 축하하는 서설(瑞雪)이었던가. 햇볕이 잘 들지 않는 그늘진 데는 여전히 녹지 않은 눈더미가 하얗게 쌓여 있다. 시선이 미치는 곳마다 그렇게 남아 있는 눈의 흔적으로 눈가가 서늘해진다.

이내 능지탑(陵只塔)이 나온다. 삼국통일의 대업을 이룬 문무대왕의 다비식(茶毘式)이 거행된 된 곳으로 전해 오는 곳이다. 그 능지탑 뒤편 그늘진 부분에도 온통 하얀 눈으로 덮여 아침 햇살에 눈부신 보석처럼 빛났다.

귓가를 울리는 바람소리, 숨을 쉴 때마다 내뿜는 하얀 입김과 눈에 보이는 온갖 사물들, 드러난 살갗에 느껴지는 싸늘한 추위, 코끝으로 스며드는 산야의 흙냄새와 뒤섞인 야릇한 겨울 숲의 향기 같은 것을 그는 느꼈다.

대체로 오감을 통해 지각하는 현상 안에 갇혀 살면서도 그 이면에 감춰진 본질을 들여다보려는 습관이 마음의 축(軸)을 이루어, 그로 하여금 늘 신경을 곤두세워 사물을 관찰하도록 유도하고 있었다. 겨울이 아름다운 것은 모든 사물들이 굳게 입을 다물고 있기 때문이다. 아직 녹지 않은 잔설 속에 꿈틀거리는 연둣빛 봄이 말을 삼키고 있기 때문이다. 대지와 산야는 침묵 속에 잠든 듯하나, 때가 되면 갖가지 색채의 언어들을 내뱉을 것이리라.

정광은 침침한 숲길을 지나가며 생각해본다. 마치 수행자처럼 자기만의 깊은 내면을 향하듯이 옛 서라벌의 곳곳을 헤매고 다닌 세월동안, 말을 삼킨 채 좀처럼 입을 열지 않는 고대의 유적지와 유물들이 제게 말을 걸어오기를 바라던 때를.

그 비밀스런 언어를 들으려고 귀 기울여 온 지 12년 만에 어느 날 한 순간 돌탑이 그에게 말을 걸어오고, 석상이 그에게 미소를 짓고, 마애군상들이 그에게 온갖 언어들을 내뱉는 것을 들을 수 있었다.

평소 능지탑까지 오면 대개 산책은 끝난다. 낭산 쪽 유적지를 둘러보는 그의 발길은 거기서 늘 되돌려지곤 했다.

능지탑은 여전히 미스터리 속에서 침묵하고 있다. 화장 후 대왕의 유골을 묻은 정확한 왕릉의 존재 여부에 대한 공식적 기록은 없다. 그 대신 왕의 유언에 따라 동해구(東海口)에 장사 지냈다는 전설만 남아 사후를 더욱 신비 속에 묻어버린 셈이었다. 죽어서도 호국룡(護國龍)이 되고자 했던 부왕의 공덕을 기려 신문왕이 세웠다는 감은사(感恩寺), 게다가 해룡이 드나들 수 있도록 설계된 금당 밑의 특이한 구조, 또한 훗날에 해중릉(海中陵)이라 알려진 대왕암(大王岩) 등은 과학적 신빙성보다는 차라리 신비감만 더욱 짙게 하는 전설에 불과할 뿐이었다.

신라 천년을 통틀어 가장 위대한 국운성취라는 업적을 이룩한 대왕의 진짜 무덤은 땅 위에 존재하지 않는다. 그게 사실일까? 정광으로선 도무지 이해되지 않았다. 그는 능지탑 앞에 오면 늘 그런 의혹에 휩싸인다.

그 능지탑에서 뒤로 보이는 오솔길을 따라 약 250미터 정도 걸어 들어가면 으슥한 숲길이 끝나는 그곳에, 야트막한 산자락에 엎드린 중생사(衆生寺)라는 작은 절 하나가 나타난다. 자주 낭산을 찾는 그였지만 능지탑 입구의 길목에 중생사가 있음을 알리는 작은 표지판을 보고서도 평소엔 그냥 지나치기 일쑤였다. 그곳에 있는 마애삼존불(磨崖三尊佛) 외엔 특별히 관심을 끌 만한 절이 아니었기 때문이다. 그리고 이미 한두 번 가본 적이 있었다.

선덕여왕릉과 문무대왕 화장터인 능지탑에 비해 그것은 별다른 스토리가 없는 마애불이었다. 단지 1980년 6월1일 보물 제665호로 지정되었다는 것 외엔 마모가 심한데다 별로 학계의 주목을 받지 못한 것일까?

널리 알려지지 않은 탓인지 찾는 이도 거의 없다. 중생사란 절도 허름한 암자 정도의 규모에 불과하다. 어디로 보나 고찰의 흔적이 엿보이지 않는 까닭에 그럴 수도 있겠다. 사찰 뜰에는 시대미상의 오충석탑이 서 있는데 형식으로 보아 고려시대 탑으로 보이지만 정확한 연대를 알기 힘들다. 조선시대 무덤에나 있을 법한 석물들까지 보여 더욱 혼란스럽다.

그럼에도 불구하고, 마애삼존불이 그에게 중요하게 생각된 것은, 그것이 단순히 국가의 보물로 지정되었기 때문에서가 아니었다. 절 입구에서 보면 대웅전 왼편으로 약간 비탈진 아래쪽, 야트막한 산기슭의 바위에 새겨진 마애불의 존재를 처음 본 순간 그가 느꼈던 어떤 감정 때문이었다. 그러나 구체적으로 설명할 묘안이 떠오르지 않고 무슨 영감이나 계시 같은 깨달음의 실마리가 보일락 말락 하며 순간적으로 머릿속을 번쩍 스쳐갈 따름이었다. 단지 그뿐. 도리어 더 혼란스러워지며 야릇하고 복잡한 관념들이 마구 뒤엉키는 기분이었다.

벌써 두어 번 다녀갔던 십년 전쯤에는 보지 못했던 건축물이 세워져 있었다. 비바람으로부터 마애불을 보호할 지붕 형태의 전각이었는데, 정면 처마 가운데는 지장전(地藏殿)이란 편액이 걸려 있다. 말하자면 여기 바위에 새겨진 삼존마애불의 주불(主佛)이 지장보살이란 뜻이다.

특이한 점은 삼존불의 모양새였다. 즉, 지장보살로 알려진 가운데 앉은 주불은 머리에 두건을 쓰고 있고, 그 양편 아래쪽에 약간 앞으로 도드라진 바위 면에 새겨진 두 협시상(夾侍像)의 형태가 무기를 들고 있는 사천왕상 내지 신장상(神將像)의 모습과 흡사했다. 이런 형태의 마애불상은 이곳이

유일하다. 그 말은 지장보살을 호위하는 신장상이란 여기 말고는 어디에
도 없다는 뜻이다.

무엇보다 그 점이 이상했다. 심지어 지장전에서 조금 떨어져, 뜰의 왼
쪽으로 약간 치우친 구석에 세워진 안내판에 소개해놓은 글의 내용도 의
아스럽고 미심쩍기는 마찬가지였다. 오히려 정광에게는 더더욱 의문만 부
추길 뿐이었다.

안내판의 내용은 이러했다.

이 마애삼존불은 낭산 서쪽 기슭에 위치해 있다. 통일신라시대에 만들어진
이 불상은 보살상(菩薩像)과 신장상(神將像)이 나란히 배치되어 있는데, 이런
예는 매우 드문 일이다.

중앙에 있는 본존은 머리에 두건을 쓰고 있고 양 어깨를 감싸고 입은 옷은 고
려 불화에서 보이는 지장보살의 모습과 비슷하다. 두건을 쓴 승려 복장으로 몸
과 머리에서 빛을 내는 모습을 하고 있으며, 손 모양은 생략되었다.

왼쪽 신장상은 오른손에 검을 들었고, 오른쪽 신장상은 두 손에 무기를 잡고
있는데, 악귀를 몰아내는 모습을 하고 있다.

신라 문무대왕의 화장터로 전해지는 능지탑이 이곳과 가까이 있다.

지장보살상이라? 옛날에 처음 왔을 때는 그냥 그렇게 믿었다. 왜냐하면
국가문화재지정 학술위원들이 주불의 '두건 쓴 모습'을 판단의 근거로 내
세워, 고려시대 불화에 보이는 지장보살의 모양새와 비슷하다고 결론 내
린 것인데, 당시에는 그런 주장을 순순히 받아들였기 때문이다.

그러나 두 번째 왔을 때는 문화재를 보는 정광의 안목이 확연히 달라져
있었다. 현상의 이면에 있는 본질을 꿰뚫어 우주와 소통하려는 노력을 반

복하다 보니 어느덧 그 나름의 내공이 쌓였던 것일까. 현재와 과거를 직관으로 알게 하는 우주의 언어를 깨친 결과의 개안(開眼)이기도 했다.

이것은 절대로 지장보살일 수 없다!—확인 삼아 두 번째 왔을 때 그의 내면은 혼란 속에서도 그런 직관이 발동했다. 아무리 직관이라 해도 전혀 판단이나 추리 등의 사유작용 없이 결론에 이르는 것은 아니다. 그 속에는 숱한 경험에서 얻은 법칙내지 사유의 근거가 은연중 작동하고 있는 법이었다. 그건 결코 얼토당토 않는 주장이 아니다.

여기 삼존마애불의 주불이 지장보살이 아니라고 그가 결론 내린 데는 그가 처음 와서 품었던 의문을 해소하려고 여기저기 관련서적들을 뒤적이고 각종 인터넷 검색을 통해 종합해 본 뒤였다. 그 결과 시원한 해답을 얻었다기보다 오히려 더 혼란스러워졌기 때문에, 지장보살이라는 판단을 더욱 믿을 수 없게끔 의심만 깊어졌을 뿐이었다.

그가 조사한 바에 의하면 이 낭산 마애삼존불에 대해 가장 객관적으로 서술하고 있는 글은 이러했다.

높이 88cm. 보물 제665호. 중앙의 본존불은 경주 남산의 불곡(佛谷)에 있는 불상처럼 얕은 감실(龕室) 속에 부조된 좌상이다. 소발(素髮·민머리로 별다른 장식이 없는 형태의 머리. 여기선 두건을 덮어씀)의 머리에 육계(肉髻·혹처럼 살이 튀어나와 상투를 튼 형상)는 거의 표현되지 않았으며, 둥글고 비만한 얼굴은 광대뼈가 나오고 살짝 미소를 띤 매우 독특한 모습을 하고 있다.

넓은 어깨는 올라붙어 목이 거의 표현되지 않은 움츠린 듯한 자세이다. 옷은 통견(通絹·양쪽 어깨를 모두 가려 겉옷을 입는 방식)인데, 왼쪽 어깨 위에서 한 겹 뒤집혀 있고, 드러난 가슴에 두 줄의 옷주름선이 비스듬히 표현되었디. 또한 군의(裙衣·가사의 치마 부분)를 묶은 띠 매듭이 보이며, 옷주름은 두 무릎을 덮어 발이 드러나지 않았다. 두광(頭光 · 머리에서 나는 광채 표현)과 신광(身光 · 몸에서 나는 빛)은 원형으로 음각(陰刻)되었다.

좌우의 협시상들은 한 발은 안쪽으로 접고 다른 발은 약간 편 자세[遊戱坐 · 유희좌]로, 갑옷을 입은 무장상(武將像)이다. 머리는 마멸되어 잘 잘 알 수 없지만 본존상과 마찬가지로 얼굴은 광대뼈가 나오고 눈이 부리부리하며 입은 꼭 다물고 있다. 어깨는 더욱 올라붙어 목이 거의 표현되지 않았는데, 목 주위에는 신장상(神將像)에서 흔히 볼 수 있는 Ω(오메가)형 옷깃이 조각되어 있다. 오른쪽 상(像)은 칼을 잡고 있으며, 왼쪽 상의 지물(持物)은 파손이 심해 분별할 수 없다.

이 상들은 갑옷을 입고 무기를 든 것으로 보아 신장상으로 추정된다. 세부 표현이 마멸되어 상의 명칭과 제작 연대는 정확히 알 수 없지만, 얕게 부조된 평판적인 부드러운 신체, 풍만한 얼굴, 넓은 어깨에 비해 무릎 폭은 좁지만 안정된 자세 등은 통일신라시대 불상 양식을 따르고 있다.[17]

설명된 내용의 어디에도 중앙의 본존불이 지장보살이라는 말은 없다. 무엇보다 성급한 판단을 내리지 않고 매우 객관적인 표현에 치중하고 있어 우선 신뢰가 간다.

정광은 직접 자기 눈으로 몇 번이나 확인하고 또 사진까지 찍어서, 두고두고 거듭 들여다봤다. 그때마다 특히 그 본존불이 여성의 형상을 하고 있다는 것이었고, 그 점은 변함이 없었다. 아무리 부인해 보려 해도 그것만은 부인할 수 없다는 결론에 빠져들고 있었다.

경주남산 동록의 불곡(佛谷)에 가면 이와 흡사한 불상이 있다. 지명을 따서 '불곡 감실(龕室) 석불좌상'이라 한다. 하지만 두건을 쓴 여인의 모습을 한 때문에 흔히 '감실 할매 부처'로 통하고, 그것이 더 널리 알려진 명

17) 한국민족문화대백과 자료

116

칭이다. 요컨대 남산 동쪽 기슭의 그 감실부처와 낭산 중생사의 감실 마애 좌상본존불의 형상이 비슷할 뿐더러 둘 다 여성상이란 점이다. 마모가 심해도 그 점은 분명하다.

정광은 그 후로 지장보살에 관해 더 확실한 지식을 갖추고 중생사 마애 삼존불의 정체를 추적해 보았다.

고려불화 속에 두건 쓴 지장보살이 있지만 거기엔 보주(寶珠)와 석장(錫杖)도 함께 지닌 모습으로 나타난다. 그런데 저 마애불은 그런 지물(持物)을 가지고 있지 않다. 단지 두건을 썼다는 이유 하나로 이를 지장보살이라 단정하기엔 무리가 따른다. 양 옆의 협시보살도 도명존자와 무독귀왕이 아닌 신장상이기에 여기 본존불은 결코 지장보살이 아니다.

지장보살이 쓴 두건의 유래와 관련된 기록이 이른바 '돈황(燉煌) 문서'인 「환혼기(還魂記)」에 전하고 있다. 그 기록은 도명스님(후에 도명존자로 칭송받음)이 하늘에 올라가서 본 지장보살의 형상을 적은 것으로, '두건을 쓰고 영락(瓔珞 · 목과 팔 등에 두르는 구슬을 꿴 장식품)과 석장을 짚고 연꽃에 앉아 있는 모습'에서 비롯되었던 것이다.

8세기 말엽인 778년, 도명스님이 본 지장보살의 '두건 쓴 기록'보다 이 마애보살의 제작 시기는 1세기 이상 빠르다. 더욱이 조선시대 중기 명부전(冥府殿)에 그려진 불화에는 지장보살 양편의 협시보살 중 왼쪽에는 합장하고 있는 도명존자가 서고, 오른쪽엔 공수(拱手) 자세를 한 무독귀왕이 서 있다.

한마디로 요약하면 지장보살의 양쪽 협시상은 결코 저 마애불상처럼 신장상(神將像)으로 표현될 수 없다는 점이었다.

낭산 중생사의 마애불상 중 가운데 본존불이 지장보살이 아니란 사실은 이제 분명해졌다고 정광은 생각했다. 그럼에도 불구하고 '지장전(地藏殿)'이라는 편액까지 번듯이 걸어둔 것이 그저 가소로울 따름이었다. 안내판에 적혀 있는 지장보살 운운하고 있는 대목에서도 그는 문화재지정 관련 학술위원들의 수준을 속으로 비웃으며 되돌아섰다. 그래도 마음은 개운치 않았다.

중생사 지장전을 물러나, 아까 갔던 숲길을 빠져나오며 그는 생각했다. 저것이 지장보살이 아니라면 도대체 어떤 불상일까? 석가모니 부처상도 아니다. 그렇다면 대관절 누구의 형상을 새긴 것일까? 이 질문에 이르면, 엉킨 실타래처럼 머릿속이 다시 헝클어진다. 그가 혼란스러워 한 것은 바로 그 때문이었다.

가운데 보살은 건너편 동(東) 남산의 '감실 할매 부처'라 불리는 석불좌상과 거의 닮은꼴이다. 먼저 두건을 쓴 것이 같다. 법의(法衣) 또한 양 어깨에 겹으로 수놓은 연잎 모양의 무늬와 목 부분에 수놓인 장식과 옷고름과 동전 형식이 여인의 복장(服裝)으로 보인다. 이 역시 서로 닮아있다. 이 때문에 감실 할매 부처는 곧 선덕여왕의 형상이며, 사후에 이를 모신 '선덕여래좌상'이란 설이 유력한 학설로 대두된 적도 있다.[18]

과연 그럴까? 정광은 오래 전 남산 등반길에 불곡의 감실부처를 처음 보았을 때의 감회를 떠올렸다. 그 뒤 낭산 중생사[19]에서 삼존마애불상의 중앙 본존불을 접했을 때 두 불상의 유사함에 마음의 전율을 느낀 기억을

---

18) 김기흥: 『천년의 왕국 신라』(창작과 비평사)
19) 경주 낭산(狼山)의 중생사(衆生寺)는, 『삼국유사』(권3) 「탑상(塔像)」편의 「삼소관음(三所觀音)과 중생사(衆生寺)」조(條)에 있는 그 '중생사'와는 전혀 별개의 사찰이다. 『삼국유사』 속의 중생사에 얽힌 이야기는 신라 말년 천성연간(天成年間: 926~929년)에 있었던 사건들로서, 연대나 위치가 서로 다름을 알 수 있다.

118

항시 지니고 있었다.

이 두 불상이 과연 시간을 달리해 제작된 동일한 선덕여래좌상이 맞는 것일까? 다만 '내리들'을 사이에 두고 불곡 건너편 낭산 중생사 마애불 역시 비슷한 형상으로 무언의 암시를 그에게 보낼 따름이었다.

정광은 그 암시를 통해 이 불상이 선덕여왕의 모습일 수도 있다고 판단은 하지만, 아직은 그 같은 결론을 내릴 명백한 실증적 증거를 찾아내지 못하고 있었다. 바로 그 해답을 찾으려 이처럼 헤매고 다니는 게 아니겠느냐고 자문하며, 다시 능지탑 쪽으로 되돌아 나왔다.

어느 틈에 흐린 하늘에서 눈발이 한두 송이씩 희끗희끗 날리기 시작한다. 다시 눈이 내릴 참인가 보다.

제 6장

해와 달의 계시

조금씩 흩날리는 눈발들이 그의 기억을 12년 전의 어느 날로 되돌려 놓는다. 그날오전 교실 창밖에 싸락눈이 내렸다. 3개월 기간제교사의 계약 만료일이 다가오고 있던 2월 중순경이었다.

비록 길지 않고 한정된 기간이었지만 어느새 아이들과도 정이 들었던 모양이다. 며칠 후면 곧 헤어질 날이 다가온다는 생각으로 아쉽기도 하였다. 이십여 년 만에 다시 교단에 섰을 때의 그 설렘과 낯선 환경에서 오는 야릇한 긴장감이 교차하던 시간들도 금세 지나갔다.

한 주일 가량 남은 크리스마스에 즈음하여 때마침 교실 창문 밖에서는 싸락눈까지 내리고 있다. 이틀 전 미술시간에 반 아이들로 하여금 빨간색 마분지와 솜뭉치로 만들어보게 했던 산타할아버지의 흰 솜털수염과 눈썹이 춥고 눈 내리는 날씨에 딱 어울린다. 평균기온이 따뜻한 남부지방이라 겨울에도 흔치 않은 눈발을 보자 여기저기 교실마다 아이들이 와아! 하고 고함을 지르는 소리들로 가득 찬다.

아침 수업 시작을 알리는 차임벨 소리에 따라 정광이 교실에 들어서자

창가에 붙어 섰던 아이들이 제 자리를 찾아가 앉는 동안 웅성거리던 소리도 잦아들었다.

교단 바로 앞에 자리한 꼬맹이 여자애 승아와 짝지인 여진이의 눈동자가 임시담임을 맡고 있는 정광의 시선과 마주쳤다. 평소 또박또박 글씨를 아주 예쁘게 쓰는 승아가 불쑥 말을 건넨다.

"선생님, 생신 축하드려요."

그러더니 자리에서 일어나 손을 뻗어 작은 선물을 교탁 위에 얹어 놓는다.

"저도요."

덩달아 옆자리 여진이도 네모지게 포장된 아담한 상자 선물을 교탁에 올려놓는 걸 보니 미리 짝지끼리 의논했던 모양이다.

"아니, 생일 선물이라니?"

"오늘이 2월 17일, 선생님 생신날이잖아요?"

승아와 여진이가 거의 동시에 그렇게 말했다.

"아아, 그래……. 오늘이 2월 17일이구나."

스스로 깜짝 놀라며 정광은 중얼거렸다. 집에서 아내가 생일을 챙겨줄 리도 없었고, 그 자신도 잊고 산 지 몇 해 되었다. 더구나 예전의 오랜 습관대로 생일은 항시 음력으로 쳤기 때문에 호적에 올릴 때의 그 해 양력 2월 17일을 기념하는 데는 익숙하지 않았던 것이다.

"너희들이 어떻게 내 생일을 알았지?"

본인도 잊고 있었던 것을 기념해 주는 아이들이 기특하기도 해, 정광은 다시 한 번 깜짝 놀라는 표정 속에 미소를 담으며 그들을 바라보았다.

"선생님 주민등록번호 사용하는 것 보고 알았죠."

무안함이 승아의 얼굴에 묻어난다. 교실 뒤편 게시판에 승아가 만들었던 산타할아버지의 선물보따리 속에서 꺼낸 것을 자기한테도 하나 준 것 같다고 그는 생각했다.

2월 마지막 학기가 끝나면 지금 맡은 학급의 아이들과는 아마 평생 다시는 볼 수 없을지도 모른다. 그런 의미의 마지막 선물이라 그에겐 새삼스런 느낌으로 다가왔다.

나중 집에 와서 선물을 풀었다. 포장지를 뜯어내고 승아가 준, 작은 네모상자를 열었다. 들어 있는 내용물이 부서지지 않도록 충격완화 작용을 하는 뽁뽁이에 싸인 것은 부활절 계란 모양을 한 타원형 옥돌과 받침대였다. 받침대 역시 옥돌을 갈아 만든 것이었다. 잘 다듬어져 있는 그 받침대의 움푹 파인 위치에 둥그스름한 형상의 돌을 얹어놓았다.

이번에는 여진이가 준 상자를 열었다. 도자기로 만든 케이스 안에 똑같은 계란형 옥돌을 넣고 바깥에서 감상할 수 있게 한쪽 정면만 유리를 끼웠다 뺐다 할 수 있는 식이었다. 마치 예쁜 감실(龕室) 속에 보주(寶珠)를 안치한 것처럼 고안된 도자기 케이스였다.

받침대 위에 올린 계란형 옥돌이 형광등 불빛에 반짝이며 눈길을 사로잡는다.

또 그 옆에다 감실형 케이스 안쪽으로 옥돌을 한가운데 배치해 놓고 한참 눈여겨보았다. 참으로 신기한 두 가지 선물이었다. 암만 생각해도 이상한 느낌을 지울 수가 없었다. 선물치고는 격에 맞지 않는 것을 골라 그에게 준 것 같다는 그런 느낌 때문이었다.

그때 받았던 두 소녀의 선물은 이후 몇 차례 이삿짐 속에서도 항시 빠뜨리지 않고 간직해야 할 소중한 추억과 함께 옮겨 다녔다. 12년이란 세월이 지난 지금에 이르러, 방안의 책상 위에 얹어둔 그 두 가지 선물을 들여다볼 때마다 그는 왠지 문수, 보현 두 보살의 화신이 자기 앞에 있다고 깨닫는다. 그것은 두 보살이 순수한 두 소녀의 마음씀씀이에 작용하여 제게 보낸 기별(記莂)[20]과도 같은 것이었으니까.

문뜩, 이틀 전에 꾼 꿈의 기억이 또렷하게 되살아났다.

오월 봄철 뒷산을 걷는 꿈이었다. 온통 수채 물감으로 칠한 듯 사방을 엷게 물들인 연녹색 이파리들이 햇살에 싱그럽게 펼쳐 있다. 어릴 적, 칡을 캐러 동네 친구나 형들과 어울려 다닐 때 보았던 그런 산야의 빛깔들이다. 이유도 모른 채 행복감에 젖는다. 아무 근심, 걱정도 없이 마냥 즐겁기만 하다.

여자 젖무덤 같은 봉분이 길을 막는다. 시야에 펼쳐진 사방의 연녹색 잔디와 잡풀에 어느새 졸음 겨운 포근함이 밀려온다. 무덤을 돌아서니 청개구리들이 원을 그리며 모여 있다. 실로 보기 힘든 광경이다.

청개구리들이 호위하고 있는 안쪽을 보니 가운데 똬리를 틀고 있는 갈색 실뱀이 살포시 앉아 있다. 개구리들이 실뱀을 호위하고 있는 이상한 현상이 신기롭다. 때문에 그 꿈이 기억의 잔영에 남아 쉽게 잊히지 않는다. 어쩌면 천적(天敵)이 사라진 세상을 본 것 같았다. 주역의 팔괘에서 말하는 무극대도(無極大道)가 실현되는 세계가 그런 형국일까?

계란형 옥돌! 그 옥돌을 볼 때마다 그는 일본 가고시마현(鹿兒島縣) 서반

---

20) 기별(記莂): 부처가 도를 닦는 사람에게 미래에 성불(成佛)할 것을 예언하는 것.

부에 있는 '옥산신궁(玉山神宮)'을 떠올린다. 동시에 본전(本殿)에 안치된 동글동글한 청색 돌멩이들이 눈에 어른거린다.

4백여 년 전 정유재란이 끝나고 조선에서 잡혀간 도공들이 안착한 옛 사쓰마번(薩摩藩)의 나에시로가와(苗代川)에는 그 조선도공들의 신앙지로 단군임금을 모신 '옥산신궁'이 있다. '옥산(玉山)'에서 맨 먼저 연상되는 게 옥돌이었다.

그가 일본 현지의 오사카지점에 근무할 때였다. 한국에서 건너온 취재기자와 사진기자 그리고 동행했던 몇 사람이 그와 함께 도공들의 마을 앞 산자락에 위치한 그 옥산신궁을 찾아갔었다.

당시 큐슈대학에 유학 중이던 친구 박상익이 정광에게 제보하여, 신문사 기자였던 그의 사촌형으로 하여금 미쓰이시 교수한테서 전해들은 마토노신사(的野神社)의 석비에 새겨진 한글을 닮은 고문자와 기리시마신사(霧島神社)의 고려불화 등을 직접 취재하러 왔을 때의 일이었다. 일행은 내친 김에 조선도공의 후예와 단군신전인 옥산신궁까지 둘러보러 왔던 것이다.

그들은 도공들이 정착하여 이룬 마을을 에워싸듯 빙 두른 앞산자락의 오솔길을 더듬어 올라갔다. 일본국 산야의 어디서나 흔한 삼나무(杉·스기)가 울창했다. 습한 냉기가 서린 그 삼나무 숲길을 오를 때 이곳 토박이인 미쓰이시 교수가 들려준 이야기가 기억에 남았다. 통역은 상익이가 도맡아 했으나, 정광으로서도 그간의 일본 현지생활 동안 대충은 알아들을 수 있는 수준은 되었다.

에도막부(江戸幕府)를 설치한 쇼군(將軍)의 권력이 천황으로 이양되고 메이지유신(明治維新)을 거치며 천황은 차츰 현신(現神)과 같은 불가침의 존재로 추앙되는 시절로 바뀌어갈 무렵의 일이었다. 천황세력의 강화를 위한 일환으로 신사나 신궁 외의 종교적 신앙 형태가 박해를 당했다고 했다. 불교 사찰 속에 일본신사 건물이 혼재되는 사태가 발생하게 된 것도 그 때문이었다는 것이다.

단군신(檀君神)을 모시고 있던 옥산신사를 지키고 보호하기 위해 조선 도공의 후예들은 감시 나온 관원들에게 값비싼 도자기와 뇌물을 바치거나 신사의 외양도 일본식 도리이(鳥居)로 장식하였다. 말하자면 폐사(廢社)가 되지 않기 위해 건축물의 외관이 일본식으로 바뀌는 우여곡절을 겪은 시기가 있었다고 한다.

도리이 아래로 이어진, 다져진 길을 따라 200미터 정도 오르막길 등성이에 세워진 건물이 보였다. 대마도에서 보았던 와타쓰미신사(和多都美神社)와 비슷한 형태의 목조건물이었다. 단청 같은 색조도 전혀 보이지 않는 작은 누각처럼 보였다.

가까이 가 보니, 신사의 서까래가 네모진 각목으로 돼 있는데다 공포(栱包)[21]조차 매우 단순한 주심포집[22]이었다.

한국 전통가옥의 공포는 공작(孔雀)의 부리나 용(龍)같은 길상(吉祥)의 머리를 환조(丸彫)로 새겨 멋을 더하는 게 특색이다. 그런데 이곳의 건물 외관은 모시고 있는 신령에 비해 그냥 밋밋하여 곡선의 우아함마저 거의 찾아볼 수 없었다.

일본의 일반적 신사와 마찬가지로 배전(拜殿·하이덴)이 있고, 그 뒤편 약간 높은 계단 위에 본전(本殿·혼덴)이 있다. 본전에 숭상의 대상인 신물

---

21) 공포(栱包): 처마 끝의 무게를 받치려고 기둥머리에 짜맞추어 댄 나무쪽들.
22) 주심포집: 공포가 모두 기둥 중심 위에만 있는 집.

(神物)을 안치해 두는 것이 일반적 사례다. 이 신물은 현신(現神)과 같은 영험 있는 존재이므로 누구도 감히 볼 수 없게 신사의 가장 깊은 곳에 보관돼 있다고 한다. 미쓰이시 교수는 자기도 그 신물이 어떤 형태를 하고 있는지 늘 궁금했지만 한 번도 본 적은 없다고 말했다.

신물을 볼 수 있는 사람은 신관(神官)뿐이며, 게다가 참배하는 날이 정해져 있기에 아무 때나 와서 신물을 취재한다는 것은 불가능하다. 옥산신사는 사람이 상주하는 곳은 아니었다. 지금은 신궁으로 승격하여 옛날에 비해 규모도 커지고 주변 환경도 잘 정비된 상태지만, 정착한 도공의 후예들인 조선인들이 국조신(國祖神)인 단군임금께 참배하는 행사의 당일 외에는 비어 있는 곳이다.

찾아온 기자들의 취재 목적은 무엇보다 단군 신물의 존재를 알기 위함이었다. 그런데 그날의 본전 문은 자물통까지 채워 굳게 닫혀 있었다.

정광의 제보로 서울 M신문사 문화부 차장이던 그의 사촌형 범보가 사진기자와 함께 규슈의 최남단 가고시마현 끝자락에 위치한 나에시로카와(苗代川)까지 날아왔건만, 이제 그 특종의 꿈이 눈앞에서 무산되는 순간이었다. 본전 안에 모셔진 신물의 정체를 알기 위한 마지막 시도가 이쯤에서 막히자 모두 맥이 풀렸다.

상상으로 그린 단군의 영정(影幀) 같은 게 걸려 있으려니 여겼었다. 그러나 본전 안으로 들어갈 방도가 없자, 범보는 사진기자인 최기자에게 어떻게든 사진 찍을 묘안을 짜내도록 적극 지시하는 중이었다.

"현장 사진만 얻으면 돼. 하여간 증거물인 사진이 없으면 여기까지 온 노력은 물거품인 거야. 최기자, 좌우간 나름대로 묘수를 찾아내 봐. 내 말 무슨 뜻인지 알아듣겠지? 날이 더 어두워지기 전에 난 아까 올라오다 봤던 '서남전쟁(西南戰爭) 기념비' 쪽에 먼저 가 있을게. 예서 멀지 않으니까. 기사 쓰려면 우선 조선도공 후예들의 참전 명단을 수첩에 좀 옮겨 적어야겠어."

그런 말로 범보는 최기자에게 뒷일을 부탁했다. 그리고는 올라올 때부터 꽤 가파른 산길을 힘에 겨워하던 미쓰이시 교수더러 함께 내려가길 종용했다. 노교수도 그래주길 바란 듯 금세 고개를 끄덕였다. 이윽고 두 사람은 먼저 비탈길을 터벅터벅 걸어 내려갔다.

이른바 '서남전쟁 기념비'를 세운 이들도 조선도공들의 후예였다. 서남전쟁이란 가고시마 지역 사족(士族)이 메이지조정에 대항해 벌인 반정부 반란을 말한다. 에도막부로부터 정권을 이양 받은 메이지천황의 관군은 전국의 각 번(蕃)을 없애고 천황 중심의 국가를 획책하였다. 이에 반대하는 사쓰마번(薩摩蕃)은 정부군에 맞서 구마모토(熊本)를 중심으로 한바탕 전쟁을 치렀다. 이때 사쓰마번에서는 전쟁에 참여할 무사들을 모집하였다. 그리하여 자발적인 참전자들에게 사족(士族)에 편입되는 혜택을 베풀었다. 조선도공의 후예들도 이때 숱하게 참가하게 된다.

그때 서남전쟁에 참전한 사쓰마번의 용사들 중 도공 후예들의 성명이 비석 배면에 가득 기록돼 있다. 특히 박씨와 심씨 성의 이름들이 많다. 이들 두 성씨는 정유재란이 끝나고 전라도의 남원성이나 순천성 등지에서 당시 사쓰마 번주(藩主)였던 시마즈요시히로(島津義弘) 부대에 잡혀 이곳까지 오게 된 박평의(朴平義)와 심당길(沈當吉)의 후손들이었다.

특히, 그 중에는 도공장(陶工長) 박평의의 후손 박수성(朴壽勝·1855~1936)도 있었다. 수승은 전쟁에 참여하여 용감히 싸우고 살아남아 번주로부터 공로를 인정받고 사족의 반열에 들었다.

오전에 정광 일행이 초대 심당길의 후손으로 도공이 된 14대 심수관(沈壽官) 댁을 방문했을 때 전해들은 이야기 중에는 그 박수성에 관한 흥미로운 일화들이 많았다.

도공 마을 사람들이 대대로 그래왔듯, 박수승은 아버지 박이구(朴伊駒)에게서 도예기술을 배워 익혔다. 눈썰미가 있고 탁월한 솜씨를 지녀 그의 요(窯)에서 구워낸 도자기는 일품으로 인정받았다. 수승은 사업에 대한 감각까지 두루 갖추어 가고시마에서 꽤나 먼 요코하마(橫濱)나 고베(神戶) 등지의 항구까지 나가 외국상인과 접촉하는 등 수완을 발휘했다.

장남인 박무덕(朴茂德)이 태어날 무렵(1882년)엔 그의 도자기를 서로 독점하려는 무역상들 사이에 경쟁이 벌어질 만큼 평판이 좋았다. 따라서 유럽에까지 수출되던 그의 도자기 사업은 부의 축적을 가능케 했다.

하지만, 시대의 흐름이 이미 옛날 같지 않았다. 메이지유신의 일환인 폐번치현(廢藩置縣 · 번을 폐지하고 현을 설치함)의 조치와 더불어 도자기 제조업마저 관할제도 자체를 바꿔버린 것이다.

어느덧 번주의 지배 대신 현(縣)에서 운영하는 체제로 전환되면서 자연히 그때까지 지켜주던 사쓰마번의 보호막도 걷히었다. 서남전쟁에 참전하고, 도자기로 번의 재정에 기여했던 공로로 그의 가문에 주어진 사족 대우도 박탈당했다. 1872년 메이지조정에서 실시한 호적의 재편성 때 도공마을 사람들 대부분이 평민으로 전락했다.

망가진 자존심과 억울함에 몇 번 사적(士籍) 편입을 시도하며 탄원서를 제출했으나 끝내 각하당한 그 직후인 1886년, 부친 박이구와 아들 수승은 의논 끝에 성(姓)을 갈았다. 무엇보다 일본사회에 한창 불기 시작한 내

셔널리즘의 광풍이 타민족에 대한 제국주의적 차별과 냉대로 엄습해 왔던 것이다. 부득이 수승은 박씨 성을 버리고 장차 자식과 후손들이 일본사회에 적응하며 출세도 할 수 있게 도자기를 팔아 번 돈으로 '도고(東鄕)'라는 사족의 성을 샀다.

4살 무렵까지 박무덕으로 불리던 그 아들은 이로써 도고 시게노리(東鄕茂德·1882~1950)가 된다. 조선인이라는 차별적 냉대와 핍박 속에서도 시게노리는 훗날 도쿄제국대학에 입학하였다. 처음엔 독문과(獨文科)에서 문학공부를 하다가 뜻을 바꾸어 외교관 시험을 치르기로 결심, 두 번 응시했으나 실패하고 삼수(三修) 끝에 마침내 합격하여 외무성에서 근무하게 된다. 그때가 서른 살인 1912년의 일이었다.

그는 훗날 세계정세에 밝은 정치인으로 일본제국의 외무대신 지위에 두 번이나 기용된다. 소위 태평양전쟁의 서막을 알린 진주만 폭격으로 일본이 미국에 선전포고를 하던 1941년, 그리고 패전하여 항복을 선언하던 1945년—둘 다 일본의 명운이 걸린 막중한 시점에 외교 총수의 자리에 오른 것이다.

아이러니하게도 '천황제의 존속'이라는 한 가지 전제조건으로 항복을 수용토록 조정(朝廷) 회의에서 고집한 그가 바로 그 천황중심의 제도 때문에 핍박받던 조선인의 핏줄이었다는 사실, 또한 이런 조건을 관철시킨 그의 업적으로 인해 차후 일본인의 존경을 더욱 받게 되었다는 것은 불가사의하다. 그는 패전 후 극동군사재판에서 전범으로 금고 20년 형을 선고받고 도쿄의 스가모 형무소에 갇혀 복역 중이던 1950년 7월 23일, 68세의 나이로 병사했다.

그 옛날 조선도공 마을인 나에시로가와의 앞산 높은 언덕에 자리한 옥산신궁의 개축에 드는 비용을 누구보다 앞장서서 많이 냈다는 아버지 박수승과 두 번이나 일본의 외상(外相) 지위에 오른 아들 박무덕—아니, 도고 시게노리—에 관한 이야기들은 이제 하나의 전설로만 남아있다.

울창한 삼나무 숲속에 있어 가뜩이나 그늘진데 설핏하니 해가 기울자 산속은 더더욱 어두컴컴해졌다. 좀 전에 범보 형과 미쓰이시 교수가 먼저 산길을 내려간 뒤 신사 경내에는 정광과 그의 친구 상익과 최기자, 세 사람만 남겨졌다.

기자가 특종을 얻기 위해선 수단 방법을 가리지 않는다는 말을, 정광은 최기자의 행동을 통해 그날 실감할 수 있었다. 자기는 반드시 본전 내부에 안치된 신물(神物)의 사진을 찍어 가겠다며 혼자 남으려 했다. 그리고는 정광 일행더러 먼저 내려가도 상관 않겠으니 마음대로 선택하라는 것이었다. 덧붙여 최기자는,

"아까 김 차장님이 일부러 노교수를 모시고 먼저 자리를 뜨신 데는…… 뭐, 말하지 않아도 우리끼리 통하는 의미가 있거든요."

그런 알쏭달쏭한 말을 넌지시 건넨다. 그 자리에 있던 나머지 사람도 그 말의 감춰진 의미를 금세 알아챈 듯했다. 어쩔 수 없이 최기자와 함께 행동하기로 묵계가 이뤄진 것처럼 일행은 해질 무렵의 시간대를 택해 본전 내부로 들어갈 궁리를 하며 주변을 어슬렁거렸다.

이윽고 숲 사이로 보이는 하늘이 불그스름한 석양 무렵이 되었다. 약간 떨어진 곳에서 바라본 신사의 건물 안쪽은 어느새 캄캄하였다. 겨울철 오후 다섯 시 반경이면 벌써 주위는 어두워져, 사물의 분별이 힘들어진다. 누군가 가져간 손전등을 켰다. 용의주도한 최기자였다. 사진촬영을 위해

서는 만반의 준비가 다 된 모양이었다.

"이제 들어갑시다."

나지막이 중얼거리고 앞장서는 최기자가 흥분되어 있음을, 걷고 있는 그의 숨길로 느낄 수 있었다.

신사 건물이 나타났다. 얼마 전에도 이미 확인했듯이 배전(拜殿)으로 들어가는 문은 오픈된 상태였다. 출입구 자체가 개방된 건물이다. 배전 앞 천정 쪽에는 여느 신사와 마찬가지로 동아줄에 꿰어놓은 금(禁)줄에 주렁 주렁 매달린, 번개모양으로 매듭을 꼰 흰 종이들이 어둠 속에서 희미하게 신의 영역임을 알리고 있었다.

몇 단(段)으로 된 목조층계 위에 역시 목재로 짠 본전 문이 보인다. 한가 운데 녹슨 둥근 쇠자물통에 나선형의 굵은 철사가 걸려 있다. 잠금장치가 허술하다. 플래시로 비추어 자세히 들여다보니 경첩마저 녹슬어 있다. 일 본은 신도(神道)의 나라이다. 온갖 신들에 대한 경외심을 지니고 두려워하 는 까닭에 신물에 대해 접근하는 일 자체를 꺼리는 것 같았다. 잠금장치를 이렇게 허술하게 해놓아도 아무나 손대지 않는다는 믿음 때문이었을까? 그렇지 않으면 본전에 봉안한 신물이 별로 귀하지 않은 물건이었든지 말 이다.

손전등을 켜지 않으면 거의 보이지 않는 어둠이 내려앉아 있었다. 정광 은 그런 혼돈스런 어둠 속에서도 아까 계단에 이르자 거의 본능적으로 단 군신사 배전 앞에서 본전을 보고 합장의 예를 올렸었다. 마음을 가다듬고 잠시 단군의 신물에 대한 호기심을 자제하는 여유를 가졌다. 상익도 무의 식중에 따라 했다. 그러나 최기자는 오로지 기자로서의 사명감뿐이었던 것 같았다. 그는 흥분된 심정을 억누르지 못하고 뭔가에 쫓기는 듯 문고리의 녹슨 자물통을 휘감은 나선형 잠금 철선을 손으로 잡아 비틀어 돌린다. 삐거덕, 철커덕! 어둠을 가르는 문고리의 비명 같은 소리가 울린다. 그 순간 목이 탄다.

최기자는 여의치 않은 듯 어느새 준비해놓았던지 호주머니에서 돌멩이를 꺼내 자물통을 힘껏 내리쳤다. 둔탁한 소리가 어둠 속의 적막을 깨뜨린다. 녹슨 경첩에 박힌 녹슨 못이 빠져나올 듯 헐거워졌다. 또 한 번 내리쳤다. 한쪽의 경첩이 들고 일어난다. 기자들의 보편적 근성이랄까, 소기의 취재 목적을 당성하기 위해선 수단 방법을 총동원하는 경향을 보였다. 범보 형도 그랬지만, 특히 최기자와 며칠간 동행해 취재를 다니는 동안 그런 습성이 몸에 배어 있었다. 때로는 무례함을 범하는 언사나 질문을 예사로 하기 일쑤였고, 원칙적으로 허락되지 않는 사진촬영을 기습적으로 감행하여, 함께 간 일행을 당황 속에 빠뜨린 때가 한두 번이 아니었다.

지금도 그렇다. 그는 기어이 자물쇠를 열었다.

마침내 어두운 공간이 열린다. 최기자의 손전등이 어둠에 덮여 있던 본전 공간을 어지럽게 갈라놓는다. 저만치 높이 1미터 남짓한 삼각형 바위가 플래시의 둥근 불빛에 모습을 드러낸다. 말 그대로 옥산(玉山)이었다. 산의 형상을 하고 있는 바위였다. 그 아래 동글동글한 청색 돌들이 바위 주위를 감싸고 있었다. 신물의 정체가 드러났다. 산의 형상을 한 바위, 그 주위를 감싼 에메랄드빛에 가까운 황홀한 청색의 둥근 돌들……. 옥산이란 신사 이름이 여기서 유래한 것 같았다.

최기자는 연속적으로 셔터를 눌러댔다. 정광도, 그 옆의 상익도, 덩달아 갖고 있던 사진기로 몇 커트 찍었다. 그들은 조선에서 잡혀간 도공들의 400여년에 걸친 신앙의 대상지, 단군의 영이 서린 곳을 몰래 훔쳐보고 있는 것이다.

어둠 속에 최기자의 자동카메라플래시가 연속으로 터진다. 잠깐의 섬광이 어둠을 가른다. 연속 촬영모드 셔터의 터르륵, 차르럭, 차르르럭……하는 소리가 끝도 없이 이어질 듯하다. 어둠 속에 숨겨진 단군 신물의 정체가 눈앞에서 광속으로 나타났다 사라진다. 정광은 그 옛날 소도(蘇塗) 속으로 달려 들어간 죄인처럼 심장이 요동쳤다.

왠지 두려운 마음이 뒤따른다. 이제는 나가야 할 때라고 생각하며 그는 어둠속을 더듬거리다가 신물이 있는 바로 앞 탁자에 허리가 부딪쳤다. 약간 기우뚱하면서 무심결에 손을 짚었다. 손 안에 딱딱한 물체가 닿았다. 평저잔(平底盞) 같았다. 일본식 사케잔(酒盞)이 꼭 이런 모양이다. 크지도 않고 속이 평평한 자그만 술잔이었는데, 흔히 일본의 사찰이나 신사를 참배할 때면 이런 잔을 사서 계곡 아래 던지는 풍습이 있다. 액운을 쫓는 의례를 치르는 행사용이다. 정광은 언젠가 규슈의 구마모토 사찰에 갔을 때의 경험이 있어 감각적으로 알았다.

잔이 손아귀에 닿자 그는 무심결에 두어 개 집어 등산용 재킷의 호주머니에 챙겨 넣었다. 어둠 속 신물을 접하고 왔다는 증표로 삼기 위함이었다. 순식간에 이뤄진 일이었다. 진한 흥분감이 전신을 들뜨게 하고 있었다. 그는 나가자며 구석 쪽에 있는 상익을 챙겼다. "그래. 알았어."라며 상익이 맨 먼저 본전 밖으로 나갔다.

그때까지도 최기자는 자기의 카메라 속 필름 촬영상태가 못 미더운지 계속적으로 플래시를 터뜨리고 있었다.

"최기자, 이제 그만 갑시다."

신물 앞에서 꾸부정히 선 채 카메라 셔터를 눌러대는 그의 어깨를 잡아

끌었다. 그제야 돌아서는 최기자와 정광은 본전에서 배례전의 복도를 빠져 나왔다. 발밑에서 목재바닥의 삐걱거리는 소리가 산중 어둠 속 적막감의 깊이를 더해주는 듯했다.

셋이 함께 내려오는 산길 중턱쯤에 신사 앞 도리이가 무슨 개선문처럼 버티고 서서 육중한 검은 윤곽을 드러내고 있었다.

발밑을 조심하려고 최기자가 손전등을 켠다. 잠시 후 숲속을 완전히 벗어난 것 같다. 탁 트인 하늘에 별들이 보석처럼 내려앉아 있다. 간간이 손전등을 흔드는 것 외엔 불빛이라곤 없는 산속에서 반짝거리는 별들을 쳐다보니, 마음속에 새겨진 옛날 그 시골고향의 밤하늘 같은 느낌이었다. 고국을 떠나온 뒤로 늘 망향에 젖어 밤하늘을 올려다보았을 조선도공들의 마음까지 헤아릴 수 있을 것 같았다.

앞서거니 뒤서거니 터벅거리며 걷는 발자국 소리만 들렸다. 오래지 않아 평탄한 도로가 나왔다. 흥분의 여파가 채 가시지 않은 탓인지 서로 아무 말도 하지 않고 시멘트로 포장된 그 길을 따라 내려왔다. 주차해 놓은 너른 공터 앞에 2미터 남짓 높이로 세워진 편마암의 '서남전쟁 기념비'를 다시 만났다.

고조선, 단군신사, 옥산신궁, 일본 속의 단군 성지(聖地), 그 옥산신궁에서 얻은 평저잔……. 그때를 되돌아보면 이런 단어들이 연쇄적으로 떠오른다. 이후로도 늘 옥산신궁의 본전에서 본 신물—바위산 형상 아래에 놓인 옥구슬처럼 둥근 청색의 돌맹이 형상이 오랫동안 그의 머리에 각인되어 있었다.

오사카 지점에 근무할 때 자주 찾았던 나라(奈良) 지역에 위치한 일본천리교 본부건물 뜰에서 본 13층 임시 목탑으로 건조된 감로대(甘露臺)의 제일 위층에 평저잔 형상이 놓여 있던 것이 연상되었다.

천리교 계시록에 전하는 바에 따라, 거기에 인류구원의 명약인 감로수가 담긴다는 신앙에서 유래하였다. 언젠가 인류를 구할 메시아가 나타나 지금의 임시 목탑을 석탑으로 건조하게 될 때, 비로소 무극대도의 일태극(一太極)이 이루어져 감로수가 내리는 기적이 일어난다는 것이다. 교조(敎祖)의 계시로부터 시작된 이런 믿음이 마침내 교리의 궁극적 목표로 설정된 종교가 일본천리교다.

정광은 부친이 다녔던 천리대학 건물을 둘러보러 간 김에 교회본부에도 가봤었다. 그때 본 감로대 꼭대기의 그 평저잔 형상이 오래 기억에 남아 있었다. 특히 그가 옥산신궁에서 무심결에 가져나온 그 평저잔은 시간이 흐를수록 점점 예사롭지 않은 선물이라 여기게 되었다.

그는 자기 책상머리에 늘 얹어두고 바라보던 계란형 옥돌의 받침대로 그 평저잔을 사용했다. 오래 전 그가 기간제교사로 다시 교단에 섰을 때 승아, 여진 두 소녀한테서 생일선물로 받았던 그 뜻밖의 선물을 옥산신궁에서 얻은 평저잔 위에 안치하여 불상처럼 모셨다. 그리고 그는 합장한 채 저절로 이런 말을 중얼거렸다.

"오! 나의 카미사마(神樣)여. 내 믿음의 신상(神像)이여."

그리고 그 뒤 그가 모신 '카미사마'의 정체를 12년 만에 벼락처럼 깨닫게 되었다. 고조선 단군임금의 후예인 바로 '선덕여래'임을 안 것이다. 계란형 옥돌은 바라보면 볼수록 후덕하고 온화한 여인의 얼굴처럼 느껴졌다. 그는 확신하고 있었다. 그윽한 그 모습의 정체를 찾기 위해 운명이 그를 경주까지 데려오게 했음을. 게다가 그것이 사실이었음을 믿기까지에는 십여 년의 세월이 더 필요했던 것이라고.

어느 날, 경주에 있는 정광의 거처로 지인한테서 책 한 권이 우송돼 왔다.『고조선의 화폐와 명도전(明刀錢)의 비밀』이란 제목의 고조선 관련 책자였다. 저자명은 송강호, 중문학(中文學) 전공자였다. 평소 불로그에서 그의 글을 자주 접하였고 이메일로 서로 교류하던 사이였다.

책에서 다루고 있는 주제가 고대의 화폐인 명도전이다. 명도전은 북경대학 고궁 박물관장이었던 마형(馬衡)이 실시한 중국동북지방의 연하도 발굴과 일본고고학자들의 연구에 따라 요녕성과 서북한(西北韓) 일대까지 세력을 뻗쳤던 나라의 화폐라는 설이 대세였다. 그에 따라 지금까지는 고대 연(燕)나라 화폐로 알려져 왔다.

그런데 송강호 씨가 보낸 책을 보면서 특별히 정광의 관심을 끄는 부분이 있었다. 그 책에서 인용하고 있는 중국학자 장박천(張博泉 · 장보추안)의 논문에는 명도전이 고조선의 화폐라고 본 점이 이채롭고 놀라웠다.

명도전은 칼 모양의 청동제 화폐로 표면에 명(明)자 비슷한 글자가 있어서 붙여진 이름이다. 현행 국사교과서에는, '중국 춘추시대에 연나라와 제나라에서 사용한 청동 화폐'로 소개돼 있다. 그러나 최근 중국 길림대학 역사학과 장박천 교수는 이것을 고조선의 화폐라고 단정하였다.

정광은 무엇보다 장박천 교수가 기자(箕子) 이래 조선후국(朝鮮侯國)의 화폐라고 주장한 그 원절식(圓折式) 명도전[23]의 문양을 보면서 놀랐다.

---

23) 원절식(圓折式) 명도전은 몸체가 둥그런 곡선 형태를 유지하며 길이는 약 14cm인데, 장박천은 이런 형태의 명도전을 고조선 화폐로 보고, 이와 다른 방절식(方折式)은 연나라의 것으로 보았다.

그것은 해(ㅇ:日)와 달(⟩):月)의 형상을 결합한 상형문자—[ㅇD]—였고, 이것이 고대에 명(明)자로 알려진 문양이었기 때문이다. 장박천은 바로 이 문양이 새겨진 명도전을 명이(明夷), 즉 고조선의 화폐로 본 것이다.[24]

이 상형문자를 시계바늘 돌아가는 오른쪽 방향으로 90도 돌려 똑바로 세워보면, 'ⴄ'—이와 같은 모습이 되었다. 그것은 놀랍게도 평저잔에 정좌해 계시는 옥돌부처, 바로 그 자신이 받들어 모신 '카미사마' 형상[ⴄ]과 흡사했다.

명도전은 고조선 지역이었던 의무려산(醫巫閭山) 좌우에 있는 요서군과 요동군 및 평안북도 영변군 세죽리(細竹里)와 위원군(渭原郡)의 용연동(龍淵洞) 등, 한반도 북부에서도 수백, 수천 점씩 대규모로 출토되었다. 즉, 이들 출토지역이 고조선의 강역과 일치하고 있다.

해와 달의 상형을 결합한 문양인 'ㅇ⟩'(明)자에서 떠오른 이미지들이 하나의 계시처럼 정광에게 다가왔다. 그것은 항시 자기가 모시고 있는 신상(神像)이며, 경주 남산 동록의 '감실 할매부처'라 불리는 '선덕여래'임을 암시해 주었다. 또한 '明'이란 이미지는 선덕여왕의 외가 쪽 조카로, 신인사(神印寺)·사천왕사(四天王寺) 등의 중요 사찰을 세운 명랑법사(明朗法師)에게로 자연스레 귀결되었다.

문무대왕의 명을 받아 사천왕사를 세울 때, 명랑법사는 선덕여왕의 능이 있는 낭산 신유림 아래에 터를 잡음으로써 도리천에 묻히길 원했던 여왕의 유언이 실현됐음을 증명해 보인 셈이었다.

정광은 훗날 ㄱ의 아버지로 인해 천리대학과 천리교에 관심을 갖게 되

---

24) 장박천(張:博泉): 「명도폐연구속설(明刀幣硏究續說)」(중국흑룡강성발행/ 고고학 학술지 『北方文物』 2004년 제4기 논문집).

었고, 그쪽 교인들이 '오야사마'라 부르는 교조(敎祖)가 나카야마 미키(中山美伎)라는 한 평범한 여인이었음을 알았다. 그 여인은 어느 날 꿈에 왕관을 쓴 여자가 나타난 뒤로 갑자기 신이 지폈다고 한다.

그녀가 빙의(憑依) 상태에서 신이 일러주는 대로 받아 적은 오후데사키(お筆先)[25]라는 계시록에 나온 감로대 이야기, 그에 따라 후세의 교인들이 세운 임시 목탑과 맨 위층에 놓인 감로수를 받을 평저잔 등……. 온갖 이미지들의 연상에 잠겨 정광은 오늘도 경주 남산의 곳곳을 헤매고 다닌다. 이것이 선덕여래의 부활에 그가 집착하는 이유이다.

여왕 사후 천삼백여 년, 수미산 제석천(帝釋天)에 다시 태어나길 염원했던 그 피안몽(彼岸夢)이 실현된 징후들을 찾아, 거기 어딘가에 분명히 흔적을 남겼을 비의(秘意)를 해독하려고 그가 남산을 더듬는 데는 그런 뜻이 있었다.

---

25) 오후데사키(おふでさき)[お筆先]: (신이 지펴서 쓴) 신의 계시록. 본디 일본 천리교(天理敎)에서 신의 계시를 받아 교조(敎祖)인 나카야마 미키가 써 두었다는 문서를 일컫는 말.

제3편

명랑법사(明朗法師)

제1장

천주사(天柱寺) 혹은 내제석궁(內帝釋宮)

명랑법사가 불도를 닦으러 당에 갔다가 신라로 돌아온 때는 인평(仁平) 2년(635)의 초가을이었다. 선덕여왕 재위 4년째 되던 해이다. 여왕 즉위년이던 임진년(632)에 떠났으므로 햇수로 쳐 4년 만에 귀국한 셈이었다. 이 해(635)에 여왕은 큰 불사(佛事)를 일으켜 영묘사(靈廟寺)를 개창했다.

그 한 해 전, 인평 원년(선덕왕재위3년·634) 정월에 이미 분황사(芬皇寺)가 낙성되었다. 여왕은 이를 기념함으로써 여성왕의 즉위를 문제 삼는 당시의 정치현실에 맞서 당당히 자신의 존재를 만방에 알릴 겸 부왕 때의 연호인 건복(建福)을 버리고 인평(仁平)으로 개원(改元)했던 것이다.

명랑은 귀국한 직후에 곧 여왕을 알현했다. 여왕은 때마침 왕궁 안에 있는 천주사(天柱寺)에 있었다. 불교는 전대(前代)의 법흥왕에 의해 공인되기 이전부터 고구려를 통해 신라 왕실에 전해졌다. 왕실 내부에서는 은밀히 불교를 믿어 이미 궁내에 법당을 설치해 두고 있었다.

법흥왕 시절에는 신라의 영토가 아직 소백산맥 이남의 부족단위 소국들 내지 가야 연방체와 같은 정치세력들을 통합해 가던 과정에 있었다. 그러나 진흥왕대에 이르러 신라는 무력에 기반을 두고 통치영역의 확대를 꾀하였다. 소백산맥을 넘어 점차 중부의 한강 유역까지 차지하게 된 진흥왕은 북위(北魏)에서 발전한 소위 '왕즉불(王卽佛)', 왕이 곧 부처라는 사상을 받아들여 신라왕이 곧 전륜성왕(轉輪聖王)이란 의식이 굳건해졌다. 왕이 부처님처럼 신앙의 대상이 될 수 있다는 이런 관념은 내적으로는 신라왕의 권력과 권위를 한층 강화하기 위한 정치적 이념이었을 뿐 아니라, 외적으로는 여러 정치집단을 국왕중심으로 통합해 가는 논리였다.

그리하여 진흥왕은 재위 12년 신미년(551) 정월에 독자적 연호인 '개국(開國)'을 사용하기 시작했고, 태왕(太王)이란 칭호와 함께 자주국가로서의 면모를 확실히 보여주는 계기로 삼았다. 더욱이, '왕즉불'의 사상을 시각적 외형물에 의해 드러내는 가장 효과적인 방법의 하나가 거대사찰의 조성 같은 대대적인 건축공사였을 터였다. 황룡사의 건립이 바로 그것이다.

진흥왕대 이래 왕실의 엄청난 정성과 재력을 기울인 이 건축공사는 '개국' 3년(진흥왕 재위14년 계유년 · 553)에 시작되어, 왕 27년(566)에 1차 공사가 완료되었다. 특히 이 해엔 규모가 그리 크지 않은 2개의 절을 새로 짓고, 장자인 왕자 동륜(銅輪)을 천자의 아들로서 후계자를 일컫는 태자(太子)로 삼았다. 3년 뒤(569), 황룡사 주위의 담장이 다 쌓였으나 이후에도 중요한 불상의 주조와 건축은 지속되었다.

마침내 진흥왕 35년(홍제 3년 · 574) 3월에 장륙존상(丈六尊像)을 만들어 모시니 비로소 왕실의 원찰(願刹)인 황룡사의 거창한 불사가 완료되었다. 이십여 년에 걸친 그 시기에 연호가 두 번 바뀌었다. 왕 29년(568), 신라국의 번성함에 맞춰 대창(大昌)으로 개원했는데, 그 해에 화랑도를 폐지하고 미실궁주(美室宮主)의 요청에 따라 본래의 원화(源花)제도를 부활시킨 변덕스런 일도 있었다. 그리고 왕 33년(572)에는 또 홍제(鴻濟)로 연호를 바꾼 것이다.

신라 왕실은 지배자의 권위를 강화할 뿐만 아니라 더욱 신성시하는데 이용할 적극적 의도에서 불교신앙을 끌어들였다. 이에 '왕즉불' 사상을 심화시킨 진종설(眞宗說)은 성골·진골과 같이 탄생에서부터 엄격한 차별을 두었다. 이처럼 신성한 혈통의 유지를 위해 거의 난혼·난교(亂婚·亂交)에 가까울 만큼 신라왕실의 보편화된 근친혼은 세상에서 흔치 않은 사례였다.

심지어 왕족이 석가모니의 일족이라는 믿음과 자부심을 갖게 하는 데는 그 이름부터 석가모니 가문에 맞추어 짓는 것보다 더 효과적인 것은 없을 터였다. 이와 같은 작명이 대체로 진흥왕대에서 비롯된 연유이다. 스스로를 '은륜(銀輪)'의 전륜성왕으로 생각한 진흥왕은 태자인 장남 이름을 '동륜(銅輪)'이라 짓고, 차남을 사륜(舍輪) 혹은 금륜(金輪·즉 쇠륜)이라 지었다. 이후로 이와 같은 작명은 관례화하였다.

왕위에 오르지 못하고 요절한 태자 동륜의 큰아들인 진평왕의 어린 시절 이름은 백정(白淨)인데, 이는 석가모니의 부친 이름을 그대로 붙인 것이다. 둘째 아들은 백반(伯飯), 셋째는 국반(國飯)으로 모두 석가모니의 숙부들 이름에서 따왔다.

지소태후(只召太后)는 법흥왕과 보도(保道)왕비의 딸로 태어났다. 나중 작은아버지 입종(立宗) 갈문왕과 혼인하여 삼맥종(彡麥宗) 혹은 심맥부(深麥夫)라 불린 진흥왕과 송화공주(松花公主)를 낳은 김씨 부인이다. 그런데 아들 삼맥종, 즉 진흥왕이 7세 때인 어린 나이에 왕이 되자 지소태후가 섭정을 하게 되었다.

태후는 국정을 맡자 화랑을 설치하였고, 위화랑(魏花郞)을 그 우두머리인 제1세 풍월주로 삼았다. 지소태후가 어린 왕을 대신하여 정사를 좌지우지할 무렵 태종공(苔宗公) 이사부(異斯夫)와 정분을 통하여 세종(世宗)을 낳았다. 작은아버지 입종 갈문왕과 지소태후 사이에서 태어난 송화 공주가 복승(福勝)과 혼인하여 호림(虎林)을 낳았고, 호림의 맏누이 마야부인(摩耶夫人)은 진평왕의 황후로 덕만 공주를 낳으니, 즉 선덕여왕의 어머니이다.

마야부인이란 것도 역시 석가모니의 모친 이름 그대로이다. 따라서 백정(진평왕)과 마야부인 사이에 태어날 아들은 마땅히 석가모니와 같은 존재여야 한다. 그런데도 뜻밖에 아들 대신 딸인 덕만 공주가 태어난 것은 참으로 얄궂은 결과였다.

그래서였던 것일까? 진흥왕대에 비하면, 선덕여왕의 아버지 진평왕은 재위 중에 그 무슨 거창한 외형적 불사를 새로 일으키는 일 따위엔 그다지 관심이 없는 듯했다. 다만 왕궁 내에 있던 기존의 절을 개축하여 이름을 '내제석궁(內帝釋宮)'이라 했다. 즉, 궁궐 내에 있는 제석궁이란 뜻인데, 그전엔 '천주사(天柱寺)'라고 불렀다. '하늘을 떠받들어 소통하는 기둥이 되는 절'이란 의미였다.

그 절 안에서 부왕인 진평왕은 간절히 기원함으로써 소원을 이루려 했는지도 모른다. 아수라(阿修羅) 위에 인간세상이 있고, 수미산의 허리에 사천왕이 사는 사천왕천(四天王天)이 있고, 또 그 위에 도리천(忉利天)이 있는데, 정상에는 제석천이 지배하는 33천이 있다고 한다. 그런 불교적 세계관에 따라 비록 여자일지언정 열심히 공덕을 닦으면, 죽은 후에라도 도리천에 남자로 태어나 내세에는 부처가 될 수 있다고 믿었던 것일까? 선덕은 부왕께서 내제석궁이라 이름 지은 이곳 천주사에서 가끔 예불을 올리던 모습을 공주 시절에 봐왔던 것이다.

그녀는 즉위한 이듬해부터 왕명을 내려 착공했던 분황사, 영묘사가 한 해의 시차를 두고 이미 완공되었어도 궁궐 밖이라 자주 찾기는 번거로웠다. 자신의 재위 초기에 독자적인 사찰을 건축함으로써 부처님의 은덕을 입으려는 소망에서보다 차라리 왕으로서의 위엄과 능력을 과시할 의도가 더 강했다. 그럼으로써 '왕이 곧 부처'라는 대의명분을 확고히 하는 수단 내지 방편으로 삼았다.

그러나 여성은 부처가 될 수 없다는 오랜 관행적 고정관념은 쉽사리 변하지 않는다. 그런 만큼 그녀는 늘 속이 편치 않았다. 자신이 건립한 분황사나 영묘사를 찾아 굳이 궐 밖으로 행차하는 대신 부처께 빌어야 할 일이 있으면 곧잘 발길을 향하는 곳이 왕궁 안의 여기 천주사였다.

명랑이 입궁한 그날도 여왕은 이곳에 잠시 머물러 있었다. 따라온 시녀들은 법당 문밖의 계단에 대기토록 하고 혼자 조용히 향불을 피워 불상 앞에서 예를 올리던 참이었다.

신라를 떠날 때 열일곱 살이었는데 이제 스물의 어엿한 불법승이 되어 돌아온 명랑의 자태는 참으로 늠름했다.

"이게 누구야? 국육(國育) 아닌가!"

여왕은 반가이 맞으며 덕만 공주 시절에 익히 부르던 명랑의 속명을 무의식중에 발했다. 왕으로 즉위할 무렵 마흔 넷이었던 선덕은 이미 사십대 후반으로 접어들어 있었다. 자식뻘 되는 조카를 바라보는 흐뭇한 눈길과 후덕한 그녀의 얼굴에서 여느 때의 수심 어린 표정은 사라지고, 자비로운 미소가 넘쳤다.

"힘든 수행과 먼 여로에 참으로 고생이 많았겠구나. 장차 더욱 공덕을 닦아, 아무쪼록 우리조국 신라의 훌륭한 동량(棟樑)이 되어주렴."

"모든 게 늘 자비로이 보살펴 주시는 그 은덕에 보답하는 길이 될 것이 옵니다."

명랑은 겸손하게 대답하고, 긴 여정에서 돌아올 때 꼭 잊지 않고 여왕께 바치려고 챙겨온 선물 두 가지를 내놓았다. 하나는 파란 빛을 띤 유리구슬이었고, 다른 하나는 그가 여왕을 알현하러 들어올 때부터 괴나리봇짐처럼 보자기에 싸서 등에 짊어지고 온 토번산(吐蕃産 · 티베트제품) 양탄자였다.

"이 파란 구슬은 세속의 모친 생각이 나서 같은 모양을 두 개 구했습니다. 가져온 것 중 하나는 이미 생모께 선물했고요. 어릴 때부터 모친께 전해들은 바, 푸른 구슬을 삼키는 태몽을 꾸고 나서 소생을 임신했다고 하더이다. 항시 그 얘기를 잊지 않고 있다가 귀국길에 이 물건을 보자 불현듯 그때 일이 생각나 기이한 인연이로구나 하여, 그냥 지나칠 수가 없었습니다."

자장의 누이인 남간부인은 푸른 구슬을 삼키는 꿈을 꾸고, 뒷날 명랑법사가 된 막내아들 국육을 임신한 것이었다. 이때의 '푸른 구슬'은 승려의 염주를 암시하거나 그런 상징적 물건이었을지도 모른다.

명랑이 어디선가 구입하여 선물로 가져온 게 바로 그런 걸 연상시키는 물건이었다. 작은 유리구슬과 옥구슬을 주렁주렁 꿰어 염주처럼 만들어 매듭을 짓는 그 한가운데에 크고 파란 구슬이 달려 있었다. 형태를 분간하기 힘든 작은 문양들이 새겨진 그 파란 구슬 아래엔 다시 흰 곡옥(曲玉)을 매달아, 전체적 느낌이 여성 용도의 예쁜 팔찌 형상을 하고 있었다.

"참으로 진귀한 물건이로다!" 여왕은 감탄하며 말했다. "대관절 이런 것을 어디서 구했느냐?"

"해중 용궁 같은 스리위자야 왕국에서 구한 것입니다."

한 순간 여왕의 미간이 좁혀지며 호기심으로 가득한 눈빛이 되었다.

"난생 처음 들어보는 왕국이구나. 대관절 그런 나라가 어디쯤 있더냐?"

"소승이 애초 당(唐)에 유학을 떠날 때의 마음과는 달리, 더 멀리 서천축(西天竺 · 인도)까지 가보려고 고행의 길을 나섰지요. 그런데 가던 길에 토번(티베트)에 머물러 수도생활을 시작했습니다. 그곳 라마승(喇嘛僧)들 중에는 예지승(豫知僧)이라 일컫는 자들이 꽤 많았습니다. 면벽한 채 천리 밖을 내다보고 앞일을 예견하거나, 주문을 외어 사람의 정신을 혼미케 하는 도술을 쓰기도 하고, 심지어 주술로 비바람을 불러일으키기도 하더군요. 그들이 믿는 불교는 대개 밀교였습니다. 거기서 소승도 태장계(胎藏界) 밀교의 문두루(文豆婁: Mudra · 神印) 비법을 익혔습지요."

"오호! 그래서……?"

여왕의 눈동자는 호기심으로 더욱 동그래졌다.

"소승은 신인법을 얻은 기쁨을 안고 환국 길에 마래이(馬崍伊 · 말레이) 반도와 수마투라(須瑪透螺 · 수마트라) 섬을 나누는 좁고 긴 해협의 동쪽 끝에 당도하게 되었습니다. 마치 누두(漏斗 · 깔때기) 모양으로 생긴 그 긴 해협을 그쪽 사람들 명칭으로는 말라카(末羅佧) 해협이라 하더이다. 소승이 접해본 당인(唐人)들의 의식 속에도 훨씬 이전부터 이 해협을 경계로 동서를 구분하고 있더군요. 서쪽으로 가는 바닷길 너머 도달하는 지역을 '서

양', 그 반대편 동쪽은 '동양'이라 하더이다.

선대의 우리 진흥대왕 시절부터 전설로 내려오던, 서천축에서 온 선박도 그 물길을 따라 신라까지 흘러왔던 것을, 이번에 소승이 직접 체험을 통해 확인할 수 있었습니다.[26]

거기 남부 수마투라 섬을 거점으로 번성한 스리위자야 왕국에 들렀습지요. 이 해상왕국은 가히 바다 가운데 있는 용궁(龍宮)이라 일컬을 만합니다. 스리위자야국은 왕을 위시하여 관민 모두가 신심 깊은 불교 왕국이었습니다. 이 염주 모양의 팔찌 같은 유리구슬도 그곳에서 만든 유리 제조공의 산물입니다. 처음엔 서양과의 교역을 통해 그 귀한 물건이 그곳 해양왕국까지 들어온 것이라던데, 이제는 거기서도 꽤 흔한 것이 되었습지요. 아주 오래 전부터 개척된 이 해상로(海上路)를 오가는 무역선들은 이런 유리구슬 달린 염주 외에도 병이나 그릇 따위, 다양한 유리제품들을 싣고 멀

---

26) 『삼국유사』(권3) 탑상편의 「황룡사장륙」조에 나오는 이야기다. 진흥왕이 황룡사 건립을 완성한 지 얼마 되지 않았을 때, 서천축(西天竺·인도)의 아육왕(阿育王)이 보냈다는 큰 배 한 척이 하곡현(河曲縣) '실개'[絲浦·지금의 울주(蔚州) 실개(谷浦)에 정박하였다. 이 배를 검사해보니 공문(公文)과 함께 누런 쇠 5만7천근과 황금 3만 푼 외에도 부처상 하나와 보살상 모형 2개도 같이 발견되었다.
공문에는 이런 내용이 적혀 있었다. 〈서축의 아육왕이 장차 석가의 존상 셋을 주조하려고 하다가 이루지 못해 이것을 배에 실어 바다에 띄우면서 비는 바이다. 부디 인연 있는 국토로 가서 장륙존상을 이루어주기 바란다.〉 그래서, 거기 실린 금과 쇠는 서라벌에 보내져 황룡사의 장륙존상을 만들어 모셨다는 기록이 있다. 또, 훗날 자장(慈藏)이 당에 유학하여 우타이산(五臺山)에 이르자 문수보살이 현신(現身)해서 자장의 기원에 감응하여 비결을 주며 부탁했다는 내용도 이와 유사하다.
〈너희 나라 황룡사는 바로 석가와 가섭불이 강연하던 자리로, 연좌석(宴坐石)이 아직도 남아 있다. 그렇기 때문에 천축의 무우왕(無憂王, 즉 아육왕)이 금과 철을 조금씩 모아 바다에 띄워 보냈는데, 1300여년이 지난 후에야 너희 나라에 당도하여 장륙존상을 완성해 그 절에 봉안했으니, 아미 위덕(威德)의 인연이 그렇게 했을 것이다.〉라고 했다. 여기서 아육왕은 서축 대향화국(大香華國)의 왕인데 부처님이 열반하신(기원전 544년) 이후 100년 만에 태어났다. 따라서 아육왕 출생은 기원전 444년경이며 황룡사 장륙존상 주조는 574년(진흥왕 35년)이므로, 실제 계산으로 치면 약 1018년 만에 천축의 배가 신라 해안에 도착한 셈이다.

리 동방까지 장사하러 떠난다더군요. 제가 갔을 땐 그들이 '황금의 나라' 신라를 이미 알고 있는 데에 놀랐습니다. 제작지는 스리위자야 왕국에서도 동쪽 섬인 '자바 티무르'라는 곳인데, 동(東)자바 섬이란 뜻입니다."

"들을수록 참으로 흥미롭고 기이한 이야기로다!…… 너는, 어떻게 그 용궁 같은 나라에 가게 됐느냐?"

"토번국 라마승 밑에서 밀교의 문두루 비법을 배워 귀국할 무렵쯤입니다. 신앙심이 아주 깊은 스리위자야 국왕이 토번에 사람을 보내 고승을 청하기에 마침 소승도 귀국할 참이라 그 요청에 응하여 따라 나섰더이다. 토번을 떠나 그 나라 사신의 길안내를 받으며 함께 청장(靑藏 · 칭짱) 고원을 발원지로 한 메콩 강 상류에서 배를 탔습니다. 운남(雲南 · 윈난)의 란창강(瀾滄江)을 거쳐 동남쪽으로 방향을 틀어 도중에 여러 나라를 관류하며 수천 리를 흐르는 길고 긴 강이었습니다. 도중에 폭포가 있어 뱃길이 끊길 경우도 있었지요. 그때는 육지에 올라 '마후트'(코끼리를 부리는 자)의 길안내를 받았습니다. 대롱처럼 긴 코가 땅바닥에 닿는 코끼리라는 희한하고 거대한 동물을 가축처럼 기르는 나라(훗날의 란쌍왕국 · 라오스)에서의 일이었지요. 우리 일행은 그 코끼리 등에 타고 밀림을 헤쳐 나가기도 했습니다. 비로소 강폭이 넓어지는 안전한 곳에 이르자 거기에 스리위자야국의 배가 대기하고 있더군요. 그 나라 사신들이 올 때나 갈 때면 항시 그곳이 도착지이자 출발지였던 셈입니다. 다시 배를 탄 우리는 한참을 흘러 안남국(安南國 · 베트남) 유역을 통과하여 계속 남하했지요. 마침내 대륙의 끄트머리인 그 메콩강의 하류를 빠져나오자 처음으로 거대한 바다가 펼쳐지더이다. 참으로 길고도 험난한 뱃길이었습니다. 해양왕국의 사람들답게 뱃길 운행이 매우 능숙하여, 정말 다행스러웠지요. 우리 일행은 안전하게 마래이 반도 끝에 이르렀습니다. 바로 건너편이 말라카 해협의 동쪽 끝 수마투라 섬이었고, 연안을 따라 조금 우회하여 스리위자야 왕국의 본거 지에 무사히 도착할 수 있었습니다. 국왕으로부터 융숭한 대접 속에 한 해 가량 머물 동안 수도정진하며 문두루 비법을 전수하고 얼마 전에 막 돌아 온 길입니다……."

명랑이 거쳐 왔다는 그 긴 강줄기만큼이나 설명의 과정도 장황했다.

여왕은 믿기지 않는다는 듯 고개를 설레설레 흔들었다.

"너무나 황당하단 느낌밖에 없구나. 지금 눈앞에서 너를 직접 보며 이 야기를 듣고 있건만, 도대체 짐의 머릿속이 정리되질 않는다. 누가 듣더라 도 아마 모두 짐의 생각과 같으리라. 육지의 끄트머리에서 바다로 행하여 용궁에 들어가다……? 여태 보도 듣도 못했던 딴 세상이야기를 처음 접한 자라면 과연 이걸 어떻게 표현할지 궁금하구나. 만약, 후세 사람들이 너의 거쳐 온 행로를 '잠행지하, 입용궁(潛行地下, 入龍宮)'……처럼 기록해 둔다 면, 이처럼 황당한 이야기가 또 어디 있을까 싶다."

"하오나, 무엇보다 이 파란 구슬 달린 염주 모양 팔찌가 좋은 증거품이 지 않습니까? 게다가 여기 이 토번산 융단이 또 하나의 증거물이지요."

말하면서 명랑은 아까 바닥에 내려놓았던 융단 두루마리를 펼쳐보였다. 거기에는 수많은 인물상을 정교하게 수놓아, 불법의 모든 덕을 원만하게 갖춘 경지를 나타낸 그림의 세계가 있었다.

특히 그림의 중심부에는 여덟 잎사귀의 연꽃이 평면적으로 묘사되고, 그 안에 진좌한 큰 여래상을 비롯해 8여래(八如來)가 팔방에 배치된 형상 이 눈길을 끌었다. 그리고 그 주위를 에워싸고 조금 상(像)을 작게 하여 수 많은 보살들이 만다라의 세계와 현실세계를 구별하는 것처럼 사각의 창문

속에 묘사된 형상으로 나란히 배치되어 있다. 다시 그 외변에는 더욱 작은 천신상(天神像)들이 빙 둘러 배치되어 있는 형국이었다.

"이것은 태장계 만다라(胎藏界曼陀羅)의 세계입니다. 토번의 밀교에서는 이런 각종 형태의 그림을 만다라라고 하지요. '만다'는 본질을 뜻하고, '라'는 소유의 뜻입니다. 그러니까 만다라는 '본질을 소유한 것'이란 의미로서, 밀교에선 주로 깨달음의 경지를 도형화한 것을 말합니다. 명상할 때 우주의 정기(精氣)를 한곳에 모아 특정한 의식 상태를 만들거나 주문의 효과를 극대화하기 위해 이용하는 일종의 주술적 물건입니다. 이와 같은 그림을 그리거나, 혹은 그렇게 수놓인 양탄자 위에 앉아 명상 수행하는 것을 도상법(圖象法)이라 해요. 하온데, 이 태장계 만다라는 여래의 보리심(菩堤心)과 대자대비심(大慈大悲心)을 마치 태아를 키우는 모태에 비유하여 상징적으로 나타낸 그림이지요."

"그런데, 짐의 눈에는 흡사 구궁(九宮)의 왕궁도(王宮圖)를 보는 것 같구나."

여왕은 신기한 듯 양탄자에 정교하게 수놓인 그 만다라의 세계를 들여다보며 또 이렇게 말을 이었다.

"짐의 증조부이신 진흥대왕 시절, 궁궐 안에 구궁을 두었거든. 짐이 아직 태어나기 전의 일이긴 해도 중심부의 그 중궁을 대궁(大宮)이라 일컫고, 진흥대왕과 사도황후의 거소로 삼았지. 그리고 그 중심을 에워싸고 8궁을 설치했는데, 모두 대왕을 가까이서 모시던 후궁들의 거처였다네. 미실궁주의 거처는 미실궁, 보명궁주의 거처는 보명궁, 월화궁주의 거처는 월화궁, 숙명궁주의 거처는 숙명궁, 옥리궁주의 거처는 옥리궁……하는 식으로 불렸지. 다만 예외가 있었던 건 태자궁과 금륜궁도 함께 두었던 점이라네. 결과적으로 일가족의 거소를 팔각형으로 배치하고, 그 중심에 진흥대왕께서 기거하신 대궁이 위치한 형국이었지…….

비명으로 요절하신[27] 동륜태자와 만호부인의 거소는 태자궁이라 하였고, 금륜궁은 훗날의 진지왕이신 금륜(혹은 사륜)왕자와 지도부인의 거처였다더라. 아무튼 진흥대왕 당시부터 있던 구궁도의 설계가 이 만다라 세계의 원리에서 유래한 것일까?"

"아마 그런 듯하옵니다. 불교를 공인한 법흥왕 이래 우리 신라의 국운을 널리 떨치신 진흥대왕 시절엔 당신께서 위대한 전륜성왕으로 자처하실 만큼 불국토(佛國土)를 실현하려는 의지가 한창 강하게 작동한 때였으니까요…….

여기 이 양탄자에 도상화(圖象化)하고 있는 태장세계를 보십시오. 태장계 만다라는 밀교의 2대 경전의 하나인 '대일경(大日經)'을 근본으로 한 불화입니다. 아까 말씀하신 구궁도와 똑 같지요. 애초 태장계는 대자대비, 보리심의 여성적 원리를 바탕으로 한 이(理)의 세계이며 물질적 세계관을 표현하고 있습지요. 중대팔엽원(中臺八葉院)의 한가운데 진좌한 대일여래(大日如來)의 광림(光臨) 시에 마침내 무극대도의 세계가 펼쳐진다는 원리입니다. 태양을 중심으로 우리가 인식하는 우주가 펼쳐진 것처럼 불교세계의 중심에 근원적 부처인 대일여래가 있고, 그 부처가 많은 여래를 출현시키는 것이라 여기게 되었지요. 그러고 보니, 혹시…… 우리 진흥대왕께서도 스스로 그 대일여래의 존재이길 바라며 구궁의 중심부에 대궁을 안

---

27) 필사본 『화랑세기』에 이하면, (진평왕의 부친이며 선덕여왕의 조부인) 동륜태자는 아버지인 진흥왕의 후궁 보명궁주를 연모하였다. 어느 날 그는 미실궁주의 심복들인 종자(從者) 몇 사람과 함께 보명궁의 담을 넘어 들어가 보명과 관계를 가졌다. 이후 그는 7일째 되는 날 혼자서 보명궁에 들어가기 위해 담을 넘다가 개에게 물려 죽었다고 전한다.

치하고, 주변에 가족들의 팔궁을 배치했던 것이 아닐까 생각되옵니다. 하온데, 실은…… 화엄경이나 범강경(梵綱經)에 의거한 교설(敎說)에서는 여기 근원적인 부처를 비로자나불(毘盧遮那佛)이라고 합니다. 그 대일여래상을 중심으로 4불(佛) 4보살을 배치했는데, 4보살은 보현, 문수, 관음, 미륵이며 여기에 지장보살과 허공장(虛空藏)보살을 첨가하여 이들 육존(六尊)이 중심적인 위치를 차지한다는 것입니다……. 설명하자면 대략 그러하오나, 아무래도 소승의 생각은 좀 다릅니다."

"무엇이 다른고?"

"우선, 태장계 만다라는 태아를 키우는 모태에 비유해 상징적으로 나타낸 그림이란 점입니다. 그런 이유로 치자면, 근원불인 대일여래는 이론상 여성이어야 맞습니다. 또, 대자대비의 보리심도 여성적 특성과 가장 잘 어울리지요. 그래서……"

명랑은 잠시 뒷말을 아끼듯, 혹은 일부러 뜸을 들이듯 말을 끊었다. 머릿속으로 뭔가를 헤아리며 망설이는 그 침묵이 길어지자, 여왕이 얼른 뒷말을 재촉했다.

"그래서……, 뭐가 어떻다는 거냐?"

"소승이 토번에서 처음 이 만다라를 접했을 때, 맨 먼저 떠올린 것이 폐하의 모습이었습니다. 폐하가 즉위하던 그 해에 소승이 당으로 유학을 갔었는데 그때는 미처 몰랐습니다. 아국(我國)의 역사상 최초의 여왕이 되신 폐하야말로 진정 대일여래상의 화신으로 현세에 광림하신 게 아닐까 하고……. 그런 생각이 날이 갈수록 점점 깊어졌습니다."

명랑의 말이 끝나자마자 여왕은 처음으로 소리를 내어 웃었다. 그녀의 귓불에 달린 황금귀걸이가 반짝이며 흔들릴 만큼 환한 얼굴을 치켜들고 내는 밝은 웃음소리였다.

"참으로 오랜만에 마음까지 즐겁게 해준, 듣기 좋은 말이구나."

단지 그 한마디와 함께 여왕의 표정은 금세 어두워졌다.

"허나, 여자로 태어난 게 죄업인 걸……. 너도 잘 알잖은가? 여성은 곧
바로 성불할 수 없다는 한계 때문에, 매번 짐을 실망케 하는 현실 앞에서
어떻게 낙관적일 수 있겠니? 부왕께서도 아들이기를 기대했던 내가 딸로
태어난 것 때문에 한때는 깊은 실망과 좌절감 속을 헤맨 적까지 있었으니
오죽이나 답답하고 서운했겠나?"

여왕이 그렇게 자조 섞인 푸념을 뇌까리는 데는 그럴 만한 충분한 이유
가 있었다. 신라왕실의 혈통을 석가족(釋迦族)과 동일시할 정도로 지나치
게 신성시해 온 것은 이미 진흥왕대부터였다. 태어난 자녀나 후손의 작명
조차 석가모니 가문에 맞추었다. 그리하여 백정왕(白淨王)인 진평왕대에
이르러 마야부인한테서 태어날 자식은 응당 석가모니여야 할 것이었다.
그런데 천명(天明)과 덕만(德曼)이란 두 딸만 태어났으니, 왕실의 체면은
그야말로 형편없이 구겨진 셈이었다.

제 2 장

성언호간(成言乎民)의 이법

진평왕은 기골이 장대하고 대범해 평소 낙천적이기까지 했다. 그러나 딸의 출생에 대해서만은 실망감과 낙담이 이만저만 아니었다. 그는 속으로 하늘을 원망하며 억누르기 힘든 속상한 울분을 사냥으로 풀었다. 정무는 뒷전이었고, 매잡이와 사냥꾼, 몰이꾼 등, 종자들을 여럿 데리고 온 산야에 매와 개를 풀어 꿩, 토끼, 멧돼지 따위를 잡으러 말 달리며 세월을 보냈다.

이를 보다 못한 병부령(兵部令 · 지금의 국방장관) 이찬(伊湌) 김후직(金后稷)이 간언하였다.[28]

"모름지기 현명한 임금은 정사를 보살피기를 게을리 하지 않고, 깊이 생각하며 멀리 내다보는 혜안을 가져야 합니다. 뿐만 아니라, 좌우 신하들의 바른 말을 귀담아 들어야 제대로 나라를 보존할 수 있습니다. 그럼에도 불구하고, 전하께서는 날마다 미친 자들이랑 사냥꾼들을 거느리고 산이나

---

28) 『삼국사기』(권45) 열전(列傳)제5, 김후직(金后稷) 조에 이에 관한 자세한 내용이 나온다.

들판을 달리며 사냥질로 세월을 보내고 있으니, 이게 어찌 된 일입니까? 안으로 마음을 방탕히 하면 밖으로 나라를 망하게 하는 것이니, 마땅히 반성해야 할 줄 압니다. 전하께서는 부디 이 늙은 신하의 간언을 유념하십시오."

이렇듯 왕 앞에서 감히 꾸짖듯이 아뢴 김후직은 지증왕의 증손으로 진평왕의 5촌 당숙뻘이었다. 어째서냐면, 진평왕이 지증왕의 고손자였고, 후직은 진평왕의 아버지 동륜태자나 숙부 진지왕과 같은 항렬의 인물이었기 때문이다.

조카뻘인 왕의 실정(失政)을 그냥 두고 볼 수 없어 왕실의 중요한 일원이었던 병부령은 이후에도 수차례 직간(直諫)하였다. 그러나 왕은 귀담아 듣지 않았다.

'너희들이 짐의 이 참담한 속내를 어떻게 알 수 있단 말인가? 아무도 몰라…….'

왕위를 계승할 후사(後嗣)에 아들이 없었던 진평왕의 심정을 한마디로 요약하면 대략 그런 것이었다.

유난히 키가 크고 육중한 거구였던 왕에게 의외로 이런 섬약한 내면이 있었던 걸 남들은 잘 알지 못했다. 체면이나 자존심을 중시하는 자일수록 그것이 손상되었을 때는 도리어 갈팡질팡하는 심리가 작용하는 법일까? 정사에 태만하고 사냥질과 여색에 빠져, 한동안 방탕함에 탐닉했던 진평왕의 심리상태가 거기서 비롯됐을지도 모른다.

그러한 왕의 마음을 돌려놓은 계기는 뜻밖에도 병부령 김후직의 죽음이었다. 후직 공은 임종하기 전에 세 아들에게 유언을 남겼다.

"내가 명색이 신하로서 능히 임금의 나쁜 행동을 바로잡아 구하지 못했다. 아마도 대왕의 저런 좋지 않은 유락행위가 이에서 그치지 않는다면 우리 신라는 결국 패망에 이를 것이다. 내가 근심하는 바가 그것이다. 비록 죽더라도 반드시 임금을 깨우쳐 주려 생각하니, 내 유해(遺骸)를 왕이 사냥 다니는 길가에 묻어라."

공이 죽자, 아들들은 유언대로 따랐다.

어느 날 왕이 여느 때처럼 출행하였다. 도중에 먼 우레 소리 같은 말소리가 들리는데, 왕의 귀에는 흡사 "가지 마시오!"라는 소리 같이 느껴졌다. 왕이 물었다. "지금 이 소리가 어디서 나는가?" 이때, 종자(從者)가 고하였다. "저것이 이찬 후직 공의 무덤입니다. 소리가 거기서 났습니다." 하고, 후직 공이 죽을 때 자식들에게 한 말을 그대로 왕에게 전했다.

왕은 한없이 울었다. 눈물이 하염없이 흐르는 것을 닦을 생각도 않고 그 자리에 주저앉아 한참을 흐느끼며 탄식했다. 한 충신의 안타까운 간언을 외면했던 자신의 어리석음을 탓하며 진심으로 뉘우쳤다.

이후로 왕은 종신토록 사냥에 나가지 않았다. 몸가짐도 한결 조심하였고, 공주를 대하는 눈길도 무척 살가워졌다.

즉위 원년인 기해년(己亥年·579)에 13세였던 백정(진평왕)은 뒷날 마야부인과 혼인하였다. 그리고 두 사람 사이에서 덕만 공주가 태어난 해는, 왕의 재위11년째 되던 기유년(己酉年·589)이었다.

때마침 그해 춘삼월, 스물다섯 살의 원광법사(圓光法師·565~638)가 불법을 구하러 진(陳)나라로 떠나기 전 왕궁에 작별인사를 드리러 갔다가 잉태중인 마야부인을 보고 의미심장한 말을 남겼었다.

태중의 아이는 훗날 삼한(三韓) 통일의 초석을 놓을 소명을 갖고 태어날 것이다. 왕자든 공주든 상관하지 말고 반드시 이 아이가 왕위를 승계할 수 있도록 해주십사고 당부하였다. 또, 그런 때가 오면 자기도 호국승(護國僧)의 역할을 마다하지 않겠다고 다짐하였다.

화랑도의 우두머리로, 제1세 풍월주였던 위화랑(魏花郎)이 준실부인(俊室夫人)과 정식 혼인하여 낳은 아들이 4세 풍월주 이화랑(二花郎)이다. 그 이화랑 공의 장남으로 태어난 원광은 한 시절 그 자신도 화랑이었던 까닭에 뭔가를 이미 멀리 내다보고 하는 말 같았다. 그러나 왕과 왕비는 이제 곧 탄생할 아이에 대해 단순히 감축의 인사치레로 올리는 말로만 여겼을 따름이었다.

진흥대왕의 모후(母后)인 지소태후가 이사부(異斯夫·苔宗)와 사통하여 낳은 딸 숙명공주는 진흥왕의 동모매(同母妹)였음에도 불구하고 오라버니의 비(妃)가 되었다. 오누이간의 근친혼과 같은 이런 사례는 당시로서 신라왕실의 신성한 성골 혈통의 유지를 위해서는 전혀 문제될 게 없었다. 골품제 사회에서 왕실의 가치관으로 보면 그것은 비윤리적이란 비난을 받기는커녕 오히려 당연한 일로 인식되고 있었다.

그러나 숙명 궁주(宮主)는 풍월주 이화랑의 아름다운 용모에 빠져 사모하는 마음을 스스로 억제할 수 없어, 골품을 버리고 출궁하기로 결심했다. 결코 죄책감에서가 아니라, 화(禍)가 이화랑 공에게 미칠까 하여 그것을 더 염려한 숙명은 어느 날 자살을 시도하였다. 이때 갑자기 금불(金佛)이 나타나서, "나는 약사불이다. 공주의 배를 빌려 머물고자 한다."고 말하는 것이었다. 이에 공주는 그 앞에 무릎을 꿇고 합장배례한 채 구원을 빌었다. 그러자 금불이 숙명공주를 안고 엎드려져 마치 그녀의 뱃속으로 들어오는 것 같았다.

그런 이상한 느낌을 받은 지 얼마 뒤였다. 이화랑 역시 공주를 흠모하는 마음을 자제하지 못하고 궁중으로 달려가 숙명궁을 찾았더니, 공주가 천장을 향해 반듯이 누워 마치 가슴에 품고 있는 것을 잃어버린 양 서운해하는 모습을 하고 있는 게 아닌가. 이화랑이 까닭을 묻자, 공주는 금불 이야기를 들려주며 대답했다.

"꿈을 꾼 것인지 생시인지 알 수 없는 묘한 경험을 했는데 마침 공께서 나타나셨군요. 이는 곧 부처의 원력인 듯합니다."

그리고 두 사람은 함께 얼싸안고 운우지정(雲雨之情)의 기쁨을 나누었다.

이화랑은 풍월주의 지위에서 물러난 후 숙명공주와 더불어 영흥사에 나가 살며 불도에 전념했다. 지소태후 또한 뒤따라 귀의했다.

진흥왕의 노여움과 형벌에도 굴하지 않고 숙명공주는 이화랑 공의 아이를 잉태하였다. 그리고는 대성여래(大聖如來) 원광을 낳았다(565). 첫아들 원광이 그렇게 해서 태어나고, 한참 뒤 둘째 아들 보리(菩利)가 태어났다. 보리 공은 계사년(癸巳年 · 573)생으로 훗날 신해년(辛亥年 · 591)에 12세 풍월주가 된다.……

진평왕 재위 22년째인 경신년(600), 수(隋)나라에 갔던 신라 조빙사(朝聘使) 제문(諸文)과 횡천(橫川)을 따라—당시 수나라에 머물러 있던—고승(高僧) 원광도 함께 귀국했다. 그가 처음 진(陳)나라로 떠나던 해에 태어났던 덕만 공주의 나이도 벌써 12살이 되어 있었다.

8년 후 무진년(진평왕 재위30년 · 608)에 고구려의 잦은 변경(邊境) 침입에 따른 신라강역의 공취(攻取)를 불쾌하게 여긴 진평왕은 장차 고구려를 치려고, 원광법사에게 수나라 군사를 요청하는 글[乞師表]을 짓기를 부탁했다.

원광은 비록 살생을 꺼리는 승려가 되었지만 왕의 요청을 거절할 수가 없었다. 심지어 덕만 공주의 출생을 앞두고 불법을 구하러 떠나던 바로 그해, 왕과 왕비 앞에서 호국승 운운하며 다짐한 말도 잊지 않고 있었다. 더욱이 화랑도를 위해 '세속오계(世俗五戒)'라는 독특한 실천계율을 제안하기도 했던 그가 아닌가!

"자기가 살려고 남을 멸하는 것은 승려의 할 짓이 아니나, 보잘것없는 도인[貧道]²⁹⁾이 대왕의 나라에 살며 대왕의 물과 곡식을 먹으면서 어찌 감히 명령을 따르지 않으리까?"

하고는 곧 글을 지어 진평왕께 바쳤다.

그간의 이런 모든 사정을 익히 알고 있었던 선덕여왕은 부왕의 치세 후반기에 이르러 공주의 왕위계승 가능성에 대한 염려와 반발을 잠재우려고 무척 노력하던 아버지의 모습을 눈여겨보았었다.

여기 이 천주사를 굳이 '내제석궁'이라 부르길 고집하시던 선왕의 속내도 어느 정도 이해되었다. 딸에게 왕위를 물려줄 수밖에 없게 된 선왕으로서는 석가모니로 태어나리라 기대했던 덕만이 다음 번 윤회를 통해 반드시 제석궁에 부처로 환생하리라는 믿음을 저버리지 않았다는 판단 때문이었다.

---

29) 원광법사가 진평왕 앞에서 승려인 지신을 낮추어 스스로 '빈도(貧道)'라고 칭한 것은 『삼국사기』 「신라본기」 진평왕 재위 30년 무진(戊辰·서기 608년)의 이 기사가 첫 사례란 점이 주목된다.

"여왕폐하, 그것은 불경에도 나와 있는 내용입니다."

명랑은 좀 전에 우울해진 여왕의 표정을 보자 잠깐의 침묵 끝에 갑자기 생각해낸 듯 말했다.

"여성은 곧바로 성불할 수 없다는 한계를 극복하기 위해 불법을 열심히 지키며 살다가 간 구이석(瞿夷釋)이란 여신도(女信徒) 이야기가 있습니다. 비록 여성의 신분이었지만 구이석은 생전에 정성을 다해 불법을 닦았지요. 그래서 죽은 후에는 도리천의 왕인 제석의 열 아들, 즉 십대천자(十大天子) 중 하나로 태어나는 큰 공덕을 세웠다고 합니다. 이처럼 여왕폐하께서도 일단 도리천에 남성으로 태어나, 다음 세상에서 부처가 되는 방법을 생각해 보심이 어떨지요?"

"그 방법은 불법승인 자네가 더 잘 알 것 아닌가?"

"여기 이 태장계 만다라처럼 간절한 기원을 담아 여왕폐하의 모습을 부처로 조상(彫像)하고, 구궁팔괘도의 원리에 따라 서라벌 불국토 중에서 가장 적당한 방위를 찾아 안치하는 묘책이 있습니다."

"그런 곳이 어딘가?"

"그것까진 아직 찾지 못했습니다. 소승이 귀국한 지 얼마 되지 않았으나, 여기 토번국 양탄자에 수놓인 태장계 만다라 세계를 구현할 수 있는 장소를 찾아, 이제부터라도 부지런히 물색토록 하겠습니다. 소승이 처음 당에 머무르며 수행할 때 주역에 밝은 고승의 강론을 들은바 있습지요. 그때 알게 된 복희팔괘도—이를 흔히 선천도(先天圖)라 부르는데—에 따르면, 우주의 운행이 땅의 상징인 곤괘(坤卦)에서 시작하여 진(震), 이(离·離), 태(兌), 건(乾), 손(巽), 감(坎), 간(艮)을 거쳐 다시 곤(坤)으로 순환한다 했습니다. 어느 관점에서 시작해도 선천도의 우주는 그렇게 아무 모순 없이 돌아간다는 뜻이지요. 그런데 대충 1만년의 한 주기가 끝나고 후천개벽 시대가 도래(到來)하자 이 운행에 변화가 생겼다는 겁니다. 예컨대, 구궁도에 후천팔괘도를 결합하여 만든 '문왕팔괘도'에 따르면, 우주의 운행 궤적이 건, 태, 간, 이, 감, 곤, 진, 손의 순서로 바뀌어버린다는 겁니다. 팔괘에서 건괘는 하늘, 태괘는 못(澤·池), 간괘는 산, 이괘는 불, 감괘는 물, 곤괘는 땅, 진괘는 벼락 내지 번개, 손괘는 바람을 상징합니다.……"

"잠깐……"

여왕은 갑자기 명랑의 설명을 중간에 제지하더니,

"간괘가 산을 뜻한다면, 그것이 불교에선 곧 수미산이렷다?"

하고 새삼스레 확인삼아 묻는 것이었다.

"예. 그렇습니다만……."

"그렇다면, 짐이 죽은 후엔 그 수미산 꼭대기에 계신 제석환인(帝釋桓因)이 지배하는 33천의 도리천에 묻어다오. 그러면 거기서 환생하여 후세엔 남성인 전륜성왕이거나 부처로 태어날 수 있을 터이니……. 그런 간방(艮方)에 해당되는 곳이 이 서라벌에서 어디쯤인지 잘 찾아 능(陵)을 짓도록 하면 장차 여한이 없겠구나."

"알겠습니다. 일찍이 공자(孔子)는 주역의 괘(卦)에 대해 설파하면서, '간(艮)은 동북방의 괘이고, 만물이 시작하고 끝맺는 곳이니, 그러므로 말씀은 간방(艮方)에서 이뤄진다'(艮, 東北之卦也. 萬物之所終而所成始也. 故曰, 成言乎艮.)고 했습니다. 이는 한마디로 '간에서 시작하여 간에서 끝마치다'는 뜻이지요. 특히, '성언호간(成言乎艮)'의 이치를 꿰뚫어봐야 합니다. 간에서 '말씀(言)'이 이루어진다함은, 이때의 '언(言)'이 모든 진리의 말씀이란 뜻일 겁니다. 역학(易學)에서 보는 간방은 동북지괘(東北之卦)지요. 바로 우리 신라를 가리키고 있습니다. 그러니까 장차 이곳 신라에서 '진리의 말씀'이 이뤄진다는 뜻으로 소승은 해석하고 있었습니다."

"흠!……"

여왕은 고개를 끄덕이며 깊이 신음하는 소리를 내었으나, 더 이상의 말은 없었다. 그냥 계속하라는 의미인 듯했다.

"소승이 토번에서 돌아올 때, 구태여 이 만다라를 수놓은 양탄자를 갖고 온 이유도 그런 데 있습지요. 하오니, 폐하께서도 평소에 늘 이 양탄자를 용상에 깔고 앉으십시오. 그러면 영험한 기운을 받으실 수 있습니다. 만다라는 기본적으로 우주를 상징하니까 우주의 한가운데 앉아 기(氣)를 받는 것과 똑같은 효과가 있습니다. 신들이 거할 수 있는 신성한 장소가 되고, 우주의 힘이 응집되는 장소로 변합니다. 인간 자체가 소우주(小宇宙)와도 같지요. 밀교를 배우는 토번의 어떤 라마승은 모래알처럼 물들인 가루로써 만다라 세계를 그림으로 표현하기도 합디다. 그림을 그릴 때마다 현상은 수시로 바뀝니다. 전체적 기운은 일정한 규칙에 따르지만……. 소우주인 인간이 정신적으로 만다라에 들어가, 그 중심을 향하여 나아갔다 흩어지고 다시 결합하는 우주의 운행 과정으로 인도되는 것으로 믿고 있지요……."

여왕은 명랑의 설명을 통해 어떤 신비로운 세계에 접하는 것 같이 가슴이 가득 차 옴을 느꼈다. 동시에 자기 눈앞에 서있는 이 젊은 승려가 점점 낯설어지며 경이롭기까지 하였다. 여왕이 물었다.

"자네가 공부하고 온 그 토번국의 불교란 것이 참 궁금하구나."

"예. 소승이 그 나라에 가서 알게 된 바, 원래 토착종교인 '본' 교(敎)가 있었답니다. 그건 불교전래 이전에 정령숭배와 주술(呪術)을 위주로 한 토속신앙입니다. 불교가 토번에 도래한 것은 서역(인도)의 스왓 계곡으로부터였다지만, 지금 토번국을 다스리는 송첸 캄보 왕 시대에 와서 불교의 모든 중요한 기초가 세워졌습지요. 불교 본래의 뚜렷한 정체성을 지키면서도 '본교'의 특수성과 융합된 형태를 띠게 되었다고 합니다. 그 나라 사람들은 당태종의 조카딸인 문성공주(文成公主)가 토번의 초대 법왕(法王)인 송첸 캄보의 포탈라 궁으로 시집올 때 가져온 불상을 매우 숭상하더군요. 요컨대 토번에 지금과 같은 불교가 전래된 것은 문성공주가 시집온 것이 계기였다고 하더군요. 특히, '본교'에서 행하던 잔인한 희생제(犧牲祭)는 너무 야만적이어서 문성공주가 싫어했기 때문에 그걸 없앴다는 설도 있고요. 사실 여부는 알 수 없습니다만, 하여간 희생제를 제거하고 본교의 일부 규범들만 물려받아 계승한 형태였습니다. 도상법(圖像法)과 명상수행의 일부를 흡수한 것이 그 대표적인 사례지요. 그밖에도 힌두교, 불교, 자이나교 등의 여러 종파에서 하는 밀의적 수행법을 행하는데, 그 수행법을 담은 경전인 '탄트라'라는 게 있습지요. 또, 주술적 물건인 '얀트라'와 밀교의 그림인 만다라를 활용해 주문의 효과를 강조하거나 성교행위와 비슷한 갖가지 좌도 수행법도 있었습니다."

"어찌됐건, 토번도 우리 신라처럼 불교가 융성한 왕국인가 보구나." 하고 여왕은 말했다. "조만간 다시 시간을 내어 못 다한 너의 행적에 관한 얘기를 더 들려다오. 뭣보다 토번에서 환국하던 도중에 들러 머물렀다는, 그 용궁 같은 해양왕국에 대해서 말이다."

"아, 스리위자야 왕국 말씀이군요."

"그래, 그 스리위자야란 왕국에 대해서도 더 듣고 싶구나. 역시 불교 왕국인 것은 알겠는데……, 그곳은 또 어떤 나라인고?"

"연중(年中) 내내 몹시 무더운 열대의 나라였지요. 신라에선 볼 수 없는 온갖 기화요초가 피고, 진귀한 과일들이 풍성하게 열매 맺는 곳입니다. 대나무만큼 굵은 수수대의 껍질을 벗겨 깨물면 당밀(糖蜜)처럼 달착지근한 속살이 드러나는 식물이 들판에 지천으로 자라고 있습지요. 그곳 사람들은 그것을 고아 당즙을 만들어 먹더군요. 숲속에는 또 희한한 새들과 짐승들이 사는데, 계절은 봄가을과 겨울이 없는 상하(常夏)의 나라라면 폐하께선 가히 상상이 되십니까?"

여왕은 알 수 없는 무슨 수수께끼에 접하기나 한 듯 휘둥그레 뜬 눈과 어이없다는 미소를 머금은 얼굴로 고개를 절레절레 흔들었다.

"코에 뿔이 난 코뿔새도 있고, 사람 말을 흉내 낼 줄 아는 앵무새들이 숲속에 지천으로 날아다니죠. 정말 놀라운 것은 오랑바티라는 반인반수의 날짐승이 있다는 소문이었습니다. 검은 날개를 가졌으며 끔찍한 소리를 내는데, 이따금 사람을 낚아채 가서 동굴 속으로 끌고 들어가 죽인답니다. 아득한 절벽 위에 있는 그 동굴은 오르기가 너무 위험해 아무도 직접 올라가 본 적이 없다고들 하더이다."

"거 참, 기괴하고 망측스런 얘기도 다 있구먼. 그런 이상한 곳에 사는 사람들은 필히 우리와 다른 말을 쓰고 있을 텐데, 어떻게 의사소통이 가능할 수 있느냐?"

여왕의 궁금증은 끝이 없었다.

"예. 물론 처음엔 말이 통하지 않았지요. 허나, 그 왕국에도 역관(譯官)들은 있었습니다. 당과 토번, 혹은 서천축(인도)을 오가는 사신들이 이들을 대동하고 다니기에 타국의 언어에도 능통한 자들이 있기 마련입니다. 그런데도 스리위자야 본국 사람 중에 우리 신라 말을 아는 자는 없었지요.

그런데 말입니다. 소승이 동방에 있는 먼 '황금의 나라' 신라인이란 사실을 알게 된 국왕이 수소문을 하여 오래지 않아 신라 말을 할 줄 아는 사람을 찾아내 모셔왔더이다. 그것도 두 사람을요! 너무나 뜻밖이었습니다.……두 분 다 본디 신라인이었다는 사실에 그만 깜짝 놀라고 말았지요. 연령을 짐작하기 어려운 백발의 늙은 도인(道人) 풍모였습니다. 두 분과 이야기를 나누어 보니, 아주 오래 전 신라에서 바닷길로 흐르고 흘러, 이곳 해상 왕국까지 이르렀답니다. 스리위자야국의 선왕시절에 있었던 일이라고 합디다. 그런 어렴풋한 옛일을 기억 속에 떠올린 현재의 국왕이 수소문을 하여 찾아낸 것이라더군요. 신라에서 살 때의 속명이 각각 대세(大世)와 구칠(九柒)이라고 하더이다. 대세란 분은 내물왕(柰勿王)의 7세손이며, 부친은 이찬(伊湌) 벼슬의 동대(冬臺)라고 했습니다. 그는 우리 선대왕이신 진평왕 재위 때인 정미년(587) 7월에 구칠이란 그 지기(知己)를 만나, 함께 남해에서 배를 구해 타고 해외로 떠났던 그 시절 일을 얘기하더군요.[30]

그때로부터 어언 사십칠 년의 세월이 흘렀다 합디다. 예순을 훨씬 넘긴 연세인데도 모두 정정한 모습이었습니다. 그 나라에 은거한 채 유유자적하며 신선처럼 살고 있다고 했지만, 소승을 통해 고국의 언어를 접하자 제

---

30) 『삼국사기』(권4) 신라본기, 진평왕 9년 조에 「대세(大世)와 구칠(九柒)」에 관한 자세한 이야기가 나온다.
　〈진평왕9년(587) 7월, 대세와 구칠이란 두 사람이 해외로 달아나 버렸다.……(중략)…… "이 좁은 신라의 산골 속에 있으면서 일생을 보내면, 푸른 바다의 큼과 산림의 넓음을 알지 못하는 못 속의 물고기나 조롱 속의 새와 무엇이 다르랴! 내 장차 떼배를 타고 바다에 떠서 오(吳)나라나 월(越)나라로 들어가 차츰 스승을 찾아 명산(名山)에서 도(道)를 구하고자 한다.……"(중략)……구칠이 말하기를, "이야말로 나의 소원이다"하고, 드디어 서로 벗을 삼아 남해에서 배를 타고 떠난 후로 (아무도) 간 곳을 알지 못했다.〉 우리나라 속담 중에 '친구 따라 강남 간다'는 것이 혹시 이것에서 연유했던 것일까? 아무튼, 이 말은 본래의 의미가 와전되어 지금은 꽤 엉뚱하게 변질된, 다른 의미로 사용되고 있긴 하지만.

손을 꼭 부여잡고 그만 눈물을 흘리고 말더이다.…… 이후로 소승이 머물며 지낼 동안 현지인의 말에 능숙한 두 분의 도움을 많이 받고, 신인(神印)의 비법을 그곳 불승들에게 전수할 수 있었습니다. 사는 곳도, 언어도, 수행태도나 생활모습도 다르지만 불승은 모두 부처님의 제자니까요."

"오호! 그런 사연들이 있었구먼. 네 이야기를 다 듣자면 아마 밤을 새워도 모자라겠구나.…… 그나저나, 귀국 후에 너의 외숙 선종랑(善宗郎), 아니, 자장법사는 만나 봤느냐?"

법당 안에 은은히 퍼지는 향냄새가 코끝을 자극하는지 여왕은 잠시 실눈을 뜬 채 명랑을 그윽이 바라보며 묻는다.

"아뇨, 아직은……. 하오나, 소승이 귀국 직후 모친께 얼핏 듣기로는, 여전히 속세를 등진 채 꼭꼭 숨어 계신가 봐요. 외숙께선 워낙 기인(奇人)이시라 지금쯤 어디에 머물러 지내시는지, 도무지 종적을 알 수가 없답니다. 나라의 정세가 어려운 때일수록 현명한 조언을 주실 만한 외숙 같이 슬기로운 분의 도움이 꼭 필요한 법인데……"

"아무렴. 자장은 태어날 때부터 예사롭지 않은 인물이었으니까. 석가세존과 생일이 똑같아 이름을 선종랑이라고 했잖은가. 부왕 치세 말년에 때마침 조정에 대보(臺輔·재상) 자리가 비어, 진골정통의 문벌에 합당한 그를 물망에 올려 여러 번 불렀는데도 세속에 나오질 않았지. 너는 태어나기도 전의 일이라 당시의 상황을 모르겠지만……."

"그 얘기는 먼 훗날에야 대충 전해들은 바 있습지요. 칙령을 내려서 조정 일을 돕지 않으면 참수하겠다고 거짓위협까지 가했지만, 끝끝내 거절했다는 그 이야기 말이지요?"

"그랬었지……. 헌데, 그렇게 세속 일에 관심을 두지 않고 출가해서도

166

절간에 있기보다는 혼자 깊은 골짜기에 은거하는 이유가 뭘까? 너라면 혹시 그 까닭을 알 수 있겠니?"

"글쎄요, 소승은 잘 모르긴 해도 자장 외숙께서 석가모니부처의 운명을 타고 났기 때문이라고 봅니다."

"그건, 무슨 뜻인고?"

"일찍이 석가세존께서는 정각(正覺)을 얻고 득도하기까지의 첫 단계가 끊임없는 명상과 깊은 침묵 속에 잠겨 개인적 고뇌로부터 해방되는 자유를 얻기 위한 자신과의 싸움이었지요. 소승의 식견으로는, 자장 외숙도 지금까진 그 첫 단계에 머물러 있어 자신을 해방하는 자유를 아직 얻지 못한 게 아닌가 여깁니다. 스스로 집착의 뿌리를 끊어내려는 고독한 수행과 고통스런 노력 끝에 막상 해탈의 경지에 들게 된 다음, 오히려 석가세존께서는 한없이 쓸쓸해지셨습니다. 왜였을까요? 타인들의 자유가 걱정스러워진 때문이지요. 그래서 다음 단계에서는 중생들을 자유롭게 해방하는 길을 걸으셨지요. 아무쪼록 폐하께서는 소승의 외숙으로 하여금 이 좁은 국내를 벗어나 더 넓은 세상으로 나아갈 수 있게 배려하심이 어떠하신지요? 그것이 그 분께 필요한 두 번째 단계가 될 것입니다. 가령, 당이나 토번, 혹은 서천축까지라도 갈 수 있게 말입니다."

"참으로 옳은 말이로다! 짐이 반드시 그리 되도록 성사시킬 것이야. 여러 방면으로 수소문해서 자장을 빨리 찾도록 하라.…… 지금 헤아려 보니, 아마 예닐곱 살가량 터울 진 듯한데, 나이도 벌써 적지 않게 마흔쯤 되었겠지. 짐에겐 정말 가까운 외사촌 동생이라 정분인들 오죽하랴. 그의 재능을 이대로 썩혀두긴 너무 아깝지 않은가. 조만간 기회를 봐서, 최근에 개창한 영묘사로 짐이 행차할까 한다. 그 일에 대해 좀 더 의논도 할 겸 궁에서 기별을 보내면 너도 그리로 오너라. 그 전에 자장을 찾으면 반드시 함께 와서 만나보자꾸나."

"예, 명심하겠습니다. 마음만 먹는다면 찾는 데는 그리 어렵지 않을 듯합니다. 단지, 어떻게 설득하여 모셔올지가 힘들겠지만……. 아무튼, 노력하겠습니다."

명랑은 합장한 채 여왕을 향해 깊숙이 고개를 조아렸다.

그때 문밖에서 인기척이 들리더니, "폐하!"하고 부르는 소리가 났다. 곧이어 밖에 대기하고 있던 시녀가 살그머니 문을 열고 들어와 여왕께 아뢴다.

"을제(乙祭) 대신께서 정사당(政事堂)에 나와 폐하를 뵈옵고자 지금 막 사람을 보내왔습니다."

"그래, 알았으니 잠깐 기다리라 일러라."

여왕은 손을 저어 나가 있으라는 시늉을 짓더니, 명랑을 돌아보며 말했다.

"갑자기 상황이 바뀌게 되었구먼. 모처럼 너를 만나 의미 깊은 시간이었는데……. 글쎄, 마음 같으면 만사 제쳐놓고 너랑 재미있는 이야기나 주고받으며 마냥 시간을 보냈으면 좋으련만. 가끔은 정말로 하기 싫은 일이라도 본심과는 달리 행동할 수밖에 없는 것이 정치(政治)야. 더구나 대의(大義)를 위해서라면 짐은 늘 내키지 않는 결정을 하곤 해. 그러니 어차피 못 다한 이야기들은 다음 기회로 돌려야겠지."

"그렇습니다, 폐하. 머잖아 또 뵐 수 있도록 외숙을 가급적 빠른 시간에 찾도록 하겠습니다."

"그럼, 그래야지. 그리고 무엇보다 너의 선물, 그냥 고맙다는 말로는 부족해. 머나먼 여정에도 짐을 잊지 않고 가져온 그 정성은 짐의 생애에 받은 더없이 값진 축복이라 여기마. 진실로 오늘의 이 만남은 짐으로 하여금 미래를 슬기롭게 내다보게 만든 개안(開眼)의 축복이나 다름없어. 명랑은 가히 천재야.—이것이 오늘 너를 보며 깨달은 사실이다."

"그저 황송할 따름입니다."

대략 이것이 4년 만에 귀국한 명랑법사가 선덕여왕을 처음 알현하러 갔던 때의 사연이다.

제3장

별을 품은 태몽으로 탄생한 아들

　호림공(虎林公)은 기해년(579)생으로, 일찍이 문노공(文弩公 · 8세 풍월주)의 문하에 들어갔다. 호림은 씩씩하고 용감했는데 특히 격검(擊劍)을 잘했다. 사치를 모르고 검소하게 지냈으며 스스로 골품을 내세워 뽐내거나 하지도 않았다. 이처럼 마음가짐이 청렴하고 곧았던 것은 그가 문노 공의 평소 삶의 태도와 성품에서 영향을 받은 바가 적지 않았다.

　비조부(比助夫) 공의 아들인 문노의 어머니는 가야국의 문화공주(文華公主)였다.　일설에는 왜국 왕이 가야에 조공한 여자의 소생이었다고도 한다.

　가야가 완전히 신라에 복속 병합되기 전, 법흥왕은 가야를 남북으로 나누어 다스리고 있었다. 그리하여 이뇌(異腦)를 북국 왕, 청명(清明)을 남국 왕으로 삼았다.

　그 무렵, 이뇌왕의 숙부인 찬실(賛失)이 조카를 내쫓고 스스로 왕이 되었다. 이에, 법흥왕은 호조공(好助公)을 가야에 사신으로 보내 이를 책망케 했다. 이보다 앞서 찬실은 왜국 왕의 사위가 되었는데, 그 딸인 문화 공

170

주를 호조 공의 첩으로 바쳤다. 그런 사연에 따라 문화 공주는 처음엔 호조 공의 첩이었으나, 나중 비조부 공과 사통(私通)하여 문노를 낳았던 것이다.

이런 출생의 내력을 지닌 문노 공은 스스로 가야가 외조(外祖)라고 말했고 이를 감추려 하지 않았다. 어려서부터 칼싸움에 탁월한 솜씨를 지녔던 그는 의리를 중히 여기기를 생명처럼 하였다.

법흥왕 이후 진흥왕대에 이르러, 대가야를 완전히 복속시킬 목적의 정벌계획을 세운 신라는 왕 23년(562) 영토 전쟁을 벌였다. 진흥왕은 이사부에게 명하여 출정토록 하고 사다함(斯多含)을 그 부장으로 삼았다. 이때 사다함이 문노 공에게 동행할 것을 요청했지만, 문노는 단호히 거절했다.

"내 어찌 어미의 아들로서 외조의 백성들을 괴롭힐 수 있겠는가? 사내로서 의리를 저버리는 짓은 할 수 없네."

하고 기어이 이번 전쟁에는 나서려 하지 않았다.

이 때문에 나라 사람들 중에 문노를 비난하는 자가 있자, 사다함이 오히려 그들을 꾸짖었다. 사다함은 진흥왕 재위 7년 병인년(546)생이므로 당시 불과 열대여섯 살의 매우 젊은 나이였다.

"나의 스승은 참된 의인이다. 도리어 본받을 만하지 않는가!"

그렇게 말했을 뿐 아니라, 가야에 들어가서도 함부로 사람을 죽이지 말도록 주의를 주어 그 뜻에 보답했다.

일찍이 4세 풍월주 이화랑(원광법사와 보리공의 부친)이 문노를 사다함의 스승으로 삼고 낭도(郎徒)로 하여금 공경하여 받들도록 했다. 호림도 역시 젊어서는 문노의 문하생이었다.

문노는 각종 전투에 나가 혁혁한 공을 세워도 번번이 왕실로부터 보상을 받지 못했으나 전혀 개의치 않을 만큼 대범한 성품의 소유자였다. 문노공을 모시는 아랫사람들이 이를 불평하는 자가 있으면 그는 정작 자기는 아무렇지도 않은 양 도리어 그들을 위로하곤 했다.

"상벌이라는 것은 대체로 소인배나 관심을 갖는 일이야. 그대들은 이미 나를 우두머리로 삼아 따르는데, 어째서 내 마음을 따라 그대들의 마음으로 삼지 않는가?"

그의 인품은 종종 사람들을 감동시키는 바가 있었다.

세종공(世宗公 · 미실과 정식 혼인한 남편)이 6세 풍월주가 되자, 친히 문노의 집으로 찾아와

"나는 감히 그대를 신하로 삼을 수 없소. 청컨대 부디 나의 형이 되어 나를 도와주시오."

하고 간절히 부탁할 정도였다.

그 말이 진심임을 느낀 문노는 이에 거꾸로 제의했다.

"말씀 속에 담긴 진심에 허리를 굽혀 지금부터 신하가 되어 공을 받들어 섬기겠습니다."

그의 진솔한 이 한마디는 세종 공의 심금을 울렸다. 이에, 세종은 진흥대왕께 나아가 간곡히 청원을 올렸다.

"비조부 공의 아들 문노는 고구려와 백제를 치는데 여러 번 공로가 있었으나 그 어미의 출신 때문에 영달하지 못했으니, 나라를 위해서는 정말 아까운 일입니다."

그러고는 공적에 합당한 벼슬을 내려주길 청원했다. 진흥대왕이 듣고 이에 감응하여 급찬(級湌=級干 · 신라 17관위 중 9등관)의 벼슬을 내렸으나, 문노는 그것도 받지 않았다.

사실, 문노의 이 같은 결벽성과 초탈함은 다름 아닌 골품제 사회에서 모계가 갖는 신분적 차별에 대한 뿌리 깊은 자격지심과 쓸쓸함으로부터 유래했던 것이다. 이미 개인적 신분상승에 대한 특별한 야망이나 욕심을 다 버린 데서 비롯한 그의 청렴결백, 그리고 죽음에도 두려움 없이 맞서는 그의 호연지기의 이면에는 이런 공허함과 쓸쓸함이 자리 잡고 있었다. 후세 사람들은 곧잘 이렇게들 말할 정도로 그를 평가했다.— 신라의 삼국통일의 대업은 문노가 이끌던 시절의 화랑도가 지녔던 사풍(士風)에서 비롯됐다고.

문노가 간직한 그 공허함, 그 쓸쓸함을 어느 누구보다 잘 이해했던 자는 그의 문하생이었던 호림이었다. 평소 문노를 존경했던 호림은 그의 딸인 현강낭주(玄剛娘主)를 아내로 맞았으나, 그 아내가 일찍 죽는 바람에 홀로 되었다. 상처(喪妻)한 그에게 미실궁주(美室宮主)가 나서서 자기의 손녀 유모낭주(柔毛娘主)와의 재혼을 적극적으로 주선했다.

세종 공과 미실 궁주 사이에서 태어난 아들이 하종(夏宗) 공인데, 그가 미모부인(美毛夫人)에게서 낳은 딸이 곧 유모 낭주다. 미실은 그때 이미 나이가 많았는데도 손녀 유모 낭주를 극진히 사랑하여 호림과 맺어줌으로써 얼른 귀한 증손자를 보고 싶어 했다. 미실은 호림에게 명하여 천부관음보살(千部觀音菩薩)을 조성토록 하고, 아들 낳기를 기원하도록 종용했다.

어차피 뒤를 이을 아들이 없던 호림은 시키는 대로 하였다. 삼보귀심(三寶歸心 · 즉, 불교에 귀의)하여 천부관음 앞에 나아가 자식 낳기를 간절히 축원했다.

"만약 아들을 낳게 되면, 내놓아서 법해(法海 · 불법세계)의 율량(律樑 · 사문의 계율을 지키는 대들보 같은 존재)으로 삼겠습니다."

그 기도가 하늘에 닿았는지 문득 그 어미 유모부인의 꿈에 별이 떨어져 품안으로 들어오니, 이로 말미암아 오래지 않아 태기가 있었다. 나중 아들을 낳았는데 석가세존과 생일이 같은 음력 4월 초파일이었으므로 이름을 선종랑(善宗郎)이라 했다. 그가 곧 자장(慈藏)이다.

선종랑은 태어나기 전에 이미 그의 아버지 호림 공이 천부관음보살에게 기원할 때 아들이면 불문에 내놓겠다고 한 마음속의 그 약조 때문인지, 자라면서 아예 세속적 취미에 물들지 않았다.

어려서부터 그는 속세의 시끄러움을 극도로 싫어했다. 그래서 곧잘 홀로 그윽하고 험한 곳을 찾아가 거처하며 명상에 잠기는 버릇이 있었다. 그는 정신과 뜻이 맑고 슬기로워지기 위해, 비록 혼자 있을 때도 머릿속에서는 늘 글 짓는 구상과 표현을 풍부하게 다듬는 연습에 몰두하는 것이었다.

호림 공은 아들 선종의 그와 같은 유별난 성격과 행동을 인위적으로 어떻게 조정할 수 없다는 것을 알았다. 이미 그 자신이 아들을 사문(沙門)에 내놓기로 천부관음보살께 맹세했기에, 선종은 이제 그 타고난 운명대로 살고 있는 것이라고 체념했다.

호림 공의 적형(嫡兄·맏누님) 마야부인은 그때 진평왕의 황후로 총애를 받았다. 이런 연유로 13세 풍월주 용춘공(龍春公·진지왕의 아들)이 호림을 부제(副弟)[31]로 발탁했다. 이에, 자연스레 그는 14세 풍월주가 되었다.

맏누이 마야부인이 진평왕의 황후란 사실을 제쳐두고 혈통으로만 따져도, 호림 공은 진흥대왕의 모후인 지소태후의 외손이기도 했다. 따라서 그

---

31) 부제(副弟): 화랑도 조직에서 풍월주의 아래에 위치한 화랑을 말하며, 부주(副主)라고도 했다. 대체로 이 부제가 풍월주의 지위를 계승하였다.

는 신라왕가와 밀접한 관계에 있던 진골 정통이었다.

호림은 마음가짐이 청렴하고 곧았다. 욕심 없이 버리기를 실천하여 재물을 풀어 무리들에게 나누어 주었다. 그러자 당시 사람들이 그를 '탈의지장(脫衣地藏)'이라 칭하였다. 말하자면, 가사를 입지 않은 지장보살 같은 존재란 의미였다. 이것은 그가 젊어서 눈여겨봐왔던 문노 공의 삶의 태도와 그의 생사관(生死觀)에서 받은 영향도 적지 않았다.

그는 또 자기를 따르는 낭도들에게 자주 이런 말도 하였다.

"선불(仙佛·화랑과 불교)은 하나의 도(道)다. 화랑 또한 불교를 알지 않으면 안 된다. 우리 미륵선화(彌勒仙花)[32]와 보리사문(菩利沙門)[33] 같은 분은 모두 우리의 스승이다."

호림은 곧 보리 공에게 나아가 계(戒)를 받았다. 이로써 14세 호림 공은 불교를 화랑도에 널리 전파했는데, 선과 불, 즉 화랑과 불교가 점차 융화해간 것은 이때부터였다.

호림에게 불가의 계를 내린 보리공은 다름 아닌 원광대사의 동생이다. 원광은 일찍이 보리 공에게 이런 말을 한 적이 있었다.

"나는 부처가 되고, 너는 화랑을 의미하는 선(仙)이 되면 이를 통해 진정 나라를 평안케 할 수 있을 것이다."

그리하여 보리 공은 원광법사의 가르침에 따라 결국 화랑도에 들어갔다. 그러나 얼마 안 가서 보리 공 또한 풍월주가 된 지 3년 만에 그만두고 형처럼 불문에 몸을 바쳤다. 오히려 중이 된 이후부터 그는 불교를 전파하는 데 큰 힘을 발휘했다. 이에, 그로부터 계를 받은 호림 공을 통하여

---

32) 7세 풍월주 설화랑을 말함.
33) 12세 풍월주 보리공을 말함.

비로소 화랑도들이 불교를 열심히 믿게 되었던 것이다.

호림 공은 불교를 숭상하는 마음이 더욱 깊어져, 곧 (김)유신에게 풍월주의 자리를 양위하고, 자기는 스스로 무림거사(茂林居士)라 칭하며 조정의 일에는 간여하지 않았다. 그러나 나라에 중대사가 있을 때는 반드시 조정에서 받들어 그의 의견을 물어왔다.

알천(閼川)·임종(林宗)·술종(述宗)·염장(廉長)·유신(庾信)·보종(宝宗) 등, 호림까지 모두 일곱 명이 칠성우(七星友)란 모임을 만들었다. 남산에서 만나 더불어 놀며 통일의 대업을 논하게 된 것이 이들한데서 비롯한 바가 많았다.

"돌아갈 이유가 있는 곳이 내겐 여기다!"

그렇게 선언한 호림 공이 귀의한 곳도 결국 불문이었다.

누구에게나 막판에 돌아갈 곳이 있다는 것은, 거기서 마음의 평안을 얻었다는 의미와도 같다. 원광법사나 그 아우 보리 공도 그랬던 것처럼, 당시 신라왕실의 지극한 불교 숭배사상은 신라 왕계와 직·간접적 혈연관계로 얽혀 있던 수많은 사람들로 하여금 불법에 귀의토록 했다. 이는 소위 '왕즉불' 사상에 따라 왕실이 앞장서서 주도한 통치술이며, 그 같은 지배이념 아래 전개된 일종의 시대정신의 구현이랄 수 있었다. 아무튼 그것이 장차 신라에 유명한 고승(高僧)이며 대덕(大德)을 배출케 된 이유의 하나이기도 하다.

늘그막의 미실 궁주가 자기 손녀인 유모 낭주에게 호림공을 장가들게 함으로써 낳은 선종랑, 곧 자장은 미실의 증손자였다. 더구나 미실의 종용으로 천부관음보살에게 치성을 드리게 하여 마침내 그 공덕으로 태어난 아이가 아닌가!

자장이 어릴 때부터 남달랐던 것은 결코 우연이 아니다. 유모 낭주가 하늘의 별을 가슴에 품는 태몽을 꾼 뒤, 석가세존의 탄생일과 똑같은 날에 태어난 데는 장차 이 아이의 운명이 미리 점지돼 있었던 것으로 해석해도 무방하다. 요컨대 그는 부처님이 점지해주신 아들이었던 것이다.

과연, 자장은 커면서 세속의 일에는 별 관심도 취미도 없었다. 인재를 등용하는 데도 성골이니 진골이니 하는 골품을 따져, 이에 합당한 자장을 점찍어 여러 번 조정에서 불렀으나 그는 나아가지 않았다.

"무릇 사문(沙門)의 길에 골품 따위가 무슨 소용이 있겠는가. 석가세존도 왕실을 버리고 출가했는데, 하물며 나의 진골 정통이란 게 정작 수도(修道)에 무슨 도움이 되랴? 그런 것은 단지 왕위와 신위(臣位)를 구별하는 것일 뿐……. 모름지기 '문제'란 것은 갈등에서 생기는 법. 아무런 갈등 없이 마음의 평안을 얻기 위해 출가한 나인데, 세속에 무슨 미련이 있다고 굳이 쓸데없는 문제들을 만들려 벼슬길에 나가랴?……"

하고 자장은 더욱 깊은 산골짝에 숨어버렸다.

아무것도 않고 그저 가만히 있으면 대개 사람들은 불안하고 허전해서 못 견디어 한다. 그래서 재잘거리며 시끄럽게 떠든다. 그러나 자장은 세속의 그런 시끄러움을 싫어했다. 왕이 칙령을 내려 그를 찾게 하고, 중사(中使 · 궁중에서 왕명을 전하는 내시나 사자)를 보내 으름장을 놓듯 과장된 말을 전하게 했다.

"만일 나오지 않으면 목을 베겠답니다."

자장이 듣고 말했다.

"가서 임금님께 전해라. 내가 차라리 하루 동안 계율을 지키다가 죽을

지언정, 백년간 계율을 어기고 사는 것을 원치 않는다고 말이다. 마땅히 내가 돌아가야 할 이유가 있는 곳을 찾는다면 그건 속세가 아니라, 이곳이라고 일러라."

나중에 그 말을 전해들은 왕은 더 이상 그의 출가를 만류하지 못했다.

이후 자장은 혼자서 그윽하고 험한 곳을 거처로 삼고, 이리나 범의 출몰에도 두려워하거나 피하지 않았다. 이미 그 자신이 생사를 초월한 심정으로 불타(佛陀)의 고행을 몸소 실천하고 있었다. 비를 피하기 위해 커다란 두 개의 바위 틈새에 작은 오막을 지어 가시덤불로 둘러막아 바람벽을 삼고는 그 속에 발가벗고 앉아 정신을 집중하려 애썼다. 열심히 도를 닦느라 조금 피곤해지면 졸음이 스르르 찾아와, 자기도 모르는 새에 눕고 싶어도 조금만 움직이면 가시에 찔리도록 해놓은 것이다. 머리는 들보에 매단 끈에 묶어 혼미해지는 정신을 가다듬었다.

그렇게 사는 동안 갖고 간 양식마저 거의 떨어졌다. 그러나 인적조차 없는 산속에 일부러 그를 찾거나 돌봐주려고 오는 사람 따윈 없었다. 어느덧 그는 피골이 상접한 몰골로 변해 있었다.

바위 틈새의 오두막 앞쪽은 나지막이 비탈 진 언덕이었다. 그 아래 계곡물이 흐르고 있다. 자장은 하루에 겨우 한 끼만 식사를 했는데 밥 지을 쌀을 씻거나 세수를 할 때만 그 개울가로 내려가곤 했다. 하루는 바랑에 든 쌀을 꺼내려 손을 집어넣자 간신히 한 움큼 남아 있는 것을 확인할 수 있었다.

드디어 양식이 다 떨어지자, 그때 기이한 일이 일어났다. 온통 빨간 깃털에 긴 꼬리를 나풀거리는 이상한 새가 과일을 물어다 바치어 이것을 손으로 받아먹으며 이틀을 연명할 수 있었다.

  그날 밤 꿈에 천인(天人)이 나타났는데, 그 어깨에 빨간 새가 앉아 있었다. 지금껏 자장에게 과일을 물어 나르던 그 새였다. 그것은 지상에서는 볼 수 없다고 전해지는 극락조(極樂鳥)와 같았다.

  그런 꿈을 꾸고 난 이튿날—그러니까 처음 그 이상한 새가 나타난 때로부터 막 사흘째 되던 날이었다. 오두막 앞에 인기척이 나더니 정말로 사람이 찾아온 것이었다.

  자장이 오두막 밖을 내다보니, 합장하고 서있는 그 사람 역시 머리를 깎고 가사를 걸친 젊은 중이었다. 눈이 부셔 처음엔 누군지 알아볼 수가 없었다. 자장은 어리둥절한 채

  "스님은 뉘시오?"

  하고 물었다.

  그러자 그 승려는 한 번 더 공손히 합장배례하고는 대뜸

  "외숙부님. 저, 국육이옵니다. 지금은 불문에 귀의하여 법명을 명랑이라 하오나, 설마 이 조카의 속명을 모르시진 않겠죠?"

  하며 자세히 얼굴을 보일 양 고개를 쑥 내밀었다.

  "아! 너로구나!"

  자장은 그 한마디만 내뱉고는 더 이상 말을 잇지 못하고 희미하게 웃을 뿐이었다. 이미 해골 같이 변한 그 모습에 눈빛만 형형할 뿐, 기력이 쇠진하여 서 있기도 힘든 양 슬그머니 그 자리에 주저앉고 마는 것이었다.

  "이제 소승을 알아보시겠습니까?"

  "응. 헌데, 여긴 어떻게 알고 찾았느냐?"

  자장은 고개를 끄덕이고 나서, 무엇보다 자기가 있는 곳을 용케 알아내

고 찾아온 조카의 출현에 상당히 놀란 눈치였다.

"간밤에 천인이 나타난 꿈을 꾸긴 했다만, 설마 그것이 네가 날 찾아올 예지몽(豫知夢)인 줄은 몰랐느니라."

"문두루 비법을 통해 주문을 외며 간절히 기도했지요. 그랬더니 마침내 숙부님의 행적을 더듬어 계신 곳을 알아낼 수 있었습니다. 내공이 강하면 가히 천리 밖을 내다볼 수도 있습니다. 소승의 말을 의심스러워하실까 봐, 몇 마디만 더 여쭙겠습니다. 혹시 사흘 전부터 양식이 다 떨어지자 난데없이 이상한 새가 나타나 과일을 물어다 주지 않던가요?"

"응. 그건 사실이긴 하다만…… 대체 어떻게 그런 걸 다……"

자장은 잠시 얼떨떨한 표정이었다가 금세 의심의 눈길로 명랑을 빤히 바라보았다.

"예. 소승이 주술을 부려 그 새를 숙부님께 보냈습니다. 이렇게 말씀 드리면 도무지 믿기지 않으시겠지요? 하오나, 사실입니다. 4년 전, 불법을 구하러 당나라에 유학을 갈 때 아예 서천축까지 가려고 결심했었지요. 도중에 우연히 토번에 들렀는데, 거기서 밀교의 신묘한 비법을 배워왔습니다. 이름 하길, 문두루비법이라 합니다."

그런 다음, 명랑은 그때부터 지금까지 자기가 겪어온 갖가지 체험과 긴 여정을 모두 들려주었다.

귀국길에 약 일 년가량 머물렀던 그 용궁 같은 해양왕국에 대해서도 이야기하였다. 불교를 숭상하는 스리위자야 왕국에서 밀교의 문두루 비법을 전수해 주고 환국할 때 그 나라 왕이 보시(布施)한 많은 황금으로 탑과 불상을 만들고자 최근에 시작한 불사(佛事)에 대해 언급하며, 부디 외숙부님과 함께 하기를 청하였다.

"중생의 고통과 슬픔을 헤아려 보십시오. 그들의 마음의 병을 이해하고 치유하는 게 불심이 아닌가요? 게다가…… 특히, 여왕폐하께서도 애태우며 외숙을 찾고 계십니다."

자장은 고개를 저었다.

"난 이미 오래 전에 속세와 인연을 끊은 자야. 그러니까 득도하기 전에는 어디에도 돌아갈 생각이 없어."

라고 단호하게 잘랐다.

그 순간, 명랑도 물러서지 않을 요량으로 즉석에서 맞받아 말한다.

"숙부님, 인간은 대체로 자신이 두려워하거나 싫어하는 무언가를 막기위해 장벽을 쌓지요. 아마 누구나 그런 성향을 지니고 있기 마련입니다. 보지 않으면 상관없고, 문제 또한 없다고 믿기 때문일까요? 아닙니다. 그건 스스로 벽을 쌓아놓고 문제를 외면하고 있는 것과 뭐가 다릅니까? 더이상 바깥으로 나갈 필요가 없다고 생각할 때 사람들은 오만의 벽을 쌓기도 합니다. 숙부님께서는 지금 속세의 싫은 현실을 외면하고 마음의 벽을 쌓은 대신, 참으로 천하가 넓은 것을 모르시고 더 이상 새로운 것을 받아들이지 않으려는 오만의 벽에 갇혀버린 셈입니다. 죄송하오나, 소승의 식견으로는 그 오만이 무지에서 온다고 여겨질 뿐입니다……."

"…………"

자장은 잠시 멍해졌다. 출가하기 전에나 봤던, 오랜 옛날의 그 어린 조카 국육이가 정말로 맞는지 다시금 빤히 바라보면서.

지금 눈앞에 있는 이 당돌할 만큼 똘똘하게 맞서는 승려와 그가 동일인물인지 의심스럽기까지 하여 말문이 막힐 정도였다. 어찌 보면 간밤 꿈에서 본 하늘나라 사람이 명랑의 모습과 닮았던 것 같기도 하다. 퍼뜩 그런 생각이 스쳐가서 자장은 눈앞의 그를 뚫어지게 보고 있었다. 그때 명랑이 다시 말을 이어갔다.

"숙부님, 자연의 이치대로 논하면 저기 계곡물은 산에서 내려오니까, 물은 반드시 높은 데서 낮은 데로 흐르는 것이 순리라 하겠지요?"

"당연히 그렇지. 그게 순리지."

"그런데 물은 공중으로 이동하기도 해요. 낮은 데서 높은 곳으로 물이 솟구치면 그것이 자연의 순리를 거스른다고들 말하겠지요. 하오나, 그와 같은 일이 일어나는 것도 사실입니다. 만약 물이 바다에서 산으로 가지 않는다면 계곡물도 강물도 흐를 수 없을 테니까요."

"어떻게?……"

"어떻게 그것이 가능하냐고요? 물이 상태변화를 하기 때문이지요. 물이 열을 얻어 수증기가 되면 공기보다 가벼워져서 허공으로 떠올라 하늘로 가 구름물방울을 이룹니다. 자, 보십시오. 제가 이제부터 눈앞에서 실상을 보게 해드리지요."

말을 끝내자마자 명랑은 두 손바닥을 맞대어 기도하는 자세를 취하고는 눈을 감는다. 곧이어 온몸의 기를 한 곳에 모으듯 중얼중얼 주문을 외우기 시작한다. 그 소리는 저만치 떨어진 언덕 아래로 흐르는 계곡 물소리와 뒤섞여, 더욱 알아듣기 힘든 음색을 띠며 울려 퍼진다. 그러자 발치 아래에서부터 먼지를 일으킬 듯 바람이 조금씩 일더니, 가을볕에 시들었던 풀잎과 나뭇잎사귀들이 곤두서서 파르르 떤다. 좀 전까지 숨죽인 듯 조용히 있던 사물들이 사방에서 호응하여 갑자기 변화를 보이는 이상한 자연 현상을 나타내고 있었다.

이윽고 주문이 끝났다. 계곡 쪽에서 안개 같은 수증기가 스멀스멀 피어

오르기 시작한 것은 이때부터였다. 명랑이 두 손을 치켜들어 허공으로 밀어 올리는 동작을 취함에 따라 몽롱한 연기처럼 떠오르는 흰 수증기도 건너편 산기슭을 타고 서서히 위로 번져가는 것이었다.

눈앞에서 벌어지는 이 신기한 광경을 자장은 믿을 수가 없었다. 갑작스런 기온변화에 따라 형성되는 골안개가 공교롭게도 때를 맞춰 자욱이 퍼지는 시간대인지도 모른다고 생각했다. 그래도 이것은 기적 같은 일이었다.

눈을 들어 건너편 산봉우리를 쳐다보고 있는 동안 어느 틈엔가 그쪽 하늘에 매지구름 떼가 몰려들어 있었다. 그리고는 오래지 않아 거기 산봉우리에서부터 작달비가 쏟아져 내렸다.

빗줄기가 계곡을 건너 이쪽 오막에까지 도달하는 데는 잠깐 사이였다. 한 줄기 스쳐가는 소나기처럼 빗발이 쏴아 하고 그들과 오두막 지붕을 적시고는 금세 멎었다.

"정말 놀랍구나!" 자장은 무의식중에 내뱉었다. "너야말로 문수보살의 현신이로다. 오늘 비로소 너를 통해 내가 애써 찾던 반야(般若)의 기별(記莂)을 받은 듯하다. 아! 나무관세음보살……"

자장은 연달아 명랑에게 합장배례를 올리며 또 말했다.

"꿈에 천인을 본 것이 바로 너를 만날 부처님의 계시였음을 이제야 알겠구나. 방금 눈앞에서 본 이 신이한 현상을 일으킨 것이 문두루비법이라 했것다. 그건 단지, 이처럼 사람의 눈을 홀리는 도술인가?…… 아니, 다시 묻으마. 이런 신비한 이적(異蹟)을 가능케 하는 너의 밀교란 건, 대관절 어떤 성격의 불교인고?"

"예. 말씀 드릴게요. 문두루 비법은 '관정경(灌頂經)'에 근거한 밀교 주술입니다. 이 비법은 오방신의 이름으로 마귀를 쫓기도 하고, 비바람을 불러 일으키거나 앉아서 수천, 수만리 밖의 일을 내다보기도 하는 등, 제대로 하려면 관정경의 가르침에 따라 오방신상을 세우고 밀단(密壇·만다라)을 만들어 주술로 외적을 물리치기도 하는 도술이지요."

자장이 고개를 끄덕이더니, 마침내 말했다.

"아무튼, 지금껏 나를 괴롭히던 '문제'의 핵심을 짚어 답을 내려준 것 같다. 오늘 너의 가르침은 우둔한 내 오만의 벽을 단번에 내리쳐서 깨뜨렸다. 문제란 대개 모순과 갈등에서 생겨나지. 그렇다면 도대체 나의 문제는 무엇인가, 라는 화두(話頭)를 붙들고 여태 해결책을 못 찾아 고심해왔거든. 그런데, 단번에 그걸 사라지게 하는 방법을 일깨워준 셈이야. 그래, 이제 너를 따라 나가마. 그동안 마음의 벽을 쌓고 등졌던 저 바깥세상으로, 드디어 되돌아갈 때가 온 것 같다.……"

문제를 일으키는 원인을 해소하면 문제는 사라진다. 간단한 원리였다. 자장은 그것을 깨달은 것이다.

전혀 예측조차 못했던 일이었다. 자신의 문제에 대해 이렇듯 속 시원한 답을 주고 밝은 미래로 이끌어줄 자가 나타나리라고는. 더구나 그것이 조카인 명랑법사일 줄이야.

"스승이 따로 없다. 자기에게 새로운 길을 열어주는 사람이 스승이지." 자장은 감격해서 말했다. "장차 펼쳐질 미래에 대한 희망, 암울한 현재보다 분명히 밝은 앞날에 대한 믿음으로 날 이끌어주는 자, 그게 참스승 아닌가! 그런 점에서 너는 내 스승이나 다름없어……."

자기보다 스무 살 가량이나 연하인 조카를 향해 자장은 조금도 꺼리지 않고 그렇게 말했다. 전혀 쑥스럽지 않았다. 오랜만에 사적으로 외숙질 간에 상봉한 일도 반가웠지만, 그보다 더 자기를 기쁘게 해준 새로운 의미의 만남에 대해 그는 한없이 느꺼워하였다.

"산속에만 들어박혀 있으면 시야가 좁아질 뿐이죠. 산을 넘어야 비로소 새로운 시야가 열리는 법. 그러니 외숙부께서도 이제 이 좁은 산속을 벗어나 더 넓은 세상을 보셔야죠."

"그래. 네 말이 진실로 옳구나!"

명랑의 손을 한참동안 붙잡고 바라보던 자장은 이윽고 주체할 수 없는 심정으로 얼싸안았다. 그것은 마치 자기 가슴에 확신을 심어주고, 희망을 품을 수 있게 해준 천인(天人)의 계(戒)를 받아 안는 행위 그 자체처럼 보였다. 눈에는 저절로 눈물이 고여 흘렀다.

이 날의 일을 계기로 명랑을 따라 세속으로 돌아온 자장은 장차 '미래를 발견하러 떠나는 여정'을 결심하기 시작한다. 그럴 동안 차츰 선덕여왕과 조국 신라, 나아가 모든 중생을 위한 자신의 소명(召命)도 함께 깨닫기에 이른다.

제 4 장

와공(瓦工) 지귀(志鬼)

아예 속세와 인연을 끊고 지내던 자장을 모시고 명랑이 산을 내려온 지 보름쯤 지났다. 험한 산속에서 홀로 수도하느라 피골이 상접해질 만큼 기력이 쇠잔했던 자장의 건강도 어느 정도 회복되었다. 왕궁에 전언을 보내 선덕여왕께 최근의 소식을 알리고 궁에서 적당한 때를 골라 초청의 답변이 오기를 기다리는 중이었다.

그 무렵, 자장은 명랑법사가 세운 금광사(金光寺)에 머물러 있었다. 금광사는 명랑이 귀국한 지 얼마 뒤 자기 집을 희사(喜捨)해 절로 삼았던 곳이다. 스리위자야국의 왕이 보시한 황금으로 탑과 불상을 장식했더니 유난히 광채가 나서 붙여진 이름이기도 하다.

왕궁에서 기별을 보내온 것은 가을도 꽤 깊어진 10월 중순의 어느 날이었다. 이틀 후 선덕여왕의 영묘사(靈廟寺) 행차가 예정돼 있으니 시간을 정해 금당에서 보자는 전갈이었다.

영묘사로 가는 길가에는 일찌감치 그해 벼농사를 모두 끝낸 뒤의 벌판이 휑뎅그렁하게 펼쳐있다. 해거리로 땅심[地力]을 돋우려고 여기저기 그냥 묵혀둔 묵정밭엔 시든 잡초와 억새와 수크령이 무성하여, 이따금 서늘한 가을바람에 춤추듯 흔들릴 뿐. 파릇파릇 새싹을 틔운 보리밭이며 대충 얼갈이하여 푸성귀를 심은 들판은 대체로 황량한 풍경이었다.

정당(政堂)에서 조회를 마치고 아침 느지막이 월성을 출발한 여왕의 어가(御駕) 행렬이 영묘사 앞 옥문지(玉門池) 근처에 당도한 것은 미시(未時·오후 1시~3시)에 막 접어든 때였다. 앞서간 시종이 일찌감치 기별을 전한 까닭에 강사(剛司·절의 책임자)와 함께 미리 당도해 있던 자장과 명랑이 남문 앞에까지 나와 여왕을 맞이하였다.

왕명에 의해 호위병사와 시종들과 어가꾼들은 대부분 옥문지 근처에서 대기토록 하고, 여왕을 최측근에서 모시는 시녀 두엇만 함께 남문의 회랑을 통과하여 금당으로 향했다. 즉위 전후로 벌써 칠년 남짓 건너뛰어 처음 대하는 자장을 보자마자 선덕여왕은 당장 무슨 말부터 꺼내야 할지를 몰랐다.

"자넬 이렇게 가까이서 본 지도 참 오래 됐구나."

여왕은 단지 그 한마디 외에 별다른 말이 생각나지 않았다. 그저 미소만 띤 채 자장을 쳐다보았다. 전체적으로 훤칠했던 외모와는 달리, 지금은 갸쪽한 얼굴에 볼 살이 빠져 콧날이 유난히 뾰족하게 보이는 바람에 더욱 강파른 느낌을 주는 인상이었다. 옛날과 변함없는 것은 단지 껑충하니 큰 자장의 키였을 뿐, 그마저 합장한 자세로 배례하느라 약간 고개를 수그리고 있는 탓에 꾸부정해 보였다.

"폐하, 소승을 보자고 하신 데는 무슨 의도가 있으시겠지만……, 아무튼 여기 명랑을 시켜 소승을 여기까지 오게 하신 것에, 우선 감사드립니다. 나무관세음보살……."

"짐도 할 말이 참 많기야 한데, 그 이야기는…… 우선 부처님께 재(齋)부터 올리고 나서 차차 해도 늦지 않겠지."

이후부터 모두 침묵한 채 금당 안으로 들어갔다. 전날 궁에서 미리 보낸 제물을 진설하고 향을 피워 함께 재를 올렸다.

이윽고, 일행은 금당을 나와 좌우 경루(經樓·경전을 강론하는 누각)도 둘러보고 금당 앞에 조성된 전탑(塼塔)도 구경하였다.

"분황사에도 이곳보다 더 큰 전탑을 조성했는데 가보았는가?"

여왕은 좌중을 둘러보며 누구에게랄 것도 없이 넌지시 물었지만, 시선은 은근히 자장에게로 향해 있었다.

"예. 웅장했습니다." 하고 자장은 짧게 대답했다.

"이런 전탑이나 석탑 형식을 구경하고 돌아온 유당승(留唐僧)들의 조언을 따랐지. 허나, 기와를 구워 만드는 대신 일일이 돌을 다듬은 거라, 외관상 마치 회흑색의 기왓장처럼 보이거든. 그렇게 벽돌을 쌓아올린 분황사 전탑은 아주 특별하지. 이런 기법은 우리 신라가 처음일 걸 아마. 한데, 이곳 영묘사 전탑의 개와(蓋瓦)는 양지(良志) 스님이 직접 당와(唐瓦) 만드는 전통 기법에 따라 진흙으로 가마에서 구워낸 것이야."

선덕여왕은 자신의 발원(發願)으로 지은 두 사찰에 대해 은근히 자랑을 늘어놓았다.

"석장사(錫杖寺)의 양지 스님 말씀이지요?"

한 걸음 뒤떨어져 걷던 명랑이 귀국 후 어디선가 전해들은 소문에 대해 확인하듯 말한다.

"괴짜중이란 소문이 파다하던 걸요. 석장(錫杖)을 잘 부려서 절 이름까지 그렇게 부른다든가, 또 멀리 서역에서 건너온 중이라 애초에 출신성분을 알 수 없다든가, 그런 소문들 말입니다. 하긴 뭐, 좋은 의미로 스님의 신묘한 재주와 덕을 칭송하는 말이긴 해도…….”

“아암. 기예(技藝)에도 뛰어나 조각, 서도를 비롯해 석공, 토공, 와공 일까지 모든 게 능숙했지. 어디 그뿐이랴. 아까 본 금당 안의 장육삼존이며 천왕상이며 전탑 등, 전부 양지스님의 작품이지. 그밖에도 현판까지 썼으니 대단하지 않은가. 사찰 건립공사 때는 온 성중 사람들이 남부여대하여 자발적으로 진흙을 날라다 주었으니까. 실은, 짐이 일부러 이곳에서 너희를 보고자 한 이유를 이미 짐작했겠지?”

사실은 선덕여왕이 자신의 발원으로 분황사 · 영묘사의 두 절을 건립한 의도를 이야기하고, 그들의 소견을 듣고자 생각했던 것이다.

“예. 이미 짐작하고 있었습니다.” 명랑이 답했다. “소승이 당에 일시 체류하며 공부할 동안 더욱 확실히 알게 된 바 있습니다. 지금부터 대략 250년 전 병술(386)년에 탁발선비족(拓跋鮮卑族)을 중심으로 건국한 북위(北魏)의 태조 탁발규(拓跋珪)는 자칭 도무제(道武帝)라 했지요. 그는 우리 법흥왕께서 하신 것처럼 일찌감치 불교를 공인하고 웅장한 사찰들을 건립했습니다. 승려들을 총괄하는 도인통(道人統)이란 직책도 만들었는데, 법과(法果)란 이가 초대 도인통을 맡았었죠. 충성심이 무척 강한 법과는 도무제를 칭송하여 ‘당금여래(當今如來 · 당대 현실의 부처)’라 높여 부르고, 모든 승려들에게도 황제를 ‘살아있는 부처님’과 똑같은 존재로 예를 갖춰 숭배토록 했구요. 말하자면, 북위 불교인 ‘왕즉불(王卽佛)’ 사상의 시초가 여기서 유래한 셈입니다.”

“그 얘긴 짐도 들어서 잘 알고 있네만…….”

여왕이 뒷말을 재촉하듯 그렇게 받는다.

"제5대 황제였던 문성제(文成帝)는 오급대사(五及大寺)란 절을 창건했습니다. 태조 도무제부터 2대 명원제(明元帝), 3대 태무제(太武帝), 4대 태평진군(太平眞君), 그리고 5대 문성제 자신을 포함한 다섯 황제의 형상을 본뜬 5구의 불상까지 만들어 거기 안치했고요. 이것은 황제들 스스로가 석가모니불과 똑같은 신앙의 대상이 되었다는 의미입니다."

"음. 그런데……?"

"그런데 말입니다. 이는 폐하의 발원으로 기존의 황룡사 바로 곁에다 새로이 분황사(芬皇寺)를 창건한 의도와도 무관하지 않겠지요?"

"아니, 어째서?"

"분황사란 그 이름에 담긴 의미가 잘 설명해주리라 봅니다. 그건, '향기로운 황제의 절'이지 않습니까?"

여왕은 의표를 찔린 듯 표정이 움찔하더니, 이내 함빡 웃음을 터뜨렸다.

분황사를 비롯하여 영묘사의 건립은 여성 왕의 즉위를 정당화하는 일종의 상징적 불사 행위였고, 이를 통해 대내외에 과시한 다분히 정치적 의도에서 나온 것이었다. 드러내놓고 그 같은 말을 하지는 않았으나 벌써 이를 간파한 명랑의 교묘한 말투가 그것을 암시하고 있음을 선덕여왕도 알아차린 것이다.

"명랑의 천재성을 내 진작 알아봤었는데, 과연……."

그런 알쏭달쏭한 말로써 얼버무린 여왕은 갑자기 화제를 돌렸다.

"저기, 저 금당 지붕을 좀 봐. 먼저 빈와(牝瓦·암키와)로 덮고 다시 그 위에 모와(牡瓦·수키와)를 덮씌운 방식으로 지었지. 양지(良志) 스님이 여기 금당 지붕에 쓸 기와를 구울 때 성안 백성들이 서로 다투어 진흙을 쳐다

190

날랐다고 아까도 말했지. 저건 당풍(唐風)을 도입한 건데, 대개 궁전지붕
에 사용하는 방식 그대로를 따른 거야. 그런데 참 재밌는 것은 말이야……
그래, 저기 어디쯤 있을 거야."

　여왕은 한두 걸음 뒤쳐져 따르는 일행을 돌아보고는 곧장 따라오란 듯
이 손짓하며 다시 몇 걸음 앞서 나갔다.

　"오호라! 저기 있네. 비첨(飛檐·치켜 올라간 추녀) 끝부분에 노출된 저 수
막새를 좀 봐."

　일행은 모두 여왕이 손가락질 하는 곳을 올려다보았다.

　그들의 시선이 머문 거기 둥근 수막새에는 눈웃음을 짓고 있는 여인의
얼굴이 새겨져 있었다. 지금 막 비스듬히 비쳐드는 햇빛을 받아 음영이 더
욱 뚜렷해지자, 그 부조상은 환하게 빛나는 미소를 머금은 여보살(女菩薩)
같은 형상을 띠었다. 그건 이승의 온갖 고뇌에서 벗어나 실로 평화와 안식
을 얻은 뒤에 짓는 신비로운 미소였고, 중생에 대한 자비심으로 가득한 표
정 같았다.

　"누가 저걸 새겼다고 했지?"

　여왕이 저만치 거리를 두고 서 있던 영묘사의 강사를 돌아다보며 물
었다. 강사는 종종걸음으로 급히 다가와 여왕 앞에 머리를 조아렸다.

　"예, 폐하. 지귀(志鬼)라는 와공의 솜씨라고 들었습니다. 이번 불사 때
양지 스님 밑에서 기와 굽는 일을 열심히 도왔지요." 하고 강사가 대답
했다. "준공(竣工) 후에도 지귀는 가끔씩 절을 찾아오곤 하는데, 불공을 드
리는 게 목적이 아니라 이걸 보기 위함인 듯했습니다. 올 때마다 늘 저 수
막새의 부조상이 한눈에 보이는 이쯤에 앉아 멍하니 저걸 쳐다보는 모습
이 자주 눈에 띄곤 했으니까요."

"스스로도 자기 솜씨에 흡족했던 걸까? 거 참, 별일이로군.…… 하기야, 볼수록 짐의 눈에도 저 수막새는 재미있는 걸작이야. 그 와공 이름이 지귀라고 했나? 언젠가 불러서 상이라도 내려야겠구먼. 짐이 특별히 마음을 기울여 지은 이 사찰을 더욱 명물이게 만든 자니까."

그러나 그뿐, 여왕은 이제 추녀 위의 그 수막새로부터 관심을 거두고는 걸음을 옮겼다.

한창 불사가 진행 중이던 때, 선덕여왕은 양지 스님의 노고에 감사와 격려를 보내고 또한 치하도 할 겸 공사의 진척을 구경하러 두어 번 현장까지 행차한 적이 있었다. 그때만 해도 어떤 건물이 세워질지, 가람의 배치나 전탑의 형태 및 전체 구조에 대해 구체적으로 짐작할 수는 없었다. 다만 분황사와는 또 다른 분위기이기를 바랐을 뿐이었다. 양지 스님은 여왕의 그런 소망을 충족시켜 주었다. 무엇보다 남문 쪽에서부터 양쪽으로 회랑을 두어 참배자들이 금당으로 가는 통로로 사용케 한 대신, 넓은 경내 한가운데인 금당 앞뜰에 전탑을 세워, 1금당 1탑의 구색을 갖추어 놓았다. 특이한 것은 금당 양 옆에 경루를 만들어 여기서 불경을 강론케 하는 공간으로 삼았던 것이다.

그들은 이제 막 그 경루의 층계 앞에 이르렀다. 여왕은 계단을 오르기 전 잠시 멈춰 서서 뒤따르던 일행을 돌아보며 말했다.

"다들 여기 계단 밑에서 기다리게. 오늘은 우리 왕가 일족끼리 특별히 나눌 이야기가 있으니, 자장과 명랑만 나를 따라오게."

여왕의 말에 좌우 시녀들과 강사는 얼른 머리를 조아렸다. 여왕은 이후로 뒤돌아볼 새도 없이 선뜻 다락으로 먼저 올라가고, 자장과 명랑이 차례로 그 뒤를 따라 계단을 올랐다.

경루의 구조는 매우 특이했다. 계단 쪽을 제외하고 사방을 난간으로 에워싼 것은 누각이나 정자(亭子)에서 흔히 보는 그대로였다. 그러나 난간에 바싹 잇대어 장지문을 달아 여닫도록 설계된 모습으로 보면, 드넓은 다락집 형태의 강당이란 표현이 딱 알맞다. 여기서 강론이 있을 경우 장지문을 닫으면 소음도 막고 차양(遮陽)의 효과도 있어 조용하고 아늑한 공간으로 바뀌게끔 돼있었다. 그러나 지금은 통풍을 위해 사방 장지문을 열어놓아, 마치 전망 좋은 누각에 오른 기분이었다.

"자장, 오랜만에 세속에 돌아오니 어떤 느낌인가?"

경루에 오르자마자 여왕은 대뜸 자장을 향해 물었다. 이에, 자장은 이미 마음속에 오래 여물어 있던 생각인 양 조금의 망설임도 없이 대답한다.

"성속(聖俗)이 따로 없다는 걸 새삼 깨닫고 있습니다. 예전엔 미처 그걸 깨닫지 못하고 구태여 구별하며 지냈지요. 그동안 내내 어리석음과 오만에 갇혔던 편견의 벽을 여기 이 명랑이 단번에 깨뜨려, 소승을 일깨워주었습니다. 한낱 아집과 독선에 사로잡힌 중생이 이제부터라도 더욱 정진함으로써 대덕의 길로 나아가려 합니다."

"아무렴. 참으로 잘 생각했네. 원래 화쟁(和爭)이 있어야 변화가 있는 법. 대립과 모순이 가득한 세상사의 수레바퀴를 어떻게 굴리느냐가 문제지. 세속에 속한 것이라고 다 나쁜 건 아니야. 짐도 지난번에 명랑한테 들은 바가 있어. 성불한 자의 고독과 쓸쓸함에 대해서 말인데, 석가세존께서 해탈의 경지에 들게 된 다음엔 오히려 하없이 쓸쓸해지셨을 것이란 얘기였지. 왜냐고? 그건 타인들의 자유가 걱정스러워진 때문이래. 그래서 그 뒤부터 중생들을 자유롭게 해방하는 길을 걸으셨다지. 홀로 깨달은 자의 외로움……. 아무튼, 그걸 알고는 느낀 점이 많았다네. 게다가 여자 몸으로 왕이 된 짐의 처지를 새삼스레 되돌아본 계기도 되던 걸……. 국내외적으로 짐을 은근히 깔보고 업신여기는 세력들이 있음을 잘 알지. 특히 대국이랍시고 당(唐)의 태도가 그렇지만, 까짓 것, 전혀 두렵지 않아. 문제가 없는 삶이란 무미건조할 뿐이지. 목숨이 붙어 있는 한 끊임없이 문제는 발생하기 마련이고, 그걸 해결하려는 본능적 노력이랄까, 문제에 대한 도전이야말로 태어날 때부터 지닌 인간의 숙명 아니던가?"

말하면서 여왕은 누각의 난간 너머 멀리 허공의 어디쯤인가로 시선을 보낸다. 그 얼굴에 문득 수심의 그늘이 낀 것을 본 것은 자장의 착각이었을까?

"지당하신 말씀이옵니다. 폐하, 소승 역시 그런 문제에 대해 누구보다 깊이 고뇌해본 자이옵니다. 이젠 그 해결책에 대해서도 어느 정도 답을 얻었구요. 하여, 더 넓은 세계로 나아가고자 합니다. 우선 당에 가서 불법을 구할 생각중인데, 무엇보다 식견의 지평을 더 넓히려구요."

자장은 합장한 채 신중히 말을 꺼냈다. 여왕은 난간 곁에서 시선을 돌려 그를 쳐다보며 고개를 끄덕였다.

"잘 생각했네. 실은, 짐의 복안도 예전부터 그랬느니라. 마침 명랑도 똑같은 제안을 했었지. 금년은 거의 다 갔으니, 내년에 실행함이 어떨꼬?"

"폐하의 뜻대로 받들겠습니다. 당에 가서 부처의 교화(敎化)를 구함은 물론이고, 아까 명랑이 북위 불교에 관해 이야기한 내용 중에 승려들을 총괄하는 소위 '도인통(道人統)'이란 직책을 당(唐)의 불교종단에선 어떻게 운용하고 있는지도 알아볼까 합니다. 지금 우리 신라에는 그에 합당한 직책이 없습니다. 승려 개인이 일으킨 절은 제외하더라도 최소한 사찰건축을 주관하는 왕실소속 내성(內省) 등의 관청에서 세운 절에는 지금처럼 강사(剛司)에게 맡겨둘 것이 아니라, 마땅히 주지(住持) 같은 직책을 두어야겠지요. 또 그 위에 왕이 임명하는 대국통(大國統)을 두거나 하여 통괄하여 다스리게 함이 옳을 줄 압니다."[34]

"그곳에 가면 필히 운강석굴(雲崗石窟)을 시간 내어 꼭 한번 참관하시는 것도 좋을 듯하군요."

하고 명랑이 처음으로 끼어들었다.

"아까 말씀드린 북위 때의 대표적 불상으로, 태조 도무제부터 5대 문성제까지 5황제의 모습을 조각한 대규모 석굴입니다. 특이한 것은 이 운강석굴에서 처음으로 사문(寺門) 내지 수미단(須彌壇) 전면의 좌우에 안치하는 한 쌍의 금강역사가 등장한다는 사실예요. 이런 양식은 용문석굴(龍門

---

34) 실제로 자장(慈藏)이 당나라로 건너간 것은 이듬해 인평(仁平) 3년(선덕여왕 재위 5년) 병신년(丙申年: 636)이며, 이 해는 당태종 치하의 정관(貞觀) 10년에 해당한다. 『삼국유사』(권4) 「자장정율(慈藏定律)」편에 의하면, 〈선덕여왕 즉위 5년에 왕의 조칙을 받아 그의 문인 승실(僧實) 등 10여 명과 함께 당나라에 들어가 청량산(淸凉山 : 중국 우타이산 · 五臺山)으로 갔다.(하략)……〉 그리고 본국 신라로 돌아온 것은 정관 17년 계묘년(癸卯年 · 643)이었다. 〈신라 선덕왕이 표문을 올려 자장을 돌려 보내주기를 청하니, (당)태종이 이를 허락하고 그를 궁중으로 불러들여(하략)…… 온갖 선물이며 예물들을 하사했다.〉
그가 신라에 돌아오자 온 나라가 그를 환영했는데, 선덕여왕은 자장을 곧 분황사(芬皇寺)에 있게 했다. 이어서 다음과 같은 기사가 나온다. 〈어느 해 여름에 선덕여왕이 궁중으로 청하여 대승론(大乘論)을 강의하게 하고, 또 황룡사(皇龍寺)에서 보살계본경(菩薩戒本經)을 7일7야 동안 강연하게 하니, 하늘에서는 단비가 내리고 구름과 안개가 자욱하게 끼어 강당을 덮었다. 이것을 보고 사중(四衆 : 比丘 · 比丘尼 · 優婆塞 · 優婆尼)이 모두 그 신기함에 탄복했다. 이에 조정에서 의논하기를, "불교가 우리 동방에 번져서 비록 오랜 세월이 지났지만 그 주지(住持)를 수봉(修奉)하는 규범이 없으니 이것을 통괄해서 다스리지 않고는 바로 잡을 수가 없다." 하여, 선덕여왕이 자장을 대국통(大國統)으로 삼아 중들의 모든 규범을 승통(僧統)에게 위임하여 관장해 나가도록 했다.〉
요컨대, 선덕여왕이 자장에게 신라 때의 제일 높은 승직인 대국통에 임명힘으로써 비로소 전국 승니(僧尼)의 규율을 통합(統轄)케 했던 것이다. 「자장정율(慈藏定律)」이란 이것을 말함인데, 꼭 이와 같은 과정을 거쳐서라기보다 그가 당나라로 가기 전 이미 사찰과 승니를 통괄하는 직책을 막연히 구상했던 것으로 짐작된다.

石窟)도 마찬가지긴 하지요. 다만, 거기서는 안팎의 구분을 짓고 안에는 불상을 안치하고, 밖에는 이들 불법 수호신인 인왕(仁王)이 지키도록 한 게 조금 다를 뿐입니다. 혹시 우리 신라에서도 석굴을 만들 경우라면 이런 게 하나의 모범이 될 만도 하니까요……."

말하다 말고 명랑은 갑자기,

"어어, 저기 전탑 뒤에 이상한 사람이 있군요. 일부러 숨어서 자꾸 이쪽을 훔쳐보는 것 같은데, 누굴까요?"

난간 아래를 손가락질하며 화제를 엉뚱한 데로 돌렸다.

여왕과 자장도 일제히 그쪽으로 시선을 던졌으나, 금세 탑 뒤에 자취를 감춰버렸는지 아무도 보이지 않았다. 여왕이 의아해 하며 물었다.

"어찌 생긴 자였느냐?"

왕의 행차에 시종과 호위무관들이 주위에 있어 단단히 감시중일 터인데, 감히 사사로이 염탐을 하는 수상한 자가 있다면 이는 필시 정적(政敵)이 보낸 하수인일지도 모른다. 여왕은 순간적으로 그런 불길한 예측을 하였다.

"예. 얼핏 보았지만 머리에 복두(幞頭)를 쓴 자였습니다."

명랑은 아까 자기가 본 대로 그 자의 특징을 아뢰었다.

"게 누구 있느냐? 냉큼 나오지 못할까!"

여왕이 전탑 쪽을 향해 고함쳐 꾸짖었다.

선덕여왕의 날카로운 호통에 놀란 강사가 무슨 일인가 하여 황급히 계단을 뛰어올라 왔다.

"폐하, 무슨 일이오니까?"

"저 아래 전탑 뒤에 누군가 숨어서 이쪽을 염탐하고 있는 것 같으이, 당장 가서 그 자의 정체를 알아보도록 하여라.”

강사가 즉시 몸을 틀어 계단을 미처 다 내려가기도 전이었다. 전탑 뒤에 숨었던 사내가 빼족이 얼굴을 내밀어 누각 위를 쳐다보더니, 이미 들킨 것을 알고는 불쑥 몸을 드러내었다. 명랑이 말했던 대로 복두를 쓴 사내였다. 누각의 다락 위에서 저만치 내려다보이는 그 사내는 수염이 까칠한 인상이라 결코 젊은 나이는 아니었다. 그러나 이목구비가 꽤 선명하여 못생긴 얼굴이랄 수도 없었다.

“누구냐! 너는?……”

이번엔 자장이 힐난조의 목소리로 엄히 물었다. 복두 쓴 사내는 한마디 대꾸도 하지 않았다. 그 대신 두 손을 모아 공손히 여왕에게 절하고는 다음 순간 얼른 몸을 틀어, 동쪽 회랑에서 밖으로 통하는 샛문 쪽으로 후다닥 달아났다.

“게 섰거라! 감히 어딜 달아나는 거야……. 요 녀석! 게 서지 못해?”

뒤늦게 계단을 내려간 강사가 허겁지겁 동쪽 회랑의 샛문으로 달려가며 고함을 질렀을 때는 벌써 사내의 자취는 경내에서 사라진 뒤였다.

강사는 뒤쫓다 말고 되돌아오더니, 뜰 가운데 이르러 누각 위의 여왕을 올려다보며 아뢴다.

“폐하, 좀 전의 그 자가 바로 와공 지귀옵니다. 남문 앞을 지키고 있는 호위무사들과 시종들의 눈을 피해 슬그머니 동문 쪽으로 경내에 들어온 걸로 짐작됩니다. 당장 호위병들을 풀어 놈을 잡아 대령토록 할까요?”

“아니야, 그냥 두게. 그 자가 지귀라면 한번 만나보는 것도 괜찮을 뻔했다만, 굳이 붙잡아 올 것까진 없어. 하하하……. 적잖이 웃기는 사람이군그래. 어명을 어기고 도망쳤다기보다 그저 두려워 그랬을 테니, 그냥 내버려둬도 상관없네."

여왕은 뜰을 향해 괜찮다는 손시늉을 하였다. 그리고 방금 전의 사태엔 더 이상 괘념치 않는 듯 평온한 표정이 되어 난간 쪽에서 돌아섰다.

"그나저나……"

여왕은 화제를 바꾸려는 듯 입을 떼더니 이번엔 명랑 쪽을 향하였다.

"지난번에 구궁팔괘도 얘기를 들었네만, 혹시나 짐이 차후에 묻힐 만한 적당한 장소는 찾았는가?"

"찾았다기보다는 소승이 그동안 여러 곳을 물색해 보았사온데, 얼마 전 낭산(狼山) 신유림(神遊林)의 등성이를 걷다가 아주 특이한 지형을 발견했지요. 그곳에선 멀찌감치 위쪽 들판에 선왕이신 우리 진평대왕의 능이 바라보였고, 서쪽엔 월성(月城)이 보였습니다. 그리고 건너편은 남산 동록(東麓)이었는데, 그 반대편에 소승이 서서 바라보던 낭산 밑의 들판을 향언(鄕言)으로 '내리들'이라 부른다 함을 알았사옵니다. 희행(喜幸)하게도 그 뜻이 '강림원(降臨原)'이었습니다. 때마침 남산마루 위에 떠 있던 태양이 찬란히 들판을 내리비추기에 혹은 '광림원(光臨原)'의 의미로 해석해도 좋을 법하다고 생각했었지요. 햇빛이 눈부시어 손바닥으로 그늘을 만들어 지형을 한참 살폈는데, 월성을 굽이도는 남천이 그 들판 한가운데를 흘러 마치 태극의 원반[☯]을 이루고 있었더이다. 옳거니! 하고 더 자세히 관찰했더니, 풍수지리상으로 월성 너머가 태방(兌方)이었고, 소승이 서 있던 낭산 쪽이 간방(艮方)이었습니다. 그러니까 괘(卦)로서 논하자면 결국, 월성 너머 그 건너편은 못[澤·池]의 표상인 태괘에 해당합지요. 마찬가지로, 거기서부터 대각선을 그으며 일직선상에 놓인 낭산 신유림 쪽이 산의 표상인 간괘가 되므로, 여기가 곧 수미산(須彌山) 중턱이라는 느낌이 강렬하게 와 닿았습니다."

"흐음! 그럴싸한 설명이구나."

여왕은 크게 고개를 끄덕이며 자못 진지한 표정이 되었다.

"하온데, 사실은 그뿐만 아닙니다. '내리들'과 신월성의 상형을 조합해 보았더니, 공교롭게도 해(Θ)와 달(☽)이 나란히 놓인 명(Θ☽: 明)자가 되더이다. 그 사실을 깨닫는 순간, 소승은 그만 온몸에 전율을 느꼈습니다. 이쯤에서 벌써 눈치 채셨겠죠? 이것은 소승의 이름인 명랑(明朗)을 암시해주는 동시에, 이 일의 적임자로 하늘이 제게 내린 계시나 소명이라 여겨 기꺼이 받아들였습니다."

"옳거니! 참으로 공교롭구나!"

여왕은 무심결에 손뼉을 딱 치며 반색을 하였다. 아까부터 소맷자락 사이로 언뜻언뜻 보이던 파란 유리구슬 달린 염주 모양의 팔찌가 이번엔 훤히 드러난 여왕의 왼쪽 팔목에서 반짝였다. 그것은 명랑이 귀국 직후 여왕을 처음 알현하러 갔을 때 바친 선물의 하나였다.

명랑은 알면서도 짐짓 못 본 체하며 잠시 멈추었던 말을 다시 이어 나갔다.

"그때부터 소승의 발걸음은 낭산 등성이를 넘어 위쪽으로 계속 더듬어 올라갔지요. 그건, 저 멀리 북동쪽에 안치되어 빤히 내려다보이는 진평대왕의 능이 건괘(乾卦)에 있으므로, 그 지맥이 뻗어 기(氣)가 뭉친 혈(穴)자리를 찾기 위함이었습니다. 그런 곳에 발원하여 사찰을 건립하거나 장인을 동원하여 왕의 권위를 상징하는 불상을 조각하면 건괘인 하늘의 음덕을 입어, 소위 천우신조의 현룡(現龍)을 통해 비로소 새로운 세상을 만들어낼 수 있으니까요. 그리 하오시면, 여기서부터 박시제중(博施濟衆·널리 덕을 베풀어 중생을 제도함)의 뜻이 펼쳐지기 시작하겠지요. 그리고 언젠가는 반드시 풍문을 듣고 모든 사람이 함께 흥기(興起)하는 간절한 염원도 성취되리라 봅니다. 소승의 소견으로는, 만약 그런 곳에 절을 짓는다면 그 같은 염원대로 '중생사(衆生寺)' 혹은 '선덕정사(善德精舍)'란 이름이 지당할 줄 압니다.······"

말을 마치자, 명랑은 눈앞의 여왕이 마치 마음속에서 자신이 조각한 불상이기라도 한 듯 공손히 합장하고 배례하였다.

순간, 여왕은 가슴속이 환희로 떨리는 것을 느꼈다. 사물의 이치를 꿰뚫어보고 천문과 인문, 풍수지리에까지 통달한 듯한 명랑의 지혜로움이 여왕에겐 무척이나 사랑스러웠다.

"너의 말을 들으니 마음이 한없이 상쾌해졌다. 자리를 옮겨 좀 더 얘기를 나누자꾸나."

제 5 장

슬픈 운명

사정리(沙正里) 강가에 세워진 영묘사[35] 앞 옥문지(玉門池) 주변의 나무들이 제법 울긋불긋 단풍으로 물든 모습을 띠었다. 못의 연잎들은 모두 시들어 베어졌고, 아직 여기저기 꺾인 채 남아있는 꽃대나 줄기들이 수면 위로 뾰조롬히 내민 형상으로 썩어가고 있었다.

서방 극락정토에는 구품연지(九品蓮池)에서 피는 연꽃이 있다 하여, 대개 절에 가면 이를 상징하는 연못을 만들고 연꽃을 심는다. 영묘사 앞 옥문지에도 초여름부터 피기 시작하는 연꽃들이 한창 만발했던 시기도 벌써 지났다. 지금은 황량하다 못해 쓸쓸하기까지 한 연못 주변에는 다만 흐드러진 구절초와 쑥부쟁이들이 마지막 꽃을 피우고 있어 그런 대로 풍경의 운치를 보태고 있을 따름이다.

사람들은 이 못의 이름을 구태여 '연지'라 하지 않았다. 못의 윤곽이나

---

35) 영묘사(靈廟寺 또는 靈妙寺): 경주 사정리(沙正里 · 현재의 사성동) 강가에 세워진 것으로 소위 〈신라 천년의 미소〉라고 불리는 '얼굴무늬 수막새'가 일제강점기에 발견된 장소가 여기였다고 한다. 이곳은 한동안 신라 최초의 사찰인 흥륜사(興輪寺 · 진흥왕 5년인 서기 544년 건립)가 있었던 곳으로 잘못 전해져 왔으나, 근래 들어 영묘사라는 주장이 제기되고 있다.

수면 위로 도도록하게 솟은 풀등의 잡초라든가 전체적 생김새가 희한하게
도 여자 성기를 닮았다고 '옥문지'라 불렀다. 게다가, 특히 영묘사가 여왕
의 발원으로 지은 절이기에 일부러 그렇게 일컫길 버릇함으로써 더욱 널
리 퍼졌다.

절의 남문을 빠져나온 여왕 일행은 못가를 천천히 거닐었다. 주변의 수
목 그림자가 드리운 못물 속에 쾌청한 가을날의 푸른 하늘과 흰 구름까지
잠겨 있다.

여왕의 뒤에서 한걸음쯤 뒤쳐져 자장과 명랑이 호위하듯 따랐다. 그들
과는 일정한 거리를 둔 채 시녀들이 따라왔고, 그 뒤로 호위무사들, 시종
꾼들은 멀찌감치 떨어져서 여왕 일행이 발걸음을 옮길 때마다 조금씩 움
직여 왔다. 여왕이 발을 멈추면 뒤따르는 사람들도 함께 멈추곤 했다.

못가에 심어 어른 키 높이보다 훨씬 웃자라 있는 수십 그루의 목근화(木
槿花) 근처에 이르렀을 때였다. 대부분 꽃은 다 지고 잎만 무성했다. 개중
에 아직까지 분홍색 꽃송이 몇 개를 가지에 매달고 활짝 피어있는 목근화
한두 그루를 발견하자 여왕은 매우 신기해서 가까이 다가가 혼잣말로 중
얼거린다.

"어라? 웬일로 목근화가 아직도 더러 피어 있네. 시월 중순인 이맘때면
거의 다 졌을 시기인데……"

"그러게요. 세상에는 상식으로 이해되지 않는 일도 허다하지요. 아무
튼, 목근화는 피고지고 또 피고지고, 끊임없이 반복하기에 무궁화(無窮花)
란 이름까지 얻었고, 그 아름다움 때문에 부용수(芙蓉樹)라고도 불리니까
요."

자장은 미소 지으며 짐짓 재미있다는 듯 맞장구쳐 응대한다.

여왕은 허리를 굽혀 땅에 떨어진 꽃송이를 두어 개 주워들었다. 그리고는 돌돌 말린 꽃잎을 조심조심 펼치면서 말했다.

"이렇게 펼쳐보면 꽃잎이 마치 하늘하늘한 선녀 옷자락 같지 않아? 무척 얇아서 손가락이 다 비쳐. 유난히 목근화가 마음에 드는 건, 이처럼 꽃잎이 선녀 옷자락 같아서야."

소녀다운 감성을 감추지 못하고 방그레 웃으며 이런 말을 할 땐, 나이 지긋한 여왕도 어쩔 수 없이 아름다움에 예민한 한낱 감정적 여인에 불과해 보였다.

"천의무봉(天衣無縫)이란 바로 이런 것일 게야. 한 장씩 서로 떼어내면 모두 다섯 장인데, 자세히 보면 이은 자국도 없거든. 끝이 다 붙어 있으니까 사실은 하나의 꽃송이지. 꽃받침도 마찬가지야. 끝이 다섯 갈래로 갈라졌지만 어디에도 꿰맨 자국 없이 꽃송이와 똑같이 하나로 연결돼 있어. 가히 천상의 선녀 옷이라고 할 만해."

"아침에 피고 저녁이면 시들어 꽃과 꽃받침이 운명을 같이 하듯, 함께 뚝 떨어지는 모습이 마치 왕과 백성의 관계와도 같군요. 꽃송이가 국왕이라면 이를 떠받치는 꽃받침은 신민(臣民)일 테니까요."

"그거 참 좋은 비유다. 하지만, 무궁화는 매일매일 새 꽃을 피우니까 한 왕조가 시들면 또 새로운 왕조가 잇달아 일어서고, 그래서 항시 영속되는 것처럼 보이는 것까지 닮았구면.……"

여왕은 고개를 끄덕였다. 자장은 즐겁게 호응해 오는 여왕의 말에 무척 고무된 듯 다시 말을 이었다.

"하긴, 왕조의 교체라는 게 자연의 이법처럼 흥망성쇠를 되풀이하는 외양을 보이긴 하지요. 계절이 변화하듯 전체적 기운이 일정한 규칙에 따르니까요. 하지만, 현상은 수시로 바뀌는 법입니다. 삶의 주기와 연관된 자연의 변화를 감지하는 혜안이 그래서 필요한 거겠죠. 불문(佛門)에서도 과거는 단순히 지나간 것이 아니라 계속 순환되는 의미 있는 시간으로 파악해요. 개인의 인생사도 그렇습니다만, 특히 나라의 운세를 간파하고 예견하지 못할 땐 정치적 근시안의 어리석음에 빠져, 비운의 당사자가 될 수도 있습니다.…… 폐하, 우리 신라는 밖으로 대당과 고구려, 백제, 그리고 왜국에 둘러 싸여있고, 안으로는 여왕의 즉위를 내심 못마땅하게 여기는 세력들도 있음을 늘 염두에 두셔야만 합니다. 그래야만 자칫 국운의 변화상을 잘못 읽는 일도 없을 겁니다."

자장은 여왕의 근심이 어디에 있는지를 나름대로 예측해보고 그렇게 조언한다.

"무슨 얘긴지는 알아듣겠다만…… 아무튼, 그런 생멸의 흐름을 따져 묻자면, 태어날 때 과연 사람에게도 정해진 운명이란 게 있을까?"

마지막에 던진 여왕의 질문은 대화 도중 자연스런 맥락에서 나온 것 같기도 하고, 또 어쩌면 느닷없는 비약 같기도 했다. 그러나 막상 대답을 하자니 이런 질문을 하는 저의가 어디 있는지 딱히 짚어낼 수 없다는 점이 자장을 적잖이 당혹스럽게 한다.

"날 때부터 정해진 운명이란 게 있는 것 같기도 하고, 없는 것 같기도 합니다."

자장이 그렇게 얼버무렸다. 그로선 그것이 가장 무난한 대답이기도 했다.

"어쩌면 그게 진실일 수도 있겠다만……, 그래도 짐에겐 그 답이 너무 모호해서 도리어 혼란스럽구나."

여왕은 고개를 갸웃거리더니, 이번엔 명랑을 향해 묻는다.

"넌 어떻게 생각하느냐?"

"소승 역시 자장 외숙께서 내놓으신 답이 진실에 가깝다는 생각만은 하고 있었습니다. 하오나, 한편으론 단지 폐하께서 듣고 싶어 한 대답을 드리지 못했을 뿐이라고도 여겼습니다."

여왕은 그 말에 제법 크게 소리 내어 웃었다.

"참으로 맹랑한 말투로군. 그런데도 짐의 속내를 들여다보는 그 말 때문에 또한 즐거운 게 사실이다. 그나저나, 네가 하고 싶은 말은 무어냐?"

"예. 소승의 판단은 누구한테나 정해진 운명이 있다고 믿는 쪽입니다. 사람의 운명은 본인의 의지에 따라 선택되는 게 아니지요. 그것은 일차적으로 타고난 천성과 유전질(遺傳質)에 좌우되고, 이차적으로는 태어난 환경과 성장할 동안의 주변 여건에 의해 결정됩니다. 좋은 운명과 나쁜 운명……. 만약, 둘 중에 하나를 고를 수 있다면 좋은 쪽을 택하는 게 인지상정이겠죠. 또, 운명은 개척될 수 있는 것도 아닙니다. 스스로 운명을 개척한다고 해서 불행이 극복되는 것도 아니구요. 단언컨대, 자기혁신의 길은 거의 불가능합니다. 외부의 장애를 걷어내는 노력도 별 소용없습니다. 어떻게든 스스로 변해야겠지만, 과연 자기를 완전히 바꾸는 일이 가능할까요? 물론, 예외적으로 한 가지 방법이 있긴 하지요. 그건, 자신의 작은 습관부터 바꾸려고 노력하는 데서 시작해야겠지요. 선택과 실천의지에 관한 문제입니다. 이미 불문에 든 저희 같은 수도승이 택한 삶의 길……. 이것이 그 좋은 본보기입니다. 서가모니부처의 행하신 길을 따르며 용맹정진함으로써 언젠가는 반드시 세상의 온갖 관습, 제도, 규범을 초월하고 자유로워질 때라야 운명의 굴레에서도 해방되겠지요."

"음. 듣고 보니 일리가 있는 설명이긴 하다만, 그래도 모든 사람이 저마다 각기 다른 삶을 살고 있지 않으냐? 왕과 신하가 다르고, 귀족과 서민이 다르고, 일반 백성과 종들이 다르고, 장수와 병졸이 다르고, 또한 남자와 여자의 일상생활이 달라서 저마다의 본업이 한결같지 않은데, 어찌 모두 출가하여 부처의 길로만 나아갈 수 있겠느냐?"

바로 이와 같은 의문이 여왕에게는 여전히 납득되지 않는 부분이었다. 명랑의 설명에도 불구하고 명쾌하지 않은 점은, 무엇보다 여자로 태어난 그 자신에게 주어진 개인적 운명뿐 아니라, 나라와 백성의 안위를 책임져야 하는 국왕으로서의 운명과도 직결된 문제에 대한 해명이 아니었기 때문이다.

"소승이 한마디 덧붙이겠습니다."

자장이 나서며 끼어들었다.

"운명 앞에 인간의 의지는 무력한 게 사실입니다. 운명은 개인의 의지로써 선택할 수 있는 게 아니니까요. 하오나, 달리 생각해보면, 운명은 행복의 기준을 어디에 두느냐의 문제와 직결되는 듯도 합니다. 말하자면, 자기 분수에 맞는 행복의 기준에 따라 사는 것이 운명 개척이랄 수도 있겠지요. 저마다 험난한 삶의 파고(波高)를 넘어서는 일이란…… 각기 타고난 신분과 처지에 맞게 설정한 기준을 좇아 살아가는 길일 겝니다. 군은 군답게, 신은 신답게(君君臣臣)란 말처럼……."

"그래. 자장의 설명을 들으니 이번엔 좀 명쾌해진 것 같은 느낌이 든다. 허나, 아무리 따져 봐도 인간의 운명이란 여전히 수수께끼 같은 거야. 이따금 스스로 생각해 보곤 하지.―나는 왜 여자로 태어났을까, 하고. 또, 나는 왜 남자와 평생해로하지 못하고 혼자 살게끔 정해진 운명일까, 하고……."

여왕은 푸념처럼 들리는 뒷말을 얼버무리며 무심결에 고개를 돌려 먼
데 허공으로 시선을 보낸다. 목근화나무 가지 사이로 비쳐드는 햇살에 여
왕의 콧날 그림자가 선명해진 탓인지, 표정은 왠지 더욱 쓸쓸해 보였다.

하소연처럼 들리는 여왕의 그 느닷없는 말투에 자장, 명랑 두 사람은
그만 입을 다물었다.

선덕여왕은 덕만 공주시절에 이미 두 번 혼인했었다.

부왕이신 진평왕은 장차 왕위를 물려줄 적자(嫡子)가 없어 처음엔 사위
를 얻어 왕위를 계승코자 하였다. 이에 돌아가신 숙부 진지왕의 두 아들인
용수전군(龍樹殿君)과 용춘(龍春) 중에서 맏이인 용수를 사위로 삼을 속셈
이었다. 어느 날 진평왕의 그런 의중을 전해들은 용수는 적잖이 고민이 되
어 혼자 결정하지 못한 채 아우인 용춘에게 속내를 털어놓았다. 용춘이 대
답했다.

"우리 진평대왕의 연세가 아직도 한창 강성하실 때인데, 왕위를 계승
할 아들이 문득 태어나지 말란 법이 없지요. 마야황후께서도 아직 젊으시
고…… 그런 상황에 갑자기 후사가 생기면 형의 처지만 난처해져 오히려
불행해질까 염려됩니다."

용춘의 조언에 따라 용수는 그 말이 옳다고 여겨 부마(駙馬)됨을 사양했
으나, 마야황후가 들어주지 않고 끝내 용수로 사위 삼기를 고집함으로써
큰딸 천명공주와 혼인케 하였다.

그러나 천명공주가 진실로 흠모했던 사람은 용수가 아니라 도리어 용춘
이었던 것이다. 천명은 마음속으로 용춘을 사모하여 언젠가 모후(母后)에

게 조용히 말한 적이 있었다.

"남자는 모름지기 용숙(龍叔)만 한 사람이 없습니다."

천명공주가 발설한 남자의 이름에 '용(龍)'자가 든 숙부라면 용수와 용춘
형제를 일컫는 것이었다.

한데, 혼기가 찬 딸이 신랑감을 마음속에 점찍어 두고 있음을 알아차린
마야황후는 이때 공주가 은근히 내비친 '용숙'을 곧 '용수'라 발음한 것으
로 판단하여 시집을 엉뚱한 곳에 잘못 보냈던 것이다. 그런 까닭에 천명공
주는 비록 몸은 용수를 지아비로 삼고 살았으나 마음은 항시 용춘에게 가
있었다.[36)]

어느 날 천명공주는 용춘에게로 향한 애끓는 감정을 가눌 길 없어 은밀
히 그에게 고백하고 말았다.

"첩이 본래 그리워한 사람은 곧 그대입니다. 애타는 이 내 심정을 어떡
해야 할지 모르겠나이다."

"공주님께서 이러시면 제 처지가 정말 난처하군요. 집안의 법도는 장자
(長子)가 귀한 것인데, 신(臣)이 어찌 감히 형과 같겠습니까?"

용춘이 거절할수록 천명이 그를 사랑하는 마음도 더욱 깊어졌다. 그녀
는 부왕인 진평왕에게 아뢰어 공의 처지를 떠받쳐주도록 건의함으로써 여
러 차례 계위(階位)를 올려 남편인 용수공과 대등하게 만들었다.

이런 일이 있을수록 처의 마음이 자기보다 아우에게 더 깊이 기울어져

---

36) 필사본 『화랑세기』에 따르면, 용수와 용춘이 형제였음을 알 수 있다. 『삼국사기』5, 「태종무열
왕」 즉위조에는 무열왕이 진지왕의 아들인 이찬 용춘(一云 용수)의 아들이라고 나온다. 또,
『삼국유사』「왕력편」에는 용춘 일작(一作) 용수라고 되어 있다. 이와 같이 『삼국사기』와 『삼
국유사』의 기록은 용춘과 용수를 동일인으로 보고 있으나, 『화랑세기』를 통하여 형제였다는
것을 알 수 있다. (이종욱: 『신라인 그들의 이야기─대역 화랑세기』 P.218 역주 인용.)

있는 사실을 용수가 모를 리 없었다. 그는 천명부인을 아우에게 양보하려 했으나 용춘은 애써 사양했다. 옆에서 자초지종을 보다 못한 마야황후가 하루는 밤에 궁중에서 잔치를 베풀고 용춘을 불러 공주와 함께 침소에 묵게 했다. 그러나 용춘은 기어이 사양했다.

막판에는 용수가 스스로 병을 칭하고 공주와의 잠자리가 부실하니 동생에게 대신 공주를 모시고 부디 그녀의 마음을 위로해 주도록 대놓고 부탁하기까지 했었다.

"이보게 아우, 사람이 행복을 느끼는 이유가 뭣이겠나? 그건 어디까지나 생존본능과 짝짓기를 통한 번식을 위해서지. 마음의 정신적 산물인 행복한 쾌감도 실은 생존을 위한 수단에 불과한데, 기왕이면 사랑하는 자와 교접할 때 행복감은 배가(倍加)될 수 있는 법이야. 그러니 아우, 천명공주는 나보다 너를 더 사모하고 있다는 걸 염두에 두게나."

"형님 말씀에도 일리는 있습니다. 하오나, 사람은 결코 행복해지기 위해 사는 게 아니지요. 실상은 그런 감정조차 생존본능을 위해 우리의 머릿속이 꾸며낸 헛것이고 착각에 지나지 않아요."

형의 설득에도 용춘은 자신에게 엄격하여 끝끝내 방자한 태도를 보인 적이 없었다. 특히 부친인 진지왕이 색탐에 빠져 폐위된 것을 용춘은 슬퍼했을 뿐더러 본인 자신의 성품이 본디 색을 좋아하지 않았던 것이다.

한데, 당시 신라왕실의 이 같은 어지러운 색공(色供)이나 교접(交接), 또는 난혼(亂婚)은 어디까지나 신성한 골품의 혈통보존을 위한 번식을 중시했던 데서 비롯한 것일 뿐, 결코 도덕적이 문제로 다루어질 사항은 아니었다.

일찍이 법흥왕과 보도왕비 사이에서 태어난 지소는 입종갈문왕과 정식

혼인하여 진흥을 낳았는데, 또 잇마루(苔宗·이사부)와도 사통하여 숙명공
주를 낳았다. 그런데 그 숙명공주를 진흥왕과 정식 혼인케 함으로써 씨가
다른 오누이끼리 맺어 주었던 것이다.

뿐만 아니라, 숙명은 4세 풍월주 이화랑을 사모하여 궁궐을 나감으로써
왕비의 지위마저 버렸다. 이화랑 역시 풍월주의 지위에서 물러난 후 숙명
과 더불어 영흥사에 나가 살며 불도에 전념했다. 지소태후 또한 뒤따라 귀
의했다. 진흥왕의 노여움과 형벌에도 굴하지 않고 숙명은 이화랑 공의 아
이를 잉태하게 되어 원광을 낳는다(565). 첫아들 원광법사가 그렇게 해서
태어나고, 한참 뒤 둘째 아들 보리가 태어났다. 계사(癸巳·573)생인 보리
공은 12세 풍월주가 된다.

숙명의 모후인 지소태후는 사위 이화랑 공과 더불어 한 집에서 지낼 동
안 그의 늠름한 자태에 반해 그와도 사통하여 만호를 잉태하였다. 결국 장
모와 사위의 교접으로 태어난 딸 만호공주를, 지소태후는 또한 자기 아들
인 진흥왕이 사도왕비와의 사이에서 낳은 장남 동륜(지소태후의 직계 손자임)
과 정식 혼인시켜 훗날 진평왕을 낳게 된 것이다.

이렇듯 신라 왕가의 근친상간에 의한 혈연 및 혼인 관계는 복잡하기 이
를 데 없이 얽히고설켜 있었다.

진평왕의 둘째 딸인 덕만(德曼) 공주가 점점 자라매 가까이서 그녀를 대
해본 사람이면 누구나 그 용모의 예사롭지 않음에 아주 묘한 감정에 사로
잡히곤 했다. 이른바 '용봉지자(龍鳳之姿), 천일지표(天日之表)'라고 하는 왕
상(王相)을 갖춘 공주의 첫 인상 앞에서 사람들은 공연히 스스러워 맞대하
기 어려움을 느끼기 십상이었다.

얼굴 윤곽은 약간 후덕한 편이어서 상대방에게 편안함을 주는 대신, 그녀의 눈매는 특별히 다른 느낌으로 다가왔다. 별로 크지 않은 눈이었다. 그러나 눈초리가 길고 그윽하여 상대를 바라보는 그 시선에 부딪치면 모두들 가슴에 써늘함 같은 걸 경험하였다.

외모에서 풍기는 기품도 그랬거니와 지혜롭기도 하여 덕만 공주야말로 가히 왕위를 이을 만했다. 그 때는 마야황후가 이미 세상을 떠난 뒤라 더 이상 후사도 끊긴 셈이었고, 마땅히 왕위 계승자로 삼을 만한 아들도 달리 없었다. 그렇기에 성골 신분으로 당대의 왕위계승권을 가진 것은 두 공주뿐이었다.

진평왕은 용춘에게 관심을 두고 그와 덕만을 맺어주려 결심하고는, 비록 천명이 큰딸이긴 해도 그 지위를 양보하도록 권했다. 천명공주는 효심으로 순종했다. 이에 천명공주는 왕위계승의 지위를 덕만에게 양보하고 남편 용수와 함께 출궁(出宮)함으로써 신분마저 성골에서 진골로 바뀌었다.

덕만은 숙부뻘인 용춘 공이 능히 자기를 도울 수 있다고 생각하여 사신(私臣)이 되기를 청했다. 진평왕이 특히 뒤에서 그 일을 주선하듯 용춘을 불러 공주의 뜻을 받들도록 명했다. 덕만은 총명하고 지혜로웠으며 감정이 풍부하여 일견 호방한 듯하였다. 그런 한편 꼼꼼하고 몹시 차가운 면도 있어 대하기가 까다로웠다.

용춘은 그처럼 섬세하고 묘한 성격의 소유자인 덕만을 감당하기 버거움을 미리 알고 굳이 사양했지만 끝내 왕명을 거역할 수는 없었다. 부득이 공주를 받들게 되었는데 둘 사이에는 자식이 생기지 않았다. 그리하여 용춘은 후사가 없음을 핑계 삼아 스스로 물러날 것을 청했다.

진평왕은 성골 남자가 없는 상황에서 더욱 애가 달아 이번엔 용춘의 형이자 천명의 남편인 용수에게 덕만 공주를 모시도록 명했다. 한데, 상대를 바꿔 봐도 그 또한 잉태가 되지 않았다. 공주는 자신이 어쩌면 석녀(石女)로 태어난 운명임을 서서히 자인해가고 있었다.

그 무렵 진평왕이 왕자를 볼 욕심에 새로 맞이했던 승만(僧滿) 황후가 아들을 낳자, 덕만 공주에게 물려줄 지위를 대신하고자 했다. 그런데 예기치 않게 그 아들이 그만 일찍 죽었다. 그 바람에 성골 남자가 없어진 상황에서 용수와 용춘 형제가 왕위계승 세력으로 남게 되었고, 승만 황후는 이들 형제를 몹시 미워했다.

마침내 진평왕이 붕어하자 덕만 공주가 선덕여왕으로 즉위했다. 얼마 안 있어 여왕은 각간(角干) 벼슬의 숙부 용춘 공을 공식적인 지아비로 삼았다. 그러나 이 무렵 여왕은 이미 마흔을 훌쩍 넘긴 연세여서 애당초 후사를 보기엔 사실상 너무 늦은 때였다.

자식이 없다는 이유로 용춘은 다시금 스스로 물러나기를 간청하였다. 이미 한번 공주 시절의 덕만과 정분을 통한 관계였을 뿐만 아니라 형식적인 지아비로 남아 여왕에게 아첨이나 하며 지낼 생각도 없어 물러나려는 뜻이 더욱 굳어졌다. 이런 연유로 선덕여왕은 정사(政事)를 을제(乙祭) 공에게 맡기고 용춘 공에게는 물러나 살기를 허락했다.

그러자 뭇 신하들이 진평왕과 그 형제들—백반(伯飯), 국반(國飯)—이 모두 아들을 낳지 못한 상황에서 용수와 용춘이 왕위계승 세력이 되었음에도 이 역시 여의치 못하자, 부득이 다음 대(代)의 왕위 계승자를 얻기 위한 조치로 삼서제(三婿制)를 의논했다.

그 결과, 흠반공(欽飯公)과 을제공의 순번으로 여왕 곁에서 시중들게 하였다. 그러나 여왕은 아예 자신에게 후사가 무망한 일임을 스스로 잘 알고 있었다.

천만 다행인지 선덕여왕의 언니인 천명과 용수 사이에서 아들 춘추(春秋)가 태어났다. 부왕인 진평에 이어 자신과 가장 가까운 부계 혈족에서 장차 춘추가 왕위 계승권을 가질 수 있게 되자, 선덕은 왕실을 위해서도 천운이라 여겼다.

그 뒤 오래지 않아 용수 전군(殿君)이 죽기 전에 처자식인 천명과 춘추를 아우인 용춘에게 맡겼다. 이에, 용춘은 형의 유지를 받들어 천명공주를 처로 삼고 춘추(훗날의 태종 무열왕)를 아들로 삼았다.

제 6 장

미실(美室)의 노래

"세상사엔 아무리 노력해도 인력만으론 안 되는 일이 훨씬 더 많아. 그래서 성공이나 실패가 다 천운에 달렸다고들 말하지 않던가. 대개는 이를 운명이라고 하더라만……. 그런데도 성공을 노력의 결과로 설명하는 사람들이 의외로 많더군. 그런 섣부른 인과론의 주장이 얼핏 듣기엔 간단명료해서 솔깃한 면은 있지만, 실은 착각에 불과하지."

여왕의 입에서 불쑥 예측 못한 그런 말이 튀어나왔다.

자장과 명랑은 그것이 무슨 이야기의 맥락 끝에 나온 소리인지 갈피를 못 잡고 잠시 어리둥절한 채 듣고 있었다.

"짐의 경험에 비춰 봐도 그건 분명해. 애당초 부왕께서 왕위 계승권자인 왕자를 생산 못하신 것도 그렇고, 후사라고는 공주밖에 없었던 것도 그렇지. 짐이 원한 바가 아니건만 천명 언니를 제치고 왕위에 오른 것이 따져보면 천운이랄 수밖에. 그 일이 결코 노력의 결과로 성취된 게 아니었으니까. 그리고 나 또한 아무리 후사를 얻으려 노력해도 이번엔 끝내 잉태가 되지 않는 것도 운명이듯, 타고난 재능이며 성격마저도 다 천운인 것 같아⋯⋯."

그렇게 말하며, 이미 조락의 기운이 역연한 옥문지의 풍경을 눈길로 더듬는 여왕의 얼굴에 묘한 쓸쓸함이 번지는 듯했다. 늦가을 하오의 엷은 햇살이 그녀의 뾰족한 콧날과 눈매와 광대뼈의 음영을 뚜렷이 새겨, 어쩐지 서글픈 것 같은 윤곽을 짓기에 더욱 그렇게 보였다.

"원래 내가 꿈꾼 삶은 이런 게 아니었어.⋯⋯"

여왕은 한숨처럼 말했다. 내처 시선은 연못 너머 저쪽 먼 산등성이를 향한 채였다.

"애당초 왕이 될 생각도 없었어. 그저 한 여자로서 사랑하는 남자와 더불어 애 낳고 키우며 평범한 지어미로 사는 인생을 꿈꾸었지. 한데, 짐에겐 그런 평범한 행복조차 부여되지 않는 운명인 것 같아서 쓸쓸해. 그래서 이따금 생각하곤 하지. 오래 전 미실 궁주께서 생전에 보였던 그 자유분방함이 때로는 부럽기도 하다고. 육체의 욕망에는 계급이 없는 법. 왕족이든 평민이든 차별받지 않는 게 성적 본능이거늘, 그것조차 맘대로 할 수 없는 게 우리 신라 왕실의 골품제도지. 싫든 좋든 신성한 혈통 보존의 전통에 따라 왕족끼리 욕망의 공생관계로 얽혀 내려온 제도 자체를 감히 탓할 수 없는 한, 미실 궁주처럼 맘껏 성욕을 향유하는 일탈행위가 오히려 자유로운 생이 아닌가. 이따금 그런 생각도 들어. 그 역시 천성이긴 하겠지. 허나, 나처럼 후사를 볼 수 없는 나이에 등극하여 이젠 나라와 더불어 혼인한 처지가 되니, 그런 자유마저 자제해야 하는 삶이 허전한 것이시⋯⋯."

여왕의 이런 모습은 일찍이 본 적이 없었다. 자장과 명랑은 여왕의 말투와 그 속에 담긴 속뜻을 통해 처음으로 그녀의 은밀한 내면의 일단을 엿본 것 같기도 했다. 특히, 지나가는 말투로 미실 궁주에 관해 잠깐 얼비친 심정의 토로에서 그런 걸 느꼈었다. 그것은 과거 덕만 공주시절 미실에 대해 품었던 심리 상태와도 무관치 않을 터였다.

미실이 색공(色供)에 능했던 것은 세상이 다 아는 사실이다. 그건 타고난 본성 때문이랄 수도 있다. 그녀는 넘치는 '끼'와 스스로 주체할 수 없는 욕망이 결합된 성적 화신(化身)의 본보기 같은 존재로 사람들의 뇌리에 기억되었다. 하지만, 단순히 방탕과 음란만으로는 설명이 안 되는 부분도 있었다. 요염한 관능미는 노력한다고 얻어지는 게 아니다. 그것은 흔치 않은 특수한 여성만이 태어날 때부터 지닌 묘한 매력인데, 미실은 그것을 갖고 있었다. 남성을 유혹하는 색골 같은 성적능력마저 하나의 천부적 재능이라면 덕만은 실은 미실의 그런 재능을 경원(敬遠)하면서도 부러워했던 것일까?

"살면서 깨달은 게 있지. 모든 것은 목적이 있다는 것. 목적을 잃으면 살아도 죽어 있는 것이나 다름없다는 것을. 그러기에, 불확실한 상황에 서슴없이 달려드는 용감한 모험심도 필요한 법이겠지. 바쁘게 움직여야 목적이 있는 삶 같거든. 아닌 게 아니라, 실은 그런 자에게 성공의 운이 찾아올 가능성도 훨씬 높은 법이야. 매일 똑 같은, 예측 가능한 상황에서는 어떤 새로운 기회도 생겨날 수가 없지 않은가? 하긴, 그만큼의 실패도 감내할 수 있는 대담한 성격이어야겠지. 지난 날 미실 궁주의 생애를 돌아보면 그런 생각이 들어. 자기의 목적을 위해서든 또는 필요한 이유 때문이든, 마음에 드는 남자의 품속을 찾는 대담한 모험을 감행하는 것이 마치 삶의 목적인 양 보일 정도였으니까. 하기야 미실 궁주께선 그런 주어진 천성을 자신의 운명처럼 여기며 산 것이겠지. 높은 산, 낮은 산, 험준한 모든 산을 오른 셈이고, 자기 앞에 펼쳐진 모든 길을 따라간 거지……."

자장과 명랑은 이 순간 아무런 대꾸도 할 수 없었다. 여왕이 무엇 때문에 이다지도 미실 궁주의 지난 생애에 집착하고 있는지 영문을 알지 못해서였다.

미실이란 이름의 여인이 명랑에게는 아직 태어나기도 전에 존재했던 전설적 인물이나 다름없었다. 자장에게도 역시 마찬가지 느낌이었다. 그의 희미한 기억 속에서조차 별로 남아 있지 않은 외증조모였던 분이 미실이었다.

미실은 생애의 거의 전부를 음일(淫佚)로 지새우다시피 주변 남자들에게 추파를 던져 복잡한 관계를 맺었다. 그녀가 색공이나 사통관계를 맺은 순서만 따져도 태자 동륜, 진흥왕, 진지왕, 진평왕, 그리고 미실의 총신(寵臣)이자 7세 풍월주 설원랑(薛原郎=설화랑) 등이었다. 여기에 정식 혼인한 세종전군(世宗殿君)까지 실로 다양한 남성편력이었다.

2세 풍월주 미진부(未珍夫) 공의 딸인 미실은 본디 사다함(斯多含)을 사모했었다.[37] 지소태후의 명으로 그 아들인 세종에게 시집을 가기 전의 일

---

37) 미실(美室)은 도대체 누구이며, 신라 왕실에서 어떤 영향력을 가진 여인인가? 미실에 대해서는 「삼국사기」와 「삼국유사」 등에 전연 이름이 알려지지 않았으나, 「화랑세기」에서는 화려하게 등장하는 여인이다. 미실은 2세 풍월주 미진부공(未珍夫公)과 묘도부인(妙道夫人) 사이에서 태어났다. 미진부 공은 법흥왕의 외손자이고, 묘도부인은 1세 풍월주 위화랑(魏花郎)의 딸로 법흥왕의 후궁이었는데 지소태후(只召太后·법흥왕의 딸)의 허락으로 미진부 공에게 시집와서 미실과 미생랑(未生郎)을 낳았다. 미실은 재색이 뛰어나 진흥왕과 진평왕을 섬겨 특별한 총애를 받았다. 뒷날 지소태후의 명으로 세종전군(世宗殿君)에게 시집을 가서 하종공(夏宗公)을 낳았다. 세종이 전장(戰場)에 나가자 미실은 방탕하게 굴면서 설원랑(薛原郎)과 자기의 친동생인 미생과도 정을 통했다. 설원랑은 훗날 7세 풍월주가 된 설화랑의 본래 이름이다. 그는 미실의 사신두상(私臣頭上), 즉 총애하는 신하의 우두머리로서 오늘날의 보디가드와 같은 역할을 하였다., 5세 풍월주 사다함(斯多含)의 어머니 금진(金珍)은 남편 구리지

이었다.

법흥왕의 딸인 지소가 태종(苔宗), 즉 이사부와 사통하여 낳은 자식이 세종이다.

제1세 풍월주 위화랑과 오도부인(吾道夫人)이 사통(私通)하여 두 사람 사이에서는 옥진(玉珍)과 금진(金珍)이란 두 딸이 태어났다. 장녀인 옥진은 처음 법흥왕의 후궁으로 있다가 영실(英失) 공을 정식 남편으로 맞이하여 거기서 아들 노리부와 세 딸 묘도·사도·홍도를 낳는다.

묘도(妙道)가 성장할수록 차츰 그 인물이 빼어남을 보고 법흥왕이 그녀를 예뻐하며 탐내어 관계를 가졌다. 그러나 묘도는 옥문(玉門)이 작아 성관계를 가질 때마다 몹시 아파서 왕과의 잠자리가 늘 두렵고 꺼려졌다. 그 대신 그녀의 마음은 미진부 공에게로 가 있었다. 어느덧 두 사람의 눈이 맞아 묘도는 미진부 공과 정식 혼인하여 미실을 낳게 된다. 미실의 이모 사도(思道)는 진흥대왕의 비(妃)가 되었다.

지소태후는 이사부와의 사이에서 태어난 세종 전군을 장차 장가보내려 할 때 시험 삼아 공경(公卿)의 미녀들을 택하여 궁중에 모아 두고 세종이 누구에게로 마음이 쏠리는가를 보았다. 세종은 미실 낭주(娘主)를 가장 좋

(仇利知)가 출정하여 집을 비우자 사노(私奴)인 설성(薛成)을 침소에 불러들여 정을 통했다. 그래서 낳은 자식이 설원랑이다. 따라서 설원랑은 사다함의 동모제(同母弟), 즉 어머니가 같은 씨 다른 동생[胞弟]이었다. 아무튼 미실의 방탕함은 여기서 그치지 않았다. 재색을 겸비한 미실은 세종공과 정식혼인을 했음에도 불구하고 진흥왕과 진평왕을 섬겨 특별한 총애를 받았을 뿐만 아니라 진지왕도 섬겼다. 진지왕이 미실의 도움으로 왕위에 올랐지만, 또한 미실에 의해서 폐위된다. 그녀는 두 번이나 원화(源花)를 역임했으며, 풍월주를 지명하는 데도 지대한 영향을 미친 여인이다. 궁에 있을 때 지소태후에게 미움을 사서 출궁을 당하자 이내 사다함을 못 잊어 대가야 정벌의 출병을 앞둔 사다함을 만나 정분을 통하였다. 세종전군의 간절한 요청으로 지소태후가 허락하자 미실은 다시 입궐하였다. 사다함이 전쟁터에서 돌아왔을 때 미실은 이미 사다함과의 관계를 끊고 궁중에 들어가 세종전군의 부인이 되어 있었다.

아했다. 그런 까닭에 태후는 아들 진흥왕과 의논하고, 또한 정부(情夫)인 이사부의 건의를 받아들여 미실을 궁에 들어오게 해 정식으로 세종을 모시게 했다.

섬긴 지 채 며칠이 지나지 않아 세종은 미실의 방사술(房事術)에 흠뻑 빠져버렸다. 일찍이 선대의 왕이며 왕자들과의 침소에서 익히고 경험한 색공의 능란함 때문에 세종은 매일 열락(悅樂)에 젖어 그녀와의 정의(情意)가 더욱 얽혀 헤어날 수 없을 만큼 깊어졌다.

그 무렵, 지소태후는 역시 이사부와의 사이에서 낳은 세종의 누이이자 자신의 딸인 숙명 공주를 몹시 아끼고 사랑한 나머지 장차 대통(代統)을 이으려 현재의 사도황후를 폐하려고 획책하였다. 미실은 왕궁에서 세종을 섬기고 있는 동안 태후의 이런 계책을 재빨리 눈치 채고 이모인 사도황후에게 귀띔했다. 이에, 황후는 울면서 진흥대왕에게 원통함을 호소했다. 진흥대왕은 본래 황후와의 정분이 깊고 또한 깊이 사랑함에 변함이 없었기에 모후의 간섭에도 개의치 않았고 왕비에 대해 헐뜯는 말도 귀담아듣지 않았다.

그럴수록 지소태후의 황후에 대한 미움도 점점 깊어갔다. 이는 필시 처음부터 자기와 대왕 사이에 이간질을 한 누설자가 있었을 것으로 태후는 판단했다. 누구인지를 반드시 색출하여 물꼬를 내고자 단단히 벼르고 있었다. 그러던 차에 미실이 지레짐작으로 자기를 점찍고 있다고 걱정하여 태후에게 나아가 이실직고하며 간(諫)했다.

태후는 노발대발하여 미실을 꾸짖었다.

"너로 하여 전군(세종)을 받들게 한 것은 단지 옷을 드리고 음식을 받드는 일을 하게 함이었다. 그런데 감히 사사로이 색사(色事)를 앞세워 전군의 심기와 정신을 어지럽혔으니, 너의 죄를 용서할 수 없다.”

태후는 미실을 궁에 불러들인 것을 후회하고, 이에 출궁을 명했다.

미실을 왕궁에서 쫓아내버린 지소태후는 진종전군(眞宗殿君 · 법흥왕의 큰형)의 딸 융명(肜明 · 지소태후가 큰아버지 진종전군과 사통하여 낳은 딸)을 세종의 정비(正妃)로 삼았다. 진흥왕이 사도황후의 낯을 봐서라도 그럴 수 없다고 따졌으나 이미 한 번 내려진 모후의 결정을 거역하면서까지 되돌리진 못했다. 마찬가지로 세종 역시 눈물을 흘리고 울면서 태후의 명에 따랐다.

애최 사도황후를 찍어내려 했던 태후는 애꿎게 미실을 궁궐에서 내침으로써 분풀이를 한 셈이었는데, 그래도 완전히는 분이 풀리지 않은 태후의 옹고집을 아무도 더 이상 건드려 꺾을 수 없는 노릇이었다.

궁에서 나온 미실은 이후부터 거의 식음을 전폐하다시피 했다. 매일 같이 슬피 울면서 낙백한 신세로 지내는 동안 점점 몸도 야위어 갔다. 그럴수록 더더욱 외로운 마음에 사무치는 것은 사다함에 대한 그리움뿐이었다.

“무릇 궁궐의 부귀영화란 것도 한 때일 뿐. 나는 일찍이 왕이며 왕자와 전군을 눈앞에서 배견했으나 지금은 이렇게 초라한 신세다. 일찍이 지아비를 맞는 데는 마땅히 사다함과 같이 진정으로 사모하는 사람과 함께여야 한다고 생각했건만……”

미실은 사다함과 이루지 못한 사랑을 더욱 애석하게 여기며 그를 마음속에서 애타게 찾았다.

1세 풍월주 위화랑의 둘째 딸인 금진은 구리지(仇利知)와 사귀며 사다함을 낳았다. 금진의 언니인 옥진 궁주가 미실의 외할머니였으므로, 사다함은 나이는 어렸지만 촌수로는 실상 미실에게 외가 쪽의 아재뻘이었던 것이다.

지소태후와 정식 혼인했던 입종갈문왕이 사다함의 어머니 금진과 사통하여 숙흘종(肅訖宗)을 낳고, 숙흘종의 딸 만명(萬明)이 서현(舒玄) 공과 혼인하여 아들을 낳으니 그가 곧 김유신(金庾信)이다.

이렇듯 얽히고설킨 왕실과 그 주변인들의 혼인이나 사통관계는 그렇다 치고, 사다함은 5세 풍월주의 지위를 맡았을 때 겨우 열여섯의 미소년이었다.

어느 날 미실은 달이 유난히 밝은 밤에 홀린 듯 달을 보고 있는 동안 문득 사다함 생각이 간절해졌다. 그녀는 시중드는 사인(舍人)을 보내 사다함을 불러 위로받고 싶어 했다. 천지를 두루 비추는 그 달빛이 눈앞을 혼미케 하는 마력에 이끌려 더 이상 주체할 수 없는 심정이 되었다.

사다함 역시 일찍부터 미실을 마음에 두고 있었지만, 지소태후의 명으로 그녀가 세종과 혼인함으로써 단념할 수밖에 없었던 것이다. 그러나 이제 다시 궁에서 나온 미실이 자기를 애타게 보고 싶어 한다는 소식에 접하자 사다함은 옛 정이 되살아나 단걸음에 미실을 찾아갔다. 그 역시 달빛에 이끌려 간다는 느낌이었다. 서로 보자마자 얼싸안았다. 둘은 운우지정(雲雨之情)의 열락에 뜨거워진 서로의 몸을 탐하듯이 더듬으며 밤을 지새웠다.

이후로 미실과의 관계가 깊어질수록 사다함은 처음과는 달리 어쩐지 더욱 심란해지는 이유를 스스로도 알 수가 없었다.

진흥왕 23년(562) 가을, 아직 신라에 복속되지 않은 인근의 대가야(고령 일대)를 호시탐탐 노리고 있던 신라는 일시에 급습해 치려는 계획을 실천에 옮겼다. 일찍이 대가야는 백제와 연합해 신라와 싸우다 관산성 전투 (544)에서 패한 뒤에도 여전히 백제와 내통하고 있었다.

진흥왕은 소위 '왕즉불(王卽佛)' 사상이 깊어질수록 영토에 대한 야욕도 점점 커져갔다. 이에 왕은 당시 백제와 밀통하며 신라를 견제하던 대가야를 정벌케 하도록 은부(恩父)인 이사부에게 명했다.

이때 사다함이 종군하기를 청하자 왕은 처음엔 그가 너무 어리다는 이유로 허락하지 않았다. 사다함은 물러서지 않고 조국을 위해 싸우다 죽을 수 있기를 열심히 청하자 그 굳센 뜻을 기특히 여겨 마침내 귀당비장(貴幢裨將)으로 삼았다.

굳이 출정을 결심하고 떠나려는 그를 미실은 무엇으로도 만류할 수가 없었다.

전쟁터로 나가는 사다함을 찾아가 그의 손목을 붙잡고 미실은 부디 무사히 돌아오기만을 바라며 애원의 노래를 불렀다.

풍지취류구위도(風只吹留如久爲都)
랑전희취막견(郎前希吹莫遣)
량지타여구위도(浪只打如久爲都)
랑전타막견(郎前打莫遣)
조조귀량래량(早早歸良來良)
갱봉질나포견견견(更逢叱那抱遣見遣)
차오랑야(此好郎耶)
집음호수을인마등시리량노(執音乎手乙忍麼等尸理良奴)[38]

<hr>

38) 『화랑세기』에 나오는 이 향가의 해독을 시도한 연구자들은 여기 이 〈미실의 노래〉를 제각기 「송랑가(送郎歌)」「풍랑가(風浪歌)」「송출정가(送出征歌)」「송사다함가(送斯多含歌)」 등 다양하게 이름 붙였다. 연구자들은 이 향가를 해독함에 있어, 1929년 처음 오구라 신페이(小倉進平)가 시도한 뒤로 양주동에 의해 체계가 선 기존의 해독방식을 원용(援用)하여 대개 다음과

대가야와의 전쟁이라는 역사적 풍랑(風浪)에 사다함은 자청하여 몸을 맡긴 것이다. 그것이 화랑에게 주어진 소명(召命)이었기에 사다함은 기꺼이 출정하였다. 그런 행위가 오히려 그에게는 현실의 잡다한 번뇌로부터 벗어나는 길이기도 하였다.

그러나 미실은 너무나 아쉬웠다. 또, 아쉬운 만큼 불안해졌다. 일부러 자신을 피하여 달아나듯 전쟁터로 떠나는 사다함이 못내 야속하기까지 했다. 그래서 오래 지속될지도 모를 그 전쟁의 바람과 물결마저 부디 그의 앞에선 잠잠해지기를 바라는 심정을 담아 외로운 자신의 처지를 노래 부른 것이다. 그것은 헤어짐에 앞서 빨리 전쟁을 종식시키고 돌아오기를 당부하는 일종의 애원가(哀願歌)에 가까웠다.

궁에서 쫓겨난 미실과 사다함의 관계를 뒤늦게 전해들은 세종 전군은 몹시 괴로워 홀로 몸부림쳤다. 지소태후의 아집과 독단으로 공연히 미실만 희생을 당한 것으로 여겨 전군은 내심 원망하며 모후와 얼굴을 마주치는 일마저 꺼려했다. 갈수록 말수도 적어졌다. 이를 눈치 챈 태후가 전군

같이 풀이하였다.

Ⓐ「ᄇᆞ로미 불류다구 ᄒᆞ되/ 랑 앎히 불 말고/ 믌겨리 티다구 ᄒᆞ되/ 랑 앎 티 말고/ 일즉일즉 도라오라/ 다시 맛나 안고보고/ 이 됴ᄒᆞ, 랑야! 자ᄇᆞ온 소ᄂᆞᆯ/ 차마 들리려노」(현대어역: 바람이 분다고 하되/ 랑 앞에 불지 말고/ 물결이 친다고 하되/ 랑 앞에 치지 말고/ 일찍일찍 돌아오라/ 다시 만나 안고보고/ 이 좋아, 랑이여!/ 잡은 손을 차마 돌리려노)

Ⓑ「ᄇᆞ로미 불류다, 오래 ᄒᆞ도/ 랑 알픠 불 말고/ 믌겨리 티다, 오래 ᄒᆞ도/ 랑 알픠 티 말고/ 일즉일즉 도라오라/ 다시 맛나 안고보고/ 이 됴ᄒᆞ, 랑야! 잡은 손을/ 차마 들리어노」(현대어역: 바람이 부도다, 오래 불더라도/ 님 앞에 불지 말고/ 물결이 치도다, 오래 치더라도/ 님 앞에 치지 말고/ 일찍일찍 돌아오라/ 다시 만나 안고보고/ 이렇게 좋은 님이여, 삽은 손을/ 차마 어찌 떨어지게 하리어노)

이밖에도 약간씩 해독의 차이는 있으나 전체 내용은 대개 Ⓐ·Ⓑ와 같은 의미의 범주를 크게 벗어나지 않는다.

이 상심할까 매우 걱정되고 안쓰러워 미실을 다시 입궁시켰다.

전군은 미실이 궁으로 되돌아온다는 소식을 듣자마자 기뻐 미친 듯 달려가려 했다. 그 모습을 본 태후는 아들을 위해서라면 어쩔 수 없다고 판단하고 미실로 하여금 다시 전군을 섬기도록 명하였다.

한데, 미실은 결코 호락호락하거나 어수룩한 인숭무레기가 아니었다. 그녀가 궁궐에서 쫓겨난 직후에 태후의 명으로 진종전군(眞宗殿君)의 딸인 융명(肜明)을 원비(元妃)로 삼은 것에 불만을 품고 있었다. 하물며 다시 궁으로 불러 들여 자신을 고작 첩이 되게 한 사실을 부끄럽게 여긴 미실은 세종 전군의 요구에도 일절 색공(色供)에 응하지 않았다.

밤마다 침소에서 애가 탄 전군은 태후에게 청하여 기어이 미실을 전군부인(殿君夫人)으로 삼았고 융명을 차비(次妃)로 삼았다. 이에 불만을 품은 융명이 도리어 못마땅하게 여기고는 궁에서 물러나 살 뜻을 밝혔다. 이를 기화(奇貨)로 미실은 세종 전군을 다그쳐 다시는 정을 배반하지 않기로 서로 약속하고 마침내 융명을 내쫓았다.

제 7 장

성(性)과 죽음

한편, 전쟁터로 달려간 사다함은 국경부근에 이르자 원수(元帥) 이사부에게 선봉대를 맡겨 주기를 청했다.

허락이 떨어지자 사다함은 그 휘하 5천명의 기병을 거느리고 맨 앞장을 선 채 전단문(旃檀門·가야국 성문)을 짓치고 들어가 흰 깃발을 세웠다. 가야의 성중 사람들이 그 용맹함에 몹시 두려워하여 어찌할 바를 몰라 우왕좌왕하는 틈에 이사부가 본진의 군사를 이끌고 일시에 들이닥쳐 성을 함락시켰다.

대가야 정벌이 끝나고 논공행상을 하매, 사다함의 역할이 제일이었다. 왕이 그의 공로를 치하하여 좋은 전지(田地)와 포로 2백 명을 상으로 내려주었다. 사다함은 세 번이나 사양했다. 왕이 굳이 하사하매, 이에 포로는 받아 풀어주어 양민이 되게 하고, 전지는 싸운 병사들에게 나누어 주었다. 나라사람들이 모두 그를 칭찬했다…….

그러나 사다함이 전쟁터에서 돌아왔을 때는 미실은 이미 궁중에 들어가 전군부인이 되어 있었다.

사다함은 잃어버린 사랑 때문에 세상사 모든 게 시들해졌다. 열일곱 살 소년이 감당하기엔 가슴속 쓰라림이 너무 컸던 것일까? 그는 자기를 버리고 다시 떠난 미실을 파랑새에 비유하여 '청조가(靑鳥歌)'를 지어 슬퍼했다.

내용인즉, 〈저 구름 위의 파랑새, 어찌하여 내 콩밭에 머물렀다 다시 날아 구름 위로 가는가. 이미 왔으면 가지 말지, 또 갈 것을 어찌하여 왔는가. 나로 하여 부질없이 눈물짓게 하며, 마음 아프고 야위어 죽게 하려는가. 대관절 나는 죽어 무슨 귀신이 될까. 죽어서 신병(神兵)이나 수호신(守護神) 될까. 매일 아침저녁으로 전군부처(殿君夫妻) 보호하여, 천만년 오래도록 그들 목숨 지켜주리.〉 운운. 대개 그런 의미를 담은 노래였다. 그 내용이 몹시 구슬퍼 당시 사람들이 다투어 서로 암송하여 구전했다고 한다.

"못 믿을 게 사람 마음이라든가……. 아니, 마음이라기보다는 욕망이라고 말하는 게 옳겠지. 사람에게 욕망이 있다는 건 긍정과 부정, 양쪽으로 다 작용해. 긍정적인 면에서만 보면 욕망은 삶에 동기를 부여하는 힘이지. 인간에게 그런 욕망이 없다면 아마 불안도 없어질 거야. 애초에 사다함과 영영 헤어질지도 모른다는 미실의 병적 불안감이 어쩌면 '애원의 송랑가'를 창작케 된 거라면, 이번엔 잃어버린 사랑 혹은 상실된 욕망에서 비롯한 허무감이 '청조가'와 같은 그런 아름다운 노래를 부르게 한 원동력이 됐는지 몰라. 불안은 이따금 인간의 창조력과 상상력을 높여 좋은 예술을 탄생시키기도 하니까……. 생각건대, 미실과 사다함이 부른 노래는 결국 '사랑가'이고, 이는 몸에 아로새겨진 성의 추억이자 아름다운 육체의 음악이었던 게지."

여왕이 꺼내는 화제는 예측불허로 과거와 현재를 종횡(縱橫) 없이 넘나

226

들었다. 마치 순간순간 뇌리를 스치는 지난날의 숱한 사연들이 자아내는 갖가지 생각들로부터 자극받아 어떤 깨달음을 얻고 있는 듯하였다.

"호강에 겨워 배부른 자에겐 삶이 지겨운 나머지 때로는 화끈한 일탈을 꿈꾸기 일쑤지. 그게 욕망의 부정적 면이야. 미실 궁주의 경우가 또한 그래. 대가야를 정벌한 이듬해 사다함이 열일곱의 나이로 죽은 뒤에도 미실 궁주의 욕망은 멈출 줄을 몰랐으니까. 금세 사다함을 잊은 듯 새로 타오른 욕망의 불길에 몸을 맡긴 건 타고난 자신의 본모습을 그대로 보여준 대표적 사례랄까?……"

굳이 누구를 향해서라기보다 마치 자신에게 들려주듯 여왕은 말했다.

여왕의 입을 통해 사다함의 비극적 생애를 전해 듣는 자장과 명랑은 그저 묵묵히 귀를 기울였다.

가야와의 전쟁에서 사다함의 부하 무관랑(武官郞)이 많은 전공을 세우고도 신분이 미천하기 때문에 보답을 받지 못한 것을 사다함은 안타까이 여겼다. 두 사람은 일찍이 같은 날 죽기를 맹세한 사우(死友)였다. 신라의 부국강병을 위한 역사적 소명에 응하여 똑 같이 참전했건만, 돌아온 조정의 보답이나 결과는 너무나 달랐다.

무관랑은 조정의 그와 같은 푸대접에 대해 결코 한 번도 불만을 드러내 놓고 표현하지는 않았다. 그러나 내심 자포자기한 듯 굳은 침묵 속에 잠긴 채 겉도는 행동이 그의 속내를 대변하고 있었다.

미실이 재색 겸비한 색골이었다면 그녀보다 앞서 왕궁 안에서 평소 별나게 색정적이었던 여인이 사다함의 어머니 금진이었다. 색정이 남달리 강한 것도 일종의 타고난 모계 쪽 내림이었는지 모른다. 금진은 바로 미실의 이모할머니였다. 미실의 가계(家系)를 따져보면 대개 그와 같은 사실을 짐작할 수 있다.

제1세 풍월주 위화랑이 오도(吾道)부인과 사귀며 옥진과 금진 두 딸을 낳았다.

오도는 소지왕(炤知王·일명 비처왕/毗處王)의 비(妃) 선혜후(善兮后)와 묘심(妙心)이란 승려가 사통하여 낳은 딸이다. 이른바 '서출지(書出池)'와 '사금갑(謝琴匣)'전설에 얽힌 '왕비와 중의 간통' 이야기가 그것이다. 바로 그 선혜후와 소지왕 사이에서 태어난 큰딸 보도(保道)는 나중 법흥왕의 비가 되었다.

위화랑과 오도부인 사이에서 태어난 장녀 옥진은 법흥왕과 사통관계를 맺고 지내다가 영실공(英失公)을 정식 남편으로 맞이하여, 노리부·묘도·사도·홍도를 낳았다. 큰딸 묘도가 2세 풍월주 미진부 공과 혼인하여 미실과 미생을 낳았다. 그리고 (옥진과 영실공의) 둘째딸 사도는 진흥왕의 비가 되었다.

한편, 위화랑과 오도부인의 차녀인 금진은 구리지(仇利知)와 사통하여 토함, 사다함, 새달을 낳았다. 그런데, 구리지의 사노(私奴)에 가까운 사인(舍人) 중에 설성(薛成)이란 자가 있었다. 그는 모습이 잘생겼고 훤칠한 데다 또한 붙임성이 좋아 누구한테나 호감을 살 만한 인물이었다.

진흥왕 9년(548) 2월에, 고구려와 예인(穢人·東濊)이 백제의 독산성(獨山城)을 공격하자 백제가 구원을 청했다. 이에 진흥왕이 장군 주령(朱玲)에게 강군(强軍) 3천을 거느리고 출전케 했는데 구리지는 주령을 따라 참전했다. 이 전투에서 신라는 적을 격파하여 죽이고 포로로 잡은 사람들이 많았으나, 구리지는 독산성에서 전사했다.

애초에 구리지가 출정하여 부재한 틈을 타서 금진은 사노 설성을 꼬드겨 정을 통했다. 그리고 나중 설원랑(薛原郎)을 낳게 되니, 사다함에겐 동모제(同母弟 · 어머니가 같고, 씨가 다른 동생)였다. 진흥왕과 사도황후 사이에 동륜(銅輪) 태자가 탄생했을 때 황후는 이모인 금진을 궁으로 불러 유모(乳母)로 삼았다. 이로 인해 사다함 형제도 또한 궁중에서 자랐다.

사도황후는 산후에 몸조심하느라 3개월가량 왕과 관계를 갖지 않았다. 그때 진흥왕의 나이가 아직 한창 때라 정력이 왕성했는데도 지소태후는 빈공(嬪供)을 허락하지 않았다. 진흥왕도 사도황후와의 정이 각별하여 아직 다른 여인을 총애하지 않았다.

이때 금진이 왕께 교태를 보이며 표가 나게 추파를 던지므로 왕이 궁 밖으로 행차하여 별궁(別宮) 같은 곳에 나들이를 갈 때면 그녀를 황후궁의 궁인(宮人)으로 삼아 데려가곤 했다. 얼마 지나지 않아 금진은 임신을 했다.

사도황후가 그것을 알게 되어 몹시 불쾌하게 여겼다. 사도는 이모에게 화를 내고 왕에게도 따져 물은 다음, 마침내 이모 금진을 따로 나가 살게 했다. 이에 금진은 부득이 궁을 나갔는데 설성 등 다섯 사람을 몰래 거느리고 있었다. 결국 금진은 얼마 뒤 진흥왕의 딸을 낳았다. 이가 곧 난성(暖成) 공주다.

토함과 사다함 형제는 어머니의 부정(不淨)함에 몹시 실망했다. 그러나 그 어미가 설성을 배필로 삼아 함께 살고자 하는 것을 묵인할 도리밖에 없었다.

"아버지께서 이미 전사하시고 홀로 되신 지 오래인데, 어머니에게 새로 배필이 없어서야 되겠소?"

마음씨가 너그러운 사다함이 형에게 말하자, 토함 역시 수긍했다.

"그래. 비록 행실이 천한 어미라 할지언정 바라는 바가 그렇고, 대왕께서도 이미 허락했으니 소홀히 할 수야 없겠지."

사다함 형제는 어머니 금진이 설성에게 돌아가는 것을 허락하고, 따로 살며 임금이 금진을 위해 내린 집과 본래의 전사(田舍)에도 들어가지 않았다. 이것으로 일차 어미와의 연을 끊은 셈이었다. 언제나 그를 깨어있는 존재로 만드는 감정은 수치심이었다.

사다함은 나이 열두 살에 문노(文弩) 공이 이끄는 화랑도의 일원으로 그를 몹시 따랐다. 그는 문노 밑에서 검술을 익혀 격검에 능했고 또한 사람을 진정으로 대하며 사랑하기를 좋아했다. 부친인 구리지보다 더 크게 될 인품과 풍모를 가졌기에 낭도들 사이에선

"구리지 공의 음덕으로 받은 복덩이 같은 인물이야."

라며 자못 칭찬이 자자했다. 사다함은 밖으로 굳세고 안으로 어질었고 인륜을 중히 여겨 우애에도 독실했다. 비록 설성에게는 거역했으나 그 어미를 섬기는 효도는 크게 변함이 없었다. 차마 천륜마저 끊을 수는 없었기 때문이다.

그럼에도 불구하고 사다함의 어미 금진은 이후에도 색정이 강한 본성을 자제하지 못해 또 입종 갈문왕과도 사통했다. 입종은 법흥왕과 형제지간으로 법흥왕의 딸이자 조카인 지소(只召)와 혼인했고, 둘 사이에서 진흥왕과 송화공주가 태어났다. 말하자면, 입종은 진흥왕의 생부였다. 또, 금진과 입종 사이에서 태어난 숙흘종은 훗날 김유신의 모친인 만명(萬明)의 아버지며, 유신 공에겐 외조부가 되는 자이다.

이렇듯 성을 통한 권력향유의 공생관계로 왕실을 지배하고 움직여온 것은 오래된 관행이었고, 어느덧 뿌리 깊은 골품제의 전통으로 내림하였다.

어쨌거나, 대가야 병합의 전쟁에서 돌아온 사다함은 미실의 변심으로 인해 사랑의 상실감까지 더하여 이래저래 절망적 슬픔에 젖어 있었다. 그 무렵, 부하인 무관랑도 역시 자신의 출신성분 때문에 조정으로부터 아무런 보상을 받지 못해 깊은 실의에 빠져 있을 때였다.

하루는 사다함의 어미 금진이 무관랑을 몰래 사저(私邸)로 끌어들여 위로하며 거듭 추파를 던져 정을 통했다. 처음에 무관랑은 제 어미와 다름없는 금진이 따사로이 가슴에 품어 안고 위로하는 것을 뿌리칠 수 없어 응하고 말았다. 이후로 몇 번 그와 같은 유혹에 이끌려 밀회를 즐겼지만, 갈수록 죄책감 때문에 사다함을 대하기가 어려웠다.

서로 얼굴이 마주치는 것조차 어색하고 두려워 그는 일부러 사다함을 피해 다니다가 더 이상 못 견디어 사실을 고백하고 용서를 빌었다. 그러자 사다함은 꾸짖는 대신 되레 무관랑을 위로하여 말했다.

"잘못한 게 있다면, 네가 아니라 어머니 탓이다. 굳이 나한테 용서를 빌 것까진 없다. 너는 나와 더불어 일찍이 함께 죽기를 맹세한 사우가 아니더냐? 우리의 우정이 변치 않는 이상, 어찌 작은 혐의를 문제 삼겠는가? 나는 단지 네가 조국을 위한 싸움터에 나가 훌륭한 전공이 있음에도 불구하고 아무 보답을 받지 못한 그 설움을 내 아픔으로 여길 뿐, 추호도 원망하지 않는다. 혈기왕성한 젊은이가 한 순간 넘치는 정욕을 자제하지 못했다고 해서 그게 무슨 허물이더냐? 나 역시 미실을 생각하면 지금 당장이라도 궁성의 담을 뛰어넘고 싶은 욕구를 주체할 수 없는 심정인 걸……"

"그게 사실이라면, 오늘 밤이라도 실행에 옮기는 건 어떨지? 내가 기꺼이 동행하리다. 혼자서 결행하기보다 둘이 서로 용기를 북돋우듯이 하면,

훨씬 수월할 텐데……. 오늘 밤 함께 담을 넘어가 내가 망을 볼 사이 미실 궁주를 뵙는 행운을 스스로 만들어야죠."

무관랑이 그렇게 부추기는 말에 그 순간 사다함은 뜻밖의 용기를 얻었다.

"그래. 그렇게라도 하지 못하면 더는 견딜 수가 없겠어. 미실은 본래 나의 외가 쪽으로 조카뻘이지만 나이와 상관없이 내 누이처럼 여기며 사랑했는데……. 말 나온 김에 오늘 밤에라도 당장 결행하지 않으면 내가 미쳐 버릴 것 같아."

결국, 두 사람은 그날 밤 월성의 담을 넘어 들어가기로 작정했다.

사다함은 지금보다 더 어렸던 시절의 일이긴 해도 어머니 금진이 동륜 태자의 유모로 궁중에 들어올 때 함께 따라와 성 안에서 산 적이 있었다. 그런 연유로, 비록 달빛이 없는 한밤중이어도 왕궁 내의 건물 구조와 위치며, 숲과 정원의 배치 등 지리적 경관 따위를 훤히 꿰고 있었다. 당연히 미실궁(美室宮)이 어디쯤 있는지를 어둠 속에서도 눈어림만으로 어렵잖게 짐작할 수 있었다.

이윽고, 두 사람은 함께 미실궁 근처까지 이르렀다. 아까 넘어왔던 담장 쪽에서 다시 만나기로 약속한 다음, 사다함의 발걸음은 익숙하게 요리조리 궁궐의 처마들이 잇댄 그늘 밑으로 날렵하게 숨어들어 사라졌다.

그 사이, 무관랑은 잠시 그 자리에 서성이며 망을 보고 있었다. 만약 시간이 오래 지나도록 사다함이 돌아오지 않으면 그때는 무사히 미실과의 만남이 성공한 줄 알고 무관랑이 먼저 성 밖을 벗어나기로 했다.

밤새 궁성 순찰을 맡은 병사가 임무교대를 하는 시각마다 한 번씩 순례 의식을 치르는 것을 무관랑은 큰 나무 뒤에 숨어서 지켜보았다. 꽤 시간이 흘렀을 때 그가 잠시 방심하는 사이 개 짖는 소리가 들려 화들짝 놀랐다. 저만큼 삽살개를 앞세운 채 손에 횃불을 든 순라군(巡邏軍) 두엇이 개가 짖어대는 방향을 더듬어 그에게로 다가오고 있었다. 무관랑이 쪼그려 앉아 있는 그 숲속 나무 밑을 똑바로 겨냥하고 있는 듯이 재빠른 걸음걸이였다.

무관랑은 여기서 붙들리면 안 되겠다는 생각뿐이었다. 그는 당황한 나머지 얼른 도망치느라 월성의 담장을 허겁지겁 타고 넘었다. 궁성 안쪽의 지면에서는 담장이 그다지 높지 않았으나, 밖에는 해자(垓字)처럼 파놓은 구지(溝池)가 꽤 깊었다. 아까 사다함과 함께 넘어올 때는 성벽 밑의 잡목 가지를 부여잡고 기어올라 서로를 떠받쳐주거나 잡아끌며 벽돌 틈새를 발받침 삼아 조심조심 타넘었었다.

그런데 이제 창졸간에 쫓기는 몸이 되자 무관랑은 어둠 속에서 다급히 뛰어내렸다. 성벽 아래쪽에 저절로 무성히 자란 나뭇가지에 한번 부딪쳐 곤두박질치듯 구지에 첨벙 빠지고 말았다. 몸의 안전을 돌볼 겨를도 없이 그는 구지 속을 엉금엉금 헤치고 나와 두덩에 죽은 듯이 엎드려 있었다. 살며시 고개를 치켜들고 올려다보니, 방금 뛰어내린 궁성의 담이 마치 까마득한 높이에서 내려다보고 있는 듯했다.

이 일로 말미암아 무관랑은 늑골이 부러지고 온몸이 군데군데 찢기고 다쳤다. 거의 성한 데가 없을 만큼 상처투성이였다. 처음엔 아픈 줄도 몰랐다. 몸을 움직이려 하자 일어설 수가 없었다. 왼쪽 발목뼈도 으스러졌는지 견딜 수 없는 통증에 시달리며 밤새 엉금엉금 기다시피 하여 겨우 집으로 돌아왔다.

사다함은 동이 트는 새벽녘에야 미실궁에서 안전하게 빠져나올 수 있었으나, 나중 이 사실을 알고는 뒤늦게 통회(痛悔)했다.

얼마 후에 무관랑은 병세가 깊어져 시난고난 앓다가 죽었다. 사다함은 자기 때문에 무관랑이 죽었다고 여겨 한없이 애통해하였다. 혼자 깊은 시름에 빠져 식음을 전폐한 채 여위어가다 이레 만에 그도 사우(死友)를 따라 숨을 거두었다…….

어미와 따로 사는 사다함이 아직 숨이 끊어지기 전, 아예 곡기를 끊고 두문불출한다는 소식을 전해들은 금진은 발을 동동 구르고 제 가슴을 쥐어뜯으며 탄식했다.

그녀는 아들을 찾아와 허깨비처럼 야위고 가냘프게 된 그를 품에 안고는

"결국 나 때문에 너의 마음이 상해서 이 지경에 이르렀구나. 나를 원망해도 할 말이 없다. 이런 너를 두고 내가 어찌 살꼬?"

하며 흐느꼈다. 그때 사다함은 감았던 눈을 천천히 뜨고는 그 어미를 측은하게 바라보며 되레 위로하였다.

"죽고 사는 것은 운명입니다. 제가 어찌 어머니 때문에 마음을 상했겠습니까? 원망도 하지 않습니다. 설령 어머니가 잘못한 일이 있었다 해도 저는 벌써 예전에 다 용서했으니 괘념치 마세요. 살아서 어머니의 은혜를 갚을 수 없었는데, 이젠 죽어서나마 저 세상에서 갚겠습니다."

며칠 뒤 죽음에 임하여 4세 풍월주 이화랑이 찾아와 사다함을 감싸 안고 슬퍼하며 말했다.

"그대 아우는 아직 어린데, 만약 자네가 일어나지 못한다면 누가 풍월주를 계승할 것인가? 부디 죽지 말고 원기를 회복해 다시 일어날 수 있기를 내가 부처님 전에 정성껏 빌겠네."

"그래 봤자 다 소용없습니다. 의식은 영생을 꿈꿔도 몸은 죽기 마련이에요. 우리의 육신을 지배하는 건 대개 성(性)과 죽음이구요. 성이 번식을 위한 본능이든 쾌락 그 자체든 간에. 하지만, 저는 후사도 남기지 못하고 이승의 짧은 추억만 안고 갑니다. 미실은 제 조카뻘이긴 해도 여태 누이처럼 여겨왔으니 그 남편인 세종전군을 6세 풍월주로 삼고, 제 동포제(同胞 弟·씨 다른 남동생) 설원랑을 부제(副弟)로 삼으십시오."

사다함은 그렇게 유언을 남겼다.

생사가 걸린 살육의 전장을 누비던 낭도들의 생애가 대개 그렇듯, 특히 사다함과 무관랑의 삶이란 한마디로 몸에 생긴 온갖 흉터 같은 상처의 연속이었다. 게다가, 죽음은 그 몸속에 새겨진 잊을 수 없는 추억마저 온전히 망각의 세계로 홀로 떠안고 사라지는 것이었다.

어쩌면 사다함은 자존심과 수치심이 상충되는 데서 오는 죄책감 때문에 불명예보다는 스스로 죽음을 택한 게 아니었을까? 아예 식음을 전폐했다는 것이야말로 의도된 자살이었을 테니까………

지금, 여왕은 지난날의 사다함이 사우(死友) 무관랑의 뒤를 따라 숨을 거둔 이유를 그렇게 생각하고 있었다.

"사다함에겐 평소 부하들이 무척 따랐지. 그가 아직 어린 나이인데도 5세 풍월주의 직위를 맡아 낭도들을 많이 거느리고 잘 통솔할 뿐만 아니라, 절대적 신임을 받고 있었다고 해. 이를 신기하게 여긴 지소태후가 하루는 궁중으로 그를 불러들여 음식을 베풀며 그 비결을 물었다고 하더군. 어떻게 사람들을 포용하기에 낭도들이 그처럼 신뢰하며 복종하느냐. 사다함이 그때 이런 대답을 했대. '사랑이지요. 사람 사랑하기를 내 몸 같이 할 뿐이며, 그들의 장점만을 보고 좋게 여길 뿐입니다'라고. 이로 미뤄 보면,

사다함 공이 얼마나 그의 부하들을 사랑했고, 또한 통솔력과 사명감이 투철했는지를 엿볼 수 있거든."

"…………."

"…………."

자장과 명랑은 묵묵히 귀를 기울여 듣고 있었다.

여왕이 또 말을 이었다.

"전해오는 얘기로는, 무관랑이 병들어 죽자 사다함은 아예 삶의 의욕마저 잃어버렸다고 해. 이후로 모든 곡기를 딱 끊고, 물 한 모금도 마시지 않는 단식 끝에 이레 만에 죽었다는 게야. 그렇게 함으로써 함께 죽기를 맹세한 무관랑과의 약속을 지킨 것이지……. 대저 사랑이란 뭔가? 소중한 누군가를 잃을까 봐 전전긍긍하며 불안에 떨던 미실 궁주의 감정 같은 것을 사랑이라 부를 수 있을까? 하긴, 그것도 사랑의 하나이긴 해. 하지만, 사랑은 애욕 관계만으로 이뤄지는 건 아니야. 미실의 사랑을 일컬어 순전히 자기보존과 권력추구를 위해 색공에 탐닉한 이기적 사랑이라고는 할 수 있겠지. 거기 비하면, 사다함의 사랑은 조국과 부하들에게로 기울어 있었지. 게다가, 참으로 크고 깊은 포용력으로 타인의 모든 과오와 배신까지 용서하며 더 높은 곳을 지향하고 있었다고 볼 수 있잖은가?"

짧아진 가을 해가 단풍이 짙어진 나무숲으로 가득한 서산의 중턱 너머에 걸려 있었다. 꽤 어두워진 하늘은 푸르스름한 냉기를 머금고 있었고, 어느새 떠오른 것인지 희붐한 낮달이 이젠 선명하게 보였다.

여왕은 무심코 그 하늘 쪽을 올려다보던 눈길을 다시 자장과 명랑에게로 돌리며 말했다.

"사다함 공의 그 이야기는 이제 하나의 전설이 된 지도 오래야. 내가 태어나기도 훨씬 전에 벌써 세상을 떠난 분이니까. 그렇지만 그 사건은 두고 두고 내게 시사(示唆)하는 바가 있어. 그건 바로 약속의 문제야. 약속이란 뭣일까? 그건 미래의 나를 상상하는 현재의 내가 세우는 계획이 아니던 가. 하지만, 미래는 예측 불가능하기에 꼭 지키고 싶은 약속이라도 근본적 변화가 생기는 상황이 온다면 부득이 지킬 수 없는 약속이 되기 일쑤지. 안 그렇겠나? 세상이 변하면 과거의 약속은 당연히 무의미해지기 마련. 그럴 때마다 나는 사다함 공을 생각해. 공이 그랬던 것처럼, 반드시 함께 죽기로 맹세했던 약속을 지키려고 스스로 목숨을 버린 걸 교훈으로 삼는 거야. 타인과의 약속 이전에, 그건 자신과의 약속에 끝까지 충실한 사명감 때문이었을 테니까……."

이날따라 여왕은 평소의 냉정하던 모습과는 달리, 왠지 비감한 감정에 쉽게 휩쓸리고 있었다. 가슴속에 어떤 비장한 각오를 다지는 듯한 표정으로 두 사람의 얼굴을 정면으로 바라보았다.

"짐은 오늘 너희를 앞에 두고 미래의 나 자신과 굳게 약속하련다. 짐은 장차 삼한일통(三韓一統)의 초석을 놓는 일에 나의 미래를 걸겠다고. 어쩌 면 내가 살아있는 동안 세상이 변하여 그것이 지키지 못할 미래의 약속이 되는 상황이 오면 그때 가서 오늘의 내가 한 이 말을 일깨워 다오. 특히, 여기서 제일 젊은 명랑이 누구보다 깊이 명심하여라. 사람들은 무기력하 게 지내거나 변함없는 일상의 권태에서 탈피하려고 모험을 감행하는 걸 종종 보지. 지나치면 반역을 꾀하기도 해. 여자가 왕이 되었다고 뒤에서 말들이 많다는 걸 짐도 잘 알고 있어. 허나, 살면서 내가 얻은 한 가지 교 훈은 왕이 백성을 사랑하지 않고 버리면 백성도 왕을 버린다는 사실이야. 아무리 경계해도 과오는 반복되거든. 일단 짐이 신라의 왕이 되어 나라와 혼인한 이상, 나라 생각 외에는 이제 다 번뇌야. 오직 우리 신라의 미래와 백성에만 관심이 있을 뿐……."

여왕은 잠시 말을 멈추었다. 그리곤 팔짱을 끼고서 먼 데 시선을 보내며 한숨을 토한 끝에 다시금 결연한 표정으로 돌아왔다.

자장과 명랑은 여전히 그 어떤 대꾸도 할 수 없는 분위기에 마냥 휘둘리고 있는 기분으로 잠자코 있었다.

"사다함 공처럼 내 조국과 백성들을 향한 크고 높은 사랑을 약속하련다. 모든 것에는 다 목적이 있기 마련이라면 짐이 늘그막에 자식도 없는 왕의 지위에 있는 것도 다 운명적으로 필요한 어떤 이유가 내게 있기 때문일 것이야. 그것이 삼국 통일의 초석을 놓는 일이라면 통일은 누구 혼자의 힘이 아니라 하늘이 내게 내린 소명이고 국운이란 깨달음에 이르렀지. 나를 반대하는 무리들이 어떤 쑥덕공론을 꾀하더라도 짐은 개의치 않고 오직 그 대세에 순응하는 길을 가고 있을 뿐이야. 그걸 위해 하기 싫은 일도 해야 하는 상황이 온다면 짐은 한 치의 망설임도 없이 행할 것이다. 알겠느냐?"

자장과 명랑은 대답 대신 묵묵히 고개를 조아렸다.

"전쟁터로 떠나는 사다함 공을 생각하며 불렀다는 미실궁주의 그 노래를, 오늘 모처럼 나는 조국 신라와 백성들을 염두에 두면서 떠올려 보고 있었더랬지. 장차 우리 신라의 안위를 두고 출정하는 짐의 병사들을 위해 부름직한 노래기도 하니까."

그러더니 여왕은 나지막이, 제법 낭랑한 음성으로 오래 전부터 전해오는 그 노래를 천천히 읊조리는 것이었다.

風	只	吹	留	如	久	爲	都	/	郞	前	希	吹	莫	遣
부름	오직	부러	머믈	여	오래	ᄒ	대도	/	랑	앒	희	부러	막	견

浪	只	打	如	久	爲	都	/	郞	前	打	莫	遣
믌결	오직	티	여	오래	ᄒ	대도	/	랑	앒	티	막	견

早	早	歸	良	來	良	/	更	逢	叱那	抱	遣	見	遣
일즉	일즉	돌아오	량	보리	량	/	다시	맛나	질엇디	안	견	볼	견

此	好	郞耶	執	音	乎	/	手乙	忍麼	等尸理	良奴
이	됴ᄒ	랑야	자볼	그늘	오홉다	/	손을	ᄎ마	무리시리	량 노

(바람 오직 불어 머물러 오래 (지속)한데도/ 랑 앞에 불다 막혀

물결 오직 치여 오래 (지속)한데도/ 랑 앞 치다 막혀

일찍일찍 돌아오랴이, 보리랴이/ 다시 만나지렸지, 안겨 볼겨

이 좋은 랑이여! 잡을거늘 없다(잡아둘 구실이 없다)/ 손을 차마 물리시리랴

노)*別註)

여왕의 목소리는 차가워진 가을 공기 속으로 퍼지다가 어디쯤에선가 금
세 흡수돼 버린다. 단풍 든 낙엽이 시나브로 가을바람에 흩날리기 시작한
옥문지 주변의 숲이 쓸쓸함을 더하여 한결 고즈넉한 느낌을 자아낸다. 강
건너 서녘 하늘은 바야흐로 산봉우리 저 너머로부터 붉게 타고 있었다. 서
산머리에서 펼쳐지는 그 황홀한 저녁놀을 잠시 넋 놓고 우러러보던 여왕
이 문득 말했다.

"역사에는 예정된 때가 있어. 그 절호의 기회를 놓치지 않아야 해. 불교
를 국교로 삼은 법흥왕 이래, 특히 전륜성왕을 꿈꾼 진흥왕 대(代)에 이르

러 약소국인 우리 신라가 살아남는 길은 불교가 단순한 정신적 믿음이 아니라 강성대국의 꿈을 실현하는 강령이 되었더랬지. 영토 확장은 그 일환이고. 생각해보면 약육강식은 어디에나 있는 자연 현상이야. 그러니 남을 설득하고 복종케 하려면 무엇보다 힘이 있어야 해. 짐 또한 내 인생의 초창기부터 이미 어떤 특정한 단계에서는 불교가 실천적 이상이 된다는 것을 깊이 이해하고 있다네. 그런즉, 자장과 명랑에게 특별히 부탁하느니라. 승려인 자네들은 그 같은 불교의 이상 실현을 위해 더더욱 노력해야 하네. 오늘의 이 약속을 잊지 않도록 반드시 명심해 다오."

"예. 명심하겠습니다."

두 사람은 합장한 채 이구동성으로 대답하였다.

"자, 이젠 궁으로 돌아갈 때가 된 것 같다."

몸을 돌리며 서녁하늘 쪽을 한 번 더 우러러본 여왕은 혼잣말처럼 중얼거렸다.

"웬일로, 오늘따라 황혼이 유난히 아름답구나.……"

※別註) 이 〈미실의 노래〉는 『화랑세기』 필사본에서 처음 발견된 이래 학계에서도 위작이냐 아니냐를 두고 꽤 논란이 있었으나, 여러 연구자들에 의해 대략 다음과 같은 대의(大意)를 지닌 향가라고 공인되기에 이르렀다.
즉, 『바람이 불다고 하되, 임 앞에 불지 말고/ 물결이 친다고 하되, 임 앞 치지 말고/ 빨리빨리 돌아오라 다시 만나 안고보고/ 아흐, 임이여, 잡은 손을 차마 물리라뇨』(정연찬의 현대어역)
『화랑세기』 필사본에 나오는 이 향가의 해독을 시도한 연구자들은 여기 이 〈미실의 노래〉를 제각각 송랑가(送郎歌) · 풍랑가(風浪歌) · 송출정가(送出征歌) · 송사다함가(送斯多含歌) 등 다양하게 이름 붙였다. 연구자들은 이 향가를 해독함에 있어, 1929년 처음 오구라 신페이(小倉進平)가 시도한 뒤로 양주동에 의해 체계가 선 기존의 해독방식을 원용(援用)하여 대체로 이와 같은 내용으로 풀이하였다.

말하자면 이것은 오구라 신페이나 양주동이 향찰연구에서 이룩한 기존의 해독 방법론에 따른 결과인 셈이다. 즉, 향가 해독이 이루어진 1930~1940년대에 그들이 알아낸 향찰의 제자원리나 운용원리를 적용하여 소위 〈미실의 노래〉를 풀이해 보면 이와 같은 내용임을 알 수 있다는 결론에 이른 것이다.

그러나 지금까지 향가해독이 이루어진 모든 결과물을 놓고 보더라도 소위 향찰 표기상의 원리와 전혀 맞지 않는 곳이 〈미실의 노래〉에서는 여러 군데 보인다.

예컨대, 원문의 「風只」와 「浪只」를 해석하면서 앞에서 언급한 Ⓐ · Ⓑ의 경우는 물론, 모든 연구자들이 하나같이 「ᄇᆞ로미(바람이)」 · 「믌겨리(믌결이)」라고 읽고 있다.

그러나 「只」가 주격조사로 쓰인 용례는 지금까지 기존의 향찰 해독에서 단 한 번도 없었다. 도대체 무엇을 근거로 「只」를 주격조사 「ㅣ ~이」로 읽어야 하는지 타당한 설명이 없다.

바로 그 때문에 이와 같은 표기방식이야말로 어쩌면 향가해독이 이루어진 1930~1940년대와 다른 원리로 쓰인 향찰이 상당수 있다는 증거이며, 또 최소한 『화랑세기』를 필사한 박창화가 이들의 성과를 빌어 「송랑가」, 즉 〈미실의 노래〉를 창작한 것이 아님을 입증하는 것이라고 주장하기도 한다. 그러나 막상 이런 주장을 하면서도 「只」가 주격조사로 읽혀야 하는 타당한 근거를 제시하지 못한 채 연구자들 모두가 「只」를 오기(誤記)로 파악한 듯하다.

따라서 「風只」를 「風未」(ᄇᆞ로미) 혹은 「風米」(ᄇᆞ로미: 米의 古音은 몌, 近音은 미)로 읽고 있다. 요컨대 「只」 대신에 「未」 또는 「米」로 보았다. 마찬가지로, 「浪只」를 해독하면서 이번에는 「浪利」(믌겨리) 혹은 「浪理」(믌겨리)로 읽어, 결과적으로 「只」를 「利」 혹은 「理」로 본 것이다.

그러나 이는 명백히 원문변조 행위이다. 말하자면 이런 식으로 얼렁뚱땅 넘겨버리는 기존의 해독 방법론이 의심스러운 첫 번째 이유다.

둘째, 「吹留如久爲都」에 대한 기존해독인 Ⓐ의 경우처럼, 「(바람이) 불류다구 ᄒᆞ되」로 읽고는 「분다고 하되」로 해석하고 있지만, 이는 아무래도 우리말 표현으로 어색하고 부자연스럽다. 무엇보다 가장 눈에 거슬리는 것이 「留」자의 존재다. 즉, 「吹留如久」(불류다구)에서 쓸데없이 끼어들어 있는 것처럼 보이는 「留」자를 뺀 「吹如久」(불다구)가 그나마 자연스럽다. 물론, 이때의 「久」는 「ㅏ」 · 「ㅑ」로 끝나는 종결어미 뒤에서, 인용을 나타내는 부사격 조사 「고」의 사투리로 본 것이다. 그 다음에 이어지는 「爲都」를 「ᄒᆞ되」로 읽고 있는데, 「都」(도)를 「되」로 읽음이 억지스럽다. 우리말 「되」음의 한자표기 불능으로 인한 유사음으로 볼 수도 있으나, 그럴 경우라면 차라리 「爲斗」를 써서 「ᄒᆞ되」로 표기할 수 있는 방법도 있다. 즉, 「斗」의 훈(訓)이 「되」이다. 따라서 향찰 표기 당시의 차자(借字)의 원리를 생각해 보면 정작 「(바람이) 불다 하되」란 발음의 표현은 「~吹多古爲斗」로 표기함이 훨씬 합리적이지 않겠는가 하는 의문이 생긴다.

하여간, 「吹留如久爲都」에 대한 해독에서 Ⓐ처럼 「불류다구 ᄒᆞ되」로 읽는 것의 어색함과 부자연스러움 때문에, Ⓑ의 경우는 「吹留如」와 「久爲都」를 분리하여 「불류다」 · 「오래 ᄒᆞ도」로 띄어서 읽고 「불도다」 · 「오래 하여도」로 해석하였다. 그러나 「久爲都」를 「오래 ᄒᆞ도」로 읽는 것 역시 한국어의 언어 관습상 어색하긴 마찬가지다.

물론 이 경우에도 여전히 「留」자는 불필요하게 끼어들어 있어 차라리 없는 것만 못하다. 「吹如」만으로써 충분히 「불나」가 되는 것이고, 가령 감탄의 느낌으로 「불도다」라고 표현하려 했다면 「吹都多」라고 적는 것이 훨씬 합리적이다. 그런데 여기서 「如」를 이두문자 「다」로 읽게 된 것은 처음 향가 해독을 시도한 오구라 신페이나 양주동 이래로 하나의 움직일 수 없는 정설로 굳어져 있다.

그러나 이처럼 '如'를 무조건 '다'로 읽는 고정관념에 사로잡혀 여기 두 번 사용된 '如'에 대해서마저 끝까지 '다'로 고집할 경우, '불류다구~' · '티다구~'(Ⓐ의 예) 또는 '불류다 오래 ᄒᆞ도' · '티다 오래 ᄒ도'(⑧의 예)와 같은 어색함과 부자연스러움은 끝내 해소될 길이 없다.

셋째, 「吹莫遣」(취막견)과 「打莫遣」(타막견)을 각기 「불 말고」·「티 말고」로 읽고는 현대어역으로 「불지 말고」·「치지 말고」로 해석하였는데, 아무래도 억지스럽다.

따라서 기존의 향찰식 제자원리에 의거하여 「吹(喩)莫遣」·「打(喩)莫遣」과 같이, 중간에 이두문자 「喩(-디)를 삽입함으로써 「불(디) 말고」·「티(디) 말고」와 같이 해독하였다. 이 역시 원문변조 행위이다.

뿐만 아니라, 「莫遣」을 기존의 해독방법론에 따라 「말고」로 읽는데도 문제가 있다. 특히 양주동은 이 「遣」자를 해독하면서 약음차(略音借) 「고」(접속어미·현행 용어로 연결어미)로 취급하였는데, 그 까닭은 「대명률직해(大明律直解)」에 그런 용례가 상당수 보이기 때문에 이를 적용한 때문이다. 가령, 「父母喪乙聞遣」(부모상을 듣고: 대명률직해 1·5)에서 「聞遣」을 「듣고」로 읽는다는 데서 그 근거를 제시했다.

그러나 실상 이두는 대개 고려 말이나 조선 초에 명명되어 활발히 사용하던 문자로 향찰과는 달리 부사나 조사에 한정된 표기 방식이었다. 이를 신라시대의 향가에까지 소급, 적용시켜 해석하게 된 것은 오구라 신페이나 양주동의 향가해독에서부터 비롯하였다.

더욱이 「遣」과 「古」를 해독함에 있어 양주동 이래로 「遣」(견)은 약음차 「고」로 보고 오직 접속사에만 전용(專用)되고, 다른 일반 「고」음에는 「古」를 표기하였다는 것이 하나의 고정된 설이 되어 있다.

그러나 〈제망매가(祭亡妹歌)〉에 보이는 「一等隱枝良出古」(ᄒᄃ 갗애 나고: 기존 해석)의 「古」가 접속어미(연결어미) 「고」라는 점에서 이런 주장은 설득력이 없다.

넷째, 「良」자의 해독에도 문제가 있다. 〈미실의 노래〉에 3번 사용된 이 글자를 해독하는 사람들마다 제각기 「아·어·라」 등으로 일관성 없게 3가지로 달리 읽고 있다.

최소한 한 시가(詩歌) 안에서 같은 글자는 동일음으로 읽어야 하는 것이 차자(借字)의 원리에 맞는 것이다. 그럼에도 불구하고, 한 시가 안에 3번 사용된 이 「良」자를 제멋대로 다르게 읽는 것도 의심스럽다.

아무튼, 이밖에도 미심쩍은 데가 곳곳에 눈에 띄지만 이에 대한 본격적인 연구는 차후로 돌리더라도 다만 이 〈미실의 노래〉가 『화랑세기』에 수록돼 있는 점은 우리에게 크게 두 가지를 시사하고 있음을 알 수 있다.

그 하나는, 처음 시작된 1930~1940년대의 향가연구에 의해 어느 정도 체계가 세워진 기존의 해독 방법론에도 문제가 있다는 점이다. 다른 하나는 박창화란 사람이 『화랑세기』를 필사할 무렵 그가 향가에 대해 무지하였을 뿐만 아니라, 있는 그대로의 원문을 단순히 베껴 썼을 뿐 전혀 창작하지 않았다는 결론을 내릴 수 있다는 것이다. 왜냐하면 최소한 박창화가 향가를 창작할 만큼 이 분야의 전문지식이나 이해도(理解度)에서 능통한 수준이었다면 결코 「風只」·「浪只」라고 적지 않고, 「風米」·「浪理」와 같이 표기했을 것이기 때문이다. 달리 말하면, 원문에 「風只」·「浪只」를 그대로 두고서는 해독이 「ᄇᄅ미」·「믌겨리」라고 읽힐 수 없다는 점에서, 이는 기존의 해독체계에도 문제가 있다는 반증(反證)이다.

결론적으로, 박창화는 전혀 향가를 창작할 능력이 없었기에 오구라 신페이나 양주동의 향찰법을 따라 향가를 조작한 것이 아님을 입증하는 셈이기도 하다. 이는 『화랑세기』원문을 충실히 필사한 증거로 볼 수 있다.

아무튼, 나는 이 〈미실의 노래〉를 풀이하면서 「只」는 본래의 훈(訓)대로 「오직」으로 읽었을 뿐 아니라. 그 외에도 상당 부분을 새롭게 해독하였다.

맨 먼저, 「吹留如」는 「브러 머믈여」(불어 머물러), 「久爲都」는 「오래 ᄒ대도」(오래 한데도)로 읽었는데, '도합(都合)'이란 단어에서도 알 수 있듯 「都」의 옛 훈독은 「대도·대되」이고, 그 뜻은 「모두·통틀어」이다.

그와 같은 근거로는:

「쏘 이 최을 인간 사ᄅᆞᆷ을 대도 보게 ᄒ뇌다」(新編普勸文 海印板12)

「일히 됴흔 世界 ᄂᆞ 대되 다 뵈고져」(松江: 관동별곡) 등과 같은 용례가 있다.

「莫遣」은 음독하여 「막견」으로 읽되, 「막혀」의 유사음으로 해독하였다.

가령, 옛 문헌에 「일즉 막겨 머믈우디 아니ᄒ며: 未嘗壅滯」(선조판 소학언해 6:108)에서 「壅(옹)」의 훈독이 곧 「막겨」인데, 우리말 「겨」 음의 한자표기 불능으로 「遣」(견)과 같은 유사음을 활용한 것으로 파악했다.

또, 「길흔 막킨 거시 업고: 無所礙」(태평광기언해 1:4)에서도 「礙(애)」를 「막킨」으로 읽고 있다.

「抱遣見遣」에 대해서는 「안견볼견」으로 읽고, 「안겨볼겨」로 해독하였다. 이것 또한 우리말 「-겨」 음의 한자표기 불능에 따른 유사음으로 대체한 것으로 파악한 것이다.

이밖에 3번 쓰인 「良」은 일률적으로 「-랴이」로 읽었다. 대체로 우리나라 남부지방의 방언 중 특히 당부하는 어투의 명령어 사용 시에 다정한 감정을 실어 말할 때는 뒷말을 길게 늘이는데, 이 경우 대개 「-라이·-랴이·-라잉」과 같이하여 콧소리처럼 들리는 게 특징이다. 따라서 나는 「歸良來良」을 「돌아오랴이, 보리랴이」로 읽었다.

특히 「來良」을 「오라」로 읽지 않고 「보리랴이」로 읽은 데는 「來」의 훈차(訓借)가 「보리」(麥)이기 때문이다.

『시경(詩經) 주송사문(周頌思文)』에 「貽我來牟(이아래모): 내게 남긴 보리」라는 구절의 「來」와 「牟」가 여기선 둘 다 「보리(麥)」의 뜻으로 쓰였다. 이처럼 「來」는 원래 「보리」의 모양을 나타낸 글자였는데, 상고시대에 중국말로 「오다」란 뜻의 말과 그 음이 같았기 때문에 이 「來」를 빌려 썼다고 한다. 오히려 나중엔 「보리」란 뜻으로는 별도로 「麥」자를 새로 만들었다는 것이 일반적 견해다. 거기에 덧붙여, 「보리」는 하늘로부터 전하여 온다고 믿었기 때문에, 그래서 「오다」란 뜻으로 보리를 나타내는 글자를 쓰는 것이라고도 하는 옛 사람들의 속설(俗說)도 있다.

끝으로, 「執音乎」는 「자볼그늘오홉다」로 읽고, 「잡을거늘 없다」(잡아둘 구실이 없다)로 해석하였다. 즉, 「執」은 훈독 「자볼」이다.

(•執은 자볼 씨오 : 月印釋譜 22, •執, 자볼 : 石峯千字 38).

그리고 「音」은 훈차(訓借) 「그늘」이다. 말하자면, 「音」은 본래 「陰」혹은 「蔭」과 통용된다. 요컨대, '음'이라는 한자에는 '소리'라는 훈(訓)만 있는 게 아니고, '그늘'이란 뜻으로도 많이 사용되었다. 예를 들면;

『좌전(左傳)』에 「鹿死不擇音(녹사불택음): 사슴은 죽어 그늘을 고르지 않는다.」에서 「音=蔭」이며, 또 〈백제칠지도 명문(百濟七支刀銘文)〉 중 「……百慈王世世寄生聖音(백자왕세세기생성음)~: 구다라의 왕은 세세토록 성스러운 그늘—즉 성스러운 음덕(蔭德)—에 기탁하여 살다~」와 같이, 여기 사용된 「音」은 「그늘」의 뜻인 「蔭」으로 풀이된다. 따라서 「音」의 훈차 「그늘」의 음가(音價)가 까닭이나 원인 등을 나타내는 연결어미 「~거늘」과 유사음인 바, 이를 활용한 표기이다.

그리고 「乎」는 의훈차(義訓借) 「오홉다」이다. 「오홉다」란 말은 감탄사 「어즈버! · 아! · 오!」와 같은 말인데, 이것은 「업다」('없다'의 고어표기)에 가장 근접한 소릿값이다. 역으로 말하면, '오홉다〉업다(없다)'의 소리매김 부호로 차자(借字)된 것이 곧 「乎」라는 뜻이다.

결론적으로 말하자면, 『화랑세기』필사본의 진위 여부는 여기 수록된 향가의 진위 문제에 달려 있다.

서기 681년에서 687년 사이 김대문이 저술한 『화랑세기』는 그간 일서(逸書)에 속했다. 그러다가 약 1300년 만에 필사본이 발견되었다. 그 진위 여부를 놓고 학계에선 치열한 논쟁이 펼쳐졌다. 이에 대해 크게 세 가지 견해가 있다.

이종욱 교수를 비롯하여 이재호, 이종학, 정재훈 등은 이 자료를 사서로서의 신빙성을 인정하는 반면, 노태돈을 비롯하여 권덕영, 이기동, 임창순, 이기백, 정중환 등은 이를 부정한다. 이도학, 최광식 등은 부분적으로 인정한다.

그런데 『화랑세기』의 진위 문제의 관건은 수록된 향가(미실의 노래)의 진위 문제에 달려있다. 이종욱은 국문학계가 수록된 이 향가에 대한 정치(精緻)한 분석을 하여 『화랑세기』의 진위 여부를 가려줄 것을 주문하였다.

『화랑세기』의 신빙성을 가장 극렬하게 부정하는 노태돈도 "만약 이 향가가 고려 중기 이전의 것이라면, 이 책은 김대문의 것일 가능성이 크게 된다."고 하였다.(노태돈: 필사본 『화랑세기』의 기원과 전개과정: 〈정신문화연구〉 P.P 350~351. 1990)

김학성도 일련의 논문을 통하여 『화랑세기』의 신빙성을 긍정하는 주장을 하였다. 김학성은 박창화가 향가를 창작한다는 것은 불가능한 일이라고 공박하며 "향가 연구의 초창기에 그 해독조차 한 번도 해본 적이 없는 아마추어 역사가 혹은 유가적(儒家的) 한학자에 불과한 박창화가 향찰로 향가를 창작한다는 것은 도저히 상상할 수 없는 노릇이다."라고 주장하였다. 이어서, "향가는 지극히 난해해서 창작은커녕 해독마저도 조선에 있는 극소수의 전문학자에 의해, 더욱이 한국인의 경우 1940년대에 와서야 불완전한 대로 모두 가능했는데, 일본 땅에 있던 박창화가 ―(그것도 향찰을 한 번도 연구해 보지 못한 그가)― 향찰로 향가를 해독도 아닌 창작을 한다는 것은 도저히 상상조차 할 수 없는 일이다."라고 앞의 주장을 더욱 보충하였다.

이도흠도 『화랑세기』에 수록된 이 향가 연구를 통해 김대문의 『화랑세기』 필사본일 가능성 쪽에 무게를 두고 있다. 가령, 이 향가를 쓴 향찰이 1930~1940년대에 이루어진 향찰의 원리와 전적으로 일치한다면 『화랑세기』는 향가와 같이 박창화가 창작한 위서(僞書)일 수 있다. 반면에, 오구라 신페이나 양주동의 향찰 쓰임과 다른 용례가 나오고, 이것이 신라 또는 기존의 향찰 용례와 통한다면, 소위 〈화랑세기 향가〉는 박창화가 창작한 것이 될 수 없다는 논지를 펴고 있다. 이 경우, 필사본 『화랑세기』는 김대문이 쓴 것을 필사, 또는 재필사한 것이라고 확정해도 무방할 것이라고 결론지었다.(이도흠: 필사본 『화랑세기』의 사료적 가치에 대한 국문학적 고찰. 2003. 12)

이상의 모든 것을 종합해 볼 때 나는 향가 해독에서 지금까지 해온 기존의 방법론 자체에 문제점이 많다고 판단하는 쪽이다. 이 점은 기성학자들에 의해 향찰식 표기의 원리나 법칙을 나름대로 발견하고 그에 따라 해독의 체계를 세운 기존의 방법론만 고집할 경우, 향가 연구는 더 이상의 진척을 기대할 수 없다는 뜻이다. 요컨대, 나는 미심쩍은 부분들을 그냥 둔 채 하나의 가설이 정설로 고착되어 학문적 전통으로 답습돼 내려온 현실에 대해 예전부터 강한 의문을 제기해 왔다. 아무튼, 향가 연구에서 무엇보다 우선적인 것은 해독상의 여러 문제점에 대한 재고와 새로운 접근 방법론의 모색이어야 한다고 본다.

제 4 편

돌에 새긴 신앙

제 1장

불곡(佛谷) 감실(龕室) 석불좌상

다른 결과를 기대하며 똑같은 일을 반복하는 것은 어리석은 짓일까? 경우에 따라 그렇기도 하고, 아니기도 하였다.

극히 적은 확률에 기대어 한탕 대박의 요행수를 꿈꾸며 꼬박꼬박 로또 복권을 사는 일, 또는 일확천금을 노려 매일 같이 도박에 빠져드는 일 등은 대개 어리석은 경우에 속한다. 그 반면, 한 코 한 코 뜨개질을 반복하는 그 동일한 동작 끝에 이뤄지는 어떤 성과를 보면 무슨 일이든 반복해서 노력한 만큼 기대치에 대한 보답의 희열도 있을 것이었다.

다른 결과를 꿈꾸며 같은 일을 반복하는 행위—그것은 본인도 모르는 사이 서서히 미쳐가는 증거일지도 모른다고, 정광은 가끔 자신을 되돌아보곤 한다. 잘 모르긴 해도, 그것은 지금과 현저히 다른 어떤 변화에 대한 간절한 소망에 따른 행위일 터였다. 어느 경우를 택하든, 반복되는 그 동일한 행위에 희열을 느낄 정도가 되려면 스스로 미쳐야 한다는 공통점이 분명히 있긴 했다.

정광은 그런 생각으로 위안을 삼고 직장에서 은퇴하기 전엔 거의 주말

마다, 그리고 은퇴한 이후론 일과처럼 똑같은 남산을 미친 듯 오르내렸다. 때로는 출발지점이나 돌아오는 방향을 바꾸어 나름대로 등산로를 개척하는 모험도 감행했다. 주로 경주 남산을 활동무대로 삼아 헤매기 시작한 것은 특히 『삼국유사』 속 몇 군데 기록들을 통해 명랑법사의 존재를 알고 난 이후부터였다.

그 전에는 막연히 신라 왕도의 빤히 알려진 유적지나 명승지 또는 유명 사찰 따위를 순례하는 정도에 불과했었다. 일테면, 그 무렵 그의 역사 지식이란 게 틈나는 대로 자주 국립박물관을 찾고, 또 곳곳에 산재한 왕릉이며 고분들을 둘러보고, 불상과 불탑 등에 관하여 소개된 안내책자와 서적들을 통하여 얻는 수준에 머물러 있었다. 물론 처음엔 그럴 수밖에 없기도 했다.

정광은 교육계로 복귀한 첫해에 경주에 발령을 받았으나 시내 한복판은 아니었다. 그가 처음 부임한 곳은 시의 동편 외곽인 양북면 대본리 소재로, 문무왕의 수중릉(水中陵)이라고 알려진 대왕암이 내려다보이는 근처 언덕 위에 위치한 작은 학교였다.

교무실이나 운동장에서도 저만치 이견대(利見臺) 너머 대왕암이 한눈에 들어온다. 거기서 2년을 보냈다. 그동안 경주 시내 양지마을 쪽에 자취할 만한 방을 세내어 출퇴근을 하였는데, 자칭 '내 노새'라고 부르는 소형차 한 대를 구입하여 운전해 다녔다.

바다가 보이는 고갯길을 '노새'를 타고 넘나들 때마다 그는 매일 감은사 지(感恩寺址) 옆을 지나 그쪽 동해구(東海口)로 흘러드는 대종천(大鐘川)을 낀 봉길 해수욕장 너머 파란 물굽이가 부서져 흰 포말을 일으키는 대왕암을 눈여겨보았다. 그때마다 스스로 야릇한 감회에 젖었다. 그것은 아마도

1천수백 년 전의 역사적 현장에서 직접 호흡하고 있다는 벅찬 감정 때문이었을 것이다. 아니, 어쩌면 고갯마루에 접어들면 가슴 벅차게 불어오는 동해 바람 때문이었는지도 모른다.

그 뒤 좀 더 북쪽 해안의 감포항에 있는 학교로 전근되어 다시 그곳에서 2년을 근무했다. 그러다가 4년 만에 시내로 발령을 받은 뒤로 명퇴하기까지 경주시내에서 줄곧 살아온 셈이다. 단지 2008년에 황성공원 근처로 한번 거주지를 옮겼을 뿐, 내처 같은 장소를 떠나지 않고 어느덧 경주시민의 일원으로 정착한 지도 오래였다.

명랑법사의 존재가 그의 마음을 사로잡은 뒤부터 정광은 그가 남긴 흔적의 일부나마 찾을까 하여 경주 일대의 온갖 곳을 샅샅이 뒤지기 시작했다. 앞서간 누군가의 발자취를 더듬어 기어이 그와 만나고자 뒤좇는 심정은 뭘랄까? 아주 오래 전 다른 생애에 자기가 이 땅을 자유로이 걸었던 것 같은 일종의 기시감(旣視感)을 불러 일으켰다. 그러다가 신인사(神印寺)라는 절에 대해 알게 된 것은 하나의 우연한 사건이 결정적 계기였다.

굳이 이야기하자면—벌써 십년도 더 지난 어느 해 4월의 주말로 거슬러 올라가야 한다.—바로 그날 남산 동록의 유적지 탐방 길에 마주친 한 여인과의 예상치 못한 인연 때문이었다.

정말 오래된 옛일이고 또한 짧은 시간의 만남이었건만 떠올릴 적마다 마치 엊그제 일처럼 느껴진다. 그만큼 생생하게 되살아나는 건 그날의 기억 속에 불곡(佛谷) 일대의 봄날 경치도 한 몫을 하고 있었던 까닭이다.

경주관광안내도를 펼치고 오늘은 어느 방향으로 가볼까 생각하던 중 남산 동편기슭의 끝자락 음지마을과 접한 곳에 '불곡 석불좌상'이라 표시된 것을 보고 무작정 찾아 나선 길이었다.

산기슭 아래쪽 공터에 이르자 '불곡'이란 표지판이 나왔다. 그곳에 차를 세우고 비탈진 산길을 5분여 쉬지 않고 오르는 동안 꽤 숨이 가빠질 무렵 쯤 되자 바로 감실(龕室) 석불좌상이 눈앞에 보였다. 자연의 바위를 깎아 움푹 들어가게 감실을 만들고 그 안에 불상을 새겨둔 형태였다. 감실 석불 좌상이라 불리는 이유가 그 때문인 듯했다. 외길이었기에 손쉽게 찾을 수 있었다.

정광은 그날 처음 보게 된 그 감실 석불좌상 앞에서 카메라셔터를 누르 며 잠시 초봄의 싱그러운 신록 그늘에 쉬어갈 참이었다.

"수고 많으시네요."

정광은 처음에 등 뒤의 누군가가 자기에게 건넨 말이라고는 미처 생각 하지 못하고 엉겁결에 돌아보았다. 조금 전에 그가 올라왔던 약간 급경사 진 마루턱을 방금 막 넘어온 사람이 한숨 돌리며 거기 서 있었다. 챙이 약 간 넓은 여성용 등산모를 쓰고 붉은색 등산복에 블루진을 입고 있었다. 소나무와 산죽이 우거진 일대의 초록 풍경과 묘하게 어울리는 옷차림이 었다.

"아, 네에."

주변에 아무도 없었기에 정광은 비로소 그녀가 자기에게 건넨 인사말임 을 퍼뜩 깨닫고 어정쩡한 대답과 함께 고개를 숙여 답례했다.

"혼자서 등산하시는 걸 보니 이곳엘 자주 오시나 보군요?"

가까이 다가온 여자가 스스럼없이 묻는 것인데, 오히려 혼자 산길을 오 르는 그녀에게 되레 정광이 묻고 싶은 말이었다. 등산모 밑으로 드러난 얼 굴은 삼십대 후반에서 많아야 사십대 초반 정도로 보였다. 그러나 여자의 실제 나이와 겉으로 보이는 용모와는 늘 어긋나기 십상이다. 여자는 정광의 키와 거의 맞먹을 정도로 꽤 큰 편이었다. 눈어림으로 짐작해도 170센티는 훌쩍 넘어 보였다.

"아뇨, 이쪽으론 초행인데, 여기에 감실 석불좌상이 있다는 건 알았지만 실제 와서 보기는 오늘이 처음입니다."

"아, 그러세요? 그럼, 이 석불이 남산에 있는 수많은 석불들 중에서도 가장 오래된 양식으로 조상(造像)된 건 잘 모르시겠네요. 한 번 자세히 들여다보세요. 주위에서 흔히 볼 수 있는 남성 부처상이 아니죠? 흔히 할매부처상이라고도 하지만, 실은 더 젊고 기품 있고 우아한 중년여인상에 가깝지요. 아무튼, 남성이 아니라 여성의 모습이란 건 확실하잖아요?"

"그렇군요. 둥그런 얼굴에 두 손을 단아하게 모으듯 옷소매 안으로 넣고 있다든지, 편안하고 단정하게 가부좌한 모습이라든지……. 혹시, 저런 모습은 전래의 토속신앙인 삼신할매 사상이 불교와 결합된 형태의 불상은 아닐까요?"

"그렇게 말하는 사람들이 더러 있긴 해요. 하지만, 제가 알기론 그렇지 않아요."

여자는 조금의 망설임도 없이 말했다. 그 목소리가 매우 단정적이어서 정광은 호기심이 부쩍 일었다.

"이유가 뭔지, 아는 바가 있으면 좀 자세히 설명해 주실래요?"

그러자, 여자는 정광의 표정에서 진지함을 읽고는 살짝 미소를 지었다. 대답 대신 가볍게 고개를 끄덕인 그녀는 자기 말에 대한 책임을 느낀 듯 불상 가까이 다가오며 말문을 열었다.

"우선 이 불상이 석가모니불이 아님은 명확하지요? 잘 보세요. 육계(肉

髻)[39]가 없는 대신 머리에 두건 같은 것을 쓰고 있고, 대의(大衣)[40]와 군의(裙衣)[41]의 뚜렷한 구분도 없이 전체가 통옷처럼 된 가사(袈裟)를 입었잖아요? 대의를 입는 방식에도 두 가지가 있는데, 통견(通肩)[42]과 우견편단(右肩偏袒)[43]으로 구분하죠. 불상의 경우라도 대개 설법하는 부처가 옷을 입는 방식이 우견편단이지만, 여기 이 불상은 명백히 통견이란 점에서 석가모니여래가 아님을 대번에 알 수 있죠."

"아! 듣고 보니 그렇군요."

불상에 대해 전문용어로 설명하는 여자의 꽤 해박한 지식에 정광은 더욱 관심과 흥미가 당겨 불쑥 물었다.

"불상에 관한 지식이 예사롭지 않은데, 혹시 불자(佛者)이신가요?"

여자는 가타부타 대답을 않는 대신 그냥 소리 없이 웃는다. 그리고는 승가의 보살이 항용 그러듯이 정광을 향해 공손히 두 손을 모아 배례하는 것이었다. 어쩌면 그런 동작으로써 은연중 불자임을 자인하는 듯했다. 정광 또한 반사적으로 합장하며 응대했는데, 그와 같은 습관은 이미 오래 전부터 몸에 배에 있었다.

"갈 길을 방해하려는 건 아니지만 기왕 설명해주신 김에 잠시 머물러,

---

39) 육계(肉髻): 머리 위에 혹처럼 살이 올라와 상투 형상으로 튀어나온 것.

40) 대의(大衣): 불상 중에서 여래상이 제일 겉에 입는 옷. 승가리(僧伽梨)로 음역되며, 중의(重衣), 중복의(重複衣), 또는 잡쇄의(雜碎衣)라고도 함.

41) 군의(裙衣): 중국 고대의복의 일종인데, 불교 전래 이후 불(佛)·보살(菩薩)이 걸쳤던 옷으로 치마옷[裳衣]이라고도 한다. 종파에 따라 입는 방법도 다르다. 대개는 보통 허리에서부터 아래를 덮은 긴 치마 모양의 옷을 말함. 불상 표현에서 대의(大衣)의 아래와 배의 윗부분에 부분적으로 나타남.

42) 통견(通肩): 양쪽 어깨를 모두 가리는 방식인데, 불상에서는 내의를 이 방식으로 걸치고 옷 끝을 끌어당겨 왼손으로 잡는 것이 일반적이다.

43) 우견편단(右肩偏袒): 오른쪽 어깨를 드러낸 채 왼쪽 어깨에서 겨드랑이 쪽으로 걸치는 방식이다. 예외적인 경우도 있으나, 대체로 설법하는 부처가 입고 있는 옷의 모양새가 이와 같다.

이 불상의 정체나 내력 같은 걸 아신다면 말씀해주시면 어떨지요? 대체 누가 이런 불상을 여기다 만들었는지…….”

정광이 물었다. 발길을 돌리려던 그녀가 잠시 주춤거렸다. 서로 시선이 마주치자 여자는 어색한 미소를 짓고는 이내 고개를 끄덕였다.

“대략 7세기 말에서 8세기 초에 조성된 것으로 학계에선 보고 있데요. 이 시기의 신라는 불교미술품이나 불상제작 기술 등이 초보적 단계여서 백제로부터 상당한 영향을 받았지요. 당시로선 어떤 개인이 이 정도 규모의 감실부처를 조상한다는 건 불가능할 시기였으니까. 사찰건축을 주관하거나 불상을 만들 수 있는 주체는 왕실 소속의 내성(內省)과 같은 관청이었고, 이처럼 상당수 장인들을 동원하여 왕의 권위를 상징하는 부처상을 만들 수 있는 곳은 역시 왕실 외에 달리 있을 수 없지요.”

“그렇다면, 결국 이 석불좌상은 왕실 주도로 만든 것이란 의미군요?”

“네. 당연히 그렇게 보는 게 옳아요. 분명히 석가여래상은 아니고, 여성상이란 점에서 혹자는 이 불상이 선덕여왕을 모델로 했다고 주장하기도 했는데 상당히 일리 있는 학설이에요. 선덕여왕 사후인 진덕여왕 때 만든 거라고도 하고, 태종 무열왕 때의 것이라고도 하고, 또 어떤 이는 문무왕이 삼국을 통합한 뒤에 통일의 기초를 닦은 선덕여왕을 기념하여 이 일대에 남산산성을 쌓고 새로 수미산을 꾸미려 했다고도 하고……. 하여간 조성시기에 대해선 명확하진 않아요. 그렇지만, 제 판단으로는 이 석불이 명랑법사의 주도 아래 조성됐을 것이란 사실만큼은 믿고 싶어요.”

“예엣! 명랑법사요?”

정광이 깜짝 놀라자 여자가 되물었다.

“명랑법사에 대해 혹시 들어보셨나요?”

252

"아, 그럼요. 삼국통일의 대업을 이룩한 문무대왕의 명으로 낭산 신유림 아래에 사천왕사의 건립을 진두지휘한 그 명랑법사 아닙니까?"

"잘 아시는군요. 선덕여왕의 외가 쪽 조카였던 분이 명랑스님이었지요. 신유림 아래에 사천왕사를 지음으로써 그 언덕바지 위에 안장되었던 선덕여왕 능의 위치가 바로 수미산의 도리천임을 증명하게 된 셈이었던 것도 아시겠죠?"

"물론이죠. 문헌 기록들을 통해 그 분의 행적들을 어느 정도 알고 난 뒤부터 더욱 깊은 관심을 갖게 됐습니다. 특히, 삼국통합을 눈앞에 두었던 문무왕 시절, 티베트에서 배워온 밀교의 문두루 비법을 써서 바다에 풍랑을 일으켜 당고종(唐高宗)의 군사들을 태운 배들을 침몰시킨 신비스런 활약상[44]이라든가……. 하여간 기이한 매력을 지닌 인물이더군요."

"나름대로 잘 알고 계시네요. 그렇다면, 혹시 경주시 내남면 금광사(金光寺)의 우물이 있던 자리에 가본 적은 있으세요?"

"금광사의 우물 자리요? 아뇨, 아직은……."

"다음에 꼭, 한 번 가보세요. 거기가 곧 명랑법사의 집터였던 곳이니까. 『삼국유사』「명랑신인」조를 읽으셨다면 거기 인용된 「금광사 본기」의 내용도 아시겠네요? 명랑법사에 얽힌 신이한 얘기 말입니다. 그 분이 당나라로 건너가 불도를 배우고 돌아오는 길에 해룡의 요청으로 용궁에 들어가 비법을 전수하고 황금을 시주 받아 지하를 잠행해 자기 집 우물 밑에서 솟아 나왔다는 기록 말예요. 암튼, 그 뒤 자기 집을 내놓아 절을 만들고, 용

---

44) 문두루(文豆婁 · 神印) 비법으로 명랑법사가 신라를 침범하던 당나라 세력을 격퇴한 내용은 『삼국유사』(권2)「기이(紀異) 제2」의 「문무왕 법민」조에 상세히 언급되어 있고, 또 『삼국유사』(권4)「의해(義解) 제5」의 「의상전교(義湘傳敎)」조에도 일부 소개돼 있다.

왕이 시주한 그 황금으로 탑과 불상을 꾸미니 광채가 유독 빛났으므로 '금광사'라고 이름을 지었다 했거든요."

"예. 분명히 읽긴 했지만, 용궁에 다녀왔다거나, 또 용왕이 시주한 황금을 갖고 땅 밑으로 잠행하여 자기 집 우물 밑에서 솟아 나왔다는 건 터무니없는 설화에 불과해서 도대체 믿을 수가 없더군요."

"하지만, 설화에는 분명 현실의 어떤 부분이 반영돼 있기 마련이죠. 용궁이라고 표현했지만 그곳은 당시에 실재했던 '스리위자야(Sriwijaya)'란 불교왕국이었어요. 오늘날 인도네시아 남부 수마트라 섬에 있던 나라였는데, 서기 864년까지 가장 번성했고요. 대략 7세기부터 14세기까지 존속했던, 동남아 초기 불교왕국 중 하나였지요. 용왕은 바로 그 스리위자야 국왕을 말한 거예요."

"아! 그렇습니까?"

"예. 역사적으로 살펴봐도 그 불교왕국은 중국과 인도의 중간에 위치하여 자연히 인도를 오가는 승려들의 방문이 잦은 곳이었답니다. 인도로 가던 중국 당나라 학승(學僧)인 의정(義淨·漢音의 이징: 635~713)이 서기 671년에 스리위자야를 거쳐 갔는데, 당시 그가 '스리위자야엔 천여 명의 승려가 학문과 수행을 하고 있었다.'고 기록한 자료를 언젠가 저도 본 적이 있거든요. 그런 점에서 명랑법사는 그곳에 초기 불교의 씨앗을 뿌린 승려 중 하나로 볼 수 있어요. 암튼, 그 해상루트를 가장 먼저 발견하고 이용했던 사람들이 아랍상인이었다고 해요. 그들은 중국 연안으로의 통로를 개척할 수 없어 그곳 말라카 해협을 기점으로 지금의 보르네오-필리핀-대만을 경유하는 해상루트를 발견하였답니다. 그들에 의해 도자기 등의 중국 상품들이 남방경로를 통해 필리핀에 유입되고, 거기서 다시 서양으로 건너가는 길목에 고대 인도네시아의 수마트라 섬을 거점으로 발전한 그 해상 왕국 스리위자야가 있었던 거예요."

"아, 그러세요? 정말 놀랍네요! 어쩜 그렇게 자세히도 많은 걸 알고 계시는지……."

정광은 처음 만난 이 여인의 불교에 대한 해박함을 통해 명랑법사의 또 다른 면을 알게 되었다. 그는 너무 놀란 나머지 다시 한 번 그녀를 뚫어지게 응시했다.

여자는 치켜 올라간 입술 끝에 묘한 미소를 머금는, 아까와 똑같은 표정을 짓는다. 소리 없이 표정만으로 웃는 그 모습이 정광에겐 점점 신비롭게 느껴졌다.

"오늘이라도 시간 나시면 신인사(神印寺)에 한 번 다녀가십시오. 저 아래 공터에서 1킬로쯤 거리인데 남쪽 길로 쉬엄쉬엄 걸어도 한 20분, 차를 이용하면 2분이 채 안 걸리는 거리예요. 거기가 탑골[塔谷], 여기는 부처골[佛谷]―그렇게 구분하죠. 과거 명랑법사가 주석(主席)한 신인사가 있던 자리에 지금은 새로 지은 옥룡암(玉龍庵)이 있는데, 불무사(佛無寺)라고도 해요. 흔히 일제강점기라 일컫는, 우리 국권상실기에 이 부근에서 '신인사'라는 명문 기와가 발굴되었거든요. 그래서 학계에선 일천삼백년 남짓 전인 7세기 중·후반 무렵 그곳에 신인사가 있었을 거라 추정하고 있어요. 지금도 입구에 신인암(神印庵)이란 표지판이 있긴 하지만, 그건 옛날의 그 신인사가 아녜요. 조금 더 계천을 따라 들어가면 용소(龍沼)가 나오고 그 개울 위에 놓인 안양교를 건넌 곳이 바로 옥룡암예요. 그 암자의 남쪽 비탈진 언덕에 거대한 마애조상군(磨崖彫像群)이 있어요. 흔히 부처바위 암각화라 알려져 있는데 그걸 꼭 보셔야 해요."

그녀가 알려주는 새로운 정보들이 정광에겐 그저 놀랍기만 했다.

"예. 꼭 가보겠습니다. 이거 참, 뭐라고 감사의 말씀을 드려야 할 지……. 아무튼, 좋은 정보를 주셔서 정말 고맙습니다."

정광이 고개를 숙이자 여자는 "그럼, 수고하세요. 저는 이만 실례하겠습니다."하더니 다시 합장한 채 공손히 절을 하는 것이었다.

"아, 잠깐만요."

정광은 돌아서는 그녀를 다급히 제지했다. 발걸음을 돌리려다 말고 멈칫거리며 뒤돌아선 여자를 향해 그는 다짜고짜 물었다.

"혹시 뭐하시는 분인지 물으면 실례가 될까요?"

이미 마음속에선 그녀가 경주 문화유산 해설사쯤 되겠거니 짐작하고 있었다.

그 순간 여자는 난감한 표정으로 어색한 미소를 띠었다.

"글쎄요, 그냥 등산하러 온 사람이에요. 스치는 길에 우연히 마주친 것을 두고 굳이 의미를 부여하고 싶진 않네요. 인연이 있으면 언젠가 또 마주칠 때가 있겠지요."

돌아온 대답도 의외였지만, 처음으로 그녀는 꽤 오랫동안 정광의 얼굴을 똑바로 쳐다보는 것이었다.

"아, 예에. 실례가 되었다면 더 이상 묻지 않겠습니다. 단지, 나로선 자세하고 친절한 설명이 고맙고 놀라워서 예의상 드린 말인데, 도리어 무례한 질문이 된 것 같군요. 혹, 지금 가시는 방향에 무슨 볼 만한 유적지나 유물 같은 게 또 있습니까?"

어색한 분위기를 수습하려고 정광은 재빨리 얼버무렸다.

"여기서 위쪽으로 이어진 산길을 올라가서 산성을 따라 계속 가다가 고개를 넘으면 남산 서쪽 기슭으로 빠져나오죠. 그곳에 작은 저수지가 있고, 그 아래쪽에 옛날 명랑법사가 자신의 어머니 남간부인을 기려 지었던 남간사(南澗寺) 터가 나와요. 남간부인은 자장법사의 누이동생이었죠. 그러니까 자장은 명랑의 외삼촌이 되지요. 하여간 지금은 빈 절터에 당간지주만 남아 있는 걸 볼 수 있습니다. 거기서 아랫길을 따라 더 내려가면 신라 시조 혁거세왕의 탄강(誕降) 신화에 얽힌 나정(蘿井) 유적지가 나와요. 나정유적 발굴로 인해 신라 초기의 6부 체제에서 비로소 입방설도(立邦設都)한 곳으로 확인되었어요. 학계에선 그 일대를 첫 왕궁이 있던 장소로 추정하데요. 그쪽을 둘러보시려면 아예 이쪽 산길 말고 반대편에서 가는 게 훨씬 빠를 거예요."

"아, 감사합니다. 정말 유익한 정보를 또 하나 얻었네요. 자, 그럼 안녕히 가세요."

이번엔 정광이 먼저 그녀를 향해 합장 배례하였다.

여자도 맞절을 하고는 돌아서서 소나무며 갈참나무, 오리나무 상수리나무 등속이 좌우에 빽빽한 산길을 따라 신록이 한창인 위쪽 숲 그늘 속으로 가뭇없이 사라져 갔다.

제 2 장

신인사(神印寺) 마애조상군(磨崖彫像群)

우연히 길에서 마주친 낯선 사람. 그러나 단순히 스쳐 지나간 것이 아니라 뭔가를 계기로 잠깐이지만 얘기를 나눈 사이가 되다 보면, 그것도 인연이어서 헤어질 때는 왠지 아쉽고 허전해지는 수가 있다. 정광의 지금 기분이 딱 그랬다.

그녀의 빨간색 등산복이 바야흐로 한창 연두색 신록이 무성해지기 시작한 산 빛과 대조를 이루며 언뜻언뜻 나뭇가지와 잎사귀들 틈새로 비치다간 사라졌다. 그것을 한동안 멍하니 바라보고 있자니 참으로 이상야릇한 심정이 되었다. 정면에서 본 그녀의 얼굴을 스냅사진이라도 한 장 찍어둘 걸. 그런 생각과 함께 뒤늦은 후회감이 밀려든다. 하지만 때는 이미 늦었다.

그는 몸을 돌려 다시 감실 석불좌상 앞으로 다가선다. 그러다가 뜻밖의 현상을 발견하고는 놀랐다. 어디서 나타났는지 청개구리 한 마리가 석조 연화좌대 위에 대뜸 올라와 엎드려 있는 게 아닌가! 이 난데없는 이변을 우연이라 해야 할까? 참으로 괴이한 느낌마저 들었다.

오래 전 양산 통도사 정문 앞 여관에 숙소를 구해 그가 요양 차 1년 가까이 머물며 지낼 동안 매일 사찰 경내를 왕복하던 시절의 일이 불현듯 떠올랐다.

자장암 역내의 관음암에서 지척간인 바로 뒤편 석벽에 자장법사가 뚫어놓았다는 조그만 바위구멍 속에 산다는 개구리, 이른바 '금와보살(金蛙菩薩)'을 처음 목도했을 때와 같은 충격적 전율이 한 순간 그의 몸을 짜릿하게 훑어 내렸다. 그 느낌은 당시에 경험한 그 야릇한 기분과도 흡사했다.

'불은(佛恩)이로다!'

그는 마음속으로 중얼거린다. 무의식중에 저절로 두 손을 모으고 석불좌상을 향해 연신 기도를 올리며 자세히 쳐다보았다. 조용히 웃고 있는 것 같은 여인의 모습을 한 불상이 놀랍게도 좀 전에 헤어졌던 여자의 인상과 참 많이 닮았다는 생각이 퍼뜩 들었다.

다음 순간, 눈앞의 이 석불좌상이 선덕여왕을 모델로 하여 명랑법사가 조성(造成)했을 가능성이 높다고 하던 아까 그 여인의 말이 문득 정광의 뇌리에 맴돌았다.

동일한 대상을 함께 바라보며 서로 의미를 공유한 주체가 '선덕'과 '명랑'이었다는 점에서 그때 이미 언어를 통한 의사소통이 이뤄졌던 것일까?

아니, 굳이 말하지 않았더라도 이심전심으로 통하고 있었는지도 모른다. 시선 가는 곳에 마음도 머문다 했던가. 함께 했던 시간이 불과 10분이 채 못 되었지만, 그동안 간간이 서로 시선을 마주치며 마음으로 소통하는 정서의 공유가 가능했을 거라고 정광은 지금 막 깨닫는다.

하기야 세상에는 믿기 힘든 기적 같은 일들이 종종 일어나기도 한다.

선덕여왕 재위 5년째이자 당(唐) 정관(貞觀) 10년 병신(丙申·636)의 해에, 당나라로 유학을 떠난 자장법사가 우타이산(五臺山)에서 수행생활을 하던 중 문수보살의 소상(塑像) 앞에서 기도하고 명상하다가 꿈에 문수보살로부터 법을 전수받았다. 그러나 범어(梵語)로 된 게송(偈頌)이었기에 깨고 나서도 그 뜻을 전연 이해하지 못했다. 이튿날 아침 한 이상한 중이 오더니 이것을 해석해 주고 떠났는데, 그가 곧 문수보살의 화신(化身)이었다.[45]

또, 조선의 제7대왕 세조는 조카인 단종을 몰아내고 왕위를 찬탈한 뒤 죄책감과 피부병에 시달렸다. 1462년 세조가 강원도 평창에 있는 월정사와 상원사의 두 절을 찾아 부처님께 참회의 불공을 드릴 겸 병세가 낫기를 바라는 마음에서 먼 길을 거둥하였다.

먼저 월정사를 참배하고 상원사로 향하던 세조는 도중에 피부병으로 얼굴은 물론, 온몸이 괴롭고 견디기 힘들었다. 물이 맑은 계곡을 발견하자 우선 목욕부터 하고 싶었다. 때마침 그곳을 지나던 동자승 하나가 눈에 띄었다. 세조는 그 동자승을 불러 등을 밀어달라고 부탁했다.

말없이 다가와 세조에게 합장 배례한 동자승은 기꺼이 세조의 목덜미에서부터 어깨를 거쳐 등 전체에 이르기까지 쓰다듬듯 부드럽게 씻기 시작했다. 피부병으로 몸통의 여기저기 물집이 생기고, 참을 수 없는 가려움 때문에 피가 맺힐 만큼 마구 긁어댄 뒤끝에 생긴 딱지들로 인하여 세조의 벗은 몸은 몹시 흉측하였다. 눈앞의 그런 모습에 눈살이 찌푸려질 듯도 하

---

45) 『삼국유사』(권3) 「탑상(塔像)」 제4의 「황룡사 9층탑」조에 이 이야기가 소략(疏略)하게 언급되어 있는 반면, 같은 『삼국유사』(권4) 「의해(義解)」 제5의 「자장정율(慈藏定律)」조에는 매우 자세하게 기술되어 있다.

건만 동자승은 전연 개의치 않고 묵묵히 세조의 몸을 다 씻가셔주었다.

목욕을 마친 세조는 옷을 걸치며 이상하게도 좀 전까지 가려움을 동반한 통증이 깨끗이 사라진 것을 느꼈다. 게다가 온몸이 가뿐하여 날아갈 듯 개운해졌다. 기분이 몹시 좋아진 세조는 비로소 동자승을 향해 물었다.

"너는 상원사의 동자승이냐? 지금 어디로 가는 길인고?"

"제행무상(諸行無常)인데, 생에 무슨 정처가 있으며 소속이 있겠습니까?"

"오호! 어리지만 참으로 기특하도다. 허나, 어디로 가든 네가 임금의 옥체를 씻겨주었다는 말은 하지 마라."

세조는 보기 흉한 자신의 피부병을 직접 눈으로 목격한 것을 소문낼까 저어한 나머지 그것이 자못 걱정되어 동자승에게 당부했다. 그러자 이번엔 동자승이 빙그레 웃으며 세조를 향해 대답하는 것이었다.

"임금께서도 어디 가서 문수보살을 직접 보았다는 말은 하지 마십시오."

그리고는 두말없이 돌아서더니 홀연히 어딘가로 떠나갔다는 것이다.

문수보살이 동자승 모습으로 현신(現身)하여 세조의 피부병을 고쳐줬다는 이 전설에 따르면, 바로 그 일이 있은 직후에 세조를 괴롭히던 육체의 병이 말끔히 나은 것은 물론이고, 죄책감으로 인한 맘속의 고뇌도 씻겨 내렸다고 한다.[46]

---

46) 이 전설을 뒷받침해 주는 물증이 상원사의 〈목조 문수동좌상〉이며, 이 조각상은 현재 국보 제221호로 지정돼 있다. 세조는 당시 문수보살을 직접 보았다는 기적 같은 사실에 감격하여 화공을 불러 동자승 모습으로 나타난 문수보살을 그리게 하고, 이를 표본으로 삼아 목조각상을 만들어 상원사에 안치했다고 전한다.
또, 문헌상에서 이를 뒷받침하기로는 『조선왕조실록』에 〈1462년, 세조가 상원사에 거동할 때 관음보살이 나타나 이상한 일이 있었다.〉는 기록이 있고, 그 4년 뒤인 1446년에 〈세조가 다

정광은 지금 막 그와 유사한 신이(神異)를 경험한 것 같은 느낌에 사로 잡혔다.

좀 전에 그의 눈앞에 홀연히 나타났다 이내 저만치 위쪽 산길을 따라 가 뭇없이 사라져간 그 이상한 여인! 그녀의 정체를 헤아려보던 끝에 어쩌면 그녀가 곧 선덕여왕의 화신이었을지도 모른다는 엉뚱한 결론에 이르렀다.

하긴, 그런 가당찮은 생각에 그는 스스로 어처구니없다고 의구심을 품으면서도 끝내 확인해볼 심산이었다. 그녀가 사라져간 산길을 뒤쫓아 가 보기로 막 결심하고 서둘러 발길을 옮겼다. 아까 그녀가 간 길을 굳이 어림잡아볼 필요도 없을 듯했다. 사람들의 발길에 다져진 등산로는 하나뿐이었기에 부지런히 뒤쫓으면 따라잡을 수도 있을 것 같았다.

야트막한 오르막길을 숨 가쁘게 오르는 중에 처음으로 위쪽에서 내려오는 몇몇 등산객들과 마주쳤다. 아마 반대편 방향에서 산을 탄 사람들 같았다. 저들에게 물어 보면 앞서 떠난 그 여인의 행방에 대해 알 수 있잖을까 싶었다. 오가며 마주치는 산행객들이 대개 그러듯, 마침 맨 앞에서 내려오던 한 남자가 정광에게 수고하십니다, 하고 가벼운 인사말을 건넨다. 정광도 역시 응대하며 지나치려는 그 등산객을 잠시 불러 세우고는 아래쪽 불곡 석불좌상 곁에서 만났던 그 여자의 행방에 대해 수소문해 보았다. 챙이 넓은 등산모, 붉은색 등산복에 블루진, 그리고 사십대 여자라?…… 남자는 고개를 갸웃거리더니 뒤따르는 일행을 돌아보며 혹시 일행 중 누가 본 적이 있는지 묻는 것이었다. 모두들 고개를 저었다.

시 상원사에 거둥했다.)는 기록이 있는 것을 보면 터무니없는 전설은 아닌 듯하다.

정광은 그들과 헤어져 조금 더 산속을 헤매듯 걷다가 길옆 바위 위에 앉아 쉬었다. 이쪽 등산로는 초행이어서 그는 지리에 익숙하지 못했다. 아마 어디쯤에선가 갈라지는 샛길이 따로 있으리라. 그렇게 여기면서도 여자를 찾겠다며 뒤좇아 나선 게 애초에 지나친 억측에서 빚어진 부질없는 짓이라고 결론지었다.

그는 주변의 봄빛에 시선을 빼앗긴 채 잠시 바위 위에 앉아 숨을 고를 동안 생각을 고쳐먹고 도로 내려가기로 작정했다. 저 아래쪽 공터에 차를 세워두고 오지 않았다면 아까 그 여인이 일러준 대로 산 고개를 넘는 종주(縱走) 끝에 남간사지(南澗寺址)나 나정 유적지를 둘러볼 수도 있었으리라.

그러나 도로 산을 내려가더라도 달리 갈 데가 있다는 건 다행이었다. 과거 신인사 자리였던 옥룡암의 마애조상군을 꼭 봐두라던 아까 그녀의 말마따나 인연이 있으면 또 만나겠지, 라고 정광은 스스로를 위안하며 중간에서 발길을 되돌릴 수밖에 없었다.

어쩌면 명랑법사에 대해 더 자세히 알고 싶어 하는 그에게 여자가 남긴 말은 탑곡의 부처바위 암각화부터 먼저 봐두라는 일종의 계시였던 건 아닐까? 그런 엉뚱한 생각까지 해보며 정광은 도로 터벅터벅 산길을 내려왔다.

과거 서라벌의 남산 동쪽 기슭, 신인사가 있었던 곳으로 추정되는 자리엔 지금 옥룡암이라는 크지 않은 절 하나가 덩그러니 솟아있다. 지은 지 별로 오래되지 않은 암자다.

토번(티베트)으로 건너가 수행하며 밀교의 신인(神印·문두루법)을 전수(傳受)하여 돌아온 명랑은 신라 땅에 처음 신인종을 편 조사(祖師)였고, 그가

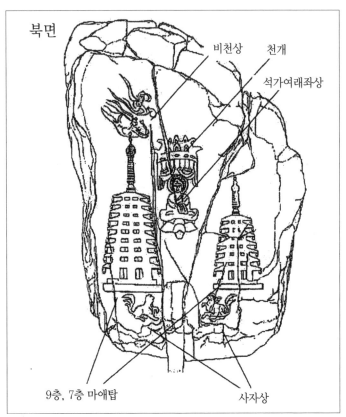

북면에는 암석에 좌우 각각 탑이 음각되어 있다. 오른쪽에는 7층탑, 왼쪽에는 9층탑이 있고 그 탑의 중간에는 석가여래가 좌상을 하고 계시며 머리위에는 천개(天蓋)를 두르고 있다.

(그림 제공 : 경주 향토사학자 솔뫼 김희진)

264

만년(晚年)에 주석(主席)했던 절이 곧 신인사였다.

정광은 어렵지 않게 그곳을 찾을 수 있었다. 그리고 이제 막 안양교(安養橋)를 지났다. '안양'은 극락의 다른 이름이니 이곳을 지나면 극락세계라는 뜻이다. 그래서 흔히 절 입구에 걸쳐진 이 다리는 차안과 피안의 세계를 연결하는 일종의 상징적 구조물인 셈이다.

한낮인데도 절간 내부는 텅 빈 듯이 조용하다. 정광은 경내의 한쪽을 비스듬히 가로질러 옥룡암 남쪽 비탈진 언덕 쪽으로 다가간다. 거기 거대한 암석이 나타났다. 그 앞에 서서 꼭대기까지 올려다보자니, 머리를 한껏 뒤로 젖혀야 했다. 한눈에 봐도 사람을 압도하는 어마어마한 규모의 바위가 우뚝 솟아 있는 것이었다.

"아!"

하고 입에서 저절로 탄성이 새어나왔다. 그러나 그 탄성은 단순히 암석 규모의 크기 때문이 아니라, 그곳을 가득 채운 암각화가 펼쳐 보이는 신비한 천상세계의 장관 때문이었다.

정광은 일찍이 이런 마애조상군을 본 적이 없었다. '형용할 수 없다'는 상투어는 이런 경우를 두고 하는 말임을 실감케 할 만큼 가슴이 벅차게 뛰놀았다. 환희의 감정이 온몸에 물결치며 환각 속에서 울려 퍼지는 장엄한 판타지아를 듣고 있는 것 같았다. 경주 남산 기슭에 신라인의 이런 놀라운 작품이 1천3백여 년의 풍상을 견디며 온전한 상태로 존재함을 여태 모르고 있었다니!……

한눈에 봐도 그곳이 바로 천상의 세계임을 암시하는 비천상, 여래상, 보살상, 조사상(祖師像), 7층탑과 9층탑, 사자상 등……. 바위의 사면(四面)을 이용해 새겨놓은 33개의 상들이 한마디로 불국정토를 표현하고 있는 듯 보였다.

한참 후에야 정신을 차린 정광은 그때부터 연방 카메라셔터를 눌러
댔다. 바위의 북면부터 시작하여 동면의 암각화를 먼저 찍고, 서면 쪽을
보기 위해서는 지면에서 경사진 비탈을 따라 설치돼 있는 철제계단을 밟
고 올라가며 차례로 사진을 찍었다.

이날 이후 그는 틈만 나면 이곳을 찾았다.

처음에는 카메라에 담은 사진들을 하나하나 점검해 보는 순서를 거쳐,
이후부터 차츰 그 마애조상군의 의미들을 분석해보고자 애썼다. 그러면서
정광은 하나씩 새로운 점들을 알아가기 시작했다.

일명 부처바위라 부르는 이 거대한 암각화의 정확한 이름이 '제2탑곡
마애조상군'이며, 9m 높이에 둘레가 30m의 자연석을 그대로 이용하여
새겼다는 것을 알았다.

북면은 암석의 정면에 해당하며 높이 9m, 너비 5.7m로, 여기 조각된
내용은 얼핏 봐서는 석가여래가 주재하는 영산정토를 나타내고 있는 듯이
느껴졌다. 그러나 좀 더 자세히 관찰하면 화엄만다라의 형상을 표현한 영
산회상도(靈山會相圖)와도 분명히 달라 보였다.

좌우엔 두 개의 거대한 탑이 음각돼 있다. 보는 이의 시점을 기준으로
오른쪽에 7층탑, 왼쪽에 9층탑이 솟아 있다. 그 양탑(兩塔)의 중간에 석가
여래가 연화대 위에 좌상을 하고 계신데 머리 위에는 커다란 천개(天蓋) 같
은 장식이 둘러져 있어 마치 전각(殿閣) 안에 모셔진 듯한 이미지를 느끼게
해준다. 이와 같은 천개는 고구려 고분벽화에서도 그 모습을 보이고 있다.

왼쪽의 9층탑은 전형적인 고루(高樓)의 9층 목탑 형태를 갖추었다. 전하
는 바에 따르면 황룡사 9층 목탑을 그대로 조각한 형태라고 한다. 그에 비

해 오른쪽 7층탑은 9층탑에 비해 높이나 너비에서 규모는 작지만 조각 기법은 동일했다.

좌우 양탑 밑에는 사자상을 음각하였다. 두 마리 사자를 자세히 살펴보면 9층탑 밑의 좌측 사자는 입을 벌리고 있는 '아'사자, 우측 7층탑 밑의 사자는 입을 다물고 있는 '훔'사자다. '아'와 '훔'은 시작과 끝을 의미하는 동시에 공격과 방어를 상징하는 것으로 인왕상도 이와 유사한 형식을 취하고 있다.

바위의 동면은 가장 화려한 장엄의 극락정토가 펼쳐진 세계였다. 전체 너비는 약 13m 가량이며 암석이 크게 셋으로 갈라진 형태로, 중간에 쪼개진 틈새들을 보이며 하나로 잇대어 있다.

오른편 암석에 새겨진 그림에는 중앙에 본존아미타여래가 합장한 협시보살을 옆에 거느리고 연화대 위에 안좌한 모습, 그 아래로는 향로를 받쳐 든 승려의 공양 모습이 보인다. 이 삼체의 상을 싸고 있는 둘레에는 천의(天衣 · 보살이나 천인들이 입는 얇은 옷. 無縫衣)를 길게 끌고 구름을 나는 천인상(天人像)들이 있다. 그리고 동면의 맨 왼편에 해당하는 암석 끄트머리쯤에는 수도승의 모습이 보이고, 그 좌우에 보리수가 한 그루씩 조각돼 있다.

서면은 이 마애조상군 중에서 면적이 가장 작은 곳이다. 비탈진 언덕을 끼고 서 있는 암석의 맨 아래쪽에는 부처님 한 분과 두 개의 비천상이 새겨져 있다. 그 부처의 오른쪽(관람자의 시점에서는 왼쪽에 해당)에 사라수(紗羅樹)[47]가 늘어져있고, 반대쪽에는 대나무가 뻗어 있다. 그 한가운데 부처가

---

47) 사라수는 용뇌향과의 상록교목. 높이 30m 가량으로 3월에 담황색 오판화가 핌. 히말라야,
   인도 중서부에 분포하는데, 석가가 입적(入寂)하자 그곳의 주위 사방에 두 그루씩 서 있던 사

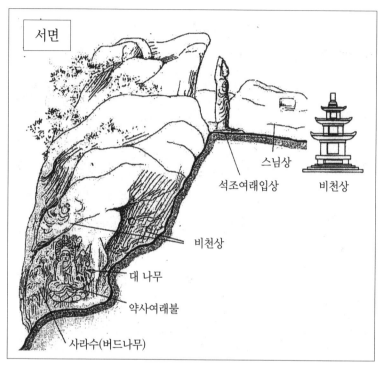

서면

스님상

석조여래입상

비천상

비천상

대 나무

약사여래불

사라수(버드나무)

서면은 이 마애불상군 중에서 면적이 가장 작은 곳으로 부처님 한 분과 작은 비천
상 한 분이 새겨져 있는 곳이다. 오른쪽에는 사라수(버드나무)가 늘어져 있으며 왼
쪽에는 대나무가 좌측방향으로 뻗어 있다. 그 사이에 부처님이 연화좌 위에 앉아
계신다. 서면을 돌아 남면과 경계를 이룬 언덕 위에 오르면 바로 커다란 석조여래
입상을 볼 수 있다.

(경주 솔뫼 제공)

연화좌대 위에 앉은 모습이 마치 호젓한 나무 그늘 속에 들앉은 것 같은 느낌을 준다. 한눈에 봐도 약사여래로 추정되는 불상이다. 약사여래는 모든 중생의 병마에 의한 고통을 덜어주는 보살로서 손에 약함(藥函)을 들고 있는 형상이므로 쉽게 구별되기 때문이다.

어쨌든 이 암석의 서면은 관람객을 위해 설치한 계단을 따라 올라야 볼 수가 있다. 계단을 다 오른 곳에 평지가 나오는데 나지막한 철제 울타리를 둘러 그 일대를 성역(聖域)처럼 꾸며놓았다. 거기서 보면 이 거대 암석의 절반 이상이 마치 땅 속에 묻힌 듯 뒷면 일부분만 솟아 있는 형국을 하고 있다.

무엇보다 놀라운 것은, 암산(巖山)처럼 드러난 그 바위를 배경으로 석조 여래입상이 하나 우뚝 솟아 있는 광경이었다. 실은 맨 먼저 눈에 띈 것도 이 입상불이었다.

복장(服裝)을 보건대 왼쪽 손목에 걸쳐 왼쪽 다리까지 내려간 천의(天衣)를 걸치고 있는 게 특징이다. 통견(通肩 · 양쪽 어깨를 모두 가리는 방식)으로 잘 살린 볼록한 가슴, 잘록한 허리 모양은 여성상이 분명하다. 오른쪽 팔을 내려뜨린 손등과 손가락을 정교하게 조각하였고, 오른쪽 어깨에도 역시 천의를 걸치고 있다.

대관절 여인의 얼굴을 한 이 여래입상불은 누가 만들어 세웠으며, 왜 여기 있는 것일까?

당연히 그런 궁금증이 일었다. 그러나 당장 해답을 얻을 수 있는 것도 아니어서 정광의 관심은 금세 그 입상불의 배경이 되고 있는 거대 암석의

___

라수의 빛깔이 하얗게 변해 말라 죽었다는 이야기가 전해온다. 이를 사라쌍수(紗羅雙樹)라 한다.

남면 쪽 암각화에 집중되었다.

남면 바위는 크게 네 부분으로 나뉜다. 남면의 오른쪽 바위에는 삼존불이, 왼쪽 바위에는 수하승상(樹下僧像)이 조각돼 있었다. 특히 반야(般若)나무 그늘 아래에 있는 삼존불의 형상은 여기 말고는 경주의 모든 마애불에서 유사한 예를 찾을 수가 없다.

하여간 여기 암석의 남면에 해당하는 언덕 위 평지에는 석조입상불을 비롯하여 마애불, 삼층석탑 등, 탑곡 바위 사면(四面) 중 가장 다양한 방법으로 조성돼 있었다.

이후로 정광은 몇 번이고 다시 와 샅샅이 살펴보곤 했으나, 이 마애조상군이 펼쳐 보이는 세계의 참뜻을 읽어낼 수가 없었다. 첫날 봤을 때의 그 황홀한 감흥도 시간이 지나면서 점차 희박해졌다. 그 대신 갈수록 수수께끼 같은 의문만이 배가되는 것이었다.

가장 큰 세 가지 의문점이 그를 혼란에 빠뜨렸다.

그 첫째가 바위 북면에 새긴 9층탑과 7층탑의 정체였다. 학계에서는 여기 이 9층탑의 암각화가 황룡사 9층 목탑을 나타낸 모델이라고 주장하고 있다. 심지어 이를 바탕으로 축소모형도를 만들고 또한 장차 79.2m의 실제 높이로 실물을 복원할 계획까지 세우고 있는 중이다.

탑의 외형이 황룡사 9층 목탑이라고 믿게 된 데는 그럴만한 까닭이 있긴 하다. 이곳 탑곡 부처바위에서 보면 황룡사 옛 터가 보이는 자리에 새겨져 있기 때문이란다. 그러나 실제 이곳 언덕 위에 올라와서 보면 사실과 다름을 금방 알 수 있다.

몽고병란 때 불타고 없어진 그 황룡사 터는 여기서 꽤 멀리 떨어진 월성

270

부처바위 동면 인왕상

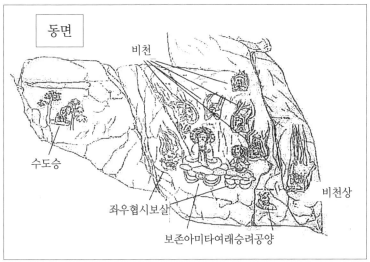

동면

비천

수도승

좌우협시보살

보존아미타여래승려공양

비천상

가장 화려한 장엄의 극락정토가 펼쳐진 세계이다. 전체 너비는 약 13m가량이며 암석이 크게 셋으로 갈라진 형태인데, 오른편 암석의 중앙에는 연화 위에 안좌한 여래상이 있고, 비껴서 위로 합장한 보살좌상, 그 아래로는 향로를 받쳐 든 승려의 모습이 보인다. 이 삼체의 상을 싸고 있는 구름 사이에는 천의를 길게 끌고 구름을 나는 천인상(天人像)이 있다. 중앙 암석에는 수도승의 모습과 그 좌우로 보리수가 한 그루씩 조각되었다.

(경주 솔뫼 제공)

의 동북방에 있었다. 아무리 79.2m의 거대한 황룡사 9층 목탑이라 해도 이곳에서 보면 좌측의 남산 기슭이 시야를 방해하고 우측으로는 또 낭산(狼山)의 북쪽 숲에 가려져, 9층탑의 일부가 보일 수는 있어도 전모를 조망하기는 어려웠을 지형지세다.

물론 당시 9층탑의 모형이 거의 비슷했을 것이라는 주장은 나름대로 하나의 근거로 인정될 만하다. 따라서 황룡사 9층 목탑을 보고 그것을 암각화로 남겼다고 가정하자. 그렇다면 그 옆에 새겨놓은 7층탑의 정체는 또 뭐란 말인가?

이 의문에 대해 경주 일대의 유적 유물과 관련해 제법 일가견이 있다는 혹자의 설명을 듣고도 정광은 왠지 석연치 않았다. 석가여래상을 중심으로 좌우 대칭의 9층 쌍탑을 새길 계획이었는데, 그것이 여의치 않았다는 것이다. 혹자는 바위의 생김새가 오른쪽이 낮고 갈라진 틈서리의 손상 때문에 면적이 좁아져 9층까지 다 새겨 넣을 공간이 없었다는 것을 이유로 내세운다. 그래서 애초의 계획과 달리 부득이 한쪽은 7층탑으로 축소된 게 아닐까 하고 추정하는데, 그것이 대체로 알 만한 사람들의 일반적 견해였다. 그러나 정광은 아무래도 미심쩍은 생각을 떨쳐내지 못했다.

두 번째 의문은 석조여래입상 때문이었다. 그 유적지에 누가 돌을 다듬어 세웠고, 왜 하필 여기 있느냐는 것이다.

그것은 바로 눈앞에서 일부러 발견되길 기다리고 있는 모습과도 같았다. 그 때문에 마치 처음부터 거기 있었던 게 아니라, 다른 곳에 있던 석불을 일부러 옮겨다 놓은 것처럼 주변의 정황과 어울리지 않게 홀로 우뚝하니 서 있다. 그런 생각이 들게 하는 데는 그럴 만한 이유가 있었다.

얼핏 보면 하나의 완전한 입체상인 듯해도 자세히 살펴보면 이상한 데가 있다. 땅 위에 도도록이 드러나게 인공으로 다듬은 돌 받침대를 만들었는데, 거기에 양 쪽 발등이며 발가락 형상을 조각해 놓은 것이다. 말하자면 입상불은 바로 두 개의 맨발 부분만 따로 조각돼 있는 크기에 딱 맞추어 기초석(基礎石) 위에 올려다 세운 형국이었기 때문이다. 설령 누군가가 딴 곳에 있던 입상불을 여기다 옮겨놓았다 해도 이처럼 발가락의 크기까지 완벽하게 들어맞는 것을 고를 수는 없었을 터였다. 그렇다면 이것은 아무래도 제작과정 중에 발받침과 몸통 부위를 따로 조각하여 맞추는 방법상의 한 결과가 아니었을까 하는 생각도 들었다.

세 번째 의문이 가장 큰 미스터리였다.

거대 암석의 뒷면, 즉 남쪽을 향한 평지 위에 두드러지게 솟은 암석들의 전체적인 배치 모습이 기역자(ㄱ) 형상을 하였는데, 그 중 몇 개의 바위에는 모두 불교 관련 조상(彫像)이 있었다. 한데, 유일하게 석조여래입상 바로 오른쪽으로 두어 걸음 떨어진 곳에 놓여 있는 암석은 그 성격이 달랐다. 크기나 규모로 봐서 애초부터 거기 있었던 천연의 암석인 것은 확실했다. 그 옆으로도 아랫부분에 승려 모습의 암각화가 분명하게 보이는 큰 바위가 나란히 놓였는데, 어떤 의도에 따라 바위 윗부분이 모두 인공으로 다듬은 듯 반석처럼 편편했다. 바로 그 편편한 자리에 일정한 간격을 두고 표면을 쪼아서 똑 같은 크기의 구멍을 몇 군데 뚫어 놓은 것이었다.

그 구멍들은 마치 이곳에 어떤 작은 전각을 짓기 위해 기둥을 세울 수 있도록 홈을 파둔 흔적과도 흡사했다. 자세히 보면 그것들은 일종의 심주공(心柱孔) 기능을 하는 구멍처럼 느껴졌다. 그게 사실이라 가정한 땐 자연석을 이용해 주춧돌로 삼은 셈이다. 아마도 그 위에 지붕과도 같은 천개(天蓋)를 얹어 여기 입상불이 마치 감실(龕室) 안에 든 여래상 같은 느낌을

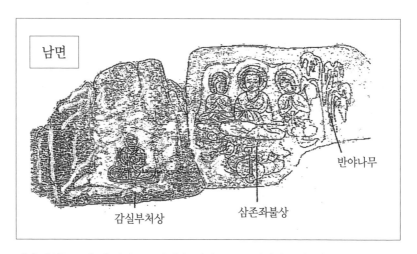

남면

반야나무

감실부처상

삼존좌불상

남면 바위는 크게 네 부분으로 나뉜다. 남면 오른쪽 바위에는 반야(般若)나무 옆으로 삼존불이 있다. 왼쪽 바위에는 감실 속 부처상이 보이고, 바위 앞 평지에는 여인 형상의 석조입상불과 삼층석탑이 있다. 즉, 남면에는 암벽에 새긴 마애불 외에도 입불상과 삼층석탑 등, 탑곡 바위 사면(四面) 중 가장 다양한 방식으로 조성된 공간이다. 특히 나무 그늘 아래 있는 삼존불 형상은 경주의 마애불에서는 이와 같은 예가 없을 만큼 독특하다.

(경주 솔뫼 제공)

살리려 한 상징적 의도였을까?

그런 생각이 들자 정광은 그 입상불의 발밑 주변을 자세히 살펴보았다. 자신의 추측이 옳다면 틀림없이 자연석과 반대편에도 역시 천개를 떠받치는 심주공이 있어야 할 것이었다. 아, 과연! 그는 탄성을 질렀다. 여기 있구나!⋯⋯

분명히 석조여래상의 오른편 땅 위, 아니 빙산의 일각처럼 지표에 드러난 암석의 뿌리에 두 개의 홈 판 자국이 선명하였다. 그는 이때 확실하게 깨달았다. 이 여래입상불은 원래 다른 장소에 있던 것을 가져다 놓은 것이라기보다 설령 제작지가 달라도 여기에 세울 목적으로 조각된 것임을.

그러나 불상의 정체에 대해서만은 여전히 미스터리였다.

제 3장

남산 칠불암과 칠성우(七星友)

온갖 궁리를 짜내어도 탑곡 마애조상군은 이후에도 정광에겐 좀처럼 풀리지 않는 수수께끼로 남아 있었다. 높이 9m, 너비 5.7m, 전체 둘레 약 30m의 이 거대한 바위 앞에 처음 섰을 때와 마찬가지 심정이었다. 시야를 가로막는 커다란 벽에 부닥뜨린 느낌에서 한 걸음도 더 나아가지 못한 셈이다. 처음 접한 이후 꽤 오랜 세월을 그저 암벽 주변만 맴돌고 있는 형국이랄까.

문제는 거기 새겨진 암각화의 내용을 해독하기 위한 어떤 뚜렷한 실마리가 잡히지 않는 데 있었다. 경이로움이 샘솟던 순간은 어느새 꼬리를 물고 떠오르는 의문의 답답함으로 뒤바뀐 지 오래였다.

그런 답답한 시간들을 보낼 동안에도 그는 이따금 불곡의 감실 여래좌상 앞에서 우연히 마주쳤던 여인에 대해 생각하곤 했다. 그날의 기억을 떠올릴 때마다 어쩌면 그것이 운명처럼 느껴지기도 한다. 명랑법사에 대해 알고 싶으면 옛날 신인사가 있던 자리인 옥룡암에 가서 마애조상군을 꼭 보라던 그녀의 말 때문이었다. 또, 그녀가 일러준 대로 명랑법사의 집터였던 경주시 내남면 금광사(金光寺)의 우물 자리에도 가보았다. 혹시나 그녀와 다시 한 번 우연찮게 맞닥뜨릴 기회를 은근히 기대하면서까지.

그리고는 까닭도 없이 운명이라는 그 생각은 날이 갈수록 깊어졌다.

그동안 그의 생활은 큰 변화 없이 단조로웠다. 다만, 경주 외곽지역에서 4년간 근무를 마치고 시내로 발령을 받은 작은 변동을 겪은 것이 고작이었다.

삶이 단순해지면 마음도 평화로워지는 것인가? 평일엔 직장생활에 전념했고, 주말이면 홀로 나서는 산행이었다. 그렇게 평범하고 단조로운 일과에 별다른 잡념조차 스며들 틈이 없을 만큼 마음 편한 삶이었다.

그러던 어느 날 산길에서 그녀를 다시 만났다. 불곡의 감실 여래좌상 앞에서 우연히 그녀를 처음 본 지 이태 만이었다.

어떤 꿈은 현실에 바탕을 두고 있지만 가끔은 무의식 깊이 파고드는 내면의 갈망이 꿈으로 드러나는 경우도 있다.

산행 길에 그녀를 다시 만나는 꿈을 몇 번씩이나 꾼 적이 있는데, 드디어 그것이 실현된 것이었다. 하지만 평상시 그녀의 얼굴을 기억하고 있었던 건 아니다. 스냅사진 한 장 확보하지 못한 채 잠깐 스쳐간 첫 상봉이 마지막이었었다.

이후로 그녀의 용모에 대한 기억은커녕 2년이란 적잖은 세월이 지나면서 전체 윤곽마저 회미하게 되었다. 챙이 넓은 등산모, 붉은색 점퍼에 블루진을 입고 있던 그 입성만 선명할 뿐, 그 외엔 떠오르는 게 없었다. 몇 번 꿈에서 볼 때도 그런 외양으로 나타나곤 했기에, 현실에서 그 모습대로 마주치지 않으면 알아볼 재간이 없는 것이다. 그간 산길에서 혹은 시내 길거리에서 서로 모른 채 몇 번이고 그냥 스쳐 지나갔을 수도 있는 일이었다.

하여튼 다시 만나게 된 것은 주말 휴일인 어느 토요일 오후였다. 가로수로 심은 이팝나무의 하얀 꽃들이 절정인 2007년 5월 중순이었다.

정광은 느지막이 아침식사를 챙겨먹고 나선 뒤 그날 오전엔 보리공과 인연이 깊은 보리사(菩提寺)를 먼저 둘러보았다. 신라시대 보리사가 있었다는 기록에 따라 추정되는 장소에 지금의 보리사를 지었는데, 현재는 비구니 사찰이다. 가는 길에 여기저기 눈송이로 뒤덮인 것 같은 이팝나무의 화사한 꽃들이 이따금 바람에 흩날리고 있었다.

12대 풍월주였던 보리공은 세속오계로 유명한 원광법사의 아우이다.

원광은 제1대 풍월주인 위화랑[48]공의 손자이자 4대 풍월주 이화랑 공의 장남으로 본시 화랑도에 속했다. 그는 아우인 보리에게 풍월주가 되도록 권유하고 자신은 불교에 몸을 바쳐 진(陳)나라로 불법을 구하러 유학을 떠났다. 그때가 진평왕 재위 11년(589)이었다. 그리고 십년 남짓 지난 진평왕 22년(600) 수(隋)나라에 온 신라 조빙사(朝聘使)들을 따라 원광은 환국하였다.

---

48) 진흥왕의 모후(母后)인 지소태후(只召太后)가 나이 어린 진흥왕을 대신해 국정을 맡자 화랑을 설치하게 되었는데, 위화랑(魏花郎)을 그 우두머리로 삼아 이름하여 풍월주(風月主)라 했다. 지소태후는 법흥왕과 보도부인 사이에 출생했고, 작은아버지인 입종 갈문왕에게 시집을 가서 진흥을 낳았다. 진흥이 왕위에 오를 때 나이가 7세(삼국사기) 또는 15세(삼국유사)라고 나온다. 여러 정황으로 보아 「삼국사기」의 기록대로 7세였다는 게 더 타당한 것 같은데, 지소태후가 섭정을 하게 된 이유가 그런 까닭이었지 싶다.

그런데 보리공 또한 풍월주 자리를 부제(副弟)인 용춘공[49]에게 물려주고, 몸은 불문에 바쳐 형인 원광법사를 도왔다.

그 뒤 용춘은 호림에게, 호림은 유신에게 각각 풍월주 자리를 전수하였다. 14대 풍월주 호림공은 자장법사의 부친이자 명랑법사의 외조부이다.

특히 호림은 가사(袈裟)를 입지 않은 지장보살[脫衣地藏]로 불릴 만큼 불문에 깊이 심취했다. 그가 풍월주를 맡고 있을 동안 낭도들에게 곧잘 말하기를 "화랑 또한 불(佛)을 알지 않으면 안 된다. 그런 점에서 미륵선화(7대 풍월주 설화랑)와 보리사문(12대 풍월주 보리공)이야말로 우리가 본받아야 할 스승이다." 라고 하였다.

그리고는 직접 보리공에게 나아가 계(戒)를 받았으며 이로써 선불(仙佛·國仙인 화랑의 道와 불교)이 점차 융화하는 계기가 되었다. 몇 년 뒤 호림 역시 (김)유신에게 15대 풍월주의 지위를 물려주고 무림거사(茂林居士)로 자처하며 깊이 불도를 닦았다. 이로 인해 화랑도를 거친 사람들이 불교에 귀의하는 일이 점차 많아졌다.

그런 연유들로 보면 보리사라는 절은 보리공은 물론이요, 호림공과도 관련이 있고, 그 아들 자장법사와 호림공의 외손인 명랑법사와도 분명 연관돼 있다고 정광은 늘 생각하고 있었다.

그간에 자주 찾던 옛 신인사 자리였던 옥룡암에서도 아주 가까운 거리

---

49) 용춘은 진지왕의 아들로서 화랑출신이요 제13대 풍월주를 역임했다. 그가 대장군으로 고구려로 출정하여 전공을 세워서 각간(角干)이 된 것은 진평왕 재위51년(629년) 8월의 낭비성(娘臂城) 전투에서 치른 승리의 결과였다. 이 전투에서 용춘은 동일한 대장군 직책을 맡았던 서현(舒玄 : 김유신의 부친)과 부장군 유신(庾信) 부자(父子)와는 이 일로 더욱 돈독한 관계를 맺게 되었다.

에 보리사가 있다. 무엇보다 먼저 헤아려야 할 사실이 바로 그 점이었다.

보리사 근처에 명랑에 의한 밀교의 본사인 신인사가 자리하고 있다는 것이 정광의 생각을 뒷받침해주는 아주 중요한 단서였다. 밀교의 경전은 약사경이다. 약사여래의 본원과 공덕을 서술한 약사경은 밀교에서 주로 읽는 경전이다. 그 경전에 보이는 주된 내용이 무불(巫佛) 융합의 논리이다.

보리사가 밀교와 관련이 많은 증거를 정광은 거기 있는 입체여래좌상의 광배(光背) 바로 뒷면에 새겨진 마애약사여래좌상에서 찾았다. 그것은 우연이 아니었다.

일찍이 보리공은 선불 융합을 주창하고 불문에 들었다. 그의 처첩인 만룡(萬龍)과 후단(厚丹) 역시 모두 머리를 깎고 여승이 되어 공의 뜻을 받들었다. 특히 보리공의 처 만룡은 진평왕의 누이동생이기도 한데, 늘 같은 날 성불할 것을 기도하여 마침내 소원대로 그 뜻을 이루었다고 전한다.

보리사가 현재 비구니 사찰인 것도 그와 무관치 않다. 절 입구의 시멘트 길을 따라 올라가다 보면 왼편 동산기슭의 야트막한 언덕으로 가는 돌계단이 나온다. 그 돌계단을 다 오른 곳에서 석굴암에 안치된 불상과 흡사한 원만구족(圓滿具足)의 가장 아름답고 거룩한 용모를 한 여래좌상과 만난다. 얼굴의 완벽한 조화미에 비해서는 몸체가 약간 왜소하고 빈약해 보이는 불상이다. 양 어깨를 감싸고 있는 옷은 힘없이 축 늘어진 느낌이며, 군데군데 평범한 옷 주름을 새겨 넣었다.

연꽃팔각대 위에 앉아있는 이 불상은 석가여래좌상이다. 반쯤 감은 눈으로 이 세상을 굽어보는 모습, 풍만한 얼굴의 표정이 자비롭다. 불상과는 별도로 마련해 놓은 광배는 매우 장식적인데, 광배 안에도 작은 부처상들과 상상의 꽃인 보상화(寶相華)의 덩굴무늬가 화려하게 새겨져 있다. 그런데 그 불상의 광배 뒷면에 새겨진 마애약사여래좌상의 정체가 정광에겐 늘 수수께끼였던 것이다.

모든 질병을 구제한다는 약사여래불이 왼손에 약그릇을 들고 있고 화염문(火焰紋) 광배에 에워싸인 모습을 가느다란 선으로 새겨놓았다. 이런 형식을 그는 밀양 무봉사 광배에서 본 것 외에는 달리 접해보지 못한 특이한 예에 속했다. 이 약사여래는 대관절 누구를 염두에 두고 새긴 모습이었을까?

정광은 그것이 밀교의 조사 명랑법사에 의해 보리공을 형상화했을 것으로 판단하고 있었다. 말하자면 보리공이 이곳 마애약사불이 되어 일천 사백년을 이 보리사를 지키고 있는 것이라고 그는 믿었다. 왜냐하면 보리공은 선도와 불도를 융합시킨 주인공, 풍월주에서 물러나 형인 원광법사처럼 불문에 귀의하여 호림공에게 계를 주었던 인물이기 때문이다. 게다가, 호림공은 자장법사의 부친이자 명랑법사의 외조부인 까닭에 명랑과는 어떤 형태로든 관련돼 있을 것이었다.

일찍이 이화랑 공을 사모한 숙명공주가 약사여래의 원력으로 공과 교접한 뒤 임신해서 낳은 장남이 원광법사였던 것이다. 그와 같은 사실 또한 예사롭지 않기에, 차남인 보리공이 창건한 보리사에 약사불의 흔적을 남김은 극히 자연스런 일이다.

그런 눈으로 보자, 그 약사마애불이 보리공의 모습으로 되살아 나오는 듯했다.

앙련(仰蓮)이 새겨진 좌대 위에 항마촉지수인(降魔觸地手印)으로 앉아 계

시는 불상마저 정광산인의 깨달음을 수긍하는 양 보일 듯 말 듯한 미소로
응답하는 것 같았다.

　광배 모양이 배[舟]처럼 생겼다고 하여 주형거신형(舟形擧身型) 광배란
이름으로 통용되고 있고, 또 표지판에도 그렇게 설명돼 있었다. 그러나 정
광의 눈엔 전혀 달리 보였다. 배 모양으로 보기엔 아무래도 그 형태가 부
적합하였다. 차라리 연봉오리가 완전 개화한 직후의 연꽃 한 잎 모양과 흡
사해 보였던 것이다. 언젠가 전라도 해남 땅끝마을의 미황사에 갔을 때 대
웅전 기둥 받침돌에 새겨진 연봉오리[蓮峰] 문양을 보다가 보리사의 이 광
배에 대해 문득 깨달은 바 있었다.

　그랬다. 보면 볼수록 위로 펼쳐진 연잎[仰蓮] 무늬의 좌대 위에 앉은 여
래불의 뒷면 광배는 연봉오리가 개화하면서 펼쳐진 한 송이 꽃잎 형상과
다름없었다. 마치 전래하는 이야기 속의 심청이가 바야흐로 벌어지기 시
작한 연봉오리 속에서 불쑥 나타나는 형국으로, 부처좌대 둘레에도 이제
막 활짝 펼쳐진 연꽃 송이를 빙 둘러 세워보면 이런 상상이 가능해진다.
요컨대 부처님은 개화한 연꽃 송이 한가운데 앉아 계신 모양새다.

　따라서 이 불상이 본시 명랑의 의도였다면 배 모양[舟形]이 아니라 불교
의 정신세계를 담은 연꽃 봉오리 한 잎[蓮峰一葉]으로 표현하여 설계해 놓
았을 것으로 정광은 짐작했다. 또한, 그런 관념으로 보고 있으면 있을수록
앙련 위 좌대에 앉은 석가여래의 광배는 연꽃 봉오리가 벌어진 직후의 그
활짝 개화한 한 잎인 양 더욱 부각되어 광채를 발하는 형상으로 느껴졌다.

　이후로 정광은 그 광배 모양을 연봉일엽형(蓮峰一葉型)이라고 나름대로
고쳐 부르고 있었다.

　명랑법사에 의한 밀교의 본사인 신인사 근처, 현재 보리사가 있는 자리

를 미륵골이라 부르는 까닭 또한 예사롭지 않다고 여기며 정광은 절간을 빠져나왔다.

미륵은 메시아다. 먼 훗날 미륵으로 남산 동록 아래 펼쳐진 '내리들'에 내려와 만인들에게 무극대도를 완성케 할 불(佛)이다. 보리공이 보리사에 미륵불이 되어 중생의 모든 질병을 구제할 염원으로 앉아 있다. 그래서 보리사 근처를 지날 때면 정광은 언제나 그냥 지나치지 않고 잠시 들르곤 하였다.

남산 동록의 이 구릉지에서 명랑법사에 관련된 온갖 전설과 그의 자취가 느껴지는 것 같은 기분이 정광을 사로잡는다. 이곳에 산재한 고고학적 유물들 역시 이 전설을 뒷받침한다.

정광은 거기서 다시 차를 몰고 남산사지(南山寺址) 삼층석탑을 둘러볼까 하다 그만두었다. 이미 몇 번 다녀갔던 곳이라 이내 생각을 바꾸어 서출지(書出池) 역시 그냥 지나친 채 곧장 염불사지(念佛寺址) 쪽으로 가서 차를 세웠다.

그곳 삼층석탑이 눈에 들어왔다. 사적 제311호로 알려진 이 삼층석탑은 과거 1963년 제자리가 아닌 불국동 광장에다 세워두었던 것인데, 염불사지를 복원하면서 본래의 자리인 이곳으로 옮겨온 것이다. 정광은 잠시 그 석탑을 둘러보고는 칠불암 가는 길로 접어들었다.

이차피 이곳부터는 차가 들어갈 수 없고 걸어서 가야 할 만큼 좁은 오솔길이었으나, 다행히 정광의 작은 '노새'는 웬만한 농로(農路)에도 운행이 가능했다.

남산 칠불암 가는 길에는 평일과는 달리 등산객 차림의 모습들이 간간이 눈에 띄었다. 아마도 타고 온 차들은 꽤 먼 거리에 있는 통일전(統一殿) 주차장에 대개 세워두기 마련이다.

정광은 염불사지에서 백여 미터 가량 오솔길을 따라 산 아래 마지막 마을까지 '노새'를 몰고 들어갔다. 과수원을 지나 조금 더 들어가자 길이 협소해져서 부득이 그의 작은 노새도 이쯤에서 멈출 수밖에 없었다.

소나무 몇 그루가 작은 숲을 이루고 있는 근처에 차를 세웠다. 며칠 전 내린 비 때문인지 습기를 머금은 그늘의 선선함과 은은히 번지는 솔 향내에 머릿속이 한껏 맑아지듯 상쾌한 기분이 들었다. 오른 쪽은 언덕으로 무성한 잡풀과 흔한 상수리나무 등속과 낙엽송 사이로 넘어진 고목들이 보인다. 한동안 평지를 가다가 천동골 가는 갈림길에서 점차 가파른 경사길로 접어든다.

천불(千佛)을 모신 바위에 천 개의 구멍을 뚫어 놓았다 하여 천동골이라 불리고 있다. 그는 그쪽 길을 버리고 칠불암 가는 골짜기를 따라 오른다. 이름하여 봉화골이다. 옛적 신선암 아래 골짜기 건너편에 봉화대(烽火臺)가 있었다 하여 얻은 이름이란다. 거친 돌부리에 발걸음을 조심스레 옮겨야 했다. 어느새 땀방울이 등덜미쯤에 맺히는 느낌이다.

산길을 오르는 왼편 골짜기에서 조잘대는 계곡물 소리가 들린다. 이 길을 오르내리는 사람들이 간혹 계곡 쪽으로 내려가 징검돌 위에 쪼그려 앉아 손이랑 얼굴을 씻는 모습이 지금도 두엇 보였다. 오른편에는 오래된 설해목(雪害木)의 꺾인 둥치와 가지들이 거멓게 썩어 있다. 칠불암은 그가 주차한 곳에서 대략 1시간 남짓 더 계곡을 따라 올라가야 나온다.

2007년 당시만 해도 칠불암 가는 길을 오르는 탐방객들은 그다지 많지 않았다. 경주 시민이거나 인근지역에 사는 불신도(佛信徒)들 혹은 주말 등산객들 외에는 타지방 사람들에게 칠불암의 존재가 널리 알려져 있지 않은 상태였다.[50]

두어 달 전, 정광은 아침 일찍 운무 속의 칠불을 카메라에 담기 위해 집을 나선 적이 있었다. 겨우내 움츠렸던 산야의 헐벗은 나뭇가지들 사이로 부는 훈풍의 기미에 세상은 기지개를 켜듯 곳곳에서 가물가물 아지랑이를 피워 올리던 무렵이었다.

그날은 새벽같이 출발했는데, 산 밑에 이르자 가느다란 안개비가 내렸었다. 소문으로만 들어 알고 있던 칠불과 그 위쪽에 곧추선 바위 벼랑을 평평하게 깎아 새긴 신선암 마애보살 반가상이 안개 낀 이른 아침이면 구름 위에 앉아 있는 형상과 흡사하다고들 했다. 그런 흥미로운 사실을 제 눈으로 직접 확인하고 싶어서였다. 그가 칠불암을 찾은 것은 그때가 처음이었고, 이번이 두 번째다.

완만하던 길이 조금씩 경사를 이루면서 숨결도 가빠지기 시작한다. 한 시간 정도 오르자 화강암 석재가 초망(草莽) 속에 뒹굴고 있다. 얼마 전에 발견되었다는, 칠불암과 연관이 있는 기단석의 일부이다. 얼핏 보기에는 단순한 화강암 석재에 지나지 않는다. 그러나 가까이 살펴보면 퉁방울만한 눈망울에 역동적인 자세를 한 사천왕상, 즉 신장(神將)의 조각상들이 부조돼 있다. 애석한 일이었다. 칠불암 가는 길의 풀숲에 사천왕의 형상들

---

50) 경주남산 칠불암 마애석불은 보물 제200호로 지정돼 있었는데, 2009년 8월에 문화재청에서 〈국보 제312호 경주남산 칠불암 마애불상군〉으로 승격되면서 더욱 널리 알려지게 되었다. 중요한 것은, 한 장소에서 7불을 한꺼번에 접할 수 있는 특이성과 또한 그 우수한 예술성 덕분으로 국보로 지정될 수 있었다는 사실이다.

을 새긴, 이끼 낀 기단면의 석재들이 파괴되어 분리된 채 아무렇게 나뒹굴고 있었던 것이다.

그러나 한 해가 지난 지금은 이미 누군가에 의해 다른 곳으로 운반해 갔는지 보이지 않는다.

좀 더 걸어 올라가니 산죽(山竹) 숲이었다. 소위 칠불암 일주문 역할을 하는 돌계단의 대숲 터널인 것이다. 이제 이 대숲 터널만 지나면 바로 칠불암이 자태를 드러낸다. 석가탄신일이 한 보름 전이었다. 초파일 행사 준비로 그 전부터 매달아둔 연등이 아직도 즐비하게 걸려 있다. 칠불암은 석축 위에 터 잡고 있어 촘촘히 놓인 돌계단을 쌓아올린 그 위에 세운 자그만 암자였다.

이윽고 칠불암에 오른다. 병풍처럼 에두른 큰 바위를 깎아 주불인 석가모니부처 양편에 관음보살과 대세지보살로 추정되는 협시보살상이 거의 입체적으로 느껴질 만큼 뚜렷이 부조돼 있었다.

그 삼존불 앞에는 약간의 간격을 두고(정확히는 1.74m로 알려져 있다) 우뚝하게 솟은 장방형의 암괴에 사면(四面)으로 부처를 새겨 놓았다. 가파른 산비탈을 평지로 만들기 위해 동쪽과 북쪽으로 높이 4m가량 되는 돌 축대를 쌓아 불단을 만들고 그 위에 사방불(四方佛)을 모셔 놓았다. 뒤쪽 병풍바위의 삼존불과 합쳐 모두 칠불인 것이다.[51]

---

51) 사면불(四面佛)에 대해서는 의견이 분분하다. 첫째, 다른 곳에 있었던 사면불을 훗날 이곳으로 옮겨 왔을 것으로 보는 설인데, 그렇게 주장하는 데는 무엇보다 정면에서 바라볼 때 사면불의 뒤쪽 병풍바위에 새겨진 주불인 부처상이 이것 때문에 가려져 보이지 않는다는 것이 이유였다. 둘째, 원래 하나의 거대한 암괴(巖塊)였던 것을 가운데를 잘라서 두 부분으로 나누어 조각했다는 설. 셋째, 사면불은 원래 탑으로 조성된 기단부에 해당하는 부분이라는 설도 있다. 왜냐하면 사면불 상단 돌의 윗부분에 인위적으로 판 곳이 있고, 이것이 탑신석의 받침돌 요철(凹凸)로 볼 수 있다는 이유에서다.

이미 도착해 있는 몇몇 탐방객들이 불상 앞에서 합장배례하거나 사진을 찍거나 하면서 칠불을 둘러보고 있었다. 정광은 먼저 사방불 앞으로 갔다. 그는 바위의 정면인 동쪽에 새긴, 약그릇을 든 모습의 약사여래불을 비롯하여 사면에 새겨진 부처들을 차례로 훑어보며 카메라에 담았다. 지난 3월 어느 날, 는개가 내리던 이른 아침에 와서 본 안개 속의 칠불과는 또 다른 분위기였다.

화려한 연꽃 위에 앉아 있는 본존불 위로 지금은 햇살이 내리비친다. 그래서 더욱 음영이 선명해진 까닭일까. 미소가 가득 담긴 양감 있는 얼굴과 풍만하고 당당한 자태를 통해 자비로운 여래불의 힘이 한결 강하게 드러나고 있었다.

옷차림은 이른바 우견편단(右肩偏袒)의 형상이었다. 오른쪽 어깨를 드러낸 채 왼쪽 어깨에만 걸치고 겨드랑이에서 흘러내리는 옷은 몸에 그대로 밀착되어 섬세하게 주름 잡힌 굴곡이 실감나게 표현돼 있다. 오른손을 무릎 위에 올려 손끝이 땅을 향하게 하고 왼손은 배 부분에 대고 있다.

비탈진 산길을 걸어 올라오느라 땀이 밴 속옷 때문에 정광은 찝찝함을 느꼈다. 화창한 5월 한낮인데도 산허리를 에돌며 불어오는 바람은 여기 고지대에선 제법 서늘하다. 땀이 식으면서 젖은 살갗에 속옷이 찰싹 달라붙어 그런가.

사찰 소속의 거사(居士)로 보이는 남자가 점심 공양을 권하자 칠불을 구경하던 탐방객들이 하나 둘 요사(寮舍)채로 향하고 있었다. 정광은 느지막이 아침밥을 먹고 나왔기에 별 생각이 없어 칠불을 뒤로하고, 거기서 다시 위쪽 구름 속에 노닐고 있을 신선암 마애보살반가상을 보려고 혼자 발길을 옮겼다.

사방이 확 트인 산꼭대기에 있어 그곳에선 주변의 풍경뿐 아니라 경주 시내의 일부분이 먼 곳까지 한눈에 내려다보인다. 지난번엔 새벽같이 왔었기에 마주치는 사람도 없었고, 초행이다 보니 왼쪽으로 꺾어 도는 곳에 있는 이정표를 놓친 것이었다. 순전히 안개 때문이었다. 곧장 정상(頂上) 방향으로 급경사의 길을, 안개를 헤치고 간 탓에 엉뚱한 산꼭대기 쪽으로 향할 뻔했던 것이다. 얼굴이나 옷을 적실만큼 습기 가득한 안개였다. 나중엔 안개인지 구름인지 분간키 어려운 투명한 막이 자꾸 앞을 가로막기에 멈춰 서고 말았다. 아무래도 길을 잘못 들었다는 생각이 퍼뜩 들어 도로 내려오자 그제야 비로소 이정표가 눈에 띄었던 것이다.

이번에는 처음부터 길을 잃지 않으려고 천천히 주위를 살피며 오른다. 20여 미터쯤 갔을까. 저만치 소나무 그늘 아래서 등산객으로 보이는 한 여인이 작은 바위에 걸터앉아 쉬고 있었다. 오르던 길에 잠시 호흡을 가다듬는 짧은 휴식인지, 아니면 마애보살반가상이 있는 절벽까지 갔다가 하산하는 도중이었는지는 알 수 없었다.

"수고 많으십니다. 날씨가 정말 좋군요."

정광은 그 여자 앞을 지나치며 말을 건넸다. 산길에서 마주치는 사람에게 으레 하는 습관대로 합장한 채 목례를 하자, 여자도 정광을 얼핏 쳐다보곤 두 손을 모았다. 그러나 말은 없었다. 대꾸가 없다는 것은 낯선 사람과 어울려 노닥거릴 의향이 없다는 속내인지도 모른다. 또는 한적한 곳에서 맞닥뜨린 외간남자에 대한 일종의 방어적 경계심 때문일 수도 있었다. 조금 머쓱해진 정광은 짐짓 이 길이 초행인 듯 가장하며 넌지시 물었다.

"이 위쪽 어딘가에 마애반가사유상이 있다고 들었는데, 이대로 계속 가면 나옵니까?"

그제야 여자는 고개를 들고, 챙이 넓은 등산모 밑에서 정광을 한 번 빤히 쳐다본다.

"여기서 조금만 더 오르면 왼쪽에 이정표가 나올 거예요. 그 표지판을 꼭 확인하세요. 그걸 못 보고 계속 가면 엉뚱한 방향으로 정상까지 가게 되요."

손가락으로 위쪽 산 정상을 가리키며 대답하는 것이었다.

"아! 네에. 고맙습니다."

정광은 다시 한 번 합장배례하고 몸을 돌려 이젠 미련 없이 줄곧 뒤돌아보지 않고 휘적휘적 가풀막진 길을 올라갔다.

이윽고 큰 바위가 나온다. 칠불암을 뒤로 한 채 50m가량 산 위로 오른 뒤끝이었다. 그 바위에 잔도(棧道)를 설치하여 통행이 가능하게 좁은 길을 내어 놓았다. 한 사람 정도 지날 수 있는 길이다. 길 아래는 낭떠러지였다. 아래엔 칠불암 뜰이 내려다보인다. 벼랑을 손으로 붙잡듯이 하며 잔도를 따라가다가 암릉(巖稜)의 오른쪽으로 굽어지는 곳에서 드디어 마애불상을 만난다.

풍만한 얼굴은 동쪽을 바라보며 보상화를 오른손에 들고 왼손은 가슴까지 들어 올려 여유롭게 생각에 잠긴 모습이다. 머리에 삼면보관(三面寶冠)을 쓰고 있어 보살상임을 알 수 있다. 8각형 대좌(臺座) 아래로 옷자락이 흘러내린 조각 표현의 정교함이 우선 놀라왔다. 결가부좌(結跏趺坐)에서 왼발은 연꽃 대좌 위에 있고 오른발을 풀어 대좌 밑으로 늘어뜨린 이른바 유희좌(遊戲坐)였다.

곧추 선 절벽 면에 새겨져 있는 불상이라 마치 구름 위에 앉아 있는 듯이 보인다. 특히 오른쪽 다리 아래로 맨발바닥이 닿은 곳에는 구름형상의 돋을새김 문양이 확연하여 금세라도 적운(積雲) 위로 걸어갈 듯한 자세다. 신선이라 불리는 까닭이 아마 그 자세와 뭉게뭉게 피어나는 구름형상 무늬의 부조 때문이지 싶다. 맑은 날에도 그렇거니와, 하물며 지난번처럼 안개 낀 이른 아침 실제 발밑에서 구름이 휘감던 때에는 구름을 벗 삼아 노는 신선의 모습 그대로였다.

맑은 날엔 토함산과 석굴암이 있는 동쪽의 일출을 홀로 바라보고, 운무 자욱한 날엔 구름을 타고 앉아 지긋이 뜬 눈으로 칠불암으로 오르는 계곡에 걸린 흰 안개구름을 바라보았을 것이다. 더구나 언제라도 그 안개구름 속으로 걸어갈 듯 이미 오른쪽 다리를 내리고 있는 자세가 아닌가! 이런 장면을 보려고 그날 이른 아침부터 예까지 는개에 젖으며 올라왔던 것에 정광은 정말 행복감을 느꼈었다.

이 마애불 앞에 앉아 그도 유희자세로 동녘 앞산이며 칠불암 계곡과 천동골 쪽에 걸린 흰 조각구름 따위를 한동안 응시하였다.

그러면서 다시금 생각한다. 왜 칠불일까?…… 그는 지난봄 한 번 칠불암을 다녀간 뒤로 오랫동안 그 의문에 대해 답을 구해 보았지만, 첫날 와서 안개 속을 헤맸던 기억처럼 오리무중이었다.

병풍바위 위에 부조된 삼불상 앞을 가로막듯 인위적으로 사면불을 새겨 놓은 것은 의도적인 설계로 보였다. 몇 가지 설이 있긴 하지만, 원래 한 덩어리였을 큰 바위의 가운데 부분을 절단하여 분리된 앞부분의 암괴(巖塊)를 장방형으로 다듬어 사면불을 새겨 넣었을 것이라는 견해에 그는 공감하고 있었다.

그렇게 해서 이뤄진 일곱 개의 불상. 과연 그 정체가 뭘까?

정광은 그 수수께끼를 풀고 싶어 그에 관련된 서적이나 연구 논문들을 닥치는 대로 구해 읽었다. 첫 번째 탐방에 나서기 전에 그는 이미 『삼국유사』에서 훗날 이 칠불암의 유래가 되었을 법한 심상찮은 구절들을 발견했었다.

　　"왕의 시대(진덕여왕 재위시절)에, 알천공(閼川公)·임종공(林宗公)·호림공(虎林公: 자장의 부친)·염장공(廉長公)·유신공(庾信公)이 남산 우지암(亐知巖)에 모여 나랏일을 의논했다.…… 신라에는 네 곳의 신령스런 땅이 있는데, 대사(大事)를 논의할 때면 대신들은 반드시 그곳에 모여서 도모하면 그 일이 꼭 이루어졌다. 네 영지(靈地)는, 첫째가 동쪽의 청송산(靑松山), 둘째가 남쪽의 우지산(亐知山), 셋째가 서쪽의 피전(皮田), 그리고 넷째가 북쪽의 금강산(金剛山)이다.……"[52]

신라는 본디 산악신앙 내지 산신숭배가 현저한 나라였다. 산신숭배사상은 종교적이고 주술적인 성격을 갖는 것으로, 마을이나 국가의 수호신이 대개 산악을 본거지로 삼고 있다는 데서 생겨난 것이었다.[53]

명산을 유람하며 호연지기를 기르고 자신의 몸과 마음을 닦던 화랑의 무리가 그런 대표적 집단이다. 화랑정신 곧 화랑도(花郎道)는 삼덕(겸손·

---

52) 『삼국유사』권1. 진덕왕 조(條). 여기 나오는 우지암(亐知巖)·우지산(亐知山)의 '우(亐)'자는 '亐'와 같은 글자로서, '于'의 본자(本字)이다. 그리고 네 곳 영지 중 하나인 금강산(金剛山)은 경주 북산(北山)을 말한 것이다. 이 점은 『삼국유사』 권3 「백률사(栢栗寺)」조에 〈계림(鷄林) 북쪽 산을 금강령(金剛嶺)이라 한다. 산의 남쪽에는 백률사가 있다.〉(鷄林之北岳曰金剛嶺. 山之陽有栢栗寺.)라고 한 구절을 보건대 현재의 강원도 금강산을 지칭한 것이 아님이 확실하다.

53) 이기동 : 『신라 골품제사회와 화랑도』일조각, 1994년(중판).

검소 · 절제)과 삼교(유교 · 불교 · 선교)를 신조로 삼는다. 원광법사가 귀산(貴
山) · 추항(箒項) 두 화랑에게 주었다는 세속오계가 화랑의 정신적 기저를
이루었음이 정광의 머릿속에 단박 떠올랐었다.

그날 이른 아침 비안개가 산허리를 감싸고돌던 계곡의 기슭을 그가 한
참 걸어올라 칠불암 불상 앞에 도착하여 섰을 때였다. 안개의 알갱이가 연
기처럼 이미 칠불까지 휘어 감고 흩어지곤 했었다. 흐릿한 회색빛 암자는
안개 속에 갇혀 있었다.

7이란 숫자가 무엇일까? 칠성사상, 즉 북두칠성을 기리는 관념에서 생
겨난 게 아닐까? 문득 그 생각이 정광의 머리를 스치던 순간, 막 안개가
걷힐 때 보니 일곱 부처가 밤하늘의 별처럼 빛나며 암벽에서 환히 모습을
드러냈던 것이다.

화랑들이 유오(遊娛)의 대상지로 삼은 곳이 바로 산이었다. 그들이 산을
찾아 순행했던 것은 김유신의 경우에서도 알 수 있듯, 산중의 동굴에서 영
매자인 샤먼을 통해 초인간적인 영력을 몸에 익히거나 혹은 샤먼을 통해
산신의 의사를 전해 듣기 위해서였다. 일테면 샤먼을 통해 인격 전환과 자
기변혁을 꾀한 것으로서, 이것은 화랑으로서의 인격형성이 무격(巫覡)적이
었음을 말해주는 것이었다.[54]

특히 자장의 부친이자 명랑의 외조부인 호림공에 관한 기록은 『삼국유
사』외에 『화랑세기』에 더 자세히 언급돼 있다.

……(그는) 알천공 · 임종공 · 술종공 · 염장공 · 유신공 · 보종공과 더불어 칠
성우(七星友)를 만들어 남산에서 만나 놀았는데, 통일의 대업이 호림공 등으로

---

54) 이기동 : 위의 책, 317~318.

부터 시작된 것이 많았으니 참으로 성대하고 지극한 일이다.……(호림은) 지소
태후의 손(孫)이고 진골 정통의 내림이다. 복되게 불선(佛仙)에 들어갔으니 공
(功)이 천추에 드리운다.[55]

신라왕실 가계(家系)에 의하면 법흥왕의 딸 지소가 작은아버지 입종갈
문왕과 혼인하여 낳은 자식이 진흥왕이며, 지소태후의 계부(繼夫)가 된 영
실각간(英失角干)과의 사이에서는 송화(松花 · 松華) 공주가 태어났다. 송화
가 복승(福勝)과 혼인하여 호림을 낳았다. 그러므로 호림은 지소태후의 외
손이며 진골 정통의 내림이 맞는 것이다.

호림은 처음 문노공(文弩公)의 딸 현강낭주(玄剛娘主)를 아내로 맞았으
나, 그녀가 일찍 죽었다. 그래서 호림은 하종공(夏宗公 · 세종공과 미실 사이에
서 태어난 아들)의 딸인 유모낭주(柔毛娘主)를 다시 아내로 맞이했다.

그때 미실궁주의 나이가 이미 많았는데, 손녀인 유모낭주를 매우 사랑
하여 귀한 아들 보기를 원했다. 호림에게 명하여 천부관음(千部觀音)을 만
들어 아들을 기원하도록 했다. 이에 선종랑(善宗郞 · 자장법사)을 낳았고, 그
는 자라서 율가(律家)의 대성(大聖)이 되었다.

호림공은 불교를 숭상함이 더욱 깊어져, 곧 유신공에게 풍월주의 자리
를 양위하고 무림거사(茂林居士)라 스스로 칭한 채 조정의 일에는 간여하
지 않았다. 그러나 국가에 대사가 있을 때에는 반드시 (호림공을) 받들어 의
견을 물었다. 등등…….

이런 갖가지 사례들을 종합하면, 칠성우(七星友)들이 나랏일을 의논하며

---

55) 『화랑세기』 14세(世) 호림공(虎林公) 조(條)에 의하면 『삼국유사』에는 보종공(宝宗公)의 이름
이 빠져 있어 6인으로 기록돼 있었는데, 여기서는 호림공을 포함하여 7인이 칠성우를 만들
었다고 나온다.

어울렸던 남산 우지암의 위치가 바로 지금의 이 칠불을 새긴 바위였을 것으로 짐작되는 것이었다.

그 순간 일곱 불상의 정체가 정광의 머릿속에서 확연히 밝혀지는 것 같았다. 조각기법이나 양식적 특징으로 미뤄보아 통일신라시대인 8세기에 조성된 이 칠불은, 이곳 남산에서 어울려 삼국통일의 대업을 논의하고 실행한 이들 칠성우를 기리기 위한 결과물이 아니었을까? 따라서 칠불암이란 명칭도 당연히 일곱 불상이 조성된 이후에 생겨났을 터이다.

옛날 인도 · 페르시아 · 중국 등지에 알려진 고대인의 천문학적 인식으로는 해와 달과 여러 혹성의 위치를 밝히기 위해 황도(黃道 · 천구상의 태양의 궤도)에 따라서 천구(天球)를 스물여덟으로 구분한 것을 이십팔수(二十八宿)라 하였다. 말하자면 하늘을 사궁(四宮: 동 · 서 · 남 · 북), 사신(四神: 청룡 · 백호 · 주작 · 현무)으로 나누고, 다시 각 궁(宮)마다 일곱 성수(星宿)로 나눈 셈이다.

예컨대, 동쪽 일곱 성수에 각(角) · 항(亢) · 저(氐) · 방(房) · 심(心) · 미(尾) · 기(箕), 서쪽에 규(奎) · 누(婁) · 위(胃) · 묘(昴) · 자(觜) · 삼(參), 남쪽에 정(井) · 귀(鬼) · 유(柳) · 성(星) · 장(張) · 익(翼) · 진(軫), 그리고 북쪽에 두(斗) · 우(牛) · 여(女) · 허(虛) · 위(危) · 실(室) · 벽(壁)으로 나누어져, 모두 28수였다.

그 한가운데에 북두칠성이 자리하고 있다. 그리하여 스스로를 칠성우(七星友)라 칭한 신라의 일곱 대신들은 계절에 따라 그 별자리가 가장 잘 관찰되는 장소로 옮겨가며, 목욕재계하듯 우주로부터 청원(淸元)의 기(氣)를 받고 국사를 논하였던 것이다. 그 신령스런 네 곳[四靈地]이 동쪽의 청송산, 남쪽의 우지산, 서쪽의 피전, 북쪽의 금강산(경주 북산 · 강원도 금강산과 비교해 현재는 소금강산으로 일컬음)이었다고『삼국유사』는 기록하고 있다.

이런 까닭에 남쪽의 우지산이 곧 경주남산의 다른 이름이었음을 알 수 있다. 그곳에 있는 우지암(亏知巖)은 원래 한 덩어리 거대한 바위였는데, 가운데를 절단하여 삼국통일의 대업을 논의했던 칠성우를 기념하기 위해 칠불을 새겼던 것으로 정광은 결론짓고 있었다.

북두칠성의 형상을 본떠 앞에 있는 네 개의 별자리는 전방에 새겨진 사면불의 형상으로, 뒤의 세 별자리는 후방의 병풍바위에 새겨놓은 삼존불로써 상징된 까닭으로 해석하면 틀림없을 것이었다.

원래 우지암이 하나의 거대한 암괴(巖塊)였고 이를 절단하여 앞뒤로 나눈 것으로 보는 설을 타당하게 여기게 된 것도 그 때문이었다. 하여, 칠불암(巖)은 본시 일곱 개의 부처바위를 지칭한 말이었을 것이다. 그런데 훗날 여기에 암자가 들어서면서 그때부터 암자 이름인 칠불암(庵)으로 통칭하게 되었을 터였다.

그런 생각을 하며 그는 발밑으로 칠불암의 뜰을 주의 깊게 살피다가 문득 놀라운 광경을 발견하였다. 이곳 신선암 마애보살반가상 앞에서 그 아래를 내려다보고 있자니 경사가 심한 지형에다 마애칠불을 새긴 암석 앞에 배례단(拜禮壇)을 만들고, 주변에 산신각(山神閣), 인법당(引法堂), 마애칠불이 자리를 잡고 있는 그 터가 마치 북두칠성을 잇는 형상의 라인을 이루고 있는 것이었다.

정광은 아! 하고 탄성을 발했다.

확실히 그랬다. 마애칠불이 칠성우(七星友)를 기념한 북두칠성의 상징적 의미로써 새겨진 것이라 해석할 경우, 뒷날 여기에 절터를 닦을 때의 그 윤곽의 모서리를 이어 보면 이것 역시 거울에 반영된 북두칠성의 라인을 거꾸로 엎어놓은 형국처럼 조성돼 있었던 것이다.

어느 순간 물리(物理)가 확 트이는 깨달음과 함께 그는 하나의 수수께끼가 일시에 풀린 듯한 희열감에 젖는다. 이런 때엔 자기가 우주의 은밀한 진실을 읽고 있다는 생각마저 들곤 하는 것이었다.

그는 스스로 신선이 된 기분을 느끼며 옆에 있는 마애보살반가상을 잠시 우러러본다. 칠불암은 그렇다 치고, 이 마애보살반가상은 대관절 누구를 기념하여 새긴 것일까?

화랑의 우두머리 중 4대 풍월주 이화랑 공은 선도와 불교를 처음으로 융합시킨 분으로 이미 불법을 깨우친 승려와 같았다.

공의 아들인 원광법사와 보리공은 숙명 공주 소생이다. 지소태후가 태종(이사부) 공과 사통하여 낳은 자녀가 세종공과 숙명 공주인데, 공주는 이화랑을 사모한 끝에 약사여래의 원력으로 원광을 낳은 바 있다.

건복(建福)[56] 17년(600) 불도를 닦으러 유학을 갔던 아들 원광이 신라로 돌아오자, 이화랑은 사다함에게 풍월주 자리를 물려주고 정처(正妻)인 숙명공주와 더불어 영흥사(永興寺)에 나가 살며 불도에 전념했다. 지소태후 또한 사위와 딸을 뒤따라 불교에 귀의하였다.

이화랑은 일찍이 선도(仙道)는 본래 우주의 청원(淸元)의 기(氣)에서 나왔다고 했다. 그의 영향을 받고 자란 큰아들 원광은 불가의 대종이 되고, 차남인 보리공은 선도와 불도의 융합을 이루었다. 이어, 보리공에게 계를 받은 호림에 의해 마침내 화랑의 무리는 선도를 바탕으로 생시에는 불교,

---

56) 진평왕 6년(서기 584년)부터 사용한 신라 연호.

죽어서는 신선이 되고자 하여 도가(道家)에 그 정신적 맥을 굳건히 잇게 되었다.

기록에는, 죽기 얼마 전에 이화랑 공이 정처인 숙명공주에게 이런 말을 하였다고 한다.[57]

"이미 세상을 떠난 지소태후와 진흥왕을 뒤따라 우리도 함께 하늘 위 옥황상제가 산다는 옥경(玉京)으로 가는 게 어떻겠소?"

이에 숙명이 대답했다.

"낭군이 향하는 바를 첩은 마땅히 따라야지요."

그리고 마침내 둘은 나란히 누워서 죽었다.

지나친 억측인진 몰라도 여기 칠불암 뒷산, 암릉(巖稜)의 절벽 한 면에 새겨놓은 이 마애보살반가상이야말로 죽어서 신선이 되고자 했던 이화랑 공을 기리기 위한 의도가 아니었을까, 라고 정광은 생각해 본다. 오른쪽 다리를 풀어 남산 구름을 딛고 있는 태평스런 유희좌(遊戲坐)의 자세는 마치 금방이라도 뭉게구름 위로 걸어갈 듯한 신선풍의 모습이다. '신선암(神仙庵) 마애보살반가상'이란 지금의 명칭도 딱히 이곳에 그런 암자가 있어서라기보다 이 바위 자체를 두고 신선암(神仙巖)이라 부른 것이 와전된 게 아닐까?

아무튼 그 바위 곁에 앉아 산 아래를 굽어보니 그 자신 또한 절로 신선이 된 느낌이었다.

---

57) 필사본 『화랑세기』(4세 풍월주) 이화랑 조(條).

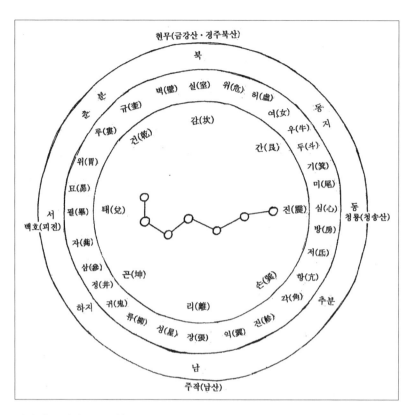

별자리 28수(二十八宿)

사궁	동(東)	서(西)	남(南)	북(北)
사신	청룡(青龍)	백호(白虎)	주작(朱雀)	현무(玄武)
이 십 팔 수	각(角) 항(亢) 저(氐) 방(房) 심(心) 미(尾) 기(箕)	규(奎) 루(婁) 위(胃) 묘(昴) 필(畢) 자(觜) 삼(參)	정(井) 귀(鬼) 유(柳) 성(星) 장(張) 익(翼) 진(軫)	두(斗) 우(牛) 여(女) 허(虛) 위(危) 실(室) 벽(壁)

위 그림과 도표는 '대한한사전'(大漢韓辭典 · 1982, 重版, 張三植 편저)에 있는 이십팔수(二十八宿)란에서 인용. 특히 북두칠성의 위치와 우주 청원(清元)의 기(氣)를 받는 사령지(四靈地 · 신령스런 네 가지 장소)를 옛 서라벌에 적용했을 때의 모습.

제 4 장

재회(再會)

내려오는 길은 어떤 깊은 깨달음을 얻은 뒤처럼 마음도 몸도 훨씬 가뿐
하였다.

아까 산을 오르며 마주쳤던, 소나무 그늘 아래서 쉬고 있던 그 여인이
아직도 같은 자리에 있는 것을 보았다. 어림잡아 한 시간 가까이 지난 것
같은데, 나지막한 바위에 엉덩이를 걸친 자세 그대로 있는 것이 무척 이상
했다. 아까 본 모습과 달라진 게 있다면 그늘 속에서 시원한 솔바람을 쐬
듯 등산모를 벗은 채였다.

정광은 아까처럼 말을 걸어볼까 하다가 그만두고, 잠깐 고개만 한 번
까딱 숙여 보이곤 그냥 지나쳤다.

"저기요."

막 그녀 옆을 지나 몇 걸음 떼어놓는 순간, 뒤에서 여자가 나지막이 불
렀다.

정광은 멈추어 돌아보았다. 여자가 바위에 기대 세워둔 등산용 지팡이
를 잡더니 그걸 의지해 막 일어서려다 도로 털썩 주저앉는다. 순간적 판단

으로도 그녀의 몸에 이상이 있음을 정광은 감지했다.

"어디, 몸을 다치셨어요?"

그가 얼른 다가가서 묻자, 여자는 쑥스러운 듯 웃고는 고개를 수그려 발목 쪽을 내려다보며 "발을 삐었어요."라고 했다.

"어쩌다가?"

"저어기 신선암 마애불상 보고 내려오던 길에…… 주변 경치에 한눈 팔다 그만 발목이 접질리어 삐끗했죠."

"휴대폰으로 119에 연락이라도 하시지 그랬어요?"

"물론 그럴 생각이었죠. 호주머니랑 배낭 속까지 다 찾아봤는데, 공교 롭게도 오늘따라 휴대폰을 집에 두고 나왔던가 봐요. 차는 통일전 주차장 에 세워두었고…… 거기까지 산을 내려갈 일이 난감해서 누군가 오기를 계속 기다렸어요."

"그럼 아까 나랑 처음 마주쳤을 때 진작 말씀하시지 않고……"

"아뇨. 그때 도움을 청했더라면 저로 인해 아저씨가 마애보살반가상을 못 보시게 되는 폐를 끼칠 순 없는 일이죠. 꼭 아저씨가 아니더라도 누군 가 또 다른 사람이 지나칠 수도 있는 일이고요."

"그런데도 여태 나 말고는 지나가는 사람이 없었던 모양이군요. 한 시 간 남짓, 참 미련스럽게도 기다린 셈이네요?"

여자는 기어들어가는 목소리로 다소곳이 "네." 하고는 얼굴을 살짝 붉 혔다.

"다친 데 한 번 봐도 될까요? 어느 쪽 발이에요?"

정광은 무릎을 꿇을 듯이 하고 바위 위에 걸터앉은 여자의 발에 손을 뻗 쳤다. 당황한 그녀는 엉겁결에 왼발을 들어 옆으로 살짝 피한다.

"괜찮아요. 다친 데가 어느 정도인지 알아봐야 하니까 그냥 내게 맡기세요."

정광이 웃으며 말하자, 여자는 어쩔 수 없다는 듯 스스로 양말을 벗은 왼발을 슬그머니 내려놓는다.

접질린 발목은 약간 부어 있었다. 정광은 등에 매고 있던 배낭 속을 뒤적여 소염제 스프레이와 작은 플라스틱튜브로 된 멘덤쿨(Menthom-cool) 로션을 꺼냈다. 이런 것들은 우발적 사고에 대비해 등산용으로 항시 지니고 다니는 그의 배낭 속 물건들의 일부였다.

붓고 아프며 열이 나는 증세부터 우선 시원케 해줄 요량으로 그는 여자의 발등에 항염(抗炎) 스프레이를 뿌렸다. 공기 중에 퍼지는 싸한 냄새가 코끝을 자극한다. 잠시 뒤에 멘덤 로션을 짜서 그녀의 발등에 바른다. 그리고 두 손으로 감싸고는 정성스레 발마사지를 하듯 가만가만 문지르기 시작했다. 여자는 아픈지 겸연쩍은지 실눈을 뜬 채 정광을 내려다보고 있다.

"많이 아프세요?"

"아뇨, 조금."

"뼈에 금이 가거나 이상이 생긴 게 아니라면 크게 걱정할 건 없죠. 인대가 늘어났거나 신경이 놀란 경우엔 병원에서 처방해주는 대로 하면 쉽게 나을 거예요."

"고마워요. 평소 남산 등반이라면 밥 먹듯이 해왔지만 아직 한 번도 이런 불상사는 없었는데……"

"남산을 그렇게 자주 다니나요?"

"네. 흔히 말하는 경주남산 63계곡을 전 안 가본 데가 없어요. 남북 8

킬로, 동서 약 4킬로에 걸쳐 누워있는 이 남산은 제가 어릴 때부터 아버지 따라 오르내린 곳이거든요. 커서도 지금처럼 습관이 되었을 만큼…….”

정광이 묵묵히 듣고만 있자, 여자는 분위기가 어색했는지 묻지도 않은 말을 늘어놓는다.

“저희 아버지께선 사학자셨어요. 소위 ‘남산학파’라고 불릴 정도로 신라 사에 매우 조예가 깊으셨죠. 자연히 저도 아버지와 함께 오랫동안 남산을 오르내리며 줄곧 귀동냥을 통해 우리고장 역사에 눈을 뜨게 된 거죠. 하여 간, 골이 깊고 가파른 서남산 쪽에 비하면 이쪽 동남산은 완만한데, 오늘 같이 이런 어이없는 사고를 당할 줄은 정말 몰랐어요.”

“아하, 그런 사연이 있었군요. 그럼 여기 칠불암에 대해서도 나름대로 알고 계신 견해라도 있나요?”

“그야, 『삼국유사』의 기록에도 있고, 한 때 위서(僞書) 논란이 분분했던 필사본 『화랑세기』에도 자세히 나오죠. 자장법사의 부친인 호림공을 위시 한 칠성우가 만나 남산에서 노닐며 나랏일을 논의하고 삼국통일의 대업을 도모했던 역사적인 장소라고요. 기록에는 분명 ‘남산 우지암’이라고 했거 든요. 그런데 학계에서는 이를 두고 엉뚱하게 백률사(栢栗寺)가 있는 경주 북산에 비정(比定)하기도 해요. 불교를 전파하다 순교한 이차돈의 목 베인 머리가 날아가 떨어졌다는 전설이 있는 그곳 백률사는 결코 남산에 있지 도 않는데 말예요.”

“그건 나도 동감해요.”

정광은 즉각 고개를 끄덕이며 동의했다.

“『삼국유사』 기록에 칠성우들이 국사를 논의했다는 신령스런 네 곳 중 하나인 금강산을 현재의 경주 북산으로 본 것은 맞는데, 거기가 통일 대업을 논의한 유력한 장소였다고 본 것은 확실히 빗나간 추정이지요. 뭣보다 첫째 이유가 방금 지적한 그대로예요. 거긴 남산 우지암이 아니니까. 그리고 두 번째는…… 대개 역사학자들이 고대의 천문학적 지식인 28성수도(星宿圖)와 북두칠성의 관계에 대해 잘 몰랐기 때문일 겁니다."

하는데, 여자가 별안간 "아!"하고 가벼운 비명을 질렀다. 이야기에 열중하느라 무의식중에 그만 그녀의 부은 발등을 좀 세게 문질렀던 모양이다.

"아프세요?"

정광은 놀라서 얼른 손을 떼며 물었다.

"네. 약간……. 이젠 됐어요."

여자는 잠깐 왼발을 움켜쥐더니 이내 바위 위에 벗어둔 양말을 도로 신는다.

정광은 순간적으로 머쓱해져서 변명조로 말했다.

"미안해요. 나도 모르게 그만…… 아픈 데를 좀 세게 눌렀던가 봐요."

"아, 아니에요!"

여자는 강하게 머리를 흔들며 부정하더니,

"오히려 제가 미안한 걸요. 초면에 염치없이……. 선생님께선 성심으로 남을 배려해 주신 거잖아요? 정말 고마워요."

그녀가 정광을 대하는 호칭이 처음엔 '저기요'에서 금세 '아저씨'로 바뀌었다가 이젠 '선생님'으로 변해 있을 만큼 어느새 그 표정에서도 한결 경계심을 풀고 마음의 문을 연 것처럼 밝아져 있었다.

"아까 하던 얘기, 마저 해주세요. 고대 천문학에서 28성수란 게 뭐죠?"

정말 알고 싶다는 듯 그녀의 표정이 꽤 진지해졌다. 정광은 다가가 바위 위에 걸터앉은 그녀의 옆자리에 엉덩이를 걸쳤다.

"옛날 중국이나 인도, 페르시아의 천문학엔 어떤 공통점이 있었죠. 특히, 중국 쪽에선 하늘을 사궁—즉 동서남북, 사신—청룡, 백호, 주작, 현무로 나누고, 다시 각 궁(宮)마다 일곱 성수로 나눈 것을 28수(宿)라 일컬었어요.……"

그렇게 말문을 연 정광은 등산복 상의의 왼쪽 호주머니에 넣고 다니던 수첩과 볼펜을 꺼내 28성수도(星宿圖)를 대충 그려 보였다.

"신라인들, 특히 화랑의 무리에겐 산악신앙이랄까, 산신숭배사상이 강했지요. 그들이 즐겨 명산을 찾아다니며 호연지기를 기른 것도 그 때문이기도 하구요. 그들은 영적 기운을 산에서 받고 있었지요. 제14대 풍월주 호림공을 비롯한 칠성우들이 남산에서 자주 어울려 국가의 중대사를 논의한 것도 산악신앙과 연관된 것이랄 수 있고…….

하여간, 『삼국유사』 진덕왕 조에도 신라엔 네 군데 영지(靈地)가 있었다고 나오잖아요. 동의 청송산, 남의 우지산, 서의 피전, 북의 금강산.…… 그런데 계절에 따라 북두칠성을 가장 뚜렷이 볼 수 있는 장소로 그들이 옮겨 다니며 우주의 청원(淸元)의 기(氣)를 받고 국사를 논했거든요. 그들 일곱 사람의 모임을 칠성우(七星友)라 칭한 것도 그 때문이기도 하구요. 대자연의 섭리에 따라 우주의 기가 모이는 곳이 있는데, 네 곳 중에서도 가장 중요한 모임 장소가 남산, 즉 우지산의 우지바위[亏知巖]라고 여겼겠죠. 『삼국유사』에도 그렇게 명기돼 있고……. 물론 지금의 칠불암은 삼국통일의 대업을 이룬 후에 그들 칠성우를 기리기 위해 후대에 붙여진 이름일 테죠. 그 전의 이름이 바로 우지암이고."

"어쩜! 그건 저랑 똑 같은 생각이에요."

여자가 눈을 반짝이며 정광을 쳐다보았다.

"화랑들에 의해 금강산 순례가 행해진 이유는, 사람의 생명이나 국가의 운조(運祚)도 오로지 금강산신의 의사(意思) 여하에 달렸다 하여—마치 고대 그리스의 올림포스에서와 같이—신탁과 예언이 이 산에 의해 계시되는 것으로 알았기 때문이라고 해요. 일찍이 육당 최남선 선생이 '불함문화론(不咸文化論)'에서 그렇게 주장한 바 있어요. 유독 금강산에 미륵불, 미륵암 같이 미륵의 명칭을 붙인 것이 많은 이유도 불교 전래 후 이러한 민간신앙 위에 불교적 산악관에 따른 미륵정토 관념이 융합된 때문이기도 하구요. 저 아래 보리사가 있는 골짜기를 미륵곡이라 부르는 것도 그와 같은 관념 때문이겠죠."

　평범한 등산객의 수준과는 다른 그녀의 예사롭지 않은 역사지식은 단순히 사학자인 부친의 영향 때문만은 아닐 거라 여기며 정광은 내심 감탄한다.

　"예. 맞아요. 특히 여기 남산의 곳곳에다 불상을 만든 것은 돌에 새긴 신라인들의 불국정토 신앙의 징표지요. 그동안 내가 남산 마애불과 석불들을 둘러본 곳만 쳐도 손가락을 다 꼽을 수 없을 정도네요. 가장 기억에 남는 것만 열거해 봐도…… 가령, 현재 경주박물관 전시실에 있는 삼화령 미륵삼존불은 신라말기의 것이고, 같은 시기에 만든 불곡석불도 있죠. 통일신라시대 것인 봉화곡 마애삼존불, 8세기 중엽 것인 용장곡 용장사지의 삼륜대여래좌상……. 그보다 좀 늦은 9세기 불상에는 삼릉곡 석불좌상, 또 삼릉곡 마애여래좌상, 윤을곡 마애삼체여래입상불 등을 예로 들 수 있겠네요. 한데, 불곡의 감실 할내 부저와 중생사 마애불을 위시한 그곳 마애불상군은 신라의 초기불상으로 7세기 것이 확실해요. 이 시기는 명랑법사가 티베트 밀교를 전파하던 초창기였지요.……"

정광은 말하다가 잠깐 고개를 돌려 그녀 쪽을 바라보았다. 여자는 팔짱을 끼고 한껏 귀를 기울여 듣고 있었던 듯, 내처 정광의 얼굴에 시선을 고정시키고 있다. 둘의 눈길이 정면으로 마주치는 바람에 여자는 어색함을 느낀 듯 얼른

"그래서요?"

라고 뒷말을 재촉한다.

"내 판단으로는, 소위 할매 부처라 통칭하는 그 감실석불좌상과 중생사의 경우는 물론이고, 미륵곡의 보리사에 있는 여래좌상, 또 옛날 신인사 자리였던 지금의 옥룡암 탑곡 마애조상군은 명랑법사가 제작한 것으로 보고 있어요. 특히 그 조상군(彫像群) 가운데서 바위 북면에 새긴 칠층탑과 구층탑은 황룡사 구층목탑을 재현한 것이 아니라, 거기서 빤히 내려다보이는 사천왕사의 동탑과 서탑을 재현한 것이라고 봐요. 문무대왕의 명으로 사천왕사를 건립한 자가 바로 명랑법사였으니까! 이건 내가 처음으로 제기해 보는 하나의 가설이긴 하지만……."

"아! 어쩜, 그렇겠군요. 맞아요!"

여자가 느닷없이 탄성을 발했다.

"전 어릴 때부터 탑곡 마애조상군을 셀 수 없을 만큼 봐왔는데, 가서 볼 때마다 항시 품었던 의문이 이제 비로소 확 풀리는 것 같아요. 황룡사 구층목탑의 원형적 모델이라고 알려진 구층탑 외에 그 옆에 새겨놓은 칠층탑은 또 뭔지, 왜 거기 새겨져 있는지, 제겐 늘 수수께끼였거든요. 신인사 언덕에서 내려다본 사천왕사의 동탑과 서탑을 그대로 재현했다는 설명이 딱 들어맞네요. 그러고 보니 그 수수께끼의 진실은 결국 명랑법사에게로 귀착되는 셈이군요."

"아무튼 난 명랑의 발자취를 더듬어 예까지 이르게 된 건데, 되돌아보면 그 출발점은 불곡의 감실석불좌상, 그러니까 바로 할매 부처상 앞에서부터랄까……. 아! 이제야 뭔가 생각나는 게 있어요. 저어, 혹시 우리 어디선가 한 번 뵌 적이 있지 않았나요?"

정광은 비로소 떠올렸다. 눈앞의 이 여자가 바로 2년 전 이맘때 불곡의 감실석불좌상 앞에서 마주친 적이 있었고, 그때 처음으로 명랑법사에 대해 강한 호기심을 심어준 그 여인일 것이라고.

여자는 가타부타 말이 없이 빙그레 웃기만 한다. 그 미소가 매우 낯익다.

"인연이라면 아무리 서로 떨어져 있어도 언젠가는 반드시 만나게 돼 있다는 말도 있잖아요. 우리가 서로 마주친 적이 있다면 그게 언제쯤 얘긴가요?"

여자가 천연덕스럽게 남 얘기하듯 묻는다.

"벌써 2년쯤 된 것 같지만…… 확실해요. 봄날 어느 주말 오전에 불곡 감실석불좌상 앞이라고 기억하고 있거든요."

"그래요? 저로선 긴가민가한 얘기라서…… 암튼, 그 일은 그렇다 치죠. 지금 제가 관심 있는 건 선생님의 새로운 이론이랄까, 기존의 학설과는 전혀 다른 주장이 정말 재밌거든요. 좀 전에 다녀오신 신선암 마애보살반가상에 대해선 어떻게 생각하세요? 왠지, 뜻밖의 대답이 나올 것 같아 무척 궁금해지네요."

"그건, 화랑의 우두머리 중 제4대 풍월주 이화랑 공을 염두에 두고 새긴 게 아닐까, 생각해요. 이화(랑)공은 선도와 불교를 처음으로 융합시킨 분인데, 원광법사와 보리공의 부친이기도 하죠. 바위에 새겨진 신선풍의 보살반가상은 생전의 이화공의 도가사상을 대변하는 모습에 딱 어울리는 상징성을 지녔거든요. 일테면, 자연과 시간을 상징하는 돌에다 영원을 꿈꾸는 인간의 염원을 새겨 넣어 석불로 재탄생케 했다 할까…….”

정광은 좀 전에 마애보살반가상을 여러 각도로 카메라에 담으며 눈여겨 보았던 형상을 다시금 머릿속에 떠올리며 말했다.

아닌 게 아니라, 돌에 새긴 불상들은 마치 살아 있으면서도 이승에 완전히 속해 있지 않은 듯하다. 또한 그 석불들이 위치한 장소도 대개 현실을 떠난 다른 세상처럼 보인다. 바위와 동화된 존재로 산속이나 혹은 구름 머무는 정상에 위치하여 이승과 저승을 넘나드는 지점을 보여줌으로써 삶과 죽음을 뛰어넘은 화신인 양 숭고한 자태를 드러내고 있는 것이었다.

부드러운 곡선으로 이루어진 천의(天衣)를 걸치고 반가부좌(半跏趺坐)한 채 꿈꾸듯 지그시 감은 눈길 속에 지향하는 곳은 산자락 너머 저 멀리 끝 없는 하늘가였다.

그러나 가부좌에서 한쪽 발을 풀어 연꽃좌대 밑으로 드리운 다리, 흘러 내린 옷자락 등은 대체로 중력에 순응하듯 무게 중심이 아래쪽에 있다. 그럼에도 불구하고 내려뜨린 발밑에 뭉게뭉게 피어나는 구름 형상 때문에 지상과 하늘 사이에 올라앉은 그는 본래 이 세상에 속해 있지 않았던 것처럼 보였다. 그건 마치 오랜 사유(思惟)를 끝내면 땅으로 내려오는 대신 구름 위를 걸어 하늘로 향할 것 같은 자태였다.……

머릿속에선 이런 생각들이 조리정연하게 떠올랐으나 막상 표현을 하자니 매끄럽게 술술 말이 돼 나오지 않았다. 그래도 정광은 저 위쪽 암릉에서 마애보살반가상을 보고 느낀 이런 내용들을 띄엄띄엄 전달했다.

여자도 충분히 알아들은 듯하였다. 그녀는 고개를 끄덕이며 “과연, 들고 보니 정말 그런 것 같군요."라고 공감한다.

"지상에 만들어진 모든 불상들은 시공을 초월한 채 그냥 묵묵히 존재할 뿐이지요. 그런데 그 불상의 배후에 있는 제작자의 경건한 신앙심의 발로에 의해 만들어진 참된 의도까지 보지 못하면 그냥 돌덩어리나 다름없어요. 옛날에 내가 그랬듯이……. 하나의 불상이 제작될 때는 대체로 거기에 얽힌 사연이나 배경설화가 있거든요. 그걸 바탕으로 이루어진 불상제작자의 숭고한 의도가 감상자의 내면에까지 전달되기란 쉽지 않죠. 불상을 단지 하나의 조각품과 같은 미의 개념으로 감상하는 자에겐 전혀 감동이 없는 이유가 그 때문이고. 한데, 이제는 달라요. 요새는 석불이 내게 말을 건다고나 할까, 언젠가 인간이 생을 끝내고 돌아갈 세상 저편을 향해 마치 안양교를 건너 불이문(不二門)에 이르는 길안내를 하듯이 말이죠. 불상은 늘 그런 자세로 말없이 중생을 일깨워주고 있는지도 모르죠."

정광의 말에 여자는 잠시 생각에 잠긴 듯 아무 대꾸가 없다. 대신, 어디선가 인기척을 느낀 양 그녀의 시선이 주위를 살핀다.

때마침 저 아래 칠불암에서 점심공양이 끝나 여기 위쪽 신선암 마애보살반가상을 찾아볼 의향으로 산을 오르는 사람의 모습이 두엇 보였다. 그들이 등산길에서 마주치면 으레 그렇듯 눈인사를 하며 막 두 사람 옆을 지나쳐 갔다. 여자는 그들이 지나가기를 기다렸다는 듯 끊겼던 대화를 다시 이었다.

"아까, 대자연의 섭리에 따라 우주의 기(氣)가 모이는 곳이 있다는 말씀을 하셨죠? 그래서 그런지, 저 역시 기를 받아야 할 필요가 생기면 꼭 남산을 찾거든요. 일상의 업무가 잘 안 풀리거나 삶에 활기를 잃고 따분해지면요. 특히 이곳 칠불암과 신선암 마애보살 반가상이 있는 곳은 암산(巖山)의 기를 느끼기에 딱 좋아요."

"내가 보기엔, 단순히 삶의 생기를 회복하려고 등산하는 사람과는 차원이 좀 다른 분 같은데…… 혹시 실례가 안 된다면 댁의 직업을 물어봐도 괜찮을까요?"

단도직입적으로 묻는 정광의 말에 여자는 말없이 어색한 미소를 지었다. 순간적으로 의표를 찔렸을 때의 당혹스러운 반응 같기도 하고, 반대로 이미 그런 질문을 예상하고 있었던 것 같기도 한 묘한 웃음이었다.

"제가 무슨 일 하는 사람으로 보이나요?"

여자는 엉뚱하게 되묻고는 여전히 그 묘한 미소를 머금고 있다. 천연덕스럽게 말장난이라도 하고 싶은 듯 꽤나 능청스러운 표정이다. 정광도 금세 맞장구를 치며 이에 걸맞게 응대하고 싶은 장난기가 발동했다.

"글쎄요. 단순히 전업주부 같지는 않고……. 겉보기엔 예술가 타입인데요. 화가인가? 아니, 글쓰기를 전문으로 하는 문학가 같은 느낌도 들지만, 이야기를 듣다 보면 역사에 조예가 깊은 학자 같은 느낌도 들고…… 아무튼, 종잡을 수 없을 만큼 다양한 이미지 때문에 혼란스럽네요. 한마디로, 신비스럽다 할까……."

"선생님도 참! 일부러 듣기 좋은 말만 골라서 하는 걸 보니, 이젠 절 놀리려 하는 거죠?"

"놀리다니요? 무슨 그런 섭섭한 말을……. 진짜 궁금해요, 어떤 분이신지."

"실은, 나이 사십 중반을 넘어서면서부터 정말 내가 원하는 삶이 뭔지, 회의감이 들데요. 그래서 뒤늦게 공부를 더 하고 싶어 대학원에 다니고 있어요. 일테면 만학도(晩學徒)인 셈이죠. 사학과를 택했는데, 요즈음 학위논 문 준비 중이에요."

"아하! 어쩐지……. 사학자이신 부친의 영향 때문이겠군요. 암튼, 공부 란 좋은 일이죠. 부친의 전철을 밟아 같은 계통으로 나가신다니, 그것도 보기 좋구요. 논문 주제는 어떤 겁니까?"

"아직 확정된 건 아니지만……"

여자는 잠시 망설이더니 말했다.

"고구려, 백제, 신라 가운데서 신라가 삼국통일을 할 수밖에 없었던 당 위성이랄까, 그 결정적 원동력이 뭔지에 관심이 있어요."

"야아, 그거 상당히 흥미로운데요. 신라에 의한 삼국통일의 결정적 동 인(動因)이 뭔지, 요점만 말한다면?……"

"세 가지로 요약할 수 있겠네요. 그것도 진화론적 입장에서 세 가지 요 인으로 신라인이 삼국통일을 할 수밖에 없었다는 게 제 논지예요. 진화론 을 들먹이면 누구나 대뜸 다윈의 자연선택설을 떠올리잖아요. 부모가 지 닌 형질이 후대로 유전돼 내려올 때 주위환경에 더 잘 적응하는 형질이 선 택되어 살아남는다는 것. 이게 다윈의 진화론적 핵심개념인 건 다 알잖아 요."

정광은 내심 허, 이것 봐라, 예사롭지 않은데, 하는 생각이 들었다.

"진화론적 입장이라? 아주 색다른 관점이네요……."

"현재 진화생물학계에선 크게 두 가지 학설이 있거든요. 혈연선택설과 집단신댁설. 그린데 신라 읭실만이 유독 골픔제도를 두이 혈연선뇍에 집 착한 이유가 뭐겠어요? 사적 공동체인 가족끼리 근친혼을 고집함으로써 흔들림 없는 왕실의 정통성을 유지할 목적이었겠죠. 혈통에 의한 이기적 유전자를 공유하기 때문에 같은 혈통끼리 이타성도 생겨, 가급적 쿠데타 같은 반란을 미연에 방지하는 하나의 방편이기도 하구요. 집단선택설은 죽음을 무릅쓰고라도 개인을 위험에 빠뜨리거나 희생시켜 타인과 소속집단에게 유익한 행동을 일으키는 유전자를 확산시키는 것을 말해요. 화랑도 정신의 확산이 그 대표적인 예지요. 집단선택설을 주장하는 학자는 이타성(利他性)조차 실은 이기성의 다른 모습이라고 보고 있어요. 전쟁터에서 화랑의 무리가 어떻게 싸웠는지, 역사기록이 이를 잘 설명해주잖아요. 집단에 대해 충성하고 공공의 이익을 위해 스스로를 희생할 수 있는 사람이 많은 집단, 다시 말해 이타적인 사람이 많은 집단이 그렇지 않은 집단과의 투쟁에서 승리할 가능성이 훨씬 크지요. 약육강식의 원리가 작용하는 동물의 세계에서도 그런 예는 흔해요. 가령, 어떤 초식동물은 육식동물의 침입에 스스로 노출되는 위험을 감수하더라도 사전에 동료에게 위험을 알려 피신시키는 역할자가 꼭 있어요. 그 대신 자신이 공격당함으로써 곤경에 빠지는 이타성을 발휘하는 경우를 종종 볼 수 있거든요."

"예. 그건 그래요. 충분히 이해되는 부분이네요."

"그러니까 자신의 삶을 포기하면서까지 집단을 우선시하는 행동은 전쟁 상황에서 자주 목격하는 사례잖아요? 그런 형태로 집단이 강해지면, 그 집단에 속한 자기 자신도 강화되는 법이지요. 하여간, 혈연선택설과 집단선택설 외에 세 번째 요인은 불교 사상의 주입이라고 봐요. 그것도 호국불교로써 신라 국민의 정신을 무장시킨 점일 거예요. 국민성은 당연히 존재하지만 영원하지도 않고 자연의 법칙도 아니지요. 학자들의 공통된 견해에 따르면, 국민성은 역사의 우연과 하나의 공동체 사람들 사이에서 '서로 모방하기'를 통해 형성된다는 게 일반론이거든요. 어쨌든, 제 판단으로는 삼국 중에서도 유독 불교 정신으로 신라인을 세뇌시켜 기어이 불국토를 이루고자 한 것이 주효했던 게 아닐까, 생각해요."

정광은 연신 고개를 끄덕였다. 그녀의 이야기가 아주 생소한 만큼이나 참신한 견해라고 여겼기 때문이다.

"진화론적 측면에서 신라인의 삼국통일의 당위성에 대한 언급은 생판 처음 들어봅니다. 내가 알기론 지금껏 아무도 그런 식의 논리로 접근한 바가 없었어요. 그만큼 색다른 이론이고, 게다가 정말 그럴싸해요."

정광은 그녀가 새삼스레 우러러보여 한껏 칭찬이라도 해줄 무슨 말이 없을까, 머릿속으로 헤아려 보는 사이 그녀가 느닷없이 또 말했다.

"외부의 적이 있을 시기까지만 그것이 유효했던 거죠. 막상 통일이 이루어지고 난 이후로는 외부의 적이 사라지게 되면서 도리어 이런저런 이유로 인해 내부에 균열이 생겨 차츰 혼란을 초래하기 마련인데, 그런 추세는 사물의 필연적 과정이 아닐까요?"

"아, 그럼요. 지당한 말씀이죠. 통일 이전, 신라의 역대 왕과 집권자들은 나라의 흥성(興盛)에는 반드시 풍월도(風月道 · 화랑도)를 일으켜야 한다는 믿음을 갖고 있었죠. 그래서 창설된 화랑제도를 통해 선발된 많은 인재들에게 효제충신(孝悌忠信)으로써 가르쳤고, 우리가 익히 아는 바대로 통일전쟁 시기에 화랑들이 발휘한 충효정신은 절정에 달했으니까요. 조국을 위해 꽃다운 젊음과 귀중한 신명(身命)을 아낌없이 바친 그들의 힘으로 결국 어려운 역경에 처했던 소국의 신라가 삼국을 통일할 수 있었던 원동력이 된 셈이죠. 그걸 혈연선택실과 집단신택설의 논지 전개로 설명한 건 당신이 처음이구요. 하지만 통일전쟁이 끝나고 세상이 태평과 안일에 빠짐에 따라 화랑제도 역시 쇠퇴해지기 시작한 건 자연스런 추세지요. 좀 전에 지적하신 대로, 흥하면 쇠퇴하는 것이 사물의 필연적 과정이긴 한데……"

정광은 뒷말을 끊었다. 공연히 장황한 토론으로 이어질 게 뻔한 대화가 조금은 부담스러워지기 시작해서였다.

"그런데요?……"

하며 여자는 정광의 뒷말을 낚아채듯 재촉한다.

"그러니까……, 외부의 적이 사라진 신라에 뚜렷한 내분의 조짐이 발생하게 되는 시기나 원인이 뭔지 아십니까?"

"글쎄요, 대략 8세기 초에서 중반에 걸쳐 전제왕권의 확립이 이루어지던 때였다고 생각되는데…… 아닌가요?"

여자는 고개를 갸웃하며 별 자신 없다는 투로 내던지듯 말하고 어색하게 웃는다.

"정확하진 않지만 대체로 맞아요. 특히 화랑은 진골귀족의 상징적 존재였죠. 또한 불교의 뒷받침도 튼튼했고……. 그런 점에서 본다면, 신라에 의한 삼국통일의 세 가지 타당한 동인(動因)으로 지적한 혈연선택설, 집단선택설, 그리고 불교 사상으로 세뇌된 국민성 같은 색다른 견해의 제시에도 충분히 일리가 있어요.

한데, 통일 이후 유교사상을 배경으로 하는 전제왕권이 진골귀족의 연합세력을 탄압하는 시대적 변화와 추세로 인해 내분이 발생하기 시작해요. 특히 신문왕(681~702) 때부터였죠. 삼국통일을 이룩한 문무대왕의 장자로 31대 신라왕에 등극한 신문왕은 상대등을 중심으로 한 진골귀족의 연합세력을 억누르고 점차 전제왕권을 확립해 나갔죠. 이후로 신라의 전제주의는 성덕왕(702~737) 때에 그 절정기에 도달했다고 생각해요."

"신라사에 대해 어쩜 그렇게 잘 아세요? 솔직히 말씀드려, 전공자인 저보다 더 많이 아시는 것 같아요."

정광을 바라보는 여자의 눈빛으로 보아 괜히 입에 발린 공치사만은 아닌 듯했다.

"에이, 설마, 그럴 리가? 난 단지, 명랑법사에 대해 강한 호기심을 품고 그 존재를 추적하는 과정에서 자연히 당대의 신라사에도 깊은 관심을 갖게 된 게 고작예요."

"아무튼, 여러모로 고마워요. 함께 나눈 대화도 유익했지만, 뭣보다 다친 발을 돌봐주셔서……. 정말 고맙습니다. 힘들겠지만 이젠 내려가야겠어요."

"그 상태로, 걸을 수 있겠어요? 정 힘들다면 내 휴대폰으로 119에 연락해도 되고, 그쪽이 괜찮다면 내가 부축해도 되고……."

"아뇨. 그렇게까지 폐를 끼치고 싶진 않구요. 다만 선생님의 그 등산용 스틱을 제게 빌려주시면…… 양쪽으로 짚고 그럭저럭 걸을 순 있겠어요."

"아, 그거야 뭐…… 자, 여기."

정광은 손에 쥐고 있던 자기의 등산용 스틱을 건넸다. 여자는 건네받은 정광의 스틱과 함께 바위에 걸쳐 세워둔 자기의 스틱도 함께 챙겼다. 그리고는 다음 동작으로 옆에 벗어놓았던 작은 배낭을 다시 짊어지려는 듯 손을 뻗친다. 그걸 보자 정광은 얼른 그녀의 배낭을 낚아채듯 대신 어깨에 걸쳐 메었다.

"걷기도 힘들 텐데, 이건 내가 맡지요. 아까 듣기론, 차를 통일전 주차장에 세워두었다고 했죠? 거기까지 이런 상태로 걷는 긴 정말 무리예요. 내리막길은 특히 더 그렇고……. 그러니 우선, 저 아래 칠불암 지나 조금 아래쪽에 있는 솔숲까지만 갑시다. 그럼, 솔숲 귀퉁이 소로에 내 작은 노새가 기다리고 있으니까."

"예엣? 노새라뇨?…… 말을 타고 다니세요?"

여자는 깜짝 놀란 목소리로 되물었다. 정광은 크게 하하하…… 소리 내어 웃었다.

"하여간, 가보시면 압니다. 어쩌면 궁금증이 힘든 것도 잊게 해 주는 효과를 발휘할 수도 있으니까……."

양쪽 지팡이에 의지해 한 걸음씩 천천히 발을 떼며 뒤따르던 그녀가 멈칫거렸다. 도저히 이해가 안 되는 얘기를 들었을 때처럼 의아한 표정이 역력하다.

"표정을 보니 몹시 궁금하신 모양이네요. 하긴, 놀랄 것도 없어요. 그냥 웃자고 한 소린데……. 노새라고 한 건, 사실은 작지만 힘이 좋고 좁은 길에도 갈 수 있는 내 소형차에 스스로 붙인 별명이에요. 웬만한 곳은 어디든 갈 수 있죠. 특히 등산할 때면 가급적 좁은 농로든 계곡길이든 접근이 용이해서 편리하거든요."

"아, 네에."

가볍게 고개를 까닥이며 여자는 챙이 긴 등산모 아래서 다시금 양편 입꼬리가 살짝 올라가는 그 특유의 미소를 짓는다.

"입에 발린 소리가 아니라, 저 때문에 공연히 선생님 시간을 낭비케 해서 정말 죄송해요."

"새삼스레 웬 사과예요? 그런 말씀 마세요. 불교에선 이것이 다 인연이라 하고, 심지어 전생에 천 번을 만났어야 이승에서 해후한다는 말도 있잖아요. 또, 흔한 말로, 혼자 가는 길은 외롭고 힘들지만, 함께 걸으면 심심하지 않아서 힘든 것도 잊고 더 멀리 간다고들 하지요. 굳이 그런 얘기가 아니더라도, 본질적으로 한 개인의 삶은 결코 혼자만의 것이 아니라, 태어나면서 죽을 때까지 타인과 이어져 있어요.”

“선생님은 혹시 기독교인이세요?”

불교의 인연설을 얘기하고 있는 중에 느닷없이 정광에게 던지는 여자의 그 질문은 너무나 뜻밖이었다.

“아니, 왜요?”

“성경 구절에 그와 비슷한 내용이 있는 것 같아서요. 두 사람이 한 사람보다 낫다. 넘어지면 그 동무를 붙들어 일으켜주려니와……. 함께 누우면 따뜻할진대 한 사람이면 홀로 어찌 따뜻하랴……. 대략 그와 같은 구절로 기억하는데, 제 어릴 때 독실한 기독교신자였던 어머니 따라 교회에 다닐 동안 자주 들은 적이 있거든요.”

“맞아요. 그건 구약성서 전도서 제4장에 나오는 구절들이에요. 지금은 불교로 개종했지만, 한 때 나는 개신교회 집사였던 적이 있어요. 그래서 그 구절도 곧잘 암송하곤 했었죠. 그건 이런 내용이에요.—두 사람이 한 사람보다 나음은 저희가 수고함으로 좋은 상을 얻을 것임이라. 혹시 저희가 넘어지면 하나가 그 동무를 붙들어 일으키려니와, 홀로 있어 넘어지고 붙들어 일으킬 자가 없는 자에게는 화가 있으리라. 두 사람이 함께 누우면 따뜻하거니와 한 사람이면 어찌 따뜻하랴.(4장: 9~11절)……”

“아! 그러고 보면, 불교든 기독교든 종교란 일맥상통하는 바가 있군요. 우리 집안 경우에도 돌아가신 어머닌 독실한 크리스천이었고, 아버진 무신론자였지만 예나 지금이나 심정적으론 불교 쪽에 경사되어 있는 분이세요. 저는 지금껏 이도저도 아닌 어중간한 신도(信徒)구요.”

“어쨌든, 오늘 이 우연한 만남을 성경 구절의 반영으로 여기고, 혼자 걷다가 힘들 면 내가 부축해도 이젠 쑥스럽게 생각지 마세요. 알았죠?"

여자는 아주 짧은 순간 망설였으나, 이내 미소와 함께 고개를 끄덕이었다.

그 뒤부터선 비탈진 내리막길에 이르면 서로 말하지 않더라도 그녀는 자연스레 도움의 손길을 내밀었다. 또 간혹, 정광이 어깨를 받쳐주면 여자는 그 위로 한쪽 겨드랑이를 얹듯이 팔을 걸치기도 하면서 산을 내려왔다. 도중에 길이 매우 험한 곳에서 정광이 잠깐 업어주려고 등을 돌려 댔지만, 여자는 차마 그것만은 쑥스러운지 사양하였다.

이윽고 두 사람은 솔숲에 이르렀다. 작고 낡은 소형차 한 대가 솔숲 입구의 길섶에 세워진 것을 보자 정광은 말했다.

"이젠 다 왔네요. 저게 아까 말한 내 작은 노새예요. 특히 오늘처럼 비상시에 산 밑까지 바싹 갖다 댈 수 있으니 얼마나 유용해요?"

"정말 그렇군요."

여자는 웃으며 순순히 수긍한다. 그러나 차를 본 순간 안도감과 동시에 갑자기 긴장이 풀린 듯 한쪽 풀숲에 털썩 주저앉는다.

"아이고, 힘들어……. 여기서 잠깐만 쉬었다 가요."

정광은 고개를 끄덕여 보이고는, 여자가 풀숲에서 한숨 돌릴 동안 차문을 열고 평소 뒷좌석에 어지러이 던져놓았던 물건들을 주섬주섬 치웠다. 이따가 그녀가 다리를 쭉 뻗고 혼자 편히 앉을 수 있도록 미리 뒷자리를 정돈해둘 요량이었다.

솔숲을 스쳐오는 산바람 속에 아까시나무 꽃향기가 가득하다. 그리고 보니 주변 산에는 수많은 아까시 꽃이 활짝 피어 마치 흰쌀밥덩이를 주렁

주렁 매단 이삭들 같아 보였다. 자세히 보면 아까시 꽃뿐 아니라 여지저기 노르스름한 밤느정이도 지금 한창인 계절이다. 바람에 꽃가루가 쉴 새 없이 허공을 날고 있었다.

여자는 풀숲에 앉아 잠시 넋 놓은 듯 방심한 얼굴로 그런 광경들을 멀거니 바라보고 있다. 정광은 여자 옆에 가서 앉았다. 하늘과 땅 사이에 햇빛이 충만한 허공에는 상기도 생명의 홀씨들이 시공을 넘나들듯 정처 없이 떠다닌다. 생판 몰랐던 사람끼리 나란히 앉아 이승의 한 때를 공유하고 있는, 이상하고 아름다운 봄날 오후였다.

보채는 바람결에 자꾸 설레던 꽃들이 시나브로 지는 짧은 인생의 봄날을 같은 시간의 그늘 아래 함께 보내고 있건만, 그는 머잖아 헤어질 이 여자처럼 쉬 사라질 봄을 아쉬워하며 흔들리는 마음을 애써 추스르고 있는 기분이었다.

그때 여자가 갑자기 물었다.

"선생님은 운명이란 걸 믿으세요?"

전혀 예상 못한 엉뚱한 질문이었다.

"글쎄요. 누구든지 그 질문 앞에서 대답은 둘 중 하나겠죠. 믿거나 안 믿거나⋯⋯. 어쨌든, 운명은 자기가 만드는 거예요. 그런 점에서 내게는 정해진 운명이 있다고 확신해요. 이상하게 들릴지 모르지만."

"아뇨. 전혀 이상하게 들리지 않아요. 실은, 저도 운명이란 걸 믿거든요."

"아, 그렇군요. 왜죠?"

"특별한 이유가 있어서라기보다는⋯⋯ 그냥, 제 이름 때문에요."

"아!⋯⋯"

정광은 무의식중에 탄성을 발했다.

"그렇잖아도, 이름이나마 꼭 알고 싶었는데 차마 묻지 못했어요. 이름이 뭐죠?"

"시명이에요. 모실 시(侍), 밝을 명(明)……. 제가 외동딸이라 아버지께서 직접 고심해 지으셨대요. 일월의 광명을 모시듯 귀한 사람을 곁에서 모시고 살라는 운명이라나요. 그래서 배 시명(裵侍明)이 된 거죠. 우습죠?"

이런 식으로라도 은근히 자신을 좀 더 자세히 알리려는 의도일까? 여자가 비로소 마음의 문을 여는 것이라고 정광은 지레짐작하고, 심리적으로 한 걸음 더 다가가듯 물었다.

"아, 성이 배씨군요? 그리 흔한 성씨는 아닌데……"

"현재 배씨 성이 흔치는 않지만, 신라가 한국인의 오리진이고 배씨 성은 분명히 신라인을 시조로 하는 한국인의 대표적 성씨 중 하나예요. 신라의 왕을 배출한 박·석·김 씨로 이루어진 종성(宗姓)과 신라 건국신화에 나오는 6촌장을 시조로 하는 이·정·최·손·배·설 씨로 이루어진 육부성(六部姓), 그리고 김유신을 중시조로 하는 김씨 성이 대표적인 한국인의 성씨라는 게 저의 아버지의 평소 지론이었기도 해요. 사실을 따져 봐도, 현재 한국인 중에서 단군임금 때의 고조선인이나 고구려인 또는 백제인을 시조로 하는 성씨를 찾기는 어렵죠."

"하긴, 그 주장엔 나도 백 프로 공감합니다. 일제강점기 때 관학파들이 제국 일본의 역사가들 밑에서 조작된 역사를 배운 그 영향 때문에, 신라사를 의도적으로 축소 또는 은폐하고 폄하해 온 것이 사실이니까. 암튼, 그런 점에서도 오늘날 후학들에게 정말 필요한 건 신라의 재발견이에요."

"그렇죠? 공감하신다니, 저도 흡족해요. 자, 이제 그만 일어날까요? 충분히 쉰 것 같아요."

"그럽시다."

정광은 옆에서 등산용 스틱을 짚고 엉거주춤 일어서는 시명을 부축하여 차의 뒷좌석에 편히 발을 뻗고 앉을 수 있게 도와주었다.

천천히 좁은 산길을 되돌아 내려오는 차 안에서 시명이 말했다.

"저 아래 통일전 주차장까지만 태워다 주세요."

정광은 은근히 걱정이 되었다.

"웬만하면 그냥 이 차로 병원까지 모셔다 드릴 게요. 다른 부위도 아니고 발을 다쳤는데, 제대로 운전이나 할 수 있겠어요?"

"아뇨. 그런 걱정은 안 하셔도 돼요. 왼쪽 발을 조금 삔 것뿐이고, 제 차는 오토라서 오른쪽 발만으로 운전은 충분해요. 액셀과 브레이크, 양쪽만 번갈아 밟으면 되니까요. 지금까지 도와주신 것만 해도 정말 감사해요. 참! 선생님 성함은요……?"

정광은 그녀가 일부러 묻기를 여태 기다리고 있었는지도 몰랐다. 이제 드디어 상대의 이름을 물어왔기에, 이로써 자기에 대해 관심을 갖는 것으로 판단해도 좋은 것일까?

"정광이라고 합니다. 법명이에요. 뜰 정(庭)자, 빛 광(光)자. 가급적 속명을 안 쓴 지는 하도 오래 돼서, 그냥 정광으로만 기억하셔도……"

"네."

시명은 짤막하게 대답하고는 더 이상 아무 대꾸도 없다. 마음속으로 정광의 이름을 새기고 있는 것일까. 차가 통일전 주차장에 이르렀다. 그때까지 그녀는 내내 침묵을 지켰다. 뒷좌석이 내처 조용하기에 정광도 아까 그녀가 이름 때문에 운명을 믿는다는 말에 대해 더 이상 캐물을 여지도 없이 헤어지게 되었다.

시명은 자기의 차로 옮겨 타기 전에 다시 한 번 고맙다는 말과 함께 두 손을 모으고 깍듯이 절을 하였다.

"시명 씨, 언젠가 다시 만나는 경우엔 모른 척 마시고 부디 아는 체하세요. 그런 날이 올지 안 올지는 모르겠지만……"

언젠가 다시 만나고 싶다는 데는 내심 어떤 꿍꿍이가 있어서가 아니라, 같은 분야에서 그녀의 학문적 깊이에 자못 이끌리고 있었기 때문이다.

"그럼요. 일부러 그런 기회를 마련하는 건 너무 인위적이지만, 우연한 일이 세 번쯤 반복되면 그땐 정말 인연이라 여길게요. 안녕히 가세요, 정광 선생님."

"예. 아무쪼록, 시명 씨도 조심히 운전해 가세요."

제 5 편
비원(悲願)의 설계도

제1장

문천도사(蚊川淘沙)[58]

처서(處暑)도 벌써 보름이나 지난 절기여서 조석으로 제법 쌀쌀하다. 해
가 중천에 뜬 한낮이라도 들판에 부는 바람에는 이미 가을 기운이 느껴지
기 시작한다.

선덕여왕이 나라를 다스린 지 14년째인 인평(仁平) 12년(645).

그 해 초가을 어느 날, 문천이 흐르는 이쪽 나지막한 둔덕에 세 사람이

---

58) 문천도사(蚊川淘沙) : 경주의 문천 즉 남천(南川)의 모래는 물이 흘러가는 반대 방향으로 쌓
인다는 뜻인데, 그런 의미에서 혹 거꾸로 모래가 쌓인다는 의미를 강조하여 〈도사(倒沙)〉로
표기하기도 한다. 경주에는 예로부터 기이하거나 신비로운 신라의 대표적 유물과 유적 및 풍
광에서 선별한 것들을 소위 〈삼기팔괴(三奇八怪)〉라고들 말해왔다. 〈문천도사〉는 그 팔괴 중
의 하나이다. 삼기팔괴에 대한 확고한 정설은 없고, 다만 논자에 따라 그 내용이 조금씩 다르
긴 하나, 문천도사는 팔괴에서 빠지지 않는다.
그런데, 여기서 〈문천〉의 표기자(表記字) 중 왜 '모기 문(蚊)'과 같은 글자가 사용됐는지에 대
한 의문이 생긴다. 혹, 모기가 많이 끓는 냇물이라서 '모기-내'란 이름이 붙은 것일까? 그런
단순한 이유 때문은 아니었을 것이다. 지명 유래를 고증해 보건대, 망덕사지(望德寺址) 앞에
는 박제상의 아내와 관련된 장사(長沙) 벌지지(伐知旨)의 전설이 있는 곳이고, 특히 여기서
물이 흘러가는 반대 방향으로 모래가 쌓인 결과 붙여진 이름이 '문천'이다. 모래의 가장 오래
된 표기는 '몰애'('鄭石歌'의 예)였다가 지금의 '모래'로 정착되었는데 경상도 방언에선 지역에
따라 '몰개'·'몰기' 등 다양하다. 즉, '몰개-내'·'몰기-내'의 향찰식 표기로 '모기-내(蚊川)'
가 된 게 아닐까, 하고 조심스레 추정해 본다.

앉아 쉬면서 이야기를 나누고 있었다.

한 사람은 당에 유학을 간 길에 토번(吐藩)을 거쳐 신라에 귀국한 지 꼭 십년 째인 명랑법사였다. 나머지 둘은 사미승으로 올해 열세 살 된 노득(路得)과 더 어린 아홉 살짜리 발치(跋置)였다.

노득은 명랑법사가 유방(遊方 · 떠돌아다니며 수도함) 중에 길에서 얻었다 하여 붙여준 이름이다. 노득이 고아가 된 것은, 인평 5년(638) 10월에 고구려가 군사를 일으켜 북쪽 변방의 칠중성(七重城 · 경기도 적성/積城)으로 쳐들어 왔을 때였다. 변방의 신라 백성들은 크게 놀라 허겁지겁 도망치거나 산곡간(山谷間)으로 숨었다.

이때 여왕은 알천(閼川) 장군을 파견하여 민심을 안정시키고 이들을 모아 살게 하는 한편, 빼앗긴 칠중성을 급히 수복하도록 명하였다. 그 해 11월, 알천은 군사를 거느리고 칠중성 밖에서 전투를 치러 고구려군을 격파하고 대승을 거두었다.

그러나 이미 한번 고구려군의 수중에 들었던 신라 백성들의 피해도 만만찮았다. 가족을 잃고 뿔뿔이 흩어졌거나 민간신분으로 자진 참전하여 정규군에 예속되어 싸우다 죽은 이들이 많았다. 그 와중에 노득은 부모형제의 생사도 모른 채 홀로 떨어져 나와 무조건 안전한 남쪽으로 피신하며 걸음을 재촉했다.

거리에서 구걸하며 다니기를 한 해 남짓. 그를 명랑법사가 발견했을 때는 일곱 살 때였다. 아이는 이상하게도 내처 명랑의 뒤만 졸졸 따라오는 섯이었다. 부득이 그를 설간의 불복하니로 데려와 곁에 두었던 것이다. 속세의 일은 가급적 잊어버리게끔 이름까지 새로 노득이라 지어주었다.

노득은 틈만 나면 흙장난을 하고 놀았다. 그것은 가족을 잃고 깊이 상처 받은 어린 영혼이 속세와 단절된 고즈넉한 절간에서 느끼는 외로움을 달래는 한 방편이었는지도 모른다. 일곱 살짜리 소년에게 세상에 혼자뿐이라는 설움은 견디기 힘든 감정이었으리라. 그래서였는지 노득은 대체로 말수가 적었고 늘 의기소침해 있었다.

그가 틈만 생기면 찾아가는 곳이 절간 뒤란의 흙담 옆이었다. 거기에는 당시 흙담을 수리하기 위해 쌓아놓은 황토 무더기가 있었다. 노득은 그곳에서 흙과 더불어 시간을 보내며 곧잘 찰흙으로 온갖 형상들을 빚어내곤 했다. 갖가지 부처상, 인물상, 동물상 들을 만들어내는 것인데 실로 어린애의 솜씨라고는 믿기 힘들 만큼 정교하고 빼어났다. 이를 본 명랑은 장차 이 아이를 불상제작의 장인이나 석공으로 키울 요량으로 가급적 맘대로 하게 내버려두었다.

흙장난에서 시작한 노득은 성장하면서 차츰 징과 망치로 돌을 다듬는 석수질에도 재량을 보였다. 그리고 무엇보다 작업을 할 때만큼은 세상의 번뇌를 다 잊은 듯이 몰두하는 것이었다. 열세 살 무렵인 이즈막에는 제법 어엿한 석수장이 축에 들 정도로 노득의 솜씨는 괄목상대할 만했다.

또 다른 동자승인 발치(跋置)는 명랑법사가 창건한 금광사 뜰 한쪽에 석불을 조각하여 안치한 예좌(猊座·부처가 앉아 있는 자리) 밑 발칫잠에 강보에 싸여 버려져 있는 것을 거두어들여 키운 아이였다. 어느 새벽녘 아기 울음소리에 놀라 나가본 명랑은 도대체 누가 이 갓난애를 석불 아래에 두고 갔는지 영문을 알 수 없었다. 하지만 이것 역시 부처님의 뜻이라 여겨, 신라 말의 '발치'란 의미를 그 이름 속에 담아 그대로 불렀다.

하여간 이런 사연들로 하여 두 동자승은 명랑법사의 시자(侍者)가 되어 항시 스승 곁을 따랐다.

냇물 건너 왼편은 신라 향언(鄕言)으로 '내리들'이라 불리는 너른 들판이다. 오른쪽으로 눈을 돌리면 강이 굽이지는 곳에 모래톱이 쌓여 길게 펼쳐진 곳이었다. 예부터 왕경 사람들은 그곳을 '벌지지(伐知旨)'라 불러왔다. 그 지명에는 그럴만한 사연이 있었다.

명랑이 태어나기 훨씬 전, 신라 제18대 실성왕(實聖王) 원년(402)에 왜(倭)와 통교하였는데, 이때 왜왕이 보낸 사신의 요청은 우호의 조건으로 왕자 한 분을 왜에 인질로 보내달라는 것이었다. 그래서 선대왕인 17대 내물왕(奈勿王·일명 나밀왕/那密王)의 셋째아들 미사흔(未斯欣)을 왜국에 보냈다.

다 같은 김씨(金氏) 성의 후예라도 실성왕은 내물왕의 직계적통(直系嫡統)이 아니었다. 내물왕은 구도갈문왕(仇道葛文王)의 손자이며, 각간 말구(角干末仇)의 아들이었다. 이에 비해, 실성왕은 김알지(金閼智)의 예손(裔孫)으로, 미추왕(味鄒王)의 동생인 이찬 대서지(伊飡大西知)의 아들이었다.

내물왕 재위 37년(392), 광개토왕 치하의 강성한 고구려에 사신을 파견할 때 통호(通好)의 조건으로 내물왕이 실성을 인질로 보낸 적이 있었다. 그 후 내물왕이 세상을 떠나고, 고구려에서 돌아온 실성이 신라왕에 즉위했다(402). 바로 그해, 왜와의 통교에서 실성왕은 그때의 앙갚음으로 내물왕의 아들인 미사흔을 인질로 보냈다. 또, 재위 12년(412)에는 고구려와의 화해조건으로 역시 내물왕자인 복호(卜好)를 인질로 보낸 것이었다.

내물왕의 또 다른 아들인 눌지(訥祇)는 동생들이 모두 인질로 보내진 데다 자기마저 죽이려 하는 것을 알자, 쌓인 원한으로 도리어 실성왕을 죽이고 스스로 왕위에 올랐다(417).

눌지왕은 타국에 볼모로 잡혀있는 아우들을 그리워하여 내마(奈麻·11등

관명) 박제상(朴堤上)을 고구려에 파견하여 왕제(王弟) 복호를 구출하여 데려왔다. 그해 가을엔 다시 왜에 잡혀있던 미사흔을 탈출시켜 무사히 도망쳐 돌아오게 한 대신, 박제상은 홀로 남겨져 왜왕의 신하(臣下)되라는 회유와 핍박과 갖은 고문에도 불구하고 끝내 이를 거부한 나머지 화형(火刑)을 당하였다.

처음에 박제상이 왕제 미사흔을 구출하러 신라를 떠날 때 그 부인이 듣고 남편의 뒤를 쫓아갔으나 끝내 따라잡지 못한 채 율포(栗浦) 갯가에서 되돌아와, 내리들의 남쪽[59] 모래톱 위에 나가 벌렁 드러누워 길게 부르짖었다.

이런 일이 있었기에, 사람들은 그곳을 '길게 울부짖은 모래밭'이라 하여 장사(長沙)라고 불렀다. 또, 친척 두 사람이 부인을 부축하여 돌아오려 하자 부인은 다리를 뻗치고 주저앉아서 일어나려 들지 않았다. 그래서 그곳을 '벌지지(伐知旨)'라 이름 붙였다. '벌지지'란 말은 신라의 고유음을 빌린 것으로 '다리를 벌리고 뻗대다'라는 뜻인데, 거기서 지명이 유래한 것이다.

"스승님, 지난 해 홍수로 여기 문천이 범람해 내리들이 다 잠기고, 그

---

59) 『삼국유사』에는 〈망덕사(望德寺) 문 남쪽〉이라고 기록하였는데, 망덕사는 경주 배반리에 있었던 절로서 신문왕(神文王) 5년(685)에 창건되었다. 선덕여왕 재위시절에는 아직 망덕사가 없었으나 일연(一然) 스님이 『삼국유사』를 쓰던 고려 때는 이 절이 있었기에 정확한 지명을 기술한 것으로 볼 수 있다. 그리고 『삼국유사』와 『삼국사기』를 비교·대조해 보면 이 이야기에서 많은 차이점을 발견할 수 있다. 예컨대, 미사흔이 왜에 인질로 간 기사를 『삼국사기』에는 실성왕 원년(402) 3월조에 싣고 있다. 이에 비해, 『삼국유사』에는 내물왕 36년(390)으로 돼 있고 이름도 미사흔이 아니라, 미해(美海) 또는 미토희(未吐喜)라 하였다. 『삼국사기』에는 박제상으로 나오고, 『삼국유사』에는 김제상으로 돼 있다. 또, 고구려에 인질로 간 왕제 복호(卜好)를 『삼국유사』에서는 보해(寶海)라고 하였다. 아무튼, 『삼국사기』가 정사(正史)이므로 여기서는 가급적 이를 따랐다.

때문에 아예 농사를 망친 건 순전히 저 건너편 벌지지에 쌓이는 모래가 원인이 아닐까요?"

노득이 손가락으로 문천 너머 저쪽 장사 벌지지를 가리키며 제 딴에 아는 체하며 말을 꺼낸다.

"아마도……"

명랑은 모호한 대답으로 고개를 끄덕였으나 더 이상 말이 없다.

설상가상으로 금년엔 마른장마가 오래 지속되어 곡식이 한창 익을 계절에도 비 한 방울 내리지 않았다. 따라서 눈앞에 펼쳐진 내리들엔 곡식은 커녕 거의 잡초마저 자라지 않고 황무지나 다름없는 묵정밭으로 변해 있었다. 그런 자연현상은 이곳 내리들뿐만 아니었다. 왕경(王京)의 곳곳에 널려있는 논밭들이 거의 그런 꼴이었다.

"그렇다면 벌지지 쪽에 쌓인 모래톱이 둑 역할을 하는군요. 그래서 한 번씩 큰물이 날 때마다 거기 부딪친 물길이 범람하니 차라리 반대편에 인공 둑을 만들면 물난리를 피할 수도 있잖겠어요?"

노득이 고개를 돌려 그 같은 제안으로 한 번 떠보듯 스승의 얼굴을 살핀다.

명랑은 고개를 저었다.

"아니야. 인위적으로 자연의 섭리를 거스를 순 없는 법. 설령 둑을 쌓는다 해도 그건 영구적이지 못해. 더 큰 홍수가 지면 그 둑을 넘쳐 드는 경우를 생각해 봐. 오히려 더 큰 재앙을 불러오는 원인이 되지. 가령 둑을 넘지 못한다면 물너울이 그 반대편 모래밭으로 넘쳐서 죄나 휩쓸어갈 경우엔 그 쪽인들 온전하겠냐?"

"스승님 말씀대로 인위로써 물길의 방향을 틀지 못한다면 자연재해 앞에선 속수무책일 텐데……. 과연, 우리가 지금 하고 있는 이런 일로 문천의 물길을 다스릴 수 있을까요? 스승님께서 시키시니 영문도 모른 채 그냥 이 일을 계속하고 있긴 해도, 적이 미심쩍어서요."

"예끼, 이놈! 넌 언제나 그게 탈이야! 묻지도 따지지도 말고 그냥 시키는 대로만 하면 오죽 좋으련만……. 옛날엔 안 그렇더니 커 갈수록 점점 잔말이 많아지는군. 노득아, 너도 부디 발치처럼 군말 없이 따르도록 해라."

"발치는 너무 어리잖아요. 뭐라고 설명해 준들 아직 아무것도 모르는 나이니까 그렇죠."

"으흠! 그래서, 너는 이제 설명만 해주면 뭐든 알아들을 수 있다, 그 말인가?"

"꼭 그렇다기보다…… 우리가 왜 이런 일을 하는지 까닭이라도 알고 싶으니까요."

노득이 말한 '이런 일'이란, 토함산 계곡에서 발원한 하천을 따라 내려오면서 점점 넓어지는 물길이 이윽고 문천을 이루는 지점에서부터 돌로 다듬은 손바닥만 한 어별(魚鼈)과 거북 형상의 조각품들을 물가의 야트막한 곳에 파묻는 작업이었다.

명랑스님의 지시에 따라 손재주가 좋은 노득이 석 달을 걸려 무려 천 마리나 되는 어별과 거북이를 돌로 조각했다. 완성이 된 날부터 그것들을 하루에 쉰 개씩 바랑에 넣어 짊어지고 스무날 계획으로 명랑스님과 함께 셋이 길을 나선 지 벌써 보름째였다.

"그래, 네 말도 옳구나. 우리 인간은 자연이 만들어놓은 법칙을 마음대로 바꿀 순 없어. 하지만, 풍수지리에선 비보법(裨補法)이란 게 있지."

"비보법이요?"

"그래. 너의 눈높이에 맞춰 설명하자면 비보란 건, 지기(地氣)가 허(虛)한 곳을 찾아 이를 인위적으로 보충해주는 것이야. 그래서 부분과 전체 사이에 균형을 맞추려 하는 거지. 균형이 어그러질 때는 기우는 법이고 그게 세상 만물의 이치지. 가득 찬 물그릇을 똑바로 세울 수 없을 땐 필경 한쪽으로 쏟아지기 마련이야. 기우는 쪽에 뭔가를 받쳐서 평평하게 균형을 맞추는 일을 비보라고 생각하면 이해하기 쉽겠지?"

"예. 무슨 말씀인지는 알아듣겠습니다."

노득은 고개를 끄덕였다. 그러나 그 눈빛 속에는 여전히 스승의 설명만으로 쉽게 납득하기 어려운 의구심이 남아 있었다.

"하오나, 스승님. 예측하지 못하는 자연의 재해를 인간이 미연에 방지한다는 게 어디 쉬운 일인가요? 아까는 인위적으로 자연의 섭리를 거스를 수 없다고 했잖습니까?"

"물론이지. 허나, 무더운 날씨엔 옷을 벗어 버리거나 가벼이 차려입고, 혹독한 추위엔 두텁게 입어 체온을 유지해 균형을 맞추지. 인위란 그런 거야. 가뭄이나 홍수처럼 하늘이 하는 일을 아무리 못마땅하게 여긴다 해도, 인위로써는 결코 해나 바람이나 비구름을 걷어낼 순 없다는 뜻이야. 네 수준에 맞게 설명하자면, 풍수설은 대략 산과 물을 두고 논하는 것이지. 일테면 산은 인물을 주관하고, 물은 재물을 주관한다고 믿지. 특히, 물을 잘 다스려야 사람들이 먹고 살 재물과 양식이 생기는 법. 물은 모든 생명의 원천이니까. 이곳 문천의 물길을 잘 나스리지 못하면 내리들의 땅기운이 죽게 돼. 지금 우리가 하고 있는 일의 중요성이 바로 내리들의 지기를 살리려는 데에 있어."

"어떻게요?"

"그게 비보지. 물고기와 자라, 거북이들을 물속에 풀어놓아 그들로 하여금 세세토록 살아갈 수 있는 자연환경을 스스로 만들게 함으로써 저절로 물길의 방향을 조정하려는 게야. 마지막엔 내가 신인법을 써서 문천의 모래가 물이 흘러가는 반대 방향에 쌓이도록 만들면 장차 이곳 내리들은 어떤 가뭄이나 홍수에도 끄떡없이 될 것이야."

"이곳 내리들이 그렇게나 중요해요?"

"아무렴. 중요하구말구. 우주를 구성하는 네 가지 요소인 지(地)·수(水)·화(火)·풍(風) 가운데 인간에게 가장 무서운 것이 땅의 운기야. 대지(大地)에 대한 직관을 통해 길흉을 논하는 게 풍수거늘, 그런 점에서 지금껏 내가 왕경인 서라벌을 안 가본 데 없이 샅샅이 뒤져봤거든. 헌데, 여기 이 내리들만큼 우주의 기(氣)를 강하게 받는 곳은 달리 없었어. 내가 굳이 이 근처 우지산(남산) 동록(東麓)에다 신인사(神印寺)를 건립하고 거처를 옮겨온 데엔 다 그만한 까닭이 있었으니까. 요컨대 여기가 가장 길한 곳이다.

헌데……, 우리 신라 땅은 선덕여왕 즉위 이후 가장 곤경에 처해 있어. 삼국 중 제일 협소했던 우리 영토가 진흥대제 치세에 와서 최대한 넓혀졌지만, 갈수록 고구려와 백제가 빈번한 침공으로 핍박해 오고 있잖은가. 심지어 바다 건너 왜까지도 틈틈이 우리를 넘보고 공격해 오거든. 여왕께서도 오죽하면 자장율사의 청을 좇아 큰 불사(佛事)를 일으킬 결심을 했겠나. 드디어 황룡사 9층탑을 완성한 것도 이웃 나라가 침범하는 재앙을 진압할 수 있다는 믿음 때문이었지. 저어기 봐, 이곳에서도 탑의 꼭대기 부분이 빤히 보이지?"

문천의 이쪽 둑에 앉아 명랑이 가리키는 저 멀리 북쪽에 황룡사 9층탑의 상층부 일부분이 야트막한 동산 너머로 바라보였다. 그 웅장한 목탑의 실체가 드러난 것이 바로 금년(645) 춘삼월의 일이었다.

"스승님, 정말 황룡사탑이 이룩되면 외적(外賊)들이 감히 침범하지 못한다는 게 사실일까요?"

그동안 명랑법사와 노득이 주고받는 얘기를 묵묵히 듣고만 있던 어린 발치가 느닷없이 끼어들며 한마디 거든다.

"글쎄다. 자장율사께서 당에 불도를 구하러 가셨을 때 대화지(大和池)란 못가를 지나다가 어떤 신인(神人)을 만나 마땅히 9층탑을 세워야 할 이유를 들으셨단다. 외적의 침입에 미리 대처할 일종의 비법을 전해들은 것이지. 그 사연이란 게 대략 이런 거야……."

그러면서 명랑은 자장율사가 당나라에 갔을 때 경험한 사연을 두 사미(沙彌)에게 들려주었다.

선덕여왕 즉위 5년째인 인평 3년(636), 자장법사는 구도 차 당나라로 건너갔다. 그곳 오대산(우타이 산)에서 법사는 문수보살(文殊菩薩)[60]의 계시에 접하고 법을 받았다. 그때 문수보살은 자장에게 이런 말을 들려주었다.

"너의 나라 왕족은 천축의 찰제리종왕(刹帝利種王·고대인도의 士族인 크샤트리아, 즉 무사계급에 속한 종족이며 왕족)으로서, 이미 불기(佛記)[61]를 받았던

---

60) 문수(文殊)보살 : 문주사리(文珠師利)라고도 부르는데, Mañjusri의 음역. 〈文殊〉는 〈묘(妙)〉이 뜻. 〈사리(師利)〉는 〈頭·德·吉祥〉의 뜻이다. 보현(普賢)보살과 짝하여 석가모니불의 왼쪽에 있으면서 지혜를 맡으며 석존의 교화를 돕는다고 함. 과거·현재·미래의 모든 부처들은 이 문수의 힘에 의해 성불하게 된다고 알려져 있다. 따라서 문수는 불도중(佛道中)의 부모라고까지 일컬어짐.

61) 불기(佛記)에는 〈현기(懸記)〉와 〈기별(記別)〉의 2가지가 있다. 부처가 장차 올 것을 예언한

것이다. 그러므로 인연이 특별하여 다른 야만스런 동방 오랑캐의 종족들과는 다르다. 그러나 산천이 험준한 탓으로 사람들의 성질이 추하고 사나워서 사악한 도[邪見]를 믿는 자가 많다. 그래서 때때로 천신이 재앙을 내리는 것이다. 그래도 다문비구(多聞比丘)[62]가 나라 안에 있기에, 이로써 임금과 신하가 편안하고 뭇 백성들이 화평한 것이다."

말을 마치자 문수보살은 사라졌다. 자장은 비로소 그것이 대성(大聖)의 화현(化現)임을 깨닫고 감격하여 울면서 그곳을 떠났다.[63]

또 어느 날은 자장이 중국의 대화지(大和池)란 못가를 지나가고 있는데 갑자기 웬 신인(神人) 한 분이 나타나더니 묻는 것이었다.

"어쩐 일로 이곳에 왔소?"

"보디(Bodhi · 菩提/보데/보리)를 구하고자 해서입니다."

자장이 대답했다. '보디'란 다름 아닌 불교 최고의 이상인 불타 정각(正

것은 현기, 그 제자들의 신상에 관해서 미래에 그들이 얻을 과보(果報)를 분별해 주는 것이 기별이다. 즉 불제자(佛弟子)들에게 다음 세상에 성불(成佛)하리란 것을 낱낱이 예언해 주는 가르침의 말씀을 주로 의미한다.

62) 다문비구(多聞比丘) : 사천왕(四天王)의 하나인 〈多聞〉은 중국식 번역명(飜譯名)이며, 본래는 비사문(毘沙門 · Vessavana의 음역)천왕이다. 수메루(Sumeru)라는 높고 장엄한 산, 즉 수미산(須彌山) 중턱 제4층의 수정타(水精埵)에 있으며, 야차(夜叉) · 나찰(羅刹) 두 귀신을 영솔(領率)하고 북방의 수호와 복덕(福德)을 주는 일을 맡았기에 북방천(北方天)이라고도 함. 늘 부처님의 도량을 수호하면서 불법을 들었으므로 〈다문천(多聞天)〉이라고도 일컬음. 따라서 여기 〈다문비구〉란 직접 비사문천왕을 가리킨다기보다 출가하여 걸식으로 생활하는 남자 비구로서, 법문(法文)을 많이 들어 부처의 250계(戒)를 받아 지닌 이를 비유한 것인 듯.

63) 자장이 문수보살의 현신을 보았다는 장소를 중국의 오대산으로 기록한 것은 『삼국유사』 「황룡사 9층탑」편과 「자장정율(慈藏定律)」편의 두 군데다. 이에 비해, 「대산오만진신(臺山五萬眞身)」(오대산에 있는 5만 진신)편에서는 이야기가 좀 다르다. 오대산이 아니라, 중국 태화지(太和池) 가의 돌부처 문수보살이 있는 곳에 이르러 공손히 7일 동안 기도했더니, 꿈에 갑자기 부처가 4구(句)의 게(偈)를 주었다고 되어 있다. 앞뒤 사리로 보아 이 부분은 잘못인 듯하다. 오대산에서 먼저 문수보살의 현신을 보았고, 그 뒤에 태화지 가를 거닐 때 만난 신인(神人)한테서는 황룡사 9층탑을 세워야 하는 이유에 대한 가르침을 받았다는 기록이 옳은 듯하다.

覺)의 지혜를 말함인데, 곧 불과(佛果)에 이르는 길이란 뜻이었다.

그 신인은 자장에게 합장하고 절하더니 또 물었다.

"그대 나라엔 무슨 어려움이 있소?"

자장이 답변했다.

"우리나라는 북쪽으론 말갈(靺鞨)에 잇닿았고, 남쪽으로는 왜인과 접한 데다 고구려·백제 두 나라가 번갈아 가며 강토를 침범합니다. 이렇듯 이웃 적구(敵寇)들이 날뛰니, 이것이 백성들의 근심거리입니다."

신인은 말했다.

"지금 그대의 나라는 여자를 왕으로 삼았으니, 덕은 있다 해도 위엄이 없소. 그러기 때문에 이웃나라에서 침략을 도모하는 거요. 그대는 속히 본국으로 돌아가시오."

그 말을 듣고 자장은 고국에 돌아가 무슨 일을 어떻게 하면 이익이 되겠느냐고 물어 보았다. 그러자 신인은 이렇게 일러준다.

"황룡사의 호법룡(護法龍)은 바로 나의 맏아들이오. 범왕(梵王)[64]의 명령을 받아 그 절에 와서 보호하고 있으니, 본국에 돌아가거든 절 안에 구층탑을 세우시오. 그러면 이웃나라들이 항복할 것이며, 구한(九韓·아홉 오랑캐/九夷, 즉 9종의 이민족)이 와서 조공하여 왕업이 길이 편안할 것이오. 탑을 세운 뒤에는 팔관회(八關會·집에 있는 신자들이 하룻밤 하루 낮을 근신하며 지키는 계율. 팔관재계/八關齋戒)를 베풀고 죄인들을 사면(赦免)하면 외적이 해치

---

64) 범왕(梵王): 즉 梵天王, 색계(色界) 대범천(大梵天)의 높은 누각에 거주하는 주(主)로서, 인도의 옛이야기에는 비뉴천(毘紐天·태양신)의 배꼽에서 나온 千잎 연꽃 가운데서 이 범왕이 태어났다고 하며, 아들 여덟을 낳아 일체 만물의 근원이 되었다고 함. 불교에서는 제석(帝釋)과 함께 정법(正法)을 옹호하는 神이라 하여 부처님이 세상에 나올 때마다 반드시 제일 먼저 설법을 청한다고 한다.

지 못할 것이오. 거기에 다시 나를 위해, 그대 나라 서울 기내의 남쪽 언덕 [京畿南岸]에 절 한 채를 지어 함께 나의 복을 빌어주면 나도 또한 그 은덕을 갚으리라."

말을 마치고 그 신인은 자장에게 옥(玉)을 받들어 올리고는 홀연히 형체를 숨겨 사라져 버렸다.(『황룡사 내의 기록(寺中記)』에는, 자장이 중국 종남산(終南山)에 거처하던 원향선사(圓香禪師)에게서 탑을 세워야 할 이유를 들었다고 적혀 있다.)

당태종이 통치하던 정관(貞觀) 17년—즉 선덕왕 즉위 12년째인 인평 10년(서기643), 3월 16일에 자장은 당의 황제가 준 불경 및 불상과 가사(袈裟), 그리고 폐백(幣帛) 등을 가지고 본국으로 돌아왔다. 귀국 즉시 그는 탑의 건립 문제를 여왕에게 사뢰었다.

선덕왕이 여러 신하들에게 이 일을 상의하자, 군신들이 아뢰었다.

"탑을 세울 만한 장인은 백제에 청하여 데려와야만 하겠습니다."

이에 보물과 비단을 가지고 백제에 가서 장인을 청하게 했다. 그 장인의 이름은 아비지(阿非知). 그는 명을 받아 신라로 와서 나무랑 돌들을 재고 마름질하며 다듬었다.

한편, 이간(伊干 · 신라官等의 제2위=伊湌) 용춘(龍春)—(혹은 용수/龍樹라고도 함)[65]—은 보조장인 2백여 명을 데리고 이 일을 주관했다.

처음 탑의 꼭대기에 있는 기둥[刹柱]을 세우려던 날, 아비지는 자기의 고국인 백제가 멸망하는 꿈을 꾸었다. 이 때문에 그는 마음속에 깊은 의혹

---

65) 용춘(龍春)과 용수(龍樹)를 동일 인물로 혼동하고 있다. 『화랑세기』에 따르면, 용수가 형이고 용춘은 아우로 나온다. 용수는 진평왕의 큰딸 천명과 혼인하여 훗날 태종무열왕이 된 김춘추를 낳게 되는데, 용수가 죽을 무렵 그 유언에 따라 아우 용춘이 춘추의 양아버지가 되는 것이다. 선덕여왕 재위 12년(서기 643)의 기록이므로 이때의 용춘은 용수가 아님이 분명하다.

이 생겨 일손을 멈추었다. 그러자 느닷없이 대지가 진동하고 날이 어둑해지더니 한 노승(老僧)과 한 장사(壯士)가 황룡사 금당(金堂) 문에서 나와 그 찰주를 세웠다. 그리고는 노승과 장사는 어디론가 사라져버렸다.

이런 일이 있자 아비지는 마음을 고쳐먹고 그 탑을 완성시켰다.

「찰주기(刹柱記)」에 적힌 바에 의하면, 탑은 철반(鐵盤) 위의 높이가 42척(尺), 철반 아래는 183척이라고 했다. 자장은 당나라 오대산에서 받아온 사리 백 개를 나누어 9층탑의 기둥 속, 그리고 통도사의 계단(戒壇) 및 태화사(太和寺 · 옛날 아곡현/阿曲縣 남쪽에 자장이 창건한 절. 현재의 울산 소재)의 탑에다 각각 봉안했는데, 이는 중국의 대화지(大和池)란 못가에서 만났던 그 지룡(池龍)의 소청에 부응한 것이었다.[66]

"스승님, 구층탑을 상징한 그 구한(九韓)이란 대체 어느 나라들을 말함인지요?"

발치가 또 묻는다. 어린 그에게도 그 점이 꽤나 궁금했던 모양이었다.

명랑은 빙그레 미소를 지었다.

"9층의 제1층은 왜(倭)이고, 2층은 중화(中華)야. 3층이 오월(吳越), 4층은 탁라(托羅), 5층은 응유(鷹遊), 6층이 말갈(靺鞨)이고, 7층은 단국(丹國)이지. 그리고 8층이 여적(女狄), 마지막으로 9층은 예맥(濊貊)이야. 어쨌거나, 신인의 조언에 따라 이제 자장율사께서 9층탑을 세웠으니, 이들 이웃 나라들이 침범하는 재앙을 가히 진압할 수 있을 게야."[67]

---

66) 이상의 내용은 『삼국유사』(권3) 탑상(塔像)편에 나오는 「황룡사 구층탑」조의 일부로서, 이동환(李東歡) 譯(三中堂 편본)과 이민수(李民樹) 역(을유문화사 판본)을 참조하되, 『삼국유사』 『삼국사기』 원문과 대조 · 검토하면서 현행어법에 어울리게 필자가 문장을 다듬어 인용한 것임.

67) 역시 『삼국유사』 「황룡사 구층탑」조의 본문에 이에 대해 상세히 언급하고 있다. 예컨대 다음과 같은 구절이다.─〈해동(海東)의 명현(名賢)인 안홍(安弘)이 지은 「동도성립기(東都成立記)〉에는 이런 말이 있다. "신라 제 27대에는 여왕이 임금이 되니, 비록 도(道)는 있으나 위엄

말은 그렇게 했으나, 명랑의 표정은 그다지 밝지 않았다.

"시류에 따라 모든 게 변하기 마련이라지만, 우리 신라 불교는 사실 부처님 본래의 가르침과는 달리, 현세주의의 호국불교로 점점 변질돼 가고 있어……."

미상불 선덕여왕 재위기간엔 크고 작은 내우외환이 그칠 줄을 몰랐다. 아무리 일국의 임금이라지만 여자라서 나라를 잘 다스리지 못한다는 이유로 선덕은 재위 기간 내내 남성 귀족들의 견제와 은근한 괄시 때문에 어려움을 겪어야 했다. 심지어 당태종(唐太宗)으로부터는 나라의 안정을 위해 자신의 친척을 보내 신라왕을 삼는 게 어떤가 하고 제의해 올 만큼 노골적인 수모를 당하기도 했다.

인평 3년(선덕재위 5년 · 636) 3월, 여왕은 병이 들었다. 의원을 불러 약을 쓰고 기도를 하였으나 별다른 효력이 없었다. 그러자 황룡사에 백고좌(百高座)를 베풀어 승려들을 모아놓고 인왕경(仁王經)을 강독케 하여 병세를

이 없으므로 9한(九韓)이 침범하는 것이다. 만일 대궐 남쪽 황룡사에 구층탑을 세우게 되면 이웃나라가 침노해오는 재앙을 진압할 수 있을 것이다. 9층의 제1층은 일본, 제2층 중화, 제3층 오월, 제4층 탁라(托羅 · 탐라/耽羅), 제5층 응유(應遊 · 중국 江蘇省 동해현의 섬나라), 제6층 말갈, 제7층 단국(丹國 · 거란/契丹), 제8층 여적(女狄 · 여진/女眞), 제9층 예맥을 가리켰던 것이다. 또, 「국사(國史)」 및 「사중고기(寺中古記 · 황룡사 내 옛 기록)」 등을 살펴보면, 〈진흥왕 14년(553)에 황룡사를 처음 세운 후, 선덕왕 때인 貞觀 19년(645)에 탑이 처음 이루어졌다.……〉(後略)"라고 하였다.」
그런데 일연(一然) 스님이 『삼국유사』를 저술하던 시점에서 보면 이미 신라가 삼국을 통일한 뒤였기 때문에, 마치 구층탑을 세운 이 일로 인하여 통일이 이뤄진 양 서술하고 있다. 즉, 〈탑을 세운 뒤에 천치가 태평하게 되었고 삼한(三韓)이 통일되었으니 어찌 탑의 영검이 아니겠는가. 탑을 세운 뒤의 일로서 고려왕이 신라를 공벌하려다가 이렇게 말했다. "신라에는 세가지 보배가 있어서 침범할 수 없다고 하니, 이는 무엇을 말하는 것이냐?" "황룡사의 장륙존상과 구층탑, 그리고 하늘이 하사한 진평왕의 옥대[天賜玉帶]입니다."이 말을 듣고 고려왕은 그 침범할 계획을 그만두었다. 운운.〉

치유코자 했다. 이때 황룡사의 첫 주지(住持) 격인 진골태생 환희사(歡喜師)가 왕의 쾌유와 나라의 안정을 위해 이번 참에 백 명 정도 승려를 양성할 것을 청하였다. 왕은 기꺼이 허락하였다.

그해 5월, 두꺼비와 개구리가 떼를 지어 궁성의 서쪽 영묘사 옥문지(玉門池)에 몰려들어 밤낮으로 울어댔다. 심상찮은 그 소식을 들은 여왕은 좌우 군신들에게 일렀다.

"두꺼비와 개구리는 성난 듯 툭 불거진 눈을 하고 있는데, 그 생김새가 흡사 군사의 형상이다. 짐이 일찍 왕경의 서남변(西南邊)에 옥문곡(玉門谷) 혹은 여근곡(女根谷)이라는 데가 있다고 들었다. 작금의 이런 이상한 징조로 미뤄보건대, 혹시 이웃의 백제군사가 몰래 그곳에 잠입해 있을 수도 있다. 곧 장군 알천(閼川)과 필탄(弼呑)은 군사를 이끌고 가서 그곳을 수색하여 토벌토록 하라."

과연 여왕이 예측한 그대로였다. 백제 장군 우소(于召)가 독산성(獨山城)을 습격하려고 군사 5백 명을 이끌고 옥문곡에 와서 복병을 설치하고 있었던 것이다. 이를 미연에 알아차린 여왕의 선견지명으로 알천 장군 휘하의 신라군이 급습하여 이들을 격살했다.

이렇듯 선덕 재위시절에 유달리 백제와 고구려와의 분쟁이 잦았던 것은 최초로 여왕이 다스리는 신라를 만만하게 보았던 사실과도 무관치 않았다. 약하게 보이면 언제나 주위에서 넘보는 것은 당연지사였다. 그 때문에 선덕은 여왕이라는 취약점을 극복하려고 나름대로 많은 노력을 기울였다.

특히 진흥대제 이래로 '왕즉불' 사상을 계승하여 자신의 재위기간에 분향사·영묘사를 창건하고, 이제 자장을 통해 황룡사 9층 목탑까지 축조하는 등 큰 불사를 일으킨 것이다. 이는 무엇보다 왕실의 위엄을 내세워 여왕의 존재를 정당화하고 불력(佛力)에 의지해 왕권을 확립해 보려는 의도에서였다.

벌써 오래 전인 인평 3년(636·선덕재위 5년)—그 해에 여왕이 황룡사에서 백고좌를 베풀어 병세가 호전되자, 곧 자장을 당나라로 보내 불법을 구하도록 지시한 것도 미리 다 그와 같은 의중의 반영이었던 셈이다.

인평 5년(선덕재위 7년·638) 3월에 칠중성(七重城·현재 경기도 적성)의 남쪽에 있는 큰 바위가 저절로 35보(步)나 옮겨가는 이변이 일더니, 9월에는 누런 비가 꽃처럼 쏟아져 내렸다. 그 불길한 징조 뒤에 10월엔 고구려가 군사를 이끌고 그 북쪽 변방의 칠중성을 급습해 왔다. 여왕은 알천 장군에게 명하여 적을 토벌케 하고 겨우 민심을 달래었다.

7월에는 동해 쪽 바닷물이 붉어지는 현상이 오래 지속되고, 또한 해저(海底)로부터 용암이라도 분출한 탓인지 물까지 뜨거워 고기들이 죽어 나왔다.

하늘과 땅과 바다에서 이러한 재앙들이 연속해서 일어났다. 유언비어들이 떠돌고 민심이 흉흉해졌다.

인평 9년(선덕재위 11년·642) 7월, 백제의 의자왕(義慈王)이 대군을 보내 신라침공을 감행하여 나라 서쪽지방의 40여 성(城)을 공취하였다. 또, 8월에는 백제군이 또다시 고구려 군사와 합세하여 당항성(黨項城·현 경기도 화성군 남양/南陽)을 공취함으로써 장차 신라가 당나라로 통하는 길을 끊어버리려 하므로, 왕은 사신을 당태종에게 파견하여 위급한 사실을 알렸다.

바로 그 달(7월), 백제장군 윤충(允忠)이 군사를 거느리고 신라의 대야성(大耶城·합천/陜川)을 공격하여 성이 함락되었다. 이 싸움에서 도독이찬품석(都督伊湌品釋)과 사지죽죽(舍知竹竹)과 용석(龍石) 등, 신라장수들이 전사하였다.

품석은 김춘추의 사위였다. 처음 대야성 전투에 패하여 성이 함락될 때 품석의 아내도 함께 죽임을 당하였다. 김춘추는 패전과 동시에 딸의 죽음이라는 비보를 듣고는 기둥에 의지해 서서 종일토록 한마디 말은커녕 눈도 깜빡이지 않을 만큼 허공만 멍하니 바라보고 있었다. 사람들이 그 앞을 지나가거나 근처에 무엇이 얼른거리거나 일체 알지 못한 채 망연자실, 완전히 얼이 빠진 모습이었다. 그러다가 마침내 정신이 돌아오자 춘추 공은 비로소 탄식하며 혼잣소리로 중얼거렸다.

"아아! 이렇게 슬플 수가……. 오냐, 두고 봐라! 내 사내대장부로 반드시 백제를 멸할 것이다."

자신에게 다짐하고 이를 꽉 악물었다. 그는 곧 궁성으로 여왕을 찾아가 배알하고 자신의 포부를 아뢰었다.

"폐하, 신이 원하옵건대, 고구려에 원병을 청하러 직접 찾아가 백제에 대한 원수를 갚고 싶습니다."

"그 심정을 짐도 잘 알겠소. 적당한 때에 반드시 그렇게 합시다."

그리하여 겨울에 선덕여왕은 장차 백제를 정벌함으로써 대야성 전역(戰役)의 원한을 갚고자 이찬 김춘추를 고구려로 파견하여 원병을 청하도록 했다.

그러나 고구려왕 고장(高藏·보장왕/寶藏王)은 결코 호락호락하지 않았다. 신라의 춘추 공이 매우 영민한 자임을 익히 알고 있던 보장왕은 그가 회견을 요청할 때부터 여기에 무슨 술수가 깔려 있을 것을 염려했다. 그래서 만남의 자리에까지 군사의 호위를 엄중히 한 뒤 춘추를 면대할 만큼 노회

하였다.

백제와 신라의 다툼을 근거리에서 지켜보며 어부지리를 노리고 있던 보장왕은 당시 신라가 공취하고 있던 죽령(竹嶺) 서북의 땅은 본시 고구려 영토였으므로 이를 원상회복시키면 원병을 보내겠다는 조건을 들이밀었다.

이에 김춘추가 대답했다.

"지금 백제가 무도(無道)하여 우리의 강토를 침략하므로, 하신(下臣)은 단지 우리 임금님의 명을 받들어 대국 고구려의 구원병을 얻어 그 치욕을 씻고자 할 따름입니다. 이에 군사를 청함이거늘, 대왕께서는 우리의 환난을 구해주시고 서로 친선을 도모하려는 데는 전혀 뜻이 없으신 듯합니다. 오히려 이를 빌미로 어찌 사신으로 온 사람을 위협하여 국토의 반환만 요구하십니까? 신은 이 자리에서 죽을지언정 다른 것은 알지 못합니다."

보장왕은 그 말이 불손하다고 크게 노하여 김춘추를 별관에 가두어 버렸다.

김춘추는 남몰래 사람을 시켜 본국으로 이 사실을 알리도록 했다. 당혹스런 소식에 접한 여왕은 대장군 김유신에게 명하여 결사대 1만 명을 거느리고 시급히 달려가 김춘추를 구하게 했다. 이때 김유신이 이끄는 결사대가 한강을 건너 고구려의 남쪽 지경으로 진격해 들어갔다.

이와 같은 상황 보고에 접한 보장왕도 더 이상 공연한 불씨를 지피거나 긁어 부스럼이 될 것을 피하여 김춘추를 놓아 돌려보냈다.

여왕 재위시절, 이렇듯 크고 작은 환난이 자주 되풀이되는 이런 과정에서 선덕은 자신이 믿고 의지할 대상을 항시 갈구하였다. 여왕이 유독 김유신과 김춘추를 살갑게 대한 것은, 물론 애초에 왕계혈통으로 끈끈히 얽혀 있는 친족관계였던 까닭도 있다. 그보다 더 중요한 것은 그들의 충성과 지지를 업고 여왕 스스로의 입지를 보완하기 위해서였을 것이다. 그러나 거기에도 한계가 있었기에 막판엔 초월적인 종교의 힘, 즉 불교를 통한 의지처(依支處)에 더욱 기대게 됐을 터였다.

인평 10년(선덕재위 12년·643), 정월에 사신을 당나라에 파견하여 방물을 바치면서 선덕여왕은 당태종에게 표문(表文)을 올려, 외사촌 동생인 자장을 수소문하여 빨리 신라로 돌려보내주기를 청하였다. 당태종이 이를 허락하고 그를 궁중으로 불러들여 극진히 대접하면서 수많은 예물과 하사품들을 안겨주었다. 이때 자장은 본국에 아직 불경과 불상이 구비되지 못했으므로, 대장경 1부와 기타 여러 가지 복리(福利)가 될 만한 물품들을 청해서 모두 싣고 돌아왔다.

자장이 귀국하자 온 나라가 그를 환영했다. 여왕은 처음엔 그를 분황사에 있게 했다.

어느 해 여름, 여왕은 자장을 궁중으로 청하여 '대승론(大乘論)'을 강연케 함으로써 심신의 위안을 얻었다. 얼마 뒤엔 또 황룡사에서 '보살계본(菩薩戒本)'을 7일간 밤낮으로 강연하게 되었다. 그러자 공교롭게도 이 시기에 맞춰 가물었던 하늘에서 단비가 내리고 구름과 안개가 자욱하게 끼어 강당을 덮었다.

그동안 혹심한 가뭄에 시달렸던 왕경에 비로소 해갈이 이루어지니, 이것을 본 사중(四衆)[68]들이 모두 그 신기함에 탄복했다.

그 직후 조정에서 의논하여 선덕여왕은 자장을 대국통(大國統·신라의 제

---

68) 사중(四衆): 비구(比丘)·비구니(比丘尼)·우바새(優婆塞: 출가하지 않고 불제자가 된 남자)·우바니(優婆尼: 출가하지 않고 불제자가 된 여자)

일 높은 승직)으로 삼아 전국 승니(僧尼)의 규율을 통할(統轄)하게 했다. 그 동안 불교가 동방에 번져 비록 오랜 세월이 지났지만, 신라에는 그때까지 제대로 된 주지(住持)를 임명하여 받드는 규범이 확립돼 있지 않았던 것이다. 이때를 계기로 비로소 자장법사로 하여금 통괄하여 다스릴 수 있게 하고, 또 모든 규범을 새로 정했다. 이를 일컬어 '자장정률(慈藏定律)'이라 한다.

그 뒤 선덕여왕은 자장의 건의에 따라 마침내 인평 12년 올해(선덕재위 14년·645) 춘3월에 황룡사 구층탑을 완성케 되니, 이는 순전히 이웃 적들의 외침에 대비한 신라 불교의 호국적 성격의 한 상징이었다.

호국불교는 실제 불교 자체의 순수한 본령과는 다소 거리가 먼, 현세에서의 실리를 목적으로 한 것이었다. 신라 불교가 이러한 경향을 띠게 된 원인은 어디 있을까? 소위 '왕즉불' 사상에 바탕을 두고 현세에서 전륜성왕(轉輪聖王)의 꿈을 실현코자 했던 진흥대제 이래 더욱 확고해진, 불교 이전의 신라인의 현세주의적 사상의 소지(素地)에서 그 연관성을 찾을 수가 있었다.

그러나 불심에 의지하여 천운을 유리하게 바꿀 수 있으리라는 기대가 과연 가능한 일일까?

명랑의 표정이 밝지 않았던 것은, 애초에 황룡사 구층탑의 건립의도에 대해 기연가미연가 일말의 의구심을 지워버릴 수 없었기 때문이었다.

"스승님, 저어기 보세요. 누군가 이쪽으로 부지런히 걸어오시는데요."

발치가 멀찌감치 손가락으로 가리키는 길 끝에 노승 한 분이 보였다. 명랑과 노득도 동시에 그쪽으로 눈길을 돌렸다.

"아! 부궤화상(負簣和尚)인 혜공선사(惠空禪師)시네요."

눈썰미가 뛰어난 노득이 멀리서도 대번에 알아보았다.

"저렇게 먼 곳에 있는데 넌 어쩜 한눈에 알아보느냐?"

명랑은 노득의 말에 적이 놀라며 물었다.

"척 보면 알지요. 등에 부개(夫蓋·삼태기/簣)를 짊어진 모습이랑 걸음걸이며 입성이 한 열흘 전 바로 이 길에서 봤던 때와 똑같으니까요."

"과연! 이제 가까이 보니 틀림없이 혜공선사가 맞구먼. 네 눈이 혜안이로구나."

제 2 장

미친 사랑의 불길

"명랑법사! 예서 또 만나는구먼."

가까이 다가온 혜공이 걸음을 멈추며 웃음을 지었다.

"예, 어서 오십시오. 혜공 예하(猊下)!"

명랑은 일찌감치 강둑에서 몸을 일으켜 기다렸다가 다가온 혜공을 향하여 공손히 합장 배례하였다. 노득과 어린 발치도 따라하였다.

"예하라니? 과공비례(過恭非禮)요. 나처럼 늙고 보잘 것 없는 빈도(貧道)에게 예하란 존칭은 도시 무거워서 어울리지 않거든. 지난번에도 그러더니, 또 듣자니 빈정거리는 소리 같게만 느껴져……."

"아, 오해십니다. 부디 고깝게 받아들이지 마십시오. 미욱한 소승으로선 고승에 대한 존경심의 발로일 뿐입니다."

몹시 당황한 명랑이 황급히 얼버무리는 걸 본 혜공은 이때 느닷없이 아하하하! 파안대소하였다.

"이런, 이런! 그냥 농담 삼아 한 말을 갖고 뭘 그렇게 정색하누? 날더러 누가 뭐라고 부른들 그까짓 게 실은 무슨 대순가? 민가에선 심지어 날더러 부개(삼태기) 짊어진 중이라고 '부궤화상'이라고들 허는데 뭐, 아무러면 어때. 건 그렇고, 요즘 법사께서 허시는 일은 거의 끝나가시오?"

"예엣? 무슨 말씀이신지요?"

"허허! 내가 모를 줄 알고?…… 이 문천의 물줄기를 돌려놓을 깜냥으로 애쓰는 줄 내가 모를 줄 알았나 보네. 여기 내리들 주변을 영원히 생명의 젖줄이 흐르도록 할 요량이렷다. 냇물이 흐르는 반대 방향에 모래가 쌓이도록 매일같이 나와서 비보를 해쌓더구먼……."

"벌써 아셨습니까? 아! 참으로 영명하십니다."

"허허, 모든 행위엔 대체로 의도가 있으니까 척 보면 그 의도를 꿰뚫을 수 있잖은가."

"건 그렇습니다만, 소승은 아직 선사께서 웬일로 이 길을 행차하시는지 영문도 모르고 의도를 꿰뚫어 보지도 못하고 있으니, 여전히 수도(修道)가 부족하여 미욱합니다."

"내 등에 짊어진 부개를 눈여겨보지 못했으니 그렇지."

혜공은 약간 몸을 비스듬히 틀어 등에 진 삼태기 속을 보여준다. 거기엔 제법 꿀단지만 한 크기의 항아리가 두 개나 들어 있었다.

"웬 항아립니까? 꿀단지들인가요?"

"음, 이게 꿀단지 같아 보이겠지만, 그냥 보통 항아리가 아니라 약단지야."

"아, 그래요? 누가 아프시기에……"

"우리 여왕폐하께서 위중하시지. 남 보매 멀쩡하시지만 이미 속병이 깊어지셨어. 명랑은 여태 모르고 있었나 보구먼."

"아! 그것까진 몰랐습니다. 벌써 서너 해 전, 온 몸에 피부병이 생겨 흥해현(興海縣·지금 포항시 흥해읍)의 천곡령(泉谷嶺) 아래 약수가 좋다는 신하의 권유에 따라 그 물을 길어와 연일 목욕한 후 폐하의 피부병이 호전되었지요. 그러자 나중엔 여왕께서 직접 거둥하시어 며칠 머물며 목욕하시고는 깨끗이 나은 적이 있다는 말은 전해 들었습니다. 그 덕분에 자장율사에게 명하여 그곳에 절을 짓도록 해서 천곡사(泉谷寺)가 거기 생겼다는 얘기도……."

"흠! 그 약수터를 소개한 게 바로 나일세. 왕궁에서 신하들 사이의 중론으로 내가 병 치료에 용하다는 소문을 듣고 중사(中使·궁중에서 왕명을 전하는 사자)를 내게 보냈더군. 그 당시 나는 항사사(恒沙寺·경북 영일의 오천면 항사리 운제산/雲梯山에 있던 절)에 있었기에 그 일대의 좋은 약수터를 훤히 꿰고 있었지. 그 무렵 원효법사가 여러 경전의 소(疏)를 찬술하다가 의심나면 가끔 찾아와 내게 묻고 놀다가곤 했어. 암튼, 그땐 달리 처방할 것도 없이 흥해 고을의 천곡령 아래 약수터를 소개해 줬던 것뿐이네. 그런데 이번엔 병세가 확연히 달라……."

"어떻게 다른가요?"

"벌써 일곱 달 전이네. 중사가 날 찾아와 여왕폐하의 부름을 전하기에 왕궁에 들렀더랬지. 겉은 멀쩡해도 폐하의 병세가 이만저만 깊은 게 아니더군. 매양 가슴이 답답하고 위(胃)에 잦은 통증을 느끼신다대. 그리고 이따금 머리가 지끈지끈 아파오는 증상을 호소하시더군. 그래서 당장엔 옻나무를 잘게 썰어 달여 먹기를 권유했지. 옻은 성질이 따뜻하고 어혈을 가시게 할 뿐 아니라, 몸속의 오래 묵은 병 덩어리까지 싹 없애고 혈액순환을 좋게 하니까. 옻은 그 약효가 살로 간다기보다 뼈로 간다네. 이 세상에서 유일하게 골수를 채워줄 수 있는 명약이야. 헌데, 그럼에도 차도가 없는 걸 보니, 아무래도 이건 다른 병이야."

"다른 병이시라면?……"

되우 놀란 듯 명랑이 목을 쑥 빼어 밀고 묻자, 혜공은 혀를 쯧쯧, 찼다.

"뇌종양에 위장의 악성 옹저(癰疽)까지 겹친 것 같애. 자주 구역질을 하고 토하시는 반위(反胃) 증상을 보건대, 내 경험상 이건 오래 살지 못하는 병이야. 빨리 손을 쓴다 해도 옹저가 워낙 빠르게 다른 장기로 확산전이(擴散轉移)되니까."

그러고서 혜공은 고개를 설레설레 젓는다.

"그래서 와송(瓦松)을 잔뜩 따 항아리에 넣고 여섯 달쯤 숙성시켜 효소를 만든 이건 뇌종양에 효험이 있고, 쇠비름을 숙성시킨 이 항아리는 위의 옹저에 어느 정도 효험이 있을 걸세. 거기다가 매일 조석으로 참기름 또는 들기름을 한 술 정도 입안에 한참 머금었다가 뱉어내는 방법도 병행케 할 생각이라네. 이건 천년도 넘게 서역(인도)에서 유래한 만병 예방의 양치법이거든. 또, 기후가 다른 거기선 대개 사찰에 비파나무를 심어 그 열매로 담근 술로 반위를 치료한 기록을 본 적이 있어. 항아리에 비파열매를 넣고 술을 부어 반년 이상 1년쯤 묵혀 발효시킨 뒤 하루에 두 번씩 조석으로 반 잔 정도 마시면 크게 효험을 본다고 돼 있더군. 청산배당체라는 독성을 없애기 위해선 반드시 술로 담가먹어야 한다는데, 하여간 서라벌에선 비파열매를 구하기가 힘들어. 부득이 요새는 이쪽 우지산(남산)을 온통 뒤지다시피 하여 백화피(白樺皮)에 기생하는 화균지(樺菌芝·자작말굽버섯)를 찾느라고 이 길을 오가고 있네. 화균지를 한 되들이 물에 넣고 사각(四刻·1시간)쯤 끓인 탕을 장복해도 상당한 효험이 있긴 하지. 그나저나, 뭐 이런 각종 처방들이 실은 병세의 악화를 지연시켜 생명을 연장하는 데는 도움이 돼도 완치는 무망한 일이야. 더 두고 봐야 알겠지만 길어야 한 해를 넘기기 힘들 걸세."

명랑의 귀에는 청천벽력 같은 말이었으나, 혜공은 담담히 일러두는 거였다.

"뭐, 어쨌거나, 인명재천이니 혹 이것으로 기적 같은 일이 일어나 완치될 수 있기만을 빌어볼 수밖에……"

"아무튼 그 일로 인해 지금 궁궐로 가시는 길입니까?"

"그렇다네."

"그러시담 한 열흘 전에 이 길을 가신 것도……"

"아니, 그땐 왕궁에 간 게 아니지. 폐하께서 병세의 호전을 빌러 자주 찾던 영묘사로 가던 길이었다네."

"영묘사 가면서 새끼줄을 잔뜩 꼬아 부개에 담아 넣고 간 건 웬 까닭입니까? 그땐 소승도 분명히 그걸 봤지만 예사로 넘겼습니다만……"

"허허허! 명랑은 이 서라벌 안에 근래 파다하게 떠도는 소문도 전혀 못 들었는감? 지귀라는 와공(瓦工)이 며칠 전 영묘사 뜰에서 탑을 껴안고 분신(焚身) 자살한 사건을……"

"아! 그 얘기라면 절간을 찾는 신도들의 입을 통해 얼핏 듣긴 했습니다만, 왜 그랬는지 정확한 영문은 모릅니다.…… 그저 과장된 뜬소문이라 여겼고, 게다가 얼토당토않게 부풀려진 왜곡된 얘기라서."

"지귀는 일찍이 양지스님이 왕명을 받들어 영묘사를 창건할 때 와공으로 일했던 자인데, 여왕폐하를 가까이서 본 뒤로는 가슴앓이에 빠져버린 거야. 주제넘게 그만 짝사랑으로 미쳐버린 자였지. 늘 표주박을 지니고 다니며 마시던 독주에 취해, 한번은 영묘사 탑에 기대 잠들어버렸거든. 때마침 여왕께서 재를 올리러 절에 들렀다가 인사불성의 그런 지귀 꼴을 보시곤 가엽게 여기셨는지 팔찌를 풀어 그 자의 가슴 위에 얹어두고 떠나셨다더군. 그것이 오히려 지귀의 가슴에는 더욱 뜨겁게 여왕에게로 향한 미친 사랑의 불길을 당긴 셈이었달까. 이후로 지귀는 정말로 미쳐버렸어……."

혜공선사는 지귀가 미쳤다는 그 말에 스스로 확신을 갖는 듯 몇 번이나 고개를 끄덕여 보이더니 곧 뒷말을 이었다.

"어느 날 길을 걷다 우연히 그 자가 내 눈에 띄었는데 여전히 잔뜩 술에 취해 있었어. 그리곤 뭐라고 혼자 쉴 새 없이 중얼거리데. 매양 나처럼 대취하여 거리를 떠돌아 다녀본 적이 있는 자는 척 보면 알지. 녀석은 그때 이미 광인의 눈빛이었어. 그 눈빛을 보고서 난 대뜸 알아버렸어. 머잖아 그 자가 부처님 앞에 소원을 빌며 소신공양(燒身供養)을 감행하리라는 것, 그것도 영묘사에서 행하리라는 것을. 늘 독주에 절은 제 몸에 들기름을 들이붓고 스스로 불붙이는 방법을 택할 것이라고. 그런 낌새를 알아채고, 나는 미리 영묘사로 새끼줄을 가져가서 금당과 좌우의 경루(經樓)와 남문의 행랑채를 둘러쳐서 출입을 막고는 그곳 강사(剛司)에게 일러두었지. 이 새끼줄은 반드시 사흘 뒤에나 끌러라, 하고. 헌데, 과연 그대로 된 거지. 지귀의 분신공양이 실제로 일어났고, 녀석은 탑을 껴안고 타서 죽었는데 새끼줄 친 곳은 화재를 면했으니 그나마 천만 다행이지."

"아하, 그런 사연이었군요. 소승도 오래 전에 지귀란 사내를 영묘사에서 직접 본 적은 있습니다만, 그 자가 감히 여왕폐하를 사모하리라고는 짐작조차 못했습니다. 그나저나, 폐하께선 별일 없으셔야 할 텐네요."

혜공선사한테서 자초지종을 다 전해들은 명랑은 걱정이 앞섰다.

"그야, 인명재천이긴 해도 인위로써 할 수 있는 방법이 있다면 최선을 다해야겠지. 특히나 신심이 깊은 폐하께서 그동안 부처님께로 향한 공덕이 많으시니 하늘도 결코 무심하진 않을 걸세. 이 늙은 빈도 역시 애써 손을 써볼 테니 더 두고 보세나."

"예. 선사님. 한 시가 바쁘신 걸음을 소승이 지체케 했습니다. 자, 그럼, 어서 가십시오. 나무관세음보살……"

명랑은 합장 배례하였다. 노득과 발치도 스승을 따라 합장한 채 노승을 향해 깊숙이 고개를 숙였다.

"나무아미타불……"

혜공도 합장배례하고는 왕궁을 향해 다시 총총히 길을 떠났다.

"스승님, 들리는 소문에 혜공선사께선 원체 신이(神異)한 분이시라던데, 저 분께서 직접 폐하의 병을 고치려 나섰으니 아마 차도가 있겠지요?"

한참동안 멀어져 가는 노승의 뒷모습과 그 등에 짊어진 삼태기에서 눈길을 뗀 노득이 명랑을 돌아보며 묻는다.

"흠! 그래야 할 텐데……. 폐하의 병은 결코 어제오늘에 생긴 게 아니야. 여왕의 신분으로 즉위한 이후, 나라 안팎으로 죄어드는 온갖 근심거리가 원인이지. 내가 불법을 구하러 당나라를 거쳐 토번에 머물러 있던 그 당시엔 몰랐다가 귀국 후 뒤늦게 알게 된 사실도 있어. 여왕께서 원인조차 모르는 병명으로 병석에 누운 지 오래였다더군. 지금은 이미 열반에 드신 밀본법사(密本法師)가 아니었다면 우리 여왕께선 죽음에 이르렀을 수도 있었다는 이야길 들었지. 너희들은 아직 세상에 태어나지도 않았을 때의 얘긴데, 그 사연인즉 이러 해……."

그렇게 말문을 연 명랑은 노득과 발치에게 다음과 같이 들려주었다.

여왕이 까닭조차 알지 못한 병세로 자리보전한 지 오래되자, 흥륜사(興輪寺)의 중 법척(法惕)이 부름을 받고 여왕을 보살피러 궁으로 왔다.

흥륜사는 '왕즉불(王卽佛)'사상에 심취한 진흥왕이 어린 시절부터 스스로 전륜성왕(轉輪聖王)의 꿈을 키우며 왕궁의 서쪽 형산강 근처에 처음 창건한 절이었다. 흥륜사란 절 이름도 거기서 유래했는데, 진흥왕 재위 5년(544) 2월의 일이었다. 그해 3월, 왕은 사람들이 출가하여 승니(僧尼)가 되어 부처를 받드는 것을 허락하니, 이는 곧 현실의 부처인 왕을 굳게 섬기는 일이나 진배없었다.

아무튼 그 흥륜사의 중 법척이 여왕의 병구완을 한 지 꽤 오래되어도 아무런 효과가 없었다. 그러자 신하들이 법척 대신 밀본법사로 바꿔보기를 청하였다. 당시 밀본법사의 덕행이 나라 안에 널리 알려져 있었던 때문이다. 그를 추천하는 신하들의 요청을 받아들인 여왕은 법사의 거처를 찾도록 명해 궁궐로 불러들였다.

밀본법사가 왕의 침실 앞에 이르자, 휘장을 걷고 열린 문 안쪽에는 자리보전하고 있는 여왕이 누워 있고 그동안 보살피던 법척과 시녀 한 사람만이 병상 아래에서 그 곁을 지키고 있었다. 신하들은 모두 침실 문밖에 대기한 채였다.

법사는 안으로 들어가지 않고 그냥 침실 문밖에 선 채 대뜸 '약사경(藥師經)'을 읽었다. 경문을 한 번 읽자마자 법사가 짚고 있던 육환장(六環杖)이 갑자기 침실 안으로 날아들어, 한 마리 늙은 여우와 법척을 찔러 뜰 아래로 내동댕이쳤다. 그러자 여왕의 병환이 기뜬히 나아졌다. 그때 밀본법사의 머리 위에는 오색의 신비한 광채가 뻗쳐 나와 보는 사람들이 모두 경이로워했다.

"이처럼 밀본법사는 요사한 귀신이나 혼령을 볼 수 있는 눈을 가졌더랬지. 말하자면 일종의 최마사(摧魔師)였어. 이후에도 밀본스님이 악령들을 물리친, 이와 유사한 일화들이 많이 전하고 있어. 한데, 밀본에 비하면 좀 전의 혜공선사는 참으로 신이하고도 기괴한 인물인 게지. 태어날 때부터 이미 신비로운 초능력을 지니고 있었던 것 같애. 그렇지 않고서야 범인들로서는 이해불능일 만큼 전해오는 그 분의 생애 자체가 수수께끼 같거든……."

명랑은 그렇게 운을 뗀 다음, 두 눈을 말똥말똥 뜨고 흥미롭게 귀를 기울이고 있는 어린 제자들에게 또 다음과 같은 이야기를 들려주었다.

혜공스님은 본디 그 출생 신분이 미천하였다. 저명한 천진공(天眞公)의 집에 고용살이하던 노파의 아들로 태어났는데 아버지가 누군지도 알려져 있지 않다. 그의 어릴 때의 속명(俗名)은 우조(憂助)였다.

한번은 천진공의 몸에 커다란 종기가 나서 거의 죽게 되었다. 높은 신분의 천진공이 그 지경이 되자 문병하러 오는 사람들이 길을 메웠다. 우조의 나이가 그때 겨우 일곱 살, 그 어머니에게 집안에 무슨 일이 있기에 손님들이 이토록 많이 모여드느냐고 물었다. 어미는 어이가 없다는 듯 대답했다. 주인이 몹쓸 병이 나서 지금 위독한데, 넌 어찌 한 집에 있으면서 그것도 모르고 있었느냐?

그러자 우조는 잠시 골똘히 생각하더니, 내가 그 병을 고칠 수 있노라고 말했다. 처음에 어미는 그 말을 믿지 못했다. 그러나 우조는 고집스럽게 우겼다. 정말 고칠 수 있다니까요! 우조의 태도와 표정이 어린애답지 않게 어찌나 단호하고 진지하던지, 그 어미는 하도 신기해서 천진공에게 조심스레 알렸다. 천진공이 우조를 불러들였다.

우조가 천진공의 병상 아래에 와 앉아서는 한마디 말도 없었는데 조금 뒤 천진공의 종창(腫脹)이 터졌다. 병이 나은 것은 다행이었으나 천진공은 그 신기한 일을 그냥 하나의 우연이라고 믿었을 뿐 그다지 이상하게 생각하지 않았다.

그리고 세월이 더 흘러 우조가 장성해서는 천진공의 매를 길렀는데, 잘 길들여진 그 매들이 천진공의 마음에 무척 들었다.

그 무렵 천진공의 아우로서 지방관을 임명받은 이가 있었다. 그가 임지로 떠나면서 천진공의 매 가운데서도 가장 좋은 놈을 청하여 그곳 관아로 가져갔다. 어느 날 저녁 천진공은 아우가 가져간 그 매가 문득 생각났다. 그는 날이 새면 우조를 보내어 그 매를 도로 가져오게 하리라 생각하고 있었다. 그런데 우조가 이미 천진공의 그 속마음을 알았다. 그 밤의 어둠이 가시며 날이 희붐하게 샐 무렵, 우조는 자기가 길들인 그 매에게 어떤 신호를 보냈는지 어느새 먼 거리에서 날아온 매가 그의 어깨에 내려와 앉았다.

천진공이 잠에서 깨어 우조에게 명을 내리려고 막 방문을 열던 그 새벽녘에 우조는 벌써 천진공의 침실 마루청 아래에 와서 그 매를 바치는 게 아닌가!

천진공은 소스라치게 놀랐다. 그리고 비로소 깨달았다. 오래 전에 자기의 종창을 고친 일이랑 평소 우조의 하는 일이 모두 불가사의한 것임을.

그제야 뭔가를 깊이 깨달아 알게 된 천진공은 이때 우조가 야사여래나 관음보살의 환생이 아닐까 여기며 진심을 담아 이렇게 말하였다.

"나는 지극하신 성인(聖人)이 내 집에 와 의탁해 있는 것을 알지 못하고,

그동안 함부로 대하여 미친 말과 예의에 벗어난 짓으로 욕을 보였으니, 그 죄를 어떻게 씻으리까? 바로 지금부터는 도사(導師 · 正道로 중생을 인도하는 스승)가 되시어 부디 미욱한 저를 인도해 주십시오."

그리고는 즉시 마당으로 내려가서 우조에게 절을 했다.

이렇듯 신령스럽고 이상스러운 특성이 벌써 드러났기에 우조는 드디어 출가, 중이 되어 이름을 혜공이라 고쳤다. 그는 항상 조그만 절에 살면서 매양 미친 듯이 술에 대취하여 삼태기를 지고 거리를 돌아다니며 노래하고 춤추었다. 그래서 붙여진 별명이 부궤화상(負簣和尚 · 삼태기 진 중)이었는데, 이후에도 그의 신이(神異)함은 이루 다 헤아릴 수 없을 만큼 사람들의 입에 회자(膾炙)되고 있다.……

"스승님, 부궤화상—아니, 혜공선사께선 정말 약사여래나 관음보살의 화신 같은 분이실까요?"

궁금증이 일면 참지 못하는 노득이 대뜸 묻는다.

"글쎄, 세속에선 별별 얘기들이 다 떠돈다만…… 아마 그 분의 신이함과 출신의 모호함이 서로 부조화를 일으키는 데서 빚어진 과장된 이야기겠지. 또는 일종의 미화된 환상 같은 착각에서 나온 해석일 게야. 하지만 내 생각은 이래. 혜공선사는 끝내 속세의 아비가 누구인지 몰랐지. 아니, 평생 알려고도 하지 않았을 게야. 천진공 댁의 하녀로 일했던 그 어미에게 아비가 누구냐고 차마 물을 수가 없었을 테니까. 하지만 스스로 그 비밀의 해답을 깨치는 것을 화두(話頭) 삼아 수도정진(修道精進)했을 것이란 짐작은 할 수 있어. 출가하여 중이 된 뒤 매양 술에 대취하여 미친 듯 거리를 돌아다니며 노래하고 춤추던 그 젊은 시절의 방황을 거치는 동안 스스로 깨닫게 되지. 어린 시절의 우조는 그 아비가 누군지 모르는 무명(無明)에서부터 시작하여 차츰 십이연기법(十二緣起法)의 이치를 깨달은 다음에야 방황을 멈추었거든. 혜공선사께선 자주 십이연기법을 강론하길 좋아한다는 이야길 들었는데, 그것만으로도 그 사실을 짐작할 수 있지."

명랑법사가 나름대로 노득의 궁금증을 풀어주려고 애썼지만, 녀석이 어느 정도 이해했을지는 의문이었다. 아니나 다를까, 노득은 대뜸 고개를 갸웃하며

"스승님, 십이연기법이란 또 뭡니까?"

하고 불쑥 질문을 들이민다.

명랑은 씩 웃더니,

"그래, 좋아. 오늘 우리가 해야 할 일은 이쯤에서 끝내자. 그 대신 내 특별히 불교이론에 관한 강의를 좀 해야겠다. 발치, 너도 잘 들어라. 어미아비가 누군지 모르는 너도 늘 그 점이 궁금했을 테니까.…… 먼저, 무명(無明)이란 건 사견(邪見)이나 망집(妄執)에 싸여 불교의 진리를 깨닫지 못한 마음의 상태다. 이것이 모든 번뇌의 근원이 되지."

하고 다시 말문을 열었다.

"불교에서 흔히 말하는 '무명'—이를 나는 달리 풀이한다. 내 생각은 이렇다……."

명랑법사는 손가락으로 하늘을 가리키며 잠시 허공을 올려다보던 눈길을 노득과 발치에게로 향했다.

"태초로 거슬러 올라가 이 우주가 창조될 때 혼돈의 암흑만이 존재했던 것과 흡사한 상태를 '무명'이라고 부를 수 있지. 그 무질서에 도대체 누가 어떻게 질서와 조화를 이룬 세계를 형성했는지는 아무도 몰라. 다만 어느

사이엔가 만물을 지배하는 이성적 법칙이 존재하게 된 것이야. 아니, 더 정확하게 얘기하자면, 우주의 그런 질서와 조화는 조건이 맞아 자연적으로 생겨났지. 그게 불교에서의 연기(緣起)야.

미욱한 인간의 두뇌는 한 번도 경험해보지 못한 정보들이 이 우주상에 존재한다는 사실 자체를 알 수가 없어. 그렇기 때문에 폭 좁은 인간의 뇌가 이해한 것만을 본 것이 세상에 대한 인식인 게야. 결국 인식하지 못하는 까닭에 무의미한 정보들은 처음부터 무지한 우리의 두뇌가 처리하지 못할 뿐이지. 한데, 석가모니 부처께서는 이 사실을 꿰뚫어 보시고 연기의 법칙을 깊이 깨달아 아신 거야. 천지창조 때의 그 1단계의 무명에서 2단계의 행(行·짓)의 작용이 있었기에 일정한 질서와 조화가 생겨났다는 사실을 말이야. 여기서 행은 어떤 의도적인 '짓'을 말한 것이다. 사람의 경우라면 마음의 작용 같은 것이지.

하여간 누가 어떻게 그러한 우주의 운행 질서와 법칙을 만들었는지는 알 수 없어도, 과거는 지나간 것이 아니라 순환되는 의미 있는 시간이며, 모든 게 시시각각 변전하는 찰나상(刹那象)에 불과함을 석가모니께서는 아신 거야. 그것이 3단계의 식(識·앎)이란 것이다. 석가세존께서 설법하신 내용들, 예컨대 생사윤회(生死輪廻)하는 그 유전(流轉)의 순리적 관계가 이를 잘 반증하는 셈이야. 요컨대, 시작이 있으면 끝이 있고, 과거에 발생한 일은 반드시 다시 발생하며, 아직 일어나지 않은 것은 곧 일어날 것이다. 현상은 수시로 바뀐다. 하지만 전체적 기준은 일정한 규칙에 따르는 거야. 인간을 포함한 모든 생명체, 즉 일체중생은 소우주로서 그와 같은 자연법칙의 질서에서 벗어날 수가 없어. 불교에서 나온 '지식(知識)'이란 용어는 단순히 '앎'을 뜻하기보다 어떤 실체를 일컫는 말인데, 원래 '지식을 아는 사람', 곧 우리들 자신이며, 사랑하는 이웃이요, 벗이란 의미다. 따라서 '선지식(善知識)'은 불법을 갈구하는 착한 사람을 가리키며 우리와 같은 구도자를 지칭하는 말이 되었지…….

또, 석가모니께서 말씀하신 '연기' 혹은 '인과'는 불교 교리의 가장 근본적인 사고방식이다. 연기는 팔리어로 '파티짜 사무파다'라고 한다. '말미암아 일어남'의 뜻이지. 석가모니부처 시대인 서천축(인도)의 보편언어가 팔리어인데, 크게 보아 산스크리트어, 한역으로 범어(梵語)의 일종이야. 요컨대 부처의 설법을 기록한 언어지만, 일상 언어로는 더 이상 사용되지 않고 있어. 아무튼, '파티짜'는 조건 지워진다[緣]는 것이고 '사무파다'는 발생한다[起]는 의미야. 이런 조건이 무엇인지를 살펴보는 것이 십이연기를 아는 길이다."

명랑은 또 말한다.

"십이연기를 북방불교에선 대체로 '삼세양중인과(三世兩重因果)'로써 설명하고 있어. 과거·현재·미래, 삼세에 걸쳐서 두 번의 '인과'를 받게 된다는 의미지.

우선 십이연기의 차례 관계부터 보자. 그 시작의 1단계가 무명(無明·아빗자)이다. 2단계는 행(行·상카라)인데, 이때의 행은 순수하든 불순하든 의도가 개입된 '짓'이다. 여기까지가 과거생(過去生)이며 일성(一性)에 해당한다고 하지. 기존 이론으로 이 무명과 행이 과거생의 '인(因)'이라는 거야.

그 다음 3단계는 식(識·빈냐나)이며, 일생에 있어 최초의 마음이다. 4단계는 명색(名色·나마루빠)이다. 소위 명색에 대해선 온갖 해석들이 난무하여 도리어 갈피를 잡을 수 없게 만든 경향도 없지 않아. 기존의 설명에 따르면, 명(名)은 정신현상으로 수(受·느낌), 상(想·상상), 행(行·마음 작용),

식(識·지식)을 말하고, 색(色)은 물질을 지칭한다는 거야.

그런데 나는 이 부분에서 석가모니 부처님의 원래 가르침에 따라 3·4단계를 기존의 해석과는 달리 이해하고 있다. 내 생각은 이래.—3단계의 '식'은 앎이 아니라, 얼핏 들어 말 안 되는 소리 같지만 '무지의 앎'이다. 그리고 4단계의 명색은 단지 하나의 '개념'일 뿐 어디까지나 허상에 지나지 않아. 구체적 실체가 없는 이 허상은 다른 사물과 구별하기 위해 편의상 붙인 명칭에 불과한데, 이것에 의미를 부여하고 느끼기 시작하는 데서부터 번뇌가 싹트는 게야.

대상을 바라볼 때 산은 산이고 물은 물이고, 나무는 나무, 사람은 사람이라는 단순한 명칭이 있을 뿐 아무 의미도 없는 것으로 관망하면 될 것을……. 가령 어떤 여인을 보고 아름답다거나 소유하고 싶다거나 하는 욕구를 충동질하는 게 뭐겠어? 그것이 바로 5단계인 육입(六入·살라야타나)이다. 즉 여섯 감각기관을 일컫는다. 예컨대 안근(眼筋)·이근(耳筋)·비근(鼻筋)·설근(舌筋)·신근(身筋)·의근(意筋)을 통칭하지.

6단계는 촉(觸·파사)이다. 이는 감각적 접촉을 말한다. 감각기능이 감각의 대상과 만남으로써 알음알이가 발생하는 것이지. 그리고 7단계는 수(受·베다나)인데, 느낌을 말함이다. 느낌은 정서적 토대라 할 수 있어.

이상으로, 1단계와 2단계의 '무명'과 '행'이 과거생의 '인(因)'이라 한다면, 3단계의 '식'에서 7단계의 '수'까지가 현생에서 받게 되는 '과(果)'가 되지. 그리고 3단계부터 7단계까지가 이성(二性)에 해당한다.

다음으로 8단계는 애(愛·타나)인데, 갈애(渴愛)를 말함이다. 이것은 6단계의 촉과 7단계의 수를 조건으로 일어나지. 마음에 드는 것이 있으면 끌어들이는 욕망이 발생하고, 마음에 들지 않으면 밀쳐내는 특성이 있다. 9

단계는 취(取 · 우파다나)로서, 취착(取着) 혹은 집착(執着)이라고도 해. 취착은 크게 네 가지로 나뉜다. 감각적 욕망에 대한 취착이 그 첫째요, 사견(邪見)에 대한 취착이 둘째요, 계율과 의식에 대한 취착이 셋째, 그리고 자아(自我)가 있다는 취착이 넷째다.

그렇다면 '애'와 '취'는 어떻게 다른가? 일반적으로 갈애가 더 강화된 것이 취착이라고 보면 된다. 갈애와 취착은 윤회의 원인이 되기에 불교에서는 이것을 매우 경계하지. 부처님께서는 갈애와 집착을 버리면 윤회의 사슬을 끊어버릴 수 있다고 하셨지. 말하자면 괴로움의 가장 큰 원인이 갈애와 집착이다.

10단계는 유(有 · 바와)인데, 이를 또 업유(業有)와 생유(生有)로 구분한다. 업유는 선하거나 악한 행위를 의도적으로 함으로써 생긴 '업으로서의 존재'를 말함이다. 거기 비해 생유는 욕계 · 색계 · 무색계에서 받는 과보(果報)로서의 새로운 생을 말한다. 아무튼 8단계인 '애'에서부터 10단계의 '유'까지가 삼성(三性)에 해당하고, 현생에서 발생하는 '인'이 된다는 거야. 그리고 3단계에서 10단계까지를 통틀어 현생으로 구분하지……."

여기서 잠시 뜸을 들였다가 명랑은 또 말한다.

"마지막으로 11단계는 생(生 · 자티)인데, 새로운 존재로 태어남을 의미한다. 그리고 12단계는 노사(老死 · 자라마라나), 즉 늙고 병들어 죽는 것을 말한다. 그러니까 11단계와 12단계의 '생로사'는 미래생(未來生)에서 받게 될 '과'기 되고, 여기까지가 사성(四性)이다. 이렇게 과거 · 현재 · 미래, 삼세(三世)에 걸쳐서 두 번의 '과'를 받게 되므로 '삼세양중인과' 라 하는 게야."

"스승님, 너무 복잡해서 그저 알듯 말듯 아리송하기만 해요."

고개를 연신 갸우뚱거리던 노득이 마침내 불만스런 표정을 지었다.

명랑은 응당 그러리라 여겼는지 빙그레 웃더니, 뜻밖에 발치를 향해 묻는다.

"발치야, 너는 이야기 듣는 동안 무슨 생각이 들더냐? 뭐가 뭔지, 아무런 느낌도 없었느냐?"

"스승님, 소생은 아직 어려서 자세한 내용은 모르겠어요. 근데, 이상하게도 스승님 말씀을 듣는 동안 자꾸 지귀라는 사람만 떠올리고 있었어요. 아까 스승님과 혜공선사께서 주고받던 이야기가 머릿속에서 떠나질 않아서 그랬을까요? 스승님이 지금까지 들려주신 이야기가 꼭 여왕폐하를 짝사랑하다 소신공양한 그 와공의 생애를 연상시킨다는 엉뚱한 느낌뿐이었어요."

불과 아홉 살짜리 동자승의 입에서 그런 예상치 못한 답변이 나오자 명랑은 내심 깜짝 놀라 다시금 바라보았다.

"발치야, 참으로 네가 영특하구나! 너의 말은 결코 엉뚱하지 않다. 정확히 핵심을 찔러 말했다. 암, 그렇고말고."

명랑은 크게 고개를 끄덕이고는 다시 입을 연다.

"지금까지 내가 설명한 십이연기에 대해 와공 지귀의 일생을 대입시켜보면 명확히 이해될 게야. 여왕폐하를 처음 본 순간부터 일생에서 최초의 마음이랄 수 있는 연기법의 3·4단계인 식과 명색을 거쳐 차츰차츰 6·7단계의 촉·수(觸·受)를 조건으로 해서 일어나는 갈애와 집착으로 발전한 거지. 아까 내가 말한 8·9단계의 애·취(愛·取)가 그것이다. 마음속에 끊임없이 일어 미친 듯 타오르는 사랑의 불길을 스스로 끌 수가 없었고, 그것이 괴로움의 원인이었으니까……."

명랑은 또 말한다.

"내가 토번에서 불법을 공부하던 시절, 십이연기의 강론을 들으면서 아주 재미있게 생각한 게 있어. 뭔고 하니, 넓은 의미에서 범어에 속한 팔리어로 '연기'를 일컬어 '파티짜 사무파다'라고 함을 알았을 때였어. 그때 나는 대뜸 우리 신라어와 연관 지어 인식했거든. '파티짜'는 '받히쳐[衝]'로, '사무파다'는 '쌈[包]업히다[負]'로 내 귀에는 들렸으니까. 마치 두 개의 조건이 부딪쳐 하나로 통틀어 싸서 업히는 형국을 연상시키는 우리 신라 말처럼 느껴지데.

또, 십이연기의 5단계인 육입(六入), 즉 여섯 감각기관도 팔리어론 '살라야타나'라고 하지. 여섯 가지 감각기능이 감각의 대상과 만나는 것. 그러니까 대상을 통해 마음속에 불길이 이는 현상을 '(불)살라야 타는' 것으로 파악하니, 금방 이해되더구나. 마찬가지로 8단계의 애, 즉 갈애(渴愛)를 팔리어로 '타나'라 하는 것도 가슴속에 사랑의 불길이 '타는'으로 받아들였지. 이런 식으로 배우다보니 이방의 언어라도 꽤 재미있고 쉽게 이해되더군. 와공 지귀도 여왕을 뵌 다음부터 온몸이 뜨거운 욕정의 '타나'에 빠져버린 셈이고……."

"…………."

노득과 발치는 둘 다 말없이 똥그랗게 뜬 눈으로 스승의 얼굴을 말똥말똥 바라보며 듣고 있었다. 그런 중에도 이따금 노득은 비로소 조금씩 이해가 되는 듯 고개를 끄덕이곤 하였다.

"우리가 알고 있는 십이연기의 법칙은 결국 괴로움의 단계를 나타낸 것으로 봐도 무방하다. 이 가운데 과거생에 해당되는 '무명'과 '행'으로 인하여 현재의 내가 태어나게 되었다. 나의 의지대로 태어난 것이 아니라, 과거생의 과보(果報)로 인하여 몸과 마음을 받게 된 것이야. 이런 사실은 어찌할 수 없는 과거생의 축적된 성향에 기인한다고 봐야 해. 과거생에 있어서 본성에 따른 평소의 생활태도나 습관 등, 온갖 유전질(遺傳質)이 고스란히 과보로 전달되었기 때문에 꼼짝없이 받게 된 거야. 이 과정에서는 그 어떤 신의 은총이나 불보살의 가피(=부처님의 후광과 영력)도 개입할 여지가 없는 게지. 모두 다 자신이 지은 과보로 이 몸과 마음을 받게 된 것이다…….”

“………….”

“이미 이렇게 결정된 몸과 마음을 다시 바꿀 수는 없는 것일까? 십이연기를 제대로 이해하면 이것이 가능하다. 말하자면, 현생에서 새로운 과보를 만들어내면 되는 것이야. 명색을 명색 이상으로 보지 말고 촉·수를 조건으로 해서 일어나는 갈애와 집착을 차단하면 되지. 그렇게 하면 금생은 물론 미래생의 운명도 바꾸어 나갈 수 있다. 지귀가 영묘사 뜰에서 탑을 껴안고 부처님 앞에 이 생사윤회의 끝없는 번뇌의 고리를 끊어버리고자 소신공양한 데는 그런 간절함이 있었겠지. 스스로 갈애와 집착을 다 태워 고요해진 상태의 적멸(寂滅)에 든 다음, 극락왕생함으로써 이젠 부디 환멸문(還滅門·파티로마)에 들었기를……. 나무아미타불, 관세음보살.”

명랑은 염주를 굴리며 잠시 지귀를 위해 기도하였다. 그리고 그는 또 말했다.

“십이연기의 출발은 무명에서 시작되는데, 무명은 사성제(四性制)의 무지 때문에 기인한다. 십이연기는 근본적으로 오온(五蘊)의 흐름을 이야기하고 있어. 오온이란 뭔가? 세계를 창조, 구성하는 요소를 다섯 가지로 분류한 것, 즉 색·수·상·행·식이다. 아까도 말했지만 색(色)은 육체, 수

(受)는 감각, 상(想)은 상상, 행(行)은 마음의 작용, 식(識)은 지식이다. 그중에 가장 두드러진 부분을 단계별로 설명하고 있는 것이 십이연기라 할 수 있지……."

"…………."

"그런데 최근에 막 귀국한 유당승(遊唐僧)과 만나 얘기를 나눠보니, 당나라 현장(玄奘)스님[69]은 '이세일중인과(二世一重因果)'라고 말한다더구나. 이 말뜻은 현재와 미래에 걸쳐 인과가 한 번밖에 일어나지 않는다는 것이지. 즉 1단계의 '무명'에서 10단계의 '유(有)'까지가 현생의 '인'에 해당하고, 11단계와 12단계의 '생노사'가 미래의 '과'가 된다는 게 요점이야. 물론 이 경우에도 11단계의 '생'을 다음 생의 시작으로 본다는 점은 같지.

그런데 말이야, 현장스님은 '이세일중인과'를 말하면서 '삼세양중인과'와 같은 것이라고 하니 아리송한 거야. 뭐 아무튼, 중요한 것은 11단계의 '생'을 '사무파다'(起 · 일어남, 발생하다)가 아니라 '자티'(태어남)라고 한 점이야……."

명랑은 이쯤에서 마무리를 짓고자 하는 듯, 으흠! 으흠! 헛기침을 두어 번 하더니 최종적으로 말했다.

"십이연기를 말하는 것은 결국 무아(無我)를 드러내는 강한 주장이라고 해석될 수 있어. 다시 말해, 제 자신을 비롯한 일체의 존재에는 상주불변

---

69) 당(唐)의 고승 현장(玄奘)은 불교 경전을 얻기 위해 서기 627년 인도(당시의 서역)로 떠났다. 이후 645년당이 수도인 장안(長安 · 현재의 시안)으로 돌아왔다. 현장법사는 당태종의 후원을 받아 경전 74부 1335권을 번역했다. 인도 여행기인 『대당서역기(12권)』도 남겼다. 이 『대당서역기』는 중국고전 『서유기』의 모태가 됐는데, 현장법사는 『서유기』에서 삼장법사로 그려졌다. 현장이 가져온 불경은 산시성(陝西省) 시안(西安)의 흥교사(興敎寺)에 보관돼 있다. 현장이 쓴 『성유식론』에서는 '이세일중인과'를 말하면서도 이것이 결과적으로는 '삼세양중인과'와 같은 것이라 설명하고 있다.

(常住不變)의 실체가 없다는 것이 무아야. 그럼에도 불구하고, 자아니, 참나(眞我)니, 대아(大我)니 하면서 그런 존재론적 실체를 상정하고 그것과 하나가 되려는 것은 착각에 불과하다는 걸 십이연기는 잘 보여주고 있어. 문제는 십이연기를 제대로 모르기 때문에 엉뚱하게 '참나'와 같은 주장이 나오는 것이야……. 아무튼, 이쯤에서 분명히 알아야 할 게 있어. 뭔고 하니, 석가모니께서 말씀하신 사성제건, 훗날 북방불교에서 말한 십이연기건 간에, 이는 오로지 괴로움과 관련돼 있고, 그 괴로움을 소멸하는 것이 가장 중요한 일임을 깨우치는 불교이론이란 점이야. 알아듣겠느냐?"

명랑은 노득과 발치가 알아듣든 못하든 일단 그렇게 말을 마쳤다. 두 동자승은 말없이 합장한 채 고개만 수그렸다.

명랑법사도 이젠 입을 닫은 채 더 이상 말이 없었다. 한동안 그들 사이에 침묵만이 흘렀다. 내리들을 감싸듯 에둘러 흐르는 문천의 냇둑에 앉아 세 사람은 묵묵히 갈대 우거진 발밑의 야트막한 여울을 내려다보고 있었다.

제 3 장

자비의 만트라

초가을 바람이 불어 주변의 갈대를 살며시 흔들었다. 바람이 여울 위를 훑고 지날 때마다 잔잔했던 수면에 미미한 파문이 일곤 한다. 자세히 보니 바람 때문만은 아니었다. 물방개와 소금쟁이 따위의 수생곤충들이 여기저기 수면에서 맴을 돌고 있었다. 또, 벌써 처서가 지난 가을 하늘에도 바야흐로 짝짓기를 하는 잠자리 떼가 수없이 날고 있는 중이었다.

"살아있는 것은 모두 움직인다. 목숨을 유지하는 본능 때문이지. 저기, 저것들 좀 봐! 수면 위를 떠도는 저 물방개며 소금쟁이며, 또 허공을 나는 저 잠자리들을 보면 알 수 있겠지?"

명랑이 문득 발밑과 허공을 번갈아 가리키며 다시금 말문을 열었다.

"한낱 미물인 저것들도 주어진 생의 조건에 따라 부지런히 움직이고들 있지. 하지만 미물과 금수는 정각(正覺)의 이치를 모르기에 한갓 본능대로만 살다가 끝없는 생사윤회를 되풀이할 따름이다. 만물의 영장이랄 수 있는 인간 역시 태어난 이래 잠시도 쉬지 않고 행업(行業)을 짓고 있긴 마찬가지야. 한데, 세상에서 가장 순수한 행위가 뭘까? 그건 숨 쉬는 행위다.

그 어떤 죄업도 짓지 않고, 아무런 의도를 개입하지 않는 순수한 행위는 오직 그 하나, 숨 쉬는 일인 게야."

"하오나, 스승님. 지극히 당연하신 말씀이긴 합니다만, 모든 중생이 숨 쉬는 것만으로 목숨을 유지해나갈 수는 없는 일이죠. 배곯아 죽지 않으려면 누구든 먹이를 구해야 하고, 그러다보면 부득이 약육강식의 살생이나 사냥을 마다할 수 없는 게 순리가 아닙니까?"

노득은 얼굴을 똑바로 치켜들고 제 딴엔 이해할 수 없다는 불만의 표정을 서슴없이 드러낸다. 명랑은 빙그레 웃으며 고개를 끄덕였다.

"아무렴. 그렇고말고. 눈에 보이지 않는 저 물밑에서도, 하늘에서도 끊임없이 살육은 일어나고 있으니까. 가령, 하찮은 수채(잠자리 애벌레)라도 물고기를 잡아먹으며 성장하다가 나중엔 또 잠자리로 탈바꿈하면 이번엔 허공을 날며 모기 등속의 날벌레 따위를 잡아먹어야 생존이 가능하듯이."

"그렇다면 오직 생존을 위한 먹이 살육은 죄의 행업이라고 할 수 없다는 말씀입니까?"

"그렇다. 그건 이미 연기법에 따라 태어난 생명체의 본능적 행위일 뿐이야. 말하자면 거역할 수 없는, 생명의 냉엄한 자연법칙이니라. 하지만 십이연기법을 알고 나면 끝없이 윤회하는 인과의 고리를 끊을 수 있다고 했잖은가! 아까도 말했다시피 십이연기 중 10단계를 유(有·바와)라 했는데, 이는 다시 업유(業有)와 생유(生有)로 구분한다. 업유는 선하거나 악한 행위를 의도적으로 함으로써 생긴 '업으로서의 존재'를 말함이야. 거기 비해 생유는 욕계·색계·무색계에서 받는 과보(果報)로서의 새로운 생을 말한다. 쉽게 말해, 갈애와 집착을 끊어내지 못한 채 탐욕과 어리석음에 빠져 악업을 행하면 구원받지 못한다는 얘기야. 알아듣느냐? 우리와 같은 선지식은 그래서 겨우 목숨만 부지할 수 있는 일용할 양식만을 구할 뿐이다. 요컨대 수행중인 빈도(貧道)에게 필요한 최소한의 도구(道具)를 육물(六物)로 정해놓은 것도 그런 까닭에서지. 삼의(三衣)와 발우(鉢盂·바리때), 좌구(坐具·앉고 누울 적에 바닥에 까는 장방형 방석과 요의 겸용), 그리고 녹수낭(綠水囊·물을 길어 물속의 벌레들을 걸러내는 주머니), 이게 전부야. 이것도 많으면 줄여서 삼의일발(三衣一鉢·세 벌의 웃가지와 발우 하나)로도 족하지."

다시 말문을 튼 명랑은 어린 두 제자들을 향해 설법을 계속하였다.

"'만트라'는 한역으로 진언(眞言)이라고도 하는데 일종의 주문(呪文)이다. 제일 짧은 진언이 '옴'이야. 우파니샤드[70]에 처음 등장한 진언은 입만 벌리면 나는 소리를 '아'라 생각했고, 이것을 발성(發聲)의 시작으로 여겼지. 우리의 입에서 음(音)을 발화하는 데는 반드시 공기가 성대를 통과하면서 발생한다. 이렇게 음이 성대를 통과하면서 일으키는 근본음인 '아(ㆍ)'는 실은 아직 모음으로 분화하기 전의 음이다. 그냥 하나의 점(ㆍ)과도 같은 거야.[71]

---

70) 우파니샤드(Upanishad) : 바라문교의 성전(聖典)에 속하는, 일군(一群)의 고대인도 철학서. 범아일여(梵我一如)의 사상을 중심으로 업(業/Karma)·윤회·해탈 등을 주장함. 인도의 철학 및 종교의 원천을 이룬 것으로, 이를 음역(音譯)한 말이 우바니사토(優婆尼沙土)이다.

71) 세종대왕의 훈민정음 창제 시에 '아래아(ㆍ)'라 하여 이를 하나의 점으로 표시한 이유가 바로 음의 시초이기 때문이다. 그렇기 때문에 하나의 점으로 존재한다. 이런 면에서 아래아(ㆍ)는 시초의 음인 까닭에 소위 '구강 밖의 음'이면서 이것이 분화하여 각종 음과 소리를 만드니, 또한 '구강 안의 음'인 것이다. 밀교에서 '아(阿)'자 진언(眞言)은 대일여래(大日如來)를 지칭한다. 물론 이때의 '아(a)'는 중세한국어의 아래아(ㆍ)와 같은 것이다. 범어 음성학에서는 모음을 '이슈바라'[iśvara·자재신(自在神)]라고 하며, 자음은 모음에 기댄 '박티'(bhakti·숭배자, 헌신자)라고 한다. 그런데 모음은 아래아(ㆍ) 하나로만 존재하며, 이 아래아가 분절하여 각종 모음을 생성해내는 것이다. 최초의 말인 아래아(ㆍ)는 밀교에서는 의식과 존재의 시원으로 간주한다. 말의 자기 현현(顯現) 과정에서 깊고 신비로운 최초의 한 섬, 말이 일어나는 그 한 점을 진언밀교에서는 '아(阿)'음으로 정의했다. 이른바 '아자진언(阿字眞言)'이다. 또한 '아자본불생(阿字本不生)' 즉, '아'[阿=아래아(ㆍ)]는 태어나지 않은 본래의 최초의 소리, 분절을 향해 가는 첫걸음이다. 이를 훈민정음에서는 '아래아(ㆍ)'라고 규정하고, '하늘이 처음 열리는 소리'라고 정의했다. 요컨대 중세한국어의 'ㆍ'는 발음이나 기능상 범어의 'a'와 같다.

밀교에서 이 '아(阿)'자 진언은 대일여래(大日如來)를 가리킨다. 물론 이때의 '아(ㅇ)'는 음의 시초이기 때문에, '구강(口腔) 밖의 음'이면서 또한 이것이 분화하여 각종 음과 소리를 만드니 '구강 안의 음'이기도 하지. 다음으로, '우'는 유지시키는 중간 소리. 그리고 벌어진 입을 다문 채 '음'(ㅁ)하고 내는 신음 같은 여운이 종결 소리에 해당해. 말하자면, 'ㅇ-우-ㅁ'의 세 가지 소리를 동시에 입안에 울려 길게 떠는 음이 되도록 발음하면, 이것이 마치 하나의 연음(延音)처럼 '옴~'하고 울려나게 되거든. 이 점은 중화 땅을 위시한 동방의 문자적·기록적 전통과는 현격히 다른 서천축 지방 특유의 구술(口述) 전통을 염두에 두고 생각해 볼 일이야.

말은 단순히 소리나 대화가 아니라 세계 자체를 드러내는 성스러운 방식이기도 하니까. 이런 점에서 '옴~'이라고 하는, 소리의 시작·지속·종결은 우주의 창조·유지·소멸과 연결되는 이치를 소리에 담은 셈이랄까. 따라서 이 세 가지를 함축하고 있는 '옴~'은 가장 성스러운 소리로 이해되었지…….

너희들, 자주 사찰에서 울려오는 범종 소리의 여운을 느껴봤을 테지. 범종이 울릴 때의 그 여운이 어떻더냐? 지금껏 예사로 들었다면 이제부터라도 귀를 기울여 잘 들어보아라. 범종의 공명(共鳴)이 한참 뒤 '옴~'하고 울리는 원음(圓音)과 흡사함을 알게 될 거다. 그것은 자비의 '만트라'다. 범종의 파동에서 느끼는 심적 치유의 울림이다."

당나라에서 밀교의 포교에 힘썼던 선무외삼장(善無畏三藏·Śubhakarasiha/슈바카라시야)은 「대일경소(大日經疏)」에서 다음과 같이 말한다.
"무릇 최초로 입을 여는 음에는 모두 '아(阿)'음이 있다. 만약에 '아'음을 떠나면 일체의 언설은 없다. 그러므로 모든 소리의 모태(母胎)가 된다. 그런데 무릇 삼계(三界)의 '아'음은 모두 이름에 의지하고, 이름은 다시 글자에 의지한다. 그리하여 산스크리트어의 'a(阿)'자를 모든 글자의 어머니로 한다. 이를 확실히 알아야 한다. 'a(阿=ㅇ)'자 文의 진실한 뜻이 또한 이와 같아서 일체의 법 가운데 편재해 있다." 운운.

"…………."

노득과 발치는 굳게 입을 다물고 스승의 말씀을 한마디도 놓치지 않으려는 듯 귀를 기울여 듣고 있었다.

"옴∼ 아훔 바즈라 구루 파드마 싯디훔……. 앞으로 이 만트라를 자주 외거라. 세상의 모든 게 이 진언 속에 다 들어 있다. '옴'은 깨달음의 존재인 몸[身]의 정수(精髓), '아'는 말[言語], '훔'은 마음[心]으로, 붓다께서 몸·말·마음으로 내리는 축복을 전해주는 주문이다. 그런데 실은 '옴∼'이란 주문 속에는 '아·훔'이란 울림이 다 들어 있는 셈이기도 해. '바즈라'는 미혹(迷惑)과 몽롱함을 타파하는 금강(金剛)[72], '구루'는 자비의 방편을 지닌 자, '파드마'는 연꽃의 뜻으로 아미타불을 의미하지. 끝으로 '싯디훔'은 깨달음의 성취를 간절히 기원하는 소리인데, 마치 성스럽고 자비로운 존자(尊者)를 부르는 소리 같은 거야. 자, 그럼, 이제 나를 따라 해 보거라. 옴∼ 아훔 바즈라 구루 파드마 싯디훔……."

스승의 선창에 이어 노득과 발치는 합창하듯 진언을 따라 외웠다.

"옴∼ 아훔 바즈라 구루 파드마 싯디훔……."

"그래, 잘 했다. 종종 마음이 갈피를 잡지 못하는 경우가 생기면 버릇처럼 이 진언을 외우도록 해라. 그 뜻은 이렇다.―몸·말·마음의 미혹을 깨뜨려, 자비로운 아미타불의 서광으로 피는 연꽃 같이, 반드시 깨달음이 이뤄지기를……. 이와 같은 뜻을 알고 외우면 더 간절해지니, 잊지 말도록."

"예. 명심하겠습니다."

---

72) 금강(金剛·다이아몬드) : 매우 단단하여 결코 파괴되지 아니함, 또는 그런 물건을 말함인데, 불교에서는 대일여래(大日如來)의 지덕(知德)이 견고하여 일체의 번뇌를 깨뜨릴 수 있음을 비유로써 표현한 말.

"또, 이런 진언도 있다.─옴 마니파드메 훔 흐리흐……. '옴'과 '훔'은 이미 설명한 대로 깨달은 존재인 몸의 정수와 마음을 일컫는 것이고, '마니파드메'는 깨달은 존재의 말을 뜻하지. '흐리흐'는 우리의 부정적 감정을 붓다의 지혜로 변화시키는 촉매 역할을 하는 추임새 같은 소리야. 헌데, 이 자비의 만트라를 중화 땅에선 음역하여 '옴 마니반메 훔'이라고 하더라. 그런데 또 정작 내가 수도하던 토번에서는 '옴 마니페메 훔'이라고 하더구나. 이렇듯 지역에 따라 조금씩 발음이 다른 것은 음역하는 과정에서 생긴 차이지. 하여간, 이 진언도 몸·말·마음이 미혹에 빠지지 않도록 불력에 의지코자 하는 주문이야. 자, 나를 따라 함께 중얼거려 보거라. 옴 마니파드메 훔 흐리흐……."

"옴 마니파드메 훔 흐리흐……."

두 사미승도 스승이 하는 것처럼 양 손바닥을 모으고 동시에 중얼거렸다.

"우리 신라에서는 대부분 유당승(遊唐僧)들이 가져온 불경에 의존하여 공부하다 보니 본래의 불교와 달라진 점이 많아. 불교가 중화 땅에 널리 확산된 것은 위진남북조시대의 혼란기였어. 이민족이 세운 5호(胡)16국(國)[73]에서는 자신들을 오랑캐 취급하는 전통유교보다 외래사상인 불교를 더욱 장려했거든. 이후 불교는 남북조의 여러 왕실의 보호 아래서 번성했지. 황제들이 다투어 서역의 고승들을 초빙하여 불경번역에 힘을 쏟았고. 그 중에 특히 구자국(龜玆國·구차) 출신 구마라습(鳩摩羅什)은 3천권이 넘는 경전을 번역하며, 많은 제자들을 길러내는 역할을 했었지. 하기야 이보다 앞서 후한말(後漢末) 월지국(月支國)의 지루가참(支婁迦讖)이나 안식국

---

73) 5호 16국 시대 : AD. 316~439년.

(安息國·파르티아: 지금의 이란 영역)의 안세고(安世高) 같은 명승들이 중화 땅으로 건너와 이미 불경을 번역한 일도 있었단다.

　아무튼, 중화 땅을 거쳐 전래된 북방불교에는 석가모니 부처의 설법이 기록됐던 팔리어를 한역(漢譯)하는 과정에서 발음이 달라진 것은 물론, 뜻이 변질되거나 왜곡되거나 심지어 전혀 엉뚱한 의미가 된 것도 있다. 결과적으로, 우리 땅에 전래된 불경은 한문을 거쳐 중역(重譯)된 것이어서 원래와 다른 점이 많다는 얘기지. 토번을 거쳐 남방의 스리위자야 왕국에서 포교하고 해로를 통해 신라로 귀국하는 과정에서 나는 그 사실을 확실히 알게 됐다. 처음 내가 토번에서 스리위자야 왕국으로 가는 길에 거쳐 온 길디긴 메콩 강을 낀 몇몇 불교왕국과, 또 훗날 스리위자야에서 귀국할 때 지나온 그 해상로(海上路) 연안에 있던 남방불교 나라들엔 팔리어를 각국의 문자로 기록한 초기불교 경전이 남아 있더구나. 아까도 말했다시피 팔리어는 석가모니부처 시대인 서천축의 보편언어였고, 넓은 뜻으로는 범어의 일종이지. 예를 들어, 우리가 관세음보살(觀世音菩薩)이라고 부르는 존재는 어떤 보살인가? 노득이가 대답해 보거라."

　"예. 괴로울 때 그의 이름을 정성으로 외면 그 음성을 듣고 우리를 구제해 준다는 관자재보살(觀自在菩薩)을 말합니다."

　"응, 그래. 한마디로 민중의 소망을 들어준다는 보살이렷다. 줄여서 간단히 관음보살이라고도 하지. 그런데 말이다, 이건 순전히 중화 땅에서 처음 한역할 때 제멋대로 의미를 부여해 갖다 붙인 이름이야. 원어인 팔리어로는 '이발로기 대슈와라'인데, '보이는 모든 것을 굽어보는 최고의 시배자'란 뜻이다. 이처럼 엉뚱한 이름으로 알려진 게 어디 한두 개뿐이겠냐? 가령 산스크리트어의 '프라냐', 팔리어로 '판냐'를 음역한 '반야(般若)'란 말도 그래. 북방의 대승불교에서는 모든 법의 참다운 이치를 아는 지혜의 뜻으로 이 낱말이 굳어진 셈이지. 하여간, 반야바라밀다심경(般若波羅蜜多心經)은 너희들도 가끔 들어서 알고 있으렷다? 대반야경의 요점을 간결하게 설명한, 262자(字)로 된 짧은 경이니까. 경의 맨 마지막에 외우는 진언이 뭐던가? '아제아제(揭諦揭諦) 바라아제(波羅揭諦) 바라승아제(波羅僧揭諦) 모지사바하(菩提娑波訶)'렷다……

하지만, 실제로 원어는 이게 아니야. 범어의 원음은 '가테, 가테, 바라가테, 바라삼가테, 보디 스바하'야. 그런데 이걸 지금처럼 한역(漢譯)한 발음에 따라 불도들은 그저 흉내나 내는 앵무새처럼 중얼대고 있는 꼴이지."

"그럼, 범어 본래의 음과 의미는 뭔가요?"

"범어로 '가'란 말은 '가다'라는 뜻이고, '갔다'라는 완료형이 '가테'야. 그런데 이 진언에서 '가테'는 단순히 '갔다'라는 뜻만 있는 게 아니라 '간 사람' 자체를 의미하기도 해. '바라'는 '바라보는 저 건너', 즉 '피안'이고, '삼'은 '(통틀어) 쌈[包括]' 혹은 '완전히'라는 강조의 표현이야. 그러므로 '바라삼가테'는 '온전히 저 건너로 간 자'란 뜻이지. '보디'는 '참된 지혜'이고, '스바하'는 '그곳에 있기를'이다. 그러니까 '보디 스바하'란 말뜻은 '깨달음의 지혜가 함께 하길' 혹은 '참된 지혜로써 피안에 서봐.'가 된다. 자, 이제 내용 전체를 종합해보자. 그러면 무슨 뜻이 될까? '가신 이, 가신 이, 저 건너로 가신 이, 피안으로 온전히 가신이여! 참된 깨달음의 지혜로써 그곳에 서봐.'—바로 이런 뜻인 게야."

"스승님, 들을수록 아무래도 뭔가 좀 이상한데요?"

고개를 갸웃거리는 노득의 얼굴은 일순 놀람과 당혹감이 뒤섞여 야릇한 표정으로 변했다.

"으응?…… 뭐가 이상하단 거야?"

명랑은 짐짓 시침을 떼듯 그렇게 반문하였으나, 그 입가엔 벌써 노득의 질문 내용을 짐작하고 있는 듯 웃음기가 어려 있다.

"범어가 이방의 언어인데도 어찌 된 일인지 우리 신라어랑 참 비슷한 데가 많아서 깜짝 놀랐어요."

"그럴 줄 알았다. 나 역시 그랬으니까. 토번에 가 수도할 동안 범어를 배우면서 이따금 그런 생각을 했더랬지. 함께 공부하던 라마승들조차 내가 나름대로 범어를 꽤 쉽게 이해하는 걸 보고는 무척 괴이하게 여길 정도였으니 말이야. 하여간 거기서 알게 된 놀라운 사실의 하나는, 석가모니 선조대의 할아버지 중 한 분의 이름이 '다누라자'였다는 거야. '다누'는 단군이고, '라자'는 임금이란 뜻도 나중에 알았지. 말하자면 샤키아족[釋迦族]은 고조선 단군임금의 한 지파(支派)였다는 말을 들었을 땐 긴가민가 했지. 아직까지 그 진실여부를 나로선 알 수 없어. 하지만, 우리 여왕폐하 즉위 5년째인 인평 3년(636) 자장법사께서 구도 차 당나라로 건너가셨을 때 아주 기이한 일이 있었었지. 그곳 오대산(우타이 산)에서 자장법사는 문수보살의 계시에 접하고 법을 받았는데, 그때 문수보살은 자장에게 이런 말을 들려주었다더군. '너의 나라 왕족은 천축의 찰제리종왕(刹帝利種王 · 고대서역의 사족(士族)인 크샤트리아, 즉 무사계급에 속한 종족이며 왕족)으로서 이미 불기(佛記)를 받았던 것이다. 그러므로 인연이 특별하여 다른 야만스런 동방 오랑캐의 종족들과는 다르다.'고 암시했다는 거야. 이런 일과 연관 지어 볼 때 다누라자의 후예인 샤키아족과 우리 신라왕족과는 어떤 형태로든 연분이 있다고 볼 수 있지.

아무튼, 토번을 그곳에선 티벳이라 하는데, 티벳 고원의 수미산(須彌

山)[74]에서 동남쪽으로 약 50리(20km) 떨어진 곳에 성스러운 호수가 있어. 이름 하여, 마나사로바 성호(聖湖)야. 하늘과 맞닿는 곳에 있기에 천호(天湖)라고도 불릴 만큼 지상에서 가장 높은 이 호수에 목욕하면 인간의 불순을 정화(淨化)함으로써 육신이 신성해진다는 믿음이 전해오고 있단다. 전설에 의하면 그 호수는 카필라성의 마야부인이 어느 날 천신들에게 이끌려 대설산(大雪山·히말라야산맥)을 넘어와 이곳에서 맑은 물로 목욕하고 육신을 정화함으로써 석가모니 부처님을 잉태했던 곳이란다.

나도 토번에 가 있는 동안 딱 한번 마나사로바 호수를 찾아가 목욕재계한 적이 있었지. 토번사람들이 수미산으로 믿고 있는 카일라스 성산(聖山)을 순례하러 간 김에 거기까지 갔는데, 물속에 잠겼다가 고개를 들자 갑자기 머릿속이 찡하게 울리더니 한동안 현기증을 느끼곤 의식이 혼미해지더구나. 그러다가 어느 순간, 온갖 잡념이 싹 가시는 듯 새로 태어난 것처럼 정신이 맑아져 왔지. 사람들이 왜 그 호수를 우주의 자궁(子宮)이라고 부르는지 확실히 알 것 같은 기분이 들었어.

아무튼, 그 호수에서 목욕하고 잉태한 석가모니의 어머니 마야데비는 출산을 위해 친정으로 가던 도중 룸비니의 아름답고 웅장한 자연을 넋을 잃고 바라보다가, 선 채로 상록(常綠)의 늘어진 사라수(紗羅樹) 가지를 붙잡고 진통 끝에 싯다르타를 낳았다는 거야. 그리고 갓 태어난 아기를 목욕시켰다는 근처 푸스카르니 연못은 그 일로 인해 '싯다르타 연못'이라고도 부르게 되었다데.[75]

---

74) 수미산은, 티베트 서쪽 히말라야산맥에 자리 잡고 있는 카일라스(Kailas)산을 달리 일컫는 말이다. 힌두교, 불교, 자이나교, 티베트의 라마교에서는 모두 이 산을 성산(聖山)으로 떠받들고 있다. '카일라스'는 산스크리트어로 '수정(水晶)'이란 뜻인데, 산의 높이는 6656m라고 한다.
75) 석가모니의 탄생지 룸비니는 오늘날 네팔의 테라이 지방 남서부에 위치하고 있다. 고대 인도

어쨌거나, 난 그곳에는 가보지 못했지만, 석가모니께서는 나중 수미산인 카일라스 성산에서 수련하고, 시라바스티에서 불법을 일으킨 건 확실하지. 천축(天竺)은 본래 인도 땅이 아니야. 훗날 흉노족의 본거지가 된 농서(隴西·현재의 간쑤성)의 서쪽에 위치한 신강(新疆·신즈양)에서 티벳 고원에 걸친 지역 일대를 중심으로 그 주변 전체를 아우르는 곳이었지. 석가모니께서 불교를 널리 퍼뜨린 인도는 단지 천축의 서쪽이란 의미에서 서천축인 게야.[76] 뭐, 그건 그렇고, 하여튼 좀 전에 읊은 범어의 진언을 다시한 번 음미해 보자. 두 손은 움켜쥐지 말고 편 채로 가부좌한 무릎 위쪽에얹어라. 그리고 눈을 감고 따라 하여라. 가테가테 바라가테……"

"가테가테 바라가테……"

자동적으로 두 동자승은 스승을 따라 외웠다.

"바라삼가테 보디 스바하……."

"바라삼가테 보디 스바하……."

마우리아 왕조의 아소카 왕은 독실한 불교도로서 석가모니 부처님을 칭송하여 룸비니를 순례하고 그곳에 네 개의 불탑과 꼭대기에 말 모양이 조각된 돌기둥을 세웠다. 그 후에도 중국의 승려인 법현과 현장 등이 룸비니를 순례한 뒤 자신들이 방문한 사원과 불탑 및 건물 등에 관한 기록을 남겼다. 그런데 그 뒤로는 이상하게 오랜 세월 순례자의 발길이 끊어지고 불교 사원마저 파괴되는 시련을 겪으면서 룸비니는 방치된 채 폐허로 변했다. 룸비니가 다시 세상에 알려지게 된 것은 1895년 독일의 고고학자 포이러(Feuhrer)에 의해서 아소카 왕의 석주가 발견되면서였다. 이후 룸비니의 유적지가 복원되고, 1943년에 다시 세운 '마야데비 사원'(석가모니의 어머니, 즉 마야부인을 기념하는 사원)은 석가모니의 탄생 장면을 묘사한 부조(浮彫)로도 유명하다. 바로 이 사원 남쪽에 싯다르타 연못 혹은 푸스카르니 연못이라 불리는곳이 있다. 연못 앞의 웅장한 보리수나무도 볼 만하거니와, 옛 사람들은 이 연못을 성스럽게여겨 항상 그 물을 퍼마셨다는 기록이 남아 있다고도 한다.

76) 천축(天竺)에 대해 사람들은 대체로 불교의 발상지인 인도로 인식하고 있다. 723년 스무 살무렵의 신라승 혜초가 수행 차 인도의 곳곳을 여행하고 기록한 『왕오천축국전(往五天竺國傳)』에서 보듯, 천축의 개념이 인도를 중심으로 동·서·남·북·중앙의 5천축으로 구분하고있음을 알 수 있다. 그러나 이 시기는 명랑법사가 당에 유학을 떠났던 632년(선덕여왕 즉위년)에 비하면 거의 백년 뒤의 일이다.

"이 진언을 욀 때는, 고해를 건너 피안의 모래톱에 발을 딛고 선 붓다의 심정을 표현한 것이라 여겨라."

"…………."

"눈을 감은 채 움켜쥐지 않은 두 손은 흐름을 헤쳐 나가는 물갈퀴라 연상해라. 그런 다음 천천히 두 손을 깍지 끼고, 양쪽 엄지끼리 맞대어라. 그러면 절로 세모꼴이 이뤄지느니라."

"…………."

"머릿속에서 내처 발바닥에 딛고 선 모래의 감촉을 느낄 쯤엔 어느새 피안의 물가에 닿았음을 의미한다. 곧 자신만의 '섬'에 와 닿은 것이다……."

"…………."

"깍지 낀 너희 손바닥 위에 엄지끼리 맞댄 그 세모꼴은 하나의 섬을 상징하므로 이미 열반의 안식처에 닿은 것이다. 조용히 마음을 가다듬고 명상에 잠길 때엔 항시 이런 식으로 하여라. 자신만의 섬을 생각하며……"

"…………."

스승의 가르침에 깊이 감응한 듯 두 사미승은 내처 눈을 감고서 깍지 낀 양손을 단전(丹田)에 모은 채 가만히 앉아 있었다. 양쪽 엄지손가락을 맞대어 삼각산 형상을 만든 수인(手印) 자세였다.

"너희 두 사람, 부지런히 수도 정진하여 불법승의 자격을 갖추었다 싶으면 그때 가서 정식으로 법명을 내려주마. 언젠가 적당한 때가 오겠지만, 대충 내 나름대로 생각해본 것을 이미 염두에 두고는 있어……."

명랑은 이때 굳이 발설하지는 않았다. 그러나 노득에겐 안혜(安惠), 발치에겐 낭융(朗融)이란 법호가 딱 어울릴 것이라 여기고 있었다.

378

제 4 장

첨성대 설계도의 비밀

인평 12년 을사(乙巳 · 645)—그 해 늦가을, 명랑법사는 선덕여왕의 부름을 받고 오랜만에 궁에 들렀다. 여왕의 병세에 차도가 없다며 바로 그 일 때문에 궁궐로 가던 혜공선사를 만난 지 달포쯤 지난 뒤였다.

그 무렵 명랑이 상주하던 신인사는 우지산(亐知山) 동쪽 기슭에 있어 왕궁과는 꽤 가까운 거리였다. 세간에서는 우지산이 궁성의 남쪽에 있다 하여 대개 '남산'으로 통했다. 또, 동북방 토함산에서 발원한 냇물이 남쪽 장사 벌지지(長沙伐知늴)에서 갑자기 방향을 바꾸어 서북방의 '내리들'을 관류해 이윽고 신인사 앞벌을 지나 왕궁 남쪽 아래로 굽이져 흐르는 것이 문천(蚊川)인데, 이를 '남천'이라 칭하는 것도 역시 왕이 계신 궁성을 중심으로 한 발상 때문이었다.

궁중에서 왕명을 받들고 온 중사(中使)를 따라 길을 나선 명랑법사는 문천 둑길을 거슬러 북쪽으로 십리 남짓 설어서 궁으로 향했나.

그는 오랜만에 여왕을 알현한 뒤 함께 궁내의 천주사(天柱寺)로 자리를 옮겼다. 여왕은 은밀히 사적인 이야기를 나눌 장소가 필요했던 모양이었다. 거기서 명랑은 여왕과 한참 이야기를 하느라 시간을 지체한 끝에 그 날 늦게야 궁을 빠져나왔다.

신인사의 거처로 돌아온 그날 이후부터 명랑은 골똘히 생각에 잠겼다. 여왕에게서 중대한 임무를 부여받은 일 때문이기도 하지만, 그보다는 옛날에 본 여왕의 씩씩한 모습과는 달리 근심어린 표정에 그는 무척 놀라, 자기마저 덩달아 근심이 깊어진 것이다.

통통한 뺨과 둥그스름한 윤곽이 달덩이 같던 예전에 비하면 이번에 본 여왕의 얼굴은 많이 수척해 있었다. 혜공선사한테서 들은 이야기가 결코 빈말이 아니었다. 이젠 볼살이 빠져 콧방울 양쪽으로 팔자주름이 제법 뚜렷이 드러나고, 하관(下顴)이 빨아 갸름해진 턱이 뾰족해지면서 전체적으로 풍기는 인상은 날카로워 보였다. 게다가 눈자위는 약간 움푹하여 그늘진 눈매가 왠지 쓸쓸함에 젖어있는 것 같았고, 목소리마저 예전에 비해 훨씬 맥없이 갈앉아 있는 듯했었다.

"명랑법사, 내 오래 전부터 그대를 사석에서 보면 왕과 신하의 관계가 아니라 늘 가까운 친족으로 대하였지. 그러니 번거로운 격식 따위는 내려 놓고 마음 편히 얘기하고 싶구나. 오랜만에 널 보니 정말 반가워 눈물이 날 것 같다. 그만큼 요새 내 마음이 쓸쓸하고 약해진 걸까? 암튼, 혜공선사한테서 내 소식을 전해 들어 어느 정도는 알고 있겠지? 아무래도 이젠 천수(天壽)를 다한 것 같다는 느낌이 요즘 들어 점점 강해진다네."

여왕은 모처럼 마주한 외측 조카인 명랑법사의 손을 붙잡고 한참 바라보았다.

"폐하, 무슨 그런 불길하신 말씀을 함부로 하십니까?"

"아닐세, 내 몸의 병은 누구보다 내가 먼저 알고, 또 자세히 느끼고 있느니라. 내 이미 마음은 불문에 귀의한 지 오래지만 현실의 책무가 막중하여 몸은 완전히 세속 일을 등지지 못했네. 허나, 언젠가는 반드시 법사로부터 직접 계(戒)를 받아 법명을 얻고 싶은 마음을 품고 있으니 꼭 유의하시게나."

"당찮으신 말씀입니다. 아직 보잘것없는 이 빈도에게 그건 너무 과분하신 청이십니다. 우리 신라에는 훌륭한 고승, 대덕들이 많으신데, 어찌 소승이 감히 계를 내리겠습니까?"

"아닐세, 명랑법사! 이건 즉흥적으로 하는 말이 결코 아니네. 법사는 오래 전 내게 한 말을 잊었는가? 그대가 당나라를 거쳐 토번에 가 수도하고 귀국한 얼마 뒤였지. 태장계 만다라의 세계를 구현하는 일이며, 대일여래상의 화신으로 현세에 강림하는 원대한 포부의 이야기들을 내게 말하지 않았던가! 여자는 부처가 될 수 없다는 내 절망과 고민을 풀어주려고 내 죽은 뒤 일단 도리천에 남성으로 태어나, 다음 세상에서 부처가 되는 방법을 생각하라고 조언하지 않았는가? 게다가 성언호간(成言乎艮)의 이법을 일러주기까지 했었지. 구궁팔괘도의 원리에 따라 서라벌 불국토 중에서 가장 적당한 방위를 찾아 나를 안치하는 묘책까지 말이야……. 그런 법사에게 계를 받아 제자가 됨은 극히 당연한 일이거늘, 어찌 사양하려 하는가?"

군이 명랑에게 계를 받기를 원하는 마땅한 이유를 들먹이는 것으로 보아 진심임에 틀림없었다. 더구나 이젠 그 마음까지 벌써 세속을 벗어나 있는 듯했다.

"예, 알겠습니다. 폐하, 위로는 보리(지혜)를 구하고 아래로는 중생제도를 원하시는 마음을 헤아려 그에 걸맞은 법호를 생각해 보겠습니다. 성불하여 도를 깨친 경지에 이르고자 하는 심정뿐 아니라 우리 신라백성을 사랑하여 교화코자 하는 그 마음까지도……."

덕만 공주가 왕위에 오른 뒤로 주변의 백제, 고구려, 말갈, 왜 따위의 나라들이 여왕이라는 신분을 업신여긴 탓인지 변방의 침입이 잦아 골머리를 앓았다. 진흥대제부터 화랑의 풍류도에 미륵사상의 불교를 접목시켜 대왕 스스로 불교전륜왕이 되어 신라의 영토 확장에 힘썼다. 덕만은 비록 여성의 몸이지만 성골혈통으로 증조부의 그런 유지를 받들어 삼한통일을 이룩하겠다는 굳은 결심이 있었다. 안으로 가난한 백성들에겐 궁휼미를 나눠주고 농기구를 만들어 농업자립을 이루도록 애쓰기도 하였다. 또한 불심으로 신라인을 뭉치게 하고 나라 안에 선덕을 베풀어온 지 어언 열세 해가 되었다.

"그러게 말이오. 그대가 내게 선물한 태장계만다라의 양탄자를 깔고 앉아 늘 염원하는 게 있지. 내 어떻게든 생전에 삼한통일을 보고 싶지만 인명재천이니 살아서 볼 수 있을지는 모르겠어. 하지만, 먼 훗날 신라가 세계 속에 으뜸이 될 때까지 도리천에서 지켜보겠네. 명랑법사여, 지난날에 그대가 내게 약속한 것처럼 수미산 도리천에 꼭 태어나 다시 이승에 환생하게끔 천상세계로 갈 건축물을 세워주길 부탁하오. 그때는 호국의 신으로 꼭 오리다. 도리천의 하루가 인간세상의 백년이니, 보름 만에 환생하리라. 언젠가 멀리 서방의 소식을 내게 전해준 어떤 유당승의 얘기를 들은 적이 있다네. 히브리 민족의 성자는 죽은 지 사흘 만에 부활하여 하늘에 올라갔다가 다시 환생을 약속했다는 이야기였지. 그처럼 나 역시 도리천에서 천상년(天上年)으로 꼭 보름 만에 다시 돌아오리라. 훗날 법사도 무색계천에 계시다가 나와 같은 시기에 신라로 오시길 바라오. 약조하시오. 법사."

여왕의 굳은 서원(誓願)은 벌써 수미산을 향해 가고 있었다. 그리고 이
상하게도 그것은 명랑법사에게 남기는 여왕의 마지막 유언처럼 느껴졌다.

"예, 명심하겠습니다." 명랑은 공손히 고개를 조아렸다.

"명랑법사! 내 죽으면 부디 도리천에 가는 지름길을 열어 주시고, 죽는
시간에 북쪽 태을성(太乙星)[77]이 나타나는 쪽 아래에 묻어주길 바라오. 그
전에 미리 제단(祭壇)을 세워 하늘로 통하는 길을 만들고, 태을성이 나타
날 때 장사 지내주구려. 그 별을 볼 수 있게 첨성대(瞻星臺)라 함이 어떨지
도 생각해 보고 그 이름에 어울릴 만한 건축물을 지어, 법사께서 잘 아시
는 라마불교의 우주관을 그 안에 담아 주시구려. 이 모두 법사에게 위임하
겠소."

명랑은 그때 주고받은 이런 말들을 떠올리고 있었다. 여왕은 보름 정도
의 말미를 주며 그동안 자기의 부탁을 실현하는 방법을 깊이 궁구해보라
고 당부하던 것이었다. 그리고 머잖아 그 일로 신인사를 내방할 것이라고
덧붙이기까지 했다. 여왕은 자신이 살아있을 동안 이 일을 꼭 이루고 싶
어 했다. 명랑은 여왕의 그런 유언 아닌 유언을 받들고 신인사로 돌아왔던
것이다. 그날 이후 명랑은 방안에 칩거한 채 오로지 여왕의 소망을 실현할
건축물에 대해서만 궁리하기 시작했다.

사흘째 되던 날부터 비로소 벼루에 먹을 갈고 붓을 들었다. 방안에는

---

77) 음양가에서는 북쪽 하늘에 있으며 병란(兵亂)·재화(災禍)·생사(生死) 따위를 맡아 다스
린다는 신령스런 별이라 한다. 태을성은 천제(天帝)의 신으로 태일(太一) 혹은 태일(泰一)이
라고도 함. 고대 중국의 인황씨가 하늘로 올라가 별이 된 것이라 하며, 천황대제를 도와 만물
을 다스리는 일을 함.

닥나무로 만든 두껍고 질기며, 빛깔이 누르스름한 선화지(仙花紙)들을 여기저기 펼쳐두고 건축물의 설계도와 매일 씨름하느라 시간을 잊고 지냈다.

외부의 전면과 내부의 구조 따위를 그린 종이들이 나날이 어지럽게 쌓여갔다. 왕명으로 사찰 등의 건축을 주관하는 왕실소속 내성(內省)을 통해 한시 바삐 장인들을 동원하려면 무엇보다 설계도면의 완성이 우선되어야 했기 때문이다. 도면작업 도중에 노득과 발치는 먹을 갈고 선화지를 대령하고 잔심부름 따위의 수족 역할을 하며 내내 법사의 곁에 붙어 있었다.

선덕여왕 즉위 원년(632), 열일곱 나이에 당(唐)으로 건너간 명랑은 이후 토번에서 수도하고 스리위자야 왕국을 거쳐 4년 만인 인평(仁平) 2년(선덕왕 재위 4년 · 635)에 귀국했었다. 그리고 어느덧 십 년째, 세속 나이로 올해 갓 서른에 접어든 명랑법사는 그 자신 수도승으로 자처할 뿐, 특별히 계를 내려 제자를 두지 않고 있었다. 다만 동자승으로 데리고 있는 노득과 발치에겐 언젠가 정식으로 계를 내려 밀교의 문하생으로 삼을 생각이었다. 그러나 아직은 어려서 사찰 내의 대소사를 그들에게 맡길 수는 없었다.

그렇다 해도, 평소 명랑법사를 존경과 흠모의 감정으로 따르는 보살들과 처사들이 헌신적으로 사찰을 꾸려나가는 데 앞장서고 있었다. 공양자들의 발길이 잦아 새전(賽錢)도 쏠쏠하였다. 따라서 절을 증축하거나 담을 보수하고 새로 단장한다든지 경내 주변을 가꾸는 일에는 아무 지장이 없었다. 그 때문에 법사가 별다른 걱정 없이 이 일에 전념할 수 있는 것은 다행한 일이었다. 경내를 오가는 사람들은 법사의 방문 앞을 지날 때면 여느 때보다 더욱 조용히 발소리를 죽여 걸었다. 그리하여 명랑이 오랜 시간 침묵 속에서 선덕여왕 사후를 위해 제단(祭壇)을 겸한 건축물의 도면에 집중

하는 동안 신인사 경내엔 고요와 적막이 감돌았다.

　우지산(남산) 동쪽 기슭을 배면으로 내리들을 바라보게 지은 신인사 요
사채, 그 한쪽에 잇대어 들어선 선방(禪房)의 후미진 구석 쪽에 딸린 주지
실(住持室)의 봉창으로 달빛이 스며들고 있다. 방안에 켜둔 등잔불과 서안
(書案) 위에 얹힌 촛대의 쌍촉불이 무색하게시리 환한 달빛에 실려 늦가을
밤의 한기가 밀려들었다. 어느 날 밤늦게 예고도 없이 불쑥 찾아온 여왕은
대동했던 신하들을 물리치고 명랑법사와 더불어 마주하고 있었다.
　왕의 거둥이 있자 사찰 경내에선 뒤늦게 부랴부랴 등불을 밝히느라 부
산스러워졌다. 그러나 여왕은 낮은 축담 하나를 사이에 두고 봉당 건너 요
사채에 신하들을 머무르게 하고는 외가 쪽 조카인 진골출신 명랑과 단둘
이 대좌하였다. 방안의 서안 위엔 그즈음 명랑이 몰두하며 작성했던 갖가
지 도면들이 쌓여 있고, 서안 둘레의 방바닥에도 여기저기 낙서된 선화지
들이 널려 있었다. 좀 전에 명랑의 안내로 방안에 들어오자마자 이런 광경
을 유심히 바라보던 여왕이 벼루에 아직 먹이 갈려 있는 것을 보자 무심코
붓을 들더니 종이 위에 적어 나갔다.

　　三更風諭爽(삼경풍유상)
　　近冬月更明(근동월경명)
　　解脫還不禁(해탈환불금)
　　劫里忉利情(겁리도리정)

　글귀를 보자마자 명랑은 대번에 여왕의 현재 심정과 이 밤의 느닷없는

행차의 이유를 읽어냈다.

"한밤중 바람이 서늘함을 일깨우고,

겨울이 가까우니 달빛 한층 밝구나.

마음의 짐을 잘 벗지 못하는 것은,

영겁 밖 도리천에 갈 감정 때문이러니……."

명랑법사는 여왕이 쓴 한문 글귀를 번역해 중얼중얼 외웠다.

여왕은 법사가 읊어주는 자신의 시구(詩句)를 음미하듯 잠시 눈을 감고 듣고 있었다. 여왕은 이미 나이가 당시로선 노인에 속한 쉰일곱이었다. 밀려오는 회한과 정무(政務)에 시달리는 피로와 나라걱정으로 한시도 편할 리 없는 심정을 이 같은 글귀로 대신한 것이다.

명랑은 여왕의 숱한 번뇌의 파고(波高)를 알아차렸다는 듯이 조용하게 앞에 놓인 찻잔을 권하며 말했다.

"폐하, 밤이 깊을수록 새벽이 가깝다는 말이 있잖습니까? 마음의 짐이 무거울수록 번뇌에서 해탈코자 하는 원념도 더 깊은 법이지요. 더구나 오늘밤은 달빛까지 밝으니 잠시 걱정은 내려놓으시고 맘껏 속내를 풀어내 이야길 나누었으면 합니다."

"그래. 오늘밤은 법사와 더불어 그간 내가 궁금히 여긴 토번 불교에 대한 강의를 듣고 싶구나."

봉창 밖은 바야흐로 밝은 보름달빛에 새벽 같이 환했다. 시각은 벌써 삼경이 훌쩍 지났지만 고요한 신인사 경내에 가득 찬 달빛 덕분에 뜨락은 깨어 있었다.

"토번을 현지에서는 '티벳'이라 칭합니다. 티벳 불교는 또 그들 명칭으로 '라마교'라고도 하구요. 일반적으로 불교의 가르침은 이 우주 내에서의 인간의 위치와 운명을 보다 잘 인식하고, 아울러 그 운명을 조정하는 법에 대한 통찰력을 갖는 것에 목표를 두지요. 폐하께서도 익히 아시다시피, 붓다(佛陀·깨달은 자), 다르마(法·진리), 상가(수행승), 이 세 가지 의지처 곧 삼보(三寶)에 귀의함으로써 영적인 관심의 확실한 지주(支柱)를 갖게 된다는 것이지요. 그런데 토번에서는 모든 불교 전통에서 귀의의 원천으로 삼는 이 같은 삼보 외에 '라마'라는 제4의 귀의처가 덧붙여집니다. 티벳 승려에 대한 일반적 호칭인 '라마'는 영적인 스승을 의미하는 범어의 '구루'와 동일한 뜻을 가진 말입니다. 요컨대 토번에서 '라마'는 종종 붓다에 비견되지요. 그러기에 티벳 불교도는 귀의처에 대해 맹세할 때 삼보에 앞서 '라마에 귀의합니다'고 먼저 말하지요. 그런 만큼 라마는 불교의 이론과 수행 면에서 남을 이끌 수 있을 만큼 충분히 수련한 사람에 대한 호칭입니다."

"으응. 그래서 토번 불교를 라마불교라고 하는구나. 잘 알았다. 헌데, 그 라마교의 가르침은 어떤 것인지, 말해 보거라."

"예. 라마교의 가르침은 깨달음에 이르는 길의 단계를 밝히는 것에 맨 먼저 관심을 두고 있습니다. 그 내용에는 대부분 전통적인 서역의 우주관에서 유래한 천체적 세계관과 그 속에서의 인간의 위치 등도 포함되지요. 불교의 가르침이 이러한 우주관을 기반으로 하여 설명되었기 때문에 토번 사람들도 이 점을 자신의 사고방식에 편입시켰던 겁니다.

이 우주관에 그려지는 세계는 여러 상이한 존재영역으로 구성되어 있지요. '산중의 산'이라 불리는 높고 장엄한 성산, 곧 수미산이 있고, 그 남쪽의 바다 한가운데 사람이 사는 삼각형의 큰 내륙이 위치해 있다고 생각하지요. 수미산은 거대하고 여러 층으로 이루어진 사면체의 금자탑(金字塔) 같이 생겼으며 구름 위의 천공(天空)에까지 닿는다고 믿습니다. 그 수미산의 층에는 서로 다른 많은 천인(天人)의 영역이 있구요."

"그거야 머, 모든 불교의 일반적 세계관이 아닌가? 하등 다를 게 없구면."

"하오나, 문제는 티벳인들이 이것을 가상의 세계가 아닌 현실세계로 인식하고 있다는 겁니다. 그 점이 다르지요. 이것은 그들이 사는 티벳 서쪽의 히말라야산맥에 있는 '카일라스' 성산을 염두에 두고 확립한 세계관입니다."

여왕은 고개를 끄덕이며,

"오호! 그런가? 그래, 알았어. 멈추지 말고 계속해 보게나."

중간에서 말을 끊은 것을 미안해하듯 재촉하였다.

"땅 위와 아래에는 그 고통의 정도에 따라 구별되는 영역이 있습니다. 그것은 어둡고도 불행한 존재로서 살아야 하는 여러 유령과 영혼들을 포함하는 아귀계(餓鬼界), 육생동물과 조류 어류를 포함하는 짐승의 영역인 축생계(畜生界), 그리고 맨 아래 끊임없이 육체적 정신적 고통에 시달려야 하는 존재들의 세계인 지옥계입니다. 이 영역을 일컬어 욕계악처(欲界惡處)라 합니다. 물론 아수라계(阿修羅界)도 욕계악처에 속합니다. 하지만 맨 상층에 속하여 인간계 바로 아래에 둡니다.

이 우주에 있는 대부분의 감각이 있는 존재, 즉 유정물(有情物)은 위의 네 종류 영역인 욕계악처의 상급 세계에 살고 있습니다. 맨 아래인 인간계 위로 욕계육천(欲界六天), 색계십육천(色界十六天), 무색계사천(無色界四天)에 태어나는 축복은 극소수만이 누릴 수 있습니다. 예외적으로 인간계는 욕계선처(欲界善處)에 포함시켜 소위 육욕천(六欲天)의 맨 아래에 두었습니다. 이것은 붓다의 가르침에 따라 최상의 은총을 얻을 수 있는 것은 오직 인간뿐이라는 자각을 일깨우려는 데서 비롯한 겁니다. 그 육욕천, 다시 말해 욕계육천은 인간계 바로 위의 사대왕천, 그 위의 삼십삼천(도리천·일명 제석천), 야마천(夜摩天), 도솔천(兜率天·미륵보살의 거주처), 화락천(化樂天), 그리고 타화자재천(他化自在天)으로 구분합니다. 특히 타화자재천의 거주 신들은 자기 스스로 욕망의 대상을 창조하지 못하고 시종들에 의해 창조된 것을 지배하고 제어할 수 있는 천신들의 세계입니다. 그 위에, 좀 전에 말한 색계세상 16천과 무색계세상 4천이 있지요.”

“…………”

“전통적인 불교의 관점에서 보면 이들 영역은 전혀 별개의 존재영역이 아닙니다. 어떤 삶의 형태에서 죽은 후에는 자신의 행위가 누적된 힘인 카르마[業]에 따라 각자 다른 영역에 태어납니다. 한 삶에서 다음 삶으로 이어지는 것은 무시무종(無始無終)한 의식의 미묘한 흐름이지요. 따라서 인간으로서의 현생은 감각을 지닌 존재로서 계속 윤회하는 맥락에서 보면 지극히 짧은 순간에 불과하구요. 마찬가지로 현재의 세계도 무한히 큰 우주의 작은 부분일 뿐입니다.”

명랑법사는 잠깐 말을 끊고, 자신의 강론이 자꾸 길어지는 것을 여왕이 지루하게 여길까 저어하며 상대의 안색을 살폈다. 여왕은 별다른 표정의 변화 없이 묵묵히 듣고 있었다. 명랑은 조심스레 다시 입을 열었다.

“토번의 라마교, 즉 티벳 불교도의 세계를 온전히 이해하기 위해서는 이 우주관을 염두에 두어야 합니다. 티벳인들이 불교를 받아들일 때, 그들은 단지 종교만을 받아들인 게 아니라 전 우주를 받아들인 것입니다. 티벳 불교를 이해하려면 그들에게 확고한 실재성을 갖는 이런 우주관에 주의를 기울여서 그것을 일종의 정신에 대한 상징적인 도해(圖解)로 생각해야 가능합니다."

명랑법사의 긴 설명을 묵묵히 듣고 있던 여왕은 크게 고개를 끄덕이고 는 말했다.

"으흠! 그렇다면 짐작컨대 법사가 지금껏 말한 라마불교의 우주관이 내 가 부탁한 사후(死後) 제단으로 건축할 첨성대 설계도에 반영돼 있겠구 면.…… 어떤가, 내 짐작이?"

"예. 말씀하신 그대로입니다. 폐하."

"어디 보자. 여기 서안에 놓인 이것들인가?"

여왕은 우선 손닿는 대로 서안 위에 접힌 채 포개진 도면 몇 장을 집어 들었다. 그리고는 한 장씩 펼쳐가며 요리조리 살펴본다. 명랑은 곁에서 여 왕이 잘 볼 수 있도록 밀초가 타는 등롱의 위치를 옮겨놓는다.

선화지에 붓으로 그려진 정교한 그림과 숫자와 글씨 등을 한참 꼼꼼히 들여다보던 여왕이 문득 입을 열었다.

"이 제단의 겉모양이 희한하게 생겼구나. 얼핏 봐서는 항아리 같기도 하고, 또 어찌 보면 우물 같기도 한데……, 이런 구조의 외형을 갖춘 데는 대관절 무슨 의미가 담겼는고?"

"예. 그 같은 의문에 대해 자세히 설명을 드리지요. 소승은 이미 말씀드 린 바와 같이 라마불교의 우주관을 익히고, 법신불인 대일여래를 중심으 로 한 태장계와 금강계의 수행법을 닦아 만다라 세계를 구현할 방법을 우 리 고국 신라에 가져와 밀교 신인종의 종조(宗祖)가 되었습니다. '만다라' 의 '만다'는 '본질'을 말하고, '라'는 '소유'의 개념입니다. 그러므로 원래 '본 질을 소유한 것'이란 뜻이며, 밀교에서는 깨달음의 경지를 도형화한 것이 지요. 라마계, 즉 토번계통의 만다라는 서역(인도)의 탄트라불교(밀교)와 같은 계통으로, 대개 금강계와 태장계의 만다라를 따르고 있습니다.

본래 초창기에는 실제 단(壇)을 나무로 건축하여 맨 아래쪽 방형의 흙 기단(基壇) 위에 원형 단을 쌓고, 또 그 위에 방형 단, 원형 단을 차례로 쌓는 수법인데, 행사가 끝나면 허물어 버렸습니다. 소승이 토번에 가 있는 동안 아주 드물게, 옛날 방식을 재현하는 걸 두어 번 본 적이 있습니다. 하여간, 매번 이와 같은 방식을 따르기엔 물질적으로나 시간상으로 매우 힘들고 번거롭지요. 그래서 이후엔 차츰 불화계통의 그림으로 표현하는 형식으로 발전해 왔구요. 색깔 있는 모래를 재료로 하여 방형의 토판(土版) 위에 불교적 우주관을 원과 선 등으로 표현하는 만다라는 이제 불교수행의 한 과정으로 여기고 있습니다."

"………."

여왕은 묵묵히 명랑법사의 설명에 귀 기울여 듣고 있다. 간간이 고개를 끄덕이는 것으로 봐서는 나름대로 이해하고 있는 듯하였다.

"그건 그렇고, 소승이 그린 설계도의 외관을 다시 한 번 보세요. 첨성대의 외관은 우물 모양으로, 우주와 통하는 통로를 상징한 것입니다. 소승도 토번에서 신인법(神印法)을 가지고 용왕의 청으로 용궁에 갔다가 잠행하여 신라의 내 집 우물로 솟아나왔다고 세상에 알려져 있고요. 이는 우리 신라인의 세계관을 형성한 의식구조 속에 이 세상과 저 하늘, 혹은 이 세상과 다른 세계를 연결하는 통로와 같은 기능을 하는 게 바로 우물이기 때문이죠. 마찬가지로, '용궁'도 이곳이 아닌 '딴 세상'을 상징하는 말과 같아요. 일찍이 폐하께 말씀드렸듯이, 소승이 다녀온 곳은 용궁이 아니라 실은 저 아득한 바다 한가운데 위치한 불교나라 스리위자야 왕국을 거쳐 귀국했으니까 말입니다. 또 들리는 바로, 혜공선사께서는 매양 우물 속을 드나든다는 해괴한 소문도 있지요. 허나, 이런 말 역시 우리 신라인의 의식 속에 하늘과 신통(神通)한다는 의미의 관용적 표현으로 봐야 하구요."

"그래, 그 점은 이해가 되는데, 그밖에 또 다른 자세한 설명이 더 필요할 것 같구나. 여전히 내겐 이해 안 되는 점이 많아.……"

여왕은 고개를 갸웃거리며 내처 도면에 시선을 박고 있었다.

"우선 외관만 놓고 설명해 보겠습니다. 맨 아래쪽에 장방형의 기단을 쌓습니다. 이 부분은 욕계악처를 의미합니다. 그 기단 위로 원통형의 몸통 부위를 스물일곱 단 차곡차곡 쌓아올릴 계획으로 설계했지요. 이것은 맨 아랫단을 인간계로 하여, 그 위의 여섯 단은 육욕천(六欲天), 그 위로 색계 십육천(十六天), 그리고 무색계 사천(四天), 도합 스물일곱 단으로 이를 상징하여 라마불교의 우주관을 나타내려 했지요."

"오호라! 그래서 스물일곱 단이구먼. 헌데, 내가 우리 신라국의 스물일곱 번째 왕인 점과 공교롭게도 일치하는구나! 그 참, 희한하구먼."

"예. 우연이라기엔 참 교묘합니다. 불교의 우주관을 잘 모르는 후세 사람들은 그렇게도 오해할 소지가 있겠군요. 어쨌거나, 라마교도들의 의식 속에 자리한 우주관의 형상을 소승이 굳이 우물 형태로 설계한 것은 우리 신라인의 의식구조를 반영한 결과입니다. 몸통부위 이십칠 단의 정상부에 정자석(井字石)을 얹은 이유도 그런 까닭에서지요. 유자(儒者)인 공자(孔子)께서도 일찍이 '정(井)은 통하는 것'이라고 말했습니다. 주역(周易)의 풀이에 따르면 '井'은 하늘, 즉 천정(天井)이고 그 중심은 공(空)으로서 무극(无極)이자 곧 태극(太極)입니다. 우물은 화수분이라 아무리 물을 퍼내 써도 없어지지 않죠. 또한 그냥 놓아둔다 해도 넘치는 법도 없구요. 중생에 대해 대자대비하신 불심의 원천은 그처럼 무궁무진합니다."

명랑의 설명에 여왕은 몇 번 크게 고개를 끄덕이었다.

"헌데, 여기 몸통 부위의 중간쯤에 창문을 낸 것은 무슨 의도인가?"

여왕은 몹시 궁금한 듯 다시 물었다.

"예. 그것은 내부로 들어가는 불이문(不二門), 즉 해탈문입니다. 말하자면 불법의 수행자가 바깥의 인간세상에서 욕계육천의 세계로 들어가는 문이지요. 아, 참! 그리고 보니 오래 전, 폐하께서 새 정치를 표방하며 연호를 인평(仁平)이라 고친 그 해(634) 정월에 이룩한 분황사 구조를 생각해 보십시오. 소승은 그 이듬해(635) 귀국해서야 보게 되었지만 방형의 축담을 쌓아 기단을 만들어 네 군데 모서리에 돌사자상을 세우고, 수미단(須彌壇)의 아래층 탑신에는 사방 문비(門扉)의 좌우에다 불법의 수호신인 금강역사, 즉 인왕의 상들을 배치한 것도 그것이 바로 천왕문(天王門)임을 상징한 게 아니던가요?"

"옳거니! 그래, 그래. 바로 그런 구조였지……."

여왕은 새삼스레 떠올린 듯 고개를 끄덕였다. 등불 빛을 받은 여왕의 얼굴이 순간 더 환해지는 듯했다.

"바로 그 천왕문은 불법을 수호하는 외호신(外護神)인 사천왕을 모신 건물이잖습니까? 잘 아시다시피, 사천왕은 고대의 서역(인도) 종교에서 숭앙했던 신들의 왕이었지만, 석가모니부처께 귀의하여 부처님과 불법을 지키는 수호신이 되었다고들 하지요. 사천왕들은 수미산 중턱의 동서남북 네 방향을 지키면서 불법을 수호한다고들 믿고 있죠. 사찰의 일반적인 구조를 보세요. 일주문(一柱門)을 지나 불이문(不二門)과의 중간 위치에 천왕문이 자리하는 이유가 뭣 때문이겠습니까? 일주문을 통과하면서 구도자의 평소 지닌 일심(一心)이 앞을 가로막는 숱한 역경에 의해 한풀 꺾일 수도 있어요. 이때 수미산 중턱에 자리한 사천왕은 사찰을 청정도량(淸淨道場)으로 만들려는 목적 외에도 역경을 거쳐 심신이 지칠 대로 지친 구도자에게 다시금 용기를 북돋워, 수미산 정상까지 오를 것을 독려하는 겁니다."

"아암. 그렇지, 그래."

여왕은 밝은 미소로써 수긍하였다.

"천왕문을 지나면 불이(不二)의 경지를 상징하는 불이문이 서 있지요. 이것이 곧 해탈문입니다. 해탈문에 해당되는 곳을 들어서면 바로 도리천이구요."

"음. 그렇다면 여기 이 창문이 곧 수미산의 정상으로 가는 입구란 뜻이렸다?"

"예, 바로 그렇습니다, 폐하. 잘 아시다시피 도리천은 불교의 이십팔천(二十八天) 중 욕계육천의 제이천(第二天)에 해당됩니다. 그 위계(位階)는 지상에서 가장 높은 곳이며 하늘 세계로는 아래서 두 번째 되는 곳이지요. 불교적 우주관에 따라 수미산 정상에 제석천왕이 다스리는 도리천이 있고, 그곳에 불이문이 해탈의 경지를 상징하며 서 있습니다. 첨성대 구조에서 창문을 설계한 게 이에 해당하구요. 따라서 창문의 안쪽 십이단까지는 자갈과 흙을 채워 수미산에 발을 들여놓는 형국으로 만들 계획이에요. 그러니까 창문으로 들어서는 순간에 딛게 되는 흙바닥이 바로 도리천의 입구가 되는 셈입니다."

명랑의 설명을 듣던 여왕은 고개를 주억거리더니,

"말하자면, 첨성대 내부 전체를 토번인의 우주관으로 생각하고, 수미산 정상은 첨성대 안쪽, 그러니까 흙·자갈이 깔린 곳으로 거기가 곧 도리천

첨성대의 구조

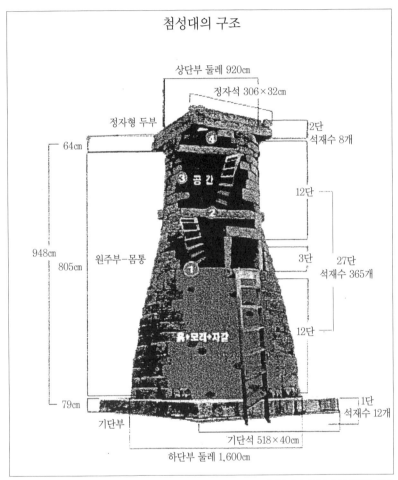

상단부 둘레 920cm

정자석 306×32㎝

정자형 두부

64cm

948㎝

805㎝

원주부-몸통

79cm

기단부

2단
석재수 8개

③공간

12단

3단

27단
석재수 365개

12단

1단
석재수 12개

기단석 518×40㎝

하단부 둘레 1,600㎝

흙+모래+자갈

(경주 향토사학자 솔뫼 김희진 제공)

제석궁이 있는 곳이란 말이지?"

하고 자신이 제대로 이해하고 있는지 확인 차 되묻는 것이었다.

"영명하십니다, 폐하. 불교의 세계관에 따라 불이문은 수미산 정상에 들어가는 문으로 이곳을 통과하면 바로 도리천입니다. 그래서 소승의 설계도에선 그 불이문 혹은 해탈문에 해당하는 첨성대 창문까지 흙·자갈을 깔아 이곳이 도리천임을 의미할 생각입니다. 아! 잠깐만요, 폐하. 여기 이쪽 다른 도면을 한번 보시지요."[78]

명랑은 서안 위에 놓인 다른 선화지에 그린 도면을 여왕 앞으로 내밀었다. 거기엔 창문 뒤쪽 내부가 다 들여다보이게끔 된 단면(斷面)이 그려져 있었다.

"만일 폐하께서 붕어하시면 그 영혼을 해탈한 자만이 들어갈 수 있는 육욕천의 입구인 이 창문 안쪽, 즉 흙과 모래자갈이 쌓여있는 곳에 모십니다. 그 모신 데가 수미산 정상의 도리천에 속한 제석궁이 있는 곳인데, 그림에서 一번(①)에 해당합니다. 쉽게 말하면, 수미산은 자갈과 흙을 채운 데까집니다. 그리고 첫 번째 사다리가 걸쳐진 一(①)과 二(②) 사이에 장대석을 가로질러 구분한 공간이 욕계육천입니다. 요컨대, 사천왕천·도리천·야마천·도솔천·화락천·타화자재천의 육욕천을 모두 아울러 상징한 공간이구요.

그 위 두 번째 사다리가 걸쳐진 二(②)에서 三(③) 사이의 공간이 색계

---

78) 경주 불국사 불이문(不二門)에는 「자하문(紫霞門)」이라는 현판이 붙어 있다. 이 문으로 들어서면 청운교·백운교를 거치는데, 이들 다리의 계단이 모두 33개이다. 곧 도리천의 33천을 상징적으로 조형한 것이다.

인데, 색구경천(色究竟天)을 비롯한 열여섯 단계가 있습니다. 이 세계에서는, 욕망은 극복하지만 물질적 조건은 아직 극복하지 못한 곳입니다. 두 번째 사다리의 꼭대기 위에 또 하나의 장대석을 가로질러 구분한, 정자석(井字石) 바로 아래의 四(④)번 공간이 무색계입니다.

무색계는 명상의 깊이에 따라 또 네 가지 단계를 포함하지요. 이와 같은 하늘을 모두 아울러 '공거천(空居天)'이라 하며, 욕계 · 색계 · 무색계의 삼계(三界)를 연결하는 사다리를 설치한 것은 불교 수행자가 수행 시에 오르는 단계를 상징하기 위함입니다. 무색계 중 가장 높은 곳은 비상비비상처(非想非非想處)로 완전하게 분별을 한 세계지요."[79]

"음!⋯⋯"

여왕은 문득 입안에서 신음 비슷한 소리를 내었다. 무언가 깊이 깨달은 듯한 울림이었다.

"이곳의 내부는 폐하께서 사후에 그 영혼이 항상 머무르실 공거천의 우주상입니다. 해탈한 자만이 천상으로 갈 수 있는 창문을 통해 우주의 하늘 세계를 볼 수 있는 곳이기에 '첨성대'란 이름은 딱 제격입니다. 천문학적으로 이십팔수(二十八宿)를 관찰하여 북쪽 현무궁(玄武宮)의 일곱 성수(星宿) 중에서 '여(女)'의 별자리가 나타날 그때에 빛나는 태을성을 찾기 위한 제단이기도 하구요.

만약 폐하께서 언젠가 붕어하시게 되면, 그때 첨성대 창문으로 선덕여

___

79) 현재의 첨성대는 처음 건립한 때부터 지금까지 약 1370년 동안 원형을 유지하고 있다. 그런데도 여태 안의 흙 · 자갈이 있는 곳의 의미를 사람들은 알지 못했다. 실은 그곳이 수미산이다. 즉, 도리천이 있는 곳으로 선덕여왕의 영혼을 모신 장소이다. 그 윗 공간에 야마천 · 도솔천 · 화락천 · 타화자재천의 4天을 위시하여 그 위로 색계천 · 무색계천은 각각 계단의 상징성을 통해 나타내고 있다.

래의 작은 조상(彫像)을 만들어 봉안할 것입니다. 그러면 마치 탑문 안에 감실부처를 조성하는 것과 똑같은 형국으로 도리천에 안치하는 셈이지요. 동시에 간방(艮方)인 동북쪽 낭산에다 왕릉을 조성하면, 우물 형태의 첨성대를 거쳐 그리로 영혼이 건너갈 수 있게 하는 겁니다. 또, 아직은 구상단계에 있지만 첨성대 앞에는 폐하를 위한 사당 내지 금당을 건립할 계획을 세우는 중입니다. 소승의 외숙부이신 자장께서 건립하신 통도사의 금강제단과 같은 형식도 괜찮고요. 기왕이면 삼층석탑의 효과를 낼 수 있다면 더욱 바람직하지요."

"왜 굳이 삼층탑인가?"

"예. 소승이 구상하는 삼층탑에는 제 나름의 의미를 부여하고 있기 때문입니다. 기단부에 사천왕상을 두어 사천왕천을 상징하고, 일층탑신에는 문비(門扉) 안쪽에다 작은 불상을 안치함으로써 도리천의 공간을 만듭니다. 하여, 이층탑신은 야마천을 포함한 색계천을, 그리고 삼층탑신은 무색계천을 나타내려는 의도지요."

"오호! 그건 삼층탑에 대한 법사의 새로운 해석이로군. 그럴싸하기도 해."

"아무쪼록 수미산 도리천에 묻히면, 천상년의 하루가 인간세상의 백년이므로, 보름간인 천오백년 동안 죽지 않고 여기에 계십니다. 먼 미래에 다시 조국 신라에 환생하실 때까지. 그때는 대일여래(大日如來)로서 새로운 존재로 태어나는 생(生·자티)의 단계에 이를 때입니다. 밀교에서 부르는 대일여래는 불교종파에 따라 화엄종에선 보신불(報身佛), 천태종에선 비로자나불(毘盧遮那佛) 곧 법신불(法身佛)이라고도 하는데, 연화장세계(蓮華藏世界)에 살며 법계에 두루 차서 큰 광명을 내비추어 중생을 구제한다는 광명불(光明佛)을 말합니다.

　이런 의미에서도 '첨성대'의 '성(星)'은 단순히 별자리만 말한 것이 아니지요. 왜냐면, 이것을 파자(破字)한 '일생(日生)'이 곧 대일여래의 탄생을 암시하니까요. 훗날 부디 우리 조국 신라에 대일여래로 환생하시어 만백성을 구제할 시기에 오실 것을 간절히 염원합니다. 그러므로 폐하의 발원으로 짓게 될 이 첨성대는 오직 폐하만을 위한 건축물이 될 것입니다."

　"음!……"

　여왕은 아까처럼 입안에서 울리는 깊은 신음소리와 함께 크게 고개를 끄덕였다.

　"법사, 그대의 말은 들을수록 의미심장하구나.……"

　그러나 단지 그 말뿐, 여왕은 첨성대 내부의 도면을 한참 물끄러미 들여다보고 있었다.

　한동안 그렇게 묵묵히 시선을 한 곳에 고정시키고 있던 여왕은 다시금 이것저것 다른 도면들을 주의 깊게 살펴나갔다.

　여왕의 시선이 문득 이상한 그림 위에서 딱 멈추었다. 여왕은 고개를 들고 명랑법사를 바라보았다.

　"헌데, 여기 이 도면에 그려진 것은 또 뭣고?"

　"예. 그건 첨성대 맨 꼭대기 부분을 만다라로 표현한 조감도입니다."

　명랑은 얼른 대답하였다. 그는 서안 위에다 여왕이 펼쳐놓는 도면 위로 허리를 구부리듯 하며 고개를 내민 채 설명하기 시작했다.

　"첨성대 머리 부분의 우물 정자(井字) 모양은 토번의 만다라와 유사한 구조입니다. 인도의 탄트라불교(밀교)에서 나온 라마계의 만다라는 금강계

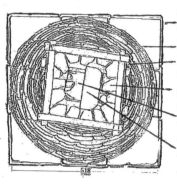

<보기>
제일 바깥쪽 네모는 위에서 본
첨성대의 기단부(基壇部).
가운데 원은 첨성대 원형의 몸통부
그 다음의 네모는 우물 井자의
방형(方形).
井자 안의 덮개돌은 꽃잎 모양으로
배열.
안쪽 원은 하늘과 통하는 입구로서
첨성대 원통의 꼭대기 부분이며, 그
구멍을 반으로 덮은 받침돌에 의해
음양((◐)을 나타냄.

▲ 첨성대를 위에서 본 그림

첨성대 기단부는 정사각형, 몸통인 회전 곡면은 원형으로써 천원지방
(天圓地方 · 하늘은 둥글고 땅은 네모지다)의 의미를 지닌다. 첨성대 꼭
대기의 원형 돌 위에 우물 井자의 방형을 만들어, 위에서 내려다보면 원
통형 첨성대의 몸통이 원으로 보인다. 즉, 아래로 갈수록 원(○)—방형
(□)—원(○)—방형(□)의 구조로서 만다라 형태임을 알 수 있다.

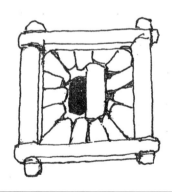

▲ 첨성대 우물 井자의 상세도

하늘로 통하는 맨 꼭대기 구멍 주위를 자
연석으로 다듬어 꽃잎 모양으로 배열. 그
가운데 원을 반쪽 돌로 덮은 모양(◐)은
태극 형상으로 음양(陰陽), 즉 해와 달을
암시함. 티베트 13층탑인 초르텐의 꼭대
기에 있는 해와 달의 형상이 바로 대일여
래(大日如來)를 상징한 것. 첨성대의 꼭
대기 부분도 이와 같은 발상이다.

만다라 계통을 많이 따릅니다. 우물 입구를 상징하듯 가운데 원형 위에 정(井)자 모양의 문양을 표시하고 사방을 이중의 방형(口)으로 에워싼 다음, 사문(四門)을 갖춘 방형 주위를 또 원형으로 둘러싼 형태(◎)지요. 그와 유사하게, 여기 이 첨성대도 역시 몸통부분인 원형석(圓形石) 꼭대기에다 정(井)자 모양 이단(二段)의 장대석으로 방형을 만들고, 그 안에 마치 우물 입구를 반쯤 막은 것 같은 원형(◐)이 보이는 구조로 매우 간략하게 꾸밀 생각입니다.

요컨대, 첨성대의 기단부분은 정사각형이며 몸통인 회전곡면은 원형으로 되어 있습니다. 이로써 천원지방(天圓地方 · 하늘은 둥글고 땅은 네모짐)의 의미를 지니게끔 했지요. 그런데 위에서 내려다보면 이 조감도처럼 제일 바깥쪽 방형은 기단부이고, 가운데 원은 첨성대의 원형 몸통부이죠. 그 위에 사방위(四方位)를 나타내는 우물 정(井)자의 방형, 그리고 그 안을 적당한 크기의 돌조각들로 연꽃잎 모양 배열하고, 그 맨 안쪽의 우물 입구를 반쯤 돌로 덮은 원형(◐)이 보입니다. 이건 음양을 나타낸 태극 문양이죠. 또, 해와 달의 형상이기도 하구요.

결론을 요약하면……, 이 모습은 맨 아래쪽부터 차례로 쌓아올린 방형–원형–방형–반쯤 가린 원형(口 〇 口 ◐)이 한데 어우러진 만다라 형상입니다. 하늘에서 첨성대를 내려다보면 이것이 보이도록 설계했지요. 장차 태장계만다라의 대일여래로 환생하실 폐하의 영혼을 내부의 중앙에 모셔, 철저하게 밀교의 우주관을 나타내려 애썼습니다. 토번에 가면 백탑(白塔)이라 부르는 '쵸르텐'을 볼 수 있지요. 신비롭고 풍부한 토번 선축문화의 결정체라 할 수 있습니다. 위에서 본 그 탑의 조감도가 만다라 형상이지요. 원형으로 된 십삼층 탑의 꼭대기에 있는 초승달과 해는 부처님의 지

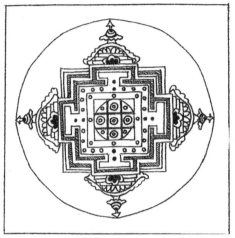

▲ 티베트의 금강계 만다라의 일종(一種)

인도의 탄트라불교(밀교)에서 나온 라마계의 만다라는 금강계 만다라 계통을 많이 따른다. 그 형태를 보면 가운데 원형이 4문(門)을 가진 방형을 둘러싸고 그 주위를 또 원형으로 둘러싸고 있다.

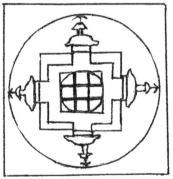

▲ 금강계 만다라의 간략화(簡略畵)

첨성대 윗부분인 우물 井자 형태와 흡사하다. 이를 에워싼 원형과 바깥의 방형은 역시 천원지방의 의미. 백탑(白塔)이라 부르는 티베트의 '초르텐'은 위에서 본 탑의 형상이 만다라 세계를 구현하고 있다.

혜를 나타내며 바로 대일여래의 상징이지요. 이것을 원용하여 첨성대의 꼭대기 부분을 간략히 연화장세계로 도형화한 것입니다."

"음! 수미산과 라마불교의 우주관을 건축물 안에다 고스란히 담았단 말이지?"

"예. 그렇습니다. 첨성대는 시간과 공간을 정돈하려고 설정한, 수미산과 라마불교의 우주관을 반영한 것이죠. 이는 인간의 운명과도 밀접한 관련 속에 파악한 불교적 세계관의 상징적 건축물이 되어, 아마도 오래토록 남을 것입니다. 이로써 욕계악처를 나타낸 방형의 기단부분을 제외하면 첨성대 몸통부를 이루는 원통형의 스물일곱 단은 인간계를 포함한 욕계육천, 색계 십육천, 무색계 사천을 합한 숫자가 되지요. 거기에 정자석(井字石)을 얹어 대일여래가 사는 연화장세계를 구현함으로써 불교의 28천(天)을 온전히 담았습니다."

선화지의 도면을 손에 들고 내처 거기 시선을 박고 있던 여왕의 눈동자가 불빛에 반사되어 반짝거린다. 놀라움의 반영인 듯 휘둥그레진 두 눈이 차츰 그윽해졌다.

이윽고 여왕은 도면에서 거두어들인 시선을 명랑 쪽으로 향하더니, 나지막이 말했다.

"으음. 자세한 설명을 들으면서 그림을 보니까 이해가 되는군. 이 첨성대는 만다라 제단으로 우리 신라인 고유의 우물에 대한 관념을 반영한 외형 속에 밀교의 우주관을 담은 것으로 볼 수 있고, 또 하늘에서 조감할 때는 만다라 형상을 띠는 구조로 요약되는 것이렷다? 내 말이 맞느냐?"

"예. 폐하께선 참으로 영명하십니다. 군더더기 없는 설명으로 잘 요약하셨네요."

"아무튼, 이 비밀은 지금부터 법사와 나만이 아는 걸로 해두자. 건 그렇다 치고, 이 건축물을 엇다 세우면 좋을꼬?"

이미 마음속에서 결심을 굳힌 듯 여왕에겐 벌써 첨성대를 건립할 위치에까지 관심이 앞서 나갔다.

"예. 그건 일찍이 소승이 구궁팔괘도를 염두에 두면서 우주의 기가 모이는 적지(適地)를 찾아 왕경의 곳곳을 톺아본 끝에 알아냈습니다. 중토(中土) 자리인 '내리들'을 태극지점의 중심으로 삼아, 월성 너머 서북방으로 약간 치우친 곳이 첨성대 세울 자리가 됩니다. 괘로써 살펴보면 태괘(兌卦)에 해당하지요. 태는 우물과 관련 있는 못[澤]자리입니다. 이곳은 산의 상징인 간괘(艮卦)에 해당하는 낭산 신유림 방향과는 일직선상에 놓여있어요. 특히 신유림 중턱은 별자리 이십팔수(二十八宿) 중에 현무궁의 동북방 '여(女)'자리로서, 그곳에 이르는 지름길을 나타내는 괘이기도 하구요. 일테면 우주로 가는 통로입니다. 더욱이 가까운 곳에 우리 김씨 왕들의 능묘군(陵墓群)이 있으니, 이 일대에 터를 닦고 지진구(地鎭具)를 묻어 사당이나 금강제단을 짓기엔 아주 길한 곳입니다."[80]

"음. 아주 좋은 이유 같긴 하네. 헌데, 반드시 그곳이어야 하는 또 다른 필연성이라도 있다면 더 말해보게나."

"소승의 설계도에 의하면 첨성대 안에 수미산이 있습니다. 수미산 주위로 해와 달이 돈다고 믿는 것이 라마불교의 우주관입니다. 해는 동쪽에서

---

[80] 첨성대의 위치는 경주 월성 북쪽 대릉원 무덤군 옆에 있다. 이것은 마치 동북아시아 고조선 문화, 요하문화, 홍산문화의 특징인 적석총 옆에 원형제단이 있는 것을 연상시킨다. 천원지방(天圓地方)의 형태도 유사하다. 대릉원이 5~6세기경 김씨 왕들의 적석목곽분이 밀집되어 있는 곳으로, 미추왕릉 C지구 3호 고분의 돌무지 덧널무덤에서 발견된 인면유리구슬이 나온 곳과는 불과 50m 거리에 있다. 이런 점들로 보아 첨성대는 별자리 관측소가 아니라 만다라 형상을 구현한 제단(祭壇) 형태에 가깝다.

뜨되, 계절에 따라 북동에서 정동, 남동으로 이동하면서 '내리들'의 태극 지점을 비추며 돌지요. 그런데 달의 형상을 한 월성(月城)의 서방에 첨성대를 건립하면 언제나 달을 옆에 끼고 있는 형국이 됩니다. 이로써 첨성대는 해와 달을 항시 가까이 하고 있는 셈이지요."

"으음. 그래, 잘 알겠네. 그대로 시행토록 하자꾸나. 지난번에도 말했듯이, 난 오래 전부터 사석에서 자넬 대하면 왕과 신하 사이가 아니라 나를 인도할 스승 같은 느낌이 들곤 했더랬어. 내 이제 비로소 진심으로 청하건대, 앞으로 나의 도사(導師)가 되어 주시게나. 오늘밤 나에게 정식으로 계를 내림으로써 부디 라마께 귀의토록 해 주소서."

여왕은 공손히 합장하며 명랑법사를 향해 마음에서 우러나듯 배례하였다.

"그리 하오리다. 모든 다양한 삶의 형태 가운데서 붓다의 가르침에 따라 최상의 은총을 얻을 수 있는 것은 오직 우리 인간뿐입니다. 이 점에 대해 마땅히 심사숙고할 필요가 있어요. 그 이유는 무엇보다 무수한 생(生) 중에서도 인간으로 태어난 삶의 가치와 희소성을 자각함으로써 그 정신적 능력을 최대한 활용토록 우리를 고무하는 데 있으니까요."

"나무아미타불……."

여왕이 나직이 중얼거렸다.

"붓다의 가르침의 소중함은 인생의 가치에 대한 자각의 다음 단계로서 생의 무상함을 깨닫게 해주는 데 있습니다. 누구도 피해갈 수 없는 죽음이 언제 닥칠지 모른다는 것, 그리고 다르마(法·진리)만이 사후의 자기 운명을 조정할 수 있다는 사실을 되풀이 생각하게 해주니까요. 이와 같은 관법(觀法)의 목적은 우리가 현재는 인간이지만 죽음이 닥쳐와 우주 내의 다른 생명 형태의 소용돌이 속으로 던져지지 않으려면 수행을 해야 한다는 것을 깨닫게 하려는 데 있습니다.⋯⋯"

"나무관세음보살⋯⋯."

합장한 채 간간이 그렇게 중얼거림으로써 여왕은 법사의 강론을 경청하고 있음을 표시하곤 했다.

"인간으로서의 삶이 귀중하면서도 동시에 덧없음을 확고히 의식하게 되면 관법의 다음 단계에서는 세 가지 존재 영역, 일테면 지옥계, 축생계, 아귀계의 비참한 특성을 주의 깊게 살펴야 합니다. 이러한 영역이 얼마나 고통스러운지를 알고, 또한 누구든지 그 영역에 다시 태어날 수 있다고 자각한다면 무슨 방법으로든 그런 운명을 피하겠다는 강렬한 열망을 가지게 되겠죠. 이렇게 해서 우리의 마음은 내세에 계속 사람으로 태어나거나 천계에 환생할 수 있도록 보장되는 길을 찾습니다. 당나라 중화불교의 우주관은 화엄경에서 볼 수 있는데, 그것은 우파니샤드의 범아일여 사상과도 일맥상통하지요. 미계(迷界)와 불계(佛界)를 구분하지 않고 일체 세계가 부처 안에 있다는 설입니다."

"진실로 부처께 귀의하나이다. 내게도 법명을 내려주시어 더욱 불문에 정진케 해주시게나."

"폐하께선 이미 남다른 불심으로 선덕과 선정을 베풀어 오셨고, 모든 중생이 불법을 알아 선업을 짓고 악업으로부터 해방되도록 불사를 많이 하신 것은 참된 도리를 행하신 것입니다. 게다가 폐하의 혜안은 탁월하시기도 하구요. 영묘사 옥문지에 때 아닌 개구리가 난데없이 무리지어 우는 걸 보시곤 벌써 여근곡에 잠입한 백제 군사를 예측하신 일 등은 빼어난 예지를 지녔기 때문이지요. 이로써 통찰지(洞察知)를 가진 보살님이란 뜻의

'진혜(眞慧)'로써 법명을 삼겠습니다."

"진혜 보살이라?……"

"예. 그렇습니다. 참된 지혜란 뜻이지요. 소승이 토번에서 공부할 적에 접한 '팔리경(經)'에서도 아주 많이 등장하는 말이 '판냐'였습니다. 한자어 반야(般若)로 음역된 이것은 통찰지, 그러니까 곧 지혜란 뜻이죠. 소승은 이 말을 접하자 우리 신라어에도 이런 유사한 말이 있음을 상기하곤 혼자 빙그레 웃었지요. 깊이 판다거나 끝까지 캔다는 천착(穿鑿)의 뜻으로 우리도 이 말을 곧잘 쓰지 않습니까? 어떤 일에 깊이 정신을 집중할 때 던지는 질문, '얼마큼 팠냐?' 하구요. 소승도 불도에 정진할 동안 종종 그렇게 자문하곤 했으니까요. '통찰하다'와 '판다'는 유사어로, 특히 그 질문형인 '팠냐'란 말이 금방 연상되더군요."

"호호! 거 참, 그럴싸한 설명이긴 한데, 우연히 맞아떨어진 건 아닐까?"

"우연이라기엔 범어나 싯담어[悉曇語]가 우리 신라 말과는 상당수 친연성(親緣性)을 가지고 있더이다. 싯담어는 범어의 모태어로서, 서역의 벵골어나 토번어로 분화돼 갔다고 하더군요. 실제 소승이 토번에 머물 때 그 지역의 말이나 범어가 우리말과 유사한 것들이 많아서 깜짝깜짝 놀라곤 했습니다."

"호오? 그랬던가? 헌데, 지혜를 뜻하는 불교용어가 반야라면, 그와 비슷한 의미의 보리심(菩提心)이란 또 무엇인고?"

여왕은 언어가 지닌 모호성의 거미줄에 얽히든 것 같은 기분으로 묻는다. 그리고 가벼운 혼란을 느끼고 있는 듯 살짝 내쉰 한숨의 미풍으로 흔들거리는 촛불 때문에 방의 정적이 흐트러짐을 보았다.

"원래 산스크리트어 '보디 만다'를, 불경번역 때 중화 땅에선 한자로 '보뎨(菩提·보리) 만다(滿茶)'로 음역하였습니다. 일설에는 석가모니부처께서 처음 보드-가야의 보리수 아래서 성도(成道)한 자리, 즉 깨달음을 얻은 그 나무 아래를 '만다[金剛座]'라고 했다던데 그 뜻은 '굳세고 단단함'이라 합니다. 한데, 소승이 토번에 가 있는 동안 확실하게 알게 된 사연인즉, 석가모니가 법을 일으킨 곳[興法之處]은 서역(인도)의 북서쪽에 위치했던 코살라국 수도 '시라바스티'였다 합디다. 흔히 줄여서 '시라'라고도 하는데, 우리 신라국의 옛 명칭 '시라(尸羅)'는 이를 따서 나라이름으로 삼았다는 것입니다. 부처님이 자주 계시던 그 시라바스티란 지명은 중화 땅에서는 '사위국(舍衛國)'이라 번역되었지만, 소리 나는 대로 음역하여 통상 '실라벌(室羅伐)'로 표기하기도 했지요. 우리말의 '서라벌'이나 나라이름 '신라' 등이 모두 여기서 유래합니다. 또, '가야'라는 국명도 불교지명에서 따온 것이지요. 일테면 석가모니께서 도를 이룬 곳[成道之所]인 '보드가야'의 원래 지명이 '가야'였는데, 깨달음의 뜻인 '보드'를 갖다 붙인 현재의 명칭은 석가모니 출현 이후라 합니다. 어쨌거나, 그 지명을 따서 붙인 가야(伽倻·加耶·迦耶)란 나라이름과, 또 산 이름 가야산(伽倻山)이 생긴 것도 다 여기서 유래했다 합니다.[81]

---

81) 여증동(呂增東): 〈나라이름 '新羅'에 대하여〉는, 신라사람 고운(孤雲) 최치원(崔致遠)이 〈신라가야산 해인사 결계장기(新羅伽倻山海印寺結界場記)〉에서 국호인 '新羅'가 인도 땅 '시라'에서 따온 것이라는 주장을 편 글을 소개하고, 이에 대해 기존의 설에서 한문 해독상 오류가 있는 부분을 지적하여 바로잡은 논문이다.(경상대학교 논문집 참조).
최치원의 「신라가야산 해인사 결계장기」의 한문 중 문제가 된 원문은 이러하다.
〈國號尸羅, 實, 波羅提, 興法之處, 山稱迦耶, 同 釋迦文, 成道之所,〉
이렇게 한문을 자의로 띄어서 읽고 해석한 여증동의 설명은 다음과 같다.
〈나라이름을 '시라'라고 한 것은 사실[實] 그것은 석가모니가 극락(波羅·피안)에 가려고 설법을 들면서[提] 법을 일으켰던 곳이 인도의 「시라바스티」였기에, 그곳 이름을 따서 '시라'라고 했던 것이다. 산 이름을 '가야'라 한 것은 앞에서 말했던 바 있는 같은[同·그] 석가모니가 도를 이룬 곳이 인도의 '가야'였기에, 그곳 이름을 따서 '가야'라고 했던 것이다.〉

408

그런데 불교신자인 수양제(隋煬帝)가 중화 땅 전역의 절을 일컬어 도를 닦는 곳이라는 의미에서 '만다'를 도장(道場)이란 말로 개칭했다는군요. 소승이 당나라 유학승으로 가기 열아홉 해 전인 계유년(613)의 일이었죠. 그러니까 병자(丙子 · 616)생인 소승은 아직 세상에 태어나지도 않았던 때였습니다. 신라에선 선대왕이신 우리 진평왕 재위 당시였구요. 아무튼, 소승은 범어의 '보디 만다'가 신라어로 '보디(寶地) 마당(場)'과는 소리의 근사치가 있다고 판단되어 매우 흥미롭게 여겼습니다. 이래저래 소승이 토번에서 공부하며 범어를 익힐 때 꽤나 수월케 배운 이유이기도 합니다. 우리 신라어와 거의 동일한 뜻의 말들이 하도 많아서요. 그들은 신라인이 범어를 쉽게 배운다고 무척 신기해했지요."

"딴은, 듣고 보니 정말 흥미롭구면. '보디 만다'가, 그러니까 보배로운 땅 마당의 뜻인 '보디 마당[寶地場]'으로, 이는 곧 '지혜를 캐는 자리'라……쉽게 이해가 되는구나."

"예. 그렇습니다. 결국, '보디 만다'는 깨달음의 지혜를 얻는 곳이란 뜻으로 요약됩니다. 한데, 수양제의 명으로 '만다'를 도장(道場)으로 개칭했다 했지요? 신라인은 애초에 이 한자를 '도댱'으로 읽었는데, 차츰 발음의 원활을 위해 '도량'으로 음이 변했고요. 이는 '보디'를 '보리'로 발음하는 이치와 같습니다. 하여간, 깨달음을 얻는 장소인 도량의 뜻은 그것으로 끝이 아니에요. '화엄경'에서는 '깨끗한 마음'으로 정의되기도 합니다."

"명랑법사, 오늘 저녁은 무엇보다 당신에게서 불교의 계를 받아들여 불

요컨대, 신라의 옛 국호인 '시라(尸羅)'는 석가모니의 흥법지처(興法之處)인 '시라바스티(Sravasti)'의 '시라'에서, 또 석가모니의 성도지처(成道之處)인 '보드-가야(Bod-Gaya)'의 '가야'에서 나라이름이나 산 이름이 유래했다는 주장을 담고 있다. 최치원의 이 글은 『동문선(東文選)』(권64. P.285, 慶熙出版社, 1967)에 실려 있다.

제자가 된 것을 자랑스레 생각하오. 진실한 지혜, 곧 보리심을 베풀라는 염원이 담긴 '진혜(眞慧)'라는 법명을 마음에 새겨, 항시 자비로운 실천으로 옮기겠다고 서원하였다오. 사석에선 나를 진혜 보살이라 불러주기 바라오. 나의 증조부이신 진흥대제와 황후께서도 기어이 승려가 됐지 않은가. 내 남은 삶 동안 불보살의 가피에 의해 성불하고 극락 간다는 구원의 대상만으로 그치지 않고, 다른 사람들까지 구원하겠다는 주체로서 살아가겠소. 일테면 자리이타(自利利他)를 실천하는 삶을 살아야겠지……."

"실로 자비로운 말씀이옵니다. 진혜 보살님!"

"법사께서 날 위해 지어 준 법명의 속뜻이 '진정한 반야(般若)', 즉 통찰지를 가진 자라 했소이다. 그런데도 이 미욱한 불제자는 법사가 말한 대로 인간세상에서 해탈한 자만이 들어갈 수 있다는 도리천은 어떻게 하면 갈 수 있는지를 모르오. 부디 그 비법을 가르쳐 주시게나."

"항시 제멋대로 달아나는 마음을 거두어, 제자리로 돌려놓는 것이 비결입니다."

"어떤 방법으로?"

"괴로움을 끝내고 불사(不死)의 열반을 실현하는 방편을 라마불교나 남방불교에선 아비담마라 합니다."

"아비담마라?"

"예. 중화 땅에선 대개 선(禪)을 통해 깨달음을 얻는 수행법이 있고, 또 남방불교인 소승불교에선 '위빠사나' 수행법이 있다면, 대승불교에선 팔성도 실천행이란 것도 있습니다. 어쨌거나, 아비담마를 당나라에서는 논장(論藏)이란 용어로 사용하고 있더군요."

법사의 강론이 시작된다.

"아비담마의 주제는 '내 안에서 벌어지는 물·심(物·心)의 현상'입니다. 다시 말해서, 눈·귀·코·혀·몸의 다섯 가지 알음알이[五識]를 통해 내 안에서 벌어지는 물·심의 현상 말입니다. 그런데, 불교에서 늘 강조해 말하는 게 무엇이겠습니까? 법(法·진리)이지요. 이를 산스크리트어로 '다르마', 팔리어로 '담마'라 합니다. '아비'는 '뛰어남·특별함'의 의미이므로, 결국 아비담마는 '으뜸 진리'란 뜻이에요. 그래서 당나라에선 이를 직역하여 승법(勝法·뛰어난 진리)으로도 표기합니다. 재밌는 것은 '아비'란 말이 우리 신라어의 '아비'(父·으뜸·높은 것)와 발음도 의미도 똑같다는 사실이에요. '담마' 역시 우리말 '담아'와 흡사하지요. 그래서 소승은 아비담마를 '으뜸 되는 걸 담아놓은 것'이란 신라어와 근친성을 가진 말로 쉽게 인식할 수 있었고요."

"흠! 그래서?…… 계속하시게나."

"오식(五識)을 통해서 내 안에 들어온 물·심의 현상이 열일곱 번 마음의 움직임으로 확정된 개념이 뇌에 각인됩니다. 인과관계의 법칙인 선인선(善因善), 악인악(惡因惡)과 같은 인과응보의 법칙이 성립되어지죠. 아비담마를 통해서 해탈로 이어지면 마침내 불이문을 지나 도리천에 태어날 수 있습니다."

"그러니까, 그 말은…… 선덕과 선정을 베푸는 일이야말로 모든 중생으로 하여금 불법을 깨달아 선업을 짓고 악업으로부터 해방되도록 불사를 많이 해야 한다는 뜻이렷다? 하긴, 진흥대제께서는 열네 해 동안의 공사 끝에 황룡사를 지었고(566), 나는 법사의 외숙부 뇌시는 자장율사의 청을 좇아 황룡사 구층목탑을 완공하고(645), 그보다 더 일찍이 분황사(634)와 영묘사(635)를 창건하였더랬지. 또, 원효와 의상에겐 당에 유학을 떠날 것을 권했고, 원측(圓測) 역시 당에 가서 현장과 자은스님의 문하에서 수학토록 했고…… 어디 그뿐인가? 자장에겐 신라로 급히 귀국시켜 우리 신라불교를 재정비하는 데 크게 기여토록 했더랬지. 나름대로 할 만큼은 했는데…… 그래도 마음은 허전하고, 왠지 모든 게 허망하단 느낌뿐이야. 법사, 이젠 뭘 해도 소용없다는 이런 쓸쓸한 심사는 다 전생의 업 때문일까?"

"아니요, 진혜 보살님. 그건 마음을 풀어놓고 거두지 않기 때문입니다. 제멋대로 달아난 마음이 부귀한 데로 가면 교만해지고, 명리를 좇으면 넘쳐흘러 영악하게 됩니다. 이도저도 아닌 채 방심하면 세상이 허무해져 방향을 잃습니다. 그러기에, 일체유심조(一切唯心造)라 하였지요."

"그러게 말이오. 요즈음은 마음도 몸도 천지간에 잔뜩 움츠러들어 밤낮없이 슬프기만 하고 즐겁지가 않아. 내 몸의 건강이 하루가 다르게 나빠져가는 듯하니, 무엇으로 여생을 견뎌야 할까?"

불빛으로 음영이 뚜렷해진 여왕의 표정이 한결 서글퍼 보였다.

"그럴수록 멀리 달아났던 마음을 거둬 본래 제자리로 되돌려 놓아야지요. 사람들이 대개 죽음을 싫어함이 마치 태어난 본향을 떠나와 돌아갈 줄 모르는 것과 어찌 다르겠습니까? 누구나 한번은 죽습니다. 정작 죽음에 직면하면 내가 어째서 그렇게 돌아가지 않으려고 발버둥을 치며 살았을까, 하고 후회하기 십상이지요."

"딴은, 법사의 말이 지당하오. 법사와 얘기를 나눌수록 어쩐지 법사가 믿는 밀교의 정신이 내 마음에 들구려. 호국불교로서 부처님의 가피를 극대화시키는 신인법이 지금 이 시대에 꼭 필요한 법인 듯하오."

여왕은 스스로 그런 판단을 내린 듯 고개를 끄덕인다. 그러나 명랑은 거기 대해 뭐라고 대꾸할 말을 찾지 못해 물끄러미 여왕을 바라보았다. 잠시 두 사람 사이의 침묵이 불러온 것 같은 정적이 방안 가득 채워졌다. 여왕은 문득 갑갑함을 느낀 양 미닫이문을 열었다. 늦가을 바람이 휘익 방안으로 새어 들어, 촛대 위의 불꽃이 파르르 춤을 추었다. 깊은 밤, 달빛이 경내의 뜰에 한정 없이 조요(照耀)하다.

"달빛이 참 좋구나!"

홀린 듯 고개를 돌려, 툇마루 건너 뜨락에 깔린 환한 달빛에 매료된 여왕이 무심코 혼잣말로 내뱉는다.

명랑도 여왕의 어깨 너머로 바깥의 달빛을 멀거니 바라보았다. 사찰 뜨락에 세워둔 석등의 화사석(火舍石)에 사방으로 뚫린 화창(火窓) 불빛이 연지(蓮池)의 수면에 물댕기를 그린다.

"명랑법사, 나는 평소 내가 여자로 태어난 걸 전생의 업 때문이라고 생각해 왔는데, 대관절 업이란 무엇일꼬?"

뜰에서 시선을 거둔 여왕이 느닷없이 물었다. 착 가라앉은 목소리와 함께 무연(憮然)히 바라보는 눈길이 초점을 잃고 흔들린다.

"업이란 근원적인 행동을 말합니다. 즉 의도를 가진 행동이지요."

명랑은 이승에서 얼마 남지 않은 여왕과의 인연을 예견한 듯 업에 대해 색다른 얘기를 꺼내 들었다.

"인과법칙에 따라 착한 일이나 악한 일이 각기 그 결과를 낳습니다. 인과응보의 법칙이란 건 누구나 다 아는 얘기죠. 한데, 업은 범어로 '카르마'이고, 중화 땅에선 이를 한역할 때 갈마(羯磨)라 음차해서 쓰고 있더군요. 단지 소리만 빌린 셈이죠, 하지만, 이것 역시 범어와 우리 신라어 사이엔 발음도 의미도 같다는 점을 느꼈습니다. 우리말에 '갈마들다', '갈마쥐다'

처럼 '갈마'는 '번갈아'의 뜻입니다. 선과 악을 번갈아 하는 행위를 말한 것
이죠. 또, 선(禪) 수행법은 당나라에서 전래되었지요. 여기서 선이란, 범어
의 '타요나'로서 당에서는 음차하여 '덴나'[禪那]로 표기하고 나중엔 줄여서
덴(禪)이라 했습니다. 결국, 선이란 건 선정(禪定)의 반대되는 것을 다 태워
버린다는 의미, 즉 '태우나'였던 것으로 해석해도 좋지요."

"오호라, 신라어에 '태우나'가 있고, '타요나'도 있으니 정말 흡사하구
려."

"그게 사실이 아니라도 상관없지요. 다만 발음도 의미도 유사하다는 점
에서 우리 신라어가 고대부터 있었던 참 오래된 말이란 걸 실감하게 만드
는군요. 정말 위대한 언어입니다."

"법사의 말을 들으니 그런 것 같기도 하오. 신라어의 유래가 그렇게 오
래되었음을 새삼 깨닫게 해주는구려. 하기야, 따져 올라가면 신라개국 시
조이신 혁거세왕(赫居世王)께서 국가경영을 위해 천부도량(天賦度量)인 금
척(金尺)을 지녔고, 그보다 훨씬 이전, 단군성조 시절의 부루단군께서도
지녔다는 금척과 세월을 같이 해온 우리 언어일세. 단군임금 시절에 만들
었다는 '가림토 문자'처럼 전통성 깊은 말인 것 같네그려."

"예. 옳은 말씀입니다. 그 이유가 다누라자, 즉 단군임금의 한 지파인
석가모니부처의 샤키아족도 그 탄생지로 볼 때 색족(스키타이족)의 일파이
듯이, 신라의 우리 김씨 왕족은 서역에서 흘러온 흉노족과의 친연성을 부
인할 수 없으니까요. 고래로 서방(西方)은 금(金)이고, 이것이 성씨가 되
었다는 근거도 충분하지요. 이런 연유로, 범어가 우리말과 비슷한 데가
많다는 점을 들어 세월이 흐른 훗날에 학자들은 분명히 말하겠지요. 전설
의 옛 '가림토 문자'가 실재했는지는 알 수 없지만, 고조선의 언어가 상당

414

수 신라어에도 용해되어 전해왔다는 사실을요."

"아무렴. 원인 없는 결과가 어디 있겠나? 그 역시 인과법칙대로 움직여 온 결과겠지. 우리말에도 분명 그 연원이 있으니, 거슬러 오르면 범어가 신라어와도 상당한 연관성을 지닌 까닭을 캘 수 있으렷다."

여왕은 명랑법사를 통해 처음으로 불교용어의 개념에 대해 신라어로 쉽게 알아들은 것 같았다. 항시 뇌리 속에 똬리를 틀고 있던 숱한 번뇌들이 어느 틈엔가 자취를 감추고 기쁨이 몰려왔다.

"법사께서 이 진혜 보살로 하여금 선덕을 지어 좋은 업을 쌓고, 미혹(迷惑)과 같은 삼도(三道)에서 해탈하여 도리천에 가는 길을 인도해 주시니 감사하오."

"그렇게 말씀해주시니 오히려 광영이옵니다. 다행스럽기도 하구요. 소승이 토번에서 돌아온 후, 신인사를 이 우지산(남산) 동록 아래에 세우고 라마불교의 우주관인 수미산을 이 일대에 꾸밀 계획을 세웠습니다. 우선 사찰 경내부터 그런 형상으로 조성했는데, 수미산 우주관은 소승경전에 기인했습니다. 원반형의 풍륜(風輪), 그 위에 수륜(水輪), 또 그 위에 금륜(金輪)과 같은 띠 위에 대해(大海)를 형성하고 대해 중심에 수미산이 우뚝 솟은 형상을 만들었지요.……"

바깥 뜨락 앞에 조성하여 풍륜지(風輪池)라 이름 붙인 연당의 연꽃들은 이제 다 시들어버려 사라졌지만, 지난 여름철 복더위 속에 연봉오리들이 흐드러지게 만개했었다. 명랑은 지금 반쯤 열린 방문 밖의 어디쯤을 눈어림으로 더듬었다. 연꽃들이 활짝 피었던 연당 주변을 심심찮게 자주 둘러보던 지난 시간들을 머릿속으로 떠올려본다.

법사는 아주 짧은 순간 아발로키 테슈와라(천 개의 팔과 천 개의 눈이 딸린 손가락을 지닌 11면 관음보살)의 자비로운 손길을 달빛 속에서 얼핏 보았다. 그러자 자신도 모르게 어떤 주체할 수 없는 감정에 휩싸인다. 그의 시선이 닿는 곳에 흰 달빛의 물결이 뜨락 가득 넘쳐 흘러와, 이젠 문밖 툇마루에까지 비쳐들고 있다. 명랑법사는 진혜 보살을 앞에 두고 혼자 독송(讀誦)을 하였다.

"아발로키 테슈와라는 밝은 빛을 발하는 달과 같노니, 청량한 빛은 윤회의 타오르는 불꽃을 끄고, 그 서광으로 인해 연봉오리가 밤에 활짝 꽃잎을 여는구나. 대자대비의 힘으로 온 천지가 광명이로다!……"

오래 전 그가 토번에 가 있을 때 라마승으로부터 전해 듣고 마음속 깊이 새겨둔 채 이따금 중얼거려 보던 소걀 린포체의 게송(偈頌)이었다.

"법사의 독송이 마치 나를 도리천의 불이문으로 인도하는 것 같아 마음이 편안해지는구려. 열반에 들기 전에 꼭 삼한통일을 이룩하여 서쪽으론 당나라를 비롯하여 오·월·탁라·응유·말갈 등과 동쪽으론 왜와 같은 나라로부터 침략을 막아 국력을 굳건히 할 수 있게 법사께서도 도와주시게. 이미 자장율사의 권유로 황룡사 구층목탑을 건립하게 된 까닭 속에도 그런 염원이 담겨 있지만.…… 내 다행히 해탈하여 도리천에 태어난다 해도, 언젠가는 반드시 인드라(제석천왕)의 군대를 이끌고 대일여래로 이 땅에 강림하리다. 석가모니부처도 도솔천에 보살로 계시다가 인간계에 환생하여 중생들을 구제하시고는 다시 불계로 들어가셨다지요."

"예. 그처럼 모든 게 다 진혜 보살님의 뜻대로 이루어지길 간절히 기원하겠습니다. 보살님의 통찰지로 이미 도리천을 낭산 신유림(神遊林)의 정상 쪽에 지목하고 계신 것 같아 무척 다행스럽군요. 이 모두 다 불은(佛恩)입니다. 비록 소승이 추천한 곳이긴 해도 그 지명부터 예사롭지 않지요.

그곳은 신들의 영역인 동북쪽 간방(艮方)의 산이기에, 미상불 수미산의 상징으로 삼을 만한 곳이지요. 후천개벽 시대가 도래(到來)하면, 선천도의 우주 운행 방향과는 달리, 건(乾)-태(兌)-간(艮)-리(離)-감(坎)-곤(坤)-진(震)-손(巽)의 순으로 움직입니다. 하여, 태괘(兌卦)의 첨성대를 건립할 자리 다음 순서로, 일직선상에 위치한 간괘(艮卦)의 낭산 신유림 언덕바지에 폐하의 왕릉을 조성하고, 또 그 언덕이 한눈에 내려다보이는 이 신인사 자리가 바로 이괘(離卦)에 해당하므로 소승이 미리 이곳에 터를 닦았사옵니다. '내리들'을 중심으로 장차 신라의 거국적 불사와 관련된 기념물의 조성은 이 운행 방향에 따라 팔괘의 자리에 터를 잡아야 할 것이옵니다. 그렇게 될 시엔, 마침내 이 땅에 거대한 태장계만다라(胎藏界曼茶羅)의 세계가 이루어지리다."

"나무아미타불……." 여왕은 감동한 듯 합장한 채 아미타불을 불렀다.

"소승이 관찰한 바대로 서기(瑞氣) 어린 낭산 신유림과 여기 우지산 동록 사이에 태장계만다라의 세계를 펼침으로써, 진혜 보살님께서 제석천에 머물다가 삼한통일을 이룬 신라가 훗날 온 천하에 으뜸이 될 기운이 비칠 때 부디 환생하여 강림하시길 바랍니다."

"나무관세음보살……. 나도 이 뜻 깊은 불사에 앞장서서 얼른 공사를 진행토록 내성(內省)에 독려하리다. 내가 살아있을 동안 꼭 완공을 볼 수 있으면 좋으련만……. 여하튼, 국사가 있을 때면 늘 그랬던 것처럼 이번에도 다가올 정월 대보름날 황룡사에 행차하여 이레간 연등회에서 간등(看燈)하며 정성껏 불공을 드리리다."

명랑법사와 진혜 보살은 밤을 새웠다. 별이 보이지 않기 시작할 무렵부터 해가 뜨기까지의 시간인 신각(晨刻)이 다가오나 보다. 마침내 인시(寅

時·오전 3시~5시)가 끝나갈 무렵쯤 울리는 신인사 경내의 범종소리가 서른세 번 울렸다. 도리천을 에워싸고 있는 하늘이 삼십삼천으로 구성되었기에 서른세 차례 종을 침으로써 삼십삼천의 하늘이 열리기를 기원하는 것이다.

서른세 번, 범종 소리의 긴 여운이 불꽃처럼 사위어질 무렵, 날이 환히 밝아왔다.

제 1장

동기(東騎) 선생

학창시절의 제자들은 동기(東騎) 선생의 눈동자를 똑바로 마주봤다는 사람이 거의 없었다. 선생은 항시 도수 높은 안경을 끼고 있었다. 그 안경 뒤에서 노려보듯 상대방을 빤히 바라보기 때문이 아니라, 도리어 그 반대였으니 말이다.

선생은 항용 상대의 얼굴에 시선을 고정시키지 않고 비스듬히 고개를 돌린 채 바로 앞 사람의 어깨 너머거나 엉뚱한 데를 바라보는 것이다. 학생부 주임이었던 동기선생은 잘못을 저지른 학생을 불러 앉혀놓고 꾸짖거나 훈시를 해야 할 경우에도 그랬다.

"왜 그랬어?"

한마디 묻고는 그만이다.

잘못을 저지른 그 학생이 되잖은 변명을 늘어놓는 경우에도 선생은 마냥 인내심 있게 들어준다. 중간에 제지하려거나 음성을 높여 나무라기는 커녕 간혹 쯧쯧쯧, 혀를 차며 묘한 반응을 보일 뿐이다. 그것이 상대방을 이해하고 동정한다는 표시인지, 아니면 그따위 거짓말을 변명이라고 지껄

이느냐는 뜻의 비웃는 태도인지 헷갈리기 마련이다.

"알았어. 가 봐."

체벌이니 잔소리니 하는 말도 동기 선생과는 별 상관없는 단어였다. 아니, 그런 것들을 떠나 학생들에 대해서건 세상사에 대해서건 그다지 관심이 없는 듯 보였다.

선생의 눈이 본래 작은 건 아니었다. 단지 눈초리가 약간 찢어진 듯 치켜 올라가 있어 가늘고 긴 눈처럼 느껴질 따름이다. 요컨대 가까이서 마주보면 꽤 매서운 눈매였다. 그런 눈을 가늘게 뜨고 간간이 힐끔힐끔 흘겨보듯 하며 시선은 줄곧 엉뚱한 곳으로 향하기 일쑤여서 남들로부터 오해받기 딱 알맞다. 동기선생의 평소 그런 습관 때문에 상대방은 마치 자기를 일부러 무시한다고 여기는 것이었다.

"그래? 알았어. 가 봐."

잔소리 따위는 일절 생략하고 마치 손등으로 귀찮은 파리를 쫓는 것 같은 시늉과 함께 단호하게 내치는 그 목소리에는 사소한 일상에 대한 염증이 묻어나고 있었다.

학생들에게 손찌검이나 매질을 하지 않는 선생을 만만하게 볼 수도 있었건만 이상하게도 제자들은 그의 앞에선 도리어 주눅이 들어, 너나없이 그런 선생의 태도를 은근히 두려워했던 것이다.

제자들은 그런 동기선생을 두고 뒷전에서 꽤 어울리는 별명 하나를 붙여 주었다. 돈키호테! 그렇게 부르며 자기들끼리 시시덕거리곤 했다.

딴은, 그 별명이 적절키도 했었다. 선생의 이름인 '동기'란 발음의 유사성과 그 글자가 지닌 의미[東騎]에서 '동방의 말 탄' 돈키호테, 그것도 '당나귀[donkey]' 등 위에 앉아 있는 이미지를 충분히 떠올릴 수 있었기 때문이다. 눈앞의 현실을 직시하지 않고 도수 높은 안경 뒤의 눈길이 늘 엉뚱한 데로 향해 있는 것도 하나의 이유였다. 게다가 먼 과거사를 주된 학문으로 전공한 역사과 선생이었으니!……

동기선생의 고등학교 제자였던 최우진(崔禑進)은 졸업 후엔 선생을 자주 만난 적도 없지만, 어쩌다 길거리에서 마주칠 기회가 있어도 선생의 눈은 항상 먼 곳을 향하고 있기 일쑤였다. 남의 시선을 회피하듯 고개를 약간 치켜들고 걷는 그의 걸음걸이, 보통사람의 머리 한두 개쯤 더 높은 껑충한 키, 어림잡아도 190cm가 넘는 선생의 모습은 멀리서도 금방 알아볼 수 있었다.

'꺽다리'는 바로 그 유난히 큰 키 때문에 얻은 또 다른 별명이었다. 그렇다 해도 제자들은 내남없이 동기선생을 입에 올릴 때면 이름보다 먼저 '꺽다리 돈키호테'라는 혼합형 이미지로 그 모습을 연상하곤 했다.

"학창시절엔 유능한 농구선수였다데……."

"아냐, 내가 듣기론 배구선수였다더라."

"선배들 얘기로는 돈키호테가 운동을 잘 한 건 물론인데, 선생의 옛날 동창생들이 그러기를, K사범대 들어갈 때 수석합격자였다더라.…… 그리고 말이야, 조만간 우리학교 퇴직하고, 모교 사학과에 교수로 옮겨갈 거란 소문도 있더라."

"그게 정말이야?"

"글쎄, 소문이 그렇더라니까."

"사학계에서도 알아주는 소위 '남산학(南山學)의 대가(大家)'래. 경주토박이다 보니 남산의 유적·유물이나 신라사에 관한 지식 면에선 돈키호테 이상 가는 사람도 없다대."

젊은 시절 버릇처럼 틈만 나면 남산 오르기를 수백 번, 학생들 사이에선 한년이나 졸업연도에 따라 붙여진 별명도 갖가지여서 '남산마애보살'로도 통했던 동기선생을 두고 별별 소문이 자자했었다. 그리고 그 소문들은 대개 사실이었다. 경주 일대에 산재한 온갖 석불상의 위치와 제작연도 따위를 두루두루 꿰고 있던 선생의 해박함을 우진은 잘 기억하고 있다.

1960년대 후반, 그의 고등학교시절 기억 속에 남아있는 동기선생은 한마디로 가히 전설적 인물이었다. 특히, 2, 3학년 이태동안 연속해서 우진의 반담임을 맡으면서 학생부 주임까지 겸임했던 동기선생은 교내 전체 인원을 통틀어 제일 장신(長身)이었다. 그 사실 하나만으로도 모두가 그를 우러러볼 수밖에 없었다.

선생은 비록 학생부 주임의 위치에 있긴 했으나, 평소 손에 매를 든 적도, 완력을 과시한 적도 없었다. 그랬지만 그를 둘러싸고 떠돌던 평판의 소문들이 만들어낸 아우라, 게다가 거인의 풍모에서 우러나는 말없는 카리스마 때문에, 제법 '논다'는 학생들마저 감히 선생 앞에선 눈을 똑바로 치켜뜰 엄두조차 내지 못했다.

"인간은 수치만으로 평가돼선 안 되는 존재야. 학업성적 같은 건 별로 중요하지 않다. 시험점수로 학생의 인격을 평가하는 건 정말 큰일 낼 일이거든. 그렇다고 학교공부가 쓸모없다는 게 아니야. 사람답게 처신하는 게 더 소중해. 난 너희들께 그걸 주장하고 싶은 거다."

선생은 학급의 조·종례 시간이면 교실에 들어와 간혹 이런 훈계를 할 때가 있었다. 평소 공부를 잘하는 축은 선생의 박식함에 내심 탄복하고 있었고, 반면에 공부와는 꽤 거리를 두고 있는 치들도 학업성적이 인생의 전부가 아니라는 선생의 말씀에 오히려 고무되어, 이래저래 존경을 표하긴 마찬가지였다.

"우리가 세상에 태어나 인간으로 존재한다는 것에 무슨 의미가 있는가? 것도 모른 채 산다는 건 곤란하지. 그러니 이놈들아, 제발 책 좀 읽어라. 시험점수만 따지면서 당장 눈앞에 있는 것만 바라보지 말고 책 속에 더 큰 세상이 있고, 더 먼 미래가 있다고 생각해라. 인간은 결코 합리적인 존재가 아니야. 때로는 즉흥적이고 무모하기도 한 것이 인간이지. 그러기에 현실에서 이루기 힘든 꿈을 꾸고, 뛰어넘기 힘든 장애물과 싸우고, 견디기 힘든 고통도 참아내는 거야. 돈키호테처럼 말이다."

언젠가 선생의 입에서 돈키호테란 말이 나왔을 때 반 아이들은 모두 웃음을 참느라고 책상에 고개를 처박고 일제히 손으로 입을 틀어막았다.

"스페인 작가 세르반테스의 소설 '돈키호테' 읽어본 적 있나? 여기, 늬들 중에 작품을 실제 읽어본 자가 과연 몇 명이나 될까? 하긴 머, 책을 안 읽었어도 다들 돈키호테라면 어떤 유형의 인간인지는 대충 알고 있겠지?"

알고말고요! 라고 일제히 대답하는 대신, 터져 나오려는 웃음을 참느라 여기저기서 숨죽여 킥킥대는 기이한 소리들이 새어나왔다.

"'돈키호테'는 인간이 비합리적 존재임을 극명하게 보여준 소설이기도 해. 소심하게 자잘한 일상에 얽매여 사느니보다 돈키호테 같은 무모한 도전과 모험도 인간으로서의 의미를 지닌 꽤 매력적인 삶의 형태야. 머, 그렇다 해도, 항시 우리가 속한 이 세상과는 불가분의 관계를 맺고 살아가기 때문에 다들 자기 행동이 주변에 자칫 해악을 끼치는 존재나 되지 않게 스스로 조심함이 중요하단 걸 명심하란 거야, 내 말은……. 알아듣겠나?"

"예엣!"

돈키호테를 들먹이는 바람에 킥킥거렸을 뿐, 선생의 훈시는 꽤 오랫동안 제자들의 가슴에 상당한 반향의 여운으로 남아 있곤 했었다. 우진의 기억 속에서도 마찬가지였다. 동기선생한테서 그는 2, 3학년 때 역사 과목과 한문을 배웠다.

1930년생인 선생은 어릴 때 집안 어른으로부터 한학을 익힌 것을 자산으로 하여 훗날 역사학을 전공하는 데도 큰 도움이 되었다는 말을 한 적이 있었다. 그러면서 학생들한테도 한문을 모르면 실제 사회생활에서 행세하기 힘들 것이라 강조하였다. 그러니 한문까지는 아니더라도 최소한 한자 정도는 부지런히 익히기를 신신당부하였다. 당시로선 선생의 그런 말을 귀담아듣지 않았으나, 우진은 뒷날 살아가면서 점점 그것이 사실임을 깨달았다.

나라 뺏긴 시절에 태어나 일본식 교육을 받으며 자랐던 동기선생은 열여섯 살에 일본의 패망으로 드디어 광복을 맞이했다. 일제의 식민통치 사관에 의해 왜곡된 한국사에 대해 남다른 관심을 갖게 된 계기가 있었다고 선생은 수업시간을 통해 종종 학생들에게 역설하곤 했었다. 일테면, 유달리 신라를 폄훼해 서술한 일본사에 대한 반박의 감정이 크게 작용한 게 사실이라고. 그래서 대학진학 시에 굳이 사학과를 택한 것도 신라의 재발견이야말로 신라인의 후예인 자기에겐 일종의 의무감이었다고도 하였다.

평소 남산마애불상처럼 묵묵하던 동기선생이언만, 전공인 역사수업 시간만큼은 유독 날을 세운 다변가로 돌변하는 것이었다.

"자국의 역사를 서술할 땐 먼저 역사 용어부터 제대로 설정해야지. 우리가 배우는 한국사 교과서에서 우리의 국권을 침탈당했던 시기를 '일제시대'니 '왜정시대'니 또는 '일제강점기'니 하는 것은 언어도단이야. '일제(日帝)' 혹은 '왜정(倭政)'이 주체가 된 이런 용어 따위로 기록해선 안 돼. 이

건 주체가 돼야 할 한민족의 존재가 깡그리 무시된 셈이고, 식민사관의 흔적을 완전히 떨쳐내지 못한 소치야. 정당한 역사 인식 면에서도 이런 용어는 바로잡아야 해. 자국의 역사는 자국민이 주체가 되는 입장에서 기록하는 게 옳다면, 이 용어는 마땅히 '국권상실기'나 '국권피탈기(被奪期)' 또는 '대일항쟁기' 내지 간단히 '항일(抗日)시대'로 수정돼야지."

이런 입장을 늘 견지하고 있던 동기선생은 '일제강점기'란 말 대신에 '국권상실기', '1910년 한—일 합방' 대신에 '경술국치년(庚戌國恥年)'과 같은 용어들을 끝까지 고집하였다. 그런 예를 일일이 들자면 헤아릴 수 없을 만큼 많다.

우진은 고2 때 괘릉(掛陵)으로 봄소풍을 간 적이 있었다. 대개 전교생이 움직이는 야외학습 장소나 보통 2학년 가을에 실시하는 수학여행 같은 학교행사는 교무실에서 학생부 소관이었고, 주임이었던 동기선생의 의사가 제일 중요하게 반영되었다.

그런 까닭에선지는 몰라도 봄·가을 두 번씩 치르는 소풍 장소가 매양 유적지 탐방을 겸한 야외학습이었던 것으로 우진에게는 기억되고 있다. 하긴, 도보로 경주 시내의 어디로 간들 유적지와 상관없는 곳이 있었겠는가마는.

어쨌거나 그런 경우, 동기선생은 인솔 총책임자 겸 소풍지 주변의 유적·유물의 해설자 역할까지 떠맡기 일쑤였다. 그날도 선생은 괘릉에서 무인상과 문인상이 조각된 석물 앞으로 학생들을 불러 모은 다음 이런 말을 하였다.

"특히 여기 이 무인상의 생김새를 봐. 너희들 눈에도 이건 분명히 신라인의 얼굴이 아니지? 한눈에 척 봐도 동양적 모습과는 영 딴판인 외국인에 틀림없어. 그럼 과연 누구를 모델로 삼았을까? 혹시 아는 사람, 있어?"

"아랍상인의 모습이 아닐까요? 신라향가 처용가를 배울 때, 국어 선생님이 처용의 실체가 아마도 지금의 울산 염포 해안가에서 난파한 아랍상인이었을 것이라고 추정하던데요. 당시 신라는 서역에도 잘 알려져 있어 신라와 교역한 아라비아인들의 방문이 있었다는 기록도 있다고 배웠습니다."

같은 반 학생이 아니어서 자세히는 몰라도 개중에 누군가 꽤 똑똑한 대답을 하였다. 동기선생은 고개를 끄덕이며,

"응. 좋은 지적이긴 한데, 이 무인상은 아랍인이 아니고 이란인의 모습이야. 둘은 분명히 다른 종족이지. 이란인은 아리안족이고, 아랍인은 셈족이야. 이란인의 사산왕조 페르시아는 기원 226년부터 651년까지 존속했는데 아랍의 공격으로 패망했거든. 중국에서는 이란인을 호인(胡人)이라고 했어. 그러니까 7세기 중엽인 651년, 아랍세력에 밀려 페르시아 왕국이 멸망하자 이란계 왕족이나 귀족들은 페르시아 유민들을 이끌고 중국으로 피난 와서 당시의 수도 장안에는 강한 호풍(胡風)이 불었지. 한데, 그 중 일부의 유민들이 신라로 이주해 그 지도자가 신라공주와 결혼한다는 내용의 고대페르시아 서사시 '쿠쉬나메'가 있어. 쿠쉬나메(Kush-Nameh)란 '쿠쉬의 책'이란 뜻이래. 페르시아 유민들을 이끌고 중국으로 피신한 '아비틴(Abtin)'이라는 영웅 이야기가 내용의 절반을 차지하는데 그 안에 '실라(Shilla)' 또는 '바실라(Bashilla)'가 등장하고, 이게 바로 신라와 관련된 부분이거든. 너희들, 이런 얘기 처음 들어봤지?"

"예!"

학생들은 이구동성으로 대답하며 동기선생의 이야기를 귀담아 들으려고 한 발짝씩 바싹 다가서는 것이었다. 좀 전까지 웅성대던 소리들도 일시에 잠잠해졌다. 보통 사람보다 머리 한두 개쯤 더 높은 데서 내려다보는 선생의 입에서 무슨 말이 나올지 다들 궁금하여 고개를 치켜든 채 그를 우러러보고 있었다.

"11세기 무렵 만들어져 구전돼 오던 그 이야기가 14세기경 필사본으로 꾸며져 그 원본은 현재 대영박물관에 소장돼 있다고 해. 이건 영국에 서양 사학을 전공하러 유학을 갔던 내 동기생한테서 들은 이야기야. 아랍 문헌에서는 신라를 '알실라', 페르시아 문헌에서는 '바실라' 혹은 '베실라' 등으로 표기하는데, 지금까지 아랍이나 페르시아 권역에서 이처럼 방대한 분량의 신라 관련 서술이 발견된 건 처음이라 하데. 특히, 신라 관련 부분의 주요 내용은 '아비틴'이란 인물에 집중돼 있는데, 그 줄거리는 대충 이런 거야."

그리고는 다음과 같은 이야기를 들려주었다.[82]—

즉, 페르시아의 유민 지도자 아비틴은 위기에 몰리자 중국의 변방 국가인 마친(Machin) 왕에게 도움을 청하게 된다. 그러나 마친 왕은 이란인을 받아들일 경우에 닥칠 곤란함 때문에 직접 도움을 주는 대신 이웃의 신라 왕인 타이후르(Tayhur)를 추천해 준다. 그러면서 신라는 낙원처럼 살기 좋은 곳으로 침략을 받지 않은 나라라고 알려주며 추천의 편지를 써주는 것이다. 배를 타고 신라에 도착한 페르시아 사람들은 마친 왕의 친서를 신라

---

82) 대영박물관에 그 원본이 소장돼 있는 「쿠쉬나메」라는 페르시아 대서사시가 한국에 최초로 알려진 것은 2010년 이희수 교수(한양대 문화인류학과)에 의해서였다. 그러나 여기서는 소설 전개의 재미를 위해 시차(時差)를 무시하고 1960년대 후반의 일로 꾸몄음을 밝혀둔다.

왕에게 전달하고 극진한 환대를 받는다.

이후, 신라에 정착한 아비틴은 신라왕과 함께 사냥을 다니고 격구(擊毬·폴로)를 즐기거나 또한 국정의 조언자로도 활동한다. 처음 소문으로 듣던 것과는 달리 신라는 이웃나라의 침공에 시달리고 있었다. 그래서 아비틴은 유민부대를 편성해 신라군에 섞여 전쟁터에도 나가 공을 세우기도 하여 신라왕의 신임이 두터워진다. 이윽고 그는 신라공주 프라랑(Frarang)과의 결혼을 요청한다. 왕은 그가 직접 공주의 얼굴을 본 적이 없다는 걸 알고 궁중의 여러 여인들을 일렬로 세우고는 그 중에서 고르도록 그를 시험해 본다. 아비틴이 정확히 공주를 지목하자 왕은 두 사람의 결혼을 허락한다.

뒷날 공주가 임신한 상태에서 페르시아 사람들은 조국으로 돌아가기로 결심한다. 신라왕은 만류해 보았으나, 패망한 조국 재건에 대한 아비틴의 우국충정에는 흔들림이 없었다. 결국, 신라왕의 배려로 항해에 능숙한 신라인의 안내를 받게 하여 페르시아로 향하던 중 프라랑 공주는 왕자 페리둔을 출산한다. 이 왕자는 훗날 아랍군을 물리치고 조상의 원수를 갚는다.—대략 이런 줄거리였다.

"페르시아 멸망 후 그 유민들이 중국 영토로 대거 망명했지만, 아랍과 외교관계를 맺은 당나라는 이들의 신라 망명을 주선했을 가능성도 있거든. 문제는 7세기 중엽의 신라왕 '타이후르'가 누구냐 하는 점이지. 이것은 당시의 신라와 페르시아 관계사를 밝힐 수 있는 중요한 단서가 되지. 나는 신라왕 '타이후르'를 태종무열왕인 김춘추라고 추정하고 있어. 왜냐고? 태종무열왕, 즉 태무열(太武烈)의 그 당시 정확한 중국발음이 뭔지는 몰라도 현재의 북경어로 '타이우례'인데, 아마 이것이 '타이후르(Tayhur)'로 와전됐을 경우를 생각해 볼 수 있지. 다만 프라랑 공주가 누군지는 더 고증이 필요한 부분이긴 해. 하지만, 내 생각에 프라랑은 공주 이름이 아니라 '화랑'이란 말이 와전 됐을 것이라고 봐.

신라에선 본시 여자로서 원화(源花)를 삼게 했다가 진흥왕 때 지소태후가 폐지하고 대신 화랑을 설치했지. 그러니까 화랑제도 설치 이후 풍월주를 배출한 화랑가문의 어떤 미모의 여식을 프라랑으로 기록한 게 아니었을까? 잘 모르긴 하나, 7세기 중엽의 신라 공주 가운데 프라랑이란 이름의 실체는 어떤 문헌 기록을 뒤져봐도 안 나오거든. 당시 신라왕실의 근친혼이나 왕족끼리의 난교(亂交)는 보편적인 일이었는데, 화랑 중에는 상당수 그렇게 태어난 왕족출신이 꽤 많았지. 그래서 말인데, '프라랑'은 아무래도 그 어원상 '화랑' 가문의 여인이었을 거란 게 내 생각이야. 뭐, 어쨌든, 나는 '쿠쉬나메' 속의 신라 관련 인물들이 전적으로 가공인물들이라고 생각지만은 않아."

사실 여부를 떠나서 '쿠쉬나메'라는 말도, 그 내용도 학생들은 그날 처음 들어본 것이었다. 그들은 그저 신기한 세계의 안내자처럼 설명하는 동기선생을 마치 딴 나라에서 온 이방인 대하듯 바라보고 있었다.

"여기 이 무인상을 이란인이라고 단정 지을 수 있는 건 생김새뿐만 아니라 이마에 띠를 두른 바로 이 모습 때문이야. 나는 이게 좋은 근거라고 생각해. 이런 이마띠는 고대 사산왕조 이란 귀족들의 징표야. 그래서 신라인들이 당시 이란인들을 직접 보고 이와 같은 용모를 정확히 표현했다고 볼 수 있어. 옛날 당에서 호인풍(胡人風)으로 유행했던 이란의 사산왕조 문양들이 우리 신라 와당(瓦當)과 석조물에도 장식돼 나타나거든. 왕릉에 석인(石人)을 세우는 묘제는 중국에서 비롯된 것이긴 해. 당과 빈번히 인적·물적 교류를 하고 있었던 만큼 신라의 왕릉에도 자연히 석인이 등장했지. 근데 말이야, 당나라 시대에도 부장용의 서역무인상은 더러 있지만, 이곳처럼 능원에 세운 무인상은 없어. 여기 괘릉의 무인상은 당제(唐制)의 전형(典型)도 아니고, 또 당의 인형 중에도 이마에 띠를 두른 건 거의 없거든. 그러므로 이 무인상은 신라인의 독자적인 호인상(胡人像)이라고 단정할 수 있지."

이방의 얼굴을 한 무인상과 그 옆에 서서 천년이 넘는 과거의 역사적 사례들을 설명하고 있던 동기선생과는 커다란 키 때문에 서로 묘하게 어울렸다. 그날 받은 그 이미지의 영향 탓이었을까, 우진의 기억 속에는 이후부터 그가 이상하게 이승의 바깥쪽을 딛고 있는 사람처럼 느껴졌다.

"과거 신라와 당이 빈번히 교류했던 것처럼 언젠가는 중국과 우리나라 사이에도 지금과 달리 국교 정상화가 이루어질 날이 반드시 오겠지. 그땐 나도 중국에 직접 가서 자세히 확인해 볼 생각이야. 부득불 실물 대신 일본을 통해 구입한 역사물 도록(圖錄)들을 많이 봤는데, 시안(西安) 박물관의 '비림(碑林)'에서 무열왕릉에 처음 등장한 비신(碑身)의 전신들을 볼 수 있었어. 또, 건릉박물관의 부장용 호인도용(胡人陶俑)에서는 용강동 고분 출토 호인도용과 이곳 괘릉의 석상을 연결해 생각해볼 만한 여지도 충분하지. 그밖에 신라고분에서 출토된 여러 점의 페르시아계통 유리제품이라든가 은제 그릇 표면에 타출기법으로 양각된 여인이 페르시아 신화의 중심인물인 '아나히타' 여신상을 닮았다든가, 그리고 또……,『삼국사기』잡지(雜志)의 기록에 등장하는 모직 제품들이 페르시아 카펫일 가능성도 훨씬 커지는 거지. 하여간 신라 속의 페르시아 유물들로 보건대, 바로 이런 것들이 사산왕조 이란의 아비틴이 신라로 건너온 시대와 무관치 않아. 내가 신라왕 타이후르를 굳이 태종무열왕과 관련 지어 보는 까닭도 그런 데 있어."

선생은 자신의 주장을 뒷받침하듯 그 당시의 역사적 사건들을 예로 들기도 하였다. 즉, 진덕왕이 즉위한 해(647)와 이듬해, 그리고 그 다음해에도 백제가 거듭 침범하므로 김춘추는 당태종의 요청도 있어 당으로 건너가서는 후한 대접을 받으며 군사적 교섭을 벌인다. 일테면, 백제의 거듭된 공격으로 위기에 봉착한 신라와 또 한편 고구려 정벌에 실패한 당은 각자의 이해관계가 맞물려 어렵잖게 동맹을 맺을 수 있게 된 것이다.

김춘추가 왕위에 오른 그 이듬해인 655년, 고구려·백제·말갈이 연합하여 신라의 33개 성(城)을 빼앗았다. 무열왕은 당에 구원병을 청하였고, 이때 당은 소정방을 보내 고구려를 공격했다. 그리고 660년, 당고종은 소정방에게 13만 군사를 내주며 신라를 도와 백제를 치게 한다.

"하여튼 내 생각으로는 아비틴이 신라에 온 것이 서기 655년, 김춘추가 즉위한 그 이듬해 당에 도움을 요청했을 때가 아닐까 짐작해. 당고종은 먼저 아비틴과 그 유민 세력을 신라로 보내 무열왕 김춘추를 돕게 했을 거라고 말이야. 어쨌거나, 무열왕 때야말로 백제 의자왕과의 건곤일척의 대전투를 벌였던 시기였단 건 너희들도 잘 알지? 김유신을 상대등(上大等)으로 삼고, 백제 계백장군과 치른 황산벌 전투라든가 당나라 장수 소정방이 신라를 도우러 왔던 것 등이 모두 무열왕 때의 일이야. 역시 내 생각이긴 하나, 사산왕조의 이란인 아비틴과 그 유민들도 이 시기에 신라를 위해 직·간접적으로 공훈을 세운 것으로 보고 있어. 그래서 서역인 부대의 용맹성의 상징으로 이처럼 석인을 세워 능의 수호신으로 삼았던 것이라 해석할 수도 있으니까 말이야."

선생의 설명을 들을수록 점점 묘한 설렘이 가슴에서 솟아올랐다. 그런 감정이 단지 우진 혼자만의 것에 불과했는지는 알 수 없었다.

그때 누군가가 불쑥 끼어들며 물었다.

"선생님, 그러면 여기 이 괘릉이 무열왕의 능묘란 말씀입니까?"

"아니, 그건 아니야. 아비틴이 신라로 건너온 시기가 무열왕 때로 추정된다는 거지, 내 말은……. 국권상실기까지만 해도 이것은 문무대왕릉이라고 전해져 왔거든. 특히 일본학자들의 추정이 그랬어. 문무대왕이 어떤 왕이야?"

동기선생은 그렇게 학생들을 향해 넌지시 질문을 유도했다.

"삼국통일의 대업을 완수한 왕입니다!"

"그렇지. 그밖에 또?"

"태종무열왕의 아들로 신라 제30대 왕입니다."

"그 말도 맞아. 왕의 이름은 법민(法敏), 태종무열왕 김춘추의 장남이 바로 그 분이시지. 백제가 멸망한 그 이듬해 무열왕이 세상을 떠나자 아들 법민이 문무왕으로 즉위하게 되지. 김유신 장군과는 어떤 관계였는지, 아는 사람……?"

"예. 김유신 장군이 문무왕의 외삼촌이었으니까 두 분 관계는 숙질간(叔姪間)이지요."

"그래. 다 맞는 말이다. 늬들이 경주 사람답게 그 정도는 알고 있어야지. 그런데 여기가 정말 문무대왕릉이 맞을까?"

"아닙니다. 제가 듣기로는 문무왕이 붕어하시자 지금의 능지탑 자리에서 다비식을 가졌다는 속설이 있고, 유언에 따라 그 뼛가루는 동해에 장사

지냈다는 기록만 있다 하니, 암튼 이곳 괘릉은 아니지요. 봉길리 앞바다에 있는 그 전설의 대왕암이 진짜 문무왕의 무덤인지는 모르겠지만요."

"으응. 말 잘했다. 근데 아무래도 이상해. 삼국통일을 이룩한 문무대왕의 위대한 업적에 걸맞게 역사상 가장 호화로운 능을 조성했어야 할 분에게 후세에 남길 만한 뚜렷한 왕릉조차 없고 속설만 전한다는 건 이해가 안 돼. 바로 그런 이유로 한 때는 이곳이 문무대왕릉일 것이라고 주장하는 이도 있었지. 하지만, 1930년대 접어들어 이곳 괘릉 가까이 있는 숭복사지(崇福寺址)에서 비편(碑片)이 여러 차례 발견되고, 게다가 최치원의 비문에 의해 지금은 신라 38대 원성왕(元聖王·재위기간 785~798)의 능으로 학계에선 인정하고 있어.

『삼국사기』 기록에는 서기 798년 12월에 원성왕의 유명(遺命)에 따라 영구(靈柩)를 봉덕사 남쪽에서 화장했다고 했으나, 『삼국유사』에서는 왕릉이 토함산 서쪽 곡사(鵠寺)에 있고 최치원이 지은 비문도 있다 했는데 그 비문에 따르면 곡사는 숭복사의 전신(前身)이었다는 것이지. 원성왕의 왕릉을 조영하면서 이 절터를 지목하니, 절은 원래의 자리를 내주고 말방리에 있는 현재의 자리로 옮겨가 다시 세웠다고 해서, 사실과 일치한다고 보는 거야.

그래도 의문은 남아. 38대 원성왕은 내물왕의 12대손인 김경신이야. 그가 상대등의 자리에 있다가 37대 선덕왕(宣德王) 김양상이 죽자 그 뒤를 이어 왕위에 올랐지. 이 무렵은 8세기 후반이야. 사산왕조 페르시아가 망하고 이란인 아비틴이 신라로 건너왔다는 '쿠쉬나메' 속 이야기의 연대와 비교하면 백년도 훨씬 넘는 훗날의 일이지. '쿠쉬나메'가 티끌만큼의 근거도 없이 지어낸 황당무계한 이야기만은 아닐 테고…….

게다가, 이란인의 신라 방문이란 역사적 사실의 흔적 중 일부로 남은 것이 이 무인상이라면, 원성왕 시대와는 도무지 연대가 맞지 않아. 혹자는 『삼국유사』(권2) 원성대왕편에 당나라 사신이 하서국(河西國) 사람 둘을 데리고 서라벌에 와서 한 달 동안 머물렀다는 기사를 예로 들며, 이 하서국 사람의 이국적 용모가 여기 괘릉의 인물상을 제작하는데 참고가 된 게 아닐까 하고 추정하기도 하지. 하지만 그 역시 말이 안 되긴 마찬가지야.

본래 하서지방은 타림분지의 동서교통 요충지인 오아시스 지대를 말하거든. 과거 돌궐이나 지금의 위구르인들의 거주지가 그곳인데, 돌궐족은 6~7세기에 몽골·중앙아시아에 대제국을 건설한 터키계 유목민족이지. 그들의 후예가 대부분인 현재의 위구르인도 몽골·터키계의 부족으로, 이란계와는 분명히 구별되거든. 이런 점들이 여전히 풀리지 않는 수수께끼야. 이뿐만 아니지. 서역인으로 알려진 무인상이 배치된 곳이 여기 괘릉 외에 한 군데 더, 흥덕왕릉(재위기간 · 826~836)에도 있어. 그러니 늬들 중에 누구라도 장차 이런 역사문제에 대해 깊은 관심을 갖고 수수께끼를 풀어보려는 사명감을 갖는다면 그 또한 경주사람답게 아주 보람 있는 일일 거야."

우진은 그날 괘릉에서 동기선생으로부터 이런 이야기들을 전해들은 감흥을 평생 잊을 수가 없었다. 아마도 대다수 학생들이 그랬을 것이었다. 소풍지에서 보낸 그 하루만으로도 천년왕도인 경주가 자기네 고향이란 점에 대해 다들 뿌듯한 자부심을 느꼈을 것으로 짐작하기에 충분한 시간이었다.

야외학습이 끝날 무렵 선생은 또 학생들을 전부 집합시켜 왕릉 일대를 깨끗이 청소하도록 했다. 놀다 떠난 뒷자리가 깨끗할 때 그 인품 역시 아름다운 법이라는 멋진 멘트로 시작하여, 우리의 국보급 문화재를 우리 손으로 지키고 잘 보존하자는 명분이었다.

"동기선생은 아침에 학교에서 출발할 때 미리 배낭에 넣어가지고 왔었던 듯 낫을 꺼내들고 왕릉 주변에 무성한 잡풀들을 베고 손질하데. 솔선수범하던 그 모습이 또한 우리를 감동케 했어. 기실 1960년대 후반 경주일대의 문화재들은 거의 방치되다시피 했더랬지. 박정희 대통령 시절인 70년대 들어서야 비로소 경주개발계획에 따라 점차적으로 문화재 발굴과 보존이 이어져 왔거든. 그 전엔 정말이지 신라천년의 역사와 문화가 시민들 자체의 관심에서도 멀어져, 유적과 유물이 켜켜이 쌓였을 법한 곳도 아무런 돌보는 이 없이 그저 폐허처럼 엉망이었으니까……."

최우진을 통해 정광이 처음으로 동기선생 이야기를 들은 것은 2008년 가을이었다. 남산등반을 마치고 하산 길에 들른 식당에서 이른 저녁을 겸해 시작한 반주가 거나해질 무렵 화제에 오른 '남산마애불상'이 자연스레 '꺽다리 돈키호테'의 기인담(奇人譚)으로 이어진 것이었다.

고교시절 2년간을 학급담임이었던 관계로 동기선생을 늘 가까이서 접했다는 사실은 단지 피상적인 이유에 불과할 뿐, 최소한 자기한테는 진실로 선생으로부터 받은 영향이 지대했다고 우진은 말했다. 경주 태생인 그가 대학진학 시에 애초 사학과를 지망할 뻔했던 것도 동기선생을 자신의 역할 모델로 삼았기 때문이다.

그러나 당시 집안 형편상 그는 4년제 정규대학은커녕 아예 대학진학조차 못할 처지였다고 했다. 부득불 사학자가 되는 꿈을 버리고 졸업만 하면 곧바로 초등교사로 임명될 수 있었던 2년제 교육대학에 진학했다. 등록금도 거의 무료였고, 교사의 원활한 수급을 위해 RNTC(학생 군사 훈련단) 제도를 통해 졸업과 동시에 예비역 하사관에 예편됨으로써 국방의무가 면제되었던 것이다.

"그렇게 해서 가까운 지방 교대에 들어갔지. 한데, 이상하게 졸업 이후 더욱 존경하게 된 동기선생의 영향은 여전히 내 속에 강렬하게 남아 있었거든. 그래서 대학시절 동아리 활동으로 내가 주축이 된 경주 유적답사 팀을 조직했지. 그 무렵엔 자문도 구할 겸 은사님 댁을 가끔 방문하기도 했었고…… 암튼, 답사하러 나갈 땐 꼭 배낭에 낫을 넣어 가곤 했던 것도 옛날 소풍지에서 동기선생이 미리 준비해온 낫으로 잡풀을 쳐내던 그 모습이 내 머릿속에 각인돼 있었기 때문이었어. 그랬는데 교대 졸업하고는 곧장 교사발령이 나서 시골에 가 있느라 찾아뵐 수도 없었지. 주말에나 겨우 한두 번 경주 집에 들를 만큼 객지생활 했으니까. 그 뒤 교직생활 5년쯤 됐을 땐가, 우연히 친구한테서 들은 소문에 동기선생이 모교인 K사대(師大)로 자리를 옮기면서 숫제 대구로 이사를 갔다대. 나한테 그 소식을 전한 친구는, 장가갈 때 동기선생을 주례로 모셨다든가 하는 동창생한테서 직접 들었다니까, 뭐 그런가 여겼지."

말하자면, 우진은 동기선생이 대구로 이사를 갔다는 소식을 전해들은 이후로는 전혀 만나 뵙질 못 했다고 했다. 제각기 타지에 살면서 굳이 찾아가야 할 용무가 있는 것도 아니었기 때문이다.

그러다가 1999년도에 동창 모임에 나갔는데 그날의 화제 중 하나로 등장한 것이 '돈키호테의 귀향' 소식이었다는 것이다. 몇 년 선 대학에서 정년퇴직한 동기선생은 대구 생활을 청산하고 여생을 고향에서 보내고자 다시 경주로 돌아와 은거하고 있다고 했다.

그 자리에서 모두들 조만간 틈을 내어 옛 은사 댁을 방문하기로 의견을 모았고, 그렇게 해서 오랜만의 조우가 이뤄진 것이었다. 개중에는 무려 삼십여 년 만에 처음 찾아뵙는 친구도 있었다. 선생은 놀라운 기억력으로 그 긴 세월을 거슬러 제자들의 이름 하나하나를 정확히 들먹이며, 당사자는 까마득히 잊고 있었던 지난날의 잘잘못을 지적하는 바람에 좌중은 박장대소했다는 거였다.

세월이 많이 흘러서 그런가. 어느덧 어엿한 중년 세대로 사회의 중추역할을 맡고 있는 제자들을 대하는 동기선생은 학창시절에 그들이 알고 있던 모습과는 전혀 다른 일면을 보여주었다. 투박하고 거침없는 말투는 여전했지만 예전에 비해서 확실히 말수가 많아졌다. 그리고 스스럼없이 농담도 꽤 잘하는 유쾌한 노인으로 변모해 있는 것을 보고는 다들 놀랐다고 했다.

"늙으면 기억력도 감퇴하는 게 정상인데, 정말이지 그 노인네의 기억력은 감탄할 정도였어. 99년도에 우리식 나이로 선생은 딱 일흔 살이었거든. 은퇴 후론 소일삼아 주로 서예(書藝)에 몰두하신 것 같았는데, 우리가 방문한 날도 선생은 붓글씨를 쓰고 계셨지. 옛날에 비해 많이 여윈 탓인지 키가 더 커 보이데. 그날 가까이서 선생의 눈을 처음으로 정면에서 맞바로 보았다고 말한 친구 녀석도 있었어. 그만큼 제자들은 과거에 동기선생의 시선과 맞부딪히는 걸 공연히 두려워하며 지냈는지도 몰라. 마치 불상의 눈을 볼 때처럼 그 동공이 실상 무엇을 응시하는지도 모를 만큼 허공을 향하고 있는 느낌과도 얼추 비슷했으니까……."

형산강 다리 건너 서편, 시가지에서 훨씬 벗어난 산기슭 아래에 전원주택을 짓고 살던 동기선생 댁을 방문하고 돌아올 때였다. 동창 중 누군가가 이듬해 2000년에 고희(古稀)를 맞는 은사를 위해 잔치를 베풀어주면 어떻겠느냐 제안했고, 또 다들 그거 좋은 생각이라고 수긍까지 했다. 개중엔 대학의 사학과 제자들도 많을 테고 스승 섬기는 그들이 어련히 알아서 할 텐데, 굳이 우리까지 나설 필요야 있겠느냐고 반문하는 친구도 있었다. 하지만 그건 그들 나름이고 우린 우리대로 정분이 깊으니 못할 것도 없다는 식으로 의견을 조율했다.

그런데, 다들 제 삶의 일정에 맞춰 바쁘게 움직이다 보면 서로 무심해지기 마련일까. 지나가는 말에 불과했던 그 제안과 약속은 기실 유야무야되고 말았다.

1999년 당시 우진은 장학사 직책으로 교육청에 근무하고 있었다. 직급으로 따져 교감 급이었다. 한데, 교장 승진에 유리한 벽지학교 근무 점수가 필요한 시점이기도 하여 신학기부터 자진해 경북지역의 한 오지(奧地)로 내신을 내놓고 있을 무렵이었다. 그 뒤 그는 변두리 학교의 현직교감으로 나가 3년 남짓 근무할 동안 경주를 벗어나 있었던 셈이다. 그리고 2004년 3월 신학기에 비로소 경주시내의 한 중심학교에 교장으로 승진해 왔다.

결국엔, 그럭저럭 제 삶의 일정에 맞춰 사느라 우진은 그동안 동기선생을 잊고 지낸 것이었다. 대신 그는 학창시절 동기선생한테서 받은 영향을 대학시절의 동아리 활동으로 연장시켰던 그때를 되돌아보게 되었다. 교장으로서 맡은 학교업무 외적으로 한가한 시간들이 늘어나자 그는 새삼스레 역사문제에 관심을 돌렸다. 정작 자신에게 가장 중요한 뭔가를 놓쳐버리고 공연히 일상의 허접스런 일에 매몰된 채 허둥지둥 살아왔다는 반성 비슷한 느낌이었다.

그럴 때마다 떠오르는 것이 동기선생의 옛 훈화였다.

"인간이 비합리적 존재임을 극명하게 보여준 소설이 '돈키호테'야.……
소심하게 자잘한 일상에 얽매여 사느니보다 돈키호테 같은 무모한 도전과
모험도 인간으로서의 의미를 지닌 꽤 매력적인 삶의 형태지.……"

선생의 그런 말들이 새삼스레 가슴을 치는 것이었다.

특히 주5일제(週五日制)가 정착되면서 더 많은 시간적 여유가 생겼다.
그래서 일상이 더 따분하고 무료해졌는지도 모른다. 교직원들 가운데 특
별히 역사공부에 대해 뜻이 있는 사람들을 중심으로 이른바 '길벗회'를 조
직하여, 역사적 현장이나 유적지를 찾아 두 달에 한 번꼴로 일행은 1박2일
의 주말여행을 떠나곤 하였다.

제 2장

모순과 역설

정광이 신학기 전보발령을 받아 부임해 간 학교에서 최우진 교장을 처음 만난 해가 2008년이었다. 나중 '길벗회'의 회원으로도 가입하면서 두 사람은 사적으로도 아주 친밀한 관계를 맺었다.

2000년에 평교사로 복직하여 새로 시작한 교직생활 8년차에 접어든 정광의 이력서를 처음 접했을 때, 최 교장은 우선 그의 삶의 우여곡절을 한 눈에 들여다본 것 같았다.

교장과 평교사라는 상하 관계를 떠나 그에게서 우진은 자신이 갖고 있지 못한, 묘한 인간적 매력을 느꼈다. 말하자면 일종의 '돈키호테적 생의 면모' 같은 것이었다. 해박한 역사지식뿐 아니라 법률, 철학, 종교, 예술 등 다방면에서 그는 가히 주변을 압도할 정도로 깊이가 있었다. 그리고 무엇보다 그의 이력서가 말해주듯, 그는 한 때 대기업체의 영업지점장 자리에 있었던 경력만큼이나 사회생활의 모든 면에서 융통성이 있었다. 또한 배포가 커서 활수(滑手)하였다. 그 부분은 교직업무 외엔 대체로 문외한이었던 최 교장으로서 도저히 흉내조차 낼 수 없는 그만의 능력이기도 했다.

어쨌든 우진은 자기보다 세 살 아래인 정광과 금세 의기투합하였고, 이후로 사석에선 호형호제하며 터놓고 지냈다. 부임한 지 6개월쯤 지난 뒤, 최 교장의 제안을 순순히 받아들여 그는 도보로 출퇴근할 수 있는 학교 근처의 원룸을 하나 전세 내어 이전까지 살던 양지마을을 벗어나 처음 시내 중심가로 옮겨왔다. 우진의 자택이 멀지 않은 곳에 있었던 까닭으로 퇴근 길에 이따금 들르는 단골술집에도 함께 들락거렸다.

그해 11월 초순경 첫 주말을 맞아 정광의 제안으로 두 사람은 동기선생 댁을 방문했다. 한 달 전쯤 '길벗회'의 남산등반이 끝나고 하산 길에 들른 식당에서 처음 동기선생에 관한 얘기를 들은 것이 계기였다.

산중턱을 헐고 깎아서 다진 곳에 살림집을 지은 연유로 동기선생이 사는 전원주택은 꽤 높은 지대에 자리 잡고 있었다. 대문까지 이르는 길은 시멘트로 포장돼 있었는데 겨우 차량 두 대가 서로 엇갈려 지날 정도였다. 스테인리스강(鋼)으로 만든 난간이 달린 비탈길이었다. 주변 일대에는 전원생활을 위해 지은, 어슷비슷한 단독가옥들 몇 채가 보기 좋은 외관을 뽐내며 산기슭에 엎드려 주변의 경관과 조화를 이루고 있었다. 집들 뒤의 산자락은 바야흐로 단풍이 절정이었다.

우진 일행은 타고 간 승용차를 동기선생 집 앞 공터에 세우고, 안뜰이 들여다보이는 철문 앞에서 초인종을 눌렀다. 선생은 오전에 우진의 전화를 받고 미리 기다리고 계셨던 듯 금세 현관문을 통해 정원을 성큼성큼 가로 질러와서는 손수 철문을 열고 환대하는 것이었다. 껑충하게 큰 선생의 키는 여전했으나 옛날에 비해 어깨가 약간 꾸부정하였다. 머리숱이 많이 빠져 거의 민머리처럼 된 이마 위로는 성긴 백발이 듬성듬성하여 그새 휠씬 늙어 보였다.

선생을 못 뵌 지 벌써 8년. 우진의 직감으로 집안이 옛날과 달리 썰렁하게 느껴졌다. 거실로 들어오자마자 우진은 정광을 소개했고, 둘은 동기선생에게 함께 큰 절을 올렸다. 선생은 인사를 받는 동안만 잠시 소파에 앉았다가 이내 앞장서서 거실과 연결된 목조계단을 통해 이층의 서재로 두 사람을 안내했다. 평상시 그곳이 선생의 기거 공간인 모양이었다.

서재는 매우 넓었다. 이층의 면적 전부가 방 한 칸이었는데, 동남향의 창문을 제외하고 양쪽 벽면은 책들이 가득 꽂힌 서가였다. 창밖으로는 늦가을 들판 건너 저 멀리 형산강 너머로 경주 시가지가 바라보였다.

방 한가운데 통나무를 잘 깎아 만든 커다란 탁자가 서안(書案) 대용으로 자리를 잡고 있었다. 거기서 붓글씨를 쓰거나 사군자를 치거나 책을 읽고 집필하는 다용도의 기능을 하기에 안성맞춤인 듯했다. 지금은 그 탁자 위에 제자의 방문 연락을 받고 미리 준비해둔 듯 다기(茶器)가 놓여 있었다. 선생은 손수 차를 따라 주었는데 꽤 긴 시간동안 사모님의 모습이 아예 안 보여서 이상하게 여긴 우진이 조심스레 물었다.

"사모님은…… 어디 가셨습니까?"

"응. 아주 멀리 갔네. 삼 년 전, 암으로 세상 떠났어. 그래, 늘그막에 이리 홀아비가 되니까 내 처지가 좀 처량해진 건 사실이지 뭐."

동기선생은 의외로 스스럼없이 담담히 말하고 웃었다. 그러나 짐짓 태연을 가장한 것 같은 그 말투와 자조의 표정 속에 오히려 쓸쓸함이 짙게 묻어났다.

"이런 한적한 데서…… 더구나, 혼자 사시자면 무척이나 적적하시겠습니다."

"머, 적적할 것도 없네. 자네 같은 제자들이 가끔씩 이렇게 찾아와 주잖은가? 그럼 됐지. 적적하다느니, 외롭다느니 하는 것도 다 생각 나름이야. 게다가, 여기서 나 혼자 사는 것도 아니고. 지금은 내 딸애랑 같이 산다네. 하나밖에 없는 여식인데 개도 팔자가 사나워 이혼한 뒤로는, 늘그막에 혼자 된 이 아비를 돌보겠다며 그예 친정엘 들어와 여기서 함께 산 지 몇년 됐지. 하나 있는 외손자 녀석은 군에서 제대하고 현재 대학에 복학해 서울에 있고……. 그러니 머, 심심할 것도 외로울 것도 없어. 그리고 뭣보다 세속은 살 만한 곳이 아니니, 오직 산간에서 수도하는 자세로 지내자는 거야. 저기 벽에 걸어둔 액자 내용이 그래."

선생이 가리키는 서재 한쪽 벽면에는 '在世不生唯山間(재세불생유산간)'이라 쓴 붓글씨가 유리를 끼운 액자 속에 넣어져 걸려 있었다.

"평소의 좌우명이랄까, 내 신조가 저와 같아."

그런 말로 얼버무리는 동기선생한테서 갑자기 절간의 승려 같은 느낌을 받은 정광은 짧게 한마디 거들었다.

"원천석(元天錫)의 글귀군요."

"허어! 자네가 아는구먼. 그래 맞아. 원천석의 글이지."

동기선생은 새삼스레 정광의 얼굴을 유심히 바라보듯 손끝으로 안경을 밀어 올리며 시선을 마주쳤다.

"저건, 고려 말기 은사(隱士)인 운곡(耘谷) 원천석의 시구에서 따온 건데, 운곡은 이색(李穡) 등과 교유하면서 고려의 정계가 문란함을 보고 시사(時事)를 개탄해 치악산에 들어가 버렸지. 거기서 농사나 짓고 부모 봉양하면서 벼슬 같은 건 외면했거든. 현실에 발 딛고 살며 일상에 충실해도 세속일엔 깊이 관여하지 않는 것. 그것이 운곡의 삶이었지……. 일찍이 이방원

(李芳遠)을 가르친 바 있어 조선건국 후인 1400년에 방원이 태종으로 즉위하자 자주 불렀지만 응하지 않았을 만큼 운곡은 세속을 싫어해 끝내 출사(出仕)도 마다했으니, 참으로 지조 있는 사람이야."

"적당한 결핍에 욕심 없이 머무르는 것…… 운곡이 추구한 삶의 목표가 그거라면 스토아학파의 주장과 비슷한 데가 있군요."

정광이 응수했다.

"으응. 그럴 수도 있네만, 아무래도 동양의 '중용' 사상에 더 가깝지. 과유불급(過猶不及)으로 요약되듯, 생각이나 행동거지에 넘침도 모자람도 없는 상태…… 하긴, 내 삶의 목표도 항시 그거였어. 되도록 최선보다는 극단을 피하는 쪽을 선택하며 살았고, 지금도 그래……."

"교수님은 참 지혜롭고 현명하십니다."

"에이, 이 사람아. 그런 소리 들으려고 한 말은 아니네만, 그래도 뭐, 듣기에 나쁘진 않구먼."

동기선생은 한결 기분이 좋아진 듯, 그때부터 좌담은 순조롭게 풀려 나갔다. 또한 세상사의 이것저것으로 옮겨가며 세 사람은 오래 이야기를 나누었다.

이야기가 거듭 될수록 선생은 특히 처음 대하는 정광의 존재에 대해 유난히 관심을 갖는 눈치였다.

"김 선생, 아까 얘기 도중에 불교에 관심이 많다고 했지? 기독교에서 개종할 만큼……. 통도사 스님한테서 받은 법명이…… '정광'이라 했던가?"

"예, 교수님. 한자로, 뜰 정(庭)자에 빛 광(光)자. '정광'입니다."

"으흠. 스님 나름대로 그렇게 붙여줄 무슨 근거가 있었겠지. 헌데, 내

보기에도 의미가 괜찮네. 옛 사람들이 자호(字號)로써 본명을 대신해 불렀던 건 참 품위 있는 행위야. 이보게, 정광!"

"예, 교수님."

"근데 말이야, 내가 하고 싶은 얘기는…… 그간에 우린 서로 일면식도 없는데, 자네가 굳이 최 교장을 통해 날 만나러 올 때는 내심 어떤 용무가 있었지 싶어. 그게 뭔지 궁금하군. 내 나이쯤 되면 상대의 마음이 어느 정도 읽히는 법이거든……."

동기선생의 어투는 에두르는 법 없이 대체로 단도직입적이었다. 아까도 얼핏 제 귀를 의심할 만큼 선생의 스스럼없는 말투에 정광은 공연히 마음이 움찔했던 것이다. 예컨대, 요즘 한집에서 지내는 외동딸 얘기를 꺼내면서 선생은 조금의 거리낌도 없이 팔자가 사나워 이혼했다는 말을 예사로 했을 때처럼 듣는 이를 당혹스럽게 하는 데가 있었다.

"별다른 의도는 없고요, 다만 여기 최 교장선생을 통해 교수님의 존함과 지난 사연들을 전해 듣고는 꼭 한번쯤 찾아뵙고 역사 강의를 듣고 싶었습니다."

"강의랄 게 뭐 있나? 의문 나는 점에 대해, 그저 내가 아는 만큼 알아들을 수 있게 설명은 해줄 수 있지. 그래, 뭐가 알고 싶은가?"

"제가 지난여름 황성동으로 이사 오기 전까지 무려 8년 가까이 남산 동록의 양지마을에서 살았는데요, 거기에 남천, 일명 문천이 있잖습니까?"

"응, 있지. 문천이라면 경주의 삼기팔괴(三奇八怪)[83] 중 하나야. 물론 정

---

83) 〈삼기팔괴〉에 대한 정설은 없고, 논자에 따라 항목의 분류에 들고 빠짐이 있다.
  ①(김영기의 분류) : 삼기(三奇)는 금자(金尺) · 옥적(玉笛: 만파식적) · 화주(火珠)이고, 팔괴(八怪)는 압지부평(鴨池浮萍: 안압지에 자생하는 부평은 뿌리가 땅에 닿지 않고 떠 있다) · 계림홍엽(鷄林紅葉: 계림에는 한여름에 단풍이 든다. 최치원의〈곡령청송 계림황엽/鵠嶺靑

설은 없네. 다만 논자에 따라 항목에 들거나 빠지는 덴 약간씩 차이가 있어도, 문천도사(蚊川淘沙·蚊川倒沙)만큼은 반드시 팔괴에 넣지. 아무튼, 문천의 모래가 물이 흘러가는 반대 방향으로 쌓인다는 괴이한 현상 때문에 경주의 명소가 된 건데……. 그밖에 무슨 궁금한 점이라도 있나?"

"예. 바로 그 점에 대해섭니다. 전설에, 문천의 모래가 물길과는 거꾸로 쌓이는 그 현상이 명랑법사의 신인법의 주문(呪文)에 걸려 있기 때문이라던데…… 혹시, 그런 얘길 들어보신 적 있는지요?"

"금시초문일세. 그 점에 관해선 명확한 기록이 없으니 나로선 알 수가 없네. 그러나 이 문천을 두고 일본인들이 주장하는 바를 보면 기가 막혀. 특히, 오마치 케이게쓰(大町桂月)라는 문인이 쓴 『신라의 고도(新羅の古都)』라는 수필기행문을 본 적이 있어. 국권상실기인 1919년에 펴낸 책인데, 그 내용에 의하면 필자인 오마치 씨는 오사카킨타로(大阪金太郎)[84]의 안내로 경주를 구경했던 것이네. 그가 문천에 이르렀을 때 경성(京城)에서부터 그를 인도한 가토 칸카쿠(加藤灌覺)라는 사람이 이 문천에 대해 설명하는 말

松 鷄林黃葉)의 고사와 관련됨)·문천도사(蚊川倒沙: 문천의 모래는 물이 흘러가는 반대방향으로 쌓인다)·백률순송(栢栗筍松: 백률사 소나무는 가지를 쳐도 순이 다시 난다)·불국영지(佛國影池)·금장낙안(金藏落雁: 금장대에 지나던 기러기들이 모래밭에 내려앉는다)·남산부석(南山浮石: 남산에 있는 떠 있는 바위. 실을 양쪽에서 넣어 당기면 그 실이 빠져나온다고 한다)·서산모연(西山暮煙)이다. ②(권오찬의 분류): 삼기는 금자·옥적·성덕대왕신종이며, 신라삼보(三寶)는 천사옥대(天賜玉帶: 진평왕의 옥대)·황룡사구층탑·황룡사장륙존불, 팔괴는 문천도사·안압부평·백률순송·금장낙안·불국영지·선도효색(仙桃曉色: 해뜨기 전 선도산의 아름다운 아침놀)·금오만하(金鰲晚霞: 금오산의 황홀한 저녁놀)·계림황엽·남산부석·나원백탑(羅原白塔: 경주 현곡면 나원리에 있는 신라석탑. 통일신라시대 석탑이지만 순백색으로 잡티가 없이 아름답다)인데, 이 10가지 중 8가지를 팔괴로 부른다. 그 밖의 분류방식도 대동소이하다.

84) 오사카킨타로(大阪金太郎): 號는 六村. 경주 문화 소개로 이름나 있었으며, 각지의 공립보통학교 교장을 역임한 경력을 지닌 향토사학자. 저서로는 『慶州の傳說』(1921), 『趣味の慶州』(1931), 『新羅舊都慶州古墳案內』(1934) 등이 있다.

을 듣게 돼. 『일본서기』에는 신공(神功·진구)황후라는 가공의 전설적 인물이 등장하는데, 물결이 이끄는 대로 단숨에 신라를 침공함으로써 신라왕이 신공후에게 항복했다는 허황된 기사가 나오거든. 이때 신라왕은 머리를 조아려 영원히 신속(臣屬)할 것을 다짐하며, '아리나레(ありなれ)의 물이 거꾸로 흘러도 이 맹세를 바꾸지 않겠다.'고 말했다는데, 가토 씨는 그 '아리나레'가 바로 이 문천이라고 설명하지. 아리나레는 조선어의 '아래나루'가 바뀐 것이고, 아래나루는 아래의 흐름이며, 이 왕성의 아래쪽을 흐르는 문천을 가리킨다는 거야. 아마도 문천도사, 곧 문천의 모래가 물의 흐름과 반대 방향에 쌓인다는 기이한 현상을 어디선가 들었던 모양이지. 하여간, 오마치 케이게쓰는 비로소 아리나레하(河)가 무엇인지를 알게 되었을 뿐 아니라 그 강을 보니 감개무량했다는 기행문을 썼지."

"선생님 보시기에 그런 설명에 타당성이 있습니까?"

우진은 동기선생의 표정에서 어떤 반응이 나올지를 떠보려는 듯 일부러 그렇게 물었다.

"말도 안 되는 소리!"

선생은 일언지하로 고개를 저었다.

"왜요?"

"한국 측 문헌에는 전혀 기록이 남아 있지 않고, 『일본서기』 속에 등장하는 전설의 인물인 신공황후 섭정전기(攝政前期)에 '백제-왜 연합군'에 의해 토멸된 '시라기 7국'이 나오지. 일본인은 신라를 '시라기'라 해. 하여간 이 기사는 일본 사학계로 하여금 '신공후의 신라정벌'이라는 허구의 스토리를 만들어내는 빌미가 되었거든. 여기서 '신라 7국'은 '가야 7국으로 둔갑되고, 가야는 곧 『일본서기』 속의 임나(任那·미마나)이므로 이미 이 시기

448

에 신공황후가 가야 제국(諸國)을 정벌하여 소위 '임나일본부'를 설치하고 한반도 남부를 다스렸다고 주장해 왔어."

"그럼, 그들이 말하는 '임나일본부'설(說)은 터무니없는 역사왜곡이란 거군요."

"그야 두말할 필요도 없지. 일본의 사학계에서는 간 마사토모(菅政友)의 『임나고(任那考)·1893』를 필두로 하여, 임나문제에 관한 연구가 본격적으로 시작된 이래 백년 이상의 세월이 경과했어. 가장 최근의 연구라 할 수 있는 이노우에 히데오(井上秀雄)의 『임나일본부와 왜(倭)·1978』에서는 일본 열도의 정권과는 별개의 정치적 집단인 '한국 남부 거주의 왜'를 상정하고 있지. 말하자면, 이들의 조직체가 소위 임나일본부라는 거야. 이처럼 약간 이색적인 주장을 펼쳐 보인 것 외에는, 그들이 백년에 걸쳐 연구한 임나 관계사로부터 도출한 결론은 대략 이렇게 정리해 볼 수 있어. 즉, 임나일본부란 기원 4세기 중엽부터 6세기 중엽까지 약 2백년간 일본이 남부 조선에 가졌던 식민지적 영역의 명칭이라고 정의하고 있거든. 이는 낙동강 유역에서 섬진강 유역까지 포함되는 꽤 광범위한 영역이야. 요컨대, 일본 측의 학설이랄까, 그쪽에서 늘어놓는 이와 같은 결론을 좀 더 상세히 얘기하자면……"

그렇게 운을 뗀 동기선생은, 왜 왕조가 4세기 후반에 우리 한국의 남부 지역에 출병해서 백제·신라·가야를 복속시켰을 뿐 아니라, 특히 가야에 대해서는 '임나일본부'라는 기관을 설치하여 직할 통치를 구축하고, 이곳을 거점으로 해서 고구려와 세력을 다투며 6세기 중엽까지 존속했다는 것이다. 그리고 이를 일컬어 '고대일본의 남한 경영'이라는 실로 요약하고 있다고도 했다.

"물론 여기에는 『일본서기』의 내용상 최초의 신라 정벌이 기재된 신공황후의 연대에서 120년, 즉 이주갑(二周甲) 정도 끌어내려서 그렇게 된 것이야. 왜냐하면 『일본서기』기년(紀年) 체계에서 전설상의 왜 황후 연대가 120년 상향 조정돼 있어. 달리 말해 이주갑 인상(引上)시켜 3세기의 인물로 기술해 놓았는데, 이를 다시 하향 조정하면 실제 연대는 120년 이후인 4세기의 사건과 맞아떨어진다는 주장이 통설로 받아들여지고 있기 때문이지. 이른바 '고대일본에 의한 남한 경영'이 대체로 4세기부터 실시됐다는 것은 이런 연유에서야."

라고 선생은 상세히 덧붙여 설명해주는 거였다.

"아무튼, 일본 사학계에서 임나 문제는 이미 의심할 여지없이 이 정도의 결론에 의해서 해명이 다 된 문제로 치고 있거든. 헌데, 이런 주장이 억지라는 건 두말할 필요도 없지만……"

하고 선생은 두어 번 쩝쩝, 입맛을 다시었다. 구태여 새로이 말을 꺼내려니 입안이 씁쓸하다는 묘한 표정을 지으면서. 그러다가 잠시 후 다시 입을 열었다.

"『일본서기』의 기년 체계를 마치 고무줄처럼 늘였다 줄였다 하며, 이주갑 인상이니 하향 조정이니 하는 것도 문제지만, 뭣보다 신공황후가 정벌했다는 '시라기(신라)7국'이란 역사상 한반도엔 실재하지도 않았어. 그렇다 보니 이것들을 '가야7국'이라고 궁색하게 둘러대고 있단 말이야. 하여간, 아직도 임나 문제를 비롯하여 임나일본부설에 대해선 한·일 양국학계 또는 학자들 개개인 사이에서도 근본적인 견해차와 의견대립으로 맞선 채 상호 모순되는 주장을 되풀이할 뿐이야. 잘못이 있다면 바로잡는 것이 당연하지. 안 그래? 하지만, 그건 바로잡을 수 있는 사람만이 할 수 있는 일이거든. 이런 경우, 당사자인 한·일 양국 학자가 아닌 제삼자의 객관적 견해를 통해서 뜻밖에 역사적 실상 규명이 가능해질 수도 있단 말이야. 상당히 오래 전의 일인데, 내가 읽은 책 중에서 유사 이래 한국은 일본을 다섯 차례 정복했다는 한 미국인 학자의 견해에 접한 적이 있었지. 존 카터 코벨(Jon Carter Covell)의 저서 『한국: 일본 예술의 원류』(Korea: Fountainhead of Japanese Art)의 주된 논지가 그거였어.……"

동기선생은 이런 말끝에, 그 책의 내용을 간략하게 요점만 정리하자면 다음과 같다고 하였다.

한국에서 일본으로 건너간 침략자들은 5차례에 걸쳐 각기 다른 시기에 일본 열도를 정복하여 일본은 사실상 2천년 이상에 걸쳐 '한국의 식민지'였던 경우가 여러 번 있었다. 그러나 그 침략과 정복은 잔혹한 피흘림의 무력에 의해서라기보다 문화와 예술에 의한 일종의 '문화적 시혜'였다.

그 첫 번째 침략의 물결은 기원전 300년경부터였다. 일본에서는 이때를 야요이(弥生)시대라 부른다. 대략 B·C 5세기부터 A·D 3세기에 해당하는 오랜 시기에 걸쳐서다.

이들 고대 한국인들은 『일본서기』「신대기(神代紀)」에 '하늘나라 사람들', 즉 천상족(天上族)으로 묘사되어 나타난다. 그들이 바다를 건너온 과정을 마치 천반선(天磐船)을 타고 하늘나라에서 구름을 헤치고 내려오거나 천부교(天浮橋)를 거쳐 하강하는 형국으로 묘사돼 있다.

이들 한국인들은 수도경작(水稻耕作·벼농사 짓기)의 지식, 도자기 만드는 회전 작업대의 사용, 그리고 청동의 축복을 가져다주었다. 이 침략에 쓰인 무기는 청동검이었고, 이들이 상징적으로 지닌 곡옥(曲玉)·동경(銅鏡)과 함께 '삼종신기(三種神器)'라 불리었다. 그래서 석기시대의 일본인들은 한국에서 건너온 훨씬 개명한 종족에 의해 멸망하거나, 결혼으로 맺어졌다.

"과거 조선총독부 박물관장을 오래 역임했던 후지다 료사쿠(藤田亮策)란 인물이 있었다네."

동기선생은 얘기 도중에 갑자기 화제를 돌렸다.

"그는『조선고고학연구』라는 저서 속에서, '일본 민족의 골육(骨肉)에는 조선인의 피가 굉장히 많이 섞여 있다'고 공개적으로 실토했지. 예컨대, 한반도의 산하로부터 여러 북방 민족들이 1천오백년 간에 걸쳐 잇달아 일본 열도로 건너왔는데, 그로 인해 언어계통 · 풍속 · 습관 · 의식주가 모두 조선인과 동일하다고 말했어. 그러므로 일본의 고대 문화와 고대 정신을 알기 위해서는 조선의 고대 연구가 곧 뼈와 살이 되는 것이다, 라고까지 극언한 인물이야. 그의『조선고고학연구』는 한반도 특유의 원시 야요이식(弥生式) 계통 문화가 도도히 일본 열도의 서부로 쇄도하여, 거기서 새로이 강력한 일본 야요이[85] 문화를 형성했던 것으로 결론짓고 있어. 그리고 이것이 다시 동쪽 방면, 혼슈(本州)의 긴키(近畿) 지방으로 전파되었다고 파악했거든. 아무튼, 내 얘기의 결론은 후지다 료사쿠 같은 일본학자들도 이미 그 사실을 인정하고 있었다는 얘기야. 그러니까 이런 점들을 봐서도 존 카터 코벨의 저서에서 언급된 주장이, 뭐 그렇게 새삼스러울 건 없다는 말도 되고……"

동기선생은 말을 끊고 으흠! 하고 잠시 목을 가다듬는다.

그때 정광이 맞장구를 치듯 말했다.

"교수님, 저도 얼마 전에『총 · 균 · 쇠』라는 책을 읽었는데요,…… 교수

---

85) 도쿄도 분쿄쿠 야요이니초메(東京都 文京區 弥生2丁目)에서 발견된 야요이 토기[전대(前代)의 조몬(繩文) 토기와는 달리 빗살무늬가 있는 것이 특징이나 여러 변종이 있다]에서 유래한 시대명이다. 농경과 목축이 없었던 일본판 신석기시대인 조몬(繩文) 시대와 고분(古墳) 시대의 사이에 있던 기원전 5세기에서 기원후 3세기까지 약 600~700년의 시기.

님 말씀과 똑 같은 내용이 있었습니다."

"그래? 난 아직 그 책 못 봤는데…… 어떤 점에서?"

"예. UCLA(로스엔젤리스 캘리포니아 대학) 의과대 생리학과 교수인 제레드 다이아몬드의 1988년도 퓰리처상 수상작인 그 책의 개정증보판에는, '일본은 어디서 왔는가?'라는 항목이 새로 첨가됐지요. 거기서 내린 결론은 '일본인의 조상은 한국인이다'라는 걸로 요약됩니다. 일본인의 유전자 분석 결과, 한국인과 야요이인의 유전자 비율이 아주 높다는 과학적 근거에서 나온 결론이구요."

"그야, 여러 정황 증거들로 봐서 당연한 얘기 아니겠나? 하여간, 본래의 얘기로 되돌아가보자. 두 번째 거대한 문화 전파의 물결은 기마무사들에 의해 서기 4세기 후반 한국에서 일본으로 퍼져 갔다네. 컬럼비아 대학의 게리 레드야드(Gari Ledyard) 교수는 백제가 서기 369년경에 일본을 정복했다고 밝혔지. 『일본서기』에서는 이 무렵 백제가 좋은 말들을 왜(倭) 조정에 바쳤다고 사실을 전도(顚倒)시켜놓았지만 말이야. 백제 무사들이 말을 가져오기 전에는 일본엔 말이란 동물이 없었어. 기병과 금속에 관한 앞선 지식 덕분에 백제 세력은 큐슈로부터 나라(奈良)에 이르는 일본을 쉽게 정복했지. 레드야드 교수는 백제인들이 일본에서 왕좌를 차지한 기간을 서기 369년에서 525년경까지로 잡고 있네. 이 기간은 일본에서 거대한 분묘들이 건립된 시기와 정확히 일치하지. 그래서 이 시기를 '고분(古墳)시대'라고도 해. 따라서 오사카와 나라 사이의 평원에 산재하는 거대한 분묘들은 한국에서 건너왔던 지배자들의 묘인 것으로 보고 있네. 만일 일본인들이 5세기와 6세기의 그 거대한 황실분묘들을 발굴한다면, 거기에 묻힌 소장품들의 유사성은 그 기간의 일본 문명이 얼마나 한국적이었는지 밝혀

줄 것이라고 레드야드 교수는 말하고 있어.

　요컨대, 이 무렵의 일본 열도내의 그 같은 사정을 제대로 이해하기만 한다면, 이것은 소위 임나일본부설과는 정면으로 배치되는 주장임을 알 수 있거든. 왜냐? 일본학계에선 왜의 신공황후가 신라를 정벌한 뒤로 대략 서기 370년경부터 562년경까지 약 2백년간 일본이 한국 남부에 가졌던 식민통치기구가 바로 임나일본부라고 역설하고 있으니 말이야. 이는 결과적으로 레드야드 교수가 주장하는 것과는 정반대의 사건이 동일한 시기에 겹쳐 일어났다는 얘기가 되거든. 그러니까 어느 한쪽이 억지 주장을 펴는 셈이지.

　하여간, 이 시기에 많은 학자들이 일본으로 건너갔어. 아직기(阿直岐)와 왕인(王仁) 박사는 왜왕과 태자에게 한자를 가르쳤지. 또한 한국인들이 도자기를 가마에서 구워 만드는 새로운 방법을 일본에 가져온 것도 이 무렵이었어. 결국, B·C 3세기부터 A·D 8세기까지에 일본에서 생산된 도자기들은 고대 한국인들의 신세를 크게 진 것들이라고 보면 틀림없어."

　선생은 당연하다는 듯 스스로 고개를 끄덕여 보였다.

　"그렇다면, 선생님. 도대체 일본학계가 말하는 임나일본부의 실상이란 뭡니까?"

　이때까지 조용히 듣고만 있던 우진이 불쑥 묻는다. 그는 선생의 설명을 들을수록 점차 역사 인식에 혼란이 이는 듯 몹시 궁금한 표정이었다.

　"음, 그 얘기를 자세히 하자면 좀 길어지네. 가급적 요점만 말하지. 한반도 계통 이주민들의 여러 집단이 아득한 옛날부터 일본 열도로 도래하여 각기 한인(韓人)들의 공동체적 읍락을 이루며 살았지. 『일본서기』는 이들을 계통에 따라 소위 '미쯔노-가라(三韓)'로 구분하고 있었던 것을 잘 보

454

여주고 있어. '가라(加羅)'라는 말은, '한(韓)'을 그렇게도 표음했던 것이니까 결국은 같은 의미야. 가라인(加羅人·가라진)은 곧 한인(韓人·가라히토=가라진)의 뜻이기도 해. 이들 제집단은 족장이 이끄는 공동체적 '쿠니(國)'로 발전하여, 각기 독립된 통합적 집단으로 존속하고 있었지. 그 후 이른바 '신공후의 삼한(三韓) 정벌'은 당시 큐슈에 있던 이들 미쯔노-가라를, 『위지(魏志)』나 『삼국사기』에 기록된 왜 여왕 비미호(卑彌呼·히미꼬)와 동일시되는 신공후의 통치체제 아래로 복속시키는 과정이었던 거야.

이러한 큐슈에 백제가 본격적인 진출을 시도한 것은 고이왕(古爾王) 때였어. 물론 그 이전인 초고왕(肖古王) 재위 시절부터 이미 해상을 통한 큐슈에의 진출이 이루어지고 있었지. 그래서 미쯔노-가라의 하나인 큐슈 내 '구다라'를 모태로 한 아리아케해(有明海)의 동안(東岸)을 중심으로 백제 관할지의 토대를 닦았던 거야. 이것은 한반도의 백제가 일본 진출을 위해 설치한 읍락인 '담로'로서, 자제종친(子弟宗親)을 파견해 왜왕으로 삼고 통치케 한 일종의 전진기지 같은 거지. 아무튼 이를 발판으로 하여 고이왕 시대에 와서 본격적 침공을 개시함으로써 이 무렵부터 일본 열도는 점차 백제의 영향권 아래 놓이게 돼. 그 당시 '왜'의 정체는 백제의 도움을 받는 야마토 조정(大倭朝廷)이었지. 두 세력이 연합하여 쓰쿠시(筑紫) 연해 지역의 독립된 제부족(諸部族) 집단을 공벌한 사건이 바로 신공기(神功紀) 49년(249) 조(條)에 나오는 이른바 '백제-왜 연합군에 의한 시라기 7국 평정'이야.

물론 이때는 『위지』나 『북사(北史)』에서 전하는 바대로 왜 여왕 히미꼬는 이미 사망한(247년) 뒤야. 따라서 히미꼬로 보이는 신공황후 역시 이 시기엔 존재하지 않았단 뜻이 되거든. 왜냐하면 한국이나 중국 측 사서에 전하는 왜 여왕 히미꼬와 어떠한 형태로든 연관이 전혀 닿지 않는 신공황후란 존재할 수 없으니까.

그렇기 때문에, 허위 조작된 역사의 진상을 사실대로 밝히는 건 이제 우리의 몫이지. 신공 49년은 『일본서기』 기년 그대로 기사년·가평원년(己巳年·嘉平元年)이자, 백제 고이왕 16년에 해당하는 249년의 사건이었어. 이 연대는 신공, 즉 히미꼬가 죽은(247) 2년 뒤의 일이야. 그러므로 이 무렵에 한반도의 백제와 '대왜(大倭·야마토)'가 연합하여 합동작전으로 큐슈 북부 일대를 장악했던 사건으로 이해하게 될 때 그동안 수수께끼로 남아 있던 역사의 진상이 확연히 드러나는 거야.

그런 시각에서 백제 칠지도(七支刀)의 명문(銘文)을 보게 되면 이 점은 분명해지거든. 즉, 고이왕 16년(249)에 큐슈의 '시라기 7국', 달리 말해 쓰쿠시 연해 각국의 족장 치하 공동체적 제집단인 '7소국(七小國)'을 평정한 이래, 이 정벌작전에 연합군으로 편성되어 참가한 대왜(大倭·야마토)[86] 조정에 대하여 백제 본국에서 내린 하사품이 칠지도야. 말하자면, 이로써 영원한 우호를 다지고 기념하는 신표로 삼은 게지.

이것은 한반도로부터 당시 백제세력이 일본열도에 식민지 개척을 위해

---

86) AD 3세기 중엽에 현재의 일본 나라(奈良) 분지에는 당시 일본열도에서 가장 유력한 세력이 나타나면서 서일본(西日本)의 일부 세력과 합쳐가며 점차 일본 최초의 왕권국가를 형성하기 시작했는데, 이 정권을 대왜(大倭), 즉 야마토라 하며 이때를 야마토정권의 성립기로 보고 있다. 나라분지의 이 세력이 명실상부하게 일본을 대표하는 세력이었다. 그 뒤 701년에 비로소 '日本'이라는 국명이 생기기 전의 왜(倭)와 함께 야마토정권을 가리키는 '대왜(大倭)'는 6세기 말부터 8세기 초에 걸치는 아스카(飛鳥) 시대에도 여전히 그대로 쓰였다. 그러다가 752년 혹은 757년에 '大倭國'이 '大和國'으로 변경되면서 최초로 '대화(大和·야마토)'란 용어가 나타났다는 것이 일본 학계의 일반론이긴 하다. 그러나 실상 '大和(야마토)'의 표기가 일본 역사에서 실제로 등장하는 것은 양로령(養老令)이 시행된 천평승보(天平勝宝) 9년(737) 이후의 일이라고 말하는 것이 더 정확하다.

본격적 진출을 시도한 이래 대규모의 정벌작전을 감행하여 소기의 성과를 달성하고 기념한, 매우 의미 깊은 증거물인 셈이야. 또한, 이때 정벌한 7소국이 나중 백제 주도하에 임나10국 연방체의 모태로 성장케 되는 것도 다 이런 연유에서였고.

『일본서기』를 숙독하다 보면, 특히 '민달기(敏達紀)'에 그 자세한 내용이 나오지.

야마토(大倭)조정의 흠명(欽明·긴메이)왕 시절에 시라기(신라)에 의해 임나관가(任那官家)가 타멸되어 버렸는데, 그 아들인 민달왕이 구다라(백제)의 현명하고 용기 있는 자인 달솔(達率) 일라(日羅·니치라)를 얻어, 임나부흥을 위해 장차 그의 지혜와 도움을 구하고자 했다는 내용이 그것이야. 요컨대, 일라(니치라)라는 사람은 백제인이고, 백제 관위(官位)인 '달솔' 계급을 갖고 있지. 그런데 재밌는 것은, 여기서 말한 구다라가 어디였느냐 하는 점이야. 당시 바다 건너 한반도에 있던 그 백제본국이었을까? 천만에, 그게 아니란 점이 놀랍지. 그렇다면 그곳이 어디겠어? 그건 다름 아닌 큐슈 내의 구다라였다는 사실이야.

민달왕 12년(서기 583년) 7월조의 기사 내용을 보면, 〈지금 구다라(백제)에 있는 '히(火·肥)'의 아시키타(葦北)의 쿠니노미야쓰코(國造·지방호족격인 소국왕)인 아리시토(阿利斯登)의 아들 달솔 니치라(日羅)가 현명하고 용기 있는 자이므로, 야마토왕은 그 니치라와 계획하여 멸망한 임나를 재건하려고 한다.〉고 돼 있거든.

'히(火)'라는 지명은 큐슈에 있던 히노쿠니(肥國), 즉 히젠(肥前)·히고(肥後)를 가리킨 지명이야. 그렇다면, 이런 기사의 정확한 의미가 뭐겠어? 만약 임나가 가야 땅이라면 서기 583년엔 벌써 한국 땅에서 가야가 멸망한

지 상당한 세월이 지난 뒤란 말이야. 신라에 의해 김해의 금관가야가 532년, 고령의 대가야가 562년에 각각 멸망했지. 그런데 20여년이 지난 뒤 새삼스레 바다 건너 큐슈 땅에서 임나 재건을 논하고 있는 명분은 또 뭔가? 더욱이 야마토 조정이 한반도에 있던 백제 본국에 사신을 보낸 것도 아니고, 큐슈 한구석에 살고 있는 일라(日羅·니치라)를 찾아가 임나 재건을 위해 그의 의중을 떠보는 것으로 기록해 놓았거든.

결국 이 무렵의 임나는 큐슈에 있었던 소국들의 연맹이었고, '구다라(백제)에 있는 히노쿠니(火國=肥國)의 달솔 니치라' 라는 기록으로 보건대, 그 구다라는 다름 아닌, 큐슈 구마모토현(熊本縣) 일대에 그러한 백제 분국 내지 백제가 통치하던 '담로'가 있었음을 전제로 한 것이지.

일본의 고대 백과사전격인 『화명초(和名抄)』[87]에는 구마모토현에 아시키타(葦北) 고을이 있고, 군내(郡內)에 구다라키촌(百濟來村)이 있는데 이 촌의 지장당(地藏堂)에는 백제사람 일라(日羅·니치라)가 만들었다는 지장보살상이 안치되어 있다고 적혀 있어. 이런 사실들로 미뤄보면 니치라와 그의 부친 아리시토 등 아시키타 고을의 왕자, 왕족은 이 시기까지도 여전히 백제(구다라)라는 이름을 가진 지방의 호족이었음을 짐작하고도 남지.

그래서 사실은 큐슈의 유명해(有明海) 동안(東岸)을 근거지로 한 백제 분국(分國)인 '담로'를 중심으로 앞서 평정한 7소국을 방속국(旁屬國)으로 삼은 백제가 당시 기내(畿內)의 야마토 조정 쪽에서 본 이른바 '해서제한(海西諸韓·바다 서쪽 모든 한)의 땅', 즉 쓰쿠시(筑紫)라 불리던 큐슈 섬 전체를 할양받은 셈이랄까. 따라서 앞서 살펴본 「신공기」는 이런 과정을 통해 야마

---

87) 『왜명유취초(倭名類聚抄)』(약칭, 『和名抄(화명초)』)는 서기 938년에 완성된 일본 최초의 분류 백과사전.

토 조정과 백제가 통호(通好)하게 되는 과정을 잘 말해주고 있었던 거야.

한데도, 일본 학계의 '고대사 지우기'의 시도는 어제 오늘의 일이 아니었어.『일본서기』「신공기」에 신공황후의 소위 '삼한정벌'기사라든가, 5, 6세기 천황의 군사가 한반도의 임나(=가라) 지역을 지배했다고 하는 이른바 임나일본부설은 전혀 실체가 없는 허황된 주장이란 말이야. 저들이 쓴『일본사(日本史) 용어사전』(1991)을 보면, 〈신공황후는 삼한정벌의 중심인물이나, '기(記)·기(紀)'[88] 편찬 시에 의도된 가공의 인물이라고 하며, 또한 임나일본부에 대해서는 근년에 임나(任那) 자체가 일본열도 내에 있는 '조선계 도래인의 이주지'라는 설이 있다〉라고 스스로 그렇게 적고 있을 정도야.

이런 관점에서 보면 결론은 아주 간단해지지. 거듭 말하지만 그 당시 고대 한·일 관계사의 모든 여건을 종합해서 판단컨대, 기내의 야마토 조정에서 말한 '해서제한'은 큐슈를 가리킨 것으로 보면 틀림없단 얘기야.

고이왕 시절에 일본의 큐슈가 백제에 의해 정벌당하는 역사적 사실을 의도적으로 감추려고 훗날『일본서기』편찬 당시, 고이왕 재위시대의 것을 모조리 삭제해 버리는 꼼수를 부렸지. 그래서 등장시킨 것이 바로 가공의 인물인 신공황후였어. 그리고 그 교묘한 방편으로 활용하기 위해 고안해 낸 것이 연대도 맞지 않는 백제 왕명(王名)의 허위 기재(記載)와 사망 및 즉위 기사의 대체였던 거야. 이른바 이주갑 인상설(引上說)의 대두가 여기서 유래한 셈이지.

---

88)『고사기(古事記)』와『일본서기(日本書紀)』를 간략하게 줄인 말. 표기상의 차이에서 마지막 글자가 '고사기'는 '記'이며, 일본서기는 '紀'이기에, 이 두 사서를 '기(記)·기(紀)'로 구분하여 일컫는다.

내 판단으로『일본서기』는 확실히 8세기의 일본조정이 역사를 개찬하고 날조한 위서(僞書)야. 그럼에도 불구하고, 우리 한국사학계에서까지 백제가 일본에 본격적으로 진출한 고이왕 시절의 이 사건들을 120년 끌어내린 근초고왕(近肖古王) 시절과 연관시켜 설명하려 들지. 이런 어이없는 태도는 일본 측 통설인 소위 이주갑설에 분별없이 동조해 덩달아 어깨춤을 추는 꼴이나 진배없어. 참으로 보기 민망하고 어색하게시리……"

선생은 그렇게 말하고는 고개를 설레설레 젓는다.

"일본 사학계가 금과옥조처럼 여기는『일본서기』를 선생님은 한마디로 딱 잘라 위서라고 단정하시는데, 정말 그런 겁니까?"

우진이 좀 미심쩍다는 듯 불쑥 묻는다. 그리곤 고개를 갸웃하며 의아한 눈길로 동기선생을 쳐다보았다.

"그렇게 묻는 걸 보니, 자네가 일본고대사에 대해선 아무래도 식견이 부족한 탓인가 보구나. 암, 당연히 위서고말고.『일본서기』를 위서라고 단정할 만한 증거들은 수두룩해. 우선, '일본'이란 국명에 관한 얘기부터 해볼게. 문헌상 일본의 국호에 대해 최초로 언급된 사서는 한국 고대의 3왕조에 대한 기록인『삼국사기』야. 삼국통합의 위업을 달성한 문무왕 10년(670년) 12월조에 있는 기사 내용에, 왜국은 나라 이름을 일본이라 고쳤는데, 그들은 스스로 말하기를 '해 뜨는 곳에 가까우므로 이렇게 이름한다'(倭國更號日本, 自言近日所出, 以爲名)고 한 것이 그거야. 그 뒤 신라 효소왕 7년(698년) 3월조에 '일본국사(日本國使)가 내조(來朝)하였으므로 왕은 숭례전(崇禮殿)에서 그들을 인견(引見)했다'고 나오거든. 그러니까 이후로는 일본국호가 정식으로 사용되고 있었단 걸 발견할 수 있어. 아무튼, '왜국'이 '일본'이라는 국호를 사용한 것은 백제가 망한 지 10년 뒤의 일로서 670년

경이었다고 보는 게 정설이야. 이보다 더 정확한 연대는 일본 측 기록에는 물론, 중국 쪽 기록에도 없어. 중국의 사서에 '일본'이 처음 나오는 것은 10세기 전반기에 편찬된『구당서(舊唐書)』의「동이전·왜국일본」의 기록이 처음이지. 사실이 이러한데,『일본서기』에는 서기 670년 훨씬 이전인「신공기」연대에 벌써 '일본'이란 국명이 등장하고 있으니, 이건 분명 후대에 가필했다는 증거가 아니고 뭐겠어?"

"아, 그렇겠군요."

하며 우진이 고개를 끄덕이자, 동기선생은 또 이렇게 말했다.

"단지 그 한 가지 이유만이 아니야. 저들 주장으로는『일본서기』를 720년에 저술했다는 것도 믿을 수 없어. 왜 그런지 설명하지. 일본의 제일 오랜 관찬정사(官撰正史)로서 쌍벽을 이루는 고기(古記)는『고사기』와『일본서기』란 건 사실이야. 한데,『고사기』권두의 서문에는 찬수자(撰修者)인 태안만려(太安万侶)가 천무왕의 조(詔)를 받고『제기(帝紀)』와『구사(舊辭)』의 내용 중 잘못된 것을 고치는 일을 했다고 나와. 그 뒤 원명왕으로부터 다시 조칙을 받고 그는 이 일을 계속하여, 마침내 일본연호인 화동(和銅) 5년(712년) 정월에『고사기』3권을 완성했다는 거야. 그러나『일본서기』에는 그와 같은 찬문(撰文)도 없고, 또한 발문(跋文) 같은 것도 없어서 그 성립연대를 정확히 알 수가 없단 말이야."

"…………."

비로소 어느 정도 이해가 된 듯 우진은 묵묵히 고개를 끄덕인다. 그 옆에 앉아서 역시 조용히 경청하는 정광도 연신 고개를 끄덕이고 있있다. 그런 모습들을 한 번 쓰윽 훑어보던 동기선생의 얼굴엔 가벼운 미소가 감돌았다.

『일본서기』편찬 때 많이 인용한 사료로는 이른바 '백제삼서'라는『백제기』『백제신찬』『백제본기』가 있는데, 편자들은 그 원본에도 가필하여 그 내용을 변개(變改)하고 조작까지 한 것으로 보여. 그 결과, 소위 일본천황의 몰년(沒年)은 '붕어(崩御)'라 표기하게 되고, 백제왕의 것은 '훙거(薨去)'로 표기하고 있어. 이런 기재 방식으로 그들은 백제가 일본의 신속국(臣屬國)인 양 만들어 놓았지. 그런데 말이야……"

하고 동기선생은 이쯤에서 잠시 말을 끊었다. 그것은 다음에 이어질 하나의 놀라운 반전을 예고하는 침묵의 순간처럼 느껴졌다.

"백제국 25대 사마왕(斯麻王), 즉 무령왕의 능에서 출토된 지석(誌石)에는 그 무덤의 주인공인 사마왕이 62세의 천수를 누리고 '붕어'하시었다는 사실이 확실히 기록돼 있었거든. 이로써 사마왕은 명백한 대왕(大王)이었고, 대왕인 그 사마왕으로부터 소위 '우전팔번경(隅田八幡鏡)'의 명문(銘文)에 새겨 경(鏡·청동거울)을 하사받았던 계체(繼體·게타이)천황, 즉 남제왕(男弟王)은 거꾸로 '후왕(侯王)'이었음이 밝혀진 거야. 이처럼 날조된 역사는 언젠가는 반드시 그 진상이 드러나게 마련이지……."

선생은 거의 쉴 틈 없이 제 할 말을 쏟아내어도 쉽사리 지치는 낌새가 보이지 않았다. 국권상실기에 태어나 어린 시절을 보냈던 동기선생은 역설과 모순으로 점철된 한·일 고대사에 대해서는 그만큼 맺힌 한도 깊고, 할 말도 많은 것 같았다.

"『일본서기』는, 그 원본이라고 알려진『일본기』와 내용이 많이 다르다는 것은 소위 천황의 시호(諡號)만 봐도 알 수가 있어. 처음『일본기』가 편찬된 720년에는 '신무(神武)'니 '숭신(崇神)'이니 하는 그런 시호가 없었다는 게 학계의 통설이야. 천황의 시호는 주해어선(舟海御船)이란 자가 처음

462

으로 작호(作號)했다고 하는데, 그는 721년에 출생하여 785년에 사망했어. 그러니까 지금의 『일본서기』는 줄곧 가필과 변개와 조작을 되풀이해 왔다는 명백한 증거가 되는 셈이지. 내가 『일본서기』를 위서라고 단정하는 이유를 이젠 확실히 이해할 수 있겠나?"

"예. 충분히 알아들었습니다."

"여기서 당연히 생각해볼 만한 중요한 점은……"

하고 선생은 잠시 뒤 다시 말을 이어 나갔다.

"아까 언급한 『일본사 용어사전』과 관련된 얘긴데……, 소위 삼한정벌의 중심인물인 신공황후를 '기(記)·기(紀)'의 편찬 시에 의도된 가공의 인물이라고 저들도 인정하고 있고, 또 임나일본부에 대해서도 근년에 와선 임나(任那) 자체가 일본열도 내에 있는 '조선계 도래인의 이주지'라는 설이 있다고 스스로 그렇게 적고 있을 정도야. 그렇다면 야마토 왕권과 당시 큐슈 일대를 지칭하던 쓰쿠시(筑紫)의 정치관계를 파악하는 것이 뭣보다 중요해. 요컨대, 반(半)독립적 세력을 유지하고 있었던 족장 아래에서의 공동체적 제집단인 '쿠니(國)'들이 6세기까지도 여전히 야마토 조정에 완전 정복되지 않았다는 사실이야. 이 같은 소국들은 일본열도 내에 한반도 계통 이주민들의 진출에 의해 형성된 크고 작은 분국(分國)들로서 큐슈 곳곳은 물론, 기나이(畿內)·이즈모(出雲)·키비(吉備) 등지를 포함하여 수없이 존재했지. 이들이 주로 한반도 땅에서 건너온 민족들이므로 이치상으로 보자면 『일본서기』 편수 당시를 기점으로 해서 한지(韓地) 삼국(고구려·백제·신라) 이전의 이들 선착 도래인들은 마땅히 '삼한(三韓)'이리 통칭하는 게 옳겠지. 그런데 그 이후 한국 계통의 이주민들까지 통틀어 삼한이라 한 경우가 허다해. 야마토(大倭)왕권은 이에 쓰쿠시 연해 각국의 반독립적인 제집단에 대해 끊임없이 기득권을 주장하는 전략으로 이들 족장과의 제휴와 병행하여 그곳에 특정한 기지(基地)나 관가(官家)의 설치가 필요했던 것이야. 그것이 이른바 '임나일본부'였어.……"

동기선생은 힘주어 그렇게 말함으로써 일단락을 짓더니, 곧 다음과 같은 보충설명을 곁들였다.

"같은 시각에서 야마토 왕권의 이러한 전략정책을 이해하게 되면, '임나흥망사(任那興亡史)'의 줄거리도 쉽게 파악되는 거야. 즉, 기내의 '대왜(大倭·야마토)'조정에 의한 통일국가의 성립을 위해 야마토 왕권과 각지의 족장 간에 펼쳐진 정치적 관계의 일대 드라마였다고 할 수 있겠지. 야마토 조정의 입장에서는 '큐슈 쟁탈사'로 요약되고……. 뭐 하여간, 『일본서기』의 편찬 의도나 서술상의 흐름도 그러한 관점에서 전개해 나갔던 것으로 볼 만한 뚜렷한 특성을 갖고 있어.

역사의 재해석은 역사의 창조적 인식을 의미하는데, 나의 이런 주장은 『일본서기』를 통한 고대 한·일 관계사에 파격적 전환을 요구하는 인식론적 도전이 되리라 믿어. 물론 역사를 자의적으로 해석할 경우 역사의 왜곡과 날조가 행해지고, 그렇게 되면 역사는 객관성을 잃게 되지.

실제로 『일본서기』 내용을 보면 야마토 왕권은 빨라야 7세기 중반인 효덕(孝德·고토쿠)왕 대화(大化) 2년(646년) 9월 기사에 '수파임나지조(遂罷任那之調)'라 하여, 마침내 임나의 조(調)를 공식적으로 파하게 돼. 그럼으로써 큐슈 전체를 장악하고 각지의 제집단을 복속시키는 중앙집권의 통치체제를 어느 정도 이룩한 셈이지.

일본에서의 통일적인 국가 조직의 시초 내지 그 발단은 5세기 말의 웅략조(雄略朝)부터 국제(國制)의 기본이 된 부민제(部民制)에 있다고 보는 것이 일본학계의 일반론이야. 부민제에 의해 족장층은 '신(臣)−련(連)−반조(伴造)−국조(國造)'로서 왕권에 예속되었고, 그들을 통해 국토 및 인민을 지배하는 체제가 성립되었던 것이지. 그런 경우에도 지방족장인 국조(國造 · 쿠니노미야쓰코) 아래에는 아직 부민화(部民化)가 안 된 사속민(私屬民)이 대다수 존재했던 것으로 보는 것이 현재의 지배적 학설이므로, 일본사학계에서마저 야마토 조정에 의한 통일국가 성립을 6~7세기 이후로 내려잡는 데는 이의가 없어.

어쨌거나, 일본 효덕왕 대화 2년, 즉 서기 646년에 공식적으로 임나의 조공을 그만두게 하자, 임나라는 명칭은 차후『일본서기』에서 영영 사라지고 두 번 다시 등장하지 않게 돼. 이 시점에서 나는 그릇된 기존학설에 대한 대체설(代替說)의 정당성이 거부될 하등의 이유가 없다고 봐."

그런 다음, 잠시 한숨을 돌린 동기선생은 곧 이어,

"그런 점에서 최근에 발표된 획기적인 논문 하나를 주목하지 않을 수 없어."

하였다.

"그건 「일본의 고대국가 '대왜(大倭)'의 기원과 '한(韓)'」이라는 소진철(蘇鎭轍) 박사의 논문이었는데, 한마디로 놀라운 주장이야. 요약하면 중국 측 정사(正史)들의 기록을 면밀히 검토하면, 일본의 고대국가인 대왜(大倭 · 야마토)는 한(韓 · 즉 馬韓) 나라의 진왕(辰王)에 예속된 땅으로, 진왕은 이 땅에 '대솔(大率)'을 보내 그가 관리 · 감독했다고 기록하고 있거든. 그런데 일본의 중등학교 역사교과서에는 일본의 국가기원을 4~5세기의 대화(大和 · 야마토) 정권에서 찾고 있는데, 그것은 중대한 역사왜곡일 뿐만 아니라 일본의 고대사 왜곡의 출발점이 바로 여기부터였다는 주장이었어. 그 애기를 좀 해야겠어."

하고 다시 운을 뗀 선생은 백제 고이왕(234~286) 시대를 맨 처음 화제에 올렸다.

"『삼국사기』 백제본기는 고이왕 27년(260)에 16관등의 하나로 '달솔 2 품(達率二品)'직을 채택했다고 했지. 한데, 『삼국사기』보다 앞선 『수서(隋書)』(656년 성립)와 『책부원구(册府元龜)』(1012년 성립)에서는 이를 '대솔(大率)'이라고 표기하고 있단 말이야. 그러므로 고이왕 때 채택된 관등의 하나인 '달솔'은 실상 '대솔'로 봐야 한다는 주장도 타당해지지. 요컨대 '대솔'을 '달솔'로도 호칭할 수 있었던 건 『책부원구(册府元龜)』에서 '대솔 32인 2품 [일작(一作) 달솔]'이라고 표기하고 있으니까 말일세. 또, 1920년 중국 낙양(洛陽)의 북망산(北邙山)에서 당나라시절 것으로 보이는 한 묘지(墓誌)가 발굴되었는데, 해독해 보니 그것은 백제 의자왕의 태자였던 부여 융(扶餘 隆)의 것으로 밝혀졌어. 거기서 묘주(墓主)는 스스로를 '진조인(辰朝人)'이라고 했거든. 이를 통해 볼 때, 백제는 그 존립 시에 자국 국호의 하나로 '진왕국(辰王國)'으로도 호칭했을 가능성이 있단 말이야. 특히 고이왕시대를 전후해서 백제왕은 '한(韓)의 진왕(辰王)'으로 호칭된 것 같다는 설은 소진철 박사 외에 다른 학자의 주장도 마찬가지야.[89]"

동기선생은 일단 그렇게 백제가 왜에 본격적으로 진출한 시기에 대해, 일본학계가 주장하는 바와 같이 소위 이주갑(二周甲·120년) 인상(인하)설 따위를 적용한 근초고왕 시절을 부정하고 고이왕시대로 보면서 중국 사서들을 예로 들어 다음과 같이 설명해 주었다.

---

89) 신형식(申瀅植)은 그의 저서 『백제의 대외관계』(주류성, 2005년)에서 "고이왕은 자신이 목지국(目支國)을 다스리는 진왕(辰王)이라"고 하였다.

『후한서』「동이열전」한조(韓條)에 의하면 한반도 남부지역에는 3한(三韓)이 존재하는데, 마한(馬韓)은 54개의 작은 나라들로 구성되어 있다. 백제(伯濟=百濟)는 그 중의 하나다. 그 동서남방의 진한(辰韓)과 변진(弁辰)은 도합 24개의 작은 나라들로 구성되어 있다. 사로(斯盧=新羅)는 그 중의 하나다.

한(韓)의 영역은 옛 '진국(辰國)'이며, 3한 지역에서는 마한이 제일 큰 나라로서 그 종족들 중에서 사람을 뽑아 진왕(辰王)을 세우는데, 그가 3한 지역을 통솔한다.

이 점에 대하여『위략(魏略)』에서는 진한에 관해 설명하기를, "그들은 외지에서 옮겨온 사람들이 분명하기 때문에 마한의 지배를 받는 것"이라고 했다. 또한,『후한서』와『진서(晉書)』는 "(3한의) 제(諸)국왕의 선대(先代)는 모두 마한 종족의 사람이다."라고 했다.

그런가 하면,『양서(梁書)』「신라전」에서도 "진한의 왕은 항상 마한 사람을 세워 대(代)를 이어가고, 진한 스스로는 왕을 세울 수 없으니……"라고 하였다. 단지, 진수(陳壽)가 쓴『삼국지 위서(魏書)』에는 3한 중 마한이 가장 강대하다는 표현과 진왕이 3한 지역의 왕으로 군림한다는 등의 어구는 쓰지 않고 있다. 또, 같은 책「동이전」변진(弁辰) 조항에도 진왕의 관할구역을 (진한과 변진의 도합 24국 중) "그 12국은 진왕에 속한다(其12國屬辰王)."고 하여, 나머지 12국은 진왕에 소속되지 않은 것 같은 인상을 준다. 뿐만 아니라, 학계에서 가장 문제가 된 것은 역시『삼국지 위서』의 변진 조에 "진왕이 자립하여 왕이 되지는 못하였다."고 한 대목이다.

그러나 앞서 살펴본 대부분의 다른 중국 사서들을 종합해 보건대, 이

구절에서 '진왕(辰王)'은 '진한(辰韓)'의 오기(誤記)로 봐야 한다는 견해가 지배적이다. 말하자면, 『위서(魏書)』(변진 조)의 그 구절은 "진한이 자립하여 왕이 되지는 못하였다."라고 해석함이 옳다는 것이 통설로 돼 있다.

『후한서』는 진왕의 성립에 대해 "과거에 조선왕 준(準)이 위만(衛滿·燕나라 사람)에게 패하여 자신의 남은 무리 수천 명을 거느리고 바다로 도망쳐 마한 땅을 공격해 쳐부수고 스스로 한왕(韓王)이 되었다. 준의 후손이 절멸되자 마한 사람이 다시 자립하여 진왕(辰王)이 되었다."고 한다.

한(韓·辰王國)에 소속된 주변국으로는 "마한 서쪽 바다의 섬 위에 주호국(州胡國·지금의 제주도)이 있고(州胡國在馬韓之西海中大島), 왜(倭·大倭)도 한(韓·진왕국)에 소속되어 동남쪽 큰 바다 가운데 있는 것(倭在韓東南大海中)으로 기록되어 있다. 특히 이 구절에서 '재(在)'라는 글자는 단순히 '있다'라는 동사가 아니라, '소속'을 표시하는 표기로 봐야 한다고 소 박사는 주장한다. 왜냐하면 고대 중국의 한자표기에서 부용지(附庸地)는 '在'자를 썼기 때문이라고 하였다.[90]

그런데 흔히 『위지 왜인전』으로 더 잘 알려진 『삼국지 위서』 「동이전」 왜인 조에 "왜인은 대방군(帶方郡) 동남쪽의 큰 바다 가운데 살고 있는데……이전에는 100여 나라가 있어, 한대(漢代)의 조정에 알현하는 나라가 있었고, 지금은 사역(使譯)으로 통하는 나라가 30여 개"라 하였다.

여기서 말한 30여개의 나라가 있던 북부큐슈 지역에 이들의 연합체 같은 것을 '대왜(大倭·야마토)'라고 했다. 말하자면, 사서에서 언급된 '왜국'은 다름 아닌 '대왜'를 가리키는 말이었다는 것이 소 박사의 견해인데, 그러한

---

90) 소진철(蘇鎭轍) : 「일본의 고대국가 '大倭'의 기원과 '韓'」(동북아 역사재단, 제1회 상고사 학술회의 발표논문) P.135 脚註.

근거로 다음과 같은 예들을 들고 있다.

첫째, 『후한서』「동이열전」왜(倭)조는 "왜는 한(韓)에 소속되어 동남 대해 가운데 있고(倭在韓東南大海中)……그 대왜(大倭 · 야마토)왕의 거소는 사마대국(邪馬臺國 · 야마타이고쿠)"이라고 했다. '대왜'의 도읍지에 대해 『후한서』가 '사마대(臺)국'이라 표기한 데 비해 『삼국지 위서』는 '사마일(壹)국'으로 표기하고 있는 점에 조금 차이가 있을 뿐이다.

아무튼 '대왜'에서의 맹주는 여왕국인 '사마대국'이었다. 그리고 대왜를 구성한 30여 개의 나라들은 모두 이 나라에 종속되어 있다고 하니, 사마대국의 여왕 비미호(卑弥呼 · 히미코)는 대외적으로 왜왕(倭王)으로 호칭된다. 특히 여왕은 경초(景初) 2년(238) 위제(魏帝)로부터 '친위왜왕(親魏倭王)'의 금도장[金印]을 하사받은 바가 있다.

둘째, 『삼국지 위서』 왜인 조는 "그 나라의 조세 부과[租賦]나 시장교역에 있어서 이들에 대한 감시는 대왜가 한다(使大倭監之)고 하여 '대왜'의 역할에 대해 언급하고 있다.

셋째, 『고사기(古事記)』에 전승된 안녕천황(安寧天皇 · 제3세)의 다른 이름이 '오-야먀토쿠니 아레히메노 미코토(意富夜麻登久邇阿礼比賣命)'인데, 국명을 '오-야마토쿠니(大倭國)'라 표기했다. 이밖에도 『고사기』에 전승된 다른 초기 천황들의 이름 역시 모두 '대왜(大倭 · 오-야마토)로 시작한다.

이런 점들로 보아 사서에서 언급되는 '왜국'은 다름 아닌 이 '대왜(오-야마토)'를 가리키는 말이 틀림없는 것이다.

그런데 『삼국지 위서』 왜인 조(일명 「위지 왜인선」)는 내왜의 국가경영 및 사회구조에 대해 언급했는데 거기에는 아주 놀랄 만한 구절이 있다.

우선 대왜의 세제(稅制)에 관해서 '왜인 조'는 이렇게 설명한다.

제(諸)국은 독자적으로 세금을 징수하고 부역(賦役)을 부과하며 이를 위한 저각(邸閣)을 지어놓고 있다. 각 나라마다 물물교환을 위해 저자[市場]가 서 있는데, 이들에 대한 감시는 대왜(大倭)가 한다.(……收租賦有邸閣. 國國有市交易有無. 使大倭監之.)

이러한 일들은 여왕국의 도읍지인 '사마대(일)국'에서 여왕을 보필하던 '남제(男弟)'가 맡아서 주관했을 것으로 보는 것이 일반론이다. 다시 말해, '왜인 조'의 이와 같은 내용은 '대왜'가 가지고 있는 권한이 각 나라의 역내 경제활동을 조정하고 감시하는 데 그치는 것이란 의미와 다름없다. 그러므로 사회적 기능 중에서 가장 중요한 경찰권, 검찰권과 같은 사법권과 사회의 안전보장과 같은 기능은 다른 기관에서 장악하고 있다는 말이 된다.

이에 대해 『위서』 동이전 왜인 조는 말하기를,

여왕국 북쪽에 특별히 한 '대솔(大率)'을 두어 제국(諸國)을 검찰(檢察)하는데, 제국은 그를 몹시 두려워하고 꺼린다. 그는 이도국(伊都國)에 상주하며 다스린다.……(그의 역할은) 나라 안의 자사(刺史)와 같은 것이다.(自女王國以北特置一大率. 檢察諸國畏憚之. 常治伊都國.……於國中有如刺史.)

라고 하였다. 즉, 각국의 통치자(왕이나 수장)들이 '대솔'을 보면 몹시 두려워할 만큼 그의 권력은 마치 과거 한(漢)나라의 유주자사(幽州刺史)와 같이 막강했음을 알 수 있는 대목이다. 이로 미루어 보건대, '대솔'이라는 그 인물은 분명 외부에서 온 '실력자'로 보인다.

그런데, 지금까지 대왜(大倭), 즉 야마토에 대해 기내왕조설(畿內王朝說)

을 주장해온 일본 학계의 통설은 이 사실을 부정한다. 그 대신 당시 왜국의 조정은 기내(畿內·지금의 關西지방)에 있었기 때문에, 북 큐슈 지역에는 여왕의 파견관인 '대솔'과 같은 존재가 필요했던 것이라는 게 대부분 일본 학자들의 입장이었다.

"그러나 이러한 일본 측 주장은 언어도단이며 논리의 비약이라고 소진철 박사는 그의 논문에서 단호하게 말하고 있다네. 당시의 대왜(야마토)조정이 '기내'에 있었다고 하는 통설의 주장은 전혀 근거 없는 말이며, 대왜의 조정, 그러니까 여왕의 도읍지인 사마대국(야마타이고쿠)은 북 큐슈 지역의 어딘가에 있었던 게 분명하다고 주장하면서, 베이징대 교수인 심인안(沈仁安)의 논문(『왜국과 동아시아(倭國と東アジア)』)의 사례를 들어 공박하지. 뭣보다 '대솔(大率)'이 중국의 관제가 아닐 뿐 아니라, 중국의 왕조는 종래 타국에 '대솔'이라는 감독관을 파견한 적도 없다는 게 심교수의 설명이었거든. 뭐 하여간, 이쯤에서 소 박사 논문의 결론을 얘기할 차례가 된 것 같구먼."

하고 동기선생은 말했다.

"여기의 '대솔'은 다름 아닌 한(韓=마한)의 진왕(辰王) 조정에서 파견한 관헌으로 봐야 하고, 이 자는 중국의 자사(刺史)와 같은 신분이었다는 게 논지의 핵심이야. 왜냐하면 당시 마한에 '대솔'이라는 관직이 존재했던 사실에 관해선 아까도 이미 언급한 바가 있었듯이 말이야. 그러니까…… 결국, 『후한서』 마한 조에서 보는 '대솔'은 진왕국(마한)의 한 관직으로 보아야 하며, 그것은 『위서』 동이전 왜인 조의 그 '대솔'과 같은 송류의 식책으로 봐야 한다는 것이지. 요컨대 대솔은 이도국에 치소(治所)를 설치하고 상주하는 진왕의 한 관헌이며, 대왜의 제국을 검찰(檢察)하는 것으로 보아, 자신

이 관리하는 병력과 경찰력을 보유하고 있었다고 볼 수 있지. 또한 각국의
왕이나 수장들의 외부출입, 일테면 한(韓)과 군(郡)을 왕래하는 것 등을 규
제할 만큼 해상력까지 지닌 막강한 세력이었어. 그리하여 '대외관계'를 실
질적으로 통제하는 점으로 봐서 대솔 직의 인물은 사실상 대왜(야마토)의
'지배자'였던 셈이야."

　동기선생의 이런 설명은 정광이나 우진에겐 금시초문이었다. 그러나 선
생의 상세한 설명을 듣자니 지금껏 약간 아리송했던 한·일고대사의 수수
께끼가 안개 걷히듯 차츰 명백해져 오는 듯했다.

　비록 그동안 두 사람은 묵묵히 듣고만 있었지만 틈틈이 고개를 끄덕거
림으로써 선생의 이야기에 귀 기울여 이해하고 있음을 표시하곤 했다. 그
때마다 동기선생은 진지하게 경청하는 두 사람의 그러한 태도에 한층 고
무된 듯 만족한 표정이었으며, 또 간간이 한숨 돌리듯 뜸을 들였다간 다시
입을 열고는 하였다.

　"특히 내 관심을 끈 것은, 소 박사가 『위지 왜인전』의 그 대솔을 다름 아
닌 백제 고이왕(234~286) 시대의 인물로 보고 있다는 점이야.

　『위서(魏書)』는 왜의 여왕이 238년에 위제(魏帝)로부터 '친위왜왕'의 인수
(印綬)를 받았다 했어. 또한 여왕은 247년에 목숨[壽]을 다했다고 했는데,
이러한 사실은 모두 고이왕 재위 중의 일이었거든. 아까도 거듭 말했지만
일본 측에선 엉뚱하게 소위 이주갑설을 내세워, 백제 고이왕의 존재를 깡
그리 지운 셈이야. 이것은 8세기의 일본 조정에서 『일본서기』 편찬자들이
고육지책으로 3세기 백제 고이왕 시대의 진실을 봉인해버리기 위함이었
지. 예컨대, 허구의 인물인 신공황후를 등장시켜 왜 여왕 비미호(히미코)와
혼동케 하고, 연대가 어긋난 백제왕명의 삽입과 대체기사(代替記事) 따위

를 통해 소위 이주갑설이 생겨나게 조작함으로써, 아주 교묘하게 역사의 진실을 왜곡하고 분식(粉飾)하는 잔꾀를 부린 거지.

　하여간, 소 박사가 내린 그 논문의 핵심적 결론을 요약하면 이런 거야……."

　『위서(魏書)』에서 "비미호(卑弥呼·히미코)는 여왕이 된 후에는 (그녀를) 본 자가 없었다."고 하는 것으로 보아, 여왕은 '대왜(大倭)'의 통치행위와는 무관한 인물로 보인다. 그는 『후한서(後漢書)』에서 보는 마한 사회의 '천군(天君·나라의 司祭官)'과 같은 역할을 하는 존재인 것 같다. 그러므로 '대왜'의 통치행위는 사실상 진왕(辰王)이 보낸 '자사(刺史)'와 같은 '대솔'이 한다고 봐야 할 것이다. '대왜'는 그렇게 진왕에 예속된 땅, 즉 부용지(附庸地)와 같은 것이다.

　247년경 여왕 비미호(卑弥呼)는 서거했다고 하는데, 그 후에도 '대왜'는 이 '대솔'의 지휘통솔 아래 영토 확장에 종사한 것으로 보이며, 4~5세기경에는 남큐슈 지역을 평정하고, 혼슈(本州)로 이동해 지금의 관서(關西)지방까지 진출해 거기에 자신들의 '직할령(直轄領)'을 설치하고 '왜국(倭國)'을 다스린 것으로 보인다. 『수서(隋書)』는 "죽서국(竹西國·쓰쿠시) 즉 큐슈(九州) 지역 이동(以東)은 모두 왜(倭)에 부용(附庸)한다."고 했고, 『고사기』는 지금의 긴키(近畿)지방을 '大倭(야마토)'의 땅으로 표기하고 있다.

　그럼에도 불구하고, 오늘날 일본의 중고등학교 역사교과서에는 이러한 역사적 사실이 부정되고, 일본 고대국가의 기원은 4~5세기경 긴키(近畿)지방에서 자생(自生)했다고 하는 천황가의 '대화(大和·야마토)정권'에서 찾고 있는데, 이는 전혀 근거 없는 사실이며 허무맹랑한 주장이다.

　이러한 역사적 '음모'는 다름 아닌 『후한서』와 『삼국지(위서)』에 기록된 '대왜(大倭·야마투)'의 존재를 뿌리째 말살하려고 하는 흉계인 것이다.

　일본의 저명한 사학자 우에다 마사아키(上田正昭)는 근년에 발표한 한 논문(「河内王朝と百舌鳥古墳群」アジア史學會 ニュース37号, 2006년)에서 "천평(天平)

2년(730년)의 '정세장'(正税帳 · 나라의 세입세출장부)에는 '大倭國正税帳'(대왜국 정세장)이라는 도장이 찍혀 있다"고 한다.

그러므로 그는 "적어도 8세기 전반의 왕권을 '大和王權(야마토왕권)' 또는 그 조정을 '大和朝廷', 그리고 그 나라를 '大和國家'라고 하는 것은 엄중하게 말해 정확하지는 않다"고 한다. 왜냐하면, '대화(大和 · 야마토)의 표기가 일본 역사에서 실제로 등장하는 것은 양로령(養老領)이 시행된 천평승보(天平勝宝) 9년(737) 이후의 일이었기 때문이다.

또한, 다른 저명한 사학자 이노우에 히데오(井上秀雄)도 그의 저서(『古代の韓國と日本』 1988)에서 "大倭國(대왜국 · 야마토노쿠니)은…… 지금의 나라현(奈良縣)이고 당시에는 이곳이 그 나라의 도읍지였던 것이다.…… 이 大倭國(대왜국)은 奈良朝(나라조)의 끝까지 존속했다"고 한다.[91]

"이와 같은 결론은 가히 그간의 일본 사학계의 기존 통설을 일거에 통째로 뒤집어엎어버린 거나 다름없어. 이거야말로 하나의 거대한 반전(反轉)이랄까? 한데, 여기서 끝나는 게 아니야. 우리가 특별히 주목해야 할 점은 그 다음부터야.

여왕 비미호(히미코)가 서기 247년경 노환으로 숨진 뒤에 소위 '사마대국(邪馬臺國 · 야마타이고쿠) 연합'은 다시 국중대란(國中大亂)에 빠지게 됐는데, 그 이듬해 후계자로 종녀(宗女)인 일여(壹與 · 혹은 대여/臺與라고도 표기)를 왜왕으로 추대해 나라는 다시 안정을 찾았지. 그런데, 왜국 곧 '대왜(大倭)'는 그 후 서진(西晉)의 개국을 축하하는 조공(266년)을 끝으로 약 150년간 중국 측 사서에서는 그 기록을 찾아볼 수 없게 되지. 그런 이유로 이 시점에서 '대왜'는 사실상 소멸한 것으로 보는 학계의 견해가 적지 않거든.

---

91) 소진철(蘇鎭轍) : 앞의 논문 PP.150~151.

하지만, 소 박사는 이것에 동의하지 않는다는 점이야. 왜냐하면 '대왜'는 그 후에도 계속 존립한 것으로 보고 있고, 그 영역을 확대해 큐슈지역(南九州까지 포함)을 평정하고, 일본열도의 혼슈(本州)로 진출한 것으로 보고 있단 말이야.

이 점에 대해선 나 역시 아까 충분히 설명했다시피,「신공기」49년 조를 되돌아볼 필요가 있어. 이 연대는『일본서기』기년 그대로 기사년·가평원년(己巳年·嘉平元年)이자 백제 고이왕 16년에 해당하는 249년의 사건인데, 신공으로 보이는 히미꼬가 죽은(247) 2년 뒤의 일이었어. 그러므로 이 무렵에 한반도의 백제와 '대왜(大倭)'가 연합하여 합동작전으로 큐슈 북부 일대를 장악했던 사건으로 이해하게 될 때, 그동안 수수께끼로 남아있던 역사의 진상이 확연히 드러나는 거지.

백제 칠지도(七支刀) 문제 역시 그런 관점에서 봐야 해. 일단 명문(銘文)의 내용을 떠나서 칠지도에 관해 최초로 언급된 기록이『일본서기』「신공기」52년(252)조에 있단 말이야. 이는 고이왕 19년의 일로서,『일본서기』기사 내용을 보면 "백제로부터 칠지도 1구와 칠자경(七子鏡) 1면 및 각종의 중보(重寶)를 보내왔다"고 했거든. 즉, 이보다 3년 전인 고이왕 16년(249)에 큐슈의 '시라기 7국', 달리 말해 쓰쿠시 연해 각국의 족장 치하 공동체적 제집단인 '7소국(七小國)'을 평정한 이래, 이 정벌작전에 연합군으로 편성되어 참가한 대왜(大倭·야마토)[92] 조정에 대하여 백제 본국에서 내린 하

---

92) AD 3세기 중엽에 현재의 일본 나라(奈良) 분지에 당시 일본열도에서 가장 유력한 세력이 나타나면서 서일본(西日本)의 일부 세력과 합쳐가며 점차 일본 최초의 왕권국가를 형성하기 시작했는데, 이 정권을 대왜(大倭), 즉 야마토라 하며, 이때를 야마토정권의 성립기로 보고 있다. 나라분지의 이 세력이 명실상부하게 일본을 대표하는 세력이었다. 그 뒤 701년에 비로소 '日本'이라는 국명이 생기기 전의 왜(倭)와 함께 야마토정권을 가리키는 '대왜(大倭)'는 6세기 말부터 8세기 초에 걸치는 아스카(飛鳥) 시대에도 여전히 그대로 쓰였다. 그러다가 752년

사품이 칠지도야. 말하자면, 이로써 영원한 우호를 다지고 기념하는 신표로 삼은 게지. 이것은 한반도로부터 당시 백제세력이 일본열도에 식민지 개척을 위해 본격적 진출을 시도한 이래 대규모의 정벌작전을 감행하여 소기의 성과를 달성하고 기념한, 매우 의미 깊은 증거물이기도 해.

그 이후 백제가 일본열도의 혼슈(本州)로 진출한 자세한 기록은 없어. 따라서 그 상세한 경로를 알기는 어려우나, 476년경에 작성된 왜왕 '무(武)'가 당시의 조정(지금의 긴키 지방)에서 송순제(宋順帝)에게 봉정한 한 통의 상표문(上表文)을 통해 짐작할 수는 있지. 『송서(宋書)』「왜국전」에는 478년(昇明 2년)의 일로 기록돼 있는데,[93] 어쨌든 거기서 왜왕 '무'는 자신들의 선대가 한 때 큐슈지방에서 평정사업에 종사했다고 밝히고 있어.

또, 608년경 왜경(倭京)을 찾은 수(隋)나라 사신 문림랑배청(文林郎裴淸)의 탐방기도 하나의 좋은 예가 되지. 즉, 대왜(大倭)는 큐슈 지역에서 평정사업을 마무리하고 바다를 건너 추고쿠[中國·현재 일본 혼슈(本州)의 서쪽] 지역으로 확대하여 지금의 긴키(近畿)지방에 이르렀다고 하는 사실을 이처럼 『송서』나 『수서』가 입증해주고 있어.

게다가, 710년경에 편찬된 일본 정사(正史)의 하나인 『고사기』도 당시의 '왜(倭)'의 국토 명칭에서 지금의 긴키 지방을 '대왜풍추진도(大倭豊秋津嶋)'라 했고, 큐슈는 '축자도(筑紫嶋)'로 표기하고 있단 말이야.

혹은 757년에 '大倭國'이 '大和國'으로 변경되면서 최초로 '대화(大和·야마토)'란 용어가 나타났다는 것이 일본 학계의 일반론이긴 하다. 그러나 실상 '大和(야마토)'의 표기가 일본 역사에서 실제로 등장하는 것은 양로령(養老令)이 시행된 천평승보(天平勝宝) 9년(737) 이후의 일이라고 말하는 것이 더 정확하다.

93) 『송서』「왜국전」에는 '왜 5왕'이 등장하는데, 찬(讚)·진(珍)·제(濟)·흥(興)·무(武)가 그들이다. 이 무렵의 송나라는 훗날 서기 960년에 송태조 조광윤(趙匡胤)이 세운 그 송나라가 아니라, 위진남북조시대의 송나라를 가리킨다.

특히, 소 박사가 이와 같은 주장을 편 근저에는 일찍이 왜왕 '무(武)'가 다름 아닌 백제 무령왕(武寧王)이란 사실을 입증한 저서『금석문(金石文)으로 본 백제무령왕의 세계』에서도 상세히 다룬 바가 있었기 때문이야. 한데, 일본에선 이 왜왕 '무'를 그전까지『일본서기』에 기록된 제21대 웅략(雄略·유랴쿠)왕과 동일인물로 추정하여 그가 한반도 남부를 지배한 듯이 얼토당토 않는 주장[94]을 내세우곤 했단 말이야.

그러나 실제로 1971년 공주(公州) 송산리(宋山里)의 한 고분에서 출토된 지석(誌石)에는 '영동대장군(寧東大將軍) 백제 사마왕(斯麻王)……'의 기록이 있어 비로소 그 왕릉의 주인이 무령왕이었던 게 밝혀졌거든. 이는 또한 양제(梁帝)가 왜왕 '무(武)'에게 내려준 작호(爵號)와 같다는 사실을 확인시켜 준 하나의 명백한 물증이기도 한 셈이지. 머, 하여간 그건 그렇고……"

한국에 의한 세 번째 일본 '침략'은 군사적 또는 무력적인 것이 아니라 불교의 전래였다. 6세기 중반 백제 성왕은 그 당시 일본의 통치자에게 불교를 권하며 경전, 승려, 그리고 불상을 보냈다. 일본은 이 세 가지 모두에 의해 '정복' 당했다.

일본의 통치자들은 수많은 사찰을 짓고, 한반도로부터 올 수 있는 모든 예술가를 환영했다. 탑의 건축, 벽화, 및 청동 주조 같은 모든 불교 예술을 당시의 한반도에 있던 고구려, 백제, 신라 등의 전문가들에게서 배울

---

94) 송순제(宋順帝)로부터 왜왕 무(武)가 받은 〈사지절도독 왜·신라·임나·가라·진한·모한 6국 제군사 안동대장군 왜왕〉(使持節都督倭新羅任那加羅秦韓慕韓六國諸軍事安東大將軍倭王)이란 긴 칭호에서 당시 한반도 남부지역 국명들의 열거 때문에 그런 오해가 빚어진 듯하다. 그러나 이 거창한 느낌을 주는 호칭이 단지 과장되었거나 또는 상징적인 것에 불과했다기보다는 실제로 한반도 남부에 있었던 이들 나라로부터 이주해온 사람들이 일본열도 내에 세운 소국의 이름들이었다고 봐야 옳을 것이다.

필요가 있었는데, 고대 한국인들은 이 모든 분야에서 일본보다 몇 세기나 앞서 있었던 까닭이다.

호류지(法隆寺) 사원에 있는 키 크고 우아한 '구다라 간논'은 아직도 여전히 그 출처의 이름을 간직하고 있다. '구다라'는 백제라는 뜻의 일본 말이며, '간논'은 관음(觀音)의 일본식 독음이다. 이로써 '백제관음 불상'이 백제인의 손으로 만들어진 것임은 그 이름에서 명백히 증명되는 것이다. 또, 일본의 국보 1호인 목조 반가사유상도 역시 한국인 예술가들에 의해 만들어졌다.

이와 같이 아스카(飛鳥) 시대의 일본 불교 예술의 95%는 수입되었거나 일본에 건너간 당대의 한국인들에 의해 만들어진 한국예술이다.

한국인에 의한 네 번째의 일본에 대한 '문화적 침략'은 조선건국(1392년)과 함께 시작되었다. 유교가 국교가 되었으며 불교가 배척을 당했다. 흔히 말하는 억불숭유정책에 따라 절을 빼앗긴 승려들과 또 후원자들이 없어진 많은 화가들이 일본의 사원과 통치자들에게 열렬히 환영받으면서 일종의 '두뇌유출'로 나타났다. 일본에서는 이 시기에 유명한 묵화가(墨畵家)들이 많이 배출되었는데, 그 일본인 화가들은 실은 한국인 망명자들 내지 피난민들로 밝혀지게 되었다.

마지막으로, 한국의 일본에 대한 다섯 번째 '문화침략'은 역설적이게도 임진왜란과 정유재란의 피침(被侵)으로 끌려간 조선의 수많은 포로들에 의해서였다. 조선 침략에 복무했던 왜장들은 수백, 아니 수천 명의 조선도공들, 제지기술자들, 그들의 아내와 그 가족까지도 데려갔다. 한국을 떠나 일본으로 건너간 이들 조선인 기술자들에 의해 일본의 도예기술 및 종이 만드는 신기술이 전수되었고, 이후 일본은 자체의 문화발전을 이룩하는

데 한국인들에게 크게 신세를 져 왔다.…………

"이것이 대략 존 카터 코벨의 저서『한국: 일본 예술의 원류』의 핵심적
내용이야. 결국, 일본은 2천년 이상 한국으로부터 문화적 침략에 의해 점
령당한 셈이었다는 주장이야. 그런데 참 아이러니하지. 그 선진문화의 수
혈적(輸血的) 시혜로 힘을 키운 일본은 거꾸로 한국을 무력에 의해 침략함
으로써 번번이 은혜를 원수로 갚곤 했으니까. 심지어 국권피탈기인 1910
년부터 1945년까지 35년간을 나라조차 빼앗겼던 우리가 아닌가. 그럼에
도 불구하고, 전 세계에서 일본을 우습게 여기는 유일한 민족은 한국인밖
에 없는 이유가 뭐겠어? 우리의 잠재의식 속엔 배은망덕한 일본인에 대한
문화적 우월감이 남아있기 때문이야. 난 이것이 한국인의 오랜 집단무의
식으로 작용하고 있다고 봐…….."

장시간에 걸친 동기선생의 그날 강의는 이쯤에서 끝났다.

과연 듣던 대로 선생은 역사 이야기를 할 때면 얼굴에 생기가 넘쳤다.
일흔 아홉의 연세는 선생에겐 그냥 숫자에 불과한 듯했다. 기억력도 대단
하였고, 특히 역사적 주요사건들의 연대를 환히 꿰고 있었다.

정광은 그날 우진을 따라 처음 방문한 자리였음에도 마치 그 전에 몇 차
례 온 것 같은 느낌이 들 정도였다. 동기선생과 마주앉아 얘기를 나누는
동안 어느새 그처럼 어색함도 없이 오히려 편안하단 생각이 들었다.

"교수님. 저어, 평소에 무척 궁금하게 여긴 게 있는데요,…… 제가 양
시마을에 살 때엔 사주 동남산 일대를 산책했는데 하루는 배반들을 따라
걷다가 망덕사지(望德寺址)에서 흩어진 주춧돌을 봤거든요."

정광은 그때의 이야기를 꺼냈다.

제3장

팔각형의 의미

몇 달 전까지만 해도 추수를 하지 않아 누르스름한 연두색 들판에 벼가
익어 고개를 늘어뜨리고 있었기에 감히 논두렁을 가로질러 망덕사지까지
는 가볼 엄두를 내지 못했었다.

그는 휴일이면 가끔 틈을 내어 양지마을 북쪽 낭산(狼山)의 능지탑 쪽에
서부터 낭산 산정을 거쳐 신유림 남쪽으로 내려오는 산책 코스를 택하곤
했다.

국권상실기에 개설된 철길이 그곳을 동서로 자르듯 길게 뻗어 있었다.
일제에 의해 선덕여왕 능이 있는 낭산의 지맥을 끊어버린 그 철길 건널목
을 지나면 바로 위가 능지탑 자리이다. 그곳을 둘러보고 동쪽으로 좁은 오
솔길을 5분쯤 오르면 송림이 시작된다.

이윽고 낭산 중턱을 쳐낸 자리에 볕이 잘 들게 이룩된 거대봉분의 왕릉
이 송림 한가운데 나타난다. 선덕여왕 능이다. 거기를 지나 신유림을 빠져
나오면, 낭산 아래 문무왕의 명을 받아 명랑법사가 세운 사천왕사지(四天
王寺址)가 폐허처럼 그를 맞이한다. 평소엔 여기까지가 산책의 끝이었다.

그런데 그날은 텅 빈 들판을 따라 더 아래쪽으로 모처럼 망덕사지까지 가볼 요량이었다.

어느 일요일 오후였다. 남천 냇가에는 잡풀이 무성했다. 정광에겐 평소 망덕사지가 너무나 멀리 있었다. 남천과 울산 가는 국도 사이의 논밭에 갇힌 고도(孤島)처럼 느껴지던 망덕사지. 그곳으로 다가가는 길이 왜 그렇게 어려웠던지 알 수가 없었다.

낭산 신유림 앞자락에 있는 사천왕사지의 남쪽 구릉에 세워졌던 망덕사는, 『삼국유사』의 기록에 따르면, 삼한일통(三韓一統)의 전쟁에서 신라의 배신을 의심해 당나라 황제가 파견한 예부시랑(禮部侍郎) 악붕귀(樂鵬龜)를 속이기 위해 신라가 새로 건립한 사찰이다. 지금은 금당 자리의 주춧돌과 동탑의 기단이 있었던 둔덕과 당간지주(보물 69호)만 덩그렇게 남겨진 폐허 그대로였다. 이 가운데 특히 동·서 목탑 터는 사천왕사지의 동·서 목탑 터와 함께 쌍탑 구조를 연구하는 데 중요한 자료로 평가되고 있다.

논 가운데 독뫼(獨山)처럼 울창한 소나무가 서 있는 서탑 주변과 당간지주가 남천제방 길에서 어슴푸레 보였다.

여름은 여름대로 무성한 초록 그늘과 들판의 곡식들이 가로막아 접근이 어려웠고, 논밭 거두기를 한 겨울철은 너무나 황량해 쓸쓸하기 짝이 없었다. 그러기에 을씨년스러운 그곳에의 접근을 늘 망설인 것 같았다.

불과 두어 달 전까지만 해도 겨울 얼갈이를 끝낸 휑한 들판 곳곳이 버려진 땅처럼 황량했었는데 그날은 전혀 다른 풍경으로 돌변해 있었다. 아마도 살갗에 닿는 훈훈한 봄기운 탓이렷다. 어느새 모내기가 끝난 직후의 파릇파릇한 논물에 하얀 구름이 떠 있는 광경을 보며 논둑을 따라 망덕사지로 가는 길이 포근하게 느껴졌고, 그의 발걸음도 가벼웠다.

진논 둑길에 찍힌 누군가의 발자국이 그를 망덕사지로 안내하고 있었다.

망덕사지 금당 터의 주춧돌이 줄지어 놓여 있다. 파릇하게 자란 풀과 잔디들이 주춧돌 아래 평평하게 가지런하다. 마치 누군가 잔디를 깎아내고 잘 손질해놓은 듯 느긋하게 펼쳐져 있다. 서탑이 있던 둔덕은 소나무와 잡초들과 제법 웃자란 개망초가 하얀 꽃무리를 이루고 있었다. 주변에는 사람 그림자 하나 없었다.

정광은 탑의 심초석(心礎石)에 걸터앉은 자신의 모습을 사진에 담고자 금당 터의 주춧돌 위에 카메라 받침대를 세우고 10초 간격으로 자동셔터의 타이머를 조절해놓았다. 그리고는 재빨리 심초석을 향해 도로 달려갔다. 너무 황급히 서두르다 그만 발이 삐끗하여 자빠지며 왼쪽 무릎을 근처에 늘어선 주춧돌의 어느 한 모서리에 짓찧고 말았다. 옷이 거의 찢길 정도였다. 뼈가 아리는 통증 때문에 주저앉아 바지를 걷어 올려보니 째진 살갗에 벌써 피가 배어나고 있다.

그는 손수건으로 조심조심 피를 닦아낸 뒤 지혈이 될 때까지 한참을 꾹 누르고 있었다. 심초석과 자신의 모습이 함께 담기는 사진을 찍는 데도 실패한 채 한참을 우두망찰하였다.

그는 그때 보았다. 어느 틈에 나타났는지 빗물이 괸 심초공(心礎孔)에 청개구리 한 마리가 들앉아 있는 것이었다. 오래 전 통도사 자장암의 관음당 뒤편에서 처음 목격했던 금와보살 생각이 퍼뜩 연상되었다.

인연 있는 자에게만 보인다고 했던가? 그는 무심한 심초석이 자신의 발목을 잡았다고 여겼다. 우연이 아니다! 그는 한참을 거기 머물며 살펴보았다. 팔각형으로 다듬어져 있는 심초석!

뭣보다 우선 사천왕사와 망덕사의 심초석 형태가 확연히 달랐던 것이다.

"교수님, 사천왕사지에 있는 심초석이 방형(4각형)인데 비해, 망덕사지의 것은 팔각형이더군요. 그냥 넘기기엔 그 점이 아무래도 이상하게 느껴지데요. 대관절 팔각형에는 무슨 의미가 담겼을까요?"

"글쎄다."

동기선생은 정광의 엉뚱한 질문에 처음엔 적이 난감한 표정을 짓더니,

"통일신라 때 대중 속에 성행하던 불교는 극락세계에 쉽게 이르고자 하는 아미타신앙이었지. 하지만, 극락세계인 아미타정토보다 사람살이의 현실을 더 중시하여 스스로 깨치는 자력신앙을 제시한 것은 화엄사상이야. 그래서 세워진 불국사는 불교가 본래 지향하는 힘겨운 정각(正覺)의 석가정토를 강조한 건축물이고. 그 불국사의 다보탑을 보면 4각 난간에 8각 하늘과 상륜부를 얹었거든. 과학적으로는 원형에 제일 가까운 것이 6각형이라고 해. 벌들이 지은 벌집구멍이 바로 6각형인데 잘 다듬은 다이아몬드 꼴이야. 한데, 그 6각형의 아래 위, 뾰족한 양쪽 모서리를 조금 잘라내면 두 개의 3각형이 떨어져 나가고 바로 8각형이 되지. 아집과 독선 따위의 오만에 사로잡힌 중생이 불도에 정진함으로써 그 오만과 무지의 모서리가 떨어져 나간 형태가 8각의 의미가 아닌가 싶어. 물론 내 생각이긴 하나, 그렇게 해서 차츰차츰 원만한 깨달음에 이르는 과정을 상징화한 게 아닐까?"

"예. 교수님의 말씀에 일리가 있습니다. 저는 8각의 의미를 주역의 8괘와 연관 지어 생각해보곤 했었는데, 그건 너무 단순한 판단이었던 것 같네

요.

"그렇다고 뭐, 전적으로 틀렸다고 볼 순 없지. 뭐가 정답인지 알 수 없으니까. 눈에 보이지 않는 우주의 추상적 진리나 신의 뜻이 이따금 숫자로 나타난다는 견해도 있어. 하지만, 그것도 어디까지나 추정에 따른 주관적 해석이 아닐까?"

"예 그런 것 같습니다. 요즘 저는 『천부경(天符經)』 연구에 푹 빠져 지내는데요, 거기서도 81자(字)로 신(神)의 변화적 이치를 거의 숫자로 밝히고 있더군요. 그 중 핵심만 얘기하면 1은 태극이고, 시작이 없음은 무극이라 하는데 태극은 무극에서 비롯된다 합니다. 이를 일컬어 '일시무시(一始無始)'라 하지요. 또 달리, '하나로 시작했지만 무에서 시작한 하나이다(一始無始一). 하나에서 끝마치지만 무에서 끝나는 하나다(一終無終一)'라고도 했습니다. 그리고 '일석삼(一析三)', 즉 하나가 셋으로 갈라진다고 한 것은 태극이 나뉘어져 하늘을 낳고, 땅을 낳고, 사람을 낳는다는 의미구요. 그러니까 3이란 숫자는 우주의 숫자로, 일찍이 피타고라스도 3을 절대숫자라고 말한 바가 있지요. 그것과도 무관하지 않을 듯합니다. 언젠가 제가 김시습의 '금오신화(金鰲新話)'와도 관련된 용장골에서 고위산까지 등산한 적이 있었습니다. 용장사지에서 400미터쯤 위쪽에 삼륜대좌불이 있는 곳을 가서 보았습니다. 교수님께서도 보신 적 있으시죠?"

"그야, 당연히 가봤지 아주 오래 전 일이지만……. 근처 마애좌상불의 미소 짓는 표정은 고위산을 바라보며 화엄의 연화장세계와 아미타의 서방정토가 원융(圓融)돼 있는 형태랄까, 무애(无涯)와 자비의 마음이 오롯이 묻어 있는 모습이지. 헌데, 갑자기 그 얘기는 왜?"

동기선생은 느닷없이 정광의 얘기가 엉뚱한 곳으로 비약하자 의아해서 묻는다.

"예. 3이란 숫자 때문에 갑자기 그 생각이 났습니다. 일반적으로 불상의 좌대는 연좌대(蓮座臺)인데, 거기선 3개의 원으로 된 좌대였던 걸 봤습니다."

"응, 맞아. 그게 삼륜(三輪)으로 돼 있지."

"그것이 부처님의 삼륜법(三輪法)을 가리킨 것이라 생각되데요. 말하자면, 지법륜(持法輪·空과 有에 대한 법), 전법륜(轉法輪·부처가 正道를 열어서 설법함), 조법륜(照法輪·空과 有에 대한 깨달음)을 암시한 것으로 말입니다. 그 3법의 바퀴 형상을 한 대좌에 앉아 설법하는 부처님의 상호는 없었지만, 법의 무늬는 섬세하고 화려했습니다. 거기서 저는 3이란 숫자의 의미를 읽었고, 또 근처 마애좌상불은 대일여래를 형상화한 것으로 파악했습니다. 연화장세계에 살며 그 몸은 법계에 두루 차서 큰 광명을 내비치어 중생을 제도하는 그 부처를 밀교에선 대일여래, 화엄종에선 보신불, 천태종에선 법신불이라 각기 달리 부르긴 하지만요."

"그렇긴 한데, 말하고자 하는 요점이 뭔가?"

동기선생은 자꾸 옆길로 새려는 화제가 좀 마뜩찮은 투로 물었다.

"아! 예, 핵심은 『천부경』 얘기였는데요. 아득한 환웅천왕 시대부터 전수돼 왔다는 그 『천부경』은 인간이 완성의 길을 가는 경전으로 여겼던 것 같아요. 인중천지일(人中天地一 : 사람이 하늘·땅 가운데 있으면서 모두 하나로 됨이다)라고 한 것은 우주적 완성을 위한 인간의 책임감을 말한 거겠죠. 그러니끼 인긴은 양과 음의 중간 존재로, 전과 시의 합일(合一)임을 표현한 말이기도 하구요.

결국, 도(道)의 근원은 모두 삼신(三神)으로부터 나온다는 것인데, 이 같은 3사상(三思想)을 상징한 그림이 옛 고구려의 삼족오(三足烏)라고도 볼 수 있겠죠. 고대인은 3신이 계신 곳을 태양으로 생각했고, 그래서 삼족오를 양오(陽烏·태양 까마귀)라 했듯이 태양을 경배하는 것이 3신을 공경하는 길이었다고 믿었던 것 같습니다. 옛사람들의 이런 믿음은 『천부경』속의 '본심본태양 앙명(本心本太陽 昂明)'이란 구절에서 엿볼 수 있어요. 본래의 마음은 크게 밝은 것[太陽]을 근본으로 함이니, 밝은 것을 우러러보란 의미겠지요. 말하자면, 사람의 본심이 태양의 밝음에 근본을 두고 있다고 해석하는 이유를 알게 해준 대목인 듯합니다.

환웅이 '아사달'에 도읍하여 신시(神市)를 열었다는 것도 태양숭배의 앙명(仰明) 사상에서 연유했고요. 따라서 태양 속에 산다는 삼족오 역시 그런 관점에서 파악되긴 마찬가집니다. 고대 이집트는 태양신을 섬겨 모든 건물을 태양이 뜨고 지는 방향을 기준으로 지었다더군요. 이집트에서 건축술을 배워온 그리스에서도 그랬고, 그밖에 로마·아즈텍·잉카제국 역시 태양숭배 사상을 지녔었지요. 특히, 마음을 나타내는 심장을 태양으로 본 고대 마야 문명에서 『천부경』속의 본심본태양(本心本太陽)의 내용을 떠올려봄직도 하구요. 사람의 심장을 도려내 태양신에 희생의 제물로 바친 행위는 그러한 하나의 상징적 이벤트였겠죠. 허준선생의 『동의보감』「내경편(內景編)」 신형장부론(身形臟腑論)에서도 심장을 일컬어, '신(神)의 거소(居所)'라고 명백히 기록해 놓았습니다.

아무튼, 천부경엔 또 대삼합륙(大三合六), 생칠팔구(生七八九)라는 구절이 나옵니다. 큰 3이 합하여 6이 되고, 이것이 7·8·9를 낳는다는 의미지요.

암호 같은 이 숫자들은 이렇게 풀이됩니다. 1·2·3은 천(天)의 수(數),

4 · 5 · 6은 지(地)의 수로서, 대삼(大三)이란 각기 조화의 능력을 갖춘 천삼(天三)과 지삼(地三)을 말한 것이고 이것이 합쳐지면 6이 된다는 뜻입니다. 결국 천지의 6수에서 인간의 수(7 · 8 · 9)가 탄생한다는 내용이지요. 그런데 7 · 8 · 9가 왜 인간을 상징하는 숫자인가 하면요, 얼굴을 형성하는 눈 2개 · 귀 2개 · 콧구멍 2개 · 입 1개로서 7이고, 여덟째는 성기구멍이며, 아홉째는 배설구인 항문이라고 풀이하는 사람도 있더군요."

그때까지 팔짱을 끼고 있던 동기선생은 이 대목에서,

"거 참, 들을수록 아주 흥미 있는 이야긴데……"

적당히 맞장구를 쳐주고 고개를 끄덕이며 빙그레 웃기까지 한다.

"으흠! 그래서…… 계속해 보게."

"예. 9라는 숫자가 나오는 것은 천부경에 의한 것인데, 이 9가 태극수입니다."

"잠깐만! 내가 분명히 들었는데, 아까는 1이 태극이라 하지 않았던가? 1은 태극이요, 시작이 없음은 무극이요, 태극은 무극에서 시작하니, 옛말에 이르기를, 일시무시(一始無始), 즉 태극은 무극에서 비롯한다(一者 太極也. 無始者 無極也. 太極始于無極. 故曰 一始無始)라고 했었지. 안 그래?"

"예. 맞습니다. 바로 그 때문에 헷갈리기 십상이지요. 한데, 팔각의 도형 한가운데에 9의 숫자를 놓고 8방의 각 꼭짓점에 1부터 8까지 숫자를 나열한다고 가정해 봅시다. 마주보는 숫자끼리 합하여 9가 되도록 하려면 1-8, 2-7, 3-6, 4-5로 짝을 지어야겠죠. 이때 짝 지어지는 앞 수는 양(陽)이고 뒤 수는 음(陰)입니다. 즉, 양수와 음수가 합해질 때 나타나는 수가 9인데, 팔각형의 한가운데 놓인 9는 무극대도이며 영(零)입니다. 그러니까 태극(一)은 무극(無極 · 始)에서 비롯하니, 일컬어 일시무시(一始無

始)라 한 것이 그런 의미지요. 또 일시무시일(一始無始一)을 해석함에 '하나로 시작했지만 무에서 시작한 하나다', 라고 해석해도 되겠지만, 이를 달리 '태극은 무극에서 시작한 하나다'로 풀이해도 같은 의미입니다."

"으흠!"

선생의 신음소리가 아까보다 깊게 울렸다.

"제가 망덕사의 팔각형 심초석을 본 뒤에 오래 생각해본 데는 이것이 주역의 팔괘와도 필경 무슨 관련이 있는 게 아닐까해섭니다. 음과 양은 서로 대립하고 순환하는데 이것들이 조합을 통해 자연계의 본질을 파악할 수 있다는 것이 팔괘의 근본사상이니까요. 송나라 주돈이(周敦頤)는『태극도설(太極圖說)』을 지어 주역의 무극과 동정(動靜)의 개념을 첨가하여 '무극이면서 태극이다. 태극이 이동하면 양이 되고 정지하면 음이 된다.' 했습니다. 또한 오행을 덧붙여, 태극이 음양의 양의(兩儀)를 낳고, 음양에서 오행이 이뤄지며, 오행이 만물을 낳는 우주론을 성립시켰을 뿐 아니라, 심지어 이것을 역추(逆推)하여 '오행이 음양이고, 음양이 태극이고, 태극이 무극이다'라고까지 했지요. 그런 점을 고려해서 저는 망덕사지에서 본 팔각형의 그 심초석을 통해 제 나름의 구궁팔괘도를 떠올려보았던 겁니다."

"흠!…… 이보게, 정광. 듣고 보니 자네의 학문적 내공이 꽤 깊구먼. 그래, 언제부터 그런 공부를 하게 됐나?"

"무슨 특별한 까닭이 있어서라기보다 오래 전에 우연히 명랑법사라는 인물을 알고 나서부텁니다. 그 분의 생애에 깊은 관심을 갖게 되면서 마치 운명처럼 끌려 들어갔습니다. 그 때문에 일부러 옛 신인사가 있던 자리 근처 양지마을에 방을 얻어 거기서 8년을 지냈지요. 명랑법사의 삶의 궤적을 추적하는 동안 온갖 문헌들을 뒤적이게 되었고, 이것저것 관련된 분야들을 마구 섭렵하게 되더군요."

"음. 그랬었구먼."

동기선생은 충분히 수긍했다는 듯이 크게 고개를 끄덕였다.

"자네 얘기를 듣다 보니 퍼뜩 생각나는 게 있어. 8각형 하면 우선 떠오르는 것 중에 백제 특유의 와당인 팔엽연화문이 연상돼. 아마 이것도 불교적 영향일 듯싶은데…… 소위 일본천황의 오래된 능을 보면 대개 그 둘레가 팔각형을 이루게끔 호석(護石)을 쌓았던 사실을 알고 있나?"

"아, 그렇습니까? 몰랐습니다."

정광은 그 사실을 처음 알았다.

"특히 황극(皇極) 여왕은 효덕(孝德) 왕에 의해 폐위됐다가 뒷날 제명(齊明) 여왕으로 재등극했는데, 그녀의 묘제가 대표적인 8각형이야. 아무래도 백제 문화의 영향을 깊이 받았던 일본왕실의 전통적인 '8각형묘제' 방식의 하나로 볼 수 있겠지."

하고 동기선생이 말했다.

당고종은 고구려를 멸망시킨 뒤 신라까지 쳐서 한꺼번에 집어삼키려 획책하였다. 신라는 이를 미리 알고 막으려 애썼다.

『삼국유사』에는 당나라 고종이 신라의 사신으로 당에 파견돼 있던 김인문(金仁問) 등을 옥에 가두고, 군사 50만 명을 훈련하여 장수 설방(薛邦)에게 명하여 장차 신라를 칠 계략을 꾸미고 있었다고 했다. 이때 의상법사가 유학하러 당에 갔다가 김인문을 찾아뵈었다. 인문은 당나라의 음모를 말하고 한시바삐 환국하여 왕실에 전하기를 당부했다. 이에 의상이 유학을 중단하고 황급히 본국에 돌아와서 왕께 아뢰었다.

문무왕은 이를 듣고 몹시 두려워하였다. 여러 신하들을 모아놓고 조정 회의를 통해 적을 막을 좋은 방도를 물었다. 이때 각간(角干) 김천존(金天尊)이 명랑법사를 천거했다. 그는 문두루 비법을 터득하고 용왕의 청에 따라 용궁에 들어가서 그 비법을 전수해주고 온 자이니, 아마도 그가 지닌 비범한 능력이 도움이 될 것이라고 아뢰었다. 왕은 즉시 명랑법사를 불러 방도를 물었다. 이에 명랑이 대답했다.

"낭산 남쪽에 신유림이 있습니다. 거기에 사천왕사를 세우고 도량(道場)을 개설하면 부처의 힘으로 능히 물리칠 수가 있습니다."

이리하여 문무왕은 명랑법사로 하여금 한시바삐 사천왕사를 건립토록 하였다.

그때, 정주(貞州·경기도 개풍/開豊)에서 사람이 급히 달려와 왕실에 보고한다.

"당나라 군사가 무수히 우리 국경에 이르러 바다 위를 맴돌고 있습니다."

아직 사천왕사가 완공되기도 전에 실제로 당의 군사가 침공해오자 왕은 명랑을 불러 다시 물었다.

"일이 이미 급하게 되었으니 어찌 하면 좋겠는가?"

"대왕폐하, 너무 심려 마십시오." 명랑은 침착히 대답한다. "급한 대로 우선 여러 가지 빛깔의 비단으로 절을 가설(假設)하면 될 것입니다."

그리고는 채색비단으로 임시로 절을 만들고 풀을 엮어 오방신상(五方神像)을 만들어 세웠다. 명랑을 우두머리로 하여 명승(明僧) 12명의 조력을 얻어 문두루(文豆婁) 비법을 쓰기 시작했다.

그때 당나라 군사와 신라 군사는 아직 교전도 하기 전인데 바람과 물결이 사납게 일어났다. 집채 같은 파도가 느닷없이 당의 군선을 휩쓸어 침몰시키자 당군은 죄다 몰살하였다.

그 후에 절을 고쳐 짓고 사천왕사라 하여 지금까지도(즉, 『삼국유사』를 저술하던 그때까지도) 문두루 비법을 썼던 그 단석(壇席)이 무너지지 않고 있다.―라고 쓴 일연(一然) 스님은 그 아래 주(註)를 달기를, 「국사(國史)」에는 이 절을 크게 고쳐 지은 것이 조로원년(調露元年) 기묘(679)의 일[國史. 大改刱在調露元年己卯.]이라고 했는데, 『삼국사기』 문무왕 19년(679) 조(條)에도, "이때 사천왕사가 이룩되고 남산성(南山城)을 증축하였다."는 기사가 보인다.

어쨌거나, 명랑법사가 이때 부린 문두루 비법은 '관정경(灌頂經)'에 근거한 밀교 주술이다. 이 비법은 오방신의 이름으로 마귀를 쫓는 것인데, 명랑은 관정경에 따라 오방신상을 세우고 밀단(密壇·만다라)을 설치하여 주술로써 침입하는 외적을 물리쳤던 셈이다.

그 후 당나라는 다시금 조헌(趙憲)을 장수로 삼아 5만 명의 군사로 쳐들어왔다. 명랑은 또 그 전의 비법을 썼더니 배는 전과 같이 침몰되었다.

그 소식이 당에 전해지자 당고종은 분노하면서도 거듭된 패배의 원인이 몹시 궁금해졌다. 이 무렵 신라의 한림랑(翰林郎) 박문준(朴文俊)은 김인문을 따라 옥중에 있었다. 고종이 박문준을 불러 물었다.

"너희 나라에는 무슨 비법이 있기에 두 번이나 대병(大兵)을 내었는데도 한 명도 살아서 돌아오지 못하느냐?"

이에, 박문준이 아뢰었다.

"신들은 이곳에 온 지 10여 년이나 되었으므로 본국의 일은 알지 못합니다. 다만 멀리서 한 가지 일만을 들었을 뿐입니다. 저희 나라가 상국(上

國)의 은혜를 두텁게 입어 삼국을 통일하였기에 그 은덕을 갚으려고 낭산 남쪽에 사천왕사를 짓고 황제의 만년 수명을 빌면서 법석(法席)을 길이 열었다는 일뿐입니다."

요컨대 명랑법사의 신묘한 비법 같은 것에 대해 알지 못한 박문준은 신라가 당나라의 은혜에 보답하기 위해 큰 절을 지었다고만 둘러댄 것이었다.

고종은 이 말을 듣고 크게 기뻐했다. 그리고는 사신을 파견해 사실 여부를 확인코자 예부시랑(禮部侍郎) 악붕구(樂鵬龜)를 신라로 보내 그 절을 살펴보도록 했다.

신라왕은 당나라 사신이 온다는 사실을 먼저 알고 이 절을 사신에게 보여서는 안 될 것이라 여겨 따로 새 절을 짓게 해놓고 기다렸다. 말하자면 사신의 눈을 속이고자 이때 사천왕사 남쪽 건너편에 새로 짓게 한 절은 시쳇말로 '짝퉁 사천왕사'이다.

마침내 당의 사신이 와서 신라왕께 청하였다.

"먼저 황제의 장수(長壽)를 비는 천왕사에 가서 분향하겠습니다."

그러자 새로 지은 가짜 절로 당의 사신 악붕구를 안내했다. 그러나 악붕구는 절 문 앞에 서서 "이것은 사천왕사가 아니고, 망덕요산(望德遙山)의 절이군요." 하고는 끝내 들어가지 않았다.

신라에서는 그에게 금 천 냥을 쥐어주고 무마했더니 그가 본국에 돌아가서 황제에게는 거짓으로 아뢰었다.

"신라에서는 천왕사를 지어놓고 황제의 장수를 축원할 뿐이었나이다."

이때 당나라 사신의 말에 의해 그 절 이름이 망덕사(望德寺)가 되었다. 혹 이것을 효소왕 때의 일이라고 하나, 잘못이다.(或系孝昭王代, 誤矣.)

492

물론 망덕사에도 사천왕사와 똑 같은 가람 배치의 서탑·동탑의 목탑 터가 아직 남아 있다.

지금은 폐허처럼 된 망덕사지는 낭산 기슭에 역시 흔적만 있는 사천왕사지와 남북으로 마주하고 있다. 처음 지어진 때는 정확하지 않으나, 아마 신라 문무왕 때 시작해서 신문왕 5년(685)에 완공된 것으로 전한다.

한데, 같은『삼국유사』안에서도 저자인 일연 스님이 망덕사의 건립 연대를「문무왕 법민」편(編)과는 다르게 기록하고 있었다. 이에 대해 정광은 몹시 혼란을 느꼈다.

예컨대「진신수공(眞身受供)」편에는 효소왕 원년(692)에 망덕사를 건립했다고 한 데 비해, 효소왕 재위 6년(698)에 낙성회(落成會)를 열어 왕이 친히 가서 공양하고 잔치를 베풀었다고 나온다. 이때 매우 허름한 행색으로 참석한 진신석가(眞身釋迦)를 알아보지 못한 효소왕이 그를 업신여기며 조롱했다가 뒤늦게 깨닫고는 깜짝 놀라 몹시 무안을 당한 이야기까지 소개하고 있다.

또,「선율환생(善律還生)」편에서는 망덕사의 중 선율이「반야경」을 베껴쓰다가 미처 완성하지 못하고 죽자, 명부(冥府)에서 불경의 완성을 위해 돌려보내므로 다시 살아났다는 이야기도 전한다.

그러나 여러 정황으로 볼 때「문무왕 법민」편에 명백히 밝힌 것처럼 망덕사를 짓게 된 사연과 그 연대는 문무왕과 명랑법사의 관계 속에서 파악되는 것이 옳다면 효소왕대의 일로 보는 것은 확실히 잘못이다.

하여간, 이것은 천 삼백년 전에 이미 가짜 사찰까지 등장한 역사적 실화다. 그러나 정품에 대한 부러움과 갖고 싶은 욕망의 대체 효과로서 만들어진 모조품이 아니라 구국의 결단으로 이뤄낸 건축물이었다. 그것이 망덕사였다. 사천왕사를 보기 위해 확인 차 신라에 파견돼온 당나라 사신을 속일 요량으로 위장된 절집!

그 후 경덕왕 14년(755)엔 망덕사 탑이 흔들리더니 이 해에 안록산(安祿山)의 난이 일어났다. 신라 사람들은 이를 두고 말하였다 "당나라 제실(帝室)을 위해 이 절을 세웠으니 마땅히 그 영검이 있는 것이다." 라고.─이 기사는 『삼국유사』 「진신수공」편에 있다. 정사(正史)인 『삼국사기』 「신라본기」 경덕왕 14년 조에는 더욱 상세하게 나오는데, 그 기록은 이러하다.

망덕사의 탑이 진동하였다. 당나라 영호징(슈狐澄)이 쓴 『신라국기(新羅國記)』에 말하기를, "신라가 당을 위해 이 절을 세운 까닭으로 이와 같은 이름이 되었다."고 하였다. 그 탑은 (동·서) 두 탑이 서로 대하고 높이가 13층인데, 홀연히 진동하고 며칠 동안 개합(開合·떨어졌다 붙었다)하여 경도(傾倒·기울다 넘어짐)할 것만 같았다. 그 해에 안록산의 난이 일어났으니, 아마 그 반응이었는지 모른다."

그리고 다시 원성왕(元聖王) 14년(798) 조에는, "3월에 궁의 남쪽 누교(樓橋)가 화재를 입었고, 망덕사의 두 탑이 서로 부딪쳤다." 라고 기록하고 있다.

이는 실로 다른 차원의 이야기라 생각하며 정광은 그날 망덕사를 찾았던 것이다. 그러나 폐허가 된 흔적만이 쓸쓸히 그를 맞았다. 야릇한 기분이 그의 가슴을 짓눌렀다. 서둘러 카메라에 담으려다 왼 무릎을 심하게 부딪친 데서 오는 아픔 때문이 아니었다.

명랑법사의 건의에 따라 지어진 호국사찰인 사천왕사를 보호하고 위장

할 목적으로 세워진 망덕사. 그리고 당나라의 침입에 밀교의 문두루 비법으로 맞섰던 법사의 주술적 주문이 마치 천여 년 간격의 시공(時空)을 건너온 듯 허공의 바람처럼 맴도는 폐사지(廢寺址).—그 허물어진 언덕에 섰을 때 느끼는 착잡한 심정 때문이었다. 거기서는 문천을 사이에 두고 건너편 남산 동록에 마주한 명랑법사의 신인사 옛 터가 빤히 바라보이는 거리였다.

정광은 아픈 다리를 등산용 스틱에 의지한 채 절룩거리며 일대를 한참 둘러보았다. 처음 동탑 자리의 둔덕에 올랐을 때 중앙 목탑의 팔각형심초석이 떡하니 자리를 잡고 있었고 사방으로 3개씩 기둥받침석이 잘 정비돼 있었다. 현재 절터에는 동ㆍ서 두 군데 목탑 터와 그 북쪽으로 금당 터와 강당 터, 남쪽으로 중문 터, 그리고 이를 둘러싼 회랑(回廊) 터가 남아있어 통일신라시대 전형의 쌍탑 가람배치를 확인할 수 있었다. 이밖에 중문 터 남쪽에 돌계단이 그대로 흔적을 간직하고 있는데 그 서쪽으로 서탑 자리는 정비되지 않은 채 풀숲에 심초석만 별스럽게 남아 있다. 당간지주 역시 그대로 헌거로이 우뚝 솟아 있다.

이 절은 과거 황룡사, 사천왕사, 황복사와 함께 서라벌의 중요한 사찰이었던 곳으로서 그 의미가 크다. 그러나 천 삼백년 만에 들른 폐사지엔 화려함은 온데간데없고 적막감만 감돌고 있었다. 신라왕족의 후예로서 홀로 찾아간 나그네 심정은, 봄 가뭄에 훌쩍 웃자라 앙상한 줄기에 매달린 흰 꽃잎들마저 먼지를 뒤집어 쓴 채 활기를 잃고 서 있는 개망초처럼 멍할 뿐이었다.

난생 처음 와 본 망덕사지였건만 어쩐지 낯설지 않았다. 천 삼백년의 간격에도 불구하고 자주 이곳을 지나다닌 것 같은 기시감(旣視感)은 어디서 연유한 것일까? 도무지 설명이 불가능했다.

야릇한 감회에 어찌 시(詩) 한 수 읊지 않고 지나칠 수 있으랴. 그런 생각이 앞섰다. 언제부터선가 갑자기 시가 그를 찾아온 것에 정광은 스스로도 놀랍고 의아스러웠다. 그는 한의사였던 조부한테서 어릴 때부터 한문을 익혔고, 법대 다니던 시절엔 독학으로 한문공부에 심취한 때도 있었지만, 특별히 한시(漢詩)를 공부한 것은 아니었다. 그런데 웬일인지 최근엔 특별한 사물에 접하면 절로 감흥이 일고 의도하지 않았는데도 주체할 수 없이 불쑥불쑥 한시가 떠오르는 것이었다.

누군가의 주술에라도 걸린 것인가. 마치 자기 안에 옛 사람의 영혼이 깃들어 있는 듯한 자각을 하기에 이르렀다. 아마 나는 전생의 과보에 의하여 그 누군가의 몸과 마음을 받고 지금의 내 모습으로 환생한 것일지도 모른다. 그런 엉뚱한 생각이 요즘엔 갈수록 더욱 짙어졌다. 더구나, 자기 내부에 숨어 있는 그 자는 시공을 건너, 아득한 과거의 다른 세계에서 온 존재일 것이었다. 그러기에 어쩌면 한문에 더 익숙하여 현대어로써는 소통이 되지 않을 것 같은 존재가 자신의 내면에 도사리고 있다는 생각이 들곤 했다. 그 무렵 어느 날 문득 시가 그를 찾아와, 자기로 하여금 시를 중얼거리게 함으로써 누군가의 전언(傳言)을 대신하는 영매자(靈媒者) 같은 역할을 하고 있다는 느낌이 들 때가 있다.

그리하여 이날도 정광은 그냥 풀밭에 퍼질러 앉아 수첩을 꺼내 불쑥불쑥 떠오르는 시상을 붙잡아 끼적거리기 시작한다.

羅裔還而臨(나예환이림)　신라의 후예가 돌아와 서성이는데
千年歲跡擁(천년세적옹)　천년의 세월 자취가 둘러싸네.

落日照幢竿(낙일조당간)　　지는 해는 당간지주를 비추고
綠陰靑草濃(녹음청초농)　　녹음 아래 푸른 풀만 무성하여라
一杖黃昏立(일장황혼립)　　황혼을 맞으며 지팡이 짚고 섰노라니
寺殘僧又空(사잔승우공)　　절은 무너지고 승려도 떠나버렸네.
獨酌興盡處(독작흥진처)　　흥성함이 다한 곳에 홀로 술잔 기울이노니
眼下唯長松(안하유장송)　　눈 아래 보이는 것은 큰 소나무뿐일세.

　정작 이것이 한시로서의 격식을 갖추었는지 그런 건 문제가 되지 않았다. 다만 정광에겐 자기 안의 또 다른 누군가와 대화로 소통하고자 하는 마음만이 간절했다. 뇌리 속에 떠도는 글자들을 붙잡아 의미만 통한다면 그것으로 족한 것이었다.……

　그날 허허로운 망덕사지에서 느꼈던 심정이나 기분 등을 다시금 연상하며 정광은 동기선생에게 묻는다.

　"교수님, 『삼국사기』 기록에 따르면 망덕사의 목탑이 13층이라 했던데, 아무래도 믿기지 않아요. 심초석을 비롯한 탑기단의 지대석 너비를 참작해 보면 13층 높이는 실제 무리인 것 같고요. 교수님 생각은 어떠신지요?"

　"글쎄, 무리라고 생각하는 분명한 이유가 있나?"

　동기선생이 되물었다.

　"예. 제가 그동안 조사해 본 바로는 석탑의 경우에도 10층탑은 고려시대 개성 경천사 대리석암 탑이 남아 있고, 높이도 13.5미터로 현재 용산 국립박물관에 있어요. 13층탑으로 남아 있는 예는 북한 국보23호인 묘향산 보현사 팔각 13층탑입니다. 하지만 높이는 8.5미터에 불과해요. 고려말의 석탑으로 오직 1기(基)만 있을 뿐이고요. 지탱하는 무게를 가늠해 봐

도, 목재 건축물인 13층 목탑을 세운다는 것은 남아 있는 기단지대석 크기로 보면 확실히 무리인 것 같습니다."

"자네 말에 일리가 있네. 내가 알기로는, 7세기 말 백제인이 건립한 일본의 법륭사 5층 목탑은 현존하는 목탑 중 세계에서 제일 오래된 것인데, 높이가 31.5미터야. 또, 일본 야마구치현(山口縣)에 있는 루리코지 5중탑(琉璃光寺 五重塔)은 1442년에 건립한 높이 31.2미터고. 게다가, 이들보다 뒤늦은 1644년에 세운, 교토(京都) 토오지(東寺)의 5층 목탑이 일본에선 제일 높은 목탑인데도 54.8미터라고 하니까, 높이로만 따져도 망덕사의 13층 목탑이란 기록은 확실히 의문을 갖기에 족한 대목이긴 하지."

"예. 맞습니다. 현재 우리나라 법주사 목탑 팔상전(八相殿)은 인조 2년인 1624년에 지어진 것인데, 높이가 58.4미터라고 합니다. 중심부에는 사리를 모신 곳과 4개의 기둥들이 있고, 각각의 기둥들을 이어주는 4개의 벽면 공간이 있는 구조로서 석탑 건축과는 차원이 다른 것이긴 해도 상당한 높이를 자랑합니다. 물론 황룡사 목탑의 높이엔 비할 바가 못 되죠. 황룡사 9층 목탑이 80여 미터라고 하니 망덕사의 13층 높이를 상상해 볼 때 기록의 신빙성 면에서 정말 믿기 힘들고, 단지 전설 수준일 듯합니다."

"음. 높이로만 따진다면 자네 말이 어느 정도 옳기는 해. 80여 미터는 오늘날 30층 건물 높이에 견줄 만하니까. 현존하는 한 · 일 목탑의 규모를 참조해 보면 역시 망덕사의 13층탑 기술(記述)은 조금 과장된 것 같긴 하네. 허나, 이론상으로 그렇다고 해서『삼국유사』자체의 기록까지 부정할 근거는 못 되지. 더구나, 정사인『삼국사기』경덕왕 14년(755) 조에는 망덕사 탑을 13층으로 분명히 밝히고 있잖은가 말일세."

"예. 그렇긴 합니다. 저 역시 망덕사지에 처음 들렀을 때 서탑과 동탑의

8각형 심초석이 선명히 남아 있는 것을 확인한 다음부터 무척 관심을 갖고 이후에도 종종 가봤습니다. 교수님께서 방금 말씀하신 대로『삼국사기』신라본기에서 망덕사의 목탑 층수가 13층으로 동·서 양탑(兩塔)이 자주 서로 다투거나 부딪치는 기사가 등장하고 있죠. 이는 신라와 중국의 외교적 마찰을 교묘히 시사(示唆)하는 전언으로 해석될 만도합니다.

고려시대 경천사 10층 석탑은 현재 용산 국립박물관에 있지만, 10층 이상 13층탑은 대개 고려 이후의 것으로 알려져 있지요. 황룡사 9층 목탑의 건립연대가 645년(선덕여왕 14년)이고, 선덕여왕 별세 후 34년이 지난 679년(문무왕 19년)에 사천왕사가 지어졌고, 다시 5년 뒤인 685년(신문왕 5년)에 망덕사가 완공된 거죠. 모두 고려시대 이전의 일입니다. 제가 망덕사의 13층 목탑 층수에 회의적인 데는 연대상의 문제도 있습니다.”

“음……”

동기선생은 가타부타 말 대신 고개만 끄덕였다.

그때까지 두 사람의 일방적 대화를 묵묵히 귀담아 듣고 있던 최우진이 중간에 불쑥 끼어들었다.

“그런 애매한 경우엔 과학적 분석을 거치는 게 오히려 타당할 수 있겠네요. 망덕사지엔 저도 자주 가봤는데, 예컨대, 탑지 근처에서 발견된 망덕사 목탑의 상륜부에 해당하는 2점의 석조 부분이 있어요. 그 크기를 참조해서 전산 시뮬레이션으로 탑의 크기와 높이를 추증해보면 13층인지 아닌지 쉽게 판명이 날 법도한데 말입니다…….”

“그렇지. 그런 방법이 가장 효과적일 수 있겠구먼.”

동기 선생은 그의 의견에 흡족한 반응을 보이며 모처럼 우진을 향해 빙그레 웃는다. 그런 다음, 선생은 문득 어떤 딴 생각이 떠오른 듯 정광을 돌

아보더니,

"이보게, 정광. 이 문제는 다른 각도에서 보면 어떨까? 가령 망덕사 탑의 13층 높이를 반드시 황룡사 9층탑의 높이인 80미터 이상이어야 한다는 고정관념에만 사로잡히지 않는다면, 분명히 내 나름대로 설명할 방도가 있다네."

하고는 넌지시 그 답을 알고 있다는 표정을 지어 보였다.

"예엣? 망덕사 탑 높이가 13층일 가능성이 충분하단 뜻인가요?"

"그럼. 높이만 갖고 논하지 않는다면 말일세."

"어떻게요?"

"한·중 국교정상화가 이뤄진 뒤로 현재까지 내가 너덧 차례 중국 여행을 다녀온 적이 있네. 두 번째 갔을 때 우연히 중국 주화(鑄貨)를 한 개 손에 넣었거든. 꽤 오래 전인 1937년 발행의 '중화민국 26년 기동정부(冀東政府)'라고 새겨진 주화였지. 그 앞면에 놀랍게 13층탑 모형이 새겨져 있는 걸 보고 신기하게 여겨 가져온 걸세. 지금도 잘 찾아보면 서랍 속 어딘가에 있을 거야. 물론 처음엔 막연히 13층탑이 한국에선 드문 예라는 생각에서 좀 특이하다는 느낌이었다가 나중 그 탑의 원형을 찾게 됐어. 북경 동남부에 있는 통주(通州) 연등사리탑이 정식 명칭이고, 그냥 연등탑 또는 통주탑이란 몇 가지 이름으로 불린다는 것도 알게 됐지. 근데, 얘기 도중에 갑자기 그 탑이 왜 망덕사의 13층탑과 유사할 거라는 생각이 들었나 하면 당태종 정관 7년(663)에 세워졌다는 설 때문이야. '망덕사'란 이름도 당나라 황제의 덕을 기리기 위해 세웠다는 신라 측의 거짓부렁에 의해 세워진 사찰이름이었으니까. 암튼, 주화에 새겨진 모습 꼭 그대로 통주탑은 외관이 팔각이며, 13층 높이로 연화좌대 위에 48미터 높이로 세워진 탑이

지. 현재 망덕사지에 남아있는 심초석 모양이 8각인데 비해, 사천왕사지와 황룡사지 심초석은 모두 방형이거든. 이런 점들로 비추어 망덕사지 심초석 8각이 주는 의미가 통주탑과 동일한 모습으로 다가오는구먼."

"예. 굳이 높이만 따지지 않는다면 그럴 수도 있겠습니다."

"그렇지. 생각을 그런 방향으로 몰아가면 경주시 안강읍 옥산리 정혜사지 13층 석탑도 이를 뒷받침하는 한 가지 근거가 될 수 있네. 그 절은 신라 37대 선덕왕(宣德王) 원년인 서기 780년에 당나라 백우경(白宇經)이 신라로 망명해서 지은 거야. 망덕사지 목탑과 정혜사지 석탑이 똑같이 13층인 걸 보면, 신라시대에 유독 당나라와 관련된 사찰에서 13층탑이 세워졌단 말이야. 당태종 정관 7년에 건립된 통주의 연등사리탑과 마찬가지로……."

"아! 교수님 덕분에 이제 어느 정도 의문이 풀렸습니다. 탑의 높이와 창건 연대를 따지지 않는다면, 망덕사지 13층 목탑의 형태를 추정할 수 있는 고려 후기 8각 13층 석탑이 묘향산 보현사의 것과는 별도로 강원도 월정사에도 있긴 하지요. 하여간, 제가 오늘 교수님을 뵙고 자문을 얻고자 한데는 두 가지 의문 때문이었는데요……."

정광은 화제가 엉뚱한 데로 샐까 봐 선생의 관심을 되돌려 놓으려는 듯 얼른 덧붙여 말했다.

"우선 첫 번째 의문은 대화중에 그럭저럭 나름대로 정리됐습니다. 두 번째는 탑곡(塔谷) 마애조상군에 새겨진 9층탑에 관한 건데요."

"으응. 잘 알지. 나도 젊은 시절엔 수없이 남산을 오르내리며 눈여겨봤던 곳이네. 거기가 옛날 명랑법사의 신인사 터였지. 근데, 거기 마애조상군에 새겨진 9층탑이라면 황룡사 9층 목탑의 원형으로 알고 있네만……."

"예. 알고 싶은 게 바로 그 점입니다. 황룡사 9층탑이 소실된 것은 아시다시피 고려 고종 25년, 그러니까 1238년이지요. 이후로 그 실제 모습을 전혀 모르고 있다가 학계에선 탑곡 마애조상군에 새겨진 9층탑이 바로 황룡사 탑의 모델일 것이라는 공감대가 형성된 거구요. 이를 근거로 지난 2007년 경주문화엑스포 개최를 즈음해 9층 모형의 음각 타워까지 세웠지요."

"그랬었지. 그런데?……"

"그런데 말입니다. 아무래도 이상한 것은 탑곡의 마애조상군 북면에는 9층탑만 있는 게 아니고 7층탑도 새겨져 있다는 점입니다. 양쪽으로 나란히 새겨진 쌍탑 구조지요. 9층탑에 관해서는 지금까지 이 형태가 황룡사 9층 목탑의 모형이라 믿는 게 대세구요. 한데, 저는 항상 마애조상군 북면 앞에 서서 그 9층탑과 7층탑을 바라볼 때면 황룡사 9층 목탑을 떠올리면서도 왜 7층탑을 대칭적으로 새겨놓았을까, 하는 의문을 떨쳐내지 못했습니다. 그러다가 사천왕사지와 망덕사지를 수차례 돌아보곤 어느 날 문득 깨달았지요. 마애조상군의 그 양탑은 황룡사 9층탑의 모형이 아니고 문무왕께 건의하여 명랑법사가 세운 사천왕사의 쌍탑이었을 것이란 결론에 이르렀습니다."

"그래?"

동기선생은 꽤나 놀란 표정을 지었다.

"그런 얘긴 자네한테 처음 듣는데…… 도대체 그런 결론을 내린 근거가 뭔가?"

"첫 번째 근거는 황룡사 9층탑의 위칩니다. 탑곡의 마애조상군이 있는 그 장소에서는 월성 동북방의 황룡사가 너무 멀어 보이지 않아요. 설령 보인다 해도 탑신의 전모는 아니지요. 왼편으론 남산 동록에 가려지고, 오른편에선 낭산 줄기와 이어진 숲뫼[林山]에 막혀 간신히 탑의 상륜부만 보일 정도니까요. 그리고 두 번째 중요한 근거는, 왜 마애조상군에 9층탑과 7층탑을 함께 배치했느냐는 점입니다. 양탑의 한가운데는 천개(天蓋) 아래 정좌한 석가여래를 새김으로써 1가람(伽藍)을 나타내고 그 아래는 절 입구를 암시하는 호법의 쌍사자상을 수호수(守護獸)로 배치한데다가, 9층탑 위로는 또 비천상까지 새겨 천상세계를 암시하고 있더군요."

"그건 나도 잘 알지. 헌데?……"

동기선생은 안경테를 밀어 올리고 정광을 향해 고개를 내미는 동작을 취함으로써 이해할 수 없다는 표정을 드러냈다.

"우선, 황룡사탑은 단일 탑일 뿐, 결코 쌍탑 구조가 아닙니다."

라고 정광은 힘주어 말했다.

"선덕여왕께 황룡사 9층 목탑을 짓도록 권유한 자장법사의 누이동생 남간부인은 명랑법사의 모친이에요. 그러므로 두 사람의 관계는 외숙질간이구요. 그 명랑법사의 계획에 따라 사천왕사의 동·서 쌍탑이 건축됐고, 이어서 그것의 '짝퉁' 망덕사가 5년 뒤에 건립될 때도 역시 동·서 쌍탑의 구조로 설계된 것이겠죠. 이는 신라 쌍탑 구조를 연구하는 데 중요한 자료로 평가될 수 있습니다. 물론 황룡사 9층 목탑이 원조일 테고, 명랑법사 또한 그 9층탑에 대해서 익히 알고 있었던 것으로 미루어 짐작컨대, 사천왕사와 망덕사의 목탑을 건축할 때 그 설계방식이나 형식은 황룡사 9층탑을 참고했을 거라 생각됩니다. 탑곡의 옛 신인사는 신라 신인종의 개조(開祖)인 명랑법사가 지었거나 그가 주지로 있던 절이에요. 따라서 거기 마애조상군의 북벽에 새긴 9층탑과 7층탑은 바로 명랑이 세운 사천왕사의 1가람, 2탑과 수호 사자상의 모사도(模寫圖)라 여겨집니다."

정광은 사천왕사지와 망덕사지의 서탑과 동탑 터를 수차례 둘러보면서 명랑법사를 떠올렸고, 옛 신인사 터였던 현재의 옥룡암 남쪽 둔덕에 있는 거대바위에 새겨진 그 마애조상군 북벽의 쌍탑과 연관 지어 생각하다가 문득 그런 깨달음을 얻었다고 설명했다.

"교수님, 한 번 상상해 보세요. 망덕사와 사천왕사는 일직선상에 있고, 또 신인사에서 직선거리에 신유림 쪽의 사천왕사가 바로보이는 삼각형 구도입니다 그곳에 쌍탑이 서 있다면 신인사 쪽에서 탑의 전모가 환히 바라보일 겁니다. 기록에는 망덕사의 동·서 두 탑이 13층이라 했으니까 먼저 제쳐두기로 하지요. 사천왕사의 9층 목탑과 7층 목탑을 신인사와 일직선의 동선으로 이어보면, 마애조상군의 바위북면에 새겨진 바로 그 9층탑과 7층탑에 거울처럼 반영된 형상으로 떠오르지 않습니까? 그리고 교수님, 그 쌍탑 한가운데 보개(寶蓋) 아래 연화대좌에 계신 석가여래좌상은 금당(金堂) 속의 여래이고, 전체적으로 1가람 2탑의 형식을 갖추고 있습니다. 맨 아래쪽에 '아' '홈'의 형상으로 새긴 두 마리 사자상은 불법수호의 상징물로 사찰 앞에 세워져 있음을 그대로 재현해놓은 것이고요. 그런 모든 장면이 눈에 선하지 않습니까?"

"음!……"

한마디 신음소리와 함께 팔짱을 낀 동기선생은 한 순간 정광이 쏟아내는 말의 최면에 걸린 듯 지그시 눈을 감고 상상에 잠기는 모습이었다. 정광은 노교수의 침묵에 안달이 난 듯 쉼 없이 또 지껄였다.

"작년(2007년)에 사천왕사지 발굴에 참여했던 소재구 국립고궁박물관장은 불교 미술사를 전공한 분인데, 발굴당시의 그 분 소감을 신문에서 읽은 적이 있습니다. 그 내용은 대략 이랬습니다. 사천왕사 서탑은 탑의 종합예술이라 일컬을 만하다는 것, 기단은 석조를 이용했고, 그 위에 전(塼·甎) 돌을 쌓아올린 다음, 그 위에 지금은 비록 볼 수 없으나 목조건축물이 있었다는 논점이었어요. 그 점이 특히 주목할 만한 대목이었는데, 석조와 전 돌을 떠받치는 단의 윗부분엔 탑의 몸체에 해당하는 목조 탑신의 건물이 있었지만 현재로선 몇 층인지 알 길이 없다는 겁니다.[95]

하지만, 저는 사천왕사의 동·서 두 탑이 마애조상군에 그려진 대로 9 층과 7층이었을 것으로 추정합니다. 교수님도 잘 아시다시피, 신인사와 사천왕사는 직선거리로 8백 미터쯤 떨어진 아주 가까운 거리에 있지요. 따라서 암벽에 새긴 7층, 9층의 두 목탑, 그리고 가운데 연화좌에 정좌한 금당 안의 여래좌상과 절 입구의 불법수호 사자상 등, 그 북면에 새긴 그 림의 실체가 사천왕사의 모습일 것으로 확신합니다. 명랑법사의 문두루 비법으로 당나라 군사를 두 차례나 물리친 업적과 함께 도리천에 묻히길 염원하신 선덕여왕의 유언이 증명된 그 사천왕사의 모습을 영원히 남기고 자 신인사 바위 벽면에 새겨둠으로써 재현했다고 말입니다……."

딩동!

그때 느닷없이 아래층 거실과도 연결돼 있는 인터폰을 통해 울린 대문 앞 초인종 소리가 모든 대화를 단절시켰다.

"선생님, 누가 온 것 같은데요."

우진이 말하였다.

그가 일깨워주지 않았더라도 동기선생 역시 방금 울린 초인종 소리에

---

95) 2007년 12월 26일자 「연합신문」 기사 참조.

퍼뜩 눈을 뜨며 중얼거린다.

"으응. 지금 막 내 딸애가 왔나 보구나."

딩동!

모두 잠잠해진 사이, 초인종 소리는 이번엔 더 크게 확실히 울렸다. 누가 방문하면 아래층뿐 아니라 이층에서도 들을 수 있게 이중으로 연결 장치를 해둔 모양이었다. 선생은 앉은 자리에서 그 큰 키를 일으켜 세워, 이층 창가를 통해 바깥을 확인할 양으로 다가간다.

"쟤가 또 열쇠를 안 갖고 나갔나 보네. 종종 저렇게 뭘 잘 잊고 다녀. 아까 너희들 마중 나갔다 들어올 때 내가 문을 닫았거든. 잠금 장치를 자동으로 열리게 하는 스위치는 아래층에 있으니까 잠시 내려갔다 오마."

"선생님, 저희들도 이젠 돌아가 보겠습니다. 많이 늦은 것 같은데요."

"아냐, 아냐, 모처럼 왔는데 좀 더 있다 가도 돼. 늦가을이라 해가 많이 짧아지긴 했지만……."

혼잣말로 중얼거리며 선생은 계단을 내려갔다.

"선생님도 늘그막에 어지간히 사람이 그리운가 봐. 어차피 이리 된 거, 좀 더 있다 가도록 하지 뭐."

동기선생이 잠시 자리를 비운 사이, 우진이 속삭이듯 말한다. 정광은 고개를 끄덕였다.

둘은 앉은 채 멀거니 동남향의 유리창 밖을 내다보았다. 어느새 서쪽으로 훌쩍 기운 태양빛을 받아 물주름 잡혀 이지러진 눈부신 흐름이 긴 띠처럼 가로누워 있었다. 멀리 형산강에서 희게 반짝이는 빛의 반영이 흡사 물의 입자(粒子)들을 줄기차게 파편처럼 튕겨내고 있는 형국이었다. 창밖의 들판은 어느새 파스텔화의 색조로 변하였다. 저무는 날빛 속에 조용히 가라앉은 늦가을 숲이며 길이며, 가로수와 집들이 온통 회갈색으로 채색되어 더욱 쓸쓸해 보였다.

이윽고 다시 서재로 올라온 동기선생이 자리에 앉으며 말한다.

"옷 갈아입고 인사하러 올 걸세. 딸애가 요즘 대학에 시간강사로 나가는데 마침 오늘 강의가 있는 날이어서 오는 길에 시장에 들렀던가 봐. 참, 최 교장은 옛날에 내 딸애를 본 적 있나? 늬들 고등학교 시절 개가 초등학교 갈 무렵이었는데……"

"아뇨, 한 번도……. 저희들 고등학교 땐 무서워서 선생님 댁엔 아무도 놀러 올 엄두를 못 냈는걸요."

"응? 그랬었나? 하긴 뭐, 늬들 졸업하고 나서 몇 년 뒤에 내가 대구로 이사를 갔으니까 한 번도 못 봤을 수도 있겠네. 개도 줄곧 대구에서 자랐으니까."

선생은 말이 끝나기 무섭게 일어나 방문을 조금 열고는 삐죽이 얼굴만 내민 채 아래층을 향해 큰 소리로 말했다.

"시명아! 뭐하냐? 얼른 올라오지 않고……"

"예. 이제 곧 가요. 아버지."

아래층에서 낭랑한 목소리가 계단을 타고 서재로까지 울려왔다.

얼마 뒤, 개다리소반에 술상을 받쳐 든 여자가 모습을 드러낸 순간, 정광은 내부에서 무언가가 쿵, 하고 내려앉는 것 같았다. 아니, 더 정확히는 조금 전에 동기선생이 아래층을 향해 딸의 이름을 부르던 그 순간에 이미 가슴이 철렁했던 것이다.

시명! '키 큰 여자 배시명'으로 기억하고 있던 바로 그녀였다. 딸은 대체로 아버지의 체형과 성격을 닮는다고 했던가? 오늘 보니 그 말이 사실이었다. 불곡의 감실 할매 부처상 앞에서 맨 처음 보았고, 그 이태 뒤 칠불암 뒷산의 신선암 마애보살 반가상을 보러 가던 중턱쯤에 이르러, 다리를 삔 그녀를 두 번째 본 이후 또 한 해가 지났다. 그리고 좀처럼 그녀의 전체적 모습에서 느꼈던 인상을 잊지 못하고 있었는데, 오늘, 드디어 세 번째 만난 셈이다.

정광은 동기선생이 간단히 딸을 소개하는 말은 귀에 들어오지도 않았다. 결코 낯설지 않은 그녀의 얼굴을 그저 물끄러미 바라보고만 있었다. 의외로 시명은 당황한 기색 같은 건 전혀 없이 침착하고도 짧게,

"배시명입니다."

하고 우진과 정광을 향해 다소곳이 고개를 숙였다. 마치 처음 대하는 사람들 앞에서처럼. 묘하게 입꼬리가 치솟는 그 눈에 익은 미소 말고는 이면에 숨긴 감정 따윈 여전히 짐작할 수 없는 표정으로.

"자, 그럼 우리끼리 약주 한 잔씩 하세. 오래 만에 제자 만난 기념으로. 아까 자네들이 갖고 온 귀한 복분자술을 그대로 내왔구먼."

선생 댁을 방문하면서 정광 일행은 복분자 술이랑 홍삼 선물세트가 든 종이가방을 아래층 거실에 두었던 것이다. 이것을 시명이 챙겨서 안주거리를 곁들여 간단히 술상을 차려 내온 것이었다. 그러나 그녀는 잠깐 인사가 끝나자마자 술좌석엔 끼지 않으려는 듯 금방 일어서 나갔다.

방문을 닫으려다 말고 문득 돌아보고는, "아버지, 잠깐만요." 하고는 할 말이 있는 양 동기선생을 불러낸다.

방문 밖 복도에 서서 부녀간에 무슨 얘길 주고받는지 알 수 없으나 짧게 소곤거리더니, 잠시 후 동기선생이 돌아와 이런 말을 하였다.

"시명이가 장도 봐왔고, 이 애비가 모처럼 손님들 만나 무척 즐거워 보

인다며 저녁상 준비가 끝나는 대로 아래층으로 부를 테니 자네들도 함께 식사하고 갔으면 좋겠단다. 마음 같으면 당장 재밌는 얘기 자리에 끼고 싶은데, 지금은 식탁 차리는 게 급선무라 먼저 일어서 나온 걸 양해해 달라더라.……"

제 4 장

잃어버린 시간의 왕도(王都)

봄은 아직 일렀다. 해가 바뀌어 음력설을 쇠었는데도 여전히 주변의 풍경에서 봄의 기척을 느낄 만한 큰 변화의 징조는 없었다. 겨울이라도 눈 내리는 날이 드문 경주에 2009년 새해 들어 우수절(雨水節) 무렵, 비를 대신해 엉뚱한 폭설이 예기치 않게 쏟아졌다. 펄펄 내린 눈발이 온 세상을 뒤덮어 목가적인 백색의 겨울나라를 만들어, 봄은 더욱 멀어 보였다.

정광은 황성동으로 이사를 온 뒤부터는 잠자리에서 눈을 뜨자마자 계절에 맞는 간편한 운동복으로 갈아입고 근처의 황성공원을 산책하곤 했다. 그것이 늘 하루가 시작되는 아침 식전에 행하는 일과의 첫 순서였다. 오래전 심신의 병을 고치려 홀연히 집을 떠나 통도사로 들어간 이래 그것은 변함없이 이어온 습관이었다. 그가 처음 경주에 도착했을 무렵, 양지마을에 살 곳을 정한 때도 그랬다. 바로 곁이 남산 동록(東麓)이라 산책 장소로는 안성맞춤이었다.

겨울 내내 눈보라가 잦은 고장에선 본격적으로 눈이 녹는 데서부터 대개 봄의 첫 감촉이 시작된다. 비록 곳곳에 눈이 쌓여 있어도 살갗에 닿는 바람과 코끝에 풍기는 공기의 냄새가 예전과는 이미 다르다. 그런 변화를 느낄 즈음이면, 봄은 이미 와 있기 마련이다.

그러나 경주에선 확연히 달랐다. 음력 정월대보름의 '달집태우기' 행사도 끝나 매화꽃이 피고, 얼마 있지 않아 오리나무, 때죽나무, 참나무 등속에도 새순이 돋는다. 어느덧 양력 3월 초순에 접어들었건만, 겨우 봄기운을 짐작케 해주는 데는 황성공원 솔숲만 한 곳도 없었다. 이 무렵쯤 졸음에서 깬 듯 소나무들은 속눈썹을 치켜뜬 것 같은 침엽들을 꼿꼿이 일으켜세워, 싱싱한 푸른 빛깔로 탈바꿈한 정도에서 봄이 가까웠음을 알린다. 그리고 무엇보다 공원 전체에서 봄의 전령인 양 활기찬 새들의 지저귐이 요란하게 들려오는 것이었다.

따뜻한 남녘지방에서는 음력 섣달이면 핀다는 납매(臘梅)가 양력 2월 초순이면 벌써 꽃망울을 터뜨리고, 복수초, 풍년화, 애기동백이 차례로 화신(花信)을 전해도 아직 경주의 봄은 멀다는 것을 정광은 그간의 체험으로 알고 있었다. 흔히 산수유, 개나리의 노란빛이 사방에 깔리면 봄이 찾아왔다는 걸 느낀다는 말은 극히 피상적이고 상투적인 설명일 뿐이었다. 경주의 봄은 그렇게 다가오는 게 아니었다.

솔숲으로 스며들어온 아침 햇살이 그늘에서 움츠린 듯 희미하게 졸고 있고, 눈이 녹아 질퍽해진 물구덩이는 햇볕에 반사되어 번들거린다. 자연은 하품을 하면서 기지개를 켜다가 여전히 응달에 쌓인 잔설(殘雪)의 하얀 빛에 놀라 돌아누워 다시 잠들곤 한다. 황성공원 솔숲을 한 바퀴 돌아서 나오는 데는 최소한 반시간이면 족했다.

매일 출퇴근길을 힘겹게 오가다 보면 상쾌한 기분을 유지하기 어렵다. 그런 때일수록 솔숲을 거닐면 지쳐 있던 마음이 어느새 순수한 즐거움으로 바뀌는 걸 그는 체득하고 있었다. 이른바 삼림욕의 효과일까? 솔바람 속에서 맡는 솔향기에 젖어 걷는 동안 몸속의 변화를 실감한다.

이곳 황성공원은 옛날 진평왕의 사냥터였다고 전해온다. 왕자를 낳지 못하고 천명과 덕만, 두 딸만 낳게 된 진평왕이 낙담하여 정사(政事)는 돌보지 않고 종자와 몰이꾼들을 거느린 채 사냥을 일삼던 장소란다. 보다 못한 병부령(兵部令) 김후직 공은 이를 만류했으나 끝내 뜻을 이루지 못하고, 죽은 뒤 유언으로 왕의 사냥터 가는 길목에 무덤을 써서 왕의 마음을 돌려놓게 한 곳도 이 근처였다.

그런 장소를 거닐며 정광은 종종 경주야말로 잃어버린 시간의 도시라고 생각했다. 거대규모의 고분들이 숱한 비밀에 싸여 곳곳에 산재해 있는, 조용한 영혼들의 안식처.

눈에 덮였던 땅이 녹기 시작하면 백색의 장막 아래 묻혔던 잃어버린 시간의 왕국을 세상의 지표면에 다시 드러내놓아 새로운 발견의 시작을 예고한다. 그처럼 경주는 아직도 천수백 년의 진실이 다 드러나지 않은 망각의 도시였다. 마치 빙산의 일각 같은 지표면 아래에는 파면 팔수록 더 많은 유물 · 유적들이 잊힌 채 잠들어 있는 왕도였다.

사람의 육체도 하나의 소우주라면 그와 마찬가지로 깨달음을 통하여 잃어버린 시간의 망각 상태에서 새로이 깨어나는 형국이 아닐까? 정광은 문득 그렇게 생각했다. 그러자 불현듯 떠오르는 시상에 감응되어 그는 혼자 중얼거렸다.

먼 옛날 어느 행성의 아득한 전설로만 남아
생명의 비의(秘意)를 일깨우는

아, 사라진 존재들…….
그 잔해의 망각더미 속에서 되살아나는
희미한 환영(幻影)의 기척들이여!

눈앞에 보이는 거대하고 명백한 실물마저도 사실은 모두 시간 앞에서 허구의 그림자에 불과할 뿐이었다. 보이는 게 다 진실은 아닌데 사람들이 대부분 그걸 모른다. 현재의 육안(肉眼)으로는 보이지 않기 때문에 천년의 시간 속에 묻힌 숲의 사연들을 사람들은 무심히 지나치며 걸을 따름이었다.

왜 보이지 않는 진실은 표현되지 않은 언어처럼 무의미한 것일까? 자기 눈으로 직접 보기 전까지 아는 것은 단지 무의미한 사실로 치부해버리는 못된 습성 때문일 수도 있다. 뭐, 그런들 어쩌랴. 판에 박힌 일상의 지겨운 마음에 생기를 되찾게 해주는 황성공원 솔숲은 고요함을 자아내, 산책하는 동안 심신이 편안해지는 분위기를 만들어 이처럼 그의 마음과 영혼을 항시 위무해주곤 하였다.

양력 3월 중순, 얼마 전에 춘분을 막 지났다. 햇빛이 잘 드는 곳에는 눈이 다 녹아서 흥건한 물바다와 진창구덩이를 이루어 주변을 질척질척한 우중충함의 혼란에 빠트린다. 그래도 아직 완연한 봄은 일렀다. 영하의 기온에 살을 에는 듯한 꽃샘추위까지 마지막 기승을 부리고 간 다음, 봄 가뭄에 메마른 대지를 훑듯이 풀풀 흙먼지를 일으키는 소소리바람이 한풀 꺾인 뒤라야 비로소 경주의 봄은 시작된다. 그의 경험으로는, 근처 언양의 이른 봄 미나리가 지천으로 식탁에 오르고 겨울 동해에서 잡힌 가자미회 무침의 별미도 한물지나, 도다리 쑥국이 제철인 시기가 될 즈음에야 완연한 경주의 봄은 늘 그렇게 미각을 일깨우는 기억과 함께 찾아왔다.

주위의 모든 것은 흙먼지 날리는 소소리바람 속에서, 이것이 마치 마술을 부리듯 효모(酵母) 작용을 하여 발효되고, 새싹을 틔우고, 점점 성장시켜, 하루가 다르게 풍성해지고 있었다. 새로운 생의 기척과 약동의 낌새들이 바야흐로 싱그러운 빛깔로 들판과 거리에, 집집의 담장이랑 가로수에, 그리고 오가는 행인들의 옷차림과 걸음걸이에 흥겨운 물결처럼 넘실대고 있었다. 이 부드러운 물결의 변화에 떠밀리듯 정광은 어느 날 집으로 돌아오는 길목 근처에 있는 황성공원으로 산책을 나갔다.

직장 동료나 지인들과의 저녁약속 등 특별한 계획이 없는 한 그는 어김없이 오후에도 이곳을 한 바퀴 돌아보며 심신을 충전시키곤 했다.

날씨가 포근해서인지 산책을 나온 시민들이 꽤 많이 숲길을 걷고 있었다. 그의 옆을 스쳐 오가는 사람들의 행동거지도 각양각색이었다. 정광처럼 산책 자체를 즐기며 혼자 천천히 걷는 자, 운동을 목적으로 뜀박질하는 자, 쌍쌍이 데이트를 즐기는 연인들도 있었고, 친구들끼리 모여 바람을 쐬러 나온 양 재잘거리며 수다를 떠는 모습도 보이고, 소풍 삼아 놀러 나온 가족들도 있었다.

아까 공원입구에서 조금 걸어 들어간 궁사장(弓射場) 앞 화장실을 지나쳐 막 솔숲으로 들어서는 찰나였다. 정광은 멀찌감치 굵은 소나무둥치들이 직립해 있는 틈새로 오솔길을 따라 걷는 누군가의 뒷모습을 얼핏 보았다. 사람의 뒷모습에도 저마다의 특색이 있기 마련이다. 체형과 걸음걸이에서 그는 벌써 누군지 알아챈 것 같았지만, 그래도 긴가민가했다.

솔숲 사이로 난 소로를 따라 걷는 중간쯤, 남쪽 방향에 해당하는 오른쪽 높은 언덕 위에 말을 탄 형상으로 제작된 김유신장군의 거대한 동상이 있었다. 정광은 그 언덕으로 가는 돌계단을 올랐다.

몇몇 사람들이 동상 주변을 둘러보고 있었다. 대리석 바닥에 돌난간으로 잘 단장된 전망대 역할을 하는 장소여서 거기서는 경주 시내가 한눈에 내려다보였다. 언덕 정상을 빙 둘러 시누대숲을 조성하여 경계로 삼고 있었다. 그 언덕 위에 올라선 그때 정광은 비로소 동상 주변에 평소와 다른 변화가 생겼음을 눈치챘다. 이쪽으로 등을 보이고 선 채 시가지 풍경을 내려다보고 있는 여자의 뒷모습을 이제 가까이서 본 순간, 정광은 대번에 그녀가 시명임을 알아차렸다. 한국여성의 평균키를 훨씬 웃도는 그녀의 뒤태만 보고서도 금방 짐작할 수 있었던 것이다. 아까 솔숲에서는 긴가민가 했었는데 역시 그때의 예측이 틀림없었다.

"시명 씨!"

반갑게 부르는 소리에 마침내 그녀가 돌아보았다.

"어머! 정광 선생님."

톤이 높은 놀란 목소리로 단지 그 한마디뿐이었으나, 그녀의 표정과 시선에는 이 예기치 않은 만남이 믿기지 않는다는 의미가 역력했다.

"여긴 어쩐 일이에요?"

"날씨가 좋아 산책 나왔죠. 그러는 선생님은요?"

"나야 거의 매일 운동 삼아 이곳에 들르는 걸요. 사는 집이 바로 요 근처에 있으니까."

"참! 그러네요. 지난번 최 교장 선생님과 저의 집에 오셨을 때, 저녁 식탁에서 그런 말 들은 것 같기도 해요. 술을 마셔 운전하기 곤란하다며 집 앞으로 대리기사를 부르셨죠. 아버지랑 제가 집 앞까지 배웅을 나갔을 때 운전기사더러 우선 황성공원 근처까지 가자던 얘기 같은 것들이 생각나요."

"아! 그랬었죠.…… 그나저나, 그날 우리가 세 번째 만났는데도 왜 시명 씨는 나를 마치 처음 보는 사람처럼 끝까지 모른 체했어요?"

"선생님은 저를 아는 척했던가요? 서로 모른 체한 데는 아마 똑 같은 이유 때문이라고 생각되는데요. 그나마 제가 저녁식사를 대접한다는 핑계를 대고 더 오래 붙들어두고 싶어 했던 제 의도는 간파하셨는지 모르겠네요."

"아, 그랬군요."

"그러니 이젠, 그날 느꼈을 법한 섭섭한 기분 같은 거 다 풀리셨죠?"

시명은 의외로 생글거리며 장난기가 다분한 어투와 함께 샐쭉해진 어린애 다루듯 다정하고 따스한 눈길로 정광을 바라본다. 정광은 약간 어이가 없었으나 한결 누그러진 기분이 되어 고개를 끄덕였다.

이윽고 시가지 위로 저녁놀이 깃들일 무렵이었다. 눈 아래로 내려다보이는 거리에는 여기저기 불빛들이 하나 둘씩 켜지고 명멸하는 네온사인이 반짝이기 시작한다.

"벌써 날이 저무네요. 이젠 가요."

시명은 한 순간 가야 할 방향이라도 문득 떠올린 듯 재촉한다.

김유신장군 동상 곁을 떠나 돌계단을 내려가던 정광은 멈칫 서서 한 걸음 뒤따라 내려오는 시명을 돌아보며 말했다.

"그런데, 시명 씨. 오늘의 이 만남은 우연일까요, 필연일까요? 저번엔 우연한 만남도 세 번 이상이면 특별한 인연으로 여기겠다고 시명 씨 입으로 분명히 말했잖소?"

"글쎄요, 그건 생각하기 나름이겠지만, 이젠 그런 건 중요하지 않아요. 암튼 이렇게라도 만났으니 됐잖아요. 함께 저녁 먹으러 가요. 요 근처, 공원에서 멀잖은 곳에 제가 잘 아는 식당이 있거든요."

"거 잘 됐네요. 마침 저녁끼니 때라 출출하던 참인데……"

시명이 안내한 곳은 대로변에서 꺾어 들어간 어느 골목에 위치한 식당이었다. 골목길이라 해도 자동차 한두 대쯤은 너끈히 통행할 수 있는 도로였다. 큰길과 연결된 그 골목길로 30미터쯤 들어가니, 식당 앞길 건너편 공터를 잘 다듬어 전용주차장으로 활용하고 있었다. 그 규모가 생각 밖으로 널찍하다. 지금 공터엔 손님들이 타고 온 차들로 **빽빽**했다. 주인이 이 정도의 터를 매입하여 전용주차장으로 사용할 정도라면 그만큼 장사가 쏠쏠하단 얘기도 되는 셈이다.

이 가게의 주요 메뉴인 아귀수육이 그렇게 유명하다고 시명은 자랑했다. 아귀를 주재료로 한 찜과 탕 종류 외에도 철따라 감포항에서 직송해오는 생선회도 취급하는데, 그런 유의 식당이야 여기 말고도 많이 있지만, 무엇보다 안주인이 자기 친구여서 자주 찾는다고 설명해주었다.

"여주인이 저랑 초등학교 때 같은 반 친구였는데, 이름이 노종숙예요. 초등학교 6년 동안 내내 한반이었어요. 중학교 입학할 무렵 제가 대구로 이사를 가면서 헤어졌죠. 그 뒤로 수십 년 서로 까마득히 잊고 지냈어요. 아버지가 은퇴 후 다시 경주로 귀향하여 사실 때 우연히 한 번 가족끼리 여길 들른 적이 있었거든요. 물론 그땐 어머니도 생존해 계셨고요. 카운터 일을 맡고 있던 종숙일 이십여 년 만에 처음 만났는데 개도 나도 한눈에 서로를 알아보곤 깜짝 놀랐죠. 말하자면 그 이후부터 저는 이 집의 단골손님이 된 셈이랄까요."

그런 얘길 하면서 두 사람은 이윽고 '감포 식당'이란 상호가 붙은 그 아귀수육 집에 당도했다.

"감포 식당이라?"

정광이 집 앞에서 혼잣말로 중얼거리자, 시명은 묻지도 않은 것까지 친절히 덧붙여 설명해주었다.

"남편이 감포항 태생이라네요. 그래서 고향이름을 땄겠죠."

가게 안은 사람들로 가득 차 있었다. 가게 문을 열고 들어서면 신발장을 거쳐 다시 유리문을 열고 들어서는 구조였다. 넓은 홀엔 긴 장방형으로 다듬은 원목의 식탁들이 두 줄로 죽 늘어서듯 놓여 있었는데, 식탁마다 빈자리가 없을 정도였다. 홀의 양 옆엔 따로 칸막이를 설치한 방들이 딸려 있었다. 거기도 이미 예약된 손님들로 만원이었다.

카운터와 마주보는 건너편 정면은 주방이었다. 그 주방 쪽에서 연해 주문한 음식들을 받아 나르며 한창 서빙 중인 아줌마들이 김이 모락모락 오르는 수육접시와 뚝배기들을 큰 쟁반에 받쳐 들고는 식탁 주변을 들락날락거린다.

처음 가게 문을 열고 들어섰을 때, 홀 한구석의 카운터에서 종숙은 드나드는 손님 응대에 여념이 없었다. 일테면, 유리문 열리는 소리에 반사적으로 "어서 오세요."를 자동기계처럼 외치고는 고개를 돌려 바라볼 틈도 없을 정도였다. 이제 막 나가는 손님들이 줄을 서서 계산을 위해 내미는 현찰 혹은 카드를 받아 처리하느라 종숙은 미처 시명을 알아보지 못했다. 앉을 자리를 찾느라 잠시 서서 눈으로 빈자리가 있나 하고 둘러보던 시명이 카운터 가까이 다가가 말했다.

"종숙아! 나, 왔어."

그제야 종숙은 고개를 들고 시명을 보고는 화들짝 놀라며 미안한 듯 웃는다.

"아이고! 너 온 줄 모르고 예사로 봤네. 지금처럼 정신없이 바쁠 땐 사람도 못 알아보고…… 가끔씩 이래."

"그게 뭐 어때서? 영업 잘되는 것 같아 보기 좋기만 한데 뭐……."

"지금 손님이 꽉 차서 빈자리가 안 보이지? 그렇다고 널 기다리게 할 순 없지. 잠깐만 주방 뒤쪽에 있는 내실에 가 있도록 해. 너도 그 방 알잖아?"

"아니, 괜찮아. 그렇게까지 특별히 신경 쓸 거 없어. 자리 빌 때까지 좀 기다리지 뭐."

"무슨 소리야! 식사는 식사고, 오랜만에 찾아온 친구를 우두커니 세워두다니 말도 안 돼! 더구나 함께 오신 손님도 계시고 한데……"

종숙은 그렇게 말했지만, 실은 시명의 뒤쪽에 서서 약간 어색한 자세로 멋쩍은 표정을 짓고 있는 정광의 존재를 의식한 듯했다. 시명의 어깨 너머를 흘끔거리다 그와 눈길이 마주치자 종숙은 민망해서 얼른 시선을 거둔다.

"좀 전에 마침 무임이도 왔기에 내실로 보냈지. 걔랑 뭣 좀 상의할 것도 있고 해서 내가 불렀거든. 그 방에 지금 무임이가 기다리고 있을 거야. 빈자리 날 동안만 거기 잠시 가 있어."

"응. 알았어."

카운터 앞에서 입씨름하고 있을 때가 아니었다. 한창 손님이 들고날 시간이면 눈코 뜰 새 없이 바쁘단 것을 시명은 자주 와본 경험상 익히 알고 있었다. 그런 때면 대개 내실에 가서 대기하고 있거나 어떤 때는 그냥 거기서 식사를 하기도 했다. 내실은 본래 손님을 받는 방은 아니었다. 주인 부부가 휴식을 취하거나 주방과 홀에서 일하는 사람들이 옷을 갈아입거나 하는 용도로 마련된 별실이었다.

시명은 그 방에도 몇 번 와 봤기에 잘 알고 있었다. 종숙의 말에 따라 내실 쪽으로 정광을 안내하며 그녀가 말했다.

"무임이란 친구도 제 초등학교 동창이에요. 어릴 때 나랑 종숙이, 무임이, 셋은 늘 함께 어울려 다닌 사이예요. 공교롭게 오늘 모두 만나게 되네요."

주방 한 옆으로 복도가 나 있고, 그 복도 끝에 남녀로 구분된 화장실이 각각 딸려 있었다. 내실은 복도 중간에 좁은 샛길처럼 난 마루를 따라 들어간 곳에 있었다.

앞장선 시명이 내실 문을 열었을 때 여느 집 안방과 다름없는 구조였지만 한 가지 이상한 게 발견되었다. 눈앞에 펼쳐진 것은, 그들의 시선을 당장 한 곳으로 집중시키는, 꽤 낯설고 색다른 광경이었다.

명절과 같이 특별한 날 외엔 평소 잘 입지 않는 한복을 고이 차려입고 다소곳이 방 가운데 앉아 있는 여인의 모습! 핏기 없이 하얀 얼굴이 차라리 싸늘하게 느껴질 정도였다. 머리칼을 완전히 뒤로 빗어 넘기고 가르마를 타서 뒷머리에 비녀를 꽂은 모습이 조선시대 인물화 속에서 방금 막 빠져나온 것 같은 형상이었다.

"무임아!"

하고 시명이 방안으로 불쑥 들어서며 반갑게 불렀다. 그러자 조선시대 여인 같은 차림을 한 무임이 환하게 웃는다. 눈썹이 짙고 눈매가 서글서글한 그녀의 표정도 시명을 본 순간 금세 따스하게 밝아졌다.

"어머! 시명이구나."

긴치마 밑에 가리어 보이진 않아도 한쪽 무릎을 세운 무임은 엉거주춤 엉덩이를 들어 올린 자세로 막 들어서는 시명의 손을 부여잡는다.

정광은 문 밖 복도에 서서 두 사람의 그런 모습을 멀거니 바라보고 있었다. 망설이며 섣불리 들어서지 못하고 복도 벽에 거의 등을 기대듯 하고서 우두커니 지켜볼 따름이었다.

"무임아, 지금 나랑 같이 온 손님이 한 분 계신데……"

시명이 양해를 구하듯 말하자,

"그럼, 들어오시라 해야지. 뭘 망설여?"

무임은 웃으며 대꾸하더니 그제야 열린 문밖으로 시선을 보낸다. 방문 바깥의 좁은 복도 쪽은 방안에서 보기엔 약간 어둠침침하여 무임의 눈에는 정광의 모습이 확연하지 않는지 미간을 찡그려 초점을 모았다.

"정광 선생님, 괜찮아요. 들어오세요."

시명은 앉은 채 문 쪽으로 고개를 돌려 그를 불렀다.

"실례하겠습니다."

이윽고 정광은 가볍게 허리만 숙여 목례로 인사를 대신하며 방안으로 들어섰다. 바로 그 순간, 방안에는 예상치도 못한 놀라운 변화가 일어났다. 정광의 모습을 본 무임의 얼굴빛이 갑자기 창백해졌다. 우윳빛처럼 뽀얗던 그녀의 피부가 마치 한 순간 스며든 햇살에 굴절되어 비쳐 보이는 그늘 속의 눈빛 같이 푸르무레해졌다. 한마디로 공포에 질린 것 같은 낯빛이었다.

무임은 두 손등으로 얼굴을 가리며 와들와들 떨었다. 태양의 직사광선을 눈으로 맞바라볼 때처럼 부신 눈을 제대로 뜨지 못하고 얼굴을 가린 그 손가락 틈새로 정광을 흘끔거렸다. 그리고 여차하면 손바닥으로 밀쳐낼 것 같은 자세를 취한 채 살금살금 뒤로 물러나 앉는다.

"무임아! 너, 왜 그래? 응?"

시명은 몹시 당황하여 어쩔 줄을 몰랐다. 그저 정광과 무임을 번갈아보았다.

꼬리 내린 개처럼 잔뜩 움츠려 엉덩이를 뒤로 물리면서 무임은 몸뚱이가 한쪽으로 샐그러진 자세로 자꾸만 방구석 쪽으로 옮겨갔다. 그런 모습에 황당해진 시명은 영문을 몰라 다그쳤다.

"왜 이래, 응? 무임아, 너 왜 이러는 거야? 제발 정신 좀 차려!"

"시명아, 무서워! 저 사람 좀 내보내. 제발, 방안에 들어오지 못하게 해줘!"

무임은 정녕 울상이 되어 외친다. 더 이상 물러날 곳이 없자 벽에 등을 대고 웅크린 그녀는 잔뜩 겁에 질린 어린애처럼 돌변하였다. 왼손은 얼굴을 가리고 오른손을 뻗어 나가라고 자꾸 밀쳐내는 시늉을 하는 것이었다.

정광은 황당하다 못해 머쓱해졌다. 어쩌면 좋겠느냐는 듯 시명은 말없이 우두커니 서 있는 정광을 올려다본다. 민망하기 짝이 없기는 서로가 마찬가지였다.

그는 어이가 없어 쓸쓸한 표정으로 고개를 설레설레 저었다. 영문을 알 수 없는 이 희한한 소동을 끝내기 위해서는 정광이 다시 방 밖으로 나가는 것 외엔 달리 방법이 없었다.

"밖에서 기다리죠. 시명 씨, 이따가 친구 분이 진정되면 홀에서 보도록 해요. 우선 안정부터 시키세요."

정광은 아예 방안에 앉기도 전에 도로 밖을 나오며 방문을 닫아주었다.

그는 하릴없이 내실의 좁은 복도와 연결된 통로 끝에 있는 화장실로 갔다. 손을 씻고 세수라도 하며 혼란해진 머릿속을 정리해 볼 생각이었다.

정광의 얼굴을 보자마자 경기를 일으킨 어린애같이 거의 발악하다시피 하는 여자의 행동을 스스로도 이해할 수가 없었다. 도대체 무슨 까닭에설까?

정광은 세면대 앞에 걸린 거울 속의 제 모습을 한동안 물끄러미 바라보았다. 그러나 여전히 연유를 알 수가 없었다. 그는 수도꼭지를 틀고 쏟아지는 물에 손과 얼굴을 씻었다. 벽 한쪽에 설치된 휴지 디스펜서에서 빼낸 마른 종이로 손과 얼굴을 닦고 복도로 다시 나오자 때마침 카운터의 종숙과 마주쳤다. 그녀는 빈방이 생겼다며 시명에게 급히 알리러 내실로 오던 참이었다.

"왜 여기 혼자 나와 계세요?"

의아해서 묻는 그녀에게 정광은 얼버무렸다.

"아, 예에. 두 분 친구끼리 얘기 나누고 있어요. 그동안 난 잠시 화장실에 손 씻으러 나왔고요."

"아, 그러세요? 방금 막 4호실 손님들이 나갔으니까 그 방으로 가 계세요. 시명이도 곧 그쪽으로 옮기도록 전할게요."

손짓으로 홀 쪽을 가리키더니 종숙은 이내 종종걸음으로 내실로 들어갔다.

그 사이 식당내부는 아까보다 한산해 있었다. 식사를 끝내고 나간 손님들의 빈 식탁을 행주로 훔치고 설거지하는 아줌마들의 움직임이 바쁘다. 종숙은 그 틈을 타서 카운터를 딴 사람에게 잠시 맡기고 내실로 친구들을 보러 간 것이었다.

4호실 방에서는 좀 전에 먹고 나간 손님의 뒷자리를 치우는 아줌마가 쟁반에 빈 그릇들을 주섬주섬 주워 담고 있었다. 정광이 자리를 잡고 앉자 말끔히 닦은 새 식탁 위에 얇은 비닐을 깔면서 묻는다.

"손님, 뭘로 드시겠어요? 주문은 하셨나요?"

"아뇨, 아직. 아까는 손님이 밀려서 내실에서 기다렸죠. 카운터 계시던 이 집 여주인의 친구 분하고 같이 왔었는데……"

"아, 그러세요? 그럼, 지금 주문하시면 제가 카운터에 전할게요."

"예, 그럽시다. 아귀수육 2인분이랑 탕 둘요. 소주도 한 병 주세요."

정광은 시명의 의견과 상관없이 그냥 제 생각대로 말했다.

"예. 잠시만 기다리세요."

얼마 뒤, 주문한 음식과 새로 내온 밑반찬들이 식탁 위에 놓여졌다. 시명이 4호방으로 들어온 것은 그러고도 한 5분쯤 지난 뒤였다.

"시명 씨한텐 묻지도 않고 그냥 내 맘대로 주문했어요."

정광은 좀 멋쩍어졌다. 아까 내실에서 있었던 일과 시명의 동의 없이 제 뜻에 따라 일방적으로 메뉴를 정한 것 등이 겹쳐, 이래저래 민망한 느낌이었다.

"괜찮아요. 오히려 잘하셨네요. 저도 이걸 주문하려고 했거든요. 그나저나…… 생각할수록 정말 희한한 일도 다 있네요."

시명은 뜬금없이 그런 말을 덧붙이며 내처 생글거린다.

"하긴, 나도 아까 친구 분이 왜 그런 이해 못할 행동을 했는지 희한하게 생각하고 있어요. 얼굴빛이 사색이 되어갖고……"

정광은 다시금 설레설레 고개를 흔들었다.

"무임이가 선생님 모습에서 뭘 봤는지 아세요? 그 얘기 듣고, 저는 놀랐다기보다 어이가 없어 되레 웃었지요."

"글쎄요, 나도 그게 무척 궁금해요."

"무임이가 무녀(巫女)란 사실에 대해선 제가 아직 말할 기회가 없었네요. 신어미[神母]한테서 내림굿을 받고 신딸이 된 지 한 오륙년쯤 됐어요. 자기 말로는 동자귀신이 씌웠다고 하대요. 종숙인 그런 무임이가 영험하다며 지금껏 가게 영업이 이렇게 번창하게 된 것도 다 무임이 덕분이라 해요. 사업운의 여부를 묻고, 주차장을 확대하느니 마느니, 심지어는 내부 수리를 위한 공사 하나에까지도 종종 걔를 불러서 자문을 구한다고 하대요. 오늘도 그런 일로 만나자 했던 모양이에요."

"아, 무당이었군요. 하긴, 차려입은 입성이나 머리 모양새나 첫눈에 좀 이상하다 싶었죠. 이제 그 점은 이해가 돼요."

"그렇게 된 사연은 생략할래요. 종숙일 통해서 전해들은 바는 있지만 우리랑 상관없잖아요. 그건, 무임이만의 사적인 일이라 오히려 말 않는 게 나아요. 아무튼, 아까 정광 선생님을 본 순간 그 난리를 피운 뒤끝에, 선생님 나가시고 찬찬히 달래며 이유를 물었더니, 하는 이야기가 저로선 너무 어처구니가 없어요."

"그게 뭔지 나도 정말 궁금하네요. 아무리 영험한 무녀라 해도 그렇지, 나한테 무슨 억하심정이 있어서 질겁하며 내쫓았는지, 아직도 영문을 몰라 어안이 벙벙하니까……."

"이런 말해도 웃지 마세요. 무임이 눈에는 보통 사람들이 못 보는 영(靈)이 보이나 봐요. 죽은 귀신이나 영혼 같은 게……. 그런데 선생님 어깨 위에 왕관을 쓴 여인이 올라앉아 있고, 뒤에는 인왕처럼 생긴 시커먼 신장(神將)이 서 있대요. 동자신의 눈에는 그게 무서웠던 가 봐요. 그래서 기겁을 하고 벌벌 떨었다대요."

상대방에겐 웃지 말라 해놓고는 이런 말을 하면서 시명은 하얀 치아를 드러내며 내처 생글거렸다. 늘 그러듯 입가가 위로 치켜 올라가는 그 특유의 표정으로.

"아, 그래요? 거 참!…… 곳곳에 왕들의 무덤이 산재한 천년고도 경주에서 태어난 사람들의 의식 상태라 그런 걸까요? 경주 출신 문인들의 글 속에서 종종 이 도시 전체를 영계와 현상계가 공존하는 곳, 먼 조상의 영혼들이 머물기도 하고 떠돌기도 하는 '고향'으로 표현하는 경우를 심심찮게 봤어요. 특히, 김동리 소설의 『무녀도』를 비롯해 그 분의 시들이 대표적인 예죠. 전통종교인 무속에서만 인정하는 귀신들이 횡행하는 고향의식이란 건, 말하자면 이승과 저승, 전생과 후생이 엉켜 있는 곳이란 뜻과 다름없지요. 뭐, 그건 그렇고, 식기 전에 어서 듭시다."

"예. 먼저 드세요."

정광은 뚝배기의 뜨거운 국물을 한 숟갈 떠 조심스레 입에 넣어 간을 보았지만 심리적으론 왠지 씁쓸한 뒷맛을 느꼈다.

갖가지 유적과 유물들이 천년의 시간 속에 묻혀 잠들어 있는 경주에선 골짜기며 언덕이며 평지 할 것 없이, 그런 곳이면 어디든 전설과 신화가 서려 있었다. 또한 그런 설화들 속에선 귀신이나 유령들이 저승과 이승을 쉽사리 넘나들었다.

어린 시절, 한의사였던 조부의 방에서 보았던 당사주 책의 그림이 불현듯 정광의 머릿속에 떠올랐다. 인장(印章) 파는 업으로 생계를 꾸려간다던 웬 뜨내기가 하루는 조부의 약국에 찾아들어 엉뚱하게 가족의 점괘와 당사주를 봐주었을 때였다. 그 나그네가 정광의 사주를 뽑아 펼쳐 보인 책의 그림과 아주 비슷한 얘기를, 좀 전에 내실에서 건너온 시명의 입을 통해 전해 듣자니 새삼스레 기분이 묘해졌다.

그는 추억 속에 잠겨 있던 그 얘기를 꺼내 시명에게 들려주었다. 그리고는 이렇게 덧붙였다.

"단지, 사주책의 그림 속에선 내 모습이 석장(錫杖)을 손에 쥔 스님으로 표현돼 있는 것만 다를 뿐이었지만……."

젓가락으로 아귀수육 한 점을 집어 입안에 넣고 오물오물 씹던 시명은 갑자기 휘둥그레 뜬 눈으로 정광을 빤히 바라보았다.

"어머! 정말 그랬어요? 아무리 봐도 제 눈엔 선생님이 그냥 멀쩡한 보통 사람과 조금도 다름없는데, 정말 신기하네요. 전생에 승려 팔자였던가 봐요."

"그러게요. 꽤 오래 전부터 그 생각이 지배적인 사고로 굳어져, 불교로 개종한 계기도 아마 그 때문이지 싶어요. 지난번에 내가 운명을 믿는다고 했던 말도 그런 까닭에서고……."

"그런 말 들으니, 참 이상해요. 저 역시 언젠가 무임이가 제 전생을 되짚어 보고는 운명 따위에 관해 해준 말들이 늘 잊히지 않아요. 당시엔 웃고 넘겼지요. 하지만, 시간이 흐를수록 심상찮은 예감 같은 게 항시 절 따라다녔거든요. 무임인 제가 전생에 용왕의 딸이었대요. 그런데 용왕의 청으로 불법을 강론하러 왔던 젊은 스님에게 반해 그를 따라 용궁을 떠나려 할 만큼 사모했지만, 끝내 이루지 못한 사랑의 한을 품고 늘 가슴앓이를 해야 할 업을 지닌 여인으로 태어났다나 뭐라나……. 정말 우습죠?"

그러면서 그녀는 스스로도 어처구니없는 양 입을 가리며 크게 소리 내어 웃었다.

"거, 많이 듣던 스토린데……. 서포(西浦) 김만중의 소설 『구운몽』에서

성진 스님이 용왕의 요청으로 설법하러 용궁에 갔던 이야기랑, 또 의상법사(625~705)가 당나라에 구법을 갔다가 신라로 돌아올 때 그를 짝사랑한 선묘녀(善妙女)가 바다에 몸을 던져 용신이 되어 풍랑을 잠재움으로써 의상의 안전한 귀국을 도운 이야기 따위가 혼합된 줄거리 아닌가요?"

"그렇죠. 바로 그거예요. 그래서 제가 웃었던 거구요. 저어기, 경북 영주 부석사(浮石寺)에 가본 적 있겠죠? 그 절이 신라 문무왕 때 의상대사가 직접 왕명을 받아 창건한 절이란 것도 아시죠? 태백산의 험준한 산줄기를 타고 내려오다 솟은 봉황산 아래, 깊은 산골짜기에 있던 그 절에 갔을 때가 생각나네요. 해동화엄종의 대본산(大本山)답게 그런 곳에다 소위 화엄정토를 이룩하려는 의도가 분명하게 느껴질 정도더군요. 하지만 뭣보다 제겐 당나라 여인 선묘의 전설에 얽힌 선묘정(善妙井)이란 우물과 석룡(石龍)이 아주 인상 깊었어요. 같은 여자 입장에서, 이국의 학승인 의상을 사랑한 당나라 미인 선묘의 비련담(悲戀譚) 때문에 더 그런가 봐요."

"하긴, 그렇기도 하겠네요. 나도 오래 전 부석사에 가본 적이 있어요. 그 절의 승방 남쪽 계곡에 있던 석실구조의 그 우물도 봤고, 무량수전 아래 깔린 10여 칸 크기의 S자형으로 용을 조각한 그 초석(礎石)도 봤어요."

정광은 맞장구를 치듯 고개를 끄덕여 보였다. 정광의 그런 태도에 고무된 듯 시명은 즐거운 마음으로 뒷말을 이어나간다.

"그러니까, 의상과 선묘녀의 전설은 한 편의 소설 감으로 손색없는 줄거리잖아요. 의상이 환국 길에 타고 올 배를 물색하던 중 등주(登州)란 항구에 있던 기청(妓廳)에서 선묘를 만나게 된 경위, 일편단심으로 소맷자락을 붙잡는 여인을 뿌리쳐야 하는 승려의 입장, 더구나 중국 화엄종의 2대조(二代祖)인 지엄(知嚴 · 600~668)이 죽기 전에 미리 의상을 자신의 후계자로 지명했는데도 조국 신라를 정토(征討)할 계획을 세우고 있던 당의 야욕을 알리러 급거 귀국하면서 동학승인 현수(賢首: 일명 法藏·643~712)에게 3대조의 영광스런 지위까지 양보한 의상의 애국심 등.─그야말로 흥미진진한 이야깃거리죠. 가장 중요한 대목은 의상의 전법(傳法)을 지켜주기 위해 바다에 몸을 던져 스스로를 희생한 선묘녀의 순애보(殉愛譜)라 할 수 있겠죠. 게다가 짧은 사랑의 순간은 갔어도 그 기억은 남아 부석사 창건 때 선묘정과 용모양의 초석을 만들었다는 것이 더욱 의미심장해요. 그로써 못 잊을 여인의 흔적으로 삼아 기념하게 된 일. 그건 화엄의 그윽한 뜻보다도 더 깊은 사랑으로 영원히 남게 된 것이랄까. 사랑에 목숨을 건다는 건 정말 쉽지 않은 일인데…… 아무튼, 사랑의 깊이는 시간의 길고 짧음으로 정해지는 게 아니란 점에서 진짜 감동적인 얘기잖아요?"

말과 함께 시명은 짜장 감동에 겨운 표정을 짓기까지 한다.

"하긴, 진실한 사랑은 동서고금을 막론하고 사람의 마음을 움직이는 가장 고귀한 감정인가 보죠. 선묘녀의 전설은 일본에까지 전해져, 일본의 국보급 두루마리 화폭 속에 남아 있으니까요."

"그게 사실예요? 저는 그런 얘기 처음 듣는데……."

"일본국보『화엄종조사 회전회권(華嚴宗祖師繪傳繪卷)』이 그것인데, 해동 화엄종의 조사인 원효대사와 의상대사의 전기(傳記)를 극채색의 그림물감으로 그린 두루마리예요. 여기에 의상과 당나라 여인 선묘 사이에 얽힌 비련의 이야기도 들어 있어요. 대사의 무사환국을 기원하며 바닷물에 뛰어든 선묘가 용이 되어 뱃길을 인도하는 장면이 생생하게 묘사돼 있는 그림인데…… 원본은 교토(京都) 국립박물관에 보관돼 있고, 복사본은 고산사(高山寺)라는 절에 있어요."

정광은 지난날 한국굴지의 대기업체 H그룹의 계열사인 주식회사 '금강(金剛)' 영업부사원으로 한 때 일본지점에 근무했던 그 시절 얘기를 꺼냈다.

그의 활동 범위는 주로 칸사이(關西) 지방이었다. 그 지역은 고대 일본의 수도였던 교토나 나라(奈良)는 물론, 오사카 등지에 걸쳐 한국 고대문화와 밀접한 영향권에 속한 곳들이기도 하였다. 따라서 영업상 그 일대를 돌아다니는 동안 저절로 일본 속의 한국문화에 눈을 뜨게 해준 계기도 되었다.

그 시절 정광은 해동화엄종의 고승인 원효와 의상을 정신적 스승으로 모신 고산사를 방문한 적이 있었다. 그 절간은 교토시의 서북쪽 50리 밖에 있는 토가노오산(栂尾山) 자락의 골짜기에 자리 잡고 있다.

"고산사로 들어서는 입구 채 못 미쳐 길가 언덕 위에는, 신 모시기 좋아하는 일본인들답게 전설의 선묘를 명신으로 받들어 모신 선묘명신(善妙明神) 신사(神社)가 있어요. 또, 선묘를 불보살로 모신 선묘니사(善妙尼寺)라는 암자까지 있을 정도고. 그렇게 된 데는 나름대로 사연이 있긴 하죠. 고산사를 중흥시켜 일본 화엄종의 정신적 메카로 만든 이는 명혜상인(明惠上人)이라 불렸던 승려였죠. 그는 원효와 의상이 펼친 해동화엄종의 깊은 뜻을 누구보다 깊이 터득한 학승이었다고 해요. 한데, 그의 불심을 움직이게 한 또 다른 힘이 바로 선묘한테서 받은 강렬한 감동의 작용 때문이라던가. 뭐, 그것이 선묘니사를 세운 동기였다 하니, 그럴 만도 하죠."

"정광 선생님 얘기 듣고 있노라면 제가 미처 몰랐던, 금시초문의 사실들을 접하고는 깜짝 놀랄 때가 많아요. 지난번 우리 집에 한번 다녀가신 뒤로 아버지께서 하신 말씀이 생각나네요. 요즘 세상에 흔치않은 고수(高

手)를 모처럼 봤다면서 칭찬하시던 걸요."

"예엣? 나더러 그런 말씀을?…… 정말예요?"

"그럼요. 제가 뭣 하러 거짓말을 하겠어요? 실은, 저 역시 그렇다고 인정하고 있고요."

"거 참! 빈말이라도 듣기 좋네요. 자, 오늘 이렇게 다시 만난 기념으로 건배합시다. 이래저래 즐거운 기분으로 권하는 잔이니, 사양 마시고 받으세요."

정광은 식탁에 놓인 깨끗한 새 소주잔에 가득 한 잔 따라 시명에게 권하였다.

"좋아요. 제 잔도 받으셔야죠."

그때부터 상대방의 잔이 비면 얼른 서로 채워주며 자연스레 술판이 곁들여졌다. 어느 틈에 소주 한 병을 다 비워 새로 시켰으나 시명은 잔을 들이킬수록 얼굴색이 붉어지기는커녕 이상하게도 더욱 창백해졌다. 겉으로 보기엔 전혀 술을 마시지 않은 양 맨송맨송하였다. 정광이 그 점을 지적하며 타고난 술꾼 같다고 농담을 던지자,

"원래 체질이 그런가 봐요. 취한 것과 상관없이 겉으로만 멀쩡하게 표가 나지 않을 뿐, 실제는 다르거든요. 절대로 술꾼은 아녜요. 하기야, 누군들 별수 있나요? 많이 마시면 헛소리하고 정신 못 차리긴 마찬가지겠죠."

시명은 입 꼬리가 치켜 올라가는 그 묘한 미소를 지으며 그렇게 받아넘기더니 갑자기 뭔가 생각난 듯,

"참! 아까 제 친구 무임이 얘긴데요……"

하였다.

"무슨 얘기요?"

"저더러 전생에 용왕의 딸이라 했던 그 말 있잖아요. 처음엔 한쪽 귀로 듣고 한쪽 귀로는 그냥 흘려보내곤 웃어넘겼다고 말했죠? 그런데 시간이 지나면서 그 기억이 오래 남았는지 꿈속에까지 잊히지 않고 이상한 형태로 나타나던 걸요. 꿈에서는 제가 스리위자야 왕녀가 된 경험을 했다면 믿으시겠어요? 비록 꿈이었지만 깨고 나서도 어찌나 생생하던지!…… 명랑법사가 다녀왔던 그 불교나라 해상왕국을『삼국유사』에서는 용궁으로 기록했잖아요. 그래서 달리 생각하기 시작했죠. 제 이름 '시명'은 원래 아버지가 지어주실 때는, 해[日]와 달[月]의 밝음[明]을 모시고[侍] 살아가길 염원하신 거였다고 하대요. 그런데, 근래에 와서는 참 엉뚱한 생각이 들어요. 아무래도 제 이름이 전생에 명랑법사와 관련이 있는 것 같다는 느낌 말예요. 무슨 계시처럼 그 생각이 뇌리에 박혀 떠나질 않아요. 참 이상하죠?"

"어쩌면 그게 운명과 관련된 건지는 잘 모르지만…… 하여간, 성명철학에선 우연한 작명도 운명으로 작용한다고들 흔히 말하거든요. 그래서 이름을 바꾸었더니, 비로소 팔자가 펴지더란 얘기를 주변에서 종종 듣기도 하구요. 믿거나 말거나."

"그래요. 저도 그런 말 자주 들었는걸요. 그러니 무시할 수 없죠."

"몇 년 전 우리가 처음 만났던 때를 한번 되돌아봐요. 불곡의 감실 할매 부처상 앞에서 시명 씨가 그때 내게 명랑법사에 대해 크게 눈을 뜨게 해준 뒤로 나 역시 지금껏 끊임없이 그 분의 행적을 더듬어 온 셈이에요. 그러니 이래저래 우리 두 사람은 명랑법사와의 인연 때문에 서로 얽혀있다는 느낌을 지울 수가 없네요."

"…………."

이때 시명은 뭐라고 대꾸할 말을 찾지 못한 양 물끄러미 정광의 눈을 들여다보았다. 어쩌면 이런 말을 하는 상대의 저의를 탐색하는 눈치 같기도 하였다.

"시명 씨는 명랑법사를 기념하여 세운 원원사지(遠源寺址)에 가본 적 있나요?"

"아뇨. 거긴 어떤 절인가요?"

"언제든 시간 나면 나랑 함께 가봅시다. 지금은 경주시에 편입됐지만 과거 행정구역 명칭으로 경북월성군에 있던 절인데, 경주에서 동남쪽으로 한 20여 리 떨어진 곳이라 차편으론 아주 가까워요. 『삼국유사』의 기록에 의하면, 이 절은 해동 신인종의 조사가 된 명랑법사의 수제자 안혜(安惠)·낭융(郞融)이 김유신·김술종(述宗)·김의원(義元) 등과 함께 발원하여 세웠다고 해요. 뭣보다 특히 그 절의 벽화가 흥미로워요. '멀리 물의 근원'이란 절 이름[96]처럼 물과 관련된 용과 용왕의 모습을 그린 용왕각(龍王閣)을 세우고, 전각 안에는 우물까지 있죠. 지금에 와서 명랑법사의 구도(求道) 루트가 차츰 밝혀지고 있긴 한데, 당(唐)을 거쳐 아마 티베트에서 신인(神印)의 비법을 얻고, 도중에 스리위자야 왕국에 가 머무를 동안 비법을 전수하고 해로(海路)를 통해 환국한 사실의 경로였을 겁니다. 하지만, 당시 신라인들은 스리위자야 왕국을 까마득히 알지 못했죠. 다만 용왕의

---

96) 『삼국유사』「명랑신인(明朗神印)」조의 원문에는 분명히 그 절 이름을 '원원사(遠源寺)'라고 명시하였다. 요컨대, 가운데 글자가 '근원 源(원)'자가 분명함에도 불구하고, 현재 원원사지 현장에 가서 보면 사적지 안내판은 물론 입구에 세워진 약 2m정도 높이의 표지석(標識石)에도 이 글자를 엉뚱하게 '바랄 願(원)'자로 표기해 놓았다. 이를 이상하게 여겨 문화재청 홈페이지에 들어가 검색해 봤지만 역시 '願'자로 잘못 기재되어 있다. 뿐만 아니라, 심지어 백과사전에서까지 '願'으로 나온다. 애초에 누군가 『삼국유사』원문의 '遠源寺'를 '遠願寺'로 잘못 기재한 데서 이런 오류가 생긴 듯한데, 지금까지 여전히 고쳐지지 않은 채 계속 그대로 이어지고 있다. 하루 빨리 수정돼야 마땅하다.

요청으로 명랑법사가 용궁에 들어가서 비법을 전수한 것으로 믿었던 대로 현재 원원사지의 용왕각과 그 전각 내의 우물은 그런 전설과 연관돼 있음을 짐작할 수 있죠."

"호오! 그래요? 정말 궁금한데요. 좋아요! 아무쪼록 시간을 내 볼게요. 그때 가서 자세히 설명해 주시고, 오늘은 학문적인 거 말고 뭐 딴 얘긴 없을까요?"

"글쎄요, 사소한 일상적인 것 말고는 별로……. 가령, 오늘 먹어 본 이 아귀수육 맛이 기막히다는 것이 얘깃거리가 되는지?"

"그럼요. 수육이 정말 맛있죠? 아귀는 생긴 겉모습은 흉측해도 육질이나 내장이 워낙 부드러워 입안에서 살살 녹는 맛이에요."

"아귀(餓鬼)란 말은 원래 불교 용어잖아요. 파율(破律)의 악업을 저질러 삼악도(三惡道)의 하나인 아귀도에 떨어진 귀신이란 뜻인데……. 불교에서 아귀를 설명하기로는, 목구멍이 바늘구멍 같아서 음식을 먹을 수 없어 늘 굶주린 탓에 끊임없이 탐욕을 부려도 몸이 앙상하게 말라 있고 항시 매를 맞는다고 하죠. 그런데 실제 아귓과의 바닷물고기는 뭐든지 잘 먹어치우니까, 이게 뭔가 잘 맞지 않는 명칭예요. 내가 태어난 경상도 남부지방 바닷가에선 입이 무지하게 크기에 이걸 '아구(餓口)'라고 불러요. 표준말 아귀보다는 오히려 사투리인 아구가 더 잘 어울리잖아요?"

"경주사람들도 실은 아구라는 말을 더 많이 써요. 여기도 역시 경상도 잖아요. 하여간, 식탁 위에서 아귀도를 논하니까 왠지 인간계가 즐거운 지옥 같네요. 뭐 이렇든 저렇든 간에, 저는 맘 맞는 사람과 즐거운 기분으로 맛있는 음식을 함께 먹을 때가 행복해요."

"먹는 게 행복하단 뜻인가요?"

"아뇨. 제 말뜻은 단순히 먹는다는 행위와는 분명히 다르죠. 전제 조건이 있었잖아요. 마음 맞는 사람과 함께, 즐거운 기분과 맛있는 음식……세 가지 조건을 붙였잖아요. 설정 기준에 따라 다르죠."

"아무런들 행복의 정의(定義)치고는 좀……"

"행복은 생각처럼 거창한 게 아녜요. 또, 사람은 결코 행복해지기 위해 사는 것도 아니고요. 행복감이란 단지 힘겨운 생을 견디며 우리가 생존하기 위해 머릿속에서 꾸며낸 현상에 지나지 않죠. 적어도 그것이 저의 변함없는 소견이기도 하구요. 나날이 행복인 것을 모르고, 고생 끝에 낙이 온다는 사고방식, 일테면 사람들은 대개 언젠가 찾아올 훗날의 행복을 위해 지금의 어려움도, 힘겨움도 다 견뎌내는 거라고 스스로 위안하며 살아가는 게 아닐까요? 전 그게 잘못됐다고 생각해요."

"왜요? 그 나름대로 일리 있는 말인데……"

어떤 대답이 나오는지 떠보려고 정광은 입가에 비죽이 웃음을 흘리며 일부러 엇나가는 말투로 대꾸했다.

"어떤 스님의 말씀이 떠오르네요. 달은 항상 크고 밝고 둥근데, 우리 눈에 비친 달이 그림자에 가려져 이지러지거나 반쪽 난 것처럼 보이는 현상만 보고서, 달 자체가 그런 것으로 착각하는 어리석음에 빠져 있다고. 이런 착시 현상 속에서 새해 정월 대보름달을 기다려 소원을 빌면 이루어지리란 근거 없는 믿음을 갖는 것이나, 언젠가 찾아올 행복을 기다리며 살아가는 것이나, 뭐가 다르냐는 거예요."

"아! 듣고 보니, 거 참, 의미심장하네요. 아무튼 시명 씨, 입에 발린 소리가 아니라, 오늘 이런 즐거운 시간과 자리를 마련해 주어서 정말 고마워요."

그 말이 진심인지를 확인한 듯 시명은 입꼬리를 살짝 말아 올리며 정광을 빤히 보더니,

"제겐 즐거운 것 이상이에요. 의미 있는 오늘로 기억할게요."

반주를 곁들인 저녁식사를 끝내고 그들은 마침내 일어섰다. 기어이 자기가 계산하겠다며 시명은 먼저 카운터 쪽으로 서둘러 나갔다. 종숙은 여태 별실에서 무임이랑 이야기를 나누는 중인지 카운터에는 다른 여직원이 임시로 계산일을 맡고 있었다. 정광이 신발장에서 구두를 꺼내 신느라고 허리를 구부리는데 등 뒤에서 시명이 말했다.

"얘들이 아직도 내실에 있는 것 같네요. 먼저 간다고 작별인사나 하고 올게요. 선생님은 잠시만 문밖에서 기다려주실래요?"

하고는 되돌아 주방과 이어진 별실 쪽을 향해 빠른 걸음으로 홀을 건너갔다.

정광은 혼자 문밖으로 나와 식당 앞에서 기다렸다. 길 건너편의 주차장엔 차들도 대부분 떠나 이젠 거의 휑하게 비어 있었다.

오래지 않아 시명이 문을 열고 나왔다. 뒤따라 배웅하러 나오던 종숙은 정광을 보자마자 마치 고승(高僧)을 대하듯 공손히 합장하며 절을 하는 것이었다. 별실 안에서 무슨 얘기를 전해 들었는지 모르나 그 느닷없는 합장배례에 정광도 덩달아 두 손을 모아 고개를 숙였다.

"안에서 대체 무슨 얘기들이 오갔나요? 종숙 씨가 나를 대하는 태도가 갑작스레 달라졌네요."

식당 앞에서 종숙과 헤어져 돌아오는 길에 정광은 의아해서 물었다.

"아까도 말했다시피, 무임이가 선생님을 무서운 사람이래요. 전생에 고승이었던 사람의 영혼으로 환생한 분이라나……. 그래서 자기 같은 무당

은 범접하기 무서웠다고 말했거든요. 무임의 말이라면 무조건 신통한 줄 아는 종숙이니까 그 말 듣고 깜짝 놀랄 수밖에요. 어쨌든 재밌잖아요. 앞으로 종숙인 틀림없이 정광 선생님을 고승 대하듯 우러러볼 거예요."

하고 시명은 즐거운 듯이 웃는다.

그들은 걸어서 황성공원 앞 주차장 근처에 이르렀다. 시명이 운전해 온 차가 그곳에 세워져 있었던 것이다.

"대리운전사를 부를지 택시를 탈지 생각중인데, 우선 거기까지 함께 걸어요."

시명의 제안에 따라 걷는 동안 어느새 공원 주차장에 도착한 것이다.

"선생님 댁은 어디쯤예요? 여기서 머나요?"

"아뇨. 걸어서 한 십 분쯤. 가까운 데 있으니 내 걱정은 마세요."

"제 말뜻은 사실…… 선생님에 대한 걱정보다 집에서 기다리고 있을 가족이 신경 쓰여서요."

시명은 눈치를 보듯 조심스레 말했다.

정광은 고개를 젓고는,

"실은 아무도 기다리는 사람이 없어요. 날 기다리는 건, 그저 불 꺼진 적막한 방……. 그래요. 사실 가족과 떨어져 혼자 산 지 벌써 십 년가량 됐죠. 누구한테나 다 그 나름의 사연이 있겠지만 설명하자면 복잡해요. 말해 본들 어차피 중 팔자란 점에선 달라질 것도 없구요."

그런 말까지 하고 나니 약간 씁쓸한 느낌이 들긴 했으나, 굳이 담담한 표정을 가장하는 대신 어색한 웃음으로 얼버무렸다.

"어머, 그러세요?"

그 말뿐, 시명은 더 이상 할 말을 잃은 듯 잠자코 있었다. 속으로 엔간히 놀란 눈치였다.

환하게 불을 밝힌 공원 안에는 밤에도 산책이나 운동을 위해 들락거리는 사람들의 모습이 띄엄띄엄 보였다. 공원 일대는 조용하긴 해도 결코 적막하진 않았다.

"다음에 기회가 오면 선생님 사시는 데도 한번 가볼 수 있겠죠?"

"예. 언제라도……."

"그럼, 시간 나면 연락할 수 있게 휴대폰 번호 좀……. 아까 제게 약속하셨죠? 명랑법사와 관련된 원원사지에 꼭 데려가 주시겠다고."

"아, 그럼요."

서로 휴대폰 번호를 교환한 뒤, 시명은 차를 그냥 여기 두고 택시를 이용하기보다는 대리기사를 불러 타고 귀가하겠다고 마음을 정하였다. 다음 날을 위해서는 그 쪽이 아무래도 나을 것 같다면서. 그리고 호출한 사람이 올 때까지 둘은 잠시 말없이 서성거렸다.

"헤어지기 전에 꼭 말해둘 게 있어요."

시명이 불쑥 말했다. 너무 갑작스러워서 정광은

"예엣?"

하고 놀랐다.

"오늘 우리가 만난 건 우연이 아녜요. 실은 우연을 가장한 의도적인 반복 행위의 결과였어요. 선생님이 황성공원 근처에 사신다는 건 알았고, 자주 공원산책을 다닌다는 얘기도 그날 우리 집에서 대화 도중 하신 걸 기억하고 있거든요. 그동안 시내에 볼일 보러 나왔다가 귀가 시에 저도 자주 공원에 들러 산책하다 가곤 했지요. 그러다가 오늘 운 좋게 만난 거구요. 인제 아셨죠?"

제 5장

불 꺼진 적막한 방

그날 이후 두 사람은 자주 통화하곤 했다. 하기야 간단히 서로의 안부를 묻는 내용에 지나지 않았지만. 그래도 그것은 누군가 자기를 생각하고 염려하고 있다는 사실을 통해 예전과 다른 친근함이 더해짐을 확인하는 계기로 작용했다.

그러는 사이 그들은 이따금씩 짬을 내어 만났고, 주말을 이용해 두어 번 경주 일대의 유적지답사란 명분으로 함께 나선 봄나들이의 경험을 공유하기도 했다.

만나는 회수가 잦아짐에 따라 자연스레 손을 맞잡고 걷거나 팔짱을 끼기도 하며, 또 상대방을 부르는 호칭에도 서서히 변화가 생겼다.

"저보다 아홉 살이나 많으신데, 아직도 깎듯이 존칭어를 쓰시니 왠지 좀 부담스럽네요. 꼬박꼬박 낯선 사람 대하듯……. 그렇게 격식을 갖춘 높임말보단 자연스런 말투가 더 정겹잖아요. 그냥 편하게 대하세요. 아시겠죠?"

시명의 그런 요청이 있고부터 정광은 가급적 편하게 대하려고 노력했으나 일부러 의식하지 않는 한 말투가 금세 바뀌는 것은 아니었다.

"또, 그러시네. 편하게 말씀 낮추세요."

그런 지적을 받으면,

"으응, 알았어."

하고 정광은 어색하게 웃곤 하였다.

시명은 지금도 정광을 '선생님'이라고 불렀지만, 그는 어느새 그녀를 부를 때 이름 뒤에 굳이 붙였던 '씨'라는 존칭을 떼어버리고 그냥 편하게 '시명'하고 친밀한 어투로 점차 바뀌어 갔다.

그해 4월 셋째 주의 토요일 오전에 둘이 만나, 나원리(羅原里) 백탑(白塔)을 둘러보고 함께 점심을 먹은 다음, 내킨 김에 원원사지로 갔을 때였다.

"나는 『삼국유사』의 「명랑신인」조(條)나 『삼국사기』 「문무왕전」의 기사에 '문무왕이 명랑법사를 청하여 비법을 써서 당군(唐軍)을 물리치게 했다.'고 한 다음, '이 때문에 신인종의 시조가 되었다(因玆爲神印宗祖).'고 한 대목을 특별히 주목하고 있어."

정광은 한 때 명랑법사와 관련된 유적지면 어디든 찾아다닐 무렵 벌써 두 번이나 와 봤던 곳이라 원원사지에 대해 누구 못지않을 만큼의 지식을 축적하고 있었다.

"우선 '신인종'이라는 종파 이름을 문제 삼을 수 있어. 범어로 '무드라 (Mudra · 문두루)'라는 비법을 번역한 '신인'을 그대로 따서 쓰고 있다는 점이 특별히 눈길을 끌데. 흔히 종파 이름은 소의경전(所依經典 · 근거로 삼는 경전)에서 따온다든가 그 종파의 창시자 이름에서 따오는 게 보통이거든. 예수교니, 모하멧교니 하는 것처럼. 그런데 이 경우는 관정경(灌頂經)이란 경전에 나오는 비법 중 하나를 따서 종파 이름으로 쓰고 있다는 게 이색적이야. 문두루 비법이 그만큼 강조되고 있는 것으로 볼 수 있겠지.

하지만, 내가 느끼기엔 '신인종', 바꿔 말해 '문두루종'이란 이름은 아무래도 어색해. 그리고 명랑이 신인종의 시조가 되었다는 점도 그래. 앞뒤 정황으로 보면 분명히 명랑법사가 신인종의 조사(祖師) 자리에 오른 것은 문무왕의 힘이었던 것으로 볼 수 있거든. 따라서 종파 이름을 신인종이라고 작명한 것도 어쩌면 문무왕의 아이디어였을지 몰라. 그렇다면 밀교의 한 종파가 왕권에 의해 탄생된 셈인데 이 경우, 종교가 정치에 예속되었다는 해석도 가능하지."

시명은 묵묵히 고개를 끄덕였다. 그런 태도가 잘 알아들었다는 뜻의 반영인지, 반대로 이해할 수 없다는 뜻인지 긴가민가해서 정광은 뒷말을 이었다.

"오래 전에 이와 관련된 글을 인상 깊게 읽은 적이 있어. 제목이 '신라 신인종의 연구'였는데, 동국대 문명대 교수의 글로 기억하고 있어. 그 내용 중에 핵심은 이런 거였지. 즉, 신인종은 신라가 삼국통일을 하는 과정에서 아주 중요한 역할을 담당했던 것으로 유명하고, 이후 국가불교의 대표격이 된 종파라고."

『삼국유사』에 따르면, 삼국통일 과정에서 가장 어려웠던 당(唐)과의 관계를 승리로 마무리 짓게 하는 데 결정적인 역할을, 이 신인종이 담당했던 것으로 기록돼 있다. 만약 이러한 이야기가 전해진 데에 어떤 이유가 있는 것이라면 이 신인종은 우리나라 역사의 진행에 큰 몫을 담당하였음이 틀림없게 될 것이다. 말하자면 신인종은 삼국통일의 주역으로 역사의 전면에 클로즈업된 특이한 불교종파가 되는 셈이다. 이렇게 불교가 국가를 위하여 적극적으로 참여하여 국가에 예속된 것을 국가불교(國家佛敎)라고 하는데, 이 신인종은 그러니까 국가 불교의 대표격이 되는 셈이다.

기억의 한계로 인해 정광은 이런 내용을 자구(字句) 하나까지 액면 그대로 다 전달할 수는 없었으나 핵심적 논지만은 대충 시명에게 설명했다.

"문 교수는 문두루 비법의 설행(設行)을 '밀교식 대호국법회'라고 표현하면서, 명랑법사가 이 법회를 주관했던 법주였으므로 당연히 사천왕사의 창건주가 되었고, 이와 동시에 그 공로를 인정받아 신인종이라는 종파를 정식으로 공인 받은 것으로 보고 있데. 뿐만 아니라, 문무왕이 명랑법사의 종파를 '신인종'이라고 공식적 인정을 한 데서 한걸음 더 나아가, 신인종은 국가불교의 대표적 지위를 얻게 되었다고 해석한 셈이고.

아무튼 이 점, 신인종이 신라가 삼국을 통일하고 중앙집권국가의 체제를 갖추기 시작하는 시기에, 왕권 강화를 통한 전제화(專制化) 과정에 그 사상적 기반을 제공함으로써 일정하게 정치적 역할을 담당했음을 의미한다고 볼 수 있거든. 이건 밀교법사인 명랑이 신라왕실의 이데올로그 노릇을 했을 수도 있다는 얘기지. 하기야 명랑 이후에도 신인종이 정치적 성격을 짙게 띠고 있었던 점은 『삼국유사』「명랑신인」조 기사의 후반부에 나오는 신인종 승려들의 활동상에서도 분명히 드러나고 있긴 해. 예건대……"

우리 태조(太祖·고려왕건)께서 왕업(王業)을 시작할 때에도 또한 해적들이 침범하여 소란을 피우므로 안혜(安惠)·낭융(朗融)의 후예들인 광학(廣學)·대연(大緣) 등 두 고승을 청하여 비법을 베풀어 해적을 물리쳐 진압했으니, 이들은 모두 명랑법사의 계통이었다. 그렇기 때문에 (명랑)법사를 합하여 위로 용수

542

(龍樹·인도의 고승. 대승경전을 연구하여 남인도 지방에 그 교리를 널리 전파함)에 이르기까지를 9조(九祖)로 삼았다.

또 태조가 그들을 위해 현성사(現聖寺·고려 수도 개성에 있던 절)를 세워 한 종파의 근본으로 삼았다. 또, 신라의 서울 동남쪽 20여리 되는 곳에 원원사(遠源寺)가 있으니, 세상에서는 이렇게 전한다.—"이 절은 안혜 등 4대덕(大德)이 김유신·김의원·김술종 등과 함께 발원하여 세운 것이며, 4대덕의 유골이 모두 절의 동쪽 봉우리에 묻혔으므로 그곳을 〈사령산(四靈山) 조사암(祖師巖)〉이라고 부른다는 것이다." 그렇다면 네 고승은 모두 신라 때의 유명한 중이라고 하겠다.

"여기서 태조는 고려를 건국한 왕건을 말한 것이고, 명랑의 법맥을 이어오던 신인종의 승려 광학·대연 등이 일찍이 명랑법사가 당(唐)의 군선(軍船)을 물리칠 때 했던 것처럼 또한 문두루 비법으로 해적을 진압하여 왕건을 도왔던 이야기를 기록한 것이지. 한데, 속설에는 안혜 등 네 고승이 김유신 등과 함께 발원하여 원원사를 세운 것으로 알려져 있다고 적고 있지만, 돌백사(埃白寺·경주에 있던 절)의 주첩주각(柱貼注脚·기둥에 붙인 글의 아래쪽에 따로 달아놓은 풀이)에 기재된 내용을 소개함으로써 이 기록이 와전(訛傳)된 것임을 분명히 하고 있어."

……그러나, 광학대덕(廣學大德)과 대연삼중(大緣三重)은 형제지간이며, 이들 두 형제가 모두 신인종에 귀의했다. 장흥(長興)2년 신묘(辛卯·태조14년, 931년)에 (돌백사에 있던 그들이) 태조 왕건을 따라 서울로 올라와 임금의 행차를 따라다니며 분향(焚香)하고 기도하며 수도(修道)하였다. 이렇게 보면 광학·대연 두 사람은 태조를 따라 입경한 분들이고, 이들보다 앞선 인물인 안혜·낭융 두 법사가 바로 김유신 등과 함께 원원사를 창건한 사람이라 하겠다. 다만 광학·

대연 두 사람의 유골이 훗날 원원사에 안치되었을 뿐이고, 네 고승이 모두 원원사를 세웠다거나, 또 모두 성조(聖祖 · 태조 왕건)를 따라온 것은 아니었다.……

"이런 기록뿐만 아니라, 실제 남아있는 유물 · 유적들로 볼 때 원원사는 8세기 후반 내지 9세기 초반에 세워졌다는 게 학계의 통설이지. 그 때문에 학계 일각에서는 원원사를 세운 것도 김유신 등 삼국시대 말기의 신라 원로정치인들이 아니라 김유신 집안의 후손들이라고 보기도 하거든."

"경주 일대의 유적지뿐 아니라 명랑법사에 관해선 경주토박이인 저보다 이젠 확실히 전문가가 되셨네요. 솔직히 인정할게요."

시명은 입꼬리가 올라가는 그 특유의 미소를 정광에게 던짐으로써 구김살 없는 내면의 감정을 드러내 보였다.

"칭찬 듣고 싶어 한 얘기가 아닌데, 그렇게 말해버리면 더 이상 말하기 쑥스러워지잖아. 난 그저 시명이 원원사지엔 초행이라기에 자세히 설명해 주느라고……"

"제 의도가 그게 아닌 줄 잘 알잖아요. 그러니 개의치 말고 이야기하세요."

"그럼, 이렇게 요약하지. 명랑에서 시작된 신인종이 밀교의 문두루 비법을 동원하여 외적을 물리침으로써 왕실의 안위랄까, 요즘 식으로 말하면 정권안보에 큰 기여를 하게 됨으로써 국가불교의 대표격이 되었다는 결론이지. 이와 같은 전통은 명랑의 제자들인 안혜 · 낭융을 거쳐 통일신라 말에 이르렀고, 이 무렵 신인종의 법통을 이은 광학 · 대연 등이 고려태조 왕건을 도와 해적을 물리치는 공을 세운 이후, 고려 왕조에서도 계속 맥을 이어내려 오고 있었다는 이야기로 요약 · 정리되는 셈이지."

"예. 그건 이해됐는데, 솔직하게 한 가지 묻고 싶은 게 있어요. 문두루란 것이 정확히 무슨 뜻이에요?"

"아, 문두루 말인가? 그건 범어의 '무드라'를 음역해서 중국 동진(東晉)시대에 문두루(文豆婁)라고 썼던 데서 유래했다 하데. 밀교의 결인(結印)혹은 인계(印契)를 가리키는 것으로, 이 문두루를 신인(神印)이라 번역한 이유가 그 때문이지."

"아하, 그렇군요. 밀교에 대한 정확한 지식이 없다 보니 늘 그게 의문이었어요."

시명은 고개를 끄덕였다.

"밀교에 관해 그동안 내가 공부한 바로는, 대승불교의 한 분야로 7세기 경 인도에서 성립됐다고 알고 있어."

정광은 시명의 표정을 잠깐 살피더니 다시 말했다.

"밀교가 성립될 당시의 인도불교는 소승불교 시대로, 실천보다는 이론과 승려중심의 경향이 매우 짙었다고 해. 이러한 불교계의 흐름 때문에 교학(教學) 면에서는 발전이 있어도 어려운 이론과 학문위주의 불교에 대해 일반신도들의 외면을 불러오게 되고, 따라서 교단의 위축을 초래한 거지. 그와 같은 단점을 극복하고 실천을 위주로 한 대중 불교운동이 곧 밀교야. 당시까지 발전되어온 불교사상의 두 주류, 예컨대 중관학파(中觀學派)의 공사상(空思想), 유가유식학파(瑜伽唯識學派)의 유사상(有思想)을 동시에 계승·발전시키면서, 바라문교·힌두교·민간신앙까지 폭넓게 수용하여 그 것을 다시 불교적으로 정립한 게 밀교의 사상적 바탕이 되었다고 해."

잠시 말을 끊은 정광은 이번에도 시명의 얼굴을 살핀다. 더 설명을 이어갈지 그녀의 표정을 통해 확인하려는 것 같았다. 시선이 마주치자 시명이 고개를 끄덕이며 관심을 표하자, 그가 다시 말을 이었다.

"밀교사상의 이론적 원리를 밝힌 '대일경(大日經)'과 실천법의 체계를 세운 '금강정경(金剛頂經)'은 밀교의 근본 경전들이야. 이들 경전에 의하면 밀교는 법신불인 대일여래(大日如來)를 중심으로 한 태장계(胎藏界)와 금강계의 수행법을 닦아 익히면 이 육신 자체가 바로 부처가 될 수 있다는 즉신성불(卽身成佛)을 강조하지. 명랑법사가 가져온 신라 신인종은 이와 같은 수행법에 따라 선덕여왕으로 하여금 즉신성불의 도피안몽(渡彼岸夢)을 현생에서 이루려 했던 셈이랄까.

뭐, 아무튼, 밀교의 수행자는 누구나 입으로 만트라(진언)를 염송하고 손으로 결인(結印)을 하며 마음으로 대일여래를 생각하는 신(身)·구(口)·의(意)의 삼밀가지(三密加持)를 행하는 거지. 그리하여 중생의 3밀과 부처님의 3밀이 서로 감응·일치함으로써 마침내 현생에서 성불하는 것을 목표로 삼고 있어. 그런 점에서 명랑법사 이후 우리나라 밀교는 이론이나 교학적 발전보다 실천적 수행 면에 치중되었다고 보는 게 옳을 거야."

소나무 숲이 울창한 봉서산 기슭에 위치한 원원사지에는 국권상실기였던 1931년에 복원된 쌍탑과 세워진 지 오래되지 않은 작은 전각 등이 있어 이곳이 옛 절터임을 알려주고 있었다.

예부터 전해 오기로 원원사는 서라벌 동남쪽 모화촌(毛火村)에 있다 하였다. 근처에 왜병을 막기 위해 쌓은 군사적 요충인 관문(關門)이 있는 것으로 보아 사람들은 사천왕사, 감은사 등과 같이 외적을 물리치기 위해 세워졌던 절이라고 추정해 왔었다. 지금의 행정구역상 명칭은 '경주시 외동읍 모화리 2번지 봉서산 기슭'이라고 되어 있다.

경주와 울산의 중간지점인 그 봉서산 기슭 모화리에 당도했을 때는 오후 세 시경이었다. 한 쌍의 삼층석탑이 동서로 상대하여 서 있었는데, 규모와 형태는 서로 비슷했다. 맨 처음 관람객의 시선을 끄는 것은 무엇보다 거기 새겨진 조각상들이었다. 석탑의 기단면석에는 십이지신상이, 그리고 탑신부에는 사천왕상들이 새겨져 있는 것도 외적 방어와 결코 무관하지 않게 여길 만한 상징성을 띠고 있었다.

이밖에도 원원사지에는 옛날 금당 터가 있던 자리 이웃에 근래 세워진 '용왕각(龍王閣)'이라는 전각이 있었다. 전각 속에는 작은 우물 형태의 석조(石槽)로 물이 솟아나고, 이 물은 다시 석조의 수로(水路)를 통해 밖으로 배출되도록 설계돼 있다. 원원사가 창건될 당시에 만들어진 것으로 알려져 있는 이 유구(遺構)는 명랑법사의 전설을 기념한 용신(龍神) 신앙의 상징물로 여겨졌다. 그래서 절 이름에도 물의 근원임을 암시하는 '원(源)'자가 쓰인 이유를 짐작할 만했다.[97]

용왕각은 두 개의 문이 달려 있는 특이한 구조인데, 전체 크기의 절반을 넘는 왼편 문을 열고 들어가면 바로 우물 형태가 나온다. 때마침 4월 중순이라 비단개구리들이 그 우물 속에 서식하는지 수십 마리가 바글바글 물밑에서 솟아오르는 광경이 놀라웠다. 마치 찾아온 손님들을 반기는 형국이었다. 우물물이 넘칠 경우 자동적으로 수로를 통해 밖으로 빠져나가게 설계된 석조유구(石造遺構)는 한눈에 봐도 고색창연한 모습을 그대로

---

[97] 『삼국유사』 원문에는 이 절 이름이 분명히 〈遠源寺〉로 기재돼 있음에도 불구하고, 관계당국에서 이곳 문화재를 복원하면서 절 입구의 표지석이며, 안내판, 문화재청 홈페이지, 그리고 심지어 백과사전 등, 여기 관련된 내용을 수록한 곳은 모조리 〈遠願寺〉로 잘못 표기해놓고 있다. 이는 명백히 역사왜곡에 속하는 사례다. 최초에 누가 이런 오류를 범했는지 모르겠으나, 이후에도 이것이 잘못인지조차 인식 못하고 전혀 고쳐지지 않고 있는 걸 보면 관계당국의 무신경함이 가히 놀라울 따름이다.

간직하고 있었다.

또 다른 오른쪽 문을 열고 들어서면 의자 위에 흰 수염을 기른 용왕상을 만들어 앉히고 그 뒤편엔 관련 벽화가 그려져 있다.

정광과 시명은 전각 속을 살펴보고 돌아서 나오다가, 다시 삼층석탑의 옥신석과 기단면석에 새겨진 사천왕상, 십이지신상을 확인하며 잠시 탑 주위를 서성거렸다.

칼, 금강저(金剛杵), 보주(寶珠) 등의 지물을 들고 악귀를 밟고 선 입상의 형태를 한 사천왕상들을 둘러보던 정광이 이때 문득 그 조각의 정교함에 감탄하며 말했다.

"흔히 사천왕 혹은 사대천왕으로 번역되는 범어는 '짜투마하라지까'인 데, '짜투(Cātu)'는 숫자 4를 말하고, '마하(māhā)'는 크다, 즉 대(大)의 뜻이고, '라자(rāja)'는 왕(王)이란 의미지. 그런데 이 '라자'라는 단어의 곡용형태로 '이카(—ikā)'라는 어미를 붙여 만든 단어가 곧 '라지카'(rāja-ikā·rājikā)야. 요컨대 '사대왕에 속하는 세계' 라는 뜻에서 사대왕천(四大王天)이라고도 해. 사대왕천은 문자적인 뜻 그대로 네 가지 영역으로 구분된다는 건 누구나 다 아는 상식이고.

이 넷은 동서남북의 4방위와 일치하지. 동쪽의 천왕은 다따랏타(Dhataratta)야. 이게 우리 한국에서 '딴따라'로 와전되어 음악을 하는 사람들에 대한 비속어로 변질돼버렸어. 본래는 천상의 음악가들인 간답바(Gandabba), 중국에서 이를 건달바(乾達婆)라고 한역(漢譯)한 그 악공(樂工)들을 통치한다고 하거든. 훗날 빈둥빈둥 놀고먹는 '건달'이란 말도 여기서 유래했고……. 재밌는 것은, 어원을 알면 그 말이 형성될 당시 사람들의 지각 상태와 문화의 뿌리, 거기에 역사까지 보인다는 점이야.

하여간, 남쪽의 천왕은 비룰하까(Virūlhaka)인데, 숲이나 산이나 숨겨진 보물을 관리하는 꿈반다(Kumbhanda)들을 통치하고, 서쪽의 비루빡카(Virūpakkha)천왕은 용(龍)들을 통치하며, 북쪽의 베싸바나(Vessavana), 이를 비사문(毘沙門)으로 번역한 천왕은 약카(Yakka), 즉 야차(夜叉)들을 통치한다고 하거든. 뭐, 하여튼 내 얘기의 핵심은 사천왕상과 십이지신상이 함께 장식된 사례는 여기 이 원원사탑이 처음이란 거지. 더욱이 이 석탑은 후에 제작된 십이지신상 석탑의 모범이 되었다는 점에서 학계에선 중요한 미술사적 의미를 가진 것으로 보고 있어."

정광은 온갖 지식들을 동원하여 가급적 재미있게 설명해주려고 애썼다. 그런 노력이 통했는지 시명은 특히 한국말로 고착된 '딴따라'라는 그 말의 유래를 재미있어 하였다.

"건달이란 말의 어원이나 변천 과정은 익히 알고 있었지만, 딴따라의 유래는 오늘 처음 알았어요."

경주시내로 되돌아오는 길에 가로수로 심은 벚나무 가지마다 새잎들이 돋아나기 시작한 끝물 무렵의 벚꽃들이 흰 눈송이처럼 분분히 흩어져 내렸다.

헤어지기 아쉬운 사람들이 그러듯 함께 있을 핑계거리를 찾아 둘은 저녁식사를 같이 하기로 했다. 함께 타고 간 시명의 차는 정광의 집 근처에 세워두고 그의 단골식당으로 옮겨 갔다.

오랜만에 꽤 멀찌감치 나들이한 뒤끝이라 피로도 풀 겸 밥 대신 숯불고기 안주를 곁들인 술자리로 대신했다. 시간이 길어지면서 두 사람은 어지간히 술잔을 비웠다. 소주에 맥주를 섞는 이른바 '소맥'이었다.

제법 빈병들의 숫자가 쌓이는데도 시명의 얼굴은 붉어지기는커녕 도리어 갈수록 창백해졌다. 그 대신 현저히 말수가 줄어들었다. 겉으로는 별로 취한 것 같지 않은 기색이라 정광이 물색모르고 건네는 잔을 시명은 마다하지 않고 말없이 냉큼 받아 마시곤 하였다. 그 바람에 은근히 걱정이 된 정광은 이쯤에서 자리를 뜰 생각으로, 이제 그만 일어설까, 하고 넌지시 떠보듯 말을 건넸다. 시명은 또 묵묵히 고개만 끄덕였다.

정광은 먼저 일어나 계산을 하기 위해 앞장서 나갔다. 곧 뒤 따라 오리라 예상했던 시명은 그새 화장실에 잠깐 들렀는지 아직 나오지 않고 있었다. 아까 술자리에서는 정광이 두어 번 화장실을 들락거릴 때도 그녀는 중간에 한 번도 자리를 뜨지 않았던 것이다.

문 앞에서 기다릴 동안 서늘해진 밤공기가 오히려 술기운으로 달아오른 몸에 시원스럽게 느껴졌다. 이윽고 그녀가 밖으로 나오자 둘은 잠시 함께 걸었다.

"겉보기엔 멀쩡해도, 오늘 술을 꽤 많이 마셨는데, 괜찮을까?"

"좀 얼얼해도 취하진 않았어요. 정신도 아직 말짱해요."

"그건 다행인데, 음주운전을 하면 안 될 거고, 아무래도……"

그 말을 제멋대로 해석한 듯 시명은 중간에서 가로챘다.

"정광 선생님, 저어… 우리 사이 말인데요.……"

하고 느닷없이 말허리를 자르고는 빤히 쳐다보는 바람에 그는 괜히 뜨악해졌다.

"우리… 너무 멀리는 말고, 조금씩 서로 멀어져 있어야만 진정으로 가까워질 수 있다고 보는데, 어떻게 생각해요?"

"글쎄……"

그는 더 이상 뭐라고 대꾸할 말이 없어 내처 멍하게 그녀를 바라볼 따름이었다.

그러자 말과는 달리, 그녀는 이번엔 정광의 팔짱을 끼더니 마치 취한 몸을 가누듯 조심스레 그의 허리와 어깨에 밀착해 왔다. 그런 상태로 보조를 맞추면서 차를 세워둔 곳에까지 이르렀다.

"아무래도 택시를 타고 가야 할 것 같아요. 아니면, 대리기사를 부르든지……"

팔짱 낀 손을 풀더니 그녀는 이제 어떻게 해야 좋을지 은근히 정광의 의향을 묻는 척 혼잣말로 중얼거린다.

"아니, 오늘은 완전히 술 깬 다음에 가도록 해. 아무 소리 말고, 아무 생각도 말고 날 따라와."

정광은 그녀의 손을 꼭 쥐고는 이끌듯 걸었다. 시명은 별 저항 없이 순순히 따라왔다.

15미터쯤 앞에 빤히 보이는 4층짜리 연립주택형의 건물이 정광이 거주하고 있는 집이었다. 창문 너머 커튼 뒤에 홀로 깜깜하게 불 꺼진 적막한 4층 방이 그의 거처였다. 건물 맨 아래쪽에 불이 환히 켜진 정문이 있고, 그 오른쪽에 거주자들을 위한 주차장 시설이 마련돼 있었다. 정광은 그쪽으로 시명을 데리고 들어갔다. 거기서도 본관으로 통하는 샛문이 있었다. 차를 가진 거주자들이 그곳에 주차한 다음 바로 드나들 수 있도록 설계된 구조였다.

정광은 거주자들만 아는 비밀번호를 눌렀다. 자동으로 문이 열리자 곧바로 계단이었다. 정광은 계단을 오르기 전에 오른팔을 뻗어 시명의 허리를 껴안듯이 보호한 채 조심스레 올라갔다.

계단이 끝나는 곳에서 그는 다시 방문에 부착된 전자키의 비밀번호를 눌러 잠금장치를 열고 들어간다. 시명은 줄곧 피동적으로 움직이듯 조용히 따라 들어왔다. 아무 말도, 아무 생각도 하지 말라기에 그대로 착실히 따르고 있는 식이었다. 방안은 불을 켜지 않아도 엷은 커튼 뒤 창밖의 가로등 빛이 희붐하게 스며들어와 사물들의 위치를 어느 정도 구분할 수 있게 해주었다. 싱크대와 작은 냉장고 하나, 벽면에 붙여 가로놓인 침대, 머리맡에서 약간 거리를 두고 떨어진 곳에는 컴퓨터가 놓인 책상과 의자 등…….

시명은 벽에 바싹 등을 붙이고 어둠 속에서 홉뜬 눈으로 그런 것들을 훑어보며 굳은 듯 숨죽이고 서 있었다. 정광은 그녀를 배려하는 뜻에서 일부러 불을 켜지 않았다. 어둠이 그녀의 민망한 표정과 어째야 좋을지 몰라 난감해 있을 심리상태까지 온전히 가려줄 것이라 여겼다.

마주 서면 키가 엇비슷한 정광이 다가와 그녀를 껴안는다. 꼼짝 않고 서 있는 시명은 이미 의지를 빼앗긴 사람인 양 이제 그가 하는 대로 내맡기고 있었다. 꼭 그래야 하는 것처럼 그녀는 눈을 감고 머리를 뒤로 젖혀 입술을 내주었다. 담배를 전혀 피우지 않는 그의 입안에선 아까 마신 술 냄새가 풍겼지만, 제 자신도 역시 그러리라 생각하니 싫지 않았다. 오히려 향긋하게 느껴졌다. 후각에 민감한 그녀의 코에는 그의 체취마저 묘하게 끌리는 데가 있다고 평소 생각했었다. 그것이 자신의 취향에 딱 맞는 수컷의 페로몬일지도 모른다고 속으로 생각할 때마다 슬며시 입꼬리가 올라가곤 했던 것이다. 그녀는 자신도 모르게 그의 품에 꼭 안기었다.

잠시 후엔 그가 허리를 껴안고 덥석 안아 들더니 침대 위에 그녀를 앉혔다. 그녀는 숨이 턱 막히는 이상한 감각으로 온몸이 부르르 떨렸다

이후부터는 모든 경계와 시간이 망각되는 감각적 희열 상태에서 자신을

잃어버린 느낌이었다. 아니, 이성이 마비된 상태의 연속만 존재했다. 마치 허공에 붕 뜬 것 같은 기분에 잠긴 채 시명은 머릿속으론 밤하늘에 터지는 폭죽 소리를 듣고 있는 것 같았다.

그녀는 어둠 속에 번쩍이며 퍼져나가는 빛의 아름다움, 내면에서 응축되었던 에너지가 분출하는 형상의 꽃모양을 그려내는 그 순간들을, 온몸에 퍼지는 술기운 속에서 떠올린다. 바깥에서는 바람이 부는지 검은 머리칼을 풀어헤친 수양버들의 그림자가 창문 너머에서 어른거린다. 불 꺼져 적막했던 방안은 순식간에 어떤 충만함으로 바뀌었다. 오래 억눌렸던 힘이 연신 폭발하는 순간의 불꽃을 보는 황홀경이 잠시 잦아들고 그들은 나란히 누웠다. 불꽃이 사그라진 적막 속에 누워 있는 동안 그들은 서로의 손을 더듬어 꼭 쥐었다.

"언젠가 칠불암 위쪽 신선암을 보고 내려오다 제가 다리를 삐었을 때가 떠오르네요. 선생님이 부축해서 동행한 그 하산 길에 우리가 주고받았던 성경 구절 생각나세요?"

시명이 느닷없이 물었다.

"아! 구약성서 전도서 4장의 그 구절 말이군. 두 사람이 한 사람보다 낫다.…… 혹시 저희가 넘어지면 하나가 그 동무를 붙들어 일으켜주려니와……. 또, 두 사람이 함께 누우면 따뜻할진대 한 사람이면 어찌 홀로 따뜻하랴……."

"예. 우리 속담에 '입살이 보살'이란 말 있잖아요? 영어권에선 그걸 셀프 풀필링 프러파시(self fulfilling prophecy)라 표현한대요. '자기실현적 예언'이랄까, 지난번에 했던 그 말이 오늘 문득 실현돼버린 것 같아서 묘한 느낌이에요. 그 느낌을 어떻게 표현해야 할지…… 하여간, 다시는 내게 사랑이 없을 줄 알았거든요."

돌아누우며 시명이 가만가만 속삭인다.

정광은 대답 대신 이해한다는 듯 그저 고개만 끄덕였다.

"우린 이렇게 만나도록 운명 지어졌던 걸까요?"

시명은 조용히 묻는다. 아직까지 지속되는 바람에 스스로 믿기지 않는 흥분된 상태에서 여전히 덜 깬 것 같은 몽롱한 목소리였다.

"글쎄, 그건 잘 모르겠어. 운명은 자기가 만드는 거라고 늘 생각해도 이미 정해진 운명이 있다는 느낌은 지울 수가 없어. 스스로 운명을 개척한다고 해서 불행이 극복되는 것도 아니라고 봐. 운명을 개척한다는 건, 말로서야 쉽지. 도대체 운명을 개척한다는 건 어떤 걸까?"

"그러게요."

"아마, 그 길은 외부의 장애를 걷어내는 노력보다는 끝없는 마인드 콘트롤을 통해 자기 혁신을 이루는 데 있다고 난 생각해. 한마디로 스스로 변해야 하는 거겠지. 가령, 행복의 기준을 어디에 두느냐, 그런 문제와 직결되고, 또 자기 분수에 맞게 설정된 행복의 기준에 따라 사는 것, 그게 운명 개척이 아닐까?"

"행복의 기준요? 대체 행복이 뭔데요? 저번에도 제가 말했죠, 우린 행복해지기 위해 사는 게 아니라구요. 행복감이란 단지 힘겨운 생을 견디며 우리가 생존하기 위해 머릿속에서 꾸며낸 어떤 감정현상에 불과하다고."

시명은 이제 이성의 마비에서 완전히 풀려남과 동시에 갑자기 말문이 트인 것처럼 비로소 마구 쏟아내기 시작한다.

"오늘처럼 사랑하는 사람과 함께 즐거운 시간 보내면서 맛있는 음식 먹고, 또 이렇게 뜨거운 사랑을 나누는 순간이 제겐 행복해요. 좋은 추억은 절대 사라지지 않는 것처럼 행복은 시간이 정하는 게 아녜요. 사람들은 입버릇처럼 늘 아이고, 죽겠다, 고 뇌까리지만 용케 잘도 살아가고 있잖아요. 인생이 얼마나 긴지, 세상이 얼마나 넓은지는 제게 중요하지 않아요. 고통스런 시간들이 지나면 그때부터 행복이 시작될 것이라는 믿음은 터무니없는 거죠. 행복은 시간적 거리감으로 측정되는 게 아니니까요. 제 말뜻, 이해하시겠죠? 첫 만남과 작별 인사와의 사이가 오늘처럼 이렇게 황홀하고 달콤한 것이 제겐 행복의 기준이에요. 그렇다고 제가 찰나적 쾌락만을 탐닉하는 헤픈 여자가 아니란 건 선생님도 잘 아시죠?"

"그야 물론……. 한데, 종종 주변에서 듣는 말 가운데 이런 게 있잖아. 누군가에 의해 자신의 운명이 바뀔지 예전엔 미처 몰랐다, 라고. 하지만 엄밀히 따지면 그건 사실이 아닐 거야. 잘 모르긴 해도, 운명이 바뀐다는 건 타인을 통해 스스로의 변화를 겪은 다음에라야 가능하지. 뭣보다 난 믿음이 새로운 방향을 결정한다고 봐. 그런 관점에서 우리의 만남도 이제 새로운 방향을 결정하겠지. 단 한번 만났을 뿐인데, 그날부터 시명인 오랫동안 내게 예사롭지 않은 감정을 품게 해준 유일한 사람, 그리고 새로운 방향을 제시해준 장본인이니까. 이건 마치 명랑법사와의 조우(遭遇)가 지금의 나를 개종케 하는 데 결정적 역할을 한 것처럼……."

"어떻게요?"

"그와 내가 다른 삶, 다른 시대에서 각자의 생을 살아왔지만, 개인은 언제나 타인과 연결돼 있듯이, 그와의 운명적 연결이 지금의 나를 있게 한 계기였다고 깨닫고 있으니까."

"그렇군요. 우린 태어나면서 죽을 때까지 타인과 이어져 있고, 자기 삶은 자기 혼자만의 것이 아니란 사실을 알 만하네요. 어쨌거나 이 순간만큼은… 제 마지막 인생의 첫날 같은 기분예요. 사랑은 아름답지만, 사랑이란 이름으로 점점 집착과 강요와 폭력으로 바뀌면 어쩌죠? 뒤끝이 끔찍해질까 두렵기도 해요."

"설마, 시명한테 지난 세월의 삶과 사랑이 그랬다는 건 아닐 테지?"

"왜 아니라고 생각하세요? 실은, 지난날의 제 삶이 그랬는걸요……."

그녀는 자조 섞인 어투로 말하곤 어두운 천장을 응시한 채 한동안 침묵 속에 잠긴다. 아마도 머릿속으로는 상처 입은 세월을 떠올려보고 있는 것 같았다.

정광은 굳이 남의 지난 인생을 들여다보고 싶지 않았다. 알아본들 남의 과거사에 끼어들 여유나 까닭도 없었고, 다 지나버린 일에 자신이 무슨 도움이 되랴, 하는 생각이기에 아예 관심조차 없었다.

"구태여 말하고 싶지 않으면 하지 마. 시명아, 좋지 않은 추억에 발목 잡혀 슬펐거나 아프게 지낸 날들에 괜히 우중충하게 덧칠하는 회상 따윈 아무 도움도 안 되니까."

말하지 말라면 도리어 털어놓고 싶은 것이 인지상정일까, 시명은 정광의 위로에 반발하듯이 결연한 목소리로 대꾸한다.

"아뇨, 말 할래요. 차라리 얘기함으로써 홀가분해지는 게 더 맘 편할 듯해요."

그러더니 그녀는 마흔아홉 살 자기 인생의 파노라마를 압축해 펼쳐 보인 이야기를 들려주었다.

배시명은 대구에서 고등학교 졸업 직후 미술을 공부하러 서울로 가 미대에 진학했다. 거기서 만난 남자와 연애할 동안 남자는 결혼을 요구하며 졸업 후 함께 미술의 본고장인 파리로 유학을 떠나길 원했다. 대학졸업을 앞둔 그해 시명은 스물세 살, 두 살 위인 복학생 선배가 그렇게 끈질기게 꼬드길 때 그녀는 더럭 겁이 났다. 그처럼 이른 나이에 결혼한다는 건 생각조차 안 해본 것이었다. 말하자면 첫사랑에 대한 시련이 그녀에게 너무 일찍 찾아온 셈이었다.

세월이 흘러도 그 마음이 한결같다면 못 기다릴 이유도 없는 처지니, 유학을 다녀오든 번듯한 직장을 갖든 몇 년간 결혼만은 유보해 두자고 사내를 타일렀다.

마침내 남자도 양해한 듯 이듬해 프랑스로 떠나고, 시명은 대구로 내려와 모교인 고등학교 미술교사로 학생들을 가르치며 지냈다. 한시적으로 각자의 길을 간다는 의미로 헤어졌지만, 그렇다고 명확한 기약도 없었다. 그 뒤 4년간, 프랑스로 간 사내한테서는 깜깜 무소식이었다. 그 흔한 편지 한 장, 전화 한 통 없이 아예 종적을 감추고 세상 어딘가로 숨어버린 듯했다.

첫사랑에 버림받은 기분이었지만 그럭저럭 사내에 대한 그리움도 퇴색해질 무렵, 어머니가 다니던 교회의 신도 한 분이 좋은 혼사처가 있다며 중매자로 나섰다. 부잣집이란 조건 때문에 어머니와 주변 사람들에게 떠밀리듯 결혼을 했으나 시댁이 만만치 않았다. 대구시내에 큰 빌딩을 두 채나 지닌 시댁에선 임대업 외에도 지금은 소문난 포목점을 경영하고 있었다.

시명의 시어머니 되는 여주인은 일찍이 시청의 말단 공무원이었던 남편의 사후에 보험금이며 여타 돈으로 여기저기 땅 투기를 했는데, 도시개발 때 땅값이 천정부지로 솟는 바람에 벼락부자가 된 사람이었다. 투자한 그

땅에 빌딩을 세운 것도 그 덕분이었다. 좋게 말하면 자수성가한 셈이지만, 달리 말하면 작은 점포 하나로 포목상을 시작할 때부터 시장바닥에서 잔뼈가 굵은 억척스런 여인이었다. 딸 셋에 아들 하나였는데, 딸들 역시 어미를 닮아 보통내기들이 아니었다.

시명이 시집을 간 후에 들은 바로는, 생전에 무골호인이었다던 죽은 가장(家長)이나 그 아들은 집안여자들의 등쌀에 기를 펴지 못하고 지냈다는 뒷소문도 있었다. 아닌 게 아니라, 시명의 남편은 본래 타고난 심성은 착해 보여도 줏대가 없고, 세칭 마마보이 기질이 다분하여 아슬아슬하기 짝이 없었다.

그런 남편과의 사이에 아들까지 하나 낳았으나, 결국 그 결혼은 오래가지 못했다. 시댁에선 며느리를 맞이하는 명분으로 대학교수의 딸이자 고등학교 교사라는 점만 탐탁하게 여겼을 뿐, 그녀의 자유로운 영혼 따위는 일체 용납하지 않았던 것이다.

직장생활을 하다보면 여러 가지 사유로 귀가시간이 늦어지는 경우가 다반사였기에 가정의 자잘한 살림살이에는 때로 신경 쓸 겨를이 없을 때가 많았다.

그러자 차츰 시어머니는 물론이고, 시누이들마저 주부가 밖으로 나도는 꼴을 탐탁찮게 여기기 시작했다. 그녀들의 눈에는 남편이 마누라한테 꽉 쥐여 산다고 생각하는 모양이어서 이따금 빈정거리기 일쑤였다. 가정생활엔 등한하고, 집안 꼴이 이게 뭐야, 오빠는 비위도 참 좋다는 둥, 올케는 일솜씨도 없다는 둥, 처음엔 시명이 없을 때만 뒷공론을 늘어놓더니 나중엔 대놓고 지청구를 먹이거나 면전에서 서슴없이 타박하며 잔소리를 늘어놓았다.

이렇듯 집안 여자들의 조종을 받은 남편까지 마침내 시명을 들볶기 시작했다. 직장 그만두고 아예 전업주부로 가정에 얽매두려고 드는 바람에 그녀는 남편과 자주 다투었다. 키 크고 똑 부러지게 대찬 시명을, 평소 남편은 심리적으로 무척 버거워했다. 그랬던 그가 언젠가부터 공연히 허세를 부려볼 속셈인지 또는 기죽지 말라고 그 어미의 부추김을 받은 건지, 갑작스레 잦은 손찌검으로 응대했다. 그것이 화근이었다.

시명은 간단히 제 짐만 싸서 어린 아들을 데리고 친정으로 와 버렸다. 애초에 사랑해서 한 결혼도 아니었다. 다시는 시댁으로 돌아가지 않겠다며, 이 불편한 관계를 완전히 접기로 마음먹었다. 사태가 이 지경에 이르자, 당황한 남편이 찾아와 달래기도 하고 애원도 하였으나 한번 돌아선 마음에는 변함이 없었다.

결국, 결혼생활 3년 만에 합의이혼으로 부부관계를 완전히 청산하고 갈라섰다. 그러나 그 이후 한동안 그녀에 대한 남편의 집착은 스토커에 가까울 정도여서 더욱 정나미가 떨어졌다. 두어 번 학교로 찾아와 전화로 불러내기도 하고, 그녀가 가는 곳마다 미행을 하는지 난데없이 불쑥 나타나기도 하고, 퇴근길에 집 앞에 차를 세워놓고 기다리기도 했다. 그때마다 그가 하는 말은 한결같았다. 둘 사이에 태어난 아들을 생각해서라도 재결합하자는 것이었다.

시명의 대답 역시 한결같이 매몰찼다.

"당신 때문에 이미 한번 망가진 삶, 두 번 다시 내 운명 속에 끼어들지 마. 천번만번 찾아와도 내 대답은 변하지 않아. 제발 정신 차리고 그냥 돌아가요. 앞으로는 아들한테도 나한테도 얼씬거리지 말고. 어차피 한번 갈라선 마당에, 내 인생 또다시 망치고 싶지 않으니까."

마침내 남자는 단념하였고, 그것으로 끝이었다.

첫 결혼의 실패가 남겨놓은 그늘이 마음에 드리워져 세상사가 시들해진 만큼 오로지 작품 활동에만 관심사를 돌려 더 열심히 그림을 그리면서 지낼 무렵이었다. 그녀의 행방을 어떻게 알아냈는지, 어느 날 첫사랑 남자가 헤어진 지 7년 만에 불쑥 시명을 찾아왔다. 그야말로 홀연히 나타난 것이었다.

당시 시명은 서른두 살, 사내는 그녀보다 두 살 위인 서른넷이었는데 아직 미혼이었다. 프랑스에서 귀국한 뒤 그는 적당한 일자리를 찾아 노력한 끝에 겨우 모교인 대학 강사자리를 얻은 것이 2년 전쯤이라고 했다. 어느 정도 생활기반이 잡히자 시명을 잊지 못해 백방으로 수소문했다며 대구까지 찾아오게 된 저간의 사정과 자신의 의중을 조심스레 내비쳤다.

그러나 이혼한 지 갓 일 년, 시명은 그 어떤 누구라도 아직은 마음에 새로운 사람을 받아들일 준비가 돼있지 않았다. 어쩔 수 없이 솟구치는 첫사랑에의 그리움과 반비례로 오랜 세월 소식 한번 없다가 너무 늦게 찾아온 사내에 대한 원망과 좌절감으로 인해 그가 밉기도 하였다. 차라리 눈앞에 모습을 영영 드러내지 말았더라면 더 좋았을 것을…….

시명은 자신의 현재 처지를 간단히 설명하고 그를 돌려보냈다. 사내는 이야기를 다 듣고는 적이 실망한 표정이 역력했다. 자신이 너무 늦게 온 것을 자책하는 것 같기도 했으나, 그 이상의 특별한 반응을 보이지 않고 순순히 돌아서 갔다.

그리고 두 달쯤 지난 뒤 그가 서울에서 다시 그녀를 보러 내려왔다. 사내는 그 두어 달 동안 깊이 생각해 봤다며 단단히 각오하고 온 듯 자신의 결심을 피력하였다. 일테면 과거사 따윈 개의치 않고 옛 사랑을 회복하기 위해선 무슨 일이라도 하겠다면서 함께 살 것을 요구했다.

이번엔 그녀가 생각할 시간을 달라고 제안했지만 사내는 막무가내 돌아가지 않으려고 고집을 부렸다. 태어나서 처음 성관계를 가졌던 남자였고, 사랑의 감정을 품었던 상대였던 그에게 밤늦은 시간에 서울까지 차를 몰고 되돌아가라고 차마 말할 용기가 나지 않았다. 시명은 그날 밤을 그랑 함께 보냈다.

다음날 아침 헤어질 때, 그녀는 사내에게 어차피 정리해야 할 사항들이 한둘이 아니란 점을 이야기했다. 아이가 딸린 이혼녀의 처지에 재혼이 말처럼 쉽게 해결될 문제도 아니고, 그에 대해선 더 깊이 고민해볼 시간적 여유가 필요하다는 말로써 그를 다독여 돌려보냈다.

그것으로 거절의 의사를 완곡히 표현한 것으로 치부하며 시명은 자신의 심정이 정리됐음을 그가 이해하고 무모한 요구를 포기하기를 기대하고 있었다. 그러나 사내는 쉽사리 포기하지를 않았다. 쉽게 잊히지 않는 그리움으로 설레던 가슴이 어느 정도 진정될 때쯤이면 한동안 연락조차 없던 그가 또 불쑥 찾아오곤 했다.

저녁밥을 먹다가도 그 사내한테서 휴대전화가 걸려오면 주섬주섬 옷을 차려입고 나서는 시명의 등 뒤에서 어머니는 혀를 끌끌 차며 내뱉었다.

"네가 미쳐도 단단히 미쳤구나! 바람나서 아예 우리랑 인연 끊고 나가 살 게 아니라면, 어떤 녀석인지 꼴이라도 좀 보게 데려와 봐. 그렇게 좋으면 정식으로 인사시킨 다음 결혼을 하든지……. 도대체 밥 먹다가 이게 무슨 꼴이니? 한두 번도 아니고……. 숨어서 걸핏하면 전화질로 불러내는 그 녀석 정체가 뭐야? 속 시원히 말을 해줘야 안심을 하든지 말든지 할 게 아냐?"

"괜한 걱정 마세요. 이건 내 인생이니까. 엄마 시키는 대로 했던 결혼생활이 파탄 난 걸 탓하려는 게 아니라, 죽이 되건 밥이 되건 내 인생은 내가 책임지려는 거니까 아무 말 마시고 내버려 두세요. 결코 나쁜 사람 만나는 게 아녜요."

결국 시명은 그 첫사랑 남자의 거듭된 요청이 진심임을 받아들였다. 다만 어머니의 요구에 따라 남자를 집으로 데리고 와 정식으로 인사를 올리고 허락을 얻어야 했었다. 호적에 혼인신고만 등재하는 조건으로 예식장의 결혼식은 생략하기로 하고, 둘은 따로 방을 얻어 동거생활에 들어갔다.

그녀가 아들을 데리고 집을 나오던 날, 어머니는 외동딸을 잃어버리는 심정으로 눈물을 삼켰다. 그것은 불길한 예감에 대한 전조(前兆)와도 같았다.

첫사랑 그 남자는 사주팔자에 역마살을 타고 났는지, 못 말리는 방랑벽이 있음을 시명은 같이 사는 동안 확실히 알게 되었다. 애당초 한 곳에 진득이 정착해 가정을 꾸릴 위인이 못 되었던 것이다. 로맨틱한 방랑자! 그것이 그 남자에게 딱 맞는 명칭이었다.

서울에 강의가 있든 없든 그는 한번 집을 나가면 짧게는 일주일, 길면 한두 달은 밖에서 떠돌았다. 하기야 프랑스로 유학간 뒤에도 7년간이나 소식 한 번 없었던 그가 아닌가! 어디에 있다는 연락조차 일체 없이 동가식서가숙(東家食西家宿)하다가 불쑥 집에 돌아와선 또 아무 일 없었다는 듯 살곤 했다. 남자의 그런 습성 때문에 두 사람은 자주 다투었다. 대체 어디서 뭘 하고 지내느냐고 시명이 물으면 그는 주로 대학의 화실이나 친구의 아틀리에에서 먹고 잔다고 대답할 뿐이었다. 무책임하기 그지없는 남자의 태도에 시명은 점점 지쳐갔다.

이후로 시명은 그가 가면 가는 대로 내버려두고, 오면 오는 대로 받아들이는 것을 운명처럼 여기며 체념하고 있었다. 그러던 어느 날 한 번은 집에 돌아온 뒤부터 아예 방안에 죽치고 들앉아선 강의가 있는 날에도 나가지를 않았다.

수상쩍어 이유를 묻는 시명에게 그는 이제 그따위 시간강사 따위 그만두었다고 시퉁하게 대꾸했다. 그리고는 엉뚱하게 화풀이를 하듯 전임강사 자리를 두고 경합했던 사람과 주임교수 사이의 은밀한 거래를 강하게 성토하는 거였다. 그런 다음 고작 한다는 말이, 서울서 대학입시 준비생을 위한 미술학원을 개원해 보려는데 아무래도 돈이 좀 필요하다는 것이었다. 눈여겨 봐둔 건물이 있는데 전세금이며 시설비 등 이것저것 마련하려고 몇 군데서 변통한 금액이 좀 있긴 해도 부족해서 그러니 2억 원 정도를 시명에게 충당해 달라는 뜻을 은근히 내비쳤다.

저녁을 먹다가 그 때문에 또 다투었는데, 그 길로 남자는 집을 나가버렸다. 잔뜩 삐친 듯 말없이 문을 나서는 남자의 등 뒤에 대고 그녀는 처음으로 볼멘소리로 악담을 퍼부었다.

"사내대장부가 걸핏하면 삐치고……. 그런 밴댕이 소갈머리 같은 배포로 뭘 하겠어요? 믿음직한 구석이 한 군데라도 있어야 빚을 내서라도 돕든지 하지. 제 앞가림도 못하는 게 무능하기 짝이 없어! 나가면 아예 들어오지나 말든지……. 아쉬우면 쪼르르 집구석에 기어드는 꼴을 보는 것도 이젠 지긋지긋해라. 차라리 나가 죽어버리면 내가 슬퍼하기라도 하겠어."

사랑이 식은 지도 오래였고, 가슴속에 남아있던 원망과 외로움과 그리움이 뒤섞인 감정들이 어느새 그에 대한 혐오감으로 변질돼 있었기에 무의식중에 튀어나온 말이었다. 그런데 그 악담이 저주가 되었던 걸까? 남자는 홧김에 어디에선가 술을 마시고 밤늦게 차를 몰고 서울로 가던 도중 교통사고를 저지르곤 정말로 죽어버린 것이었다.

"그 사람 죽은 뒤 자책감 때문에, 실제 지금껏 조용한 절망의 삶이었어요. 어쩌면 나 역시 애초에 머리 깎고 비구니가 되었어야 할 팔자였는지 몰라요."

시명은 서글프게 말했다.

"그동안 정말 바보 같은 삶을 살았어요. 뒤늦게 자신이 참 한심하다고 깨달았을 땐 제 인생의 절반 이상이 어리석게 훌쩍 흘러가버렸고요."

"진실을 안다고 상처가 치유되진 않아. 시명아, 이젠 과거사 때문에 그만 고뇌하고 아픈 기억을 내려놔. 지금 이 자리엔 과거도 미래도 없어. 오직 너와 내가 있는 이 순간만 있을 뿐. 그렇게 생각해."

"그 말이 제게 용기를 주네요. 그렇게 믿을게요. 이젠 선생님이 어디에가 머무르든, 항시 제 마음 속에 있다는 점을 잊지 마세요. 선생님을 통해 비로소 제가 구원받은 것 같은 느낌이 들어서 행복해요."

시명은 정광의 귓가에 대고 속삭이듯 말했다.

"실은 나도 시명을 알게 돼서 행복해. 아까 말한 너의 행복관에 대해 공감하는 의미에서 더욱 그래. 아무튼, 첫사랑 그 남자처럼 서로에게 짐이 되진 말아야겠지. 정말 사랑하는 사람끼리는……. 우리 사이엔, 뭣보다 역사공부라는 공통관심사가 서로를 한데 묶어주는 역할을 하는 것 같아서 더 좋아."

"동감이에요. 제가 대학원에 진학해 다시 공부할 맘이 생긴 건 아버지의 권유도 있었지만, 굳이 고고미술사학을 택한 데는 대학시절 전공이 뒷받침됐으니까요."

"아무튼 그건 잘한 일이야."

문득, 작년 가을에 동기선생 댁을 처음 방문했을 때의 기억이 떠올랐다. 거실과 서재의 벽면에 유화 액자들이 상당수 걸려있던 것을 눈여겨봤지만 누가 그린 것인지는 묻지 않았다. 수집품이라기에는 제법 많은 양의 그림들이었다.

이제 그것들이 시명의 작품이었다고 생각하니 수긍이 되었다. 그 그림들에 대해 떠오른 생각을 미처 말하기도 전에, 시명은 갑자기

"시간이 꽤 됐죠? 이젠 가야겠어요."

하고는 침대 위에서 벌떡 일어나 앉았다.

"벌써 가려고?…… 하긴 집에 혼자 계실 아버지가 걱정되기도 하겠네."

"아버지껜 아까 전화 드렸어요. 식당에서 나오기 전 잠깐 화장실에 들렀을 때요. 일이 있어 좀 늦겠지만 집엔 꼭 들어가겠다고 약속했거든요."

그녀는 일어서서 침대 발치 쪽에 있는 실내용 화장실문 옆의 벽면 스위치를 켠다.

문 닫기 전에 틈새로 환히 밝아진 화장실 불빛이 새어나와 정광은 잠깐 눈이 부셨다. 그도 일어나 마침내 실내등을 켰다. 비로소 방안 전체가 환히 밝아졌다.

변기에서 물 내리는 소리가 들리더니 잠시 후,

"여기 세면대 옆에 포장 뜯지 않은 새 칫솔, 이거 사용해도 되죠?"

시명의 목소리가 흘러 나왔다.

"응, 맘대로. 거기 있는 거 알아서 써."

정광은 침대에 엉덩이를 걸치고 앉아 그녀가 나올 때까지 우두커니 기다릴 동안 눈으로 무심코 방안을 한 바퀴 둘러보았다. 이 방안에 자기 아닌 다른 사람의 기척이 들리고 처음으로 변화가 생긴 것 같은 묘한 느낌이 들었다.

오래지 않아 시명이 욕실 문을 열고 나오면서 물을 담은 세수 대야를 두 손에 받쳐 들고 그에게로 왔다. 그리고는 침대 모서리에 걸터앉은 정광의 발아래 조심스레 내려놓는다.

"자, 발 담그세요. 오늘 저를 위해 멀리까지 발품을 팔았는데 제가 씻겨 드릴게요. 저번엔 선생님이 저를 위해 발 마사지해 주셨잖아요. 그 보답이에요."

"아! 칠불암 뒷산 중턱에서, 시명이 발 삐었을 그때 말인가? 벌써 2년도 더 된 2007년도 일인데 아직 기억하고 있었어?"

"그걸 어떻게 잊겠어요? 평생 처음 모르는 타인에게 제 벗은 발을 만지게 했던 분인데……. 근데요, 실은 그때 제 운명을 예감했었는지도 몰라요. 어쩌면……."

발을 씻기면서 그녀가 중얼거리는 말을 정광은 기분 좋게 듣고 있었다.

샤워기를 통해 대야에 물을 받을 때 온도를 적당히 조절했는지 물도 알맞게 따뜻했다. 물이 바닥에 튈세라 그녀가 조심조심 손을 놀려 문질러대는 바람에 정광은 마음에 와 닿는 아늑한 간지러움에 정신이 혼곤해진다.

"저건 뭐예요? 아깐 어두워서 못 봤었는데……"

시명이 그의 발을 씻으며 턱짓으로 책상 위에 얹힌 물건을 가리켰다.

뭘 보고 묻는 말인가 하고 정광은 고개를 돌렸다.

책상 위의 컴퓨터 바로 옆에는 처음 본 사람에겐 의아한 느낌을 불러일으킬 만한 이상한 물건 두 개가 나란히 놓여 있었다.

부활절 계란 모양을 한 타원형 옥돌이 받침대 위에 올려있고, 그 받침대 역시 옥돌을 갈아 만든 거였는데 지금 형광등 불빛에 반짝이는 모습이 마치 달이 떠오르는 형상과도 같았다. 또 그 옆에도 도자기로 만든 케이스 안에 똑같은 계란형 옥돌을 넣고 평저잔(平底盞)으로 받쳐 놓았는데, 그것은 바깥에서 감상할 수 있도록 한쪽 정면만 유리를 끼웠다 뺐다 할 수 있게 장식돼 있었다. 마치 예쁜 감실(龕室) 속에 보주(寶珠)를 안치한 것처럼 고안된 도자기 케이스였다. 그 이상한 물건들이 시명의 눈길을 사로잡았던 모양이다.

"아! 저 옥돌장식품 말이지? 저건 내 믿음의 신상(神像)이야."

정광은 간단히 그렇게만 말했다. 상세히 설명하자면 너무 길어질 것 같아서였다.

십여 년 전, 그가 통도사에서 우연히 옛 동기를 만나 기간제교사로 다시 교단에 섰을 때 승아와 여진이란 두 소녀한테서 생일선물로 받았던 그 뜻밖의 선물이었다. 그것을 일본 가고시마 현에 있는 옥산신궁에서 얻은 평저잔 위에 안치하여 불상처럼 모셨던 것이다.

그때 받았던 두 소녀의 선물은 이후 몇 차례 이삿짐 속에서도 항시 빠뜨리지 않고 간직해야 할 소중한 추억과 함께 옮겨 다녔다. 긴 세월이 지난 지금에 이르러서도 책상 위에 얹어둔 그 두 가지 선물을 들여다볼 때마다 그는 왠지 문수ㆍ보현 두 보살의 화신이 자기 앞에 있다고 깨닫는 것이었다.

그 계란형 옥돌은 바라보면 볼수록 후덕하고 온화한 여인의 얼굴처럼 느껴졌고, 그것이 바로 '선덕여래'임을 그는 확신하고 있었다. 또한, 그윽한 그 모습의 정체를 찾기 위해 운명이 그를 경주까지 데려오게 했음을. 게다가 그것이 사실이었음을 믿기까지에는 십여 년의 세월이 더 필요했던 것이라고.

시명은 더 이상 묻지 않고 정성껏 그의 두 발을 차례로 다 씻긴 다음, 목에 걸고 있던 수건으로 닦아주었다.

그녀는 이내 욕실로 대야를 들고 가 붓고는 되돌아오더니 잠깐 방안을 살피듯 서성거린다.

"서예는 언제부터 하셨어요?"

화선지에 붓글씨로 쓴 한시 습작들을 액자 없이 그냥 벽에 부착해놓은 광경을 시명은 눈여겨보다가 묻는다.

"뭐, 서예라기보다는 그저 유적지를 찾아 구경삼아 떠돌 때마다 문득문득 떠오른 생각들을 한시 형식으로 끼적거려 본 셈이지. 자랑할 만한 필치는 못 돼."

"그래도 대단하세요. 노후에 아버지께서 서예에 몰두하시는 모습이 참 보기 좋았거든요. 그냥 붓글씨만 쓰시는 게 아니라 한시를 짓는다는 게 대단한 거죠. 이 시들은 선생님이 지은 거죠? 어떤 내용예요? 저는 한문에 약해서…… 아무래도 해석은 자신 없거든요."

운해남산정상신(雲海南山定爽神)　구름바다 남산에 정신이 상쾌해져
태극문천행사순(太極蚊川行蛇巡)　태극문천 뱀처럼 휘돌아 흐르고
선덕사거도리상(善德似踞忉利上)　선덕여래 도리천 위 걸터앉은 듯하니
곤방불감진언친(坤方佛龕眞言親)　곤방의 감실여래가 들려주는 염불소리 친
　　　　　　　　　　　　　　　근하네.

"우리가 처음 만난 곳이 어디야? 불곡(佛谷)의 감실 석불좌상 앞에서였 잖아. 흔히 말하는 할매 부처상 말이야. 명랑법사가 선덕여왕의 사후에 묻 힐 능(陵)자리를 물색하며 돌아다녔을 법한 곳을 찾아, 나 역시 동일한 심 정이 되어 옛 발자취를 더듬는 동안 묘한 기시감(旣視感)이 들곤 했거든. 그러다가 마침내 불곡 감실여래좌상 앞에 이르러 어떤 계시를 받은 느낌 을 적은 거야. 말하자면 너를 만나고 난 뒤로도 몇 번 그곳에 다시 가보곤 하다가 문득 떠오른 시상이었다고 보면 돼."

"아, 그런 내용이군요. 그럼, 이 시는요?"

선불고절처(仙佛孤絕處)　신선불 홀로 앉아 있는 곳
고위객사사(高位客思史)　고위봉에서 나그네 옛일을 생각하네.
허죽풍요취(墟竹風搖翠)　언덕 대숲은 바람에 초록빛을 흔들고
지하오만화(池荷午滿花)　못골 연꽃은 정오에 만발하였네.
지유지유장(址遊智愈壯)　절터 찾아 돌아다니면 지혜 더욱 장엄해지지만
탐적빈도화(探跡鬢都華)　옛 터 탐방 세월 속 귀밑머리 모두 새었네.
답합원비이(踏合元非易)　발품으로 얻음은 원래 쉬운 일 아니건만
처유전연사(處有前緣似)　곳곳이 전생 인연과 유사함이 있는 것 같네.

"이 시는 칠불암 위쪽 신선불을 친견하고 내려오다 너를 만났던 그날의 인연을 생각하며 썼던 거야. 그리고 여기, '탑곡 입상여래불 앞에서(前塔 谷如來佛)'라는 시는 수차례 가봤던 탑곡의 마애조상군(磨崖彫像群) 앞에 설 때마다 명랑법사와 나와의 전생 인연을 깨닫고 쓴 것이고……."

오신인시제석선(吾身認是帝釋仙)　내 몸은 제석궁의 신선임을 알겠으니
세하인간천여년(世下人間千餘年)　인간세상 내려와 천여 년이 되었구나.
제유정광금궁강(帝遺庭光今宮降)　상제께서 정광을 오늘 제석궁에 내려 보내
불교암처적전연(佛交巖處績前緣)　바위 여래불과 교감하여 전생인연 잇게 하리

"이제 내용을 알고 보니, 모두 정광 선생님과 명랑법사와의 관계 속에서 떠올린 시들이군요. 어쩌면 그 속에 나까지 포함된 것 같기도 하고……. 왠지 묘한 느낌이에요. 암튼, 이제 갈래요. 차 있는 데까지 배웅해주실 거죠?"

시명이 정광의 손을 잡으며 말했다.

"그럼. 당연하지."

두 사람은 함께 계단을 내려와 집 근처에 세워둔 시명의 차 앞에 이르렀다.

헤어지기 전에 그녀가 불쑥 물었다.

"이제 우리 어떻게 되죠?"

"그냥 운명에 맡겨야지."

정광은 담담히 대답했다.

"네. 알았어요."

시명도 그럴 수밖에 없다는 걸 잘 알고 있었다.

제6장

유성우(流星雨) 내리던 날

밤에 바라본 하늘은, 헤아릴 수 없이 많은 별들이 떠있는 망망대해 같았다. 칠불암 뒤편 정상에서 올려다본 밤하늘은 그렇게 숱한 별들의 바다였다.

2009년 11월 18일 새벽 4시부터 6시 사이, 두 시간 가량 사좌자리에서 유성우(流星雨)가 쏟아진다는 소식이 TV방송을 통해 널리 알려졌다. 33년을 주기로 가장 많은 유성우가 관측되는 그 우주 쇼를 보려고 며칠 전부터 약속한 정광과 시명은 그날 깜깜한 새벽녘 칠불암 쪽으로 올라갔었다.

산마루까지 걸어 올라오느라 땀이 밸 정도로 몸의 열기에 싸여 있을 동안은 몰랐는데, 산 정상에서 맞는 11월의 새벽 기운은 한겨울을 벌써 당겨놓은 것처럼 추웠다. 아마도 땀이 식느라 더욱 그렇게 느껴졌을 것이다. 후드가 달린 패딩점퍼를 껴입었지만, 그래도 얼굴에 닿는 산바람은 몹시 쌀쌀하고 차가웠다. 서둘러 2인용의 작은 텐트를 치고 그 안에 들어앉으니 한결 나았다. 그러나 밖을 내다보기 위해 덧창처럼 생긴 방충망의 가리개를 걷어 올리자 그리로 찬바람이 새어들었다. 시명은 으슬으슬한 기운에 팔짱을 끼듯 몸을 움츠리며 말한다.

"산속이라 정말 춥네요. 밤중이나 새벽녘에 산꼭대기에 올라보긴 첨예요. 더구나 이 시간에 칠불암에 오리라곤 상상도 못했죠. 선생님은요?"

"난 종종 있었어. 개기월식이 있는 날이거나 해돋이를 보려고 밤중이나 새벽녘에 산에 올라가곤 했었지. 주로 사진 촬영을 하려고. 혹시, 지난 2000년 7월 16일 밤에 개기월식이 있었던 얘기를 들은 적이 있나?"

"아뇨. 그런 거 모른 채 지나간 것 같아요."

"그러고 보니 벌써 9년쯤 됐네. 그 무렵 난 양지마을에 살 때였거든. 그래서 그날 밤엔 낭산 신유림 중턱, 선덕여왕릉 근처에서 개기월식을 봤지. 30분 가까이 걸렸던가, 달이 완전히 가려진 시간이……. 텔레비전에선 며칠 전부터 그 보도를 하면서 이후 11년 뒤에 다시 찾아올 개기월식에 대해서도 말해주대. 그걸 내 수첩에 적어둔 게 있어. 어디 보자, 그 수첩을 항시 지니고 다니는데……. 어, 마침 여기 있네."

정광은 점퍼 안쪽의 호주머니를 뒤적여 손아귀에 쥐면 쏙 들어올 만한 크기의 수첩을 꺼내더니 손전등을 비쳐가며 요리조리 페이지를 넘겨보다가,

"아, 여기 적혀 있어. 2011년 12월 10일, 밤9시 46분부터 새벽 2시 32분까지 전 과정을 볼 수 있다고 했네. 읽어줄게.―〈특히 그 중간에 11시 32분경 개기월식이 절정에 이름. 그리고 대략 53분간 완전히 달이 사라짐. 7년 후인 2018년 1월 31일에도 개기월식을 다시 볼 수 있다고 함.〉― 그렇게 돼 있어."

"2011년이라면 딱 2년 정도 남았군요. 2년 뒤의 일이라 어찌 될지는 몰라도…… 만약에요, 그날 개기월식을 함께 보러 간다면 그땐 굳이 이런 높

은 곳에 안 와도 되겠죠?"

"새벽 등반이 무척 힘들었던가 봐. 벌써부터 걱정인걸 보니……."

"전 추운 게 싫어요. 11월인데도 산 정상은 벌써 한겨울 같은 기온이네요. 더구나 다음번 개기월식이 12월 10일이라면 더 춥겠죠. 게다가 2018년에도 정월 말일에 있다니까 마찬가지죠, 뭐. 어쨌든 그때가 온다면 가볍게 걸어 올라갈 수 있는 낭산 신유림이나 가까운 경주 북산의 백률사 같은 데가 좋겠죠?"

"그야 뭐, 시명이 좋을 대로. 하기야, 약속한 날에 무슨 피치 못할 딴 일이 생기지 말란 법도 없으니까 미리 섣불리 약속하기도 좀 뭣하긴 해. 오늘처럼 유성우가 쏟아질 우주 쇼를 보려면 도심에선 좀체 하늘에 뜬 별들을 보기 어렵겠지. 하지만, 월식(月蝕) 같은 건 구름 없이 날씨만 맑으면 쉽게 관찰할 수 있으니 어디서든 상관없어. 일식(日蝕)도 마찬가질 테고. 그런데 사실 힘들게 이곳 칠불암까지 오자고 한 데는 내 나름의 이유가 있었거든. 몇 년 전 우리가 이 장소에서 만나 얘기한 적도 있는데 모르겠어? 칠불암의 유래가 되었을 법한『삼국유사』속의 구절들과도 관련이 있는 건데……."

"아! 무슨 말을 하려는지 인젠 알겠어요. 진덕여왕 재위시절에 알천공, 임종공, 그리고 자장법사의 부친인 호림공, 그밖에도 보종공, 염장공, 유신공 등이 이곳 남산 우지암(亐知巖)에 모여 나랏일을 의논했다.―는 것과 관련된 얘기겠죠?"

"그래, 맞아. 신라에는 네 곳의 신령스런 땅이 있다 했었지. 대사(大事)를 논의할 때면 이들 일곱 대신들이 소위 '칠성우(七星友)'를 조직하여 반드시 그곳에 모여서 도모하면 그 일이 꼭 이루어졌다고 했거든. 또 삼국통일의 대업을 논의하기도 했던 그 네 곳의 영지(靈地)는, 첫째가 동쪽의 청송산(靑松山), 둘째가 남쪽의 우지산(亐知山), 셋째가 서쪽의 피전(皮田), 그리고 넷째가 북쪽의 금강산(金剛山), 그러니까 지금의 경주 북산을 말한 건데……."

"알아요. 계절에 따라 북두칠성을 가장 뚜렷이 볼 수 있는 장소로 그들이 옮겨 다니며 우주의 맑고 원대한[淸元] 기(氣)를 받고 국사를 논했다는 거. 그들 일곱 사람의 모임을 칠성우라 칭한 것도 그 때문이기도 하구요. 대자연의 섭리에 따라 우주의 기가 모이는 그 네 곳 중에서도 가장 중요한 모임 장소가 지금 남산으로 불리는 우지산의 우지바위[亐知巖]라고 여겼겠죠. 『삼국유사』에도 그렇게 명기돼 있고. 물론 현재의 칠불암은 삼국통일의 대업을 이룬 후에 그들 칠성우를 기리기 위해 후대에 붙여진 이름일 테죠. 그 전의 이름이 바로 우지암(亐知巖)이고……."

"응. 바로 그 얘긴데, 이곳 남산 우지암에 칠불(七佛)과 칠성이 있어야 하는 근거가 이미 『천부경』 속에 기록돼 있다는 것에 대해 얘기하고 싶어. 내가 굳이 이곳에 오자고 한 것도 그 때문이고."

"천부경요? 거기 어떤 내용이 있기에……?"

"응. 옛사람들은 대개 우주적 진리와 신의 뜻이 숫자로 나타난다고 보았던 모양이야. 말하자면 그들은 눈에 보이지 않는 추상적 진리를, 눈에 보이게끔 할 수 있는 하나의 분명한 방법으로 숫자를 통해 나타내도록 고안한 것으로 믿었던 거겠지. 세상이 예측 불가능한 불확실성과 무질서로 가득할 때 사람들은 불안에 떨고 두려움을 느끼기 마련이니까. 이것이 바로 공포의 요체지. 그래서 고대에는 일식이나 월식 현상을 접했을 때도 그 원인을 몰라 무서워했을 테지만 지금은 그렇지 않잖아. 인간은 수천 년 동안 하늘을 바라보며 인간의 운명을 관장하는 신의 능력과 조화에 경외감을 느끼고는 자신의 삶을 하늘에 맡긴 채 순응해 왔지. 바로 공포 때문이야. 신에 의지하려는 종교도 그래서 생겨났을 테고. 하지만 이런 공포와 불안의 상태를 지식으로 부정하면서 극복한 결과가 과학이라면 종교는 지혜로써 불안과 공포를 다독이며 평안을 추구하는 깨우침이 아닐까? 아무튼 인간의 두뇌가 진화해 왔다는 건, 끊임없이 과거의 기억과 현재의 경험을 토대로 미래를 예측하는 판단능력의 향상과도 무관하지 않을 거야. 그 결과, 인류는 불확실하고 무질서하게 보였던 우주의 운행 질서가 일정한 패턴을 갖고 진행되고 있다는 사실을 알아냈잖아. 물리학이며 수학의 발전을 통해 행성들 간의 거리와 운행 시간까지 계산해낸 끝에 다음번 월식이나 일식이 언제 일어날지 알게 됐고. 안 그래? 알고 나니 두려움은커녕 오히려 즐겁게 바라볼 수 있게 된 거지. 요컨대 예측하지 못한 미래가 두려웠다면 예측한 미래는 안전할 뿐만 아니라, 오히려 경이로운 자연법칙 앞에서 숙연한 아름다움까지 느끼게 해주니까. 따라서 수의 이치를 궁구하여 어떤 법칙을 찾아내 기록한 게 '천부경'인 셈인데. 이를 해독하게 될 시엔 세상의 무질서에서 생각의 논리적 질서를 발견하게 된다 할까? 뭐, 그런 셈이야."

"거 참, 재밌는 얘긴데요, 대체 그런 천부경에 무슨 내용이 있다는 거예요?"

"응. 천부경에 이런 구절들이 있어.―하늘의 1이 물을 생기게 하고, 땅의 6을 이루며 북쪽에 거처하고[天一生水, 地六成之, 居北], 땅의 2가 불을 생기게 하고, 하늘의 7을 이루며 남쪽에 거처하고[地二生火, 天七成之, 居南], 하늘의 3이 나무를 생기게 하고, 땅의 8을 이루며 동쪽에 거처하고[天

三生木, 地八成之, 居東], 땅의 4가 쇠를 생기게 하고, 하늘의 9를 이루며 서쪽에 거처하고[地四生金, 天九成之, 居西], 하늘의 5가 흙을 생기게 하고, 땅의 10을 이루며 중앙에 거처한다[天五生土, 地十成之 居中也]. 그리하여 일컫기를, '1이 나뉘어 10을 크게 한다[一析十鉅].' 고 했다는 거야."

"구체적으로 그게 무슨 뜻이죠?"

"이건 동양의 음양오행에 관한 설명인데, 북수(北水), 남화(南火), 동목(東木), 서금(西金), 중토(中土)를 숫자와 관련지어 풀이한 거야. 내가 이해한 바로는, 땅의 2가 화(火)를 만들고, 하늘의 7을 이루며 남쪽에 거처한다는 이 대목에서, 신라의 칠성우들이 남산 우지암에 모여 북두칠성의 기를 받고 국가의 대사를 논의한 의도를 알 것 같다는 거지."

"아! 무슨 얘긴지 이젠 대충 알겠어요."

"그래. 조금은 이해가 됐겠지. 다시 말해, 천부경의 원리는 하늘의 1이 물을 만든다[天一生水]는 일수(一水)의 북방에서 시작하여 중궁(中宮)에 와서 종결됨에 따라 9궁(九宮) 안에서 중궁이 곧 일태극(一太極)을 이루는 위치가 된다는 이론이야. 요컨대 중궁에서 천지가 화합하여 통일된 하나의 세계가 이루어질 때, 무극대도(無極大道)가 마침내 지상에서 성취된다는 것—그것이 곧 천부경에서 예언하고 있는 미래적 결론이지. 일석십거(一析十鉅), 즉 1이 나뉘어 10을 크게 한다는 것이 바로 그거야."

"몇 년 전 아버지랑 첫 대면 시에도 천부경에 관해 연구한다던 이야길 얼핏 들은 적이 있긴 해요. 정광 선생님을 요즘 세상에 보기 드문, 숨은 고수(高手)라고 하시면서……. 하여간, 천부경을 궁구하면 숫자 속에 암시된 우주의 진리 같은 걸 알 수 있단 얘기 아녜요?"

"응. 말하자면 그런 셈이지. 과거 대일항쟁기에 전국에서는 민족종교가 여럿 있었는데, 1915년부터 전북 정읍에 있던 보천교(普天敎)가 대표적이었어. 그런데 1936년 조선총독부에서 조선인의 민족정기를 말살하는 정책의 일환으로 강제로 철거되었거든. 그리고 그 건축물의 일부는 서울의 조계사 대웅전을 짓는 데 옮겨 썼고, 심지어 내장사 대웅전의 대들보며 기둥들을 세우는 데도 사용됐다고 하니 보천교의 건물이 얼마나 크고 웅장했는지를 짐작할 수 있겠지. 종(鐘)은 떼어내 일본으로 반출해 갔다더군. 하여간 일제가 물러간다는 신념을 신도들에게 주입시킨 보천교는 일본 당국으로선 눈엣가시였겠지. 그 보천교 대웅전은 〈십일전(十一殿)〉이란 현판을 달았는데, 10은 무극이요, 1은 태극이니 보천교 신도들은 이를 〈태극전〉이라 읽었다대. 또, 1이 나뉘어 10을 크게 한다는 천부경의 '일석십거' 이론에서 유래한 그 '십일전'의 십일(十一)은 토(土)의 파자(破字)이니, 토(土)는 음양오행에서 중앙 내지 중심을 의미하거든. 아무튼, 보천교의 교리 중 핵심은 만민평등과 상생(相生)이었다고 해."

"그래요? 전 처음 듣는 얘기라 그런지, 꼭 무슨 천기누설(天機漏泄)을 접하는 것 같이 묘한 기분이 드네요."

시명은 농담 삼아 말하곤 가볍게 소리를 내어 웃다가,

"아, 저것 봐요! 유성이 떨어지네요."

방충망 너머로 내다보이는 깜깜한 하늘에 은가루를 뿌린 것처럼 반짝이는 수백만, 아니 수천만 개의 별들 속에서 흰 꼬리를 끌며 떨어져 가는 별똥별을 손가락으로 가리켰다.

"응. 나도 봤어. 이제 슬슬 시작하려나? 아직 3시밖에 안 됐는데, TV보도엔 본격적으로 유성우가 떨어지는 우주 쇼가 펼쳐지는 시간이 4시부터 6시 사이라고 했으니, 한 시간이나 더 남았어."

산 정상에 텐트를 치고 바닥엔 푹신한 에어매트를 깔고 누워서 새벽 3시경부터 헤아리기 시작하여 한 시간 가량 열 두 개의 별똥별을 보았다. 시명은 좀 더 자세히 살펴보려는 듯 몸을 일으켜 지퍼로 열고 닫는 텐트의 앞문을 활짝 트이게 펼쳐놓았다. 산꼭대기라 내려다보이는 산자락의 아래로 멀리서 불 밝힌 경주시가지의 동편 일부분이 보였다. 그 불빛들이 어둠 속에 깜빡깜빡 졸고 있는 풍경은 참으로 고즈넉하였다. 또한, 그 너머로 땅과 하늘의 구분도 없이 무한대로 펼쳐진 어둠은 우주적 생성의 비밀을 감추고 있는 것 같았다.

유성이 또 한 줄기 새벽하늘에 사선을 그으며 떨어진다.

두 사람은 마치 우주의 기를 품어 안을 자세로 누워서 가만히 하늘의 동태를 살피고 있었다. 산이 주는 기운 또한 예사롭지 않았다. 머릿속이 맑아지며 신령스런 어떤 것에 맞닿아 있는 듯한 기분이 들었다.

"이렇게 새벽녘 높은 산중에 있자니, 왠지 몸속에 가둘 수 없는 바람 같은 게 스쳐가면서 마음의 번뇌를 말끔히 씻어내 주는 것 같애. 마치 우주의 맑은 기를 받는 것처럼. 난 그런 기분이 드는데, 시명인 어때?"

"예. 난생 처음 새벽 산을 경험해 보니 그런 것 같네요."

"영험 있는 무속인이 굿을 하기 전 새벽에 산속에 들어가 재계(齋戒)하고 신령한 바위에 기도하며 기를 받는 이유가 그런 데 있겠지. 시명의 친구 중에 지난번에 한 번 봤던 사람, 직업이 무녀라 했으니 아마 그런 얘길 한 번쯤은 들었을 테지."

"예, 맞아요. 무임이한테 그런 얘기 들은 적 있어요."

"신라는 본디 산악신앙 내지 산신숭배가 현저한 나라였잖아. 그 점은 역사공부를 한 시명이도 누구 못잖게 잘 알 테고. 하긴, 산신숭배사상은 종교적이고 주술적인 성격을 갖는 것으로, 마을이나 국가의 수호신이 대개 산악을 본거지로 삼고 있다는 데서 생겨난 거였지. 따라서 화랑들이 호연지기를 키우며 유오(遊娛)의 대상지로 삼은 곳이 산이었음은 말할 것도 없고. 국가의 운조(運祚)도 산신의 의사 여하에 달렸다고 믿었던 그들이 산을 찾아다니며 수행한 일화는 화랑도였던 김유신의 경우에서도 잘 알 수 있어. 산중의 동굴에서 영매자인 샤먼을 통해 초인간적 영역을 몸에 익히거나 또는 산신의 의사를 샤먼을 통해 전해 듣기 위해서였거든. 그렇게 함으로써 자기 변혁의 인격 전환을 꾀했다는 데서 화랑들의 인격 형성에는 무격(巫覡)적인 요소가 다분했었지."

정광은 그렇게 말하고, 숲을 울리는 바람소리에 잠깐 귀를 기울였다.

이렇듯 민간신앙 위에 불교적인 산악관(山岳觀)으로 남산의 신선들이 된 칠성우와 칠불암, 칠성사상, 불교와 신선도의 습합—이런 단어들이 새벽녘 하늘의 별들처럼 그의 뇌리에서 반짝거리며 떠오르고, 발치 아래에 있는 칠불암과 머리맡의 저 위쪽 신선암의 정체들이 확연히 파악되었다. 본래의 우지암(亏知巖) 자리가 바로 지금의 칠불암이란 사실과 함께 『삼국유사』와 『화랑세기』에 언급된 기록들이 겹쳐진다. 칠불암의 장방형 4면불(四面佛)과 그 뒤편 3면불(三面佛)이 새삼스레 북두칠성 형태로 그에게 다가왔다.

아득한 옛날, 이곳 신성한 우지산(남산)에 뜻을 같이 한 일곱 벗들이 모여 북두칠성의 영험한 기운을 받아 국사를 의논했던 것이다. 그리하여 후대에 이를 기념한 칠불암이 조성되었음에 틀림없을 것이었다. 천여 년 뒤 명랑법사의 삶의 궤적을 좇아 그 흔적을 더듬는 정광에게 명랑의 영(靈)이 찾아와 일깨워준 것으로 그는 믿고 있었다. 명랑은 중국을 거쳐 티벳의 밀교를 신라에 가지고 왔었다. 호국을 위한 방편의 밀교였던 것이다.

이십팔수(二十八宿)의 별자리가 칠불암 위 어둔 밤하늘에 펼쳐진다. 일찍이 중국, 인도, 페르시아 등지에서 해와 달과 여러 행성의 위치를 밝히기 위해 황도(黃道)에 따라 천구(天球)를 28로 구분한 것이 마치 거대한 우주의 스크린에 나타나듯 지금 눈앞에 펼쳐져 있을 것이었다. 하늘을 4궁(四宮: 동·서·남·북), 4신(四神: 청룡·백호·주작·현무)으로 나누고 각 궁마다 일곱 성수(星宿)가 위치한다.

하지부터 추분까지는 남산에 주작이 날개를 펴고 정(井)·귀(鬼)·유(柳)·성(星)·장(張)·익(翼)·진(軫)의 일곱 별들이 이궁(離宮)에서 반짝거리는 것을 가장 선명하게 관찰할 수 있는 시기다. 그 무렵, 알천·호림·염장·유신·임종·술종·보종 등이 북두칠성의 기운을 받으며 이곳 우지암에서 노닐었을 것이다. 계절이 바뀌면서 서서히 별자리가 이동하듯 그 일곱 별들은 어느 세월엔가 바위 속으로 들어가 마침내 칠불이 되었다고 정광은 생각했다.

바로 그때였다.

"정광 선생님, 저것 봐요! 이제 막 유성우가 내리기 시작하네요."

반듯이 누워서 캄캄한 허공을 우러러보던 시명이 갑자기 그의 어깨를 잡아 흔들며 들뜬 목소리로 말하고는, 더 자세히 보려는 듯 벌떡 몸을 일으킨다.

아닌 게 아니라, 지금 무수한 별들이 하늘에서 쏟아져 내리기 시작했다.

잠시 자신의 생각에 골몰하고 있던 정광은 창졸간에 일어난 하늘의 변화 때문에 마치 꿈을 꾸고 있는 듯한 착각에 빠진다. 해일(海溢) 같은 환희가 밀려와 남산(옛 우지산)의 우지암(지금의 칠불암) 일대가 불국토처럼 환해지며 꽃비가 내린다. 무수히 떨어지는 유성우는 난순한 별똥별들이 아니라 실로 보상화(寶相華)와 연꽃들의 꽃비였다. 이것들이 하늘에서 흰 불꽃의 궤적을 그리며 눈발처럼 내리고 있는 것이다.

칠성우를 남산 구국의 산신들로 만들어 놓은 이는 누구였을까? 그리고 칠불암 위쪽 신선암의 그 신선불은 또 누구를 모델로 삼았던 것일까? 생각건대, 원광과 보리공은 형제였고, 그들 부친인 제1대 풍월주 이화공을 모델로 하여 조성해놓았던 건 아닐까? 이 모든 수수께끼를 푸는 데는 그들의 가계(家系)와 직·간접적으로 얽혀 있는 명랑법사에서 실마리를 찾아야 한다고 정광은 깨닫고 있었다.

그는 한참동안 하늘에서 쏟아져 내리는 꽃비를 묵묵히 바라보았다. 한마디 말도 없이 우두커니 앉아있는 정광의 그런 태도를 시명은 좀 의아하게 여긴 듯 느닷없이 묻는다.

"지금 무슨 생각하세요?"

"응. 내 눈엔 지금 저 광경이 유성우라기보다 꽃비가 내린다는 생각이 들어. 불교의 이상적 꽃인 보상화와 연꽃들이 지상으로 쏟아져 내린다는 그런 느낌말이야. 누가 언제 7불을 바위에다 조각해 놓았는지 정확히 모르겠으나, 신라 칠성우의 사후에 있었던 일임엔 틀림없겠지. 호국불교의 신라에서 남산 수호신인 이들 7불로 하여금 항시 국태민안을 염원하며 구국의 산신불로 만들어 놓았을 거라는 생각. 또, 저 위쪽 시서암의 신선불 역시 아침 해가 떠오를 때면 맨 먼저 동해의 기운과 햇살을 받아 빛나는 호국신의 형상에 다름없다는 생각이 들어. 아울러 옛 신라인이 꿈꾸었던 불국토를 지금 이 순간에 경험하고 있다는 착각 속에 잠시 빠져 있었어."

"그 전에도 그런 얘길 한 적이 있어요. 벌써 2년 전인가, 신선암에서 내려오다가 제가 다리를 삐었을 때 말예요. 바로 이 근처에서 두 번째 만났던 그때죠. 칠불암은 칠성우를 기념하기 위해 조성되었을 가능성, 그리고 저 위쪽 신선불은 이화공을 모델로 했을 가능성에 대해 얘기했잖아요."

"으응. 그랬었지. 물론 분명한 근거가 있는 건 아닌데도, 왠지 갈수록 그런 확신을 떨쳐버릴 수가 없어……."

"하지만, 그런 확신을 갖는 데는 그래도 선생님 나름대로 어떤 일말의 근거가 있긴 하겠죠?"

"물론. 그런 건 있지. 내가 알기로 신라의 제1대 풍월주 이화랑은 일찍이 선도(仙道)는 본래 우주의 청원(淸元)의 기(氣)에서 나왔다고 했어. 그의 영향을 받고 자란 큰아들 원광법사는 불가의 대종이 되고, 차남인 보리 공은 선도와 불도의 융합을 이루었지. 이어서 그 보리 공에게 계를 받은 호림 공, 즉 자장법사의 부친에 의해 마침내 화랑의 무리는 선도를 바탕으로 생시에는 불교, 죽어서는 신선이 되고자 하여 도가(道家)에 그 정신적 맥을 굳건히 잇게 되었거든."

"신선암의 그 마애신선불이 어쩌면 이화공을 모델로 했을 것이라고 내세운 중요한 근거가 지난번에 그거라 했잖아요?"

"응. 그랬었지. 산악신앙이 깊은 신라인들은 영산(靈山) 곳곳에 그런 구국의 산신들을 모신 셈이랄까. 하지만, 그뿐만이 아니야. 『삼국유사』에 따르면 우리나라는 부처와의 인연이 지극한 땅이었어. 아득한 과거부터 석가모니 부처와 인연이 있었고, 여러 불보살이 상주하여 중생을 교화하고 있고, 게다가 미래에도 불보살들이 수적(垂迹·부처나 보살이 중생을 구제하기 위하여 신의 모습으로 환생하는 일)할 영원한 불국토가 우리나라라는 것이야.

부처와의 그러한 인연은 전국 각지의 산 이름에 가장 뚜렷한 흔적을 남기고 있는 데서도 알 수 있어. 예를 들면, 비로봉은 비로자나불이 상주하는 곳, 용화산·미륵봉 등은 미륵이 성도할 곳, 문수봉·보현봉·세지봉은 각각 문수보살·보현보살·대세지보살의 상주처임을 상징하고 있거든. 특히 금강산은 불교식으로 작명된 매우 장엄하고 화려한 대표적인 예라 할 만해. 산 이름 자체를 '금강반야바라밀다경'에서 따온 금강산에는 또 곳곳의 봉우리며 계곡, 기타 명승지들이 불교식으로 작명돼 있잖아. 봉우리들로는 최고봉인 비로봉을 비롯하여, 외금강에 관음봉·세존봉·세지봉이 있고, 내금강에는 법기봉·석가봉·지장봉·시왕(十王)봉 등이 있지. 또, 산중 곳곳의 명소에도 중향성·불정대·명경대·마하연·천불동·금강문·극락문·지옥문 등등, 금강산은 산 전체가 하나의 불국(佛國)을 이루고 있는 불국산이라 해도 과언이 아니야. 그런 점에서 내 인생을 되돌아볼 때, 내가 본격적인 사회생활의 첫발을 디딘 곳이랄까. 삶의 출발을 주식회사 '금강(金剛)'에서 근무한 인연이 참 예사롭지 않아. 지금 생각해 보면 그건 우연이었다기보다 일종의 운명이었던 것으로 회상되곤 해."

"어쩜! 정말 그럴 만도 하네요."

"하긴 뭐, 금강산뿐 아니라, 불교와 도교, 거기에 민간신앙까지 습합되어 나라 안의 온갖 산에 호국의 산신들을 모시고 있는 민족이 우리야. 일찍이 환웅은 태백산 산신, 단군임금은 구월산 산신이 되었어. 수로왕은 구지봉, 해모수는 웅심산, 신라 6촌장은 형산의 표암봉, 탈해왕은 토함산 등에 각각 산신으로 모셔졌지. 경주 선도산에는 박혁거세의 모친인 사소성모를 모셨고, 신라 말왕(末王)인 경순왕도 현재 경주와 포항입구의 어름에 있는 형산(兄山)의 산신으로 남게 되었어. 또, 관세음보살 같은 호국의 신으로 섬기는 경우들도 있지. 울주군 두동면에 가면 치술령이란 고개가 있어. 알다시피 그 고갯마루에서 남편 박제상을 기다리던 끝에 망부석이 되었다는『삼국사기』『삼국유사』속 그 전설의 주인공 이야기는 너무나 잘 알려져 있잖아.『화랑세기』에 따르면 실성왕의 딸 치술공주로 기술되어 있는 박제상의 처는 치술령의 성모가 되었지. 지리산엔 위숙성모, 가야산엔 정견묘주, 영취산(울산의 문수산)엔 변재천녀(辨財天女), 또 혜공과 원효의 일화가 전해오는 오어사(吾魚寺)가 있는 포항의 운제산에 모셔진 운제성모 등……. 이들은 불교와 선도의 결합 내지 불교적 산악관에 의한 호국신들로 남아 있는 예라 할까.”

“호국에 대한 염원이 얼마나 간절했으면 그랬을까요?”

하고 시명이 동의하듯 맞장구를 쳤다.

“그러게 말이야. 신라인들은 마음이 현실을 만들어낸다고 믿었겠지. 신앙심에 의지해 간절한 소망과 기원이 현실을 바꿀 수 있다고 굳게 믿은 대로 끝내 삼국통일을 이룬 게 아닐까 하고 생각돼. 하긴, 그 점에선 고려시대에도 마찬가지였겠지. 몽골족이 침입해 왔을 때 불력으로 그 외침을 극복하려 했던 팔만대장경의 제작 역시 그래. 때로는 인간의 초인적 능력이 발휘되어 이룩해낸 기적도 어쩌면 사람의 생각이 만들어내는 건가 봐. 아무튼, 그게 신앙의 힘이라면 또 다른 경우도 있지. 예컨대 과거의 사례에서 미래 문제에 적용할 어떤 해답을 찾고자 할 경우, 역술이란 것도 예부터 아주 중요한 방편의 한 가지였거든. 그런 관점에서 나는 명랑법사의 행적을 주목했고, 그동안 줄곧 그 흔적을 더듬어 왔다고 해도 과언이 아니야. 선덕여왕의 유지를 받들어 그가 행한 업적이야말로 삼국통일의 염원을 기어이 현실로 만들어냈다고 굳게 믿고 있으니까.”

하도(河圖)와 낙서(洛書)

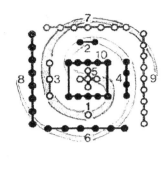

하도(河圖)

◀ 〈선천도(先天圖)〉(복희팔괘도)

o 55개의 점으로 된 그림

o 1·3·7·9는 양의 수

o 2·4·6·8은 음의 수

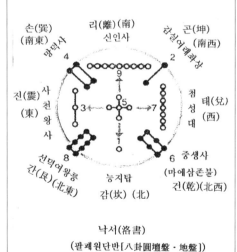

낙서(洛書)

(팔괘원단반[八卦圓壇盤·地盤])

◀ 〈후천도(後天圖)〉

(문왕팔괘도 일명 낙서구궁도)

o 45개의 점으로 된 그림

※ 예로부터 전래되어온 하도(河圖)와 낙서(洛書) 중 특히 후천도인 〈문왕팔괘도〉에 부합되게 명랑법사에 의해서 〈태장계 만다라 세계〉의 얀트라(圖象)가 중앙(5개 점 자리)에 해당하는 '내리들'을 중심으로 계획·실행되었음을 이로써 확연히 알 수 있다.

"명랑법사와 역술이 구체적으로 어떻게 연결되는 건가요?"

시명은 어리둥절해하며 물었다.

"말 안 했던가? '복희팔괘도'를 흔히 선천도라 하는데, 대충 만년(萬年) 1
주기의 인류문명을 1년의 이치에 투영해서 볼 때 천지의 운행에서 선천도
의 우주는 모순 없이 돌아간다고 하거든. 예를 들면, 곤괘(坤卦·땅)에서 시
작하여 진괘(震卦·번개 혹은 우레)→이괘(離卦·불)→태괘(兌卦·못)→건괘(乾
卦·하늘)→손괘(巽卦·바람)→감괘(坎卦·물)→간괘(艮卦·산), 그리고 다시
곤괘(땅)로 되돌아와 반복된다는 거야. 그런데, 천지비(天地否)의 선천시대
가 끝나고, 지천태(地天泰)의 후천개벽 시대에 접어들면, 소위 '문왕팔괘도'
라고 하는 후천도에 따라 우주의 실상이 바뀌어, 건→태→간→이→감→곤
→진→손의 순으로 운행한다고 해."

"'천지비'란 게 무어며, '지천태'는 또 뭔가요?"

시명은 낯선 용어들에 무척 당황한 듯 말허리를 자른다.

"우선 주역의 비괘(否卦)와 태괘(泰卦)에 대해서 알아야겠지. 하늘인 양
(陽)의 건(乾)이 위에 있고, 땅인 음(陰)의 곤(坤)이 아래에 있는 괘를 '천지
비괘'라 해. 그런데 밝음의 양이 위에 있고, 어둠의 음이 아래에 위치하면
선(善), 그러니까 정의와 진실이 승리하고 악과 거짓이 패했다고 이해하기
십상이지. 상식적 원리는 그래야겠지만 실상은 정반대야. 역(易)의 원리로
비괘는 삶의 해체, 즉 죽음을 표상하지."

"왜 그런지 이해가 안 가네요."

"그럼, 달리 설명해볼게. 비괘는 옛날 같으면 황제나 임금, 현대라면 독
재자의 통치를 상징하는 건(乾)이 위에서 억압하고, 백성을 뜻하는 곤(坤)
이 아래에 놓여있는 형국이야. 천지가 원만하게 어울리기는커녕 상하가

소통하지 못해 만물이 형통하지 않으니 삶의 해체와 죽음을 상징하는 괘상(卦象)인데, 그것이 곧 천지비괘야."

"그럼, '지천태'는 그 반대겠네요?"

"일단 그렇다고 볼 수 있지. 태괘(泰卦)는 음인 곤괘가 위에 있어 양인 건괘를 올라타고 있는 형국으로 땅과 하늘이 거꾸로 되어, 겉으로는 선이 악에게 패주하고 있는 것처럼 보인단 말이야. 그런데 아까처럼 임금과 백성의 관계로 설명해보자면 왕도(王道)가 신하와 백성의 마음을 헤아려 바탕에서 시행되고 민의(民意)가 상달(上達)되는 태평시대의 형상이야. 그래서 역술에 '비극태래(否極泰來)'라 하여 비(否)가 극에 달하면 태(泰)가 찾아온다고 하지. 대체로 태괘를 일컬어 삶의 징표라고 보고 환영하지만, 개중에 역술의 고수들은 꼭 그렇게만 보지 않고 있어. 무슨 얘기냐 하면, 선이 언제나 악에게 패하는 경우가 비일비재하고 이게 곧 현실의 삶이라는 거야. 요컨대 삶이 가식적이고, 정신[陽]보다 물질[陰]을 더 숭상하게 되어있는 형상이 태괘의 상(象)이라고들 하거든."

"어려워서 뭐가 뭔지 잘 모르겠지만, 어쨌든 지금은 지천태의 후천개벽 시대란 말이죠?"

"응. 그건 그런데…… 아까 하던 얘기가 뭐였더라?"

"지천태의 후천개벽시대에 들면 '문왕팔괘도'라고 하는 후천도에 따라 우주의 실상이 바뀌어 운행된다는 얘길 하던 중에 제가 중간에 끼어들었죠."

"아, 참! 그랬지. 경주 남산의 동편을 흐르는 남천, 일명 문천이라 불리는 그 냇물이 태극의 선을 그리듯, 현재 그쪽 배반동에 '내리들'이라 일컫는 들판을 관류하여 낭산(狼山)을 휘돌아 사행(蛇行)하고 있잖아. 그런데,

낙서구궁도—흔히 '문왕팔괘도'라 일컫는 후천도—의 팔괘 자리마다 놀랍게 의도적인 인공적 건축물들이 위치하고 있단 말이야. 이른바 '하도(河圖)'와 함께 주역(周易)의 기본 이치가 된 '낙서(洛書)'는 하(夏)나라 우왕(禹王)이 홍수를 다스릴 때, 낙수(洛水) 곧 황하에서 나온 거북의 등에 씌어 있었다는 45개의 점으로 이뤄진 아홉 개의 무늬(9궁)를 말해. 이 또한 팔괘와 홍범구주(洪範九疇)[98]의 근원이 되었다고 전해오거든.……

아무튼, 이 도형이 하나의 원반과 같아서 팔괘원단반 또는 지반이라고 해. 그러니까 지반은 일종의 원형으로 그려진다고 볼 수 있지. 이 원반을 에워싼 팔방, 그러니까 팔괘의 각 숫자는 아홉 개의 다른 성질의 성수(星宿)를 대표하고 이를 '자백구성(紫白九星)'이라 해. 이 자백구성이 일정한 궤적을 따라 운행하는 것을 비성궤적(飛星軌跡), 또는 낙서궤적(洛書軌跡)이라고도 일컫지.

어쨌든, 구궁도는 낙서에 기원한 천지변화의 이치와 질서를 도상(圖象)으로 표시한 것이야. 그래서 흔히 낙서구궁도라 하지. 명랑법사는 낙서의 사상을 탄트라(밀교)의 태장계(胎藏界) 만다라에 접목시켜 형성한 얀트라(Yantra · 도상)[99]의 건축물들을 팔괘의 위치에 맞춰 배치한 셈이야."

---

98) 홍범구주(洪範九疇): 중국 상고시대 하(夏)나라 우왕(禹王)이 남겼다는 정치 이념. 홍범은 요순(堯舜) 이래의 사상을 집대성한 천지의 대법(大法)이란 뜻이며, 구주는 정치 도덕의 아홉 법칙으로, 9개 조항으로 돼 있다.
우왕이 홍수를 다스릴 때 하늘로부터 받았다는 이야기가 전해질 만큼 낙수(洛水 · 황하)에서 발견된 신비한 거북의 등껍질에 점으로 된 그림, 이른바 낙서(洛書)를 보고 만들었다 한다. 주(周)나라 무왕(武王)이 기자(箕子)에게 선정(善政)의 방안을 물었을 때 이 홍범구주로써 기자가 교시했다고 전한다.

99) 얀트라(Yantra · 圖象) : 성불에 이르는 비밀이 담겨 있는 형상물인 도상(圖象)을 일컫는 말이다. 불자들에겐 이 도상을 마음에 새기며 깨달음에 이르기 위한 수행의 중심이 되고 있다. 의밀(意密)은 대개 만다라의 시현(示顯), 즉 얀트라로 표시된다.

"그건, 어찌 보면 옛 사람들이 우주 운행의 질서를 발견하고 앞일을 예견하는 시스템과도 같은 도상을 실현했다는 의미겠죠?"

시명이 눈을 반짝이며 묻는다. 자세히는 몰라도 뭔가 흥미롭다는 관심의 표시임이 분명한 표정이었다.

"응. 그렇게 해석해도 무방해. 불확실한 미래를 미리 내다볼 수 있는 어떤 패턴이 있고, 그것은 수만 년 반복되어 온 것이기에 인간은 월력을 만들고, 또 24절기(節氣)로 나누어 앞일을 예측해온 것과 같은 이치랄까……. 뭐, 그런 거지. 한데, 낙서는 아까 말한 대로 거북의 등에 새겨진 총 마흔다섯 개의 점으로 된 그림인데, 중앙에 5개를 제외하면 여덟 방향에 나머지 40개가 배열돼 있어. 홀수는 홀수끼리 짝수는 짝수끼리 마주보며 대칭을 이루고 있거든. 예컨대, 1-9, 3-7, 2-8, 4-6으로, 각 대칭 방향의 괘의 합수(合數)가 10이고, 10은 곧 태극수임을 말해. 이 점이 『천부경』의 관점과는 조금 다른 부분이야. 예컨대, 『천부경』에서는 팔각의 도형 한가운데에 9의 숫자를 놓고 8방의 각 꼭짓점에 1부터 8까지 숫자를 나열한다고 가정할 때, 마주보는 숫자끼리 합하여 9가 되려면 1-8, 2-7, 3-6, 4-5로 짝을 지어야겠지. 이때 짝 지어지는 앞 수는 양(陽)이고 뒤 수는 음(陰)이야. 즉, 양수와 음수가 합해질 때 나타나는 수가 9인데, 팔각형의 한가운데 놓인 9는 무극대도이며 영(零)인 거야. 이것은 무극이 곧 태극이란 말과도 같다는 뜻이야. 무슨 소린지 좀 헷갈리겠지만, 그러니까 일(一)이란 숫자인 태극의 수는 영(零·0)이란 수인 무극에서 비롯한다는 게 천부경의 이론이지. 이를 일컬어, 일시무시일(一始無始一)이라고 해. '하나로 시작했지만 무에서 시작한 하나다'라는 뜻이야. 그런데 이를 또 달리, '태극은 무극에서 시작한 하나다'로 풀이해도 같은 의미가 돼. 문제는

곤(坤) [地] 남서 감실여래좌상 (할매 부처상) 현위궁(玄委宮)	태(兌) [池] 서 첨성대 창과궁(倉果宮)	건(乾) [天] 북서 중생사(마애삼존불) 신락궁(新洛宮)
리(離) [火] 남 신인사 (마애조상군) 상천궁(上天宮)	내리들 (중궁 · 中宮) 초요궁(招搖宮)	감(坎) [水] 북 능지탑 협칩궁(叶蟄宮)
손(巽) [風] 남동 망덕사지 창락궁(倉洛宮)	진(震) [電] 동 사천왕사지 창문궁(倉門宮)	간(艮) [山] 북동 선덕여왕릉 천류궁(天留宮)

▲ 후천도(後天圖)인 문왕팔괘도 및 9궁8괘도

선천도와 달리 손괘(巽卦)가 남동 방향에 위치하고 있는 것이 특징이다. 이때는 우주의 실상이 바뀌어, 건→ 태→ 간→ 리→ 감→ 곤→ 진→ 손의 순서로 운행하는 패턴을 보인다. 명랑법사의 건축물 배치 설계의 비밀이 이 구궁팔괘도(九宮八卦圖) 속에 담겨 있다.

천부경이든 낙서구궁도든 어떤 프레임으로 세상을 보느냐에 따른 이론상의 차이일 뿐이야. 현재를 당연한 것으로 여긴다면 불확실한 미래에 대한 대처법도 없겠지. 그 결과는 어떨까? 항시 불안한 상태에서 희망이나 발전 따윈 아예 기대할 수조차 없어.

세계관이란 건 말이야, 결국 자신과 세상을 바라보는 하나의 프레임이야. 그런 점에서 아마 명랑법사는 당시의 지정학적 프레임으로 세상을 바라봤을 테지. 신라를 에워싼 주변국들과의 대치상황에서 선덕여왕의 뜻을 받들어 어떻게 하면 강성대국의 꿈을 이룰 수 있을까 하고. 짐작컨대, 그렇게 궁구(窮究)한 결과가 아마 낙서구궁팔괘도의 얀트라(도상)에 딱 맞는 팔엽연화(八葉蓮花) 만다라세계의 구축이었을 거야……."

정광의 다소 장황한 설명에 대해 이따금씩 고개를 갸웃거리던 시명은 끝에 가서 명랑법사에 관한 부분에 이르자 어느 정도 수긍이 가는지 고개를 끄덕였다.

"인젠 대충 이해가 돼요. 그래서 그 낙서구궁도의 형태가 어쨌다고요?"

"한가운데 자리하는 5개의 점이 열 십(十)자형을 이룬 곳이 중궁(中宮), 즉 초요궁(招搖宮)이야. 경주의 옛 서라벌 땅에 적용했을 땐 그곳이 바로 지금의 배반동에 있는 '내리들'이지."

"그렇게 따지면, 결국 '내리들'은 강림원(降臨原)의 의미겠죠?"

"바로 그거야. 대일여래의 강림이 이뤄질 들판이란 뜻의 순우리말에 해당하지. 그곳이 중궁이야. 그리고 각 팔괘의 위치마다 뭐가 있는지를 그동안 내가 조사해 본 바는 이래.―건방(乾方)의 신락궁(新洛宮)에는 중생사가 있고, 태방(兌方)의 창과궁(倉果宮)에는 첨성대, 간방(艮方)의 천류궁(天留宮)에는 선덕여왕릉, 이방(離方)의 상천궁(上天宮)엔 옛 신인사(神印寺) 자리의 마애조상군(磨崖彫像群), 감방(坎方)의 협침궁(叶蟄宮)엔 능지탑, 곤방(坤方)의 현위궁(玄委宮)엔 흔히 할매 부처상이라 부르는 감실여래좌상, 진방(震方)의 창문궁(倉門宮)에는 사천왕사, 그리고 손방(巽方)의 창락궁(倉洛宮)에 망덕사가 일정한 간격을 두고 배치되어 있다는 사실이 놀랍기만 했어. 결코 우연히 그것들을 그 위치에 만들어 놓았다고 보기엔, 글쎄, 너무나 의도적이었단 말이야. 그 중에서도 특히, 명랑법사의 신인사 탑곡 조상군을 새긴 거대암석은 바로 수미산의 상징적 형상이었다고 봐도 좋아. 또한, 사방의 암벽에 새긴 33개의 조각상들은 33천을 상징적으로 나타내고 있거든. 안내판에는 34개의 조상군이라 했는데, 이는 선덕여래 입불상 1개를 포함해서 34개가 되는 셈이고……. 거기 있는 그 여인 형상의 입불상을 나는 선덕여왕의 모습이라고 이젠 확신하고 있어."

"저도 봤지만, 그 석불이 분명 여자의 모습이긴 해도 그걸 선덕여왕의 형상이라고 주장할 근거가 있나요?"

시명은 의아하게 여기며 쉽게 납득이 안 되는 듯 묻는다.

"내 논리로선 그래. 왜냐하면 명랑법사가 세운 사천왕사의 위쪽 낭산 신유림에 선덕여왕의 유지를 받들어 도리천에 모신 그 왕릉 자리는 구궁 중에서 천류궁(天留宮)에 해당하지. 그러니까 곧 하늘나라에 머물게 한 궁전이란 뜻이야. 그곳은 간괘(艮卦)의 위치이고, 그와 비스듬히 마주보는 서남쪽에 명랑법사가 세운 신인사는 이괘(離卦)의 상천궁(上天宮)에 해당하지. 상천궁은 바로 선덕여왕이 환생코자 원했던 도리천의 제석궁이야. 그래서 명랑법사는 여왕 사후 그 제석궁의 부처로 다시 태어날 선덕여래를 거기 모시듯 석불로 세웠다고 봐. 그럼으로써 여왕의 도피안몽(渡彼岸夢)을 비로소 실현한 하나의 상징적 완성물일 것으로 나는 보고 있어."

정광이 애써 강조하자, 시명은 그제야 어느 정도 수긍이 가는지

"그렇게 설명하니 그럴싸하기는 해요."

라며 건성 고개를 끄덕인다.

"하여간 요즘 식으로 말하자면 프랙탈이라는 수학이론을 적용한 구궁팔괘 서클의 완성도가 만들어졌다 할까. 일테면, 1년이라는 주기는 1일이라는 주기에서 발견할 수 있다고 보는 것이고, 확대해서 만년이라는 주기도 1년이라는 주기에서 그 이치를 볼 수 있다는 작업이 명랑법사의 건축물 배치 설계의 비밀 속에 담겨 있는 셈이지. 그러니까 비록 명랑은 사라졌어도 그의 믿음과 의지가 이루어낸 세계는 여전히 존속하고 있는 거야. 비유하자면 활짝 핀 8엽(八葉) 연꽃의 중앙은 불성 자체인 대일여래를, 주변 8엽은 법신불의 방편으로 나타난 네 부처와 네 보살을 의미하는 것이지. 꽃잎이 모두 중심에 붙어 있어 결국 하나의 법(法)으로 귀결한다는 걸 상징하는 9궁8괘 형상으로 명랑법사는 이 서라벌에다 '내리들'을 중심으로 제 나름의 만다라 세계의 불국토를 구축해 놓았다고나 할까. 하여간, 내가 오랜 탐색 끝에 마침내 그 9궁8괘 자리에 배치된 유적들의 연결고리를 발견한 순간에 느낀 희열은 말로써 설명할 방도가 없을 지경이었어."

"네. 충분히 공감이 가요. 발견의 기쁨이란 정말 그러리라 생각돼요."

시명은 말뿐이 아니라 이제는 충분히 납득할 수 있다는 표시인 양 고개를 연신 끄덕였다.

"어떤 역술인은 이렇게 말하데 —선덕여왕 능이 있는 간괘에 돌아온 운수가 2007년에서 2025년까지 거기에 머문다는 사실을 특히 주목해야 한다고. 요컨대, 이 시기에 걸쳐 신라 첫 여왕의 능에 상서로운 운기가 모여 우리의 국운이 상승한다고 말이야. 그래서인지는 몰라도 이미 2008년

도에 TV드라마 '선덕여왕'이 온 국민의 애호와 관심을 모았다는 현상도 우연이 아니라고 봐. 우리 사회가 당면한 문제들은 다 지나간 역사 속에 그 답이 있어. 난 그렇게 믿는 쪽이야. 쉽고 명확하게 말할게. 신라가 삼국을 통일했듯이, 역술가들이 예측하는 대로 중궁에 대일여래가 강림하는 이 시기 안에 남북으로 분단된 한반도의 통일도 반드시 이루어지리라고 봐. 일어날 일은 결국 일어나고 말지만, 불확실한 미래에 대해 옛 사람들은 천기(天機)를 읽고 메시지의 전달을 받아 예지 능력을 키우려 노력했던 것 같애. 우주와 소통하는 방식은 실로 다양하니까. 자연 운행의 일정한 패턴, 또 어떤 신호나 기호, 혹은 숫자의 법칙 같은 거……. 뭐, 그러한 여러 단서를 발견하고 그 의미를 읽어내면 미래를 예견할 수 있다고 역술가들은 굳게 믿는 거겠지."

"그게 사실이라면 얼마나 좋겠어요. 하여간 조국통일이라……. 그건 생각만 해도 가슴 벅찬 일이긴 하네요."

"다만 한 가지…… 마지막 퍼즐 조각이 잘 맞지 않아서 곤혹스럽긴 해."

"그건 또 무슨 얘기예요?"

"저어기 능지탑에서 좀 더 위쪽으로 한 2백 미터쯤 들어간 곳에 나오는 중생사를 나는 잠정적으로 건괘의 신락궁 위치로 추정하고 있어. 하지만, 그곳에 있는 마애삼존불, 그 중에서도 주불의 두건 쓴 모습 때문에 고려시대 불화에서 볼 수 있는 지장보살의 모양새와 닮았다고 학계에선 지장보살이라 믿는가 봐. 표지판에도 그렇게 써놓았고. 대웅전 오른편, 약간 나지막한 언덕 아래 바위에 새겨진 그 마애불 말이야. 재작년에 나랑 함께 가서 본 적이 있잖아."

"네. 그랬었죠. 근데, 왜요?"

"10여 년 전엔 보지 못했던 마애불의 보호용 전각형 건축물까지 세워놓고선 심지어 '지장전(地藏殿)'이란 현판까지 달아놓았었지. 지장보살 모양의 두건 쓴 주불과 양쪽 아래에 무기를 손에 든 사천왕상이 새겨져 있는 이런 형태의 불상은 그곳이 처음이라는 게 학계의 설명이긴 한데……. 지난번에도 말했듯이, 내가 보기엔 절대로 지장보살일 수가 없어. 어느 쪽이냐 하면 음지마을의 불곡 감실석불좌상, 속칭 할매 부처상과 흡사하여 나는 틀림없는 선덕여왕의 형상으로 보고 있단 말이야. 제작 시기도 통일신라시대 것이고. 이것을 고려 불화와 관련지어 설명하는 것도 이론상 맞지 않고. 그래서 아무튼 중생사의 그 마애불이 선덕여왕과 확실한 관련을 지닌 근거만 찾게 되면 모든 퍼즐 조각이 딱 들어맞게 되는데……. 오직 그 한 가지가 아직은 풀리지 않는 마지막 수수께끼로 남아 있어."

정광의 말이 끝나자마자 거의 동시에 수많은 별똥별들이 흰 궤적을 그리며 꽃비처럼 떨어진다.

"아! 유성우가 또 쏟아져 내리네요. 황홀할 만큼 멋져요! 다른 건 잘 몰라도 살면서 이런 아름다운 추억거리를 만든다는 게 전 뭣보다 기뻐요."

어느새 시명의 관심과 눈길은 온통 새벽하늘의 장관에 빼앗긴 채 넋을 놓고 있었다. 정광의 시선도 그리로 쏠렸다. 육안으로도 충분히 관찰이 가능했다.

"야, 참으로 장관이네! 상식적인 얘기지만, 옛날 같으면 저런 걸 보고 사람들은 하늘의 노여움이니 뭐니 하면서 공포에 떨었겠지. 인간은 이해할 수 없는 걸 두려워하니까."

"하지만, 이미 예측되고 위험하지도 않은 자연의 신비한 현상은 오히려 아름답기만 하네요."

시명은 벌써 깊은 감상에 흠뻑 젖어 있는 듯한 목소리로 말했다. 그랬다. 예측된 미래는 불안 대신 안심을 가져다준다. 대자연의 경이로운 질서가 빚어낸 유성우의 우주적 장관을 목격하는 새벽은 참으로 아름답기까지 하였다.

두 사람은 텐트 밖으로 나왔다. 굳이 우러러보지 않아도 헤아릴 수 없이 많은 별빛들이 사방에서 어지럽게 흘러내리는 것 같은 착각에 빠져들게 한다.

"와아, 좋다!"

"정말로 멋지네요!"

제각기 탄성을 지르며 그들은 어두운 하늘을 향해 우주의 기운을 받아들일 자세로 두 팔을 벌렸다.

별들은 가만가만 제 나름의 운행을 지속하는 가운데 마치 날 찾아보라며 숨바꼭질하듯 깜박거린다. 지구가 자전하고 있기 때문일까, 하늘의 별자리가 시간이 흐를수록 조금씩, 아주 조금씩 이동하고 있는 듯이 느껴졌다. 그리고는 어느새 날이 샐 무렵, 아까까지 반짝이던 별들은 완전히 자리를 옮겨버린 듯 이젠 잘 보이지 않을 정도였다. 사실은 희미한 밝음이 별들의 자취를 하나씩 지우며 하늘을 가득 채운 탓이었다.

밤새 뜬 눈으로 지새운 황홀한 새벽에 이어, 어느덧 찾아온 눈부신 아침놀이 차츰 어둠을 걷어내 가고 있었다.

마침내 새로운 아침이 왔다.

제1장

명랑 루트의 순례

오래 전부터 등산은 내 생활의 일부가 돼버렸다. 산길을 걸을 때마다 늘 같은 느낌을 갖는다. 어두운 미로 속을 헤매고 있다는 느낌.……

숲은 울창하고 깊다. 빠져나오는 데 한참 걸릴 것이다. 나는 숲에 갇힌 채 달아날 수가 없다. 숨을 수도, 피할 수도 없다. 어디로 가든 항시 나를 따라다니는 그림자 같이 어두운 미망(迷妄)의 숲이 나를 에워싸고 옥죄는 그 상황에서 벗어나지 못하는 한 나는 자유로울 수 없기에.

숲은 그러니까 내게는 풀 수 없는 거대한 의문 그 자체나 다름없다. 밖에서는 수수께끼의 답이 어느 정도 보이는데, 숲의 한가운데서는 금세 모호해지고 마는 것이다. 새로운 시각으로 보면 어쩜 전에 못 보았던 새로운 구도를 볼 수 있을까?

이런 의문에 대한 실마리는 미래를 발견하러 떠나는 여행길에서 찾을 수 있으리라. 그 옛날 구도승들이 그랬던 것처럼.

그래서 나는 무작정 티베트로 떠난다. 과거에 딱 한 번 간 적이 있지만 그때는 단순히 관광객으로서였다. 한데, 이번엔 무도(無道)한 세상의 구도자와 같이 길을 나선다. 한번 결심하고 나니까 오늘의 심리적 폭풍은 지나간 느낌이다. 그러니 이게 끝이 아니라 어쩐지 새로운 시작이 될 것 같다. 또 내일은 어떨지 궁금하다.……

범보 형, 미래를 발견하러 떠나는 이 여정에 형이 동참해 주었더라면 얼마나 좋을까, 그런 생각을 해보았어. 특히 과거 신문기자 시절, 특종을 잡아내던 형의 모험적 활동에 대한 옛 기억들이 떠올라 더욱 그런 생각이 간절했다오. 아무튼 형은 내 행적에 별 관심이 없더라도 앞으로 종종 소식 전하리다.……

* * *

2011년 가을에 정광이 보낸 이메일 중의 하나였다.

범보는 그 메일을 받고 처음엔 그가 멀리 티베트까지 가야 할 만한 사연이나 이유를 전혀 몰랐다.

그가 연이어 적어 보낸 내용으로 보건대, 그해 8월 말을 끝으로 직장에서 명예퇴직하고 연금수혜자가 된 직후 오랫동안 벼르고 벼르던 티베트에의 여행을 실행할 기회라고 판단하여 과감히 순례에 나선 것으로 돼 있었다. 그것도 대담하게 혼자 떠나는 길이었다.

하기야 이제 일상에 얽매일 필요가 없어졌으니 그에게 주어진 시간은 넉넉한 셈이긴 하였다. 그러나 무엇이 그를 고독한 순례자의 길에 나서게 했는지 메일을 받아본 자의 입장에선 도통 감이 잡히지 않았던 것이다.

그럼에도 불구하고, 당장 범보의 기억 속에 떠오른 것은 티베트인들이 사는 땅에서 불경을 적어놓은 깃발인 오색 룽다가 고원의 거센 바람에 펄럭이며 쉼 없이 주문을 외우고 있는 듯한 광경이었다.

그 역시 수차례 중국여행을 다녀온 경험으로 치자면 주로 티베트계 장족들의 집단 거주지에서는 손쉽게 티베트 문화를 접할 수 있었다. 2010년 여름 방학기간에 틈을 내어 중국 운남(雲南·윈난)성의 구채구(九寨沟[溝]· 주지아고우)에 갔을 때였다. 그 일대에서도 티베트 양식의 불탑과 건물들, 그리고 바람에 펄럭이던 오색 룽다를 곳곳에서 볼 수 있었다.

특히 석회성분 때문에 다양한 물빛을 띠고 있는 계단식 웅덩이들—옥색이라 해도 에메랄드그린으로 통칭되는 취옥(翠玉)색, 녹옥(綠玉)색, 취록옥(翠綠玉) 등 미묘한 차이를 보이는 물빛이 있는가 하면, 또 연분홍, 연황색, 갈맷빛, 코발트색, 암청색 과 같이 자연이 빚어낸 기이한 물빛으로 이루어진 계단식 울짱을 친 논배미처럼 구획된 신비한 도랑물—의 흐름을 보았을 때 황홀하기 그지없었다.

'구채구'—그러니까 아홉 빛깔의 울타리로 구획된 도랑물이란 이름을 지어 붙인 것도 아마 그 때문일 터였다.

티베트계 장족이 사는 그 고장에서 가장 높은 해발 5천여 미터나 되는 황룡고원으로 몇 시간을 걸려 버스로 이동했을 때도 마찬가지였다. 호흡까지 곤란하던 그 고도(高度)에서 바라본 아스라한 건너편이 그 옛날 마바리꾼들이 발효차를 싣고 티베트로 건너가던 차마고도(茶馬古道)[100]였던 것이다. 산 아래쪽에서 미리 구입한 개인용 산소 호흡기를 착용하고도 머리가 띵해지고 어지러워 일행 중 몇몇은 주저앉아 구토를 할 만큼 고산병에 시달리기 일쑤인 지대였다. 그런 곳에서의 삶에 이미 익숙해진 장족들은

---

100) 차마고도(茶馬古道) : 비단길보다 앞선 세계 역사상 가장 오래된 무역로. 중국 윈난성 및 쓰촨성에서 시작되어 티베트, 인도, 파키스탄 등지를 거쳐 비단길로 이어진다.

아무렇지 않게 잘 적응해 살고 있었다.

히말라야의 길을 따라가는 사람들이 그쪽 차마고도를 이용하던 그 시절부터 마방들이 와서 쉬었다는 샹그릴라 고성(古城)을 거쳐서 가는 또 다른 경로도 있었다. 일행은 이틀 뒤 그곳에도 가 보았다. 물론 여행 일정표에 들어 있었던 것인데, 거기도 티베트계 장족들의 고장이었다.

그러나 윈난성 안에서 같은 샹그릴라 현(縣)이라 해도 리장시(麗江市)는 예로부터 나시족(納西族)들이 살며 그들 나름의 독특한 문화를 지니고 있었다. 그곳 리장의 나시족과 샹그릴라의 장족, 그리고 따리(大理)의 백족이 대체로 윈난성을 대표하는 소수민족이라고 들었다.

아무튼, 리장(麗江)은 이름 그대로 물의 도시다. 옥룡설산의 만년설이 녹아 흘러내린 물이 만든 라쓰호이 호수를 통해 설산의 물은 세 갈래로 나시족이 사는 리장 시내로 들어간다.

하천이 지나가는 골짜기를 따라 깊이 올라갈수록 아찔한 협곡을 만났다. 당시에 관광가이드는 이 협곡이 옛날 호랑이가 포수에게 쫓기다 건넜다는 전설에서 붙여진 이름인 호도협(虎渡峽)이라고 설명해 주었다. 그곳을 지나 티베트로 가는 길이 계속 이어져 있다는 사실만 알고 되돌아 내려왔다.

나중 일행은 나시족이 운영하며 주로 한국인들을 상대하던 '차마객잔(茶馬客棧)'에 들러 식사하고 그날 일정은 끝냈었다. 한국식으로 객점(客店)이라 하지 않고 '객잔'이라 한 상호가 예스러웠다. 하긴 중국식 객잔은 여관 또는 하숙집과도 같은 개념이다. 옛날부터 주로 상품을 거래하거나 상담을 하는 지방 상인의 숙박소와 같은 곳이어서 단순한 식당과도 다른 의미였다.

놀라운 것은 그곳에 김치 담그는 법을 한국인 등산객이 가르쳐주고 간 뒤부터 식탁에 반드시 김치를 내놓기 시작했다는 그 집주인의 설명이다. 그러면서 그는 한국의 TV드라마나 K-POP과 같은 소위 '한류(韓流)' 팬이라고 자신을 소개하기까지 했었다.

하여간 그때만 해도 범보는 중국에서 육로를 이용하여 과거 티베트의 본고장으로 가는 통로가 마방들의 길인 험준한 옛 차마고도밖에는 없는 줄 알았었다. 그런데 정광의 이메일을 받아 보고는 윈난성의 '더친 현(縣) 매리츠'라는 곳에서 손쉽게 차편으로 이동하는 새로운 경로가 있다는 사실도 이때 처음 알게 되었다.

그는 한국에서 비행기로 쿤밍(昆明)에 도착하였고, 거기서 '더친'을 거쳐 장강(長江)의 발원지인 매리설산(梅里雪山·해발4292m)을 통과하는 경로를 이용해 티베트의 수도 라싸로 주말여행을 떠나는 중국인 여행객들의 차에 편승할 수 있었다고 적고 있었다. 장강(일명 양쯔강) 상류의 진사강(金沙江)으로 들어가는 설산의 폭류(瀑流)가 장관이었다고도 적었다. 설산에서 내려온 빙하의 물은 진사강을 이루어 흘러내리다가 다시 란창강(瀾滄江)과 메콩강으로 갈라지는 것이다.

메리설산 오르는 길 양쪽 높은 곳에는 이곳이 벌써 티베트 지역임을 알리는 룽다가 어지럽게 걸려 있다. 주로 성황당과 같은 신성한 나무 주변 곳곳에서 바람에 펄럭대는 룽다와 티베트 특유의 집들과 야크 떼를 쉽게 만나는 곳. 멀리서도 눈부신 흰빛을 띤 밍융(明永) 빙하가 보이고, 설산에서 흘러내린 그 강을 따라 사는 마을은 예나 지금이나 변함없이 티베트인의 거주지임을 말해주고 있다는 것이다.

아무튼, 정광으로 하여금 이처럼 고독한 순례의 길에 나서게 만든 동기는 뭘까? 범보는 그것이 자못 궁금하였다.

그가 여행 기간 내내 수첩에 일기처럼 기록했던 것을 바탕으로 뒷날 이를 정리하여 보낸 것으로 보이는 이메일을 통해, 1300여 년 전 '명랑의 길을 좇아' 간 사실을 범보는 차츰 인지하게 되었다. 하기야 오늘날 같으면 항공기편으로 손쉽게 갈 수 있는 방법도 있지만 고대엔 당연히 육로로 걸어서 갈 수밖엔 없었을 터였다.

범보는 정작 신문기자 시절에는 한 번도 가본 적 없던 티베트의 수도 라싸(拉薩)에 2009년 겨울에 처음 가봤었다. 퇴직한 지 한참 뒤였다.

1999년에 기자생활을 그만두고 대학으로 직장을 옮기기 전까지는 반드시 티베트에 관해 심층취재를 위해 방문할 수 있기를 내심 바랐었다. 그러나 뭣보다 그럴 짬이 쉽게 나지 않았다. 그밖에 다른 여건상으로도 여의치 않아 계속 미루어 왔던 것이다. 대학으로 자리를 옮긴 이후엔 오히려 여름과 겨울 두 차례의 방학이 있었다. 한결 시간적 여유가 생겨 어렵잖게 짬을 내어 동료교수들과 함께 떠난 여행이었다.

현재의 중화인민공화국은 건국 이듬해인 1950년 군대를 보내 무력으로 티베트를 점령했다. 그 이후 1959년 독립을 요구하는 티베트국민의 대규모 봉기를 유혈사태로써 진압하고, 1965년엔 이 지역을 '시짱(西藏) 티베트 자치구'로서 아예 중국 영토로 편입해 버린 것이었다.

과거 일본이 조선을 강점(强占)하여 식민지로 삼은 것과 유사한 데서 범보는 기자시절 티베트의 독립운동에 대해 일종의 동병상련 같은 관심사로 접근해 보려는 모종의 기획연재물을 의도했던 적이 있었다. 그러나 그때는 한·중 국교정상화가 이뤄지기 전이어서 실제 현장으로 가보기가 난망하던 시절이었다. 마음속에만 둔 채 한정 없이 미뤄오다 결국 직장을 옮기고는 유야무야, 그의 관심사에서도 자연히 티베트는 멀어진 셈이 되었다.

그 뒤 2008년 3월 14일, 라싸에서 20년 만의 최악의 유혈 폭력시위가 발생했다. 잇따라 티베트인들의 크고 작은 시위와 아울러 승려들의 분신(焚身)과 같은 소요 사태가 한동안 끊이질 않았다. 그런 외신보도와 방송에 접하자 한동안 잊고 지냈던 모험심이랄까, 옛날의 기자정신이 되살아나 티베트가 다시금 그의 관심 속에 자리 잡기 시작했다. 포탈라 궁과 조캉 사원 등의 명소를 둘러보러 라싸엔 반드시 한 번은 다녀와야겠다는 생각이 굳어졌다.

중국으로부터의 분리 독립을 요구하던 티베트인들의 유혈 폭력시위가 진압되고 소요가 잠잠해진 그 이듬해인 2009년 12월, 범보는 동료들과 함께 베이징(北京)에서 이른 아침 출발하는 비행기에 올랐다. 쓰촨성(四川省) 청두(成都)에서 다른 비행기로 갈아타고 목적지인 라싸에 도착하기까지 전체 소요 시간으로 따지면 꼬박 하루가 걸린 셈이었다.

티베트의 수도 라싸는 해발 고도가 3천 7백 미터쯤 되고 그 일대의 전체 고도가 4천 미터를 넘는다고 하니, 듣던 대로 세상에서 가장 높은 고원지대임에 틀림없었다. 한데, 라싸공항에 도착한 순간부터 심상찮은 분위기가 감지되었다. 이미 공항에서부터 시내 곳곳에 중국 공안의 차량들이 혹시 모를 돌발 사태에 대비하듯 늘어서 있고, 시가지를 순시하는 '공안(公安)' 표시의 차량들도 자주 눈에 띄었기 때문이다.

외관상 평온하고 꽤 안정적인 국면을 유지하고 있는 듯 보였으나 티베트는 여전히 그 저변에 끊임없는 분리 독립의 움직임을 감추고 있어 중국이 특수하게 관리하는 지역임을 한눈에 느낄 수 있었다. 한국어에 능한 가

이드의 설명으로도 외신(外信)을 엄격히 통제하고 특히 서방외교관의 방문
은 허가 없이 제한되는 곳이란다. 하지만 외국인이라도 단순 관광객들의
여행만은 예외라고 하였다.

티베트 불교의 성지 중 하나인 옛 라다크 왕국의 수도 '레'에서 초르텐
(티베트 고유의 탑)을 보았고, 하늘과 맞닿은 높은 곳에는 어김없이 곰빠(사
원)가 있었다. 틱세곰빠, 셰이곰빠, 짜랑곰빠 등…… 곰빠 주변엔 야생동
물들이 인간과 어울려 노닐고 있었고, 어디를 가든 오색 깃발의 룽다가 펄
럭였다.

길을 가다 라쩨(돌무더기를 쌓아놓은 신성한 곳) 근처에 이르면 한국의 옛
성황당 돌무더기처럼 여기에 돌을 던져 넣으며 소원을 비는 사람들과 마
주치곤 했다. 개중에는 라쩨에 흰 깃발을 걸어놓고 기원하는 자도 있
었다. 이들은 대체로 카라(성지순례)에 나서서 먼 길을 가는 사람들이라고
했다. 목적지까지 무사안녕을 기원하는 매우 간절한 행동이었던 셈이다.

마을의 모든 대문은 붉은색으로 칠해져 동물의 뼈가 걸렸는데 악귀를
막는다는 풍속 때문이란다. 그리고 사원 곳곳에서 만나는 티베트 사람들
은 손에 마니차(경전의 내용을 적은 종이가 든 통)를 연신 돌리면서 중얼중얼
무언가를 암송하고 있었다. 모든 것이 낯설고 기이한 광경이었으나, 어딘
가 그 근원에서 친연성(親緣性)을 느끼기도 하여 전혀 낯설지는 않았다.

그런 곳에 과연 정광은 무엇을 발견하러 떠났던 것일까? 비록 1300여
년 전 명랑법사가 다녀간 길을 찾아간다지만, 그것이 본인에게 진정 무슨
의미가 있는 행위였을까?

그가 보낸 이메일 내용처럼 어디로 가든 항시 자기를 따라다니는 그림
자 같이 떨쳐버릴 수 없게 에워싸는 어두운 미망(迷妄)의 숲으로부터 벗어

나지 못하는 한 자유로울 수가 없다는 그 뚜렷한 이유를 구체적으로 밝히고 있지 않아서였다.

다만 '미래를 발견하러 떠나는 여정'이라고만 했다. 그것은 티베트로 간 명랑 루트에의 순례를 통해 자기의 미래를 발견할 수 있다는 의미였을까? 한마디로, 어폐가 있는 말이었다. 미래를 발견하러 떠나는 여정이라니!……

하기야 이를 비유적 표현으로 보면 달리 생각할 여지는 있다. 그러니까 퓨처라마, 즉 '미래에 펼쳐질 전망'을 보러 간다는 셈이 된다. 그런 걸 미리 내다보고 싶은 어떤 희망이 담긴 뜻으로 읽히긴 하나, 그 역시 황당하긴 마찬가지다.

그러나 미래를 발견한다는 그 말이, 어쩌면 미래의 자기 운명을 깨닫는 계기가 될 것 같다는 뜻으로 읽힐 수 있다면 이해 못할 바도 아니다. 요컨대 '미래'라는 단어를 '운명'으로 대체해 놓았을 때는 쉽게 뜻이 통한다. 떠나는 행위를 통해 스스로의 운명을 만들어가는 길 위에서 또한 자신의 운명을 발견하고, 이것이 미래의 희망과 연결되는 계기로 삼고자 했다면 말이다.

일테면, 지금껏 어두운 미망의 숲에 갇힌 듯 그는 풀기 힘든 생의 고뇌와 깊은 의문에 싸여 지냈을 터였다. 그러다가 어느 땐가부터 피할 수도, 숨을 수도 없는 자기의 어떤 운명을 예견하고, 그것에 순응하고 있는 엄숙한 자세를 이야기하고 있었던 건 아닐까?

정광은 티베트로 가는 그 길을 따라 걸으며 전생에 이미 한 번 겪었던 일종의 기시감(旣視感)에 휩싸여 1300여 년 전의 명랑과 자신을 어느새 동일시하고 있다는 느낌마저 준다. 그것을 운명이라고 생각했는지도 모를 일이었다. 말하자면, 스스로를 환생한 명랑의 운명으로 태어난 존재라고 깨달았거나, 또는 명랑의 영혼이 이끄는 대로 어디든 최선의 노력을 기울여 자신을 이끌고 가야 할 사명을 부여받았다고 믿고 있는 태도처럼 보였다.

그런 관점에서 보자면 정광에겐 그것이 티베트에의 순례였음이 당연했을 터였다. 그렇기 때문에 자기에게 운명처럼 주어진 상황에 충실함으로써 덧없고 허무한 생의 갱신을 위한 마지막 기회로 명랑 루트의 순례를 결행한 것이렷다?……

어쨌거나, 범보는 제 나름대로 '미래를 발견하러 떠나는 여행'이란 정광의 표현을 그런 뜻으로 이해했다. 비록 꿈보다 해몽이 더 나은 경우에 속할지도 모른다. 그렇다 해도 상관없다.

아득한 그 옛날 명랑이 그랬듯이 『화엄경』에서 '선재'라 일컬은, 깨달음을 향해 나아가는 동자(童子)로서 정광 역시 '선재길'에 나섰던 사연으로 해석해볼 여지는 충분히 있는 것이다. 강원도 오대산에 가면 월정사에서 상원사까지 이르는 그윽한 그 산길을 '선재길'이라 부르는 유래가 그 때문이 아니던가!

오대산은 일찍이 자장율사와 관련이 깊은 산이다. 자장이 당나라로 유학 가 있을 때 태화(太和) 못가에서 이상한 승려를 만났다. 그때 그 승려한테서

"그대 본국의 동북방 명주(溟州·현 강원도 강릉일대 지역)의 경계에 있는 오대산에는 1만이나 되는 문수보살이 항상 머물러 있으니, 그대는 그곳에 가서 뵙도록 하시오."

라는 말을 들었다. 그는 문수보살의 현신(現身)이었던 것이다.

자고로 오대산이 문수보살의 상주처(常住處)라는 믿음은 「화엄경」의 보살주처와 관련된 내용에 의거한 것인데, 자장은 당나라에서 귀국한 후 문수보살을 만나기 위해 신라의 동북방 변두리 일대를 돌아다녔다.

이 과정에서 자장은 오대천 하류에 수다사(水多寺·강릉에 있던 절)를 세우고, 또 지금의 월정사(月精寺·평창군 오대산에 있는 절) 터에 움막도 짓고, 다시 정선 쪽으로 가서 석남원(石南院·현재의 정암사(淨岩寺)로 태백산 줄기에 있는 절)을 세우기도 하여 문수대성(文殊大聖)이 내려오기를 기다렸다. 그러나 정작 문수보살이 나타났을 때는 미처 알아보지 못함으로써 자장은 남쪽 고갯마루에 올라 사라져간 빛을 뒤좇다가 몸을 던져 비극적인 죽음을 맞이했다.[101]

자장처럼 뛰어난 고승도 쉬 알아보지 못한 문수보살을 만나러 힘겨운 그 길을 따라 그래도 스스로를 끊임없이 성찰하며 걷다보면 누구라도 '선재'가 될 수 있는 것일까?

어쨌거나, 2011년 가을 어느 날을 시작으로 범보에게 보내온 정광의 이메일은 이후에도 틈틈이 지속되었다. 그의 블로그에 접속해 보면 종종 기행문 형식으로 쓴 글들이 현지에서 찍은 사진들과 함께 게재돼 있어 그간의 행적들을 짐작해 볼 수 있기도 하였다.

* * *

나는 길 위에 있다.

---

101) 그와 같은 사실의 기록이 『삼국유사』 탑상(塔像)편 「대산오만진신(臺山五萬眞身)」조(條)와 의해(義解)편 「자장정률(慈藏定律)」조에 자세히 나와 있다.

길은 또 다른 길과 만나고, 그 길 위에서 우연히 마주치는 낯선 사람과도 새로운 연(緣)을 맺는다. 처음 만나는 행인에게도 "나마스떼." 하고 인사말을 건넬 줄 아는 사람들. 얄룽창포 강가에서 나는 자기 이름을 '따시엔'이라고 소개한 그런 중년의 한 티베트인을 알게 되었다.

그는 나를 보자마자 대뜸 "한국인이냐?"고 물었다. 정확한 한국어였다. 놀란 나머지 나는 "어떻게 알았죠?"하고 엉겁결에 되물었다.

"생김새만 봐도 알 수 있어요. 같은 동양인 중에서도 한국인의 골격과 용모나 피부색이 얼핏 보면 중국인·일본인의 그것과 엇비슷하긴 해도, 어딘가 미묘한 차이가 있거든요."

그가 이처럼 한국어를 꽤 능숙하게 구사할 줄 아는 것 외에도 인종을 구별하는 안목까지 갖추었다 싶어 더욱 놀라웠다. 나는 신기해서 어디서 한국어를 배웠느냐고 물었다.

따시엔은 젊은 시절 돈을 벌기 위해 네팔과 티베트 사이의 그 유명한 에베레스트 산이 있는 히말라야의 산악지대에서 포터생활을 오래 한 적이 있었다고 했다. 네팔 동부에 사는 티베트의 한 종족인 셰르파족이 주로 그 일을 전담하는데, 그러나 따시엔은 본래 그 지역출신은 아니라 했다. 젊어서 한 때 유랑하던 시절, 히말라야에 트레킹을 온 한국인 등반대를 길에서 만나 동행하던 도중 짐꾼 노릇을 한 것을 계기로 나중엔 그곳에서 전문 포터로 일하게 되었다고 하였다.

"전생에 나랑 코리아가 무슨 각별한 인연이 있었는지 모르겠지만……"

이라고 따시엔은 웃으며 말했다.

왠지 한국인들이 친밀하게 느껴져 이후로 관심을 갖고 한국어를 배우려고 노력한 결과 자연스레 익숙해졌다는 것이다. 나중엔 그곳에 정착해 한

동안 한국인 상대의 전문 가이드 노릇을 하며 생활한 적이 있었기에, 생김
새만으로도 딴 동양인들과 한국인의 차이를 저절로 구분할 줄 알게 됐다
고 한다. 그러나 그 차이에 대해 구체적으로 어떻다고 정확히 설명할 수
있는 건 아니고 그냥 직관으로 안다는 것이다. 그러면서 이제까지 거의 틀
린 적이 없다고도 말했다.

그는 더 나이 들기 전에 짬을 내어, 티베트인이라면 누구나 한 번은 소
망하는 카일라스(Kailas) 성산(聖山)에 오르기 위해 카라(순례)에 나섰다고
하였다.

티베트 서쪽 히말라야산맥에 자리 잡고 있는 카일라스 산을 달리 일컫
는 말이 수미산(須彌山)이다. 힌두교, 불교, 자이나교, 티베트의 라마교,
심지어 남아시아의 여러 종교에 이르기까지 모두 이 산을 성지로 떠받들
고 있어 지구상에서 가장 신비한 곳으로 추앙되는 장소다. '카일라스'는 산
스크리트어로 '수정(水晶)'이란 뜻인데, 산의 높이는 6656m라고 한다.

그 산에서 발원한 얄룽창포 강변을 따라 성지순례에 나선 따시엔은 내
가 가는 데까지는 같은 방향이면 기꺼이 길라잡이 노릇을 하며 동행해주
겠다고 하였다.

"카일라스의 봉우리 아래엔 두 개의 호수가 있어요. 하나는 생명의 징
표인 마나사로바 호수, 다른 하나는 죽음을 표상하는 락샤스탈 호수예요.
그 중에 마나사로바 호수는 특히 석가모니 부처의 어머니 마야데비께서
험준한 설산을 넘어와 이곳에서 목욕하고 잉태했기에 더욱 성스럽게 여겨
져 왔죠. 그래서 순례자들의 발길이 끊이지 않아요. 빙설이 녹아 끊임없이
물방울을 만들고, 이것이 호수가 되고 강이 되어 세계에서 가장 높은 곳을
흐르는 이 얄룽창포 강을 이룬 채 몇 만 리를 흘러가지요. 우리 티벳인들

의 젖줄과도 같아요."

그가 설명해 준대로 강줄기는 한정 없이 이어져 있었다. 강폭이 상당히 넓고 수심도 꽤 깊어 보였다. 강의 건너편 기슭 가까운 강심에 튜크(야크 가죽에 나무로 엮어 만든 배)를 물 위에 띄우고 앉아 낚시질을 하는 사람이 눈에 띄었다.

"강줄기가 아주 길고 수량이 풍부한 걸 보니 여긴 물고기가 많은가 보죠."

하고 내가 손가락으로 가리킨 강심의 튜크 쪽을 한 번 흘낏 돌아본 따시엔은 별 관심 없다는 투로 대꾸한다.

"물고기야 많죠. 하지만 우리 티벳인들은 강에 사는 물고기, 그거 먹지 않아요. 이곳 얄룽창포 강에선 더더욱 그렇고. 저기 낚시질하는 사람은 중국 한족이에요. 우린 대개 강에다 수장(水葬)을 하는 풍습이 있어 시체가 곳곳에 널려 있는데, 그런 데서 잡힌 물고기를 어떻게 먹어요?"

아! 티베트 사람들은 물고기를 먹지 않는구나. 성급한 일반화의 오류인진 몰라도 나는 새로운 사실을 한 가지 안 것 같은 묘한 감회에 빠져 있었는데, 그가 또 이런 말을 했다.

"난 젊었을 때 중국으로부터 분리 독립을 요구한 우리 티벳인들의 유혈 폭력시위에 참가한 적이 있었어요. 그때 한족의 무자비한 진압과 핍박을 피해 네팔로 피신했죠. 그 무렵, 로만탕에서 일거리를 찾아 떠돌 때의 얘기예요. 로만탕은 네팔의 옛 은둔의 나라 무스탕왕국의 수도로, 티벳불교를 꽃피운 정치·경제·문화의 중심지였죠. 그 지역에서 보통 천장의식(天葬儀式)이라 부르는 조장(鳥葬) 풍습을 본 적이 있거든요."

"아, 그래요? 그렇담 그건 히말라야 산악지대에서 포터생활을 하기 전의 일이겠군요."

그 순간 나는 그가 한 때 한국인 등반대의 전문 가이드 겸 포터로 일하기 전까지 적잖이 파란만장했을 과정에 겪었을 지난 과거사의 일단을 엿본 것 같아 무의식중에 퍼뜩 그렇게 물었다.

"예. 하지만 그건 다 지난 일일 뿐, 이젠 과거사가 나를 구속하진 않아요. 다만, 아무리 시간이 흘러도 우리 티벳 사람들의 맘속에 변치 않는 게 하나 있긴 하죠. 그건 불교 이념과 중국식 사회주의통치 사이엔 결코 화합할 수 없는 가치관의 차이가 있다는 사실, 그리고 중국정부에 대한 티벳의 저항도 바로 그게 원인이란 점이죠."

따시엔은 달관한 듯 담담한 어조로 말했으나, 그 어진 표정 뒤에 속내를 알 수 없는 묘한 감정을 감추고 있는 듯이 보였다.

"뭐, 하여간…… 좀 전에 얘기하던 천장(天葬) 말인데요, 그런 의식을 치르는 행위는 어찌 보면 바람 많은 곳에 있는 라쩨에 오색 룽다를 걸어 펄럭대게 하는 행위와도 비슷한 점이 있어요. 그렇게 함으로써 소원이 하늘에 가 닿는다는 믿음에서 나온 거니까. 요컨대, 죽으면 바람을 타고 하늘로 날아간다는 소원 때문에 일부러 룽다를 바람받이에 걸듯이, 라마교도들은 죽어서 새가 되어 하늘로 날아오르기를 바라며 또 그렇게 믿고 있어요. 그래서 천장을 치르는 겁니다."

그런 설명 끝에 천장의식을 치르는 장소에는 비록 가족이라도 함께 따라가는 것을 금기시한다고 덧붙였다.

가족이나 친족의 역할은 이불로 둘둘 감은 시체 위에 흰 천을 걸어주고 작별하는 것으로 끝난다는 거였다. 현장에는 라마승이나 친척 몇 명만 참석하는데, 이때 시체를 등에 업고 먼 길을 떠난다는 것이었다. 그 이후부터서는 소위 천장사(天葬師)라는 주술사가 주도하는데, 따시엔은 우연한 기회에 알게 된 천장사를 따라 이불에 싼 시신을 등에 업는 그 일을 한 번 경험해 본 적도 있었다고 했다.

무스탕의 산악지대에서도 나무 한 그루 없고 황량한 흙과 돌뿐인 험준한 고원의 그 아스라한 몬다위에 올라, 독수리 떼가 허공을 날고 있는 광경이 보이면 시신을 내려놓고 천장사는 독수리 떼를 불러들이는 주문을 외기 시작한다는 거였다.

"천장사의 주술이 진행될 동안 허공을 맴돌던 독수리들이 몇 마리씩 차츰차츰 가까운 곳에 내려앉기 시작하죠. 그러고는 주문이 끝나자마자 대기하고 있던 독수리 떼가 거짓말처럼 우르르 다가와 시체를 뜯어먹죠. 죽은 자의 몸뚱이를 내놓아 파먹게 함으로써 마침내 독수리가 날아오르면 영혼을 하늘로 모셔간다고 믿는 거죠."

따시엔은 처음 듣는 사람에겐 꽤 끔찍할 수도 있는 천장의 과정을 지극히 담담히 설명한다.

"그건, 영혼이 육신을 떠나 바람처럼 가벼워진다고 여기기 때문이죠. 결국 이런 조장(鳥葬) 풍습을 통해 죽은 자는 더 좋은 내세에 태어난다고 믿으니까……."

때마침 눈앞 저만치에 인가가 나타났다. 멀찍이 마을의 지붕들이 보이자 나는 얼른 그의 뒷말을 낚아채듯 잘랐다.

"아! 저기 집들이 보이네요. 아무 곳이나 들러, 좀 쉬었다 갑시다. 종일 걷느라고 다리도 아프고, 뭣보다 고도가 높아지면서 숨쉬기가 힘들어서……."

아닌 게 아니라, 정말 그랬다. 나는 턱까지 숨이 차서 얼른 어디든 들러

요기도 하며 한숨 돌리고 싶었다. 그간 어지간히 등산으로 단련된 나도 처음 겪는 고산증세 앞에서는 맥을 못 추고 오르다가 주저앉기 일쑤였다.

그날 나랑 따시엔은 해발 4천 미터쯤 되는 곳에서 양과 야크를 주로 목축하며 살아가는 오지마을 사람들과 만났다. 따시엔이 티베트어로 그들과 즐겁게 담소하며 무어라고 한참 지껄였는데, 잠시 뒤 한국에서 온 나를 소개했는지 모두들 웃는 표정으로 내게 자리에 앉도록 손짓하였다. 우리는 거기서 말린 야크 고기가 든 음식을 대접받았다. 게다가, 한국의 막걸리 맛과 비슷한 그들 토속주인 싱크주가 내 입맛에는 꼭 맞았다. 보리나 수수로 빚는데 누룩을 사용해 만든다는 설명을 듣고는 그렇겠다고 금세 수긍되는 바가 있었다.

즐거운 식사가 끝나자 나중에는 만돌린이나 기타처럼 생긴 답니(티베트 악기)를 어깨에 메고 현을 퉁기는 연주에 맞춰 사람들이 발을 앞으로 내딛었다 뒤로 물러났다 하며 노래를 불렀다. 구경나온 주민들도 누가 시키지 않았는데 한데 어울려 그렇게 흥겨운 환영회를 베풀어준 셈이었다. 낯선 이방인을 조금도 꺼리지 않고 환대하는 그들의 어진 심성과 낙천적인 태도에 나는 적이 감동을 받았다.

왠지 나는 그들이 아주 오래 전에 만나본 적이 있었던 사람들 같다는 착각 속에 빠져들고 있었다. 그 옛날, 한국사회가 도시화되기 전의 시골 곳곳에서 종종 마주쳤던 사람들과도 너무나 닮아 있었던 까닭에설까? 외지인에게도 쉽게 마음의 문을 열고 맞이하는 열린 사고방식을 가졌던 사람들⋯⋯. 하기야 세상이 아무리 각박해도 그런 사람들은 이 지구상의 어디를 가든 여전히 존재하기 마련일 것이다. 그러나 곰곰 생각할수록 이곳 티베트인들이 순례에 나선 나를 반기는 데는 꼭 그런 이유만으로는 설명 안

되는 무언가가 있다는 느낌을 떨쳐버릴 수가 없었다.

* * *

티베트 제2의 도시 시가체에 도착했다.

얄룽창포 강가에서 만난 따시엔과 중간에서 헤어져 그는 그대로, 나는 나대로의 일정에 따라 갈 길을 달리한 것은 부득이한 선택이었다. 여행기간의 한정된 날짜 때문에 내가 처음 계획한 일정 중에는 카일라스 성산과 마나사로바 호수까지 갈 여정은 들어 있지 않았다. 중간에서 즉흥적으로 일정을 조절한다면 본래의 계획이 전부 틀어지기 때문이다.

나는 명랑법사의 행적을 좇아 그가 다녀갔을 것으로 추정되는 궤적을 대략 그려보았다. 그에 따라 내가 이번에 둘러볼 곳도 크게 세 단계로 나누었다. 일단 중국으로 건너온 뒤부터 티베트를 시작으로, 그 다음 옛 란쌍왕국인 라오스를 지나 해상 불교왕국인 스리위자야국이 있던 인도네시아를 거쳐 귀국하는 것으로 나의 일정을 짰었다. 그리하여 최대한 보름 정도의 기한을 두고 떠나는 배낭여행이었다.

그런 사정도 있고 하여 나는 티베트에만 오래 머물러 있을 수 없었다.

중간에 따시엔과 헤어져 티베트 제2의 도시 시가체를 택한 것은 거기 판첸라마를 모신 타쉴훈포 사원 외에도 니마 사원이 있다는 사실 때문이다. 1300여 년 전 실제 명랑법사가 이곳을 다녀갔는지는 알 수 없다. 그러나 티베트 불교사원의 한 진면목을 볼 수 있고, 또한 라마불교의 분위기를 여기서 느낄 수 있으리라는 점이 순전히 이곳을 택한 이유였다. 내가 사전에 조사해본 정보로는, 15세기까지만 해도 타쉴훈포 사원엔 무려 5천명이나 되는 라마승들이 있었으나, 현재는 8백여 명 정도만 남아 있다는 것이었다.

시가체는 또 양털카펫의 생산지로도 유명한 도시다. 가내공업 수준이지만 곳곳에서 카펫을 짜는 티베트인들을 보았다. 그들이 짠 양탄자 중에 무엇보다 우주를 상징하는 만다라 문양이 유난히 내 눈길을 끈다.

도중에서 헤어질 때 따시엔이 특별히 내게 일러준 게 있었다. 융단 짜는 사람들을 보게 되면 '짜시'나 '라시큐'란 이름을 들먹이며 혹시 아느냐고 물어서 꼭 찾으라는 거였다. 그 두 사람은 따시엔의 오랜 지인으로 한국말도 꽤 할 줄 아는 사람들이라고 했다. 만약 만나게 되면 그곳을 여행할 동안 여러모로 도움을 받을 수 있을 것이란 말을 들었다.

그래서 나는 카펫 짜는 사람들을 보면 무작정 영어로 그렇게 질문을 던지곤 했다. 그러나 그들 눈에는 한낱 낯선 이방인에 불과한 나의 의도와 말뜻이 제대로 전해지지 않은 것 같았다. 대부분 멀뚱하게 나를 쳐다보거나 고개를 젓거나 하였다.

어쩔 수 없이 혼자서 여기저기를 돌아다닐 수밖에 없었다. 행인들에게 판첸라마를 모신 곳인 타쉴훈포를 물었을 때는 다들 알아듣는 것 같았지만, 이번엔 어느 쪽으로 어떻게 가라는지 열심히 가르쳐주는 티베트어를 내가 알아듣지 못했다.

용케 영어가 통하는 사람의 설명을 듣고는 그 사원을 찾을 수 있었다. 전각(殿閣) 안으로 들어가자 천장에 파라솔을 덮은 모양의 '짱째'라는 것이 있고, 그 아래로 격자(格子) 형태의 좁은 통로를 지나야 했다. 위에다 경전을 넣어놓아 통로를 지나면 저절로 경전을 읽는 효과가 있도록 설계됐다는 건 여행 전에 미리 인터넷 검색을 통해 안 바였다.

사원을 다 둘러보고 나와서 나는 전각 앞에 홀로 우두커니 앉아 생각에 잠겼다. 이제 어디로 가야할까? 이 여행은 명랑법사의 궤적을 더듬어가며 내가 누군지를 알아내는 과정이다. 그것을 알아야만 나는 운명으로부터 자유로워져서 새 출발을 할 수 있다는 느낌에 줄곧 사로잡혀 있었다.

하늘에 대고 아무리 물어도 어떤 물음들은 답이 없다. 신이여! 명랑법사여! 당신께로 가 닿는 길은 어디입니까? 고원지대의 건조한 바람이 어디로든 가라고 내 등을 떠밀듯 불고, 파랗게 맑은 하늘에서 강렬하게 얼굴 위로 내리는 햇빛에 실눈을 뜨고 바라보는 시야는 당장 갈피를 잡기 힘든 내 앞길처럼 불분명하였다.

* * *

티베트의 수도 라싸를 거쳐 이번엔 라오스의 수도 비엔티엔으로 왔다.

메콩강은 수도 비엔티엔 주변을 에둘러 흐르며 그 강 너머로 태국과 경계를 짓고 있었다. 한적한 강변 근처를 시민들이 한가롭게 산책을 즐기거나 조깅을 하는 그 거리를 따라 나는 대통령궁이 있는 빠뚜사이 광장으로 가보았다.

빠뚜사이(독립문)는 1953년에 프랑스로부터의 독립 기념물로 세워진 시멘트 건축물이었다. 라오스는 한 때 프랑스의 식민지였던 까닭에 그런 비극적 역사의 잔재인 서구식 건물들뿐 아니라 심지어 '샹젤리제'란 이름의 거리까지 있었다.

나는 햇빛이 밝은 광장 한 모퉁이에 앉아 샹젤리제 거리를 무심히 바라본다. 그러면서 지나온 길을 되짚어 보고 있었다.

이상하게도 지금까지 겪은 경험으로 보건대, 내가 잠시 가야 할 길을 잃고 방황 중에 있거나, 또 어떤 난관에 봉착해 어찌할 바를 모르고 있을 때는 예기치 못한 구세주 같은 이가 우연히 내 앞에 다가와 어려움을 단번에 해결해준 일들이 내 인생에 종종 있었다. 그것은 결코 내가 운이 좋은 사람이었단 뜻이라기보다 차라리 신비한 현상에 가까운 일이었다. 마음속으로 간절히 뭔가를 기원하거나 부르지도 않았는데 뜻밖에 구원의 손길을 내미는 존재가 눈앞에 나타나는 일종의 신비로운 힘이 내 운명 속에 작용하고 있는 듯이 생각될 정도였다.

이번 여행길에서만 해도 한국어를 할 줄 아는 따쉬엔을 만난 일도 그랬다. 또, 그와 헤어진 다음 시가체의 타쉴훈포 사원의 전각 앞에 한참 우두커니 앉아 있다가 어차피 어디로든지 가긴 가야 할 것 같아서 그 일대를 잠시 어슬렁거리고 있을 때였다. 어느 틈에 나타났는지 한 남자가 다가와 선 다짜고짜 내게 "한국 사람이지요?" 하고 말을 걸어왔을 때도 나는 그런 신비한, 어떤 알 수 없는 힘의 조화를 느꼈었다.

그 사내는 급히 달려온 모양으로 숨을 헐떡이며 "내가 짜시인데, 당신이 나를 찾고 있었다죠?" 하는 게 아닌가!

따쉬엔이 나더러 꼭 찾아보라던 그 짜시란 사람이 진짜 내 눈 앞에 나타난 것이다. 참으로 의외였고, 느닷없는 일이었다. 만날 수 있으리란 가능성을 아예 단념하고 있을 때 마치 홀연히 나타난 것처럼 찾아온 짜시의 도움으로 그 이후의 여행은 아주 순조로웠다.

나는 이런 기적 같은 경험을 뒷날 인도네시아에서도 다시금 경험하였는데, 이는 '선재길'에 나선 나를 부처님이 계속 인도하시는 까닭일 거라는 엉뚱한 생각마저 들었다. 하여간, 지나고 보니 내 인생에 이와 유사한 경

618

우들이 한두 번이 아닌 데서 나는 부처님의 은덕 같은 묘한 조화 속을 깨닫고는 하는 것이다.

나의 다음 행선지가 과거 란쌍 왕국이었던 라오스라는 걸 안 짜시는 그러자면 우선 라싸로 가야한다고 일러주었다. 고산지대인 티베트에선 되레 육로가 거의 열려 있지 않은 상태여서 경비행기로 이동해야 한다며 그는 헤어지기 직전까지 나랑 함께 행동하다가 마침내 작별할 땐 나를 그쪽으로 안내해 주었다.

그리하여 나는 라오스의 수도 비엔티안으로 왔다. 그리고 지금, 프랑스 식민지시대에 건립한 서구식 건축물들이 곳곳에 늘어선 샹젤리제 거리를 멀거니 바라보며 1300여 년 전의 명랑법사의 행적을 멋대로 상상해보고 있었다.

차마고도의 마방행렬 속에 섞여 나귀를 타고, 또 걸으며 하바설산(哈巴雪山)[102]을 넘는 명랑승려의 모습을 떠올린다. 5천 미터 이상의 연이은 설산과 험준하고 깊은 협곡들, 진사강(金沙江), 란창강(瀾滄江), 누강(怒江)이 흐르는 그 수천 킬로미터의 아찔한 협곡을 따라 움직이는 행렬이 머릿속에 그려진다. 중국 서남부 윈난성 쓰촨 지역에서 생산된 푸얼차(普洱茶)와 티베트산 말[馬]을 교역하기 위해 수도 라싸까지 이어지는 긴 여정의 영상들이다.

그러나 간간이 필름이 끊어지듯 연상 작용이 막힐 때마다 나는 팔짱을 낀 채 잠시 눈을 감는다. 감은 눈앞으로 순식간에 어둠이 내려앉는다.

---

102) 하바설산(哈巴雪山) : 중국 운남성에 있는 설산(5,396미터).

그 어둠 속에서 포탈라궁사원의 지붕에 수천 개의 버터 램프에 켜진 불들이 살쾡이 떼의 눈처럼 빛나, '등불을 올리는 날'의 특별의식 때를 연상케 한다.

내가 지나왔던 길에 보았던 티베트의 광경들이 파노라마처럼 펼쳐진다. 꼬라[103]에 나선 순례자들을 간간이 보면서 1300여 년 전에도 그러했을 사람들 속에 낀 명랑 스님을 떠올려본다. 신앙의 성지를 향해 카일라스 산정을 쉼 없이 오를 동안 오체투지로 처절하게 온몸을 던지던 이들에게선 경외심까지 느껴졌다. 카일라스에서 흘러내린 빙하수가 에메랄드 빛 호수를 만들고 얄룽창포 강을 이루어 그 물에 손을 담갔을 명랑의 가슴속까지 시리게 했을까?

경전을 적은 타르초[104]가 어지럽게 펄럭이는 산마루턱, 또는 강가의 나루터, 지붕 위, 다리난간, 영혼이 깃들만한 곳이면 어디든 명랑의 모습과 연관 지어 생각해보았다. 세로로 길게 세운 오색 깃발 룽다는 바람을 향해 앞발을 들고 서 있는 말의 형상이라 하여 한자로 풍마(風馬)라고도 불린다. 다섯 가지 색깔은 위로부터 청·백·적·녹·황인데, 이는 우주의 다섯 원소인 공기·물·불·바람·흙과 동·서·남·북·중앙의 5방을 상징하는 것이라 했다.

어디를 가든 오색 천에 '옴 마니페메(반메) 훔' 같은 만트라나 불교경전

---

103) 꼬라 : 티베트 말로 성스러운 산이나 탑 주변을 시계 바늘 방향으로 도는 산돌이나 탑돌이를 말한다. 세 번의 꼬라는 지나간 삶, 즉 전생에서 행한 추하고 조화롭지 않은 모든 행위들을 정화시켜 준다고 그들은 믿고 있다. 108번의 꼬라는 이승의 모든 속박에서 벗어나 해탈하여 자유로운 영혼의 소유자가 된다고 한다.

104) 타르초 : 청·백·적·녹·황의 오색 깃발이며, 5장, 10장, 20장… 등등, 5의 배수 조합으로 길게 가로로 걸어 놓는다. 마치 운동회 때 거는 만국기처럼 보인다. 이에 비해 '룽다(風馬)'는 타르초와 비슷하지만, 세로의 형태로 걸려있는 모양에서 차이가 있다.

의 내용이 목판으로 찍힌 룽다는 바람[風], 햇빛[火], 설산[土], 산정호수 [水], 그리고 창공[空]을 향해 쉴새없이 펄럭이며 떠도는 영혼들과 교감하 듯 조응하고 있었다. 그걸 볼 때마다 나는 엉뚱하게도 하늘, 땅, 물, 불을 의미하는 건(乾)·곤(坤)·감(坎)·리(离)의 4괘를 그린 태극기가 바람에 휘날리는 모습과 애써 연관 지어 생각해보곤 했다.

명랑은 중국 윈난성을 통해 티베트로 들어가 밀교 신인(神印: 문두 루·Mudra)[105]을 가지고 칭짱(青藏) 고원에서 발원한 메콩강 상류로부터 출 발해 윈난성 란창강을 거쳐 동남쪽으로 방향을 틀어 미얀마, 라오스, 태 국, 캄보디아, 베트남 유역을 따라 마침내 순다해협을 통과한 뒤 인도네시 아로 들어갔을 것이다.

특히 옛 란쌍 왕국인 이곳 라오스에 이르렀을 무렵, 도중에 폭포가 있 어 뱃길이 끊기면 육지에 올라 마후트(코끼리를 부리는 자)의 길 안내를 받으 며 코끼리 등에 타고 밀림을 헤쳐나간 경우도 있었으리라…….

문득 생각은 거기서 끊어지고, 나는 허기를 느꼈다. 이곳에도 한국인이 운영하는 식당이 어딘가 있으려니 막연히 생각하며 광장 한 모퉁이의 앉 았던 자리에서 일어서는데, 바로 눈앞에 코이카(KOICA: 한국국제협력단) 해 외봉사단 차량이 보였다. 그렇게 반가울 수가 없었다. 나는 그쪽으로 무작 정 달려갔다.

---

105) 신인(神印) : 인계(印契)를 뜻하는 무드라(Mudra)의 음역이 문두루(文豆婁)인데, 탄트라 수 행법 3가지의 종교 의례 중 하나이다. 즉, 삼매(三昧)에 달하는 기술 중 신밀(身密·무드라) 은 인장(印章)과 같이 진실하다하여 인계(印契)라 하고, 그 목적은 특수한 몸가짐을 통해 부 처의 세계와 계합하는 것이다. 무드라의 손모양은 명상을 통한 공포퇴치, 설법, 예배 등 9가 지 제스처로 구분돼 있다. 「삼국유사」에서는 이 문두루법을 신인(神印)이라 기술하고 있다.

수도 비엔티엔으로 볼일을 보러 나왔던 그 차를 얻어 타고 북쪽의 루앙프라방으로 이동할 수 있었던 것은 내게 닥친 또 한 번의 예기치 않은 행운이었다. 차 안에 있던 한국인 단원 두 사람은 필요한 물품을 구입하고 그들의 목적지까지 가는 길이었는데 중간에 루앙프라방에서 나를 내려주고 떠났다.

라오스 제2의 도시 루앙프라방은 과거 식민지시대 프랑스의 영향을 가장 많이 받은 도시였다. 또 옛날 란쌍 왕국의 수도였다고 했다. 특히 도시 일대가 유네스코 세계문화유산으로 지정된 곳이라 유럽풍과 현지 문명이 결합된 특이한 도시라고 일러주며 그들은 기왕 예까지 온 김에 나더러 꼭 한번 구경하고 가기를 권하였다. 메콩강과 또 다른 강이 만나는 곳이어서 나는 그 옛날 명랑법사도 이곳을 방문했을 가능성을 점쳐 보았다. 게다가, 함께 차를 타고 올 동안 나는 그들로부터 현지 사정에 관해 많은 유익한 정보를 얻을 수 있었다. 교통편이며 가격이 저렴한 게스트 하우스의 위치며 음식의 해결 등…….

어디를 가든 여기서도 불교는 예부터 민간신앙으로 면면히 존속돼 내려오고 있어 곳곳에서 불교 유적지와 눈부신 황금사원들을 만날 수 있었다. 아침 일찍 붉은 가사를 걸친 탁발승들을 위해 시민들이 줄지어 늘어서서 발우 공양을 하는 모습도 무척 진기하였다.

낮에는 루앙프라방의 명물인 쾅시 폭포를 구경했다. 계단식 웅덩이가 석회성분 때문에 옥색의 물빛을 띠고 있었다. 폭포가 만들어 놓은 작은 호수에서는 사람들이 다이빙을 하거나 수영을 하며 즐기고 있었다. 나도 물속으로 들어가 땀에 절었던 몸을 씻으며 시간을 보냈다. 밤에는 몽족의 야시장을 둘러보았다. 몽족은 대부분 산속에서 화전을 일구며 살아가는데,

밤에는 그들이 생산한 특유의 민속품들을 팔거나 음식점을 여는 야시장이 좋은 구경거리였다.

어제 만났던 코이카 봉사단원은 라오스에 오면 루앙프라방 외에도 반드시 한번 들러볼 만한 곳으로 방비엥도 소개해 주었다. 특히 그 도시를 흐르는 뜸강의 풍경을 꼭 보고 가라고 추천해준 대로 나는 라오스 방문 사흘째 되던 날 방비엥으로 갔다. 그러나 단순히 관광만을 위해서가 아니었다.

뜸강이 메콩강의 지류인지 아닌지도 몰랐듯이 명랑스님이 그곳을 거쳐 갔는지도 역시 알 길은 없었다. 그래도 나는 막연히 뭔가를 기대하며 희망을 품었다. 그곳에서 어떤 수적(垂迹·부처나 보살이 중생을 구제하기 위해 신의 모습으로 환생하는 일)의 기적 현상에라도 접할 수 있기를 은근히 바랐던 것이다.

방비엥은 소문난 대로 외국인 관광객들로 붐비고 있었다. 뜸강 상류에서 카약을 즐기는 사람들도 주로 유럽에서 온 관광객들이었다. 한쪽에서는 열기구를 타고 주변을 조망하는 곳이 있어 나는 하늘에서 일대의 광경을 한눈에 내려다보고 싶었다.

열기구를 타고 내려다본 뜸강은 물살이 잔잔한 맑은 초록빛을 띠었다. 긴 강줄기를 끼고 우뚝우뚝 솟은 기묘한 형상의 산들이 아득히 뻗어있는 풍경. 열기구를 타고 잠시 천상을 날다가 이윽고 지상으로 내려앉을 무렵, 강에서 피어오른 안개와 구름이 산들을 에워싸고 있어 신공의 조화로 빚어낸 수묵화를 눈앞에서 보는 듯 꿈속 같은 광경이었다.

마음이 한없이 평온해지고 이 세상 밖의 어딘가에 와 있는 듯 위안을 주는 저 아름다운 대자연 현상이 바로 또 다른 의미의 수적(垂迹)이 아니고 무엇이겠는가!……

* * *

　정광이 자기 블로그에 올려놓은 이런 내용의 글들을 접하면서 범보는 점점 더 그의 비일상적 삶의 행적을 이해할 수가 없었다.

　정광이 범보에게 이메일을 통해 자신의 근황에 대해 처음 소식을 전하기 시작한 것은, 2010년 5월에 있었던 조카딸 결혼식에 참석하러 간 부산의 한 예식장에서 그를 만나본 얼마 뒤부터였다.

　주변 친지로부터 간혹 들은 바에 의하면 부부간의 금슬이 좋지 않아 십여 년간을 별거하고 있다는 정도만 알고 있었다. 범보의 아내와 정광의 부인 사이엔 예전부터 친밀한 관계가 유지되고 있어 동서끼리는 가끔씩 연락을 주고받는 모양이었다. 때문에 범보는 조카딸의 결혼식이 있다는 사실도 정작 아내를 통해서 알았다.

　딸아이의 혼인을 앞두고 양가 부모의 상견례 때도 그랬듯이, 결혼식 당일에도 그들 부부는 하객들 앞에서 그간 소원(疏遠)해진 관계의 내막을 일체 내색하지 않으려는 듯 겉으로는 웃으며 반갑게 응대하고 있었다. 비록 남들이 눈치 채지 못하게끔 서로 다정한 듯 행동하고는 있어도 웬만큼 실상을 아는 범보의 눈에는 어딘가 어색하고 가식적인 모습으로 비쳤다.

　예식 직후에 곧이어 폐백을 올리는 자리에도 범보는 집안의 맨 윗사람으로 참석했다. 이럭저럭 모든 절차가 다 끝나, 예식장 구내의 뷔페식당에서 함께 식사를 할 동안 지난 이야기랑 현재의 처지 등에 관해 잠시 그와 이야기를 나눈 것이 전부였다. 정광은 이내 자리를 떴다. 하객으로 온 절친한 지인들 몇몇과는 따로 술자리가 마련돼 있어 그쪽으로 가야한다며 혼자 떠났다.

　"아까 폐백 마치고 식사할 때 말인데요, 애들 숙모랑 나랑은 따로 잠깐 애길 나눴는데, 나보고 슬쩍 그러대요. 두 딸 모두 혼사 치르고 나면 그땐 소위 '황혼 이혼'이라도 기어이 하겠다고. 남들 보는 눈도 있고, 또 결혼식 장에 아버지 없이 신부 혼자 내세우는 것도 체면상 뭣해서 이혼을 미루고 있는 거라고. 암튼, 이제 딸 하난 시집보내게 됐으니 얼마 남지 않았다면 서……"

　진주로 돌아오는 차안에서 아내가 이런 말을 했을 때, 범보는 크게 충격을 받았다.

　"에이, 설마!……"

　"설마가 아닌 것 같아 보였어요. 당신도 쭉 지켜봤다시피, 부부간 화합은 이미 틀린 것 같지 않던가요?……"

제2장

인면(人面) 유리구슬의 정체

처한 상황이 어려울수록 근본으로 돌아가야 한다는 깨달음이 정광으로 하여금 일찍이 명랑스님이 갔던 길을 따르게 했던 이유였을까?

그가 보낸 이메일 속에 "상황이 어려우면 어려울수록 더더욱 근본을 돌아봐야 한다."는 구절이 있어, 범보는 이를 두고 심상찮은 느낌을 받았었다.

조카딸의 결혼식에 참석했을 때 새삼스럽게 확인했듯 저들 부부관계에서 빚어진 순탄치 못한 가정생활을 되돌아본 뒤여서 더욱 그랬다. 생각해 보면 그 말 속에는 여러 가지 의미가 함축돼 있었던 셈이다.

현실에서 잃어버린 것을 되찾기 위한 노력 대신 그가 일상으로부터 떠난 것은 현실로부터 도망치려는 게 아니라, 어떻게든 생존의 이유 같은 근본적 문제를 되돌아보려 한 행동이었는지 모른다. 어찌 보면 정광의 그런 행위는, 일찍이 석가모니께서 삶의 고뇌에 싸여 사랑스런 가족과 함께 누리던 현실적 행복과 안온한 가정조차 모두 버리고 '선재길'에 나선 이유와도 일맥상통하는 바가 있다는 느낌도 들었다.

626

독실한 기독교 신자인 아내와 불교로 개종한 정광의 앞날에는 이미 그 때부터 종교적 신념 면에서 물과 기름처럼 도저히 화합할 수 없을 정도로 순탄치 못한 부부관계가 예정되었던 게 아닐까? 더욱이 직장 명퇴를 통해 그가 일상적 현실에 매어 있던 끈에서 풀려나자마자 이내 명랑스님이 갔던 길을 따라 중국을 거쳐 티베트로 향했던 사연을, 범보는 이제 어느 정도 이해할 수 있을 것도 같았다.

그러나 세속의 모든 걸 떨쳐버리려고 작심한 듯 떠났던 정광의 여행은 결코 순조롭지 않았던 모양이다.

베트남을 관통하는 메콩강 하류를 통해, 순다해협을 거쳐, 지금의 인도네시아 수마트라에 위치한 옛 스리위자야 왕국을 찾아가는 그 여행길을 1300여 년 전 명랑스님의 궤적 그대로 답습한다는 것은 사실상 불가능하다는 점이 첫째 이유였을 것이다. 그래서 정광은 애초에 중간의 험로들은 전부 건너뛰는 식으로, 시간 및 공간의 제약으로부터 자유로이 주요 목적지만 항공편을 이용하는 여행방법을 택한 것이었다. 한 보름정도 소요되는 기간을 염두에 둔 채 중국을 거쳐 티베트로, 그리고 라오스까지는 왔으나 최종 목적지인 인도네시아를 남겨 둔 시점에서 정광은 불의의 장애에 부딪쳤다.

익숙하지 못한 환경 때문에 몸에 탈이 났던 것이다. 티베트에서는 고산증세로 상당히 괴로워했고, 그런 낯선 환경에 좀 익숙해질 무렵 막 라오스로 건너악서는 갑자기 고지대에서 내려온 직후 어지럼증을 경험한 사연 등을 정광은 자기의 블로그에 올린 글 속에 적고 있었다.

2011년엔 그가 한국식 나이로 60세에 접어든 때였다. 그 나이에 혼자 떠난 배낭여행이 애초 무리였던 것 같았다. 그는 급격한 환경 변화로 인해

라오스 여행이 끝날 즈음엔 고열에 시달리며 코피를 쏟았다. 그 상태로 거기서 처음 예정했던 인도네시아까지의 여행을 지속한다는 게 무리라고 판단했던 모양이다.

결국 정광은 갑작스런 건강이상으로 인해 최종목적지인 인도네시아 방문계획을 차후로 미룬 채 돌연 귀국하였다.

그런데 귀국 후 5개월여 지나서 해가 바뀐 이듬해 2012년 2월 말경의 해토머리에, 다시 건강을 추스르고 난 정광은 기어이 또 한국에서 인도네시아로 직행하는 비행기 편에 올랐다. 그리하여 옛 스리위자야 왕국을 찾아 떠난 여행기(旅行記)가 그의 블로그에 소상히 담겨 있었다.

* * *

스리위자야국은 인도네시아 수마트라 섬을 거점으로 7세기부터 9세기 중엽인 864년까지 크게 번성했다가 이후 자바에서 그 자취를 감춘 것으로 알려진, 동남아시아 초기불교왕국 중의 하나였다. 나는 이 해상왕국이 중국과 인도의 해양루트 중간 지점에 위치하고 있어 당시 인도를 오가는 승려들의 방문이 잦은 곳이었다는 점에 특별히 주목했다.

『삼국유사』에는 「금광사(金光寺) 본기」를 인용한 대목이 나온다.

법사 명랑이 신라에 태어나서 당나라로 건너가 도를 배우고 돌아오는데, 바다 용(龍)의 청에 의해 용궁에 들어가 비법을 전하고, 황금 1,000냥(혹은 1,000근이라고도 함)을 보시 받아 가지고 땅 밑을 잠행하여 자기 집 우물 밑에서 솟아 나왔다.[106] 이에 집을 내놓아 절을 만들고 용왕이 보시한 황금으로 탑과 불상을 장식하니 유난히 광채가 났다. 그 때문에 절 이름을 금광사(金光寺)라고 했다.

라는 것이 그것이다.

뭣보다 특히 내 관심을 끈 것은 명랑법사가 〈용궁에 들어가 비법을 전하고, 땅 밑을 잠행하여 자기 집 우물 밑에서 솟아 나왔다〉와 같은 해괴한 설명이었다.

『삼국유사』의 그 기록만으론 실로 막연했다. 너무나 괴상한 그 표현만큼 나의 호기심도 더욱 증대되었다. 나는 명랑법사가 신인(神印)의 비법을 배워가지고 돌아온 실제의 경로를 알고 싶었던 것이다.

그 비법에 대해서는 훗날 신라 침공을 위해 당나라에서 보낸 군선(軍船)들을 그가 풍랑을 일으켜 침몰시킨 문두루(文豆婁 · Mudra) 비법, 즉 신인의 주술에 의한 것임이 밝혀졌다. 그것이 티베트 밀교와 관련된 것임을 문무왕 시절의 기록이 잘 보여준다. 당의 침공에 대비해 명랑은 사천왕사를 완공하기 전에 임시로 여러 가지 채색 비단으로 절을 가설하고, 풀[草]로 오방의 신상(神像)을 만든다. 또, 유가(瑜珈)의 명승(名僧)들 12명을 모아 명랑법사를 우두머리로 삼고 문두루 비법을 사용해 당의 군사들을 물리친다. 이로써 명실상부 신라에 의한 삼국통일에 이바지한 공로로 뒷날 신인종의 시조가 된 그의 행적과 연관 지어 생각해볼 필요가 있었다.

그리하여 나의 상상력과 추리력은 명랑스님과 라마불교, 즉 티베드 밀

---

106)『삼국유사』의 관련 원문은 다음과 같다. : 入唐學道, 將還, 因海龍之請, 入龍宮傳秘法, 施黃金千量(一云千斤). 潛行地下, 湧出本宅井底.

교와의 관련성을 결코 배제할 수가 없다는 쪽으로 모아졌다. 요컨대, 명 랑법사는 당나라에서 인도 북부(오천축국 중 일부인 현재의 티베트)까지 다녀 왔다는 점을 강력히 시사해 주고 있었다. 나는 맨 먼저 구도(求道)의 길을 따라 인도까지 걸어서 다녀온 순례자들을 우리 역사 속에서 찾아보았다.

일연의 『삼국유사』에는, 중국승려 의정(義淨·이징, 635~713)의 「구법고 승전(求法高僧傳)」을 전적으로 인용해 적어 놓은 것 중 이런 게 있었다. 즉, 중인도 마갈타국에 있는 나란타사는 5세기에서 12세기까지 불교대학이 있던 유명한 곳이다. 거기에 신라인 「아리나발마」가 머물며 율론(律論)을 많이 열람하고 베껴 썼다는 기록이 그것이다.

「구법고승전」의 본디 이름은 「대당서역구법고승전」으로, 7세기 말 의정 이 인도순례를 하며 지은 책이다. 인도까지 구법여행을 한 승려들의 전기 를 실은 것인데, 아리나발마를 비롯한 모두 60인이 나온다. 여기에 동국 인(東國人) 즉 신라인이 무려 9명이나 된다. 한편, 각훈(覺訓)의 「해동고승 전」에는 의정의 승전(僧傳)에 보이지 않는 '현조'와 '현대범'이란 이름도 보 여 더 많은 신라 승려들이 있었다는 사실을 짐작케 해준다.

나는 『삼국유사』「황룡사 장륙(존상)」 조에 나오는 〈서축(西竺)의 아육왕 (阿育王)이 보냈다는 큰 배 한 척이 하곡현(河曲縣) 사포(絲浦[실개]·지금의 울주 谷浦[실개])에 정박하였다〉는 기록을 떠올렸다.

이 배를 검사해 보니 공문(公文)과 함께 누런 쇠 5만 7천근과 황금 3만 푼 외에도 부처상 하나와 보살상 모형 2개도 같이 발견되었다. 공문에는 이런 내용이 적혀 있었다.

"서축의 아육왕이 장차 석가의 존상 셋을 주조하려다가 이루지 못해 이 것을 배에 실어 바다에 띄우면서 비는 바이다. 부디 인연 있는 국토로 가서 장륙존상을 이루어주기 바란다."

그래서 거기 실린 금과 쇠는 서라벌에 보내져 황룡사의 장륙존상을 만들어 모셨다고 한다.

또, 훗날 자장(慈藏)이 당에 유학하여 오대산(중국 산시성에 있는 우타이산)에 이르자 문수보살이 현신(現身)해서 자장의 기원에 감응하여 비결을 주며 부탁했다는 내용도 이와 유사하다.

"너희 나라의 황룡사는 바로 석가와 가섭불이 강연하던 자리로, 연좌석(宴坐石)이 아직도 남아있다. 그렇기 때문에 천축(天竺)의 무우왕(無憂王)이 금과 철을 조금씩 모아 바다에 띄워 보냈는데, 1300여 년이 지난 후에야 너희 나라에 당도하여 장륙존상을 완성해 그 절에 봉안했으니 아마 위덕(威德)의 인연이 그렇게 한 것일 터이다. 운운."

아육왕(=무우왕)은 서축 대향화국(大香華國)의 왕인데 기원전 544년에 부처님이 열반하신 이후 100년 만에 태어났다. 따라서 아육왕 출생은 기원전 444년경이며, 황룡사 장륙존상 주조는 서기 574년(진흥왕 35년)이므로, 실제 계산으로 치면 약 1018년 만에 천축의 배가 신라의 해안에 도착한 셈이다.

액면 그대로 받아들이기엔 터무니없는 얘기 같기도 하다. 따라서 서축의 아육왕이 띄워 보낸 그 배가 1300여 년 뒤에 신라 해안에 도착했다는 『삼국유사』 속의 기록은 하나의 전설로 치부해버릴 수도 있다. 그러나 한 가지 분명한 사실은 그 배가 천축에서 신라로 온 선박이란 점이다.

마찬가지로 명랑법사가 당나라로 건너가 돌아오는 길에 해룡의 청에 의해 용궁에 들어가 비법을 전하고, 황금을 보시 받아 지하로 잠행하여 자기 집 우물 밑에서 솟아 나왔다는 이야기는 또 어떻게 받아들여야 할 것인가?

　터무니없는 전설 같은 그 두 이야기 속에는 어떤 원형적 공통점이 보인다. 그것은 물과 배의 관계에서 유추해봄직한 항해경로이다. 그 과정에 가로놓인 물길 혹은 해로(海路)를 따라 아득히 신라까지 도달한 과정이 암시되어 있다.

　이를 과학적으로 재해석하면 아마 천축에서 신라까지 오는 경로를 헤아려 볼 수도 있을 것이다. 신인(神印 · Mudra)의 비법을 배워 익힌 명랑이 동남아시아에 위치한 어느 섬나라 불교국의 요청으로 그 비법을 전하고 황금을 보시 받아 돌아오는 뱃길에 흑조(黑潮 · 쿠로시오) 본류를 타고 오다가, 류큐(현재의 오키나와) 열도를 따라 올라오는 쓰시마(對馬島) 난류의 지류에 실려서 마침내 신라국 동해구(東海口)로 귀향했다는 뜻이 아니겠는가!

　당시의 교통편으로는 육로가 개척되지 않아 신라까지 왔었던 아랍 상인들도 모두 이 해상 실크로드를 따라 뱃길을 이용했을 터였다.

　또 7세기 중엽인 651년, 아랍세력에 밀려 페르시아 왕국이 멸망하자 이란계 왕족이나 귀족들은 페르시아 유민들을 이끌고 중국으로 피난을 왔다. 그로 인해 당시의 수도 장안에는 강한 호풍(胡風)이 불었다. 그런데, 그 중 일부의 유민들은 신라로 이주해 그 지도자가 신라공주와 결혼한다는 내용의 고대페르시아 서사시 '쿠쉬나메' 속에 나오는 영웅 '아비틴'이 한 무리의 페르시아 유민들을 이끌고 '실라(Shilla)'로 이주해 올 때도 당시의 교통편을 감안하면 이 해로를 따라왔을 것이란 추정도 가능해진다.

　흑조라는 해류의 존재에 관해서는 「장자(莊子)」 제17편 '추수편(秋水篇)'에 이 물길을 일컬어 '미려(尾閭)'라고 했다. 이미 기원전인 춘추전국시대에 흑조의 존재가 알려진 것인데, 고대인들이 인식한 이 물길은 항해자에겐 공포의 대상이었다. 아득한 수평선 너머에 대한 공포. 특히, 남지나해와 동지나해를 오가는 뱃길에서 느끼는 쿠로시오(黑潮)에 대한 두려움은 고대의 뱃사람들에겐 상상 이상의 것이었으리라. 명랑법사는 신인의 비법으로 그 두려움을 충분히 이겨내었을 것이다.

그렇게 보면 『삼국유사』 속 원문인 「잠행지하(潛行地下)」는 어디까지나 하나의 비유에 불과하다. 지하(地下)는 문자 그대로 땅 밑이 아니다. 그 구절은 〈땅 끝 아래 바닷길[海路]로 잠행했다〉고 해석함이 옳지 않을까. 이것은 한 번 실리면 끝 모를 곳으로 데려가는 무서운 해룡처럼 굽이치는 미려의 물길을 따라 항해했다는 의미였을 것이다. 진흥왕 시절의 기록에 나오는 천축에서 온 선박도 그 물길을 따라 왔다고 보면 어느 정도 납득이 간다.

또, 명랑이 자기 집 우물 속에서 용출하였다는 것 역시 신라인들의 관념 속에 자리 잡고 있는 우물의 상징성과 연관돼 있다. 그것은 하늘과 소통하는 우주적 통로였다.

우물 형태의 첨성대가 그러하고, 경주 남궁(南宮) 우물 안에서 발견된 어린아이 유골도 하늘(우주)로 가는 통로로서 우물을 활용했던 흔적들이다. 그렇다면 해룡의 요청에 의해 용궁에 가서 밀교 비법을 전했다는 곳—굳이 용궁이라 표현된 그곳은 어디를 말하고 있는 것일까?

나는 용궁으로 짐작될 만한 곳을 나름대로 추정해 보며 인도네시아 불교에 관해서 탐색을 시작했다. 671년 중국의 당나라 학승(學僧)인 의정(義淨·635~713)이 쓴 「구법고승전」에서, 스리위자야 왕국에는 천여 명의 승려가 학문과 수행을 하고 있었다는 기록에 주목했던 것이다.

바로 그 스리위자야 왕국이 지금의 인도네시아 수마트라에 있었던 동남아시아 초기불교왕국 중의 하나였기 때문이다. 특히 이 왕국은 중국과 인도의 해양루트의 중간 지점에 위치하여 인도를 오가는 승려들의 방문이 잦은 곳이었다.

수마트라 섬은 세계에서 여섯 번째 큰 섬이며, 남동쪽으로는 순다 해협을 경계로 자바 섬이 있다. 북쪽으로는 말라카 해협을 경계로 말레이 반도가 있다. 말레이 반도는 육지의 끝, 일테면 『삼국유사』에서 언급한 지하(地下·땅 끝)에 해당하는 셈이다. 그리하여 나는 명랑스님이 신인의 비법을 전해준 용궁은 수마트라의 스리위자야 불교왕국일 가능성을 막연히 점치고 있었다. 애초에 내가 티베트로 떠날 당시의 최종목적지를 그곳으로 정한 이유도 바로 그 때문이었던 것이다.

일설에는, 명랑법사가 귀국길에 공포의 미려를 피해 안남(安南·베트남)의 동북부 해안에 이르러 그 지역의 어느 절간에 잠시 머물러 포교하면서 때를 기다려 신라로 돌아왔다는 이야기도 있다. 그 과정에는 스리위자야 불교왕국에 수도하러 와 있던 안남인 승려가 명랑법사의 공력(功力)에 감동하여 귀국길에 따라나서 굳이 안남을 거쳐 가기를 간곡히 요청하고 권유한 사연 때문이라고도 한다. 1992년 12월 한국과 베트남 간에 국교가 성립된 5년 뒤인 1997년 겨울, 나는 북부 베트남으로 여행을 갔다가 항구 도시인 지금의 하이퐁(海防)에 있는 어느 불교사찰을 둘러보던 중 우연히 한 동국인(東國人) 승려의 전설을 들은 바 있었다. 그때는 전혀 몰랐으나 뒤늦게 깨달은 바는 그가 곧 명랑법사로 추정될 만한 인물이었던 것이다.

하지만, 신라와 스리위자야 불교 왕국과의 교류에 관한 기록과 흔적이 불확실하여 솔직히 마음 한 편에선 그런 모든 사연들이 긴가민가했었다. 라오스에서 인도네시아로 가는 걸 포기하고 중간에서 갑자기 귀국한 데는 익숙하지 못한 환경 때문에 몸에 탈이 난 까닭도 있지만, 한편으론 스리위자야 왕국에 대해 뚜렷한 확신이 서질 않았다는 이유가 더 진실에 가깝다.

그러던 차, 금년(2012년) 1월 5일 KBS 1TV 〈역사스페셜〉—랭턴 박사의 역사 추적 제1부—'신라 인면(人面) 유리구슬의 비밀'이란 방송을 보면서 깜작 놀랐다.

내가 찾고자 했던 명랑의 귀국길을 그곳에서 보았기 때문이다. 그것은 명랑이 해룡의 청에 따라 용궁에 들러 탄트라불교[身密]의 비법을 전한 곳과도 연관돼 있었던 것이다.

나는 그 수수께끼의 답을 국육(國育·명랑법사의 속명)을 잉태한 그 어미의 태몽에서 찾을 수 있었다. 자장법사의 누이인 남간부인[107]은 푸른빛 구슬을 입에 삼키는 꿈을 꾸고 명랑을 임신하였다. 푸른빛이 도는 구슬이란 이미지에서 나는 단번에 유리구슬과 옥구슬로 만들어진 염주의 둥근 알을 연상하였다.

미추왕릉(재위기간·AD262~284년) 근처 무덤에서 출토된 신라 인면유리구슬이 이와 유사하다. 내가 본 그 TV프로는 이것과 동일한 제작지가 인도네시아 자바 섬, 즉 자바티무르(동자바)의 젬버 지역이었던 것을 런던대학교 고고학자 제임스 랭턴 박사가 밝혀내는 과정이었던 것이다.

말하자면 신라의 인면유리구슬도 자바 섬에서 만들어져 신라에 전해진 것임에 틀림없어 보였다. 그렇다면 5~6세기경엔 물론이고 그 이전부터

---

107) 남간부인 : 진골출신 명랑법사의 어머니며, 자장의 누이동생이다. 그러니까 자장은 곧 명랑의 외삼촌. 또, 선덕여왕과는 사촌지간이다. 따라서 명랑은 선덕여왕의 조카뻘이 된다. 『삼국유사』'명랑 신인종'의 기록에 의하면 남간부인은 푸른빛 나는 구슬을 삼키는 꿈을 꾸고 명랑을 임신하였다고 한다.

벌써 신라와 인도네시아의 동자바 섬 사이엔 해로가 열려있어 고대로부터 선박의 왕래가 있었다는 셈이 된다. 그 제작지인 자바티무르에서 신라까지의 길이 뒷날 명랑이 티베트를 거쳐 스리위자야국에 머물렀다 돌아온 해상의 길이었다는 결론에 이르렀다.

나는 이제 더 이상 망설일 이유가 없었다. 그 길로 나는 '인면유리구슬'을 전시해 둔 국립경주박물관을 찾아가 직접 그 유물 앞에 섰다.

투명한 유리 상자로 만든 전시실 안쪽에 8가지 옥을 연결하여 제작된 목걸이 형태를 유심히 살펴보았다. 게시된 자료에는 1973년 경주 미추왕릉 C지구 3호 고분(돌무지덧널무덤)에서 출토된 것이라는 설명이 붙어 있었다. 목에 걸었을 때 뒷목 쪽에 해당하는 부분엔 작은 28개의 푸른 유리구슬이 달려 있고, 목 앞쪽 부분은 좌우 16개 주홍유리 구슬이 가지런히 꿰어져 있다.

이렇듯 목걸이에는 재질, 형태, 크기, 색상에서 상당한 차이를 보이는 다양한 옥구슬들이 조화롭게 어울려 달려 있었다. 마노제의 곱은옥, 다면옥, 벽옥제의 대롱옥, 수정제의 대추옥, 유리제의 둥근 옥 등, 대체로 8가지 옥이 연결되어 있는데 색상도 진주홍, 파랑, 초록빛 등으로 다양하다.

이것이 특히 주목을 받은 이유는 바로 문제의 희귀한 인면유리구슬이 달려 있었기 때문이다. 둥글게 연결된 목걸이의 좌측에는 1개의 푸른 관옥(管玉)이 배치되어 좌우 균형을 맞추고 있다. 그 밑에는 투명 유리구슬, 수정으로 만든 구슬, 주홍색 곱은옥이 각각 한 개씩 달려 있다. 그 가운데 지름 1.8㎝에 이르는 대형 유리구슬 1점이 바로 그 '인면옥(人面玉)'이었다.

관람객의 편의를 위해 확대경을 고정시켜 놓았는데, 확대경 속에 나타난 그림이 특히 눈길을 끌었다. 구슬 속에 파랑, 노랑, 빨강, 흰색, 초록의 색유리에 사람의 얼굴과 새와 나무와 흡사한 무늬가 정교하게 들어 있다. 이와 같은 그림이 들어있는 경우는 처음 출토된 경우라고 한다.

전시실 한쪽에 특수 촬영한 사진도 함께 게시되어 있었다. 미소를 머금은 이국적인 네 사람의 얼굴이 보인다. 그리고 두 그루의 나무, 여섯 마리의 새가 새겨져 있다. 파란 배경에 흰 얼굴의 인물, 빨갛게 도드라진 입술을 가진 네 사람의 표정이 상감기법으로 표현돼 있다. 보관(寶冠)을 쓴 것 같기도 하고, 혹은 상투를 튼 것 같기도 한 머리에 눈은 푸른색이며, 양쪽 눈썹은 미간이 없을 정도로 맞붙어 곡선을 이루고 있다. 전체적으로 높은 코, 하얀 피부, 파란 눈 따위.—그들은 신라인과는 판이한 용모였다.

나는 거기서 하나의 중대한 단서를 발견했다. 그 단서가 나를 심히 들뜨게 하였다. 나는 영국의 고고학자 랭턴 박사가 지난 12년간 신라의 '인면유리구슬' 제작지를 찾아 떠났던 길을 가기로 굳게 마음먹었다. 바로 그 제작지인 자바티무르(동자바)에서 명랑법사가 신라까지 귀국길에 오른 항해경로를 유추해볼 수 있으리라 확신하였다.

* * *

인천 국제공항에서 출발한 비행기가 착륙할 때 기압 때문에 몸과 마음이 움츠려졌다. 비행기는 자카르타 공항에 무사히 안착했다.

'메르데카 광장'에는 수많은 오토바이들과 거리를 꽉 메운 자동차들과 사람들의 흐름이 뒤섞인 교통체증으로 눈이 어지러울 지경이었다.

"아, 자카르타는 정말로 번잡한 도시구나!"

무심코 입에서 그런 말이 튀어나왔다.

나는 버스 창밖에 줄지어 움직이는 자동차 행렬들 사이로 떼 지어 달리는 오토바이와 행인들이 함께 뒤엉킨 거리를 보자니 숨이 막혔다. 세계에서 인구밀도가 제일 높은 도시에 속한다는 소문 그대로였다. 짜증나는 교통체증, 적도의 열기, 자동차의 매연, 시끄럽게 웅성거리며 들끓는 인파의 소음들이 이를 증명하고 있었다. 차창 밖으로 그런 것들을 우두커니 내다보며 내가 탄 순다켈라파(Sundakelapa) 행 버스가 얼른 이 도시를 빠져나가길 바랐다.

〈역사스페셜〉이 방영되기 전에는 신라의 인면유리구슬 속에 그려진 그들의 정체를 대체로 서역인 혹은 로마인이라고 생각해 왔다. 따라서 이 유물의 제작지가 서역이나 로마일 것이라는 추측을 낳았다. 모든 학자들의 공통적인 견해였다.

어쨌든 이 유리구슬이 신라에서 만들어진 것이 아닌 외국에서 만들어져 유입된 것임에는 틀림없었다. 8개국을 찾아 헤맨 랭턴 박사가 마침내 미국 샌디에이고의 한 박물관에서도 신라의 그것과 흡사한 인면유리구슬과 만나는 장면이 보도되었다.

2012년 1월 5일에 처음 방영된 제임스 랭턴 박사의 역사추적 제1부 〈신라 인면유리구슬의 비밀〉에 이어, 19일의 제2부에서는 이 유리구슬의 실제 제작 장소라고 볼 만한 종착지를 추적해 가는 과정이 소개되었다. 그리하여 동일제품을 생산하는 유리공방이 있는 자바티무르(동자바)의 젬버 지역 '레독옴보'가 그 종착지로 떠올랐다.

드디어 탐사의 실마리가 풀린 느낌이었다. 그것을 본 나에게 랭턴 박사가 추적해간 종착지는 마치 명랑의 귀국길에 들렀던 용궁을 찾은 것과 똑같은 의미를 연상케 해주었기 때문이다.

더 이상 머뭇거릴 이유가 없었다. 나는 날씨가 좀 풀리는 2월 말경의 해토머리에 출발할 예정으로 여행준비를 다 끝냈다. 그리고 명랑법사를 초청한 용궁(龍宮)이라 표현된 섬나라 불교왕국을 찾아 인도네시아 행을 결행한 것이다.

　버스가 자카르타 시가지를 벗어나자 갑갑하던 기분이 금세 좀 나아졌다. 소란하고 번잡한 도시의 풍경 대신 아열대 기후의 이색적 풍광이 시원스레 펼쳐진다. 차가 달리는 동안 풍경의 구도가 시시각각 바뀐다. 열대지방의 낯선 풍물들이 야자나무 울창한 차창 너머로 연이어 나타났다 밀려갈 동안, 여기까지 오게 된 지난날들이 언뜻언뜻 머릿속을 스쳐갔다. 그러다가 이윽고 순다켈라파에 도착한 직후부터는 갑자기 시간이 멈춘 것 같았다. 중세 대항해시대의 유적과 건물의 흔적이 남아 있는 옛 도시로 시간여행을 온 기분이었다. 타임캡슐 같은 옛 건축물들이 지나간 그 시절의 역사를 말없이 이야기해 주고 있었다.

　고대 해상왕국의 항구도시였던 순다켈라파에는 몇 백 년 전에 지어졌을 네덜란드 풍의 건물들이 아직 남아 있다. 나는 항구의 방파제 앞 조그마한 노점 카페의 의자에 앉아 알록달록한 원색으로 칠해진 나무배들이 정박해 있는 모습을 보면서 한때 번성했을 옛 항구의 정취를 풍기는 바다 냄새를 맡아본다.

　자카르타 쿠타에서 멀지않은 순다켈라파 항구에 온 지 불과 몇 시간도 지나지 않았지만 내가 알게 된 것은 많았다. 17세기 초 자카르타에 네덜란드의 동인도회사가 들어선 후 인도네시아는 네덜란드의 식민 지배를 받게 되었다. 그 식민지 시절 이곳 순다켈라파가 동인도회사의 물자를 나르던 중요 항구였던 사실, 그래서 500년 전엔 숱한 범선들이 향신료를 싣고 드나들던 은성(殷盛)한 도시였다는 점 등이었다.

그런데 번영의 한 상징 같았던 항구란 느낌은 이젠 사라지고 없었다. 과거 동서양 교류의 한 거점이었던 그 자리엔 대신 손을 잡고 산책하는 연인들, 회교도의 히잡을 쓴 여성들, 힌두교, 기독교 문화가 공존하는 모습들이 눈앞에 펼쳐지고 있었다.

중국 윈난성을 통해 티베트로 들어가 밀교 신인(神印)의 비법을 갖고 라오스, 태국 또는 베트남 등의 여러 나라를 요리조리 관통하며 흐르는 메콩강 하류를 벗어나, 마침내 순다해협을 거쳐 순다켈라파 항구에 도착한 명랑의 길을 머릿속으로 그려본다. 명랑스님이 거쳐 갔을 그 발길의 일부를 따라온 나의 행위는 단순히 의지의 문제라기보다 내면 깊숙한 데서 울려온 마음의 소리에 순응한 결과였다.

'아마 나의 내면에 명랑의 영(靈)이 깃들어 좋은 길을 인도하시는 대로 마음이 움직이는 거겠지.'

그런 생각이 들자 불안한 마음도 없어졌다. 음료수 맛도 상큼하게 느껴진다.

"슬라맛씨앙(낮인사), 아빠까바르(안녕하세요)."

누군가 내 옆에 와서 인사말을 건넨다. 나는 앉은 자리에서 힐끔 올려다보았다. 목소리의 주인공은 외관상 30대 중반쯤의 아직 젊은 사람이었다. 그는 내 앞에서 흔히 불자들이 그러듯 공손하게 합장(合掌)을 하고 있었는데, 인도네시아 전통 옷인 화려한 문양의 바틱을 입었고 피부색으로 미루어 이곳 토박이가 분명해 보였다.

"아빠까바르."

나도 그 사람처럼 얼른 합장한 채 응답했다. 그러나 더 이상 할 말도, 뒷말을 이어나갈 재주도 없었다. 설령 말하고 싶은 게 있었다 해도 단지 몇 마디 배운 나의 인도네시아어 수준으로 의사소통은 애초에 불가능했다.

사내는 빙그레 웃으며 내게 무슨 용무라도 있는 양 어색하게 서서 내 곁을 떠나지 않는다. 나는 이상히 여겨,

"저어…… 나한테 무슨 볼일이라도 있는 게요?"

알아듣든 못하든 그냥 한국말로 물었다. 그리고는 내 앞에 놓인 작은 테이블 옆 의자를 손짓으로 가리켰다.

"하여간, 좀 앉으시죠."

"뜨리마까시(감사합니다)."

그는 뜨악해 하는 내 시선은 아랑곳하지 않고 선한 표정으로 환히 웃더니, 엉거주춤 자리에 앉는 것이었다.

그때 한국말이 들렸다.

"실례지만…… 한국에서 오신 분 맞지요?"

그 젊은이의 입에서 느닷없이 이런 한국어가 흘러나오는 바람에 나는 한 순간 어안이 벙벙해졌다. 좀 전에 내가 뱉은 한국말을 이미 다 알아듣고서 천연덕스럽게 한국인이 맞느냐고 넉살을 부리는 태도라니!

나는 몹시 당혹스러웠다. 정말 예기치 못한 일이었기에 그만큼 놀라운 반면, 또 한편으로 반갑기도 했다. 모든 게 낯선 외국에서 모국어를 듣는 기쁨은 금세 상대방에 대한 의구심과 긴장의 끈을 푸는 매개체 역할을 하는 것일까?

"예, 그렇소. 한국인이란 건 맞는데…… 도대체 누구시기에 내가 한국

사람인 걸 금방 알아보시오?"

그가 한국어를 능숙하게 잘 할 줄 안다는 사실보다 외양만 보고서도 금방 한국인임을 알아보는 것이 내겐 더 신기했다.

"어르신, 이런 얘기하면 좀 이상하게 들리겠지만, 전 한국에 7년간 살았어요. 일자릴 구해 한국으로 건너가 여러 직종에서 일한 적이 있거든요. 한 때는 경기도 안산에 있는 가구 공장에서 목공 일을 했었죠. 거기 사장님 외모랑 어르신의 모습이 상당히 많이 닮아서, 처음엔 멀리서 보고 오히려 제가 놀랐는걸요."

나는 그 목소리의 주인공 얼굴을 새삼스럽게 훑어보았다. 나를 두고 '어르신'이란 단어를 쓸 줄 아는 걸로 짐작컨대, 아마도 백발이 희끗희끗한 내 외양 탓이렷다. 뭐 아무튼, 노인 공경의 한국 풍속이나 문화에 대한 인식까지 지닌 이 외방의 젊은이가 왠지 기특해 보였다.

가무잡잡한 얼굴에 눈썹이 짙고 쌍꺼풀이 뚜렷한 커다란 눈동자, 오똑한 콧날, 각이 진 날카로운 턱선 등이 첫눈에 꽤 고집스러워 보였다. 그러나 그 대신 입가엔 줄곧 미소가 어려 있어 볼수록 호감이 갔다. 전체적으로 선한 용모였다.

"한국에 있을 땐 고생께나 했겠구려."

그런 말로써 나는 지레짐작으로 그가 혹시 한국에서 차별대우를 받으며 마음속에 쌓였을지도 모를 어떤 앙금 같은 걸 위무해주고자 했다.

"웬걸요, 그렇진 않았어요. 비록 보수는 많지 않았지만 그래도 가구공장에 있을 때가 제일 맘 편하게 지냈던 것 같아요. 처음엔 합법적인 기능 인력으로 한국에 들어와 정해진 연한이 끝나면 귀국해야 하는데 그만 돈벌이 욕심 때문에 잠적해서 불법체류자로 몇 년을 더 버텼던 셈이고요. 고국의 가난한 가족들 생각에 그랬죠. 브르모 산의 화산재가 제 살던 마을을 뒤덮는 바람에 집도 땅도 잃었어요. 마을 사람들이 뿔뿔이 흩어질 때 우리 일가족은 친척인 텡거르족이 사는 유황산에 가서 유황을 주워 팔며 근근 이 살았죠. 텡거르족은 예부터 '구름 위의 사람들'이란 뜻으로 불리던 고산 족이에요. 그들 틈에 끼여 사는 가족들을 생각하면 한국에서 어떻게든 돈 을 좀 더 만들어 집으로 송금해야겠다는 일념뿐이었거든요. 그래서 힘든 일, 궂은 일, 가리지 않고 보수가 더 많은 곳을 찾아다니며 부산으로 내려 와 고기잡이배도 타봤고, 창원 공단에선 철공소 일도 해봤어요. 소위 3D 업종에선 일손이 모자란 한국 사정으로 그나마 불법체류를 눈감아주데요. 비록 좀 힘들다 해도 그건 고국에서의 삶에 비하면 아무것도 아니었죠. 하 여간, 저로선 한국 사장님들의 배려로 많은 도움을 받은 셈이에요."

그래서 최소한 자기는 한국에 대한 인상이 나쁘지 않았다고 웃으며 되 레 나를 안심시켜주는 듯이 말했다. 그건 어쩌면 좀 전에 그를 위로해주려 던 내 속마음을 읽고 있는 것 같게도 느껴졌다. 나는 사려 깊은 이 낯선 젊 은이의 마음씨에 잠시 감동되어 고개를 끄덕거렸다.

"실례지만, 이름이 어떻게 되오?"

내가 물었다.

"부디만 불란입니다."

하고 사내는 공손히 대답하며 가볍게 고개를 수그렸다.

"아, 그래요? 한국에서 산 적이 있으니까 대충 알다시피 한국사람 이름 은 나름대로 뜻을 담아 짓는데, 혹시 그 이름에도 뜻이 있소?"

"예. 자바지역에서 잘 쓰는 이름으로, 부디만(Budiman)은 '지혜, 현명, 친절'이란 의미고, 불란(bulan)은 달[月]을 뜻합니다."

"성씨는?"

"전 성이 없어요. 인도네시아 자바 섬 사람들 대부분이 그냥 이름만 사용합니다."

"아 그래요? 거 참, 놀랍네."

나는 약간 과장된 탄성과 함께 고개를 끄덕이고는,

"이보게, 부디만 불란, 난 아까부터 이 말을 꼭 해주고 싶었는데…… 아무리 한국에서 7년간 살았다 해도 그렇지, 어쩌면 한국어를 그렇게 잘 하시오? 진짜 한국사람 못잖소."

하고 진심으로 칭찬을 아끼지 않았다.

"글쎄요, 전생에 제가 한국인이었는지도 모르죠. 하하하……. 물론 제 말은 농담이구요. 사실 이곳에는 한국어를 할 줄 아는 사람들이 제법 있어요."

"그래요?"

"예. K-POP 가수들과 한국 TV드라마, 또 싸이의 '강남스타일' 같은 한류열풍이 이곳 인도네시아 사람들, 특히 젊은이들의 마음을 사로잡은 지꽤 오래됐어요. 그 덕분에 한국어를 정규과목으로 택한 학교들도 많이 늘었고, 저처럼 '코리안 드림'을 품고 돈벌이를 위해 한국행을 꿈꾸는 사람들에게도 한국어학습 붐이 일고 있죠. 한국에서처럼 여기서도 지방대학을 나오면 별 볼일 없거든요. 그래서 한국으로 돈벌이를 위해 갔던 거구요. 당시 함께 갔던 제 친구 요비와 사촌 아나스는 귀국 후 둘 다 관광회사에 취직해 있어요. 주로 한국인 상대의 가이드랑 관광버스 전용기사로 일하는데, 말하자면 한국어로 먹고사는 셈이랄까……. 이래저래 요샌 한국어를 할 줄 아는 걸 은근히 자랑스럽게 여기는 풍조마저 생겼죠. 인도네시아에는 200개가 넘는 다민족들이 어울려 살고 있는 만큼 다양한 부족언어들이 있어요. 다만 의사소통을 위해 바하사 인도네시아어를 표준어로 삼고 있지만, 자기들 부족어를 표기할 문자가 없는 종족들도 많아요. 특히 그 중에 찌아찌아족이 한 때 한글을 자기네 표기문자로 채택했었죠. 그런데 고유문자가 없으면 영어 알파벳으로 표기해야 한다는 정부 시책에 어긋나 지금은 한글이 금지되긴 했죠. 그래도 저들끼리는 한번 배운 한글을 여전히 쓰고 있는 사실 관계의 전말도 이미 잘 알려져 있고요."

"아, 그렇구나!"

나는 무심코 내뱉었다. 신라승려 명랑이 스리위자야국에 건너와 전파한 밀교의 뿌리와 결코 무관하지 않게 새로운 형태로 싹트는 한류 문화의 생명력을 보는 것 같아서였다. 그런 일말의 감회에 젖어 멍하니 생각에 잠겨 있는 차에, 사내가 불쑥 내게 물었다.

"그나저나, 어르신께선 적잖은 연세로 보이시는데 홀로 배낭여행을 오신 연유가 참 궁금합니다. 제 짐작엔 아마 여기서 그다지 멀지 않은 '보로부두르'를 보러 오신 거겠죠?"

"아니. 왜 그렇게 지레짐작하시오? 보로부두르가 유명한 곳이란 건 나도 잘 알지만, 거길 꼭 가봐야 할 이유가 있는 건 아니오."

"아, 그러세요? 몰랐습니다. 인도네시아 방문객이라면 불교도가 아니더라도 대개 누구나 반드시 한 번쯤 들르는 명소니까요. 한국관광객들이 즐겨 찾는 여행코스도 대게 보로부두르나 자바 섬 동쪽 휴양지인 발리거든요."

"그야 그렇겠지만, 실은 내가 예까지 온 목적은 따로 있어요. 아득한 옛날에 존재했던 스리위자야국에 대해서 좀 알고자 해서 말이오. 지금부터 대략 1300년 전쯤이니까 7세기의 일이오. 명랑이란 신라승려가 스리위자야국에 와서 머물렀다 간 이야기가 예전부터 전해왔지. 그래서 난 그 궤적을 더듬어 예까지 온 셈이라오. 부처님의 원력에 의해 이끌려 왔다 할까…… 만약 추정한 바가 사실이라면, 어떤 형태로든 명랑스님의 흔적이라도 접할 수 있을까 해서 말이오. 아무튼 신라는 고대 한국의 세 나라 중 하나였소."

"예. 저도 한국에 살아봤기에 신라에 대해서는 알고 있습니다. 옛 왕도였던 서라벌이 경주라는 것도 익히 들었는데 직접 가본 적은 없어요. 그러나 스리위자야 왕국에 관해서라면 제가 웬만큼은 알고 있습니다. 인도네시아 수마트라 섬을 거점으로 발전한 고대 해상왕국이었어요. 9세기 중엽인 864년까지 크게 번성했다가 이후 자바에서 그 자취를 감추었는데, 심지어 14세기까지 존속했다는 설도 있고요."

그 순간, 내 귀와 눈이 동시에 번쩍 띄었다.

"아! 당신이 역사에 대해 뭘 좀 아시네. 이거 정말 듣던 중 반가운 소리구먼."

너무 반가운 나머지 나는 그만 엉겁결에 사내의 손을 덥석 잡았다. 그는 쑥스러운 듯 나를 바라보며 어색하게 또 그 선한 웃음을 흘렸다.

"대학 다닐 땐 역사에도 제법 관심이 있어서 도서관을 자주 들락거렸죠. 역사서랑 불교 관련서적들도 그때 꽤 탐독했고요."

"그래, 때마침 당신을 만나 정말 잘 됐구려. 내가 알고 싶은 바를 혹시 들을 수 있으려나? 우선 마실 거라도 함께 들면서 얘기하세. 이곳에 관한 고대 역사라든가 불교에 관한 얘기라든가……. 뭐, 그건 그렇고, 이거 참 대단히 미안한데 아무래도 난 인도네시아 말을 모르니까 자네가 주문을 좀 해주게나. 물건 살 때 '바라빠하르가냐(얼마입니까)'라는 기본 말밖엔 더 몰라. 하여간, 목 좀 추길 수 있게 아이스커피든 콜라든 시원한 거 아무거나. 거기에 간단한 군것질거리라도 곁들이면 좋고…….."

나는 지갑에서 미화 10달러짜리 한 장을 꺼내 부디만 불란에게 선뜻 건넸다. 출국하기 전 미리 공항에서 얼마간 환전했던 루피아도 있었지만, 현지 물가에 대해 잘 모르는 나로선 그가 알아서 계산하도록 전적으로 맡기는 게 오히려 편했다. 나는 인도네시아화폐 10만 루피아가 한화로 1,100원 정도라는 것만 알고 있었다.

잠시 후 사내가 노점 카페에서 만들어 파는 열대산 과일주스 두 잔 외에도 페트병에 든 콜라와 군것질거리인 땅콩, 육포 등을 쟁반에 받쳐 든 점원을 앞장세워 약간의 잔돈까지 챙겨갖고 돌아왔다. 그와 나는 우선 과일주스 한 잔씩으로 시원하게 목부터 추겼다.

"아까 하던 얘기의 후속인데……."

하고 나는 서둘러 말을 꺼냈다.

"내가 확실히 알고 있는 게 뭐고 하면, 서기 671년에 중국 당나라 학승(學僧)인 이징(義淨·의정)이 스리위자야국을 거쳐 인도로 갔는데, 그때 그가 남긴 기록에 〈스리위자야국엔 천여 명의 승려가 학문과 수행을 하고 있었다.〉라는 게 있어요. 물론 그 전에는 아직 불교가 보급되지 않았다는 기록도 있고.…… 예컨대, 중국 승려 파셴(法顯·법현)이 불교 경전을 인도에서 얻어 서기 414년 귀국길에 인도네시아 지바 섬을 들렀을 때 남긴 기록이 그거요. 뭐라고 적었느냐면, 〈이곳엔 브라만교만 번성할 뿐, 불교는 존재하지 않는다.〉고 했단 말이오. 7세기가 되면서 비로소 좀 전에 말한 그 중국 승려 이징이 자바 섬과 수마트라 섬을 불교의 중심지로 묘사하고 있는 걸로 미루어, 그 무렵엔 불교가 자바에도 이미 보급되었단 사실을 알수 있지. 그런데 혹, 내가 말한 그 신라스님 명랑에 대해서 아는 바는 없을까?"

"글쎄요, 이징의 기록대로 스리위자야국은 7세기 무렵 동남아 초기불교왕국임엔 틀림없습니다. 그 뒤 8세기경 자바 섬에서 발흥한 족자카르타 해상 불교왕국이었던 사일렌드라 왕조가 축조한 세계최대 불교 사원이 바로 '보로부두르'예요. 현재 인도네시아의 국민 85% 이상이 이슬람을 믿지만, 자바 섬 동쪽의 발리 사람들은 또 대부분 힌두신자예요. 이처럼 인도네시아에선 종교의 종류나 번성기가 시대에 따라 바뀌어 온 거죠. 현재 국가에서 공인된 6개의 대표적 종교는 이슬람교, 불교, 힌두교, 로마가톨릭(천주교), 개신교, 유교예요……. 족자카르타에 가보시면 쉽게 느낄 수 있는데, 고대왕국들의 번성했던 역사가 그대로 보존돼 있죠. 사일렌드라 왕조 이후에 발흥한 마타람 왕국 역시 족자카르타를 왕도로 삼아 16~17세기에 걸쳐 새로 건설했기에 더욱 그래요. 그 이름마저 '번영한 도시'란 뜻의 '족자'와 '고요하고 평화로운'이란 뜻의 '카르타'란 말이 합성된 거죠."

"음, 무슨 말인지 알겠는데…… 그렇다면, 왕조 혹은 국가의 변천이나 시대에 따라 종교도 다양하게 바뀌어 왔다는 걸 전제로 하고서 얘기해 보세. 이미 7세기부터 번창했던 스리위자야 왕국의 불교가 한 세기나 뒤진 8세기경 자바 섬에서 일어난 그 사일렌드라 왕조에도 전파되었을 개연성을 완전히 배제할 수는 없는 일 아니겠나? 이론상으로 말이야……."

"예, 이론상으로는 충분히 가능한 추정입니다. 선생님 말씀대로 414년에 인도에서 불교 경전을 얻어 뱃길로 돌아오던 중국 승려 파셴이 자바 섬을 경유했던 일이나 그 후 671년에 역시 해로를 통해 중국에서 인도로 가던 당나라 학승 이징이 수마트라 섬의 스리위자야국에 들렀던 일들은 인도네시아가 그 해상경로의 중간 기착지였다는 사실을 잘 증명해주고 있지요."

"그야 당연한 얘기 아닌가."

나는 그의 이야기가 자꾸 핵심에서 벗어나 변죽만 울리고 있는 듯해서 듣고 있기가 왠지 좀 답답해졌다.

"사실은, 그 훨씬 이전부터 아랍 상인들은 중국 연안으로의 통로를 개척할 수 없어 말라카를 기점으로 보르네오-필리핀-대만을 경유하는 해상루트를 발견했던 겁니다. 그들에 의해 중국 도자기를 비롯해 각종 상품들이 남방경로를 통해 다시 필리핀, 보르네오를 거쳐 서쪽으로 유입되었지요. 말하자면, 말라카 해협을 통과하기 전의 중간 기착지가 바로 인도네시아거든요. 따라서 당연히 수마트라 섬을 거점으로 발전한 고대 해상왕국인 스리위자야국 역시 그 교역로에 있었던 이점으로 번성했던 거겠죠. 템포산 꼭대기에 지은 화려한 스리비야 궁전엔 호수가 펼쳐져 있고, 왕과 신하와 백성들이 모두 신심이 깊었던 불교왕국의 하나였어요. 그렇지만 아까 말씀하신 그 신라스님 '명랑'에 대해선 금시초문이에요. 그 대신, 아주 옛날부터 전해오는 전설이 하나 있긴 합니다. 동국(東國)에서 온 '마타하리불란'에 관한 이야긴데요……."

"에엣? 마타하리불란?…… 대체 그게 어떤 전설이오? 궁금하니 얘기해주오."

나는 은근히 기대가 되었다.

"전설에 따르면 그 동국인 승려를 '마타하리불란'이란 이름으로 불렀다던데, 인도네시아어로 태양은 마타하리(matahari)이고, 달이 불란(bulan)인 것을 조합하면 일월(日月)이란 의미죠."

"아!"

나는 무의식중에 탄성을 질렀다. 그리고는 지푸라기라도 잡는 심정으로 그에게서 어떤 실마리를 얻고자 다그치듯 물었다.

"그래서, 그 사람이 한 일이 대체 무어요?"

"8세기경에 짓기 시작해 9세기 초에 완성됐다고 하는 보로부두르 사원은 조성된 지 얼마 지나지 않아 대지진과 화산 폭발이 일어나 화산재 속에 묻혔습니다. 그리고 약 천년 동안 밀림 속에 감춰져 방치돼 버렸죠. 그런데 이 신비로운 유적이 잊힌 이후에도 오랫동안 전해오는 이름이 하나 있었다는군요. 그것은 맨 처음 사원 설계에 관한 도상법(圖象法)을 전해준 전설적인 승려 '따니풀루'의 이름이에요. 동일인물을 지역에 따라 달리 부르게 된 것인지는 모르겠지만, 아시아 고산족인 아파타니족이 믿는 해와 달의 종교에서도 따니풀루를 숭상했다는데 그 뜻이 또한 일월(日月)이거든요. 그런 점에서 보자면, 따니풀루와 마타하리불란은 같은 인물의 다른 호칭이었던 것으로 짐작되기도 합니다."

"음, 듣고 보니 정말 그렇기도 하네. 그래서……?"

하고 나는 뒷말을 재촉했다.

"뭐 하여간, 제가 알기로는 동방의 승려 마타하리불란이 스리위자야 왕의 요청에 따라 이 해상왕국에 온 뒤로는 불교 탄트라[108] 수행법이 널리

---

108) 탄트라(tantra) : '탄트라'는 지식을 넓힌다는 뜻을 가진 산스크리트어. 탄트라 수행법에 따라 지혜가 넓혀지며, 또 〈한번 만들어진 것이 많은 사람에게 이익을 주는 것〉이라고 인식되었다. 구체적으로 말하면 「진리라든가, 진언(眞言)에 관한 심오한 내용을 다루는 것」이 곧 탄트라이다. 그밖에 우주의 진리를 둘러싼 사항과 신비적인 말에 대한 사항을 주재(主宰)한 성전(聖殿)을 가리켜 또한 '탄트라'라고도 일컫는다.

전파되었다고 합니다. 그리고 오랜 세월이 흐른 다음, 인도네시아는 17세기 초부터 네덜란드의 식민 지배를 받았습니다. 그러다가 또 1811년부터 1816년 사이에는 잠시 영국의 지배를 받게 된 기간이 있었지요. 이른바 자바 전쟁 때 인도네시아에 영국 총독으로 부임한 토마스 스탠퍼드 래플스가 화산재에 덮인 채 밀림 속에 폐허처럼 방치돼 있는 보로부두르 사원을 발견했는데, 세상에 처음 알려진 그 연대가 1814년이란 것만 확실합니다. 그러나 밀림 속 그 거대한 석탑의 불교 사원이 정확히 언제, 누구에 의해 만들었는지는 알 수 없습니다. 다만 864년까지 번성했던 스리위자야 불교 왕국이 자바에서 그 자취를 감춘 것으로 보건대, 불교의 우주관을 형상화한 이 건축물은 샤일랜드라 왕조에서 스리위자야국의 불교적 영향으로 조성됐을 것이라는 개연성은 있습니다. 7세기 어느 해, 동방의 승려 마타하리불란은 이곳에 건너와 비록 오래 머물진 않았지만, 그 분의 가르침과 정신에 영향을 받은 불교적 얀트라[圖象][109]가 훗날 보로부두르 사원에 반영됐던 게 아닐까 하고 짐작해볼 순 있겠죠."

하고 사내가 말했다.

나는 보로부두르 사원에 대해 나름대로 꽤 소상히 알고 있는 이 젊은이의 이야기에 열중해 있는 동안 어느 한 순간 가슴을 훑고 지나가는 야릇한 전율을 느꼈다.

승려 '일월(日月)'의 의미 속에 '명(明)'이란 비밀이 숨겨져 있었다.

그렇다. 명(明)이나 랑(朗)의 글자가 똑같이 '밝음'이란 뜻이니, 명랑(明朗)은 곧 일월(日月)의 밝음이 아니던가! 마타하리불란이 다름 아닌 명랑이

---

109) 얀트라(Yantra · 圖象) : 주술적 대상을 상징적으로 모방하여 만든 물건. 여기에선 하늘의 세계를 조형물로 건축하여 인간들의 마음을 통제할 수 있게 한 것임.

란 의미와 곧바로 연결되는 순간이었다. 전율은 금세 환희로 바뀌었다.

내 가슴속에서 형용할 수 없는 기쁨이 솟구쳤다. 드디어 전설의 흔적을 찾아왔지 않은가!

이제 운명의 나침판이 가리키는 방향을 향해서, 그리고 명랑의 궤적을 좇아서 자바 불교왕국의 거대한 자취인 보로부두르 사원을 꼭 둘러보기로 나는 내심 작정하였다. 어쩌면 그것이—한갓 터무니없는 전설처럼, 『삼국유사』 속에 '명랑이 용왕에게 전해준 신인의 비법'이라고 기록해 놓은—불교의 탄트라 세계가 훗날에 하나의 상징적이며 구체적인 얀트라로 조형된 흔적이었을지도 모른다. 나는 그렇게 생각했다.

어느새 태양이 서쪽 하늘로 훨씬 기울었다. 적도(赤道)의 나라에서 바라본 저물녘의 태양은 유난히 크고도 시뻘겋다. 지는 해 주변에 떠있는 구름들이 붉게 채색되고, 사방에 황혼이 서리기 시작한다. 바다도 저녁놀 속에 조용히 가라앉고 있다. 우리는 잠시 이야기를 중단한 채 무연히 그 바다를 바라보았다. 햇빛에 반사된 수면에서 잔주름을 짓는 물결들이 쉼 없이 주홍빛으로 반짝거리고, 항구에 떠 있는 작은 배들은 일렁이며 오는 밀물에 흔들렸다.

"참! 이런 말 하면 실례가 될지 모르지만, 지금은 뭘 하고 지내시오?"

나는 바다로부터 시선을 거두고 문득 생각난 것처럼 물었다.

"아, 예에. 현재는 당분간 아무 일도 하지 않고 놀고 지냅니다. 한때는 제 친구 요비와 사촌 아나스랑 같이 저도 여행사에서 일한 적이 있지만 그만두고, 요샌 한국과 관련된 사업을 하나 해보려고 준비 중이에요. 구상은 이미 다 돼 있는데 어디서 시작할지 여기저기 마땅한 장소를 물색하느라 돌아다니고 있고요. 때마침 오늘 여기 순다켈라파에 들른 것도 그 때문인데, 뭐 자세한 건 더 묻지 마십시오."

사내는 약간 쑥스러운 듯 손사래를 치며 웃는다.

현재로선 아무 일도 않고 놀고 지낸다는 말을 천연덕스럽게 내뱉는 걸 보니 남을 속이거나 거짓말을 할 사람은 아닌 것 같았다. 그러나 또 한편 내 머릿속 한 구석에선 처음 만난 사람에게 유난히 친절히 구는 이 사내의 정체에 대한 일말의 의구심이 들기도 하였다. 그것은 마치 우연히 만난 것처럼 가장하여 의도적으로 접근했을 것으로 의심되는 낯선 타국의 사내에 대해 본능적으로 반응하는 일종의 경계심이었다.

그가 대학을 다녔다는 것도, 자주 도서관을 드나들며 역사 공부를 했다거나 불교 관련 서적들을 탐독했다는 것도 어디까지 믿어야 될지 모를 일이었다. 단지 여행사의 관광 가이드 노릇을 하는 데 필요한 지식을 쌓기 위해 기울인 약간의 노력을 뻥튀기해서 상대를 믿게끔 하는 빤한 속임수일지도 모른다. 항용 사기꾼들의 수법이 그와 같아서 나중엔 결국 뒤통수를 치는 낭패의 함정에 빠뜨리기 십상인 것이다.

나는 그의 진심을 떠보려고 짐짓 어수룩한 노인네처럼 물색없는 제안을 불쑥 건넸다.

"요즈음 당분간 하릴없이 놀고 지낸다니, 시간적 여유가 있다면 내일쯤 보로부두르 사원까지 날 안내해 줄 수 있겠소? 기왕 예까지 온 김에 그 밀림 속 거대한 석탑들을 꼭 한번 둘러보고 싶어졌소. 아까 얘기한 그 동국인(東國人) 승려 마타하리불란과도 관련이 깊은 장소 같아서 말이오. 일부러 날 위해 동행해줄 수 있다면 나도 마땅히 그만한 수고에 보답하리다. 어쩌시려오?"

"보로부두르에 정말 가 보시려고요? 아까는 별 관심 없다 하시더

동남아
지도

▲ 인도네시아 일대의 지도

명랑법사가 귀국길에 들렀던 수마트라 섬의 스리위자야 불교왕국과 자바 섬의
보로부두르 사원 등의 위치. 티베트의 설산(雪山)에서 내려온 빙하의 물은 진
사강(金沙江)을 이루어 흘러내리다가 다시 란창강(瀾滄江)과 메콩강으로 갈라
진다. 명랑법사는 메콩강의 발원지로부터 라오스·태국·캄보디아의 접경지
를 흘러 마침내 베트남 남부를 관류하는 이 긴 강줄기를 거쳐 수마트라 섬으로
왔을 것이다. 그런데, 특히 상공에서 내려다본 현재의 보로부두르 사원은 거대
한 만다라 세계를 구현한 조형물임이 밝혀졌다.

니……."

"아깐 그랬지. 헌데, 자네 얘길 듣다 보니 갑자기 생각이 바뀌더구먼. 괜찮다면 나를 보로부두르 사원까지 데려다 주었으면 하오."

"예. 잘 알겠습니다. 어르신의 뜻이 정 그러시다면 기꺼이 동행해 드리지요."

"그래주면 내 반드시 사례하리다."

"아닙니다. 전 아무것도 바라지 않습니다. 사례 같은 건 정말 필요 없어요. 그 대신, 단 한 가지 조건이 있어요."

"그게 뭔가? 솔직하게 말해보게."

"인도네시아 탐방이 끝나고 귀국하시면 저를 한국에 한번 초대해 주십시오. 일찍이 황금의 나라로 알려진 신라의 서라벌 불국토, 그 천년고도인 경주에 꼭 한번 가보고 싶습니다."

사내는 웃으며 농담 반 진담 반 같이 말한다.

나는 예사롭지 않은 그 발언에 속으로 놀랐다. 여태 내가 어디 산다고 말한 적도 없는데 사내는 현재의 내 거주지가 경주라는 걸 이미 꿰뚫어보기라도 한 것 같아서였다.

"슬라맛 다땅(환영해요)."

나는 굳이 몇 마디 아는 인도네시아어로 답하고는 이렇게 덧붙였다.

"실은, 지금 내가 사는 곳이 경주요. 자네가 마치 그걸 알고 하는 소리같이 들려서 솔직히 놀랐다네. 좋아, 내 약속하지."

"뜨리마까시."

이번엔 사내도 모국어로 답하며 공손히 두 손을 모았다. 내가 약조의 증표로 손을 내밀어 악수를 청하자 그의 눈빛이 빛났다. 우리는 서로 손을 맞잡았다.

세상을 60년가량 살다보면 상대방의 정체를 어느 정도 꿰뚫어보는 심안(心眼)이 열리기 마련이다. 본인으로선 의식하지 못하고 있을 테지만 나는 잠시나마 그를 의심했던 사실이 겸연쩍었다. 더구나 아무것도 바라지 않고 보로부두르까지 동행하며 안내해 주겠다는 마음씀씀이가 너무 고마웠다. 나는 일종의 보상심리에서 나름대로 간단한 호의라도 베풀고 싶어 제안했다.

"날 위해 일부러 내일 시간을 내주겠다니, 고마운 마음에 오늘 저녁은 내가 사리다. 괜찮겠소?"

"예, 좋습니다. 선생님의 호의를 기꺼이 받아들이겠습니다. 고맙습니다."

사내는 다시금 합장한 채 깍듯이 고개를 숙였다.

차츰 어둠이 내리는 항구의 거리에 등불들이 켜지기 시작한다. 적도의 해가 진다. 마지막 저녁놀 속에서 일순 적막에 잠긴 듯한 주변의 건물들이 자주색으로 그윽하게 물들고 있었다.

"그런데, 숙소는 정하셨습니까?" 그가 물었다.

"아니, 아직……. 하지만, 아무데나 호텔은 있을 테니까 하룻밤 묵어갈 방은 구할 수 있지 않겠나?"

"예. 여긴 유명한 관광지가 아니라서, 미처 예약돼 있지 않더라도 방 구하긴 그리 어렵지 않을 겁니다. 그 점은 제게 맡기세요. 한때 제가 여행사에 근무했다고 말씀 드렸었죠? 그 당시 거래하던 이곳 호텔 중에 지배인으로 근무하는 '아리'라는 사람을 잘 알고 있으니 숙박 문제는 안심하세요."

"그럼, 그 문제는 하나 해결됐고, 이제 식사나 해결하세. 어디 소개할 만한 적당한 데가 있나?"

"예. 저만 따라오십시오."

부디만 불란이 앞장을 서 걷는다. 큰길로 나서자 현지 인력거인 '베차'
와 택시들이 드문드문 길가에 늘어서 있었다.

"우리, 뭐라도 타고 가야 하는 거 아닌가?" 내가 물었다.

"아뇨. 걸어가도 되는 거리예요. 먹거리 골목과 야시장이 요 근방에 있
으니까 조금만 가면 돼요."

그가 말한 지 2~3분도 채 되지 않아 어디선가 꼬치 굽는 냄새가 공기
중에 솔솔 풍겨왔다. 이윽고 우리는 야시장 골목으로 들어섰다. 좀 전에
맡았던 그 냄새는 쇠고기나 닭고기 등을 재료로 숯불에 굽는 냄새였는데,
'사떼'라는 꼬치구이라고 그가 알려주었다.

"인도네시아 스타일의 볶음국수인 '미고렝'이나, 해산물과 닭고기 돼지
고기 등을 각종 채소와 함께 넣어 볶은 밥인 '나시고렝' 같은 음식들은 한
국인의 입맛에도 아주 잘 맞을 거예요. '고렝'은 볶음의 뜻이고요. '미'는
밀가루로 뽑은 면발, '나시'는 밥이란 의미죠."

사내는 나를 돌아보며 친절하게 음식 이름에 대한 뜻까지 설명해주
었다.

"제일 맛있는 게 뭔지 한번 추천해 보게."

"한국의 소갈비찜과 비슷한 '른당'이라는 게 있죠. 제가 제일 좋아하는
음식이기도 하구요. 한국 돈 2,000원 정도로 가격도 저렴해요."

"그럼, 그것으로 하지 뭐. 아니, 기왕이면 여러 가지 음식들을 골고루
맛볼 수 있는 뷔페식당 같은 데가 없을까? 여기 말고 좀 근사한 데서 한턱
낼 테니까……"

나는 시끌벅적한 야시장 골목보다는 분위기가 좀 더 편안한 곳에서 느긋이 앉아 식사를 즐길 수 있는 데로 가자고 말했다.

"그런 곳을 원하시면 역시 뷔페식당이 좋겠군요. 제가 알기로는 뷔페 레스토랑에선 1인당 가격이 7만 5천 루피아인데, 한화로 계산하면 대략 6,500원 정도예요."

"그래, 그 정도면 안성맞춤이군. 딱 좋아. 그리로 가세."

그가 안내한 곳은 순다켈라파 항구의 야경이 한눈에 들어오는 언덕에 위치한 전망 좋은 레스토랑이었다. 야시장에서 약간 떨어진 높은 지대였는데 어차피 걸어가기엔 좀 멀어서 현지 인력거인 베차를 흥정해 타고 갈 때의 느낌도 적잖이 낭만적이었다. 베차는 30분에 3만 루피아를 달라고 했는데 우리 돈 3,000원 정도였다.

무엇보다 흡족했던 것은 한 번도 먹어본 적 없었던 갖가지 인도네시아 전통음식들을 저렴한 가격에 푸짐하게 맛볼 수 있었던 점이다. 특히 시중에서 규모가 큰 마트를 제외하면 대개 공식적으로 술을 팔지 않았는데 여기선 예외였다. 특히 외지에서 온 관광객들을 배려한 것인 듯 캔맥주 따위를 주문해 마실 수 있어 매우 다행이었다.

나는 부디만 불란이 맛보기를 권한 음식들을 즐기면서 연신 "에낙(맛있어)! 에낙!"하고 탄성을 발했다. 사내는 나의 그런 모습을 흐뭇하게 바라보곤 하였다.

* * *

자바문명의 발상지 중 하나로 불교 · 힌두 왕조들이 번성했던 고도(古

都) 족자카르타는 수도 자카르타에서 400km 떨어져 있어, 비행기로 1시간쯤 걸리는 거리다. 만약 자카르타나 순다켈라파에서 버스로 이동한다면 너무 긴 여정을 거쳐야 족카르타에 도착한다. 게다가 보로부두르 사원은 거기서 다시 42km가량 떨어져 있다.

순다켈라파에서 하룻밤을 묵은 우리는 시간을 벌기 위해 부득이 자카르타로 되돌아가 국내선 비행기를 타기로 했다.

공항에서 내린 뒤 족자카르타 시내 중심지인 말리오보로 거리에 이르렀을 때는 정오가 가까운 시각이었다. 보로부두루 사원까지 가려면 말리오보로 거리로부터 다시 차를 갈아타고 1시간가량 더 달려야 한다.

자바 섬 중부에서 점차 상업도시로 변모하고 있는 중심지답게 거리는 인파로 득실거리고 오토바이와 자동차의 경적소리로 요란했다. 게다가 불교유적지 보로부두르와 가까운 탓에 단체로 온 외국인을 태운 관광버스, 그리로 갈 사람들을 실어 나르기 위해 대기 중인 택시, 현지 인력거인 베차, 그리고 직접 말이 끄는 마차까지 늘어선 매우 이색적인 광경들이 눈앞에 펼쳐져 있었다.

마침 점심때였지만 시내 중심지 말리오보르 거리로부터 사원까지 가는 시내버스가 운행되고 있어 우리는 시간에 맞춰 그 차를 탔다. 아직 배가 고픈 것은 아니어서 식사는 현지 식당에서 해결해도 될 것이었다.

좀 전에 내가 피곤키도 한데 시간도 벌 겸 빨리 도착할 수 있게 택시를 타자고 했을 때, 부디만 불란은 고개를 내저었다. 택시는 지금 편히 갈 수 있다는 장점 말고는 시내버스와의 가격차가 엄청날 뿐 아니라, 실제 걸리는 시간은 거의 같다며 굳이 그럴 필요 없다고 우겼다. 때마침 시내버스가 왔다. 그가 무조건 그냥 타라고 재촉하는 바람에 나는 엉겁결에 차에 올랐다. 결국 그의 의사를 존중해 따르기로 한 셈인데, 사소한 배려이긴 해도 섬세한 그의 마음씀씀이가 은근히 느껴져 왔다.

타고 내리는 사람들로 시내버스는 한껏 붐볐다. 순다켈라파에서 우리가 서둘러 조반(朝飯)을 마치고 자카르타 공항의 국내선을 이용하려고 버스를 타고 가던 도중, 흔들리는 차 안에서 나는 졸다 깨다 했었다. 게다가 족자카르타에 도착하자마자 쉴 틈도 없이 다시 서둘러 보로부두르로 가는 시내버스에 올랐던 것이다.

용케 빈자리가 하나 나자 부디만 불란이 얼른 그 자리에 나를 앉혔다. 무척 피곤해진 나는 어느새 또 깜빡 졸았다. 아침 일찍부터 무척 바쁜 일정이었다. 버스로 자카르타를 향해 이동했고, 공항 대기실에서 이륙시간에 맞추어 개찰을 기다리며 어정댔고, 비행기로 한 시간을 더 날아온데다, 족자카르타에 도착하자마자 곧장 보로부두르 가는 시내버스에 오르는 등, 이제 거의 목적지에 다 왔다는 생각과 함께 긴장이 풀어지면서 동시에 피로가 한꺼번에 몰려왔던 것이다,

그가 사원까지 다 왔다고 내 어깨를 흔들었을 때는 겨우 10여 분 정도밖에 못 잔 것 같았는데, 1시간 정도 걸린다던 42km의 거리가 너무 짧게 느껴졌다. 그만큼 깊이 잠 속에 빠졌던 모양이다.

야자수 울창한 정글 속 언덕 위에 세워진 거대한 석조건물이 눈에 들어왔다. 멀리서는 그냥 커다란 검은색의 돌탑 같이 보였다. 그러나 가까이 갈수록 맨 아래 층에서 5층까지는 정사각형 단으로, 그 위에 3층은 원형단을 쌓아올려, 전체가 8단으로 된 피라미드 형태다. 그리고 그 꼭대기에 거대한 종(鐘) 모양으로 솟아 있는 중앙 탑까지는 9개 층인데, 맨 아래 두

겹의 기단부까지 합하면 모두 10개 층으로 구성돼 있었다.

천 년간 숨어 있었던 고대 불교왕국의 거대한 흔적인 그 보로부두르 사원은 화산으로 생긴 안산암(安山巖)으로 쌓아올려, 숱한 세월에 변색된 채적도의 뜨거운 햇살 아래에서 거무칙칙하게 빛났다. 수많은 탑들이 모여서 이루어진 사원은 그 전체가 또한 하나의 금자탑(金字塔)이었다.

이름으로만 듣던, 놀랍고 특이한 구조의 사원을 나는 난생 처음 그렇게 눈앞에서 대했다. 보도블록 역시 안산암과 응회암 석재로 만들어져 있었다. 구경 온 사람들 틈에 섞여 쉬엄쉬엄 걷다보니 사원이 점차 가까워졌다.

이윽고, 'Borobudur Templ Compounds'(보로부두르 불교사원)이라 쓴 안내판이 눈에 들어왔다. 어제부터 갑자기 마음이 바뀌어 이곳에 오고 싶다고 느꼈던 그 순간처럼 벌써 마음이 설렌다.

분홍빛 히잡을 쓴 이슬람 여성들이 상당수 보였다. 무슬림과 힌두교도들이 불교인들보다 많은 나라다. 사원에 들어 갈 때는 치마 같은 '사룽'을 걸치는 것이 필수였다. 신발을 안 벗는 것만으로도 다행이다. 예전에 가본 미얀마 사원에서는 꼭 신발까지 벗어야 했었다.

드디어 부디만 불란과 함께 사원 앞에 섰다. 밀림 속에서 천년 동안 사람의 발걸음을 거부했던 거대한 피라미드 모양의 불교사원이 바로 눈앞에 있다.

"'보로부두르'란 말은 '언덕 위의 거탑(巨塔)'이라 뜻이라고 해요. 가까이서 보니 그 말이 정말 실감나죠?"

사내는 200미터쯤 떨어진 저쪽에 동산처럼 솟아 있는 거대하고 장엄한 석조물을 응시하면서 내게 그렇게 말하더니,

"예로부터 순례자가 이 사원을 한 층 한 층 오르는 길이 곧 깨달음의 과정이라고들 말해 왔어요. 우리도 그런 마음으로 올라 봅시다."

하고는 앞장서 간다.

사원은 동서남북 사방으로 입구가 있고, 중앙 탑까지 올라가는 계단이 만들어져 있다. 나는 그를 따라 돌계단 쪽으로 천천히 걸어가면서도 그 웅장한 규모에 줄곧 압도돼 있었다.

"제대로 구경하려면 각 층마다 있는 회랑(回廊)을 돌아봐야 하는데, 그러자면 먼저 1층의 동문 입구에서부터 시계방향으로 돌면 돼요."

한 층을 다 돌고 나면 다시 한 개 층을 올라가 역시 같은 방향으로 도는 식이라고 사내가 설명해주었다.

"사원이 처음 지어졌을 당시엔 한 변의 길이가 대략 123m, 전체 높이가 42m에 이르렀다고 해요. 그런데 천년 후에 발견되어 이를 복원한 현재 규모로는 한쪽 길이가 약 112m에 전체높이 31.5m로 약간 줄었대요. 그래도 여전히 어마어마한 규모죠. 돌로 만든 불교 건축물 가운데 단일 건축으로는 세계 최대예요."

나는 잠시 멈춰 선 채 다시 한 번 올려다보았다.

안산암과 응회암 석재로 조성된 거대한 피라미드에 복잡한 조각들을 해놓은 모습을 하고 있다. 최소한 내게는 그것이 불교적 세계관과 철학을 조화롭게 표현한 만다라 세계의 밀교 유적 같은 느낌으로 다가왔다. 전체적인 설계자, 공사기간, 동원된 장인과 노동자의 숫자는 알 길이 없다.

나는 석재로 만든 웅장한 기단을 만져 보았다. 사원은 두 겹의 기단 위에 화산암의 블록벽돌을 쌓아 건설한 모양새였다. 전체 8단 중에 5단은 방형(方形)이고 위쪽 3단은 원형인데, 그 가운데 종 모양의 중앙 탑이 우뚝 솟아 있다.

기단 위의 맨 아래부터 5단까지는 위쪽으로 올라갈수록 체적(體積) 비율이 일정한 간격으로 줄어든다. 전체적으로 보면 사각형 단과 원모양 단은 각각 다른 분위기를 연출하고 있다.

첫 번째 층의 계단 앞에서 고개를 치켜들고 쳐다보았다. 계단은 급경사를 이루고 있고, 31.5m 높이에 원형 단으로 된 정상부에 자리 잡은 스투파가 시야에 들어온다. 한 변이 112m나 되는 거대한 방형 기단 위로 우뚝우뚝 솟은, 다양한 불교 석조물들이 산봉우리처럼 줄지어 서 있다.

동서남북 출입문에 새겨진 수많은 부조(浮彫)들 외에도 사각형 단의 바깥쪽을 따라 설치된 석재 감실 속의 정좌한 불상들이 제일 먼저 눈에 들어왔다. 가부좌(跏趺坐)한 자세로 선정인(禪定印)을 취하고 삼매경에 들어간 모습이다. 각 단은 천상세계를 상징하고 있다. 한 층 한 층 오르면서 마주치는 각 단의 감실 속 불상들이 뭇 중생들을 내려다보고 있다.

수천 개의 각종 조각과 부조로 뒤덮여 있는, 복잡하면서도 웅장한 건축물의 구조가 참으로 놀랍다. 무엇보다 그 정교한 조각술에 나는 감탄을 연발했다. 사원 벽에는 석가모니의 탄생과 출가에서부터 득도에 이르는 과정, 구도자들이 깨달음을 얻어가는 내용 등이 양각으로 정교하게 새겨져 있다. 그 섬세한 조각들은 선정에 든 모습 그대로 시간 속에 영원히 정지돼 있는 형국이었다. 그것만으로 이미 보는 이에게 평안함을 안겨준다 해도 과언이 아니었다.

"부처의 삶과 가르침을 표현한 부조를 보며 회랑을 걷는 동안이 곧 속세에서 극락에 이르는 깨달음의 여정이라고 한 그 말을 이제 이해할 만하죠? 암튼, 이 많은 부조들 속에서 선생님의 마음이 머무르는 곳에 어쩌면 찾고자 하는 보물이 숨겨져 있을지도 몰라요. 그 점을 잊지 마시고 잘 살펴보세요."

사내의 말은 듣기에 따라서 묘한 여운을 남기는 어투였다. 어쩌면 보로부두르에서 내가 찾고자 하는 어떤 보물 같은 게 있을 수도 있다는 암시의 말처럼 들렸기 때문이다.

여행길에서 발견한 사물들이 남들 눈에는 예사롭게 느껴져도 유독 자기한테만 의미를 띠는 경우가 간혹 있다. 그때는 필경 그 속에 감춰져 있는 어떤 보물 같은 게 발견될 수도 있다는 뜻일까? 나는 제대로 된 방향을 찾아야 하는 퍼즐 형의 미로(迷路) 앞에 선 것 같은 기분이었다.

사각형 단과 단 사이엔 보랑(步廊)이 형성되어 있고, 단의 벽면을 따라 수많은 부조들이 줄지어 새겨져 있다. 숱한 석판에 크기가 다른 퍼즐을 맞추듯 벽돌블록 조각들로 꾸며져 있다. 각 단의 벽면 높이에 따라 1~4층으로 이루어진 조각들은 모두 1,460 면(面)이나 된다고 사내는 말했다.

또 아름답고 흥미로운 이야기를 담은 것이거나, 불교 철학의 인과응보에 관한 내용은 160개의 석판에 새겨져 있다고도 했다. 그 외에 석가모니의 일대기, 평범한 사람들의 삶 등, 참으로 다양한 모습이 조각되어 있었다. 특히, 분별선악응보경이란 조각 작품은 일반 백성들의 생활상과 풍습을 나타낸 모습들이었는데, 인물의 표정까지 살아있는 것처럼 생생하였다. 그밖에 다양한 동식물의 부조 등도 함께 구경할 수 있어 당시의 모습들을 짐작할 수 있었다.

"이곳 부조를 모두 연결하면 총 길이가 4km에 달하고, 등장인물만 1만 명이 넘는다고 해요."

회랑을 따라 걸으면서 그가 하나씩 설명해주는 말들을 나는 귀담아듣고 있었다.

위로 올라갈수록 야트막한 구릉에 세운 보로부두르 사원 아래로 녹색 들판이 차츰 한눈에 내려다보인다. 평균 기온 30도를 넘나드는 아열대기후와 적도의 따가운 햇살과 더위에 나는 연신 땀을 훔쳤다. 평소 이런 기후 조건에 익숙해 있을 부디만 불란에게도 이 더위가 만만치는 않은 모양이었다. 그는 이마와 얼굴에 흐르는 땀을 씻어내면서 잠시 발길을 멈추었다. 나와 마찬가지로 그 역시 덥고 숨이 차서 쉬어 갈 요량인가 싶어 돌아보니, 이제 막 누군가로부터 온 연락을 받으려고 그가 휴대전화를 꺼내들고 통화를 하고 있었다. 나는 그가 현지어로 주고받는 말을 전혀 알아듣지 못했다.

이곳에 온 지 채 한두 시간이 지나지 않았지만 실로 많은 것들을 보았다. 사원을 찾아 온 관광객들과 산책하는 남녀들, 더운 날에 히잡을 쓴 젊은 여자들, 불상 앞에 기도하는 가족들의 표정들이 진지하기만하다.

'만약 내게 무언의 암호들을 해독할 능력이 있다면, 이 불교사원에서 뜻밖에 내가 찾고자 하는 무언가를 발견할 수도 있으련만…….'

속으로 그런 생각을 하는 차에, 잠시 전화통화를 끝내고 이쪽으로 온 부디만 불란이 마치 내 마음속을 훔쳐본 것처럼 내 손을 끌면서 말한다.

"혹시 선생님께서 찾고 계신 마음속 보물이 여기에 있을지도 모르니 한번 자세히 살펴보세요."

하면서 어떤 벽면 조각품 앞으로 나를 데려갔다. 거기엔 옛날 수마트라섬이나 자바 섬의 해양왕국 사람들이 타고 다녔던 고대선박이 조각돼 있었다. 그 정교함 때문에 나는 잠시도 눈을 뗄 수가 없었다.

"8세기경에 보로부두르가 조성되기 시작했으니까 아마도 그 이전부터 인도네시아 고대 선박은 대체로 여기 새겨놓은 이런 유형이었을 겁니다. 실제 1세기경의 인도네시아 선박이 아프리카까지 무역을 했다고 알려져 있으니까요." 그가 말했다.

"기원 1세기경부터 벌써 인도네시아 선박이 아프리카 연안을 오가며 무역을 했단 말이지?" 나는 놀라서 되물었다.

"그럼요. 이건 추정이 아니라, 사실입니다."

"그렇다면, 중국 명나라 정화 함대가 인도양을 거쳐 아프리카 연안에 간 것을 두고 거기에 연장해 심지어 대서양을 건너 1421년엔 아메리카 신대륙을 발견했다는 가설을 내세운 사람이 개빈 멘지스였어. 사실 여부를 떠나, 그의 주장에 비하면 오히려 인도네시아가 중국보다 1,400년이나 앞서 기원 1세기경 이미 아프리카에 진출한 셈인데……."

나는 긴가민가했지만, 어쩐지 그럴 것 같다는 느낌 때문에 한번 벌어진 입이 쉬 닫히질 않았다.

"예 사실입니다."

하고 사내는 단호하게 대꾸하더니 문득 신이 난 듯 자기네 문명에 대해 은근히 자랑스럽게 말을 이어 나갔다.

"역사적으로 해양 실크로드를 따라 교역을 위해 동서양을 오가던 사람들에게 인도네시아는 그 교통로의 중간지대에서 일종의 교두보 역할을 해왔던 게 사실이지요. 동국 승려 마타하리불란이 수마트라 섬의 스리위자야국에 불교의 신인(神印)을 전해주고 황금의 보시를 받아 뱃길로 귀국했다는 전설이 있다 하셨죠? 저로선 그 분이 정말 신라승인지의 여부는 몰라도 하여간 귀국길엔 필경 이런 배를 타고 갔을 것으로 생각됩니다."

※ 8세기경에 조성되기 시작한 보로부두르(Borobudur) 벽면에 새겨진 인도네시아의 고대 선박 부조(浮彫). 중국 명나라 정화(鄭和) 함대보다 1400년이나 앞선 1세기경 이미 인도네시아 선박은 아프리카까지 무역을 한 것으로 알려져 있다.

[주강현 제주대학 석좌교수가 보로부두르에서 찍은 것으로 보이는 사진을 캡처하여 연필과 펜으로 묘사해 본 세밀도(細密圖).]

벽면에 섬세하게 조각된 부조 앞으로 나는 한 걸음 더 바싹 다가섰다. 거친 파도를 넘어 항해하는 쌍돛을 단 범선에는 많은 선원과 승객의 모습들이 생생하게 재현돼 있었다.

"잘 들여다보시면 거기 스님 복장을 한 인물도 눈에 띌 겁니다. 보로부두르가 불교왕국의 유적이었던 점과 연관해 보시면, 인도를 오가던 승려들도 이런 배를 이용했을 것이란 짐작은 당연하죠."

그러나 나는 선상에 탄 사람들 여럿 가운데 그가 손가락으로 지목한 사람의 모습이 정말 승려의 형상인지 쉽게 분간할 수가 없었다. 다만 그러려니 여겼을 뿐이었다. 그래도 내가 그 조각에서 받은 인상은 아주 강렬했다. 형용하기 힘든 감회가 땀에 젖은 내 몸뚱이에 한 순간 서늘한 전율이 되어 훑어 내렸다. 곧 이어 식은땀이 피부에 소름을 돋울 때처럼 으슬으슬한 느낌 때문에 나는 어깨를 몇 번 움찔거렸다.

"나무 관세음보살 마하살……."

무의식중에 나는 벽면의 부조 앞에서 고개를 숙이고 합장하며 눈을 감았다.

처음 돌계단을 오를 때 제대로 된 방향을 찾아야 하는 퍼즐 형의 미로 앞에 선 듯이 묘했던 그 기분이 비로소 이 자리에서 환희로 바뀌고 있었다. 왜 나를 이곳으로 보냈는지 대자대비하신 여래의 손길을 막 느낀 찰나였다. 그리고 또한 지금까지의 내 여정이 결코 헛되지 않았다는 어떤 실마리를 여기서 발견했던 것이다.

"자바티무르의 유리구슬……."

나는 두어 번 이 말을 중얼거렸다.

"예엣? 자바티무르의 유리구슬이라 했습니까? 그걸 어떻게 아세요?……"

사내의 눈이 갑자기 휘둥그레지며 나를 이상한 듯 바라보았다.

"실은, 내가 인도네시아로 온 이유 중 하나가 그 유리구슬 때문이기도 한데…… 신라의 옛 수도 서라벌인 경주에서 출토된 푸른 유리구슬의 정체가 궁금해서 그 제작지를 찾아 나선 셈이랄까? 만약 그게 인도네시아 산(産)이라면 틀림없이 아랍 상인이든 누구든 간에 뱃길로 신라까지 유리 제품을 갖고 교역했다는 증거가 될 테니까 말일세.……"

그렇게 말을 꺼낸 김에 나는 미추왕릉 C지구 3호 고분에서 발굴된 목걸이 중 지름이 1.8㎝인 푸른 유리구슬 이야기를 간단히 설명해 주었다.

"아, 그러세요? 이곳 자바 섬의 젬버 지역 '레독옴보'에 가면 지금도 유리공방이 남아 있어요. 그곳엔 아득한 옛날 왕실의 명을 받은 전문세공인들이 목걸이나 팔찌로 사용한 유리구슬을 비롯해, 모든 유리제품을 제작한 곳이기도 해요. 현재까지도 그 기술이 민간에 전수되어 내려오고 있죠. 비록 지금은 가내공업 수준이긴 해도 장인들의 기술만큼은 옛날에 비해 손색이 없을 걸요."

사내의 말에 나는 고개를 끄덕였다.

"방금 말한 대로, 바로 그 유리공방이 있다는 레독옴보를 사실은 내 여행의 최종 목적지 삼아 떠나온 거야. 거기 가서 장인들을 만날 수 있다면 내 눈으로 확인해보고 또 묻고 싶은 것도 있고 해서……"

"아, 예에. 그런데…… 갑자기 궁금한 생각이 드네요. 선생님께서 말씀하신 신라승려 명랑과 그 푸른 구슬에는 어떤 연관이라도 있는 겁니까?"

"직접적인 연관이 있는 건 아닐세. 한데, 한국의 『삼국유사』란 기록에 명랑법사의 어머니 남간부인의 태몽 이야기가 나오긴 하지. 그 어미가 푸른 구슬을 삼키는 꿈을 꾸고 아이를 임신했다고 돼 있어. 이때 푸른 구슬의 의미는 유리구슬과 옥구슬 등을 꿰어 만든 염주 알을 연상시키는 바가 있지. 그래서 그 태몽은 아이가 커서 위대한 고승이 될 운명임을 암시한 거라고 해석되곤 했거든. 그리고 실제로 그는 훗날 승려가 되어 중국 당나라로 유학을 간 길에 티베트로 건너가 밀교의 비법을 익혀 귀국길에 스리위자야 불교왕국을 거쳐 왔단 말일세. 그런데, 아까 내가 경주 미추왕릉 지구에서 옥구슬 목걸이가 출토됐단 얘기를 했었지. 그 목걸이의 앞부분 한가운데 매달린 파란빛을 띤 소위 '인면유리구슬'이 자바티무르의 생산품이 분명하다면, 그 제작지인 레독옴보에서 신라까지의 항로가 분명히 있었을 거 아닌가? 신라 미추왕의 재위기간(262~284)을 고려해보면 최소한 3세기경이나 그 이전부터 신라까지의 항로가 개척돼 있었다는 셈이니까. 안 그런가? 한번 생각해보게."

"예, 논리적 면에서 그건 타당한 추리입니다."

하고 사내는 금세 수긍했다.

"그렇다면, 같은 관점에서 이 항로야말로 명랑스님이 거쳐 온 해상의 길이었던 하나의 방증(傍證)이 되는 걸세. 그런 이유로, 내가 확인해보고 싶어 한 그 레독옴보의 유리공방은 어쩌면 명랑의 어머니 남간부인이 푸른 구슬을 삼킨 예지몽(叡智夢)의 실현 현장이랄 수도 있잖을까 싶네. 그래서 자네가 말한 그 전설 속의 승려 마타하리불란이 곧 명랑스님일 것이라는 내 나름의 확신을 갖게 됐고…….."

"아! 무슨 말씀을 하시는지 인젠 확실히 알아들었습니다. 그런데 좀 전에 그 푸른빛 구슬을 가리켜 '인면유리구슬'이라 하셨는데, 그렇다면 그 구슬 속에 사람얼굴이 새겨져 있다는 말씀인가요?"

하고 그가 한결 의아스런 눈빛으로 물었다.

"그렇다네. 사람얼굴뿐 아니라 여러 가지 모습들이 표현돼 있는데, 예를 들면……"

하고, 나는 유리인면구슬에 대해 국립경주박물관 전시실에서 본 바를 그에게 자세히 들려주었다.

가령, 확대경을 통해 특수촬영을 한 사진을 크게 게시해놓은 그림 속에 파랑·노랑·빨강·하양·녹색의 오방색이 사용되었고, 또한 파란 바탕에 하얀 얼굴, 빨간 입술에 미소를 머금은 이국인 4명의 모습, 두 그루의 나무, 여섯 마리의 새가 그려져 있다는 것부터 먼저 말했다. 하지만, 역사학계나 불교계에서조차 그것들의 정체에 관해서는 아직 아무도 시원스런 해명을 내놓지 못해 여전히 수수께끼로 남아 있다며 나는 말을 이어 나갔다.

"한 사람은 머리에 상투를 틀고 있고, 세 사람은 보관을 쓰고 있지. 눈은 푸른색이고 좌우 눈썹의 곡선이 미간에 서로 붙어 있어. 자바 사람의 생김새와는 전혀 다른 모습이야. 오히려 천축국 사람 같은데, 흰 얼굴 때문에 그들의 정체를 서역인, 또는 로마인이라고 생각하는 자들도 많아. 경주박물관의 이 '인면유리구슬'의 수수께끼를 풀고자 무려 12년간 탐색에 나섰던 영국의 고고학자 제임스 랭턴 박사도 그 최종 제작지가 아까 말한 자바티무르의 젬버 지역, 레독옴보라는 것까지는 찾아냈지만, 더 이상 진척이 없으니 답답하지. 하여간 이 유물이 신라에서 만들어진 게 아니라, 외국에서 유입된 게 틀림없다는 결론 외엔 아무것도 달라진 게 없어. 정작 구슬에 새겨진 그림들의 의미에 대해선 여전히 수수께끼나 같단 말이야. 네 사람의 얼굴, 곁가지가 난 두 그루 나무, 여섯 마리 하얀 새…… 도대체 그게 뭘 의미하는 걸까?"

회랑을 걷는 동안 나는 계속 일방적으로 지껄였는데, 마지막 말은 혼잣말처럼 중얼거렸다. 내 곁에서 귓바퀴를 곧추세우고 묵묵히 경청하는 자세로 따라 걷던 부디만 불란이 문득 걸음을 멈추었다.

"선생님, 제 머릿속에 그 인면유리구슬의 그림들이 환히 보이는 것 같습니다. 머리에 상투를 튼 것 같은 모습을 한 얼굴은 제 생각에 석가모니불을 형상화한 것일 겁니다."

그 느닷없는 말투에 나는 그 자리에 얼어붙은 듯 선 채 잠시 미동도 하지 않고 빤히 그를 바라보았다.

"그렇다면, 그 나머지는?……"

나는 반사적으로 물었다. 그리고 다음 질문을 던지려는 찰나, 사내는 이미 내 마음을 꿰뚫어보고 있는 듯 말을 이어 나갔다.

"석가모니 부처님은 왕사성 기원정사에서 사리불(舍利佛), 마하가섭(摩訶迦葉), 목건련(目健蓮), 수보리(須菩提) 등 십대제자에게 자주 설법을 하셨지요. 상투를 틀고 있는 분이 석가모니부처님이라면, 보관을 쓴 나머지 세 분은 보살들의 형상일 겁니다. 특히 네 분의 얼굴이란 것은, 힌두교 브라흐마 신상(神像)의 4개의 얼굴이 라마교에 와서 부처와 보살로 변형된 것이죠. 혹시, 그 인면유리구슬 속에 표현된 부처님의 목에 삼도(三道)[110]가 분명히 그려져 있던가요?"

"으응, 그런 게 있었지."

나는 고개를 끄덕이고 나서 얼른 물었다.

---

110) 삼도(三道) : 부처님의 목에는 반드시 세 줄의 선이 있다. 이것을 불교회화에서 '삼도'라 한다. 부처님께서는 능히 삼악도의 중생을 제도할 능력을 지니신 분이라는 의미이다.

"두 그루 나무 그림은 뭘 나타낸 건가?"

"그건 세계수(世界樹)[111]입니다. 초자연적 수호자의 보호를 받을 수 있는 생명나무의 상징으로 세계의 중심을 나타내는데, 그 열매는 영원한 생명력을 준다고 믿어왔죠. 도솔천에 살고 있는 미륵불을 상징하는 용화수(龍花樹)라고도 표현되고 있습니다."

사내는 인면유리구슬을 훤하게 알고 있는 것 같이 자세히 설명했다.

"용화수? 생명나무의 상징……. 세계의 중심이라?……"

나는 떠듬떠듬 중얼거렸다. 그리고는 그 다음을 빨리 알고 싶어 안달이 났다. 그러나 재촉하지 않았다. 내 마음 속에 걷잡을 수 없이 치미는 질문 욕구까지 그는 눈치 채고 있는 것 같았다.

"나중 이 사원의 정상부에 가서 내려다보면 느낄 수 있을 겁니다. 세상의 중심에 있다는 전설 속의 수미산을 이 지상에 실현한 것이 바로 보로부두르라고 믿는 현지인들의 얘기가 터무니없지 않다는 걸요……."

"음, 마치 티베트인들이 카일라스 성산을 수미산으로 여기고선, 저들 나름대로 거기가 세계의 중심이라 믿듯이 말이지?"

"예, 그렇겠죠. 인면유리구슬도 그 속에 새겨 넣은 형상들을 통해 제작자가 자신의 창조물에 그와 같은 신앙적 비의(秘意)를 은밀하게 계시해놓은 결과였을 겁니다. 하나의 불상이든 유리구슬 같은 조각품이든 그 배후에 있는 장인의 경건한 신앙심의 발로에 의해 만들어진 참된 의도까지 보지 못하면 그냥 돌덩어리나 장식용 목걸이에 불과할 뿐이죠. 하나의 작품

---

111) 세계수(世界樹) : 땅에서 하늘로 이어져 있다는 우주수(宇宙樹)로, 신의 세계와 인간 세계 사이를 연결해주는 의미를 지닌다. 또한, 생명나무의 상징이자 세계의 중심을 나타내고, 초자연적 수호자의 보호를 받을 수 있으며, 그 열매는 영원히 살 수 있는 생명력을 준다고 믿어왔다.

이 제작될 때는 대체로 거기에 얽힌 사연이나 배경설화가 있거든요. 그걸 바탕으로 이루어진 제작자의 숭고한 의도를 파악하는 일이 뭣보다 중요한 이유죠."

이때 내 머릿속에 인면유리구슬 속 그림들의 형상이 다시금 환히 떠올랐다. 이번엔 유난히 큰 붉은 부리와 붉은 다리, 흰 날개와 파란 눈을 가진 여섯 마리의 새들의 정체가 궁금했다. 나는 그 새에 대해 묻고는 사내의 입술의 움직임을 눈으로 좇았다.

"가릉빈가((迦陵頻伽)[112])겠죠." 사내는 서슴없이 대답한다.

"가릉빈가? 아, 극락조(極樂鳥) 말인가?" 나는 재차 물었다.

"예, 극락정토에 사는 새입니다. 영원불멸을 상징하는 새. 이집트 신화에 나오는 피닉스와 같은 불사조……. 힌두교에서는 해탈을 상징하는 '함사(hamsa)'로 불리는 새지요."

사내는 마치 만물의 정기를 훤히 꿰뚫어보는 능력이 있는 자처럼 말했다.

문득 경주의 안압지 박물관에서 본 수막새 문양 속의 극락조(가릉빈가)가 연상되었다. 그때 사내가 또 이런 말을 하였다.

"이 세상의 불교 장인인 금어(金魚·탱화불사의 전문 畵僧)들이나 혹은 각종 불구(佛具)의 세공인들이 제작한 물건에는 반드시 숨은 뜻이 들어 있어요. 모름지기 참된 수도자는 그 비밀을 알아내고 그 속에 든 심오한 지혜

---

112) 가릉빈가(迦陵頻伽·Kalavinka) : 범어(梵語) '칼라빈카'의 음역이 가릉빈가인데, 흔히 극락조(極樂鳥)라 불리며 극락정토에 사는 새를 일컫는 것으로, 「아미타경」에 처음 등장한다. 아미타불이 법음(法音)을 널리 펴기 위해 화현(化現)한 것이라 했다. 인두조신(人頭鳥身)의 조각이나 그림으로 등장한다. 신라시대 안압지의 수막새에도 새의 형상으로 조각되어 있다. 불사조(不死鳥)인 영원불멸의 전설상 새다.

의 법음(法音)을 널리 펴야 합니다. 결국, 신라의 인면유리구슬 속에 담긴 그 오묘한 뜻의 그림들——부처와 보살들, 가릉빈가, 세계수 등——은 극락세계를 암시한 것으로 보입니다."

극락정토.

영생불멸의 세계.

나는 두근대는 심장이 진정되기를 원했지만, 마음은 정반대로 펄쩍 뛸 듯이 흥분하고 있었다. 경주박물관에서 본 신라 인면유리구슬의 정체를 내 나름으로 확인한 순간이다.

아무튼, 이번 길은 내게 명랑의 발자취를 찾아 나선 힘든 여행이었다. 낯선 이국땅에서 전혀 예상치 못한 사내를 만나 내 영혼이 갈망하던 것을 얻을 수 있었다.

명랑이 세운 밀교 사찰인 신인사, 그 남쪽 동산의 거대한 사면 암벽에 새겨진 부처와 보살들, 비천상과 보리수 등, 마애조상군(磨崖彫像群)이 인면유리구슬에 새겨진 그림들과 섞여 머릿속에 한꺼번에 떠올랐다.

파도를 넘어 항해하는 쌍돛을 단 귀국선에 오른 명랑의 목에도 어쩌면 미추왕릉 C지구 3호 고분에서 발굴된 것과 유사한 목걸이가 걸려 있지는 않았을까? 영원불멸의 극락정토를 그린 인면유리구슬이 달린 그 수호 목걸이가 무언의 암시로 모든 것을 말해주고 있다고 나는 느꼈다. 이제 굳이 유리공방이 있는 '레독옴보'를 찾아갈 필요도 없을 것 같았다.

한낮의 강렬한 빛의 입자들이 벽면의 조각품들 위에서 반짝대며 튀어 올라, 자칫 더위로 흐리멍덩해지려는 나의 의식을 줄기차게 깨웠다. 이 자리가 하나의 현상계의 영상이요, 천상계의 투영일 뿐이라는 것을 실감하고 있는 중이었다.

아래쪽 회랑을 모두 돌고 원형 단으로 쌓은 곳에 올라가자 야자나무 숲으로 덮인 평원이 한눈에 들어왔다. 땀에 젖은 뒤끝에 맛보는 장쾌함이 시야에 가득하다. 보로부두르 사원은 거대한 화산들이 둘러싸고 있는 쿠두 평원 가운데 위치하고 있었다.

"저어기 멀리 보이는 활화산이 재작년(2010년)에 또 폭발한 므라피 화산이에요."

하고 그가 손가락으로 가리켰다.

사원을 감싸고 있는 푸른 평야와 그 너머로 해발고도 3,000m가 넘는다는 8개의 고봉들까지 함께 모습을 드러냈다. 마치 저 멀리 활화산으로부터 공기에 실려 날아오는 냄새인 듯 착각할 정도로 어디선가 산림을 태워 밭을 일구는 양 알싸한 연기 냄새가 코끝에 맡아졌다.

3개 층으로 된 원형 단에는 조각품 대신 종(鐘)모양의 반원형 스투파가 원형으로 죽 늘어서 있다. 석가모니의 사리나 유골을 모신 탑의 구조물인 스투파가 이곳의 특징이었다.

"모두 72기(基)의 스투파 안에는 성인(成人)의 등신대(等身大)만 한 불상이 들어 있죠. 책상다리를 하고 앉아 사색에 잠긴 모습인데, 아래 층 회랑 주변에 있는 것까지 포함하면 이 사원에는 모두 504개의 불상이 있어요. 그리고 종형(鐘形) 스투파는 아래층 6단에 32기, 7단에 24기, 8단에 16기가 세워져 총 72기예요."

사원 맨 위쪽 원형 단의 회랑을 도는 동안 부디만 불란은 우리가 지금껏 보았거나 보고 있는 것들을 종합해 설명해주는 식으로 말했다.

마침내 불교 성지 수미산을 재현한 사원의 정상에 다다른 느낌이었다.

맨 꼭대기 정상부에는 커다란 종 모양을 한 중앙탑이 우뚝 솟아 있다. 나는 그 종형의 스투파들이 원모양을 한 3단에 일정한 규칙을 따라 배열돼 있을 것 같다는 생각이 퍼뜩 들었다.

"스투파 배치에도 분명히 어떤 규칙이 있겠지? 그 점에 대해 혹시 아는 바가 있으면 가르쳐주게."

그러자 사내는 마치 내게 하나의 힌트를 주듯이 이렇게 말한다.

"불교의 팔엽연화문((八葉蓮花紋)이 어떻게 생겼는지 한번 떠올려 보세요."

"팔엽연화문이라?……"

내가 고개를 갸웃거리며 잠시 생각에 잠기는 차에, 그는 내게 메모지나 수첩 같은 걸 갖고 있느냐고 물었다. 나는 늘 호주머니에 지니고 다니던 작은 수첩과 볼펜을 꺼내 그에게 건넸다. 그가 수첩을 펼치고 그 위에 뭔가 그림 같은 걸 쓱쓱 그리더니, 도로 내 앞에 쑥 내밀어 보였다. 거기엔 처음 보는 이상한 도형이 그려져 있었다.

'✺'

내 눈앞에 모습을 드러낸 이 희한한 문양이 뭘 싱징하고 있는지 어리둥절하여 한참 들여다보았다.

"글쎄?…… 이게 뭔가? 수레바퀴 같기도 하고……."

"그림을 좀 서툴게 그렸지만…… 이 사원의 위쪽은 정상부의 중앙탑을 꼭짓점으로 하여 3개의 원형 단을 이루도록 설계됐지요. 그래서 마치 3개의 고리로 구성된 원반 형상을 하고 있습니다. 각 원반을 8구역으로 나누어 보세요. 그러면 한 개의 원반이 대략 이와 같은 도형(✺)이 되는 거지요."

"글쎄……"

나는 여전히 아리송했다.

"한국의 국기가 태극기잖아요. 태극 문양을 중심에 두고 4괘만 그렸지만, 본래의 8괘를 떠올려 보세요."

"아! 그럼, 여덟 개의 각 구역을 8괘라고 생각하란 말이지?"

"예. 여덟 개의 각 구역, 그러니까 곧 8괘의 방향에 배치된 스투파 숫자의 합을 도출하려면, 6단의 큰 원에는 4기($基$)씩 배치되어 $8 \times 4 = 32$기, 7단의 중간 원에 3기씩 $8 \times 3 = 24$기, 8단의 작은 원에 2기씩 $8 \times 2 = 16$기로, 도합 72기가 되는 셈이죠."

"옳거니! 결과적으로 8방 혹은 8괘의 위치마다 9기의 스투파가 배치된 셈이니까, 이를 곱한 숫자, 즉 $8 \times 9 = 72$가 된다는 말이구먼."

나는 사내를 향해 내 계산법이 맞는지를 확인하듯 바라보았다.

"예, 맞습니다. 각 괘마다 9기의 스투파에서 무엇이 연상됩니까?" 그가 다시금 묻는다.

"좀 전에 나한테 그려 보여준 그 도형을 놓고 불교의 팔엽연화문을 떠올려보라 했었지? 그럼, 이 사원의 경우도 일엽(一葉) 속 9기의 불상이란 상징성을 지닌다는 의미겠네."

"예. 바로 그와 같지요. 여기서 또 무엇이 연상됩니까?"

"태극기의 음양 괘의 합이 9란 뜻이겠지. 각각의 대칭 방향에 있는 괘의 합이 9니까. 가령 건(乾 · 3)+곤(坤 · 6)의 합이 9요, 감(坎 · 5)+리(離 · 4)의 합이 9가 되는 식이지. 이건 태호복희씨 선천도 팔괘의 상극(相剋) 상수의 합이 9란 의미와도 일치하는구먼."

"그밖엔요?"

하고 사내가 재촉한다. 나는 쫓기듯 얼른 대답했다.

"낙서구궁도의 8방위+중앙1=9."

그러자 사내는 말없이 빙그레 웃으며 고개를 끄덕거렸다. 그 순간 내 머릿속엔 명랑법사가 서라벌 남산 동록의 내리들을 중심으로 설계했던 태장계만다라(胎藏界曼茶羅) 세계, 그 얀트라(도상)인 낙서구궁도가 강하게 연상되었다.

"이곳의 종형 스투파는 인도를 시발점으로 하여 여기까지 전파되었겠지만, 우리 신라에서는 그것이 옥개(屋蓋)석탑 형태로 고착된 것으로 나는 알고 있네. 한데, 굳이 72기의 불상을 만든 데는 분명 그 나름의 어떤 심오한 뜻이 있었겠지. 거기 대해 설명해줄 수 있겠나?"

나는 72라는 숫자가 불교에서 갖는 의미에 대해서는 아직 확실히 아는 바가 없어 그렇게 말했다.

사내는 처음엔 나의 질문의 진의를 약간 오해한 듯 멀뚱히 바라보더니,

"정말 모르세요?"

하고 다시금 내 얼굴을 빤히 바라보는 것이었다.

"응. 아직 모르고 있네."

그제야 그는 나를 향해 어진 미소를 짓더니,

"예. 말씀드리지요. 72란 숫자가 불교에서 갖는 의미는 다르마(dharma · 法)[113] 그 자체로서 '궁극적 실재'라고 할 수 있습니다."

---

113) 다르마(dharma · 法)는 '더 이상 분해할 수 없는 최소 단위'라고 정의할 수 있다. 아비담마 (아비다르마)에서는 이런 최소 단위로 1개의 마음(citta), 52가지 마음부수(cetasika), 18가지 물질(rúpa), 1개의 열반으로 모두 72가지를 들고 있다. 최소 단위로서의 법은 '궁극적 실재' 혹은 구경법(究竟法)으로 강조해서 부른다. (『아비담마 길라잡이(상)』. 초기불전연구원. 2002. P.46 참조)

"무슨 뜻인지?……"

"여기 72기의 불상은 비로자나불[114]과 같이, '빛깔이나 형상이 없는 우주의 본체인 진여실상(眞如實相)'을 의미하는 겁니다. 큰 연화(蓮花)로 이루어져 있는 세계 가운데에는 우주의 만물을 모두 간직하고 있다 하여 흔히 연화장세계(蓮花藏世界)라 일컫는 것을 나타낸 것이며, 이것이 하나의 궁극적 실재입니다. 비로자나불(대일여래)이 대(大) 스투파에 정좌하여, 그 몸은 72법계(法界)에 두루 차서 큰 광명을 내비치어 중생을 제도하고 있는 광경이지요."

이 같은 심오한 진리를 쉽게 설명해 주는 이 사내에게 나는 경외감을 느꼈다. 그는 기왕 말을 시작한 김에 곧 이어 이곳 스투파에 관해 더 자세히 얘기해주었다.

"스투파는 기단부, 원통 탑신부, 육각기둥 상층부의 3단으로 이루어져 있어요. 원형 기단부는 6단, 원통형 탑신부는 4단[115], 상층부는 방형기단부에 6각기둥이 세워져 있는 형태지요. 잘 보세요. 기단부 6단은 욕계육천세계를 나타낸 것이고, 원통형 탑신부 4단은 색계세상을 나타내고 있습니다. 그리고 상단부의 6각 기둥탑은 무색계 세상을 나타낸 것이고요. 종형 스투파 자체가 세 가지 하늘 세상, 즉 욕계천, 색계천, 무색계천을 나타내고 있어요."

열심히 설명하는 그와 듣고 있는 나는 아열대기후의 땡볕과 함께 아미

---

114) 비로자나불 : 범어로 바이로차나(vairocana)의 음역. 법신불 · 비로자나불 · 대일여래로도 불린다. 즉, 천태종에서는 '법신불', 화엄종에서는 '보신불', 밀교에서는 '대일여래'라고 한다.
115) 원통형 탑신부 : 색계천(色界天)을 상징하고 있다. 4단의 모전 석판을 쌓고 군데군데 다이아몬드 구멍을 내어 안에 들어 있는 불상을 볼 수 있도록 했다. 색계천은 초선천(初禪天), 2선천(二禪天), 3선천, 4선천으로 구분된 세계에 16천이 들어있다.

타불의 가피(加被)를 흠뻑 받고 있었다. 그래서 그런지 나는 인젠 피곤함 조차 느끼질 못했다. 그의 통찰력에 대해 이젠 조금도 의심하지 않는 나는 그의 설명을 곧이곧대로 순순히 수용하고 있을 따름이었다.

더 이상 오를 수 없다. 거대 스투파가 사원의 정상에 우뚝하게 자리하고 있다. 그 앞에까지 왔다. 사내의 설명대로라면 대 스투파는 석가모니 부처가 열반에 들어갈 수 있는 무색계 세상이다. 인간으로 세상을 살 동안 계율을 잘 지킨 보살이 들어갈 수 있는 도리천(33천)이 있고, 그 아래 사천왕천이 있다. 도리천 위로는 야마천, 도솔천, 화락천, 타화자재천의 육욕천이 있다. 그 육욕천 위로는 16천을 가진 색계세상, 또 그 위엔 붓다와 같은 위대한 성자가 들어가는 무색계세상이 있다.

보로부두르 사원의 정상에 서서 1,300여 년 전 불교 탄트라를 전해 준 명랑법사의 정신이 반영된 흔적을 보는 것 같았고, 내가 지금 그곳에 대신서 있다. 천년 동안 화산재에 묻혀 밀림 속에 감춰져 있다 때가 되자 되살아난 불사조처럼 모습을 드러낸 건축물! 마치 천상세계의 석공들이 조화를 부려 이룩해놓은 듯한 태장계만다라가 의연히 부활한 것이다.

나는 대(大) 스투파 앞에 앉아서 올라온 출구 계단을 쪽을 내려다보았다. 문설주에 연화문양이 장식된 석문(石門) 아래 계단들이 일직선으로 보였다. 모두 7계단의 급경사로 아찔함이 가슴을 서늘케 한다. 맨 아래 기단부와 5층으로 된 방형단, 3단이 원모양 구역으로 사원은 설계돼 있었다.

중앙탑인 거대스투파 주변은 이상하게 우리가 도착한 그 시각엔 공교롭게 아무도 없었다. 예까지 왔던 사람들은 이미 둘러보고 내려갔거나, 아래서 올라오는 사람들은 아직 도착하지 않은 까닭이었다. 중앙탑 앞에는 부디만 불란과 나, 두 사람만 앉아 있었다.

나는 앉은 채 호흡을 가다듬는 동안 잠깐 생각해 보았다. 사원 전체가 수미산을 형용한 하나의 금자탑이라면, 맨 아래쪽 두 겹의 기단부 중 밑바닥의 1기단은 인간세상, 2기단은 사천왕천, 사각형으로 이루어진 5단은 5욕계(欲界)인 도리천 · 야마천 · 도솔천 · 화락천 · 타화자재천이고, 원형의 3단은 색계천이며, 정상의 대(大) 스투파는 무색계천을 상징적으로 구현한 것이 아닐까? 그리하여 전체적으로 '우주세계의 얀트라[圖象]'를 지상에 건립한 형국이었을 것이다. 이 모두가 인간세상에서 하늘나라의 3세상—욕계육천 · 색계천 · 무색계천—으로 이르는 과정을 보여주는 것이라고 나는 생각하였다.

이때 웬만큼 쉬었다고 생각한 부디만 불란이 앉은 자리에서 일어서며 말했다.

"이제 더 이상 오를 수 없습니다. 선생님을 위해 제가 할 수 있는 역할은 여기까진 것 같군요. 더 이상 안내해 줄 수 없지만 마음은 항상 같이 있다고 생각하시고 절 기억해 주세요. 귀국하시면 저를 한국에 한 번 초청해 달라고 했지만, 그 일로 너무 부담 갖지 마세요. 실은, 아까 저 아래쪽 회랑을 걸을 때 나랑 동업하려는 친구한테서 전화가 걸려왔었는데 무척 반가운 소식이었어요. 한국과 관련된 사업이 뜻대로 잘 될 것 같군요. 만일 좋은 일이 생겨 언젠가 제가 한국을 방문하면 그때는 꼭 연락드리겠습니다. 선생님의 전화번호라도 하나 적어주시면……"

"아, 그야 여부가 있나."

나는 호주머니에서 수첩을 꺼내 쪽지 한 장을 찢은 그 여백지에 연락할 전화번호와 주소와 이름을 적어서 건넸다.

"감사합니다. 잘 기억했다가, 언젠가 또 만날 날이 있기를 기원할게요."

그러더니 사내는 거대스투파를 향해 합장하며 기도하는 것이었다.

"옴~ 아마레 아마레 비마레 비마레, 허메허메 훔……."

자바어인지 알 수 없는 진언을 사용하고 있었다. 주변의 공기가 멈춘 듯 조용하다. 순간, 나 혼자만의 착각이었는지 몰라도 그의 기도문이 평화스런 울림처럼 스투파 주변 공간 전체로 스며드는 걸 느낄 수 있었다.

"저를 따라 해보세요. 탑돌이를 하면서 소원을 빌면 부처님의 가피력을 얻을 수 있답니다."

사내는 이미 중앙탑 주위를 합장하며 돌기 시작하였다. 나는 거역할 수 없는 어떤 힘에 복종하듯 그를 따라 오래된 석조블록바닥 위를 걸으며 중앙탑 둘레를 돌았다.

"옴~ 아훔 바즈라 구루 파드마 싯디훔……."

"옴~ 아훔 바즈라 구루 파드마 싯디훔……."

영원한 소리라는 옴(A·U·M)—천 가지 진리가 들어 있다는 그 하늘의 소리가 뇌파에 진동된다. 몇 바퀴를 돌았는지 정신은 무아지경으로 빠져든다. 몸 안에 자아가 무너져 내려 판단도 흐려졌다. 앞서가던 탑돌이 사내의 발걸음이 보이지 않는다. 시간이 얼마나 흘렀는지 모르지만 그의 모습이 내 눈앞에서 사라지고 없었다.

걷다가 나는 문득 발걸음을 멈추었다. 그때까지도 나는 이상한 낌새를 전혀 느끼지 못하고 있었다. 귀를 기울여 봤다. 아무 인기척도 없다. 내려가는 계단 쪽으로 눈길을 돌려보았지만 마찬가지였다. 나는 천천히 정신을 차리고 다시 중앙탑 주위를 돌았다. 한 바퀴를 돌고 제자리에 돌아왔다. 당황스러웠다. 그러나 잠시 정신을 모우고 나를 여기까지 안내해 온 부디만 불란과 지금까지 함께 한 시간들과 그의 정체에 대해 곰곰이 생각했다.

지금 내가 꿈을 꾸고 있는가? 갑자기 머릿속이 혼란해졌다. 어쩌면 결론은 꿈속에서 이루어진 어떤 화신불(化身佛)과의 만남이었을지도 모른다. 부디만 불란은 인도의 환생신 비슈누[116]가 내게 보낸 구원자의 모습으로 잠깐 나타났던 것일까?

그런 어처구니없는 생각에 빠져 낙망하고 있을 때 난데없이 들리는 새 소리에 나는 흠칫했다. 거대스투파의 육각탑 기둥 위에서 울리는 소리였다. 한껏 발돋움을 하고 서서 고개를 젖혀 쳐다보았다. 대낮의 황금 햇빛을 받아 활짝 펼친 날개는 샛노란 광채로 눈부셨다. 울음소리가 법음(法音)으로 들린다. 밀림 속에 살고 있는 극락조였다. 붉은 부리에 화려한 깃털을 가진 수컷 극락조 한 마리가 마치 나를 향하듯 아래를 내려다보고 있었다. 몇 번의 법음 같은 울림을 남기고는 태양을 향해 훨훨 날아오른다. 나는 붉은 태양의 흑점 속으로 그 새가 하얗게 사라질 때까지 손 가리개를 내리지 않았다.

어느 틈에 올라왔는지 한 무리의 구경꾼들이 주변에서 웅성거렸다. 그 소란함에 퍼뜩 정신을 차리고 주변을 살펴보았다.

중앙탑인 거대스투파에서 내려가는 계단에 단체관광객인 듯한 사람들

---

116) 비슈누(Vishnu) : 힌두교의 3신체제(三神體制) 중 우주 유지의 신이다. 늘 중재자 역할을 수행하는 신인 비슈누는 화신(化身)과 환생의 상징이기도 하다. 비슈누 신은 세상의 창조 시기부터 지금까지 9번의 환생을 실현했다. 미래에 다가올 말세를 구원하기 위한 마지막 구세주로서 환생을 기다리고 있다고 한다. 그 9번째의 화신으로 이 세상에 온 것이 인간 붓다(석가모니)의 모습이었다고 알려져 있다.

이 줄지어 오르고 있었다. 그들 무리 속에 뒤섞여 금방 분간하기 힘든 뒷모습이 얼핏 내 눈에 띄었다. 부디만 불란이 걸치고 있었던 사롱이 저만치 계단 아래쪽에 있는 것을 발견하였다.

"부디만 불란!……"

나는 사내의 이름을 소리쳐 불렀다.

내 목소리를 들었는지 그가 돌아보았다. 환하게 웃는 그의 가무잡잡한 얼굴에서 하얀 치아가 유난히 빛났다. 사내는 나를 향해 승려처럼 합장을 한 채 고개를 숙여 작별 인사를 한다. 그리고는 손을 흔들며 무어라고 말했는데, 한국어가 아니어서 내 귀에는 무슨 말인지 정확히 들리지 않았다.

"슬라맛 잘란(안녕히 가세요)."

아마도 그런 소리로 짐작되었다. 나도 그를 향해 손을 흔들었다. 뒤이어 올라오는 관람객들에 가려져 그가 보이지 않았다. 막 내 옆을 스치며 지나가는 몇몇 사람들이 주고받는 대화가 너무나 귀에 익은 한국어였다. 나를 그들을 돌아다봤다. 중앙탑인 거대스투파를 배경으로 제각기 스마트폰을 꺼내들고 사진들을 찍고 있다.

"한국 사람이오? 어디서 왔어요?"

반가운 나머지 내가 다가가서 묻자, 그들도 약간 놀란 듯 얼결에 대꾸한다.

"아! 예. 우린 부산서 왔는데요. 아저씨도 한국분이시네요. 오데서 와심니꺼?"

"부산요? 나도 집은 부산에 있고, 직장 땜에 경주로 가서 현재까지 거기 머무르고 있소. 이거 참, 묘한 인연이구먼."

"아이구, 정말 그렇네요. 여서 우연히 동향인을 만난게 참 반갑심더."

"자, 그럼, 구경들 잘 하고 오세요."

나는 손을 흔들고 돌아서서 천천히 걸음을 움직였다. 돌계단을 내려오며 시야 어딘가에 부디만 불란의 모습이 있는가를 찾았으나 그는 이미 온데간데없었다. 아까 그가 나를 위해 해줄 수 있는 일은 여기까지 뿐이라고 말하던 그때가 이미 내게 작별을 고한 것이라고 새삼스러이 깨달았다.

명랑법사가 섬나라 불교왕국 스리위자야국에 전수해준 탄트라 밀교 사상과 정신이 후대에 어떤 형태로든 영향을 끼쳐 이룩됐을 것으로 여겨지는 세계최대의 불교 걸작품, 그 현장을 보고 교감을 나눈 나 자신이 못내 자랑스럽기도 하여 뿌듯했다. 설명할 수 없는 환희가 밀려왔다. 가슴이 터질 것 같아 눈을 감았다. 모든 것은 소멸하고 변한다. 변하지 않을 만다라 세계의 영상이 내 마음속에 깊이 각인되었다.

마지막 계단을 내려서서 돌아오는 길에 나는 다시금 보로부두르 사원을 향해 조용한 미소를 보냈다.

* * *

순다켈라파 항구의 카페에서 처음 만난 뒤 나를 보로부두르 사원 꼭대기까지 안내해주고는 홀연히 사라져버린 자바 섬의 한 젊은이—그가 어쩌면 천3백여 년 전 티베트 밀교를 전파하기 위해 범선에서 내린 명랑의 화신이었을지도 모른다는 얼토당토않은 생각을 품게 된 것은 귀국한 지 한참 지나서였다. 그만큼 나는 그 사실이 믿기지 않았다. 내가 직접 경험한 그 일은 시간이 지날수록 현실감을 잃어가는 대신, 어쩐지 한바탕 꿈을 꾸고 난 뒤에 연상되는 '실재가 없는 현상'을 사실인 양 여기고 있는 것이라는 엉뚱한 생각에 휘말리고 있었다.

어쨌거나, 인도네시아의 불교 유적 중 밀교적 색채가 짙은 가장 뛰어난 건축물 보로부두르 사원은 애초에 내 여행 일정엔 없었다. 하지만 뜻밖에 부디만 불란을 만난 것은 내게 행운이었다. 지금 와서 돌이켜 생각할수록 명랑법사가 내려준 일종의 징표 같은 것으로 받아들이고 있다.

어쩌면 그 젊은이를 통해 나에게 일부러 신불(神佛)이 보낸 계시였다는 것 외엔 달리 생각할 여지가 없었다. 요컨대, 이 만남은 천지의 모든 일이 이미 기록되어 그 순리대로 이행되고 있는 한 과정이라고 이해하기로 했다.

'예정된 운명의 기록……'

그렇다. 나는 카페에서 만난 이 젊은이가 명랑이 왔던 자바의 길을 가르쳐 줄 예사롭지 않은 인물임을 그때 진즉 알았었다. 누구와 함께 한다는 것은 나침반의 바늘을 결정하는 중요한 일이다.……

정광의 블로그에 올라 있는 그의 인도네시아 여행기는 일던 여기서 끝을 맺고 있었다.

제3장

안타까운 소망, 천년의 사랑

범보는 정광의 글을 읽고 상당한 감동을 받았다.

그의 블로그에는 그동안 소위 '명랑 루트'를 따라 그가 중국에서 티베트를 거쳐 라오스로, 또 인도네시아까지 두루 돌아보며 찍은 수많은 사진들을 곁들여 현지에서 보고 느낀 감회와 깨달음 등을 기록한 글들로 잔뜩 도배돼 있었다. 그것은 단순한 기행문과도 달랐다. 보통 사람들이 흔히 여행 중에 쓴 그런 소감문의 수준을 훨씬 능가하는 데가 있었기 때문이다.

가장 인상 깊었던 것이 신라 '인면유리구슬' 속에 숨어 있던 비밀을 알아낸 점이랄까. 거기 있는 사람의 얼굴은 부처와 보살들이며, 새는 극락조인 가릉빈가이고, 나무는 세계수(世界樹)의 모습이었던 것으로 설명되고 있었다. 이 점은 앞으로 학계에서 논의의 여지는 있겠으나, 일단 인면유리구슬의 정체를 그 나름으로 규명해낸 것만으로도 고대사학계에 던지는 파문은 대단할 것이라고 범보는 생각하였다.

무엇보다 지금까지 그가 해온 일들을 종합해 보면 이성적 탐구능력만으로는 설명되지 않는 깊은 깨달음에 도달한 어떤 천재성이 엿보였다.

하여간, 범보는 정광의 이번 글을 통해 받은 깊은 인상 때문에, 바로 그 직후에 다음과 같은 이메일을 그에게 보냈다.

— 블로그에 올린 너의 여행기, 잘 읽었다. 솔직히 말해서, 심오한 글의 내용에 감동을 받았다. 다른 사람이 못하는 걸 해내거나, 남들이 전혀 깨닫지 못하는 걸 깨달을 줄 아는 사람을 일컬어 천재라고 한다면, 너는 분명 천재에 속한다. 너 역시 인젠 석가모니처럼 성불하는 일만 남았구나.……

이틀 뒤에 정광이 댓글을 보내왔다.

— 형이 나를 그렇게 이해해주니 정말 기쁘오. 사람들은 제각기 주어진 삶을 살기 마련인데, 이따금은 개인의 의지와 상관없이 본래 원치 않았던 삶의 길을 가야할 때도 있다는 것, 그것이 운명이라는 걸 깨달아 안 것은 꽤 오래 되었다오.

범보 형, 형은 살아오면서 한 번쯤 불가사의한 현상의 이면에 무수히 흩어놓은 우연의 구슬들을 필연의 끈으로 꿰는 보이지 않는 손길의 작용에 대해 생각해 본 적이 있소? 적어도 나는 그것을 긍정하기에 이르렀다오. 그것이 바로 신의 뜻이라고.

형, 인과의 법직대로 움식이는 것이 천리(天理)라면 세상시에는 필연 아닌 것이 없다오. 무수한 현상들의 이면에 우주 운행의 법칙에 따라 자연은 머나먼 공간과 시간을 넘어 저절로 제 길을 찾고 형상을 만들어 가듯, 그것이 우리의 존재를 결정짓고, 또한 그 속에서 명랑과 내가 소통하는 이유라오.

대일여래의 강림이 이뤄질 경주 배반동 '내리들'에 명랑법사가 이룩한 낙서구궁팔괘도의 얀트라(도상)에 딱 맞는 팔엽연화(八葉蓮花) 만다라세계의 구축이야말로 인간의 위대한 지혜로써 이룩된 예언적 의미의 흔적이었음을 찾아낸 것이라오. 나는 거기서 '과거로부터 온 미래'를 보았고, 세계의 대세와 얽혀 돌아가는 한국의 미래가 현재의 비관적인 현상의 이면에 감춰진 낙관적 결과를 예측하면서 남북통일의 희망뿐 아니라 세계사에 우뚝 설 조국에 대한 기대를 품게 되었다오.……

범보는 정광의 이메일을 읽으며 우선 그 어투의 생소함에 어색함을 느꼈다.

비록 네 살 터울이긴 해도 어릴 때부터 가장(家長)이신 할아버지 아래에서 대가족이 한 집에 살며 사촌끼리라도 친형제나 다름없이 너나들이해 왔던 사이였다. 고등학교까지 고향에서 같이 산 뒤로 각자 대학진학을 위해 타지로 나가 있었다. 그렇다 해도 방학 때면 다시 모이곤 했던 것이다.

이후로 성인이 되고 각자 결혼한 후로는 집안의 대사를 함께 치르는 일 말고는 만날 일이 없어졌다. 설령 필요에 따라 반드시 전화통화라도 해야 하는 경우에도 서로 말을 터놓고 지낸 관계였는데, 직접 편지글에 '해라체'를 쓰자니 스스로 어색했는지 그가 새삼스레 격식을 따져 예사높임말을 쓰고 있는 것이 범보는 좀 우습기도 하였다.

범보는 곧 이메일로 그에게 답글을 띄웠다.

— 네가 주장하는 소위 구궁팔괘도의 원리는 내 생각엔 일종의 '미래 예

측' 설과 다름없는 것으로 해석된다. 일테면, 우주의 운행 궤적이 일수(一水)의 북방에서 시작하여 중궁에 와서 종결됨에 따라 구궁(九宮) 안에서 중궁이 곧 일태극을 이루는 위치가 된다는 이론 아닌가? 요컨대, 중궁에서 천지가 화합하여 통일된 하나의 세계가 이루어질 때, 무극대도의 일태극이 마침내 지상에서 성취된다는 것—그것이 곧 『천부경』에서 예언하고 있는 미래적 결론이란 거겠지. 이를 불교적 세계관에 비추어 보면 도리천(忉利天)의 부처로 환생하고자 했던 선덕여왕의 소망이 현세에 재현되는 이치와 다를 바 없다는 뜻이기도 하고.

따라서 그 간절한 소망과 기원을 담아 경주 배반동의 내리들에 명랑법사가 낙서구궁팔괘도의 얀트라(도상)에 딱 맞는 팔엽연화 만다라세계를 구축함으로써 이룩된 예언적 의미의 흔적이었다고 말이야. 뭣보다 그 내리들이란 장소가 명랑법사에겐 우주의 맑고 으뜸이 되는 기운[淸元之氣]이 모이는 곳이어서 세상의 중심이 될 만한 곳이라 여겼겠지.

그러나 유사이래(有史以來) 그런 신성한 장소는 각 민족마다 달라서, 자기네들이 사는 터전의 어느 한 곳에다 설정해 놓은 경우를 간혹 볼 수 있거든. 너도 알다시피 티베트인들은 불교적 세계관을 자연의 상관물과 결합시킨 카일라스 성산을 우주의 중심인 수미산이라 믿었고, 자바 사람들은 보로부두르를 세우면서 그곳에다 수미산을 재현해 놓았듯이 말이야.

아득한 과거로 더 거슬러 올라가면 실상 기원전부터 그런 게 있었지. 『성서』에 '너부가셋' 왕으로 나오는 '네부카드 네자르 2세'가 기원전 605년에 신(新)바빌론 왕으로 등극하여 세운 바벨탑의 경우를 예로 들 수 있어. 기원전 539년 페르시아에 의해 바빌론 왕국이 멸망당할 때 바벨탑도 무너졌는데, 그 당시의 흔적을 말해주는 비석이 발견되었다고 해.

그 비석에 수메르어로 '에테멘 앙키'라 새겨져 있는데, 그 뜻은 '하늘과 땅의 기초가 되는 집'이란 거야. 말하자면 세계의 중심이란 의미로 자기 민족의 염원이 담긴 거대 건축물을 세워 그곳을 성지(聖地)로 만들려 한 셈이었겠지. 비록 '성서'에선 인간의 교만과 방자함에 진노한 하나님이 바벨탑을 파괴시킨 것으로 돼 있지만, 실제로 지진에 의한 붕괴였음이 과학적 진실에 가까울 테지. 그 무너진 자리에서 훗날 발굴된 비석엔 또 '지구라트', '카딩기 라키' 따위의 문자도 새겨져 있었다고 해.

특히 비문에 나타난 그 '지구라트(Ziggurat)'는 메소포타미아 문명 내지 인류 최초의 문자를 사용한 수메르 문명의 대표적 상징물로, 고대의 근동 지역에 세워진 피라미드 형태의 계단식 신전탑(神殿塔)이 아니던가!

이건 여담이지만, 수메르어와 한국어의 친연성(親緣性)을 연구한 학자들의 얘기에 따르면 언어적 측면에서 고대 수메르인과 고대 한국인이 같은 종족에서 분파된 것이 아닐까 하고 조심스레 추정해보는 견해도 있어.

민족 판별의 과학적 지표는 첫째가 언어라는 건 두루 아는 사실이니까. 그래서 예컨대, 수메르어 '아비(Abi)'는 한국어 '아비(아버지)'와 똑같고, '움마(Uhma)'는 한국어 '엄마(어머니)'와 유사하고, '나(Na)'는 '나(1인칭 주체)'와 똑같고, '길(Gir)'은 '길(도로)'과 같다는 것인데, 심지어 사람을 높여 부를 때 이름 뒤에 '님(Nim)'이란 호칭을 붙이는 것도 유사하다는 것이야. 그밖에 인간세상의 운세가 천체의 운행과 관련이 있다는 사고방식이며, 군사부일체(君師父一體) 사상도 수메르 풍속과 우리 것이 같다고 하니 상당히 놀랍지 않은가.

내 이야기가 잠깐 옆길로 새었는데, 뭐 하여간 세상의 여러 민족들은 각기 제 나름대로 대자연의 섭리에 따라 우주의 기(氣)가 모이는 곳이 있다고 믿었을 테지. 그런 관점에서 당시 신라의 명랑법사는 서라벌의 내리들이 그곳이라고 생각했을 테고……

하기야, 세상이 예측 불가능한 불확실성과 무질서로 가득할 때 사람들은 대개 불안에 떨고 두려움을 느끼기 마련이긴 해. 그래서 고대에는 신비한 자연 현상을 접하면 그 원인을 몰라 무서워했을 테지만 지금은 전혀 그렇지 않지. 인간의 두뇌가 진화해 왔다는 건, 끊임없이 과거의 기억과 현재의 경험을 토대로 미래를 예측하는 판단능력의 향상과도 무관하지 않을 거야.

그 결과, 인간은 불확실하고 무질서하게 보였던 우주의 운행 질서가 일정한 패턴을 갖고 진행되고 있다는 사실을 과학적으로 증명해냈잖아. 따라서 종교가 힘을 잃고 과학이 대세인 21세기에 종교적 예언이나 신앙심에 의지하는 것은 대단히 비논리적이야.

선덕여왕은 그 유명한 '지기삼사(知幾三事)'의 일화에서처럼 사후에 자신이 묻힐 도리천을 낭산 신유림(神遊林)의 정상으로 지목하여 유언을 남겼었지. 그것이 비록 그 산자락 아래 뒷날 사천왕사를 건립한 명랑법사의 통찰지(洞察知)에 의해 추천된 곳으로 볼 수도 있지만, 신유림이란 그 지명부터 예사롭지 않긴 해. 그곳은 신들의 영역인 동북쪽 간방(艮方)의 산이기에, 미상불 수미산의 상징으로 삼을 만한 곳이었을까? 어쨌든 명랑법사의 판단은 그랬을 테지.

따라서 ㄱ가 '내리들'을 중심으로 신라의 거국적 불사와 관련된 기념물들을 팔괘의 운행 방향에 맞춰 그 8방에 터를 잡는 방식으로 얀트라를 구축함으로써 거대한 태장계만다라(胎藏界曼茶羅)의 세계가 이루어지리라 믿었던 거겠지.

결과적으로, 서기(瑞氣) 어린 낭산 신유림과 우지산(남산) 동록 사이에 태장계만다라의 세계를 펼침으로써 삼한통일을 이룬 신라의 후예가 훗날 온 천하에 으뜸이 될 기운이 비칠 때 제석천에 머물던 선덕여왕이 환생하여 강림하면, 덩달아 국운이 상승한 우리 한국도 남북통일을 이루고 마침내 세계에 우뚝 서는 때가 도래하리라.―네가 믿는 것도 바로 그와 같은 예언이 머잖아 실현될 것이라는 극단적인 이론 아닌가?

물론 이론은 증명하라고 있는 것이긴 해. 하지만, 예측에는 학술적인 의미가 담겨도 예언은 왠지 미신이나 종교적 냄새를 풍긴단 말이야.

그건 남북통일과 함께 세계사에 우뚝 설 21세기 한국의 역사적 성취라는 낙관론의 근거가 되기엔 아무래도 미신적 이론 같다. 차라리 그런 것에 기대어 요행을 바라기보다는 우리의 주체적 노력으로 결실을 보는 통일을 이루도록 하는 게 훨씬 낫지 않을까? 나는 그런 구체적이고 현실적인 대안이 필요하다고 보는데…….

그러기 위해선 무엇보다 국론을 한데 모을 수 있는 비전을 가진 정치적 리더가 그 어느 때보다 필요한 시점이야. 국가를 위해 헌신적이고 재능 있는 정치인들이 대거 등장하여 이들을 통해 우리 국민의 혁명적 의식개조가 있지 않으면 통일이라든가 위대한 국가 재건과 같은 일은 불가능한 사항이야.

예측 불가능한 미래의 불확실성과 무질서로 가득한 세상에서 불안에 떨고 두려움을 느끼는 사람들에게 가장 솔깃한 게 뭐겠어? 미래를 예견할 수 있는 정립된 이론 같은 게 있다면 정말 매혹적이겠지?

마르크스가 처음으로 유물사관을 정식화(定式化)하여 역사가 소유제도의 변화라는 관점에서 생산력과 생산 관계의 모순에 의해서 발전된다고 예측한 이래, 동시대를 풍미했던 그 마르크시점의 신봉자들은 곳곳에서 공산주의사회 실현을 위한 피투성이 혁명을 불러왔고 커다란 영향을 끼쳤었지. 하지만, 자본주의의 몰락은 필연적인 것이라던 마르크스의 예측은 어이없게 빗나가고 말았잖은가. 현시점에서 보면 마르크시즘은 거의 한 세기에 걸쳐 혹세무민(惑世誣民)하다가 20세기가 채 끝나기도 전에 벌써 낡은 이론으로 용도 폐기되다시피 취급받거나 변질돼 버렸지.

경제생활만으로는 사회생활의 구조와 역사의 변화를 설명할 수 없다고 본 막스베버가 그의 저서『프로테스탄티즘의 윤리와 자본주의 정신』에서 분명하게 밝힌 바와 같아.

하여간, 내 생각은 그럴 듯한 패턴이라 해서 다 필연적 법칙을 지닌다고 볼 수 없다는 쪽이야.

그런 관점에서 따지면 서라벌 땅에 무극대도를 이뤄 이상세계를 건설한다는 명랑법사의 이론도 그래. 네가 주장하는 것처럼, 명랑의 불사(佛事) 행위로 이룩된 태장계만다라 세계의 재현에 의해 '진리의 말씀이 간방에서 이루어지리라'는 이른바 성언호간(成言乎艮)의 이법이 실현되리라는 것 역시 필연적 법칙에 따른 것은 아니라고 봐. 그것은 하나의 극단적 이론이야. 비록 그 '성언호간'이 『주역(周易)』의 설괘(說卦)에서 간괘(艮卦)에 대한 공자님의 주해(註解)였다 하더라도 말이야.

예언이란 것도 따져보면 실상 예측 결과를 말로 표현하는 것에 지나지 않아. 하지만, 주역이니 복희팔괘도니 문왕팔괘도와 같은 것들이 어느 정도 신빙성이 있는지, 명백히 증명되지도 않은 상태에서 그런 것들을 예측의 지표로 삼는다는 점에도 문제가 있긴 마찬가지야.

세상에는 여전히 점집이 성행하고 사주관상쟁이들도 역술가 행세를 하며 남의 미래를 예측해주는 대가로 돈벌이를 하는 행위가 끊이지 않는 이유가 뭐겠어? 더구나 신이 내린 영험한 점쟁이의 단골손님들 중엔 내로라 하는 사회지도층 인사들이 의외로 많다는 사실은 정말 놀랍지 않은가! 불확실한 미래의 혼돈 상태를 불안해하는 것은 인간 공통의 심리다. 그 때문이라 해도 이건 좀 심하다는 생각이 들어.

물론 현재를 당연한 것으로 여긴다면 미래의 발전은 기대할 수 없겠지. 이것은 극히 상식적인 얘기에 불과해. 그렇다 해서 점쟁이를 찾아가 궁금한 자신의 미래를 상의한다는 건 마치 주저앉아서 누군가 당면한 이 상황을 바꿔주기를 기대하는 꼴이나 진배없어.

한 나라의 장래에 대해 논할 경우에도, 예언과 같은 미신이나 종교적 믿음에 의지하듯 '하느님이 보우하사 우리나라 만세!……' 같은 주문을 외는 피동적 자세보다는 차라리 통일을 위한 국가의 정책적 원칙을 만들어 내고 국론을 그리로 모아야 하는 일부터 서둘러야 하지 않을까?

통일은 대세이지 누구 혼자의 힘으로 달성되는 게 아니야. 아무리 경계해도 과오는 반복되고, 막상 통일의 호기가 닥쳤을 때 우리 스스로 내부에서 미리 맞이할 준비를 끝내놓고 있지 않으면 결코 자력으로 통일은 이뤄낼 수 없다는 건 자명한 이치야.

애국가 마지막 구절처럼 '대한 사람 대한으로 길이 보전하세!……'를 말로만 다짐할 게 아니지. 광복의 기쁨은 잠시뿐, 곧 이어 동족상잔의 비극과 참상으로 인한 폐허에서 자력갱생의 정신으로 가까스로 일으켜 세운 조국이 두 번 다시 외세에 침탈당하지 않고 존속하려면 무엇이 급선무일까? 그걸 위해선 모든 통일준비가 먼저 남한사회 내부의 가치통합으로 뒷받침돼 있어야만 한다고 나는 생각해.

역사를 긴 호흡으로 볼 때 지정학적 면에서도 중국과 한반도의 역학 관계는 운명과도 같은 거야. 과거 중화제국적 세계질서를 도모하는 소위 21세기의 '중국몽(中國夢)'의 관점에서 보면 자신의 안보에 위협이 될 남한 주도의 통일 한반도를 중국은 예나지금이나 절대로 용납하지 않을 게다. 이는 남북 간에 말썽이 발생할 때마다 은근히 북한을 감싸고 나온다거나, 심지어 내정간섭을 하며 한국을 겁박(劫迫)하는 발언들을 함부로 내뱉는 오만방자한 중국의 외교적 무례함 따위를 봐서도 잘 알 수 있잖은가. 과거 중화제국의 제후국쯤으로 한국을 얕잡아 보고 있는 저들의 의뭉스런 속내를 노골적으로 드러내는 중국의 존재는 여전히 21세기 한반도 통일의 최대 걸림돌이라는 사실을 잊지 말고 우리도 당당하게, 적절히 맞받아치는 전략이 필요할 거야.

흔히 역사는 반복된다고들 하지. 그렇다면 지금의 우리가 유의해서 본받아야 할 점이 뭐겠어? 그건 7세기 후반의 신라가 이루어낸 삼국통일의 정치학적 역량과 수완이야. 그걸 위해 오늘의 우리 국민 모두에게 주어진 첫 번째 과제는 뭣보다 국론 분열의 극복이 아닐까?……

범보는 그렇게 쓰고 나서, 추신으로 "새삼스레 격식을 갖춰 예사높임말을 사용한 너의 문장이 도리어 부담스러우니 다음부터는 평소 스스럼없이 대하듯 맘 편히 터놓고 말하라"고 덧붙였다.

다음날 즉각 이메일로 정광의 답글이 왔다.

― 형의 글은 잘 읽었는데, 예언자를 단순히 신이 내린 영험한 점쟁이

같은 존재로 취급하는 듯해서 왠지 좀 섭섭한 느낌이 들어. 형이 내게 보낸 글에서 언급했듯이, '예언도 따져보면 실상 예측 결과를 말로 표현한 것'인데 어째서 미신적이라고 폄하하는지?

바하마 출신의 목사이자 탁월한 강연자인 마일즈 먼로(Myles Monroe)가 예지력(豫知力·Vision)은 곧 논리적 예측이라고 설명한 글을 언젠가 읽은 적이 있어. 그가 주장하는 핵심을 인용하면 이런 거야.—'앞을 내다보는 (선견지명의) 통찰력은 지나간 뒤쪽, 즉 과거의 지혜에 바탕을 두고 있다(Foresight with Insight based on Hindsight).'는 것인데, 이를 의역하면 '과거에 관한 지식을 바탕으로 통찰력을 기르면 미래를 예측할 수 있다'는 뜻이 되겠지.

나는 명랑법사의 행적을 통해 이것이 곧 미래 예측이라 보았고 한국의 국운이 도래했으니 사전 준비를 하자는 것이었어. 더욱이 일어날 일은 결국 일어나게 마련이므로 이번 기회를 놓치지 말고 현실 예측을 바로 하자는 입장이야. 그런 관점에서 형과 나는 사실상 같은 주장을 하고 있는 셈이지.

우리 한민족은 빼어난 재능과 열정을 지녔으면서도 그것이 민족 전체의 자긍심으로 승화되는 거대한 성취에까지 도달하지 못하고 헛되이 주저앉고 만 뼈아픈 역사적 사례들을 갖고 있어. 그런 역사적 고비마다 항시 무능하고 협량한 정치지도자들이 문제였지. 냉엄한 국제 정세의 새로운 질서재편에 둔감하여 홀로 소외된 채 국론분열과 당파싸움으로 허송세월하다가 하늘이 준 천금 같은 기회를 번번이 놓쳐버리고 외세에 짓밟힌 통탄스런 역사가 잘 증명해주고 있잖은가. 이는 민족의 재능과 열정, 개혁의 기회를 통합해 나라를 이끌어가지 못한 미숙한 정치력이 가장 큰 원인이었다고 봐.

그런데 오늘날이라고 좀 달라진 게 있을까? 결코 그렇지도 못하니 참으로 답답하지. 국민의 대의기관인 국회에서 행하는 의원들의 한심한 짓거리들을 보고 있노라면 국난을 당하고서도 붕당정치로 영일이 없던 과거 조선조의 당파싸움이 연상되어 한국은 도무지 희망이 없다는 생각이 들어. 무능한 정치가 주는 실망감은 아예 모든 국민에게 희망을 잃게 할 정도로 그렇게 무섭다.

옳은 일은 언제 해도 늦지 않다고 여기고 미적거리다 보면 끝내 기회는 사라진다. 국력을 키우는 개혁을 시의에 맞춰 적절히 행하지 못하면 반드시 망한다는 교훈을 지난 역사에서 배워 결단에 따른 실천으로 이행하지 않고는 또다시 망하고 말 것이야.

생각한다는 건 바라는 것이고, 바라는 건 신께 기도하는 것과 같아. 끝내 포기하지 않고 간절한 바람 속에서 실천하면 뜻한 바가 이루어지는 예를 나는 종종 보았어.

범보 형, 그 옛날 몽골족의 원나라가 고려를 침공했을 때 부처님의 가피로 국난을 극복하려 한 간절한 바람이 팔만대장경의 제작이라는 놀라운 기적을 만들어낸 실례가 있잖아. 비록 사후약방문 격이었지만, 어쨌든 마음을 하나로 모으면 현실을 바꿀 수 있다고 굳게 믿었겠지. 신앙의 힘이란 게 그런 것일 거야. 문제는 곤란을 당하기 전에 미리 대비해야 한다는 점이지.

일찍이 신라인들은 마음이 현실을 만들어낸다고 믿었고, 그래서 군신상하가 한 마음이 되어 끝내 삼국통일을 이루어낼 수 있었던 것처럼……. 아무튼, 나는 그런 점에서 명랑법사가 호국불교라는 신앙심에 의지해 간절한 소망과 기원이 현실을 바꿀 수 있다고 굳게 믿었다고 봐. 또한, 그것이 당시의 사고방식으로서는 극히 자연스런 일이었겠지.

동학(東學)의 창시자인 수운(水雲) 최제우(崔濟愚·1824~1864)도 경주 태생이야. 그는 1855년 금강산 유점사(楡岾寺)에 있다는 중에게서 얻은 『을묘천서(乙卯天書)』로 도를 깨닫고, 1857년엔 천성산 적멸굴(寂滅窟)에서 49일간 기도를 끝내고 도술을 부리기 시작하여 기인(奇人)으로 차츰 이름을 떨쳤다고 해. 그리고 이태 뒤인 1859년 고향인 경주로 돌아가 현곡면에 정착하여 용담정(龍潭亭)에서 보국안민(輔國安民)의 대도(大道)를 깨쳤다 해서 이곳이 동학의 성지가 되었지.

무도(無道)한 세상에 선지자들이 나타나 옛 서라벌에 불국토를 이루어 이상세계를 실현코자 했던 소망을 훗날의 최수운이 계승하려 한 사실로써도 이곳 경주의 지기(地氣)가 예사롭지 않다는 생각이 들더군.

일찍이 공자는 『주역』 설괘(說卦)에서 간방이 동북의 괘(艮, 東北之卦也)라 했고, 거기서 만물이 끝을 맺고 또 이루어져 시작되는 곳이니(萬物之所終而所成始也), 그러므로 하나님의 진리의 말씀이 간방에서 이루어진다(故曰, 成言乎艮)고 설파했었지. 여기에 쓰인 '말씀[言]'이란 글자는 단순히 언어를 지칭한 것이 아니라고 봐. 그것은 인간의 지혜로운 사유능력이 도달한 하나의 진리, 또는 문화적·윤리적으로 우수한 민족의 총체적 사상을 함축한 단어라고 나는 풀이하고 있어.

이른바 역철학(易哲學)에서는 동북아시아의 한국이 세계의 간방에 해당한다고 보고 있어. 인류문명의 시초가 동북방에서 비롯되어 환웅(桓雄)이 다스리던 시절을 거쳐 그 일파가 단군임금의 고조선으로 맥을 이어 누천년(累千年)의 변천 과정을 겪는 동안에도 한민족은 끝내 멸망하지 않았던 걸 생각해 봐. 21세기에 접어든 오늘날까지도 세계에서 유일하게 분단된 이 한반도에 마침내 통일국가가 들어서면 상극(相剋)의 끝이 곧 상생(相生)의 시작이 되는 셈이야. 그런 점에서 남북한이 극도로 상충하는 위기의 순간이야말로 곧 다시없을 기회의 천시(天時)라고 봐.

요컨대, 후천개벽시대의 세계사적 흐름의 맥락 속에서 남북으로 갈린 한반도가 마지막 상충(相衝)을 끝내는 시점에 이르러, 하나님의 진리가 간방인 한국에서 열매를 맺게 된다는 뜻이야.

따라서 후천개벽시대 우주 운행의 원리로 보건대, 건-태-간-이-감-곤-진-손의 방향으로 이행한다는 점과 연관 지어 명랑법사가 설계한 불교적 얀트라를 보면 아주 흥미로운 현상을 발견할 수 있어. 나는 거기서 역사의 암호를 읽어냈지.

내가 그동안 궁구(窮究)한 바에 의하면, 구궁팔괘도에서 중궁인 내리들을 가운데 두고 건방(乾方)은 상형(象形)이 하늘[天]이며 서북쪽 신락궁(新洛宮)이니, 지금의 중생사(衆生寺) 터가 그곳이다. 특히 그 사찰의 한쪽에 통일신라시대 것으로 추정되는 마애삼존불이 있는데 가운데의 주불이 여인의 형상을 하고 있어.

나는 그것이 선덕여왕의 모습을 새긴 것으로 이제는 믿어 의심치 않아. 여왕이 세상을 떠난 뒤 처음으로 선덕여래를 하늘에 모신 상징을 지닌 새로운 궁전이란 의미가 내포된 신락궁이지. 바로 그 뒤편에 일직선상으로 부왕인 진평왕릉이 자리 잡고 있기에, 하늘인 부친의 음덕을 받는 건괘(乾卦) 자리로서는 타당한 위치야.

태방(兌方)은 상형이 못[池·澤]이며 서쪽 창과궁(倉果宮)이니, 우물 형상을 한 첨성대를 그곳에 세웠다고 봐. 또, 어원적으로 태(兌)라는 글자에는 시냇물 같은 지름길[徑]·통함[通]·구멍[穴] 따위의 의미들이 내포돼 있어. 때문에, 수미산 도리천으로 가는 통로로서의 우물이 곧 첨성대였던 것으로 파악해도 무방해. 더욱이 그것은 여왕의 소망이 결실을 맺은 곳간 같은 신전탑(神殿塔)이기에 창과궁이지.

간방(艮方)은 상형이 산(山)이요 동북쪽 천류궁(天留宮)이니, 선덕여왕이 묻힌 수미산 도리천의 상징인 낭산 신유림 중턱이 바로 그곳이야. 여왕이 하늘에 머물러 있는 궁전이기에 천류궁이지.

이방(離方)은 상형이 불[火]이며 남쪽 상천궁(上天宮)인데, 옛 신인사(神印寺) 자리의 마애조상군(磨崖彫像群)은 수미산 형상의 큰 암벽에 비천상(飛天像)들을 위시하여 33가지 그림들을 새겨 33천이란 하늘나라의 의미를 상징하고 있어. 그럼으로써 선덕여왕이 사후 제석천에 부활하기를 소망한 그 유언이 마침내 이루어졌음을 나타내려는 증거로써 새긴 흔적이랄까. 아무튼 상천궁이란 바로 선덕여왕이 환생코자 원했던 도리천의 제석궁(帝釋宮)과도 같은 의미지.

감방(坎方)은 상형이 물[水]이며 북쪽 협칩궁(叶蟄宮)이니, 죽어서 동해의 호국룡(護國龍)이 되기를 원했던 문무대왕을 상징적으로 수장(水葬)한 다비식이 거행된 능지탑이 바로 그곳이야. 실제로 문무왕의 능은 어디에 있는지 아무도 몰라. 이곳은 단지 화장터라고만 알려져 있을 뿐, 동해구의 수중왕릉이 진짜인지도 여전히 알 수 없어. 어쨌거나 이곳 능지탑은 문무왕의 전설을 간직한 채 분열되었던 삼국을 통합해 하나로 화합케 한 뒤에 자취를 숨긴 대왕의 탑이 있는 곳이기에 협칩궁이란 의미와도 딱 맞아떨어지지.

곤방(坤方)은 상형이 땅[地]이며 서남쪽 현위궁(玄委宮)이니, 흔히 할매 부처상이라 부르는 감실여래좌상을 그곳에 세운 이유이기도 해. 곤(坤)은 또 어원적으로 대지(大地)·황후(皇后)·순함(順)을 의미하기도 하니까. 옛날 왕실에서 사용하던 호칭인 곤전마마(坤殿媽媽)의 준말인 '곤전'이란 단어가 곧 중궁전(中宮殿)을 의미하고, 이는 왕후의 높임말이란 건 상식에 속하지.

따라서 곤방은 생물을 성장시키는 대지와 같은 어머니의 뜻을 내포하기에 이곳에 모신 자애롭고 순한 그 여성 불상을 흔히 '할매 부처'라고들 해. 어쨌거나 여러모로 나는 이 감실여래좌상도 선덕여래상이라고 보는 쪽이야.

진방(震方)은 상형이 번개 및 우레[電·雷]며 동쪽의 창문궁(倉門宮)이니, 사천왕사가 그곳이야.

명랑법사가 문무왕의 명을 받들어 문두루 비법으로 풍랑을 일으키고 벼락을 때려 신라를 침공하려던 당군(唐軍)의 선박들을 두 차례나 침몰시킨 그 현장에 세운 사천왕사는 본래 수미산 중턱에 자리하고 있기에, 자연히 그 위쪽 낭산에 묻힌 선덕여왕릉이 도솔천이란 걸 증명한 셈이지. 사천왕들로 하여금 동서남북 네 방향을 지키면서 불법을 수호하도록 하여 사찰을 청정도량(淸淨道場)으로 만들려는 목적 외에도 일주문(一柱門)을 지나 불이문(不二門)과의 중간 위치에 천왕문이 자리한 이유가 뭐겠어? 그건 일주문을 통과하는 구도자의 평소 지닌 일심(一心)이 꺾이지 않게 다시금 용기를 북돋워 수미산 정상까지 오를 것을 독려히는 곳이기 때문이야. 말하자면 지혜의 보물창고로 들어가는 문이랄 수 있기에 여기가 창문궁이지.

그리고 끝으로, 손방(巽方)은 상형이 바람[風]이며 동남쪽 창락궁(倉洛宮)이니 망덕사가 그곳이다.

『삼국사기』나 『삼국유사』에는 망덕사의 동·서 두 탑의 높이가 13층인데, 서로 대하여 홀연히 진동하고 며칠 동안 개합(開合·떨어졌다 붙었다)하여 경도(傾倒·기울다 넘어짐)할 것만 같았다는 이변을 기록해 놓았지. 한데, 이 사찰은 본래 당제국의 눈치를 봐가며 오로지 눈속임으로 지었던 절이 아니던가.

이처럼 중국과 한반도의 관계는 지정학적 운명으로 인해 예기치 않은 시대변화의 돌풍에 흔들리게 될 때마다 서로 맞부딪칠 듯한 동·서 두 탑과 같은 정치적 현실 구도임을 암시하고 있다고 봐. 그런 기본전제를 바탕에 깔고서 세계사적 흐름 속에 동북아의 지난 역사를 되돌아보면, 중화제국을 자처하는 대륙 세력은 늘 한반도의 운명이 결정되는 시점마다 무력 개입하기 일쑤였다는 사실을 잊지 말고 7세기의 신라가 그랬던 것처럼 과감히 대처해야겠지.

하여간, 나 역시 형이 말한 것처럼 21세기 대국굴기를 표방한 중국을 대하는 우리의 자세와 태도에 대해서는 전적으로 공감하고 있어.

1,300여 년 전에도 이미 명랑법사가 조국 신라의 미래에 대한 간절한 염원을 담아 내리들을 중심으로 구궁팔괘도를 이루는 위치마다 일정한 간격을 두어 이와 같은 불교적 얀트라를 조성했던 의도를 알고 나니, 실로 놀랍기만 할 뿐이야. 결코 우연히 그것들을 그 위치에 만들어 놓았다고 보기엔 너무나 의도적이었으니까.

형, 언제 한번 시간을 내어 경주로 놀러오면 내가 기꺼이 안내하며 함께 이 유적지들을 답사할 수 있기를 바라마지 않아.……

이러한 이메일들을 몇 차례 더 주고받은 그해(2012년) 12월 초순 어느

704

날, 범보는 직접 경주에 갈 일이 생겨 정광에게 연락을 취하였다.

　주로 대학의 인문학 교수들이 중심이 된 〈국제언어문학회〉란 연구단체가 주최하는 정기 세미나를 겸한 국제학술대회가 매해 12월 경주에서 개최되곤 했는데, 범보는 그 회원으로 참석했었다. 몇 년 전까지는 대개 동국대학교 경주캠퍼스에서 열리다가 장윤익 총장이 퇴임한 후 〈동리목월문학관〉의 관장 직을 맡게 된 다음부터선 그쪽으로 옮겨 문학관 영상실에서 시행하는 경우가 많았다.

　마침 범보는 그해 제17차 국제학술대회에서 〈향가와 만엽가의 어문학적 비교 고찰〉이란 주제 아래 「향가와 만엽가의 새로운 인식」이란 논문 발표자에 포함돼 있었다. 「향찰과 만요가나(万葉假名)의 비교 연구」(이토 다카요시 · 부산외대교수)와 「향가와 만요슈(万葉集) 작품을 통해 본 한일문화의 특징」(이연숙 · 동의대교수) 등 각자의 논문 발표가 있은 다음엔 질의응답 시간을 통해 종합토론을 갖는 진행 방식이었다.

　하여간 그런 사정으로 경주에 가야하니 이번 참에 틈을 내어 한 번 만날 기회를 만들자고 정광에게 전화로 약속했던 것이다.

　당시 2년 연한의 회장직을 맡고 있던 진주교육대학교 송희복 교수와 그날 토론자로 내정된 한문학자이며 소설가 임종욱과 함께 범보는 진주에서 아침 일찍 출발하였다. 마산에서 따로 출발하는 시인 이달균과는 경주 가는 길목의 언양 휴게소에서 10시 반쯤 만나 동행하기로 약속했기에 범보 일행은 서둘러 오전 8시경에 진주를 띠났디. 학술대회가 오후 2시부터 개최되기에 늦지 않으려면 그렇게 일찌감치 나서야 했던 것이다. 서울서 고속버스 편으로 내려오겠다는 중앙대학교의 이승하 교수와는 경주국립박물관 출입구 앞 주차장에서 만나 점심을 함께 하기로 사전에 전화 연락이

돼 있었다.

많은 회원들 중에서도 특히 시인, 소설가, 문학평론가와 같은 현역 문인으로 활동하고 있는 그들끼리는 문단 선후배로서 평소 호형호제하는 각별한 사이였다. 가령 이런 행사로 경주에서 하룻밤 묵어가야 할 경우엔 항시 단골로 가는 고속버스터미널 근처의 모텔에다 방을 예약해두곤 했었다.

그날 행사가 전부 끝난 것은 오후 7시 반경이었다. 참석한 회원들이 함께 저녁식사를 마친 다음 제각기 흩어져 돌아간 뒤, 범보 일행은 예약해둔 모텔 주차장에 운전해온 차를 세워두고 늘 그랬듯이 그냥 잠자리에 들 수 없어 근방의 주점에 들렀다. 이 교수는 서울서 함께 온 다른 동료가 있어 따로 방을 잡아 두었다기에 아까 저녁식사 후 곧바로 헤어졌다.

하여간 모처럼 오랜만에 들른 경주에서 문인들끼리 만난 자리인지라 응당 '서라벌의 밤'에 대한 회포를 풀고자 하는 기분에 휩쓸리는 것은 극히 자연스런 일이기도 하였다. 왜 안 그렇겠는가? 어차피 일행은 경주에서 하룻밤 묵어갈 나그네들 처지였다.

산업화로 발전한 다른 도시들의 휘황한 밤거리와는 달리, 경주에는 번화가라 해도 어딘가 호젓한 천년고도에서만 느끼는 묘한 분위기가 있었다. 그래서 그날 술좌석의 첫 주제도 낭만적인 밤의 정취에 걸맞게 '신라 적 옛사랑'이었다.

"김유신과 천관녀의 사랑, 의상(義湘)과 선묘녀의 사랑도 그렇지만, 뭣보다 선덕여왕에 대한 지귀(志鬼)의 짝사랑이야말로 사랑의 백미랄까, 아니 차라리 저주받은 사랑이라 말할 수 있겠지……. 하긴 이 모두가 비극적 사랑이었다는 게 하나의 공통점이긴 해. 요컨대 사랑은 아프다. 아프지 않은 사랑은 실로 참다운 사랑이라 부를 수 없는 걸까?"

범보가 꺼낸 이런 얘기가 시초가 되어, 자연스레 화제는 지귀의 정체에 대한 것으로 옮겨 갔다.

지귀가 실존인물인지의 여부가 첫 번째 화제였다. 만약 실존인물이라면 생활수단은 뭐였을까? 갖바치? 혹은 와공(瓦工)? 아니면 석수(石手)였을 까? 또는 그와 반대로 실존인물이 아니라면 지귀란 이름은 고유명사가 아닐 수도 있다. 단지 이루지 못한 사랑 때문에 죽은 원귀(寃鬼)의 상징이거나 타오르는 사랑의 욕정을 삭이다 못해 마음속에 응어리진 울화(鬱火)의 의인화(擬人化)에 불과했던 것일지도 모른다. 그런 의견들이 오간 끝에,

"『삼국유사』에는 다만 지귀란 자가 처음 먼발치서 선덕여왕을 한번 본 뒤로 밤낮없이 여왕 생각 때문에 마음에 병이 들었다고만 돼 있어. 그뿐이야. 실제 그의 직업이나 여왕을 보고 첫눈에 반했던 그 장소 등에 관한 기록이 한 줄도 없어. 그러니 정체를 전혀 알 길이 없단 말이야. 그런데 분명한 게 한 가지 있어. 바로 지귀의 심중에서 치솟은 불길에 스스로 타 죽을 때 근처의 탑까지 태운 그 장소가 분명히 기록돼 있거든. 영묘사(靈廟寺) 탑 아래였다고. 그러니까 문제의 해답은 영묘사와 관련이 있다는 데서부 터 추리해 나가는 게 순서겠지.……"

그렇게 운을 뗀 범보는 잠시 뜸을 들이더니,

"영묘사는 바로 선덕여왕이 일으킨 불사(佛事)인데, 양지(良志)라는 괴승이 영묘사의 장륙삼존상과 천왕상, 또 전탑(殿塔)의 기와를 만들었던 것으로 기록돼 있어. 하여간 영묘사를 지을 때 여왕도 불사를 일으키는 그 현장에 가끔씩 시찰을 나왔을 것이라고 당연히 생각해볼 만한 일이겠지. 말하자면 그때 지귀도 여왕을 먼발치로나마 직접 볼 수 있었던 게 아닐까?

심지어 양지스님이 그 장륙존상을 만들 때는 온 성안의 남녀들이 다투어 진흙을 날라다 주었다고도 기록돼 있는데, 그 당시 여왕을 멀찍이서 보았을 수도 있는 일이긴 해. 그러나 단지, 지귀가 단순히 진흙을 날라다준 성안의 수많은 보통 사람들 중 하나에 불과했다면, 한 번 본 것만으로 여왕에게로 향한 간절한 사랑의 소망으로 병이 들었다는 건 아무래도 지나친 비약이야. 따라서 그가 여왕을 사모하게 된 과정에는 좀 더 필연적인 사연이 있었을 거라고 추리해 보면 그의 정체가 영묘사 건립에 동원된 와공이나 목수, 또는 석수장이 같은 기술자였던 것으로 짐작돼."

라고 조심스레 지귀의 존재가 영묘사 건립에 참여한 어떤 기술자 중 한 사람이었을 것으로 추정하였다.

"이 추리가 어때? 그럴듯하지 않아? 한번 생각해 봐. 사랑은 소통이어야 하는데 감히 드러내놓고 고백마저 할 수 없다. 더구나 뛰어넘을 수 없는 신분의 벽이 가로막고 있다. 먼발치에서만 아니라, 때로는 가까이서 볼 기회가 있어도 그처럼 도저히 맺어질 수 없는 비련의 운명 앞에서 지귀는 좌절할 수밖에 없는 노릇이었겠지. 아무리 애간장을 태워도 절망만이 자기 몫임을 그는 너무도 잘 알고 있었을 테니까……."

시인이며 문학평론가인 송 희복이 그 말을 받아 대뜸 끼어들었다.

"그렇잖아도 경주에 올 때마다 늘 '지귀의 사랑'을 주제로 시 한 편 써보고 싶어 했는데……. 간간이 끼적거리면서 몇 번이고 고치다가 얼마 전에 막 완성한 시가 있어요. 아직 발표하진 않았지만……."

"어? 그럼, 당연히 한번 읊어봐야지. 옛 선비나 문사들의 선례를 봐도 술이 있으면 응당 시가 따르는 게 일상사였잖아. 안 그래?"

범보가 맞장구를 치자 다들 박수로써 부추겼다.

사랑하면서도/ 사랑한다고/ 말을 할 수 없는/ 사람에게/

사랑은/ 사랑을 말할 수 있는/ 용기가 아니냐고/ 말을 걸어 보네//

경주의 가을을 걸으면//

빨강 노랑으로 빛이 바랜/ 옛 이야기 짙은 그림자 속으로/ 물이 들어가네//

불국사 천왕문의 언저리에/ 서 있는 미루나무/ 키 높이 웃자란 가지 끝에/ 갇혀버린 사랑/ 초승달처럼 걸려 있으리//

눈멀고 숨이 멎은 듯한/ 사랑이여//

탑을 감싸고 도는 마음의 불길/ 여기저기 옮겨 붙으면/ 온 세상은 가을빛으로/ 흠씬 물이 들겠네//

먼 산 홍엽이여/ 계림의 황엽이여//

사랑하면서도/ 사랑한다고/ 말을 할 수 없는/ 사람에게/

사랑은/ 사랑을 말할 수 있는/ 용기가 아니냐고/ 말을 붙여보네//

경주의 가을을 걸으면//

사극(史劇)의 한 장면 같은/ 그윽한 빛, 다채한 숲으로/ 마냥 빨려/ 들어가네//

"와! 좋은데."

"예의상 하는 소리가 아니라 정말 괜찮네."

다들 크게 고개를 끄덕이며 한마디씩 했다.

술에 젖고 분위기에 젖어 왁자하게 떠들고 웃으며 술자리가 한창 무르녹아 갈 때쯤 범보에게 전화가 걸려왔다. 휴대폰의 액정화면에 뜬 이름을 보니 아우 정광이었다. 그는 전화를 받기 위해 잠시 소란한 자리에서 빗어났다.

"응, 나야.…… 그래, 행사는 잘 마쳤다. 지금은 지인들과 술집에 있어.

머, 후렴잔치 격이지. 언제 끝날지 몰라 나중 틈을 내어 전화하려고 했는데, 마침 니가 연락 잘 했다.…… 숙소는 이미 정해졌으니까 그건 염려 안해도 되고…… 그래, 내일 11시경…… 뭐? 어디라고?…… 아! 국립박물관 앞 주차장……. 그래, 알았어. 그럼, 내일 보자."

범보는 전화를 끊고 다시 자리로 돌아왔다. 내일 오전 11시경에 경주국립박물관 정문 앞 주차장에서 정광과 만나 그의 안내로 소위 '명랑법사의흔적들'을 둘러보러 갈 약속을 한 셈이었다.

밤이 한참 이슥해서야 그들은 술집을 나왔다. 술집 안에 있을 때는 전혀 몰랐는데 막 문을 열고 밖으로 나서자마자 무슨 기적 같은 광경이 펼쳐지고 있었다.

눈발이 펄펄 흩날리고 있었고, 어느새 거리와 눈앞의 사물들이 온통 하얗게 변해 있었다.

"와아! 눈이네. 경주에서 12월 초에 눈을 보기는 처음이야."

"그래. 금년 들어 처음 맞이한 서설(瑞雪)인데…… 이거 참, 기분 괜찮구면."

다들 그런 식의 말들을 한마디씩 내뱉었다.

어둠이 허물어지고 있었다. 하늘이 내리는 축복의 세례처럼 스스로 밤을 하얗게 밝히려고 어둠을 허물어뜨리고 있는 것이었다.

"눈을 맞고 있으니 술이 금세 확 다 깨네. 범보 형, 숙소 가는 길에 마트에 들러 맥주라도 좀 사들고 갑시다. 방에 가서 입가심이라도 할 겸……."

누구보다 흥이 많고 노래 잘하는 눌재(訥齋) 이달균이 제일 연장자인 범보를 돌아보며 말했다. 그들은 평소 만나면 아호(雅號)로써 호칭하길 버릇하였다.

"나야 좋지. 백산(栢山 · 송희복)은 어때?"

"나도 막 그 생각을 하고 있던 참인데 잘 됐죠. 근데, 마트에서 사들고 가서 마시는 것보다 모텔 주변에 생맥주집 같은 곳이 보이면 아예 한 군데 더 들르죠, 뭐."

"약천(若遷 · 임종욱)도 같은 생각인가?"

"젤 후배인 저야 뭐, 형들이 하자는 대로 따를 수밖에요. 하긴, 눈 오는 밤에 이대로 그냥 들어가 누워 자는 것도 참 멋대가리 없는 일 아녜요?"

그렇게 대꾸하며 약천은 씩 웃는다. 한 잔 더 하고 싶다는 말이라도 겉으론 잘 내색하지 않고 곧잘 이렇게 에둘러 표현하는 습관대로 그는 뭘 어떻게 정하든 그건 자기의 결단과는 별 상관없다는 투였다. 그리고는 짐짓 시침을 떼듯 뒷짐을 지고서 엉뚱한 데로 고개를 돌린 채 밤하늘을 우러러본다.

눈앞이 어지러울 정도로 허공에 가득 차 뿌연 소용돌이를 일으키며 분분히 흩날리는 눈송이들……. 지상을 향해 사무쳐 맺혔던 그리움의 언사들이 마침내 하늘의 깊이로 조용히 바스러져 내린다. 귓불에 닿는 누군가의 숨결이나 속삭임처럼, 혹은 이마나 콧잔등을 거쳐 이곳저곳 드러난 맨살을 소리 없이 간질이는 차가운 손길처럼 느껴지는 눈발들……. 길을 걷는 동안 눈은 갈수록 심해졌고, 어느 틈에 얼굴 전체와 손등은 물론 구두 속의 발가락까지 시려왔다.

길거리에 눈이 쐐 수북이 쌓였다. 길을 때마다 옴폭옴폭 흰 발자국이 생긴다.

"숙소에서 우리가 꽤 멀리 왔나 봐."

"아뇨, 조금만 가면 돼요. 저어기 모텔들의 네온사인이 빤짝거리는 게

휜히 보이잖아요."

"아, 그렇구나. 지금 몇 시쯤 됐어?"

"지금 시간이…… 새벽 한 시가 좀 넘었는데……."

인도엔 지나다니는 행인들이 뜸하고, 차도엔 눈보라 속을 달리는 차들마저 드문드문 보였다. 잎을 다 날린 채 가지들만 앙상한 가로수들의 그 허망한 자리마다 새로 흰 꽃숭어리들이 맺혀, 가로등 불빛과 주변의 명멸하는 네온사인에 반사될 때마다 주렁주렁 매달린 보석들을 빚어내고 있었다.

바야흐로 꽁꽁 얼어붙을 산하에 가혹한 시절이 찾아옴을 예고하듯 속살거리는 눈발에 귀를 맡긴 채 범보는 세상의 모든 것이 가라앉는 듯한 이 적요 속에서 그래도 뭔가 좋은 일이 생길 것을 바라며 굳이 서설(瑞雪)이라 불러본다.

"올겨울 들어 처음 맞는 서설이야……. 이런 날엔 현역가수 뺨칠 만한 눌재의 노래 한 곡조쯤 있어야 제 격인데 말이야. 눈에 얽힌 노래가 좀 많아? 그렇다고 길거리서 고성방가를 할 수도 없고, 늦은 시간에 노래방 가기도 좀 뭣하고……. 하여간 여기 소설가 둘에, 시인이 둘이나 있는데……. 아까 백산이 시 한 수 읊었으니 이번엔 눌재가 즉흥시라도 한번 읊는 건 어때? 시도 노래니까……."

"그럴까요? 까짓 거, 못 할 거야 없죠. 아까 사실 지귀의 사랑 이야기가 애틋한 여운으로 줄곧 남아서, 왠지 가슴에 스며든 눈처럼 서늘했었는데…… 뭐 아무튼, 지귀 같은 우리네 서민들의 이루지 못한 안타까운 소망과 연관 지어 한번 읊어 보죠. 결국 시도 노래니까, 노래 한 곡조 뽑는다는 기분으로다가…… 제목은, 뭐랄까, 그래, '눈을 밟으며'……."

한밤에 내리는 눈은 사랑이다.

기적은 지나버리고 그래도 가슴에 눈 내리는 시간의 레일 따라

지상의 못내 잠들지 못한 심장의 고동을 들으며

그 중 낯익은 눈을 골라 밟으며

닻 내린 민물 어구의 적막을 생각한다. 아아, 돌이킬 수 없는 시간과 눈발이여.

메마른 사람의 폐부를 움트게 하고 황량한 얼음 속에 정박한

새들의 비상을 예언하여라. 눈이여. 이 고장에 돌아와

묻히는 눈이여.

스스로 수억(數億)의 허무를 떨쳐 버리고

여기 아리따운 사랑 하나를 마련하나니

나의 현실을 장식하였던 회한과 욕망을 순결히 태우고

태워서 얻은 애오라지 인종(忍從)의 재를 밟으며

밟히면서 사는 우리네 얼굴 같은 레일 위로

지금 누구의 입술이 내려와 입 맞추는지

그들의 영혼을 밟으며 내가 가고 또 오랜 기억 속에서

나의 등을 따사로이 밟아줄 눈을 밟으며

지금 내가 가는데……

제 4 장
마지막 퍼즐 조각

다음날 아침, 10시경이나 되어 그들은 겨우 눈을 뜨고 늦잠에서 깨어났다.

눈 온 뒷날의 햇살이 유난히 눈부셨다. 모텔에서 나설 즈음 간밤에 내린 눈은 얼추 다 녹아 있었다. 고속버스 터미널 근처 해장국집에서 느지막이 아침식사를 마친 뒤 제각기 헤어졌다. 범보는 이미 지난밤 술집에서 미리 일행에게 언급하고 양해를 구했던 대로 경주의 사촌동생과 오랜만에 만나기로 한 약속 때문에 혼자 남았고, 다른 이들은 각자의 행선지를 향해 떠났다.

국립박물관 앞 주차장에는 평일인데도 꽤 많은 차량들이 멈춰 있을 뿐 아니라 연방 들락거리는 중이었다. 관광버스에서 내린 구경꾼들이 단체로 줄지어 입장하는 모습도 보였다. 범보는 일행과 헤어져 곧바로 차를 몰고 왔지만 11시가 넘어 20분쯤 늦게 도착했다.

빈 공간을 찾아 차를 세우고는 주위를 이리저리 둘러보며 서성거리고 있는데, 정광이 먼저 나와 기다리고 있었던 듯 금세 그를 알아보고는 "형!

여기야."하고 저만치서 손을 흔들었다.

조카딸의 결혼식이 있던 2010년 5월 부산에서 한 번 만난 뒤로 이렇게 직접 얼굴을 대하기는 대략 2년 6개월 만이었다. 정광은 예전보다 좀 야위어 보였다. 오래 앓고 난 사람처럼 현저히 볼살이 빠져 첫눈에도 핼쑥한 느낌을 주었다.

"그동안 어디 아팠냐? 살이 많이 빠졌네."

"아니, 아팠던 건 아니고 매일 등산하고 산책하면서 군살을 뺀 건데……. 하긴 뭐, 혼자 생활하다 보니 자연히 불규칙한 식사가 원인일 수도 있겠지만, 요샌 일부러 많이 먹지도 않아. 암튼, 형이 내게 어찌 사느냐 묻는 거라면 그냥 불교 수행자처럼 산다 할까……."

"그래, 알았다. 그럼 이제부터 니가 안내하겠다는 곳으로 가보자."

구태여 차량 두 대를 움직일 필요가 없어 범보의 차는 그대로 주차장에 세워둔 채 두 사람은 정광의 차를 이용하기로 했다. 그가 소위 '내 노새'라고 부르는 낡은 소형차였다.

차는 국립박물관의 서쪽 담장을 돌아가는 소로를 통과하여 갈림길에서 좌회전해 남쪽에 있는 '음지마을'을 향해 갔다. 응달진 곳에는 간밤에 쌓여 덜 녹은 잔설들이 곳곳에 허옇게 무더기져 있었다.

첫 행선지는 불곡 감실여래좌상, 통칭 할매 부처상이 있는 곳이었는데 범보로선 난생 처음 가보는 길이었다. 아래쪽 공터에 차를 세우고 완만한 비탈길을 5분 남짓 걸어 올라갔다. 정광이 말한 대로 그곳엔 과연 여인의 형상을 한 여래좌상이 감실 속에 조각돼 있었다. 보일락 말락 은은한 미소를 짓고 있는 불상은 정교하다기보다 오히려 고졸(古拙)한 형상미를 띠고 있었다.

"그러니까 지금까지 니가 주장해온 바에 따르면……, 요컨대, 너는 이 불상이 선덕여왕을 기념한 것, 말하자면 바로 선덕여래의 형상이라 믿는다는 얘기 아닌가?"

"응, 나는 그렇게 생각해."

조금치의 망설임도 없이 대답과 동시에 고개를 끄덕이는 것으로 봐서 정광은 확고히 그렇게 믿고 있는 것 같았다.

"하여간……" 하고 범보는 말했다. "그간 너의 블로그에 올려진 여러 종류의 사진이나 글들, 또 내게 보낸 이메일 같은 것들을 통해서 니가 줄곧 주장해온 것처럼 명랑법사의 행적에 얽힌 너의 논지는 그 나름대로 충분히 설득력이 있다고 생각했어. 그래서 직접 내 눈으로 둘러보며 확인코자 온 게 사실이고……. 물론 그러다 보면 내 생각 속에 있는 미심쩍은 부분들도 대략 정리가 되겠지. 암튼, 다음 행선지는 어디야?"

"이제 갈 곳은 탑곡 마애조상군인데, 여기서 멀지 않아."

한적한 곳이라 차들의 통행이 별로 없고, 더더구나 도보로 걷는 사람들의 모습은 거의 보이지 않았다. 좁은 마을 도로를 따라 운행하기에는 정광의 소형 승용차가 안성맞춤이었다. 남천(옛 문천)을 끼고 승용차로 불과 2~3분쯤 거리에 주차장이 나타났다. 이내 차를 세우고 옥룡암이란 절의 표지판에 그려진 화살표를 따라 오솔길로 접어들었다.

"명랑법사가 불사를 일으킨 옛 신인사 터에 세운 이곳 옥룡암은 별로 오래된 절이 아니야. 기록에는 1924년 박일정 스님이 짓기 시작했는데, 비구니 만석(萬石)인 경봉스님이 완성했다고 절 뒤뜰에 공덕비가 세워져 있어. 1942년엔 항일시인 이육사 선생이 머문 절이기도 하지."

정광이 그렇게 설명하며 개울을 끼고 함께 걷는 동안 금세 작은 폭포가 있는 소담지(小潭池)의 물이 괸 곳이 보였다. 그 개울 위에 걸쳐진 작은 돌다리 안앙교를 시나사 대웅선을 비롯하여 관음전 능, 얼핏 봐도 6~7채쯤 선승들의 거처인 요사(寮舍)채가 덩그마니 앉아 있다.

그 옥룡암 경내 오른편인 남쪽 언덕 위에 웅장한 바위가 하나 떡 버티고 서 있었다. 가까이 다가가 그 광경을 접한 범보는 비로소 놀라운 감정에 사로잡혔다. 어림잡아 높이가 10미터는 족히 되는 거대한 바위였다. 바위의 사방 둘레가 약 30미터라 하니 그 자체만으로도 제법 구경거리가 아닐 수 없었다. 정면이라 불리는 쪽이 북면이다. 우선 그 아래에 서자 탄성이 절로 났다. 온통 벽면에 새겨진 마애군상들이 눈을 의심케 할 정도의 정교한 형상으로 다가왔다.

맨 먼저 눈에 들어오는 정면 한가운데는 석가여래가 연꽃 위에 앉아 있는 모습이다. 머리 위로 천개(天蓋)가 보인다. 석가여래를 중심으로 양편에 9층 목탑과 7층 목탑이 서 있다. 그 위에는 비천상들이 여럿이다. 맨 아래쪽엔 불법수호의 사자상이 한 쌍 있다. 입을 벌린 '아' 형태는 시작의 의미, 입을 다문 '훔' 형태는 끝의 의미다. 정광은 그것이 흔히 말하는 알파와 오메가에 해당하는 뜻이란다.

바라보고 있는 동안 범보는 실로 마음 깊이 와 닿는 어떤 전율을 느꼈다. 관람객을 위해 만들어놓은 철제 계단을 통해 바위의 비탈진 서쪽 편으로 오른다. 간밤에 내린 눈이 여태 녹지 않은 채 하얗게 덮여 있다. 마애 조상군 암벽의 서쪽 벽면을 둘러보다가 철제 계단이 끝나는 언덕 위 평지로 올라서자마자 맨 처음 마주치는 게 독립적으로 서 있는 석조여래입상이었다.

일부 남은 광배 앞의 얼굴조각상은 알아볼 수 없을 정도로 훼손되었지만 군의(裙衣·가사의 치마 부분)와 자태는 여성상이 분명해 보였다.

"보다시피 여기 이 볼록한 가슴과 잘록한 허리 라인 등을 종합해 보면 여성의 형태임이 틀림없는데 과연 누구의 형상일까? 관세음보살상은 여성의 자태로 조성된 경우를 종종 볼 수 있어. 하지만, 이곳 입상불은 보관(寶冠)이나 정병(淨瓶)이 보이지 않는 이유로 결코 관세음보살상은 아니야. 입상불의 석재 또한 다른 곳에서 조성해서 만든 게 확실해. 여기 아래쪽 발 부분을 새긴 암석 위에다 딴 곳에서 만든 신체 부분을 가져다 세웠기 때문이야. 석질도 달라. 그렇다면 도대체 이 여인상은 누구를 모델로 만들어 여기 갖다 놨을까? 나는 이 입상불의 정체에 대해 늘 의문을 품어 왔는데, 형은 어떻게 생각해?"

한참 설명에 열을 올리던 정광이 문득 범보를 돌아보았다.

"이미 너는 이 여래입상이 선덕여왕이라고 결론짓고는 새삼스레 묻는 것 같은데…… 아닌가?"

"맞아. 뭣보다 첫째로, 이것이 여인 형태의 입상불이란 점에 착안해 설명하자면…… 우선 신라여왕의 입상불이 있었느냐는 문제부터 해결돼야겠지. 그런 하나의 결정적 증거가 있어. 신라 27대 선덕여왕의 사촌동생으로 선덕 사후 왕위에 오른 28대 진덕여왕의 입석상(立石像) 하반신이 중국에서 발견되었거든. 산시성(陝西省) 시안(西安)에서 당태종 이세민의 무덤인 소릉에 있는 징심사(澄心寺) 앞에 '신라진덕왕묘'와 더불어 진덕여왕 입상불의 존재가 밝혀진 거야. 형도 잘 알다시피, 진덕여왕은 즉위하자 친히 태평가(太平歌)를 지어 비단을 짜서 그 가사로 수를 놓아 사신을 시켜 당태종에게 보낸 기록이 『삼국유사』에 나오지. 당태종이 이를 매우 기뻐하며 진덕여왕을 계림국왕(鷄林國王)으로 고쳐 봉했다는 기사와 함께 그 태평가 내용이 소개돼 있잖아. 이런 걸 보면 당시 당나라와 신라는 종주국과 제후국의 관계로 해석될 소지가 있긴 한데, 왜 진덕여왕의 석상이 소릉에 서 있었는지 비록 그 자세한 내막은 알 길이 없지만…… 암튼, 이로써 선덕여왕 입상불도 있음직하다는 하나의 방증이 될 수 있지 않을까 생각해……."

"응. 그렇다 쳐도, 그것만으로는 선뜻 납득이 가는 결정적 근거라고 보긴 부족해."

범보가 고개를 갸웃하며 응수하자, 정광은 주저 없이 다시 설명을 이어갔다.

"둘째는……, 소릉에서 발견된 진덕여왕 입석상의 옷차림을 언젠가 동아일보사에서 찍은 사진에서 봤는데, 지금 여기 서 있는 이 입상불의 복식과 너무나 흡사해. 그리고 셋째, 이것이 선덕여왕의 모습이라고 믿는 근거는 이곳 암벽에 마애조상군을 새길 때 미리 계획된 밑그림이 있었다고 생각되기 때문이야. 북면의 경우는 수미산 아래 사천왕사의 동·서 양탑을 새겨놓았고, 동면과 서면, 남면의 경우도 모두 수미산을 비롯한 하늘나라 33천(제석천) 세계를 표현했던 것으로 보여. 사면에 조각된 모든 그림들의 숫자가 공교롭게 33개란 것도 하나의 암시일 수 있어. 따라서 그곳 제석천에 부처가 되기를 간절히 기원했던 선덕여왕이 명랑법사에 의해 부처로 부활한 상징적 증거물로 세운 것이 바로 이 여인 형상을 한 여래입상이야. 난 그렇게 믿어."

"…………."

정광의 설명에 범보는 잠자코 고개를 끄덕였다. 그 나름의 논리적 정합성(整合性)을 수긍한 셈이었다. 정광은 할 말이 많은 듯 내킨 김에 계속 이어갔다.

"선덕여왕의 이름 덕만(德曼)과 그 후임으로 즉위한 진덕여왕의 이름 승만(勝曼)도 다 같이 불교에 연원을 두고 있어. 특히 승만은『승만경(經)』의 여주인공 승만부인의 이름을 취한 것이지. 진덕여왕은 진평왕의 동생 국반(國飯·일명 國芬) 갈문왕의 딸로서, 진흥왕 이래 소위 왕즉불(王卽佛) 사상을 그대로 계승했다고 봐야겠지. 하여, 선덕여래입상이란 것도 그런 사상적 실현의 발로였던 것으로 보면 충분히 이해되지 않겠어?"

"하긴 뭐, 그런 관점에서는 납득이 가긴 해."

"밀교 종파인 신인종의 종조(宗祖)인 명랑법사는 선덕여왕의 조카였지. 그는 당고종의 신라침공 때 오방신상을 세우고 밀단(密壇)을 만들어 문두루비법이란 주술로써 외적을 물리친 인물이자 진골출신이야. 아까 우리가 가봤던 불곡의 할매 부처상이라 불리는 감실여래좌상의 여인상도 다름 아닌 선덕여왕을 조상했던 것이라는 일설에 내가 매우 공감하는 이유가 바로 그 때문이야."

"…………."

"기존의 불교 교리에 따라 여성은 부처가 되지 못한다고 믿어 내렸지. 선덕여왕은 사후에 도리천에 가서 부처가 될 것을 염원하여 낭산 도리천에 묻혔어. 도리천을 지켜주는 사천왕사를 명랑이 지은 것도 사후 도리천에 부처가 된 선덕여왕을 법력으로 지켜주기 위한 거였거든. 또한, 호국의 사찰로서 외침을 막는 데에도 앞장서 그 사천왕사를 계획한 이가 바로 명랑이었다는 사실을 마땅히 염두에 두고 논해야겠지. 일찍이 그가 신인사를 건립한 이곳에 있는 수미산 형상의 암벽에 새겨진 마애조상군도 그의 발상에 의한 것이었다고 봐. 그 까닭을 나는 오방신상을 세운 것과 같은

720

의미라고 해석하고 있어. 오방신은 동의 청제(靑帝), 서의 백제(白帝), 남의 적제(赤帝), 북의 흑제(黑帝), 중앙의 황제(黃帝)로 오방을 지키는 신이야. 마애조상군 4면의 신상들 외에 여기 독립적으로 존재하는 이 석조여래입상은 오방신상 가운데 중앙신에 해당하는 황제(黃帝)의 상징이야. 일테면, 동서남북의 청룡, 백호, 주작, 현무 외에 중앙의 황제는 곧 황룡이므로 이 중앙신이 황룡사 9층탑을 세운 선덕여왕과 무관할 수 없다는 쪽으로 자연스레 귀결되니까……."

그의 설명을 들으며 둘이서 암벽 사면에 새겨진 부조들을 찬찬히 한 번 더 둘러보고 나서 찾아간 그 다음 행선지는 망덕사지였다.

수확을 끝낸 지 오래된 황량한 들판에는 간밤에 내린 눈이 햇살 아래서도 다 녹지 못해 마치 땅이 게워낸 흰 거품처럼 군데군데 쌓여 있었다. 날씨는 화창했지만 텅 빈 벌판에 부는 겨울바람이 여전히 살갗에 시렸다. 그래도 유적지 탐방은 겨울이 제격이었다. 한겨울엔 모든 것이 시들어 감출 것 없이 속살을 드러내기에 시야가 확 트이기 때문이다.

두 사람은 소로의 한쪽에 차를 세우고 질척거리는 좁은 농로를 걸어 망덕사지 당간지주 앞에 가서 섰다.

"당간지주는 한국불교 사찰만이 가지고 있는 독특한 문화유산이야." 정광이 말했다. "대승불교가 정착한 중국이나 일본에서도 응당 당간지주가 많이 남아 있어야 하는데 사실은 그렇지가 않아. 한국을 제외하곤 인도나 중국, 일본, 동남아시아 등 다른 불교 국가에서는 딩간을 볼 수가 없이. 따라서 이건 한국 불교문화만의 독특한 형태라고 볼 수 있지."

"그 이유는?"

"솟대가 사찰에서 당간 형태로 변형된 것이라고들 해."

"아! 그래?"

그런 얘기들을 주고받으면서 두 사람은 덜 녹은 눈 위를 저벅거리며 망덕사지 일대를 한 바퀴 빙 둘러보았다. 횅뎅그렁한 평지 위로 드러난 옛 절터의 석조 유적물들이 여기저기 쓸쓸히 나뒹굴어 있었다. 특히 동탑지와 서탑지의 흔적으로 남은 팔각형 심초석(心礎石)의 규모를 보고 놀라는 범보에게 정광이 말했다.

"형도 삼국사기나 삼국유사의 기록에서, 여기 옛 망덕사의 동·서 두 목탑이 13층 높이로 이따금 맞부딪힐 듯 기울면서 붙었다 떨어졌다 했다는 이야기에 대해선 알고 있겠지?"

"그야, 잘 알려진 얘기 아닌가. 그런데?……"

"근데 내가 과거 주식회사 '금강(金剛)' 영업부에 재직할 때였는데, 한동안 일본 간사이(關西)지역 관할인 오사카지점에 파견근무로 나가 있었잖아. 당시 형이 신문사 근무할 때였으니까 잘 알다시피 내가 연락을 취해 형이 일본으로 온 적도 있었고……. 그때 일 기억하지? 거 왜, 규슈 남부의 조선도공마을 후예들이 우리 국조(國祖) 단군을 모신 옥산신궁 본전에 안치된 신물(神物)의 정체를 취재하러 말이야."

"아, 그랬었지. 참으로 오래 전 일이네."

"그 무렵이야. 옛날 우리 아버지가 다녔다던 나라(奈良)의 천리대학이 어떤 곳인지 궁금해서 일부러 찾아가 봤지. 또 천리교본부에도 들러봤는데 거기 뜰에서 본 13층 임시 목탑으로 건립된 '감로대(甘露臺)'를 구경한 적이 있어. 소위 감로대란 것은 일본 천리교의 창시자인 나카야마 미키(中山美伎)라는 여성이 전한 계시록에 따라 인류 구원의 명약인 감로수가 하늘에서 내려 담긴다는 신앙에서 유래했거든. 그래서 감로대 맨 꼭대기 층에 평저잔(平底盞) 형상의 기물을 올려놓은 걸 봤어. 언젠가 인류를 구할 메시아가 나타나 지금의 임시 목탑을 석탑으로 건조하게 될 때, 비로소 무극대도의 일태극(一太極)이 이루어져 감로수가 내리는 기적이 일어난다는 거야. 아무튼, 교조(敎祖)의 계시로부터 시작된 이런 믿음이 마침내 교리의 궁극적 목표로 설정된 종교가 일본 천리교인 셈이지."

"그 얘긴 내 귀에도 익숙해. 숙부님인 너의 아버지한테서 일본 유학시절의 회고담을 귀담아듣던 중에 아마 그런 얘기도 종종 내비친 적이 있었지. 우리가 어린 시절 조부님을 호주(戶主)로 대가족이 한 집에 살 때였으니까.…… 머, 건 그렇다 치고, 지금 니가 새삼스레 그 얘길 꺼낸 핵심이 뭔데?"

"지금 임시로 세워놓고 있는 감로대는 진짜가 아니란 사실이지. 시쳇말로 짝퉁이란 거야. 마치 저기 낭산 기슭의 신유림 아래 명랑이 세운 사천왕사의 존재를 감출 목적으로다가 이곳에다 위장(僞裝)된 다른 절을 세워 당나라 사신을 속이려 했던 것처럼……. 망덕사는 곧 '가짜 절'이고, 동·서 13층의 두 목탑도 결국 위장 탑이었던 것으로 볼 수 있잖을까? 특히, 두 탑이 부딪칠 것처럼 이따금 흔들렸다는 얘기는 비유도 상징도 아닌, 순전히 과학적 측면에서만 따져볼 때 날림공사로 지었기 때문일 수도 있다는 결론에 도달하지. 아무튼, 내 얘기의 핵심은…… 일본의 감로대와 여기 망덕사 목탑의 공통점이 둘 다 13층에 짝퉁 탑이란 것이고, 차이점으로는 감로대가 6각형인데 비해 망덕사 탑은 남아있는 심초석을 근거로 짐작컨대 8각형이란 점이야."

"음. 그런 데까지 예리하게 관찰한 걸 보면 너도 참 대단하구나. 한데, 다음 행선지는?"

"저어기 들판 저쪽에 보이는 산이 낭산이야. 거기 솔숲이 우거진 기슭이 신유림이고, 그 아래가 요새도 한참 발굴공사 중인 사천왕사 터야. 가봐야 현재로선 아무것도 볼 게 없어. 더구나 겨울철이라 공사가 일시 중단되어 접근 금지의 푯말이 붙어 있을 테니까. 저기 멀찍이 파란색 비닐천막으로 덮어씌운 거 보이지? 발굴된 각종 석재 유물 같은 것들을 임시로 한 군데 모아 보존하느라 저래 놓았을 거고……. 선덕여왕릉은 그쪽 신유림을 거슬러 올라간 낭산 중턱에 있어. 이제 그리로 가 볼까?"

"아, 거긴 나도 오래 전에 가본 적이 있어. 남쪽의 사천왕사지로 해서 올라간 게 아니라 그땐 반대편인 북쪽 능지탑 쪽에서 남동쪽 솔숲을 가로질러 선덕여왕릉까지 갔다가 되돌아온 코스였지. 만약 여왕릉에서 그대로 쭉 남쪽을 향해 내려왔더라면 신유림을 거쳐 사천왕사지와 만나게 되는구면. 아, 이제야 알겠어."

"그럼, 여왕릉도 이미 봤었고 능지탑도 봤으니까, 이제 마지막으로 중생사로 가면 되겠네. 하긴 그 절이 능지탑에서 서북방으로 한 250미터쯤 외진 오솔길을 따라 들어가야 나오는데, 이래저래 능지탑까진 가야겠네. 형도 이미 가 봤다니까 알겠지만 좁은 산비탈을 오르면 산길 한 옆에 간신히 차 세울 만한 공간은 있어."

그리하여 둘은 망덕사지를 떠나, 중간에 사천왕사지와 선덕여왕릉을 둘러보는 단계는 생략한 채 곧장 능지탑까지 직행하기로 했다.

울산−경주를 잇는 국도의 한 옆으로 국권피탈기에 일제가 낭산의 지맥을 자르듯 개설했던 철로가 길게 뻗어 있었다. 국도와 철로가 나란히 붙은 채 북쪽으로 뻗어가다 도중에 두 길이 엇갈리는 어느 어름에서 능지탑으로 가기 위해 오른편 낭산 쪽으로 꺾어 도는 좁은 길과 만났다. 그 길 입구에 있는 철도건널목을 지나자 완만한 비탈길이 나왔다. 정광이 말한 대로 겨우 차 한 대 드나들 만큼 좁았고, 차를 세울 만한 곳을 찾아 30미터쯤 더 올라가 비탈길 마루턱에 이르자 바로 눈앞에 능지탑이 보였다.

탑의 구조는 흙이 무너져 내리지 않도록 커다란 둘레돌[護石]에 십이지 신상을 정교하게 새겨서 둘렀고, 그 위에 봉분을 쌓은 형태였다. 얼핏 보면 탑이라기보다 하나의 거대한 무덤 같았다.

"옛날에 와본 곳이긴 해도 하도 오래되어 오늘 막 처음 온 것처럼 느껴지네. 고등학교시절 수학여행 시에 봤을 땐 거의 허물어져 있었고, 그 뒤론 신문사 근무할 무렵엔가 한 번 더 왔는데 상당히 많이 정비되어 있었지만, 지금은 그때와도 전혀 다른 느낌이야. 내 눈으로 직접 능지탑을 확인하니까 비로소 아, 과거에 분명히 이곳엘 오긴 왔었다는 생각이 들어. 좀 전에 지나온 철도건널목이 있었다는 건 기억에 없을뿐더러, 저쪽 낭산 중턱 어딘가에 있을 선덕여왕릉도 그저 어렴풋할 뿐이야. 이런 걸 보더라도 기억이란 참 믿을 게 못 되네."

하고 범보는 앞장서 걷는 정광의 뒤를 따르며 말했다.

능지탑 건너편 서북방 쪽으로 난 외진 샛길로 막 접어들 무렵, 범보는 또 궁금해서 불쑥 묻는다.

"근데 중생사가 요 근방에 있단 말이지?"

정광은 돌아보며 고개를 끄덕인다.

"응. 지금 가고 있는 중생사 대웅전 한 쪽 나지막한 언덕 아래쪽엔 통일신라시대 것으로 추정되는 마애삼존불이 있어. 가운데 주불의 형상이 아까 우리가 맨 처음 가서 보았던 불곡 감실여래좌상, 즉 할매 부처상과 흡사해. 학계에선 지장보살이라 믿는 모양이던데, 내가 볼 땐 아니야."

오른쪽에 낮은 산허리를 끼고 왼편에 대숲이 조성된 오솔길은 햇볕이 들지 않아 그늘져 있는데다 지난밤에 내린 눈으로 제법 미끄러웠다. 쌓인 눈이 거의 녹지 않은 채 그대로 얼어붙은 탓이었다.

얼마 후 두 사람은 중생사 대웅전 한 쪽으로 약간 거리를 두고 언덕 아래 조성된 전각에 '지장당(地藏堂)'이란 현판이 붙은 곳을 찬찬히 살펴보며 마애불의 사진을 찍고, 또 게시판에 소개되어 있는 설명서도 자세히 읽었다.

나중 되돌아 나오면서 정광이 말했다.

"내가 지금껏 추적해 온 바에 의하면, 구궁팔괘도의 불교적 얀트라(도상)에 딱 맞게 명랑의 혜안(慧眼)으로 설계된 팔엽연화 만다라세계에서 여기 중생사 자리는 이론상으로 건괘(乾卦)에 해당하는데……. 그러자면 반드시 선덕여왕과 관련이 있는 장소여야 하거든. 그런데도 방금 막 둘러본 마애삼존불을 모신 그 전각에 지장당이라고 써 붙여놨잖아. 참 어이가 없어. 나는 좀 전에 본 그 주불이 당연히 선덕여래상이라고 믿어 의심치 않아. 그걸 증명하는 게 내 마지막 퍼즐 조각이야. 문제는 거기 달렸어……."

아까 들어왔던 그 오솔길의 초입까지 되돌아 나오자 능지탑이 다시 모습을 드러냈다. 그들은 문무왕의 다비식을 치렀다는 능지탑 주변을 잠시 서성거렸다.

"능지탑이 여기 있는 까닭은, 이론적으로 이곳이 낙서구궁팔괘도의 감괘(坎卦) 자리이고 상형은 물의 상징으로, 북쪽 협칩궁(叶蟄宮)에 해당한다는 의미겠지?"

의외로 범보가 크게 관심을 표시하듯 묻자, 정광은 즉각 대답했다.

"그래, 내 얘기가 바로 그거야. 감방은 북쪽이고 상형이 물이니, 죽어서 동해의 호국룡(護國龍)이 되기를 유언했던 문무대왕을 상징적으로 수장(水葬)한 다비식을 이곳에서 거행했다고 볼 수 있지."

"하여간…… 옳고 그름을 떠나 정말 흥미로운 얘기임엔 틀림없어."

하고 범보는 고개를 끄덕였다.

"형도 분명히 그렇게 느끼지? 더구나 형은 소설가니까 특히 더 그럴 테지. 이건 상당히 구미가 당기는 얘깃거린데, 어때? 이런 내용들을 소재로 형이 한 번 소설을 써보면 어떨까 싶어. 필요한 자료는 내가 다 제공할 테니까."

정광이 갑자기 열을 올리며 부추기는 통에 범보는 씩 웃고 말았다.

"그야 좋은 소설감이긴 한데……, 그걸 굳이 내가 써야 할 이유는 없지. 뭣보다 우선 엄청난 노력과 연구가 필요한 작업일 것 같다는 생각이 들고, 현재로선 거기다 정력을 쏟아 부을 여유가 내겐 없어. 어쩌면 이게 니 인생에 관한 이야길 수도 있는 걸 구태여 내가 왜 써야 해? 누구보다 니 자신에 관한 문제일 뿐 아니라 이 방면에 관해 상세히 잘 알고 있는 니가 시도해 보는 게 차라리 낫지 않을까?"

"물론 나도 첨엔 그렇게 생각하고 나름대로 글로 써서 책으로 남겨야 겠다고 시도는 해 봤지. 자서전이건 자전적 소설이건, 나중 뭐가 되든지 간에 틈틈이 써보긴 했는데, 아무래도 내 필력이 스스로 의도한 바에는 미치질 못해. 그래서 다만 언젠가는 꼭 책으로 엮어보리란 염원만 지니고 있을 뿐 현재로선 엄두가 안 나."

"왜 굳이 책을 남기고 싶어 하는데?"

"그렇게 묻는다면, 내가 형한테 되묻고 싶어. 대체 형은 뭣 때문에 소

설을 쓰거나 연구서 같은 책들을 출판해? 분명 나름의 목적이 있을 게 아
냐? 그게 뭔데?"

"내 경우, 그건 일종의 자기 존재 증명 같은 거야. 유한한 삶을 살다 가
는 인간이 그나마 생시에 무슨 생각을 하고 무엇을 추구했는지 따위의 흔
적들이 담겨 오래 남을 수 있는 게 책이니까."

"그렇다면 나 역시 그래. 아깐 비록 적절한 표현을 찾지 못했지만, 방금
형이 말한 것에 나도 전적으로 동의해."

"응. 알았어. 니 뜻은 알겠는데, 이걸 소재로 소설을 쓴다는 건 좀 더 생
각해 보기로 하고……. 암튼, 저 아래 남서쪽으로 보이는 너른 들판이 중
궁(中宮)에 해당하는 '내리들'이겠지?"

범보는 급히 화제를 돌리듯 능지탑 쪽에서 멀리 내려다보이는 들판을
가리키며 물었다.

"응, 맞아. 들판 건너 맞바라보이는 저 산이 남산의 동쪽 기슭인데 아까
우리가 맨 처음 갔던 불곡 감실여래좌상이 그쪽 음지마을에 있어. 거기서
좀 더 남쪽으로, 그러니까 여기서 보면 왼편이지. 두 번째 행선지였던 옛
신인사 터의 옥룡암 탑곡 마애조상군이 거기고……."

정광이 여기저기 손가락으로 지시하는 저쪽 텅 빈 내리들을 건너오는
겨울바람이 몹시 차가웠다.

"그런데 넌 어떻게 해서 이 모든 수수께끼 같은 구궁팔괘도의 신비와
명랑법사의 불교적 얀트라의 비밀을 풀 수 있었는지, 생각할수록 참 놀랍
고 신기해."

범보가 정색을 하며 감탄이 섞인 어투로 말하자, 정광은 약간 쑥스러운
표정을 짓고는 열없게 씩 웃는다.

"글쎄, 사람들이 무심히 지나쳐서 보지 못하는 단서들이 세상에는 가득한데, 세속적인 시선엔 그게 잘 안 띄는 거겠지."

"하긴 뭐, 그럴 수도 있겠다. 이제 내려갈까? 배는 안 고파? 우리가 열한 시 넘겨 만나설랑 여태 아무것도 안 먹었잖아. 둘 다 아침밥을 느지막이 먹었대서 그땐 별로 배고픈 줄 몰랐는데, 벌써 오후 3시가 넘었네. 어디 가서 늦은 점심 겸 저녁이라도 먹자."

그렇게 주고받으며 그들은 능지탑 아래 십이지신상을 새긴 호석 둘레를 한 바퀴 더 돌아보고 차를 세워둔 곳으로 갔다.

우선 범보의 승용차를 세워둔 경주국립박물관 주차장을 향해 가는 동안 정광은 자기가 잘 아는 식당이 있다며 이렇게 소개했다.

"형이나 나나 바닷가 출신이라 웬만한 해물음식 맛은 다 경험해봐서 잘 알잖아. 그 중에 특히 아구찜은 마산이 유명하지만, 경주엔 아구수육과 탕으로 소문난 집이 몇 군데 있어. 이제 가서 먹어보면 그 진미를 금방 느낄 거야. 추운 날엔 훈훈하게 속을 덥히는 데도 그저 그만이고. 어때, 괜찮지?"

"아구탕에 수육이라…… 거 좋지!"

그들은 경주국립박물관 주차장에서 일단 각자의 차로 분승한 다음, 정광의 차가 앞에서 안내하는 대로 범보가 뒤를 따라가는 식으로 운행하였다. 시내 복판인 듯한 번화가에서 두어 번 샛길로 꺾어 들어간 골목에 꽤 널찍한 공터가 나왔다. 공터 전체를 식당전용 주차장으로 개조해 사용하고 있었는데 정광이 먼저 차를 세우는 것으로 보아 여기가 목적지인 듯싶었다. 도착 시각이 아직 4시가 채 못 된 까닭으로 점심때도 저녁때도 아닌 어중간한 시간이었다. 주차장에는 고작 차 한 대가 머물러 있어 한산하였다. 집 앞의 상호가 '감포식당'이었다.

"여기가 니 단골 식당인가?"

"글쎄, 단골이란 개념이 좀 모호하지만, 가끔 오는 편이지. 이 집 여주인과도 좀 아는 사이고……"

"아, 그래?"

문을 열고 들어서자, 신발장이 있는 현관이 나오고 턱이 높은 마루에 유리를 끼운 새시 미닫이문이 달려있는 구조였다. 바닥에 깔린 목재발판에서 구두를 벗어 신발장에 넣은 뒤 유리문을 드르륵 열고 올라서자, 반사적으로 "어서 오세요!"하고 카운터에서 손님을 맞는 여자의 낭랑한 목소리가 울린다.

"노 사장님, 안녕하세요."

정광이 알은 체를 하며 가벼운 목례를 하자 개량한복을 입은 카운터의 여주인이 반색을 한다.

"아이고, 오랜만이네요. 정광 처사님, 어서 오세요."

여주인은 황급히 카운터의 의자에서 일어나더니 일부러 정광의 앞으로 나서며 불자처럼 합장하고 절을 하였다. 그 공손한 태도가 마치 고승(高僧)을 대하는 신도 같아서 범보를 어리둥절케 하였다.

"예. 그간 별고 없으셨나요? 여기 함께 오신 분은 집안 형님입니다."

하고 정광이 옆에 있는 범보를 소개하자,

"아, 그러세요? 반갑습니다. 잘 오셨습니다."

여주인은 이번엔 범보를 향해 또 합장배례를 하는 것이었다. 엉겁결에 범보도 똑같이 두 손을 모으고 고개를 숙였다.

마침 한산한 시간이라 홀의 내부는 거의 텅 빈 상태였다. 여주인의 지시로 홀에서 일하는 여자 종업원을 따라 두 사람은 3호실로 안내되었다.

"여기 여사장님이 아까 너를 대하는 태도가 예사롭지 않던데……. 나로선 도통 영문을 몰라 이상하데. 대체 어떤 관계야?"

종업원이 주문을 받고 나간 직후 범보는 좀 전의 상황이 황당해서 물었다. 그 말에 정광은 허허허, 헛웃음을 짓더니,

"그럴 만한 사연이 좀 있어. 설명하자면 길어지니까 굳이 자세히 말할 건 없고, 이 집 여주인은 내가 잘 아는 사람의 친구 분이야. 평범한 불교신자인데, 어쩌다 가끔 내가 여기 오는 날이면 주제가 뭐든 내 얘기를 귀담아들어주는 친분관계랄까, 뭐 그런 사이야. 아, 그리고 참! 언젠가 한 번 여기 노 사장이 토지 문제로 법정 소송이 있었는데 내가 조언해준 대로 해서 승소한 적이 있었지. 형도 알다시피 내가 원래 법대출신이잖아. 특히 민사소송에 관해 일반인은 상세한 절차 따위라든가, 뭘 아는 게 없으니까 무조건 변호사만 믿고 일임할 뿐, 전적으로 무지하거든. 소송의 향방이 어떻게 돌아가는지 그때그때 내가 유불리를 따져가며 효율적인 방법을 가르쳐 줬더니, 그게 큰 도움이 됐던가 봐. 그래서 그 이후 더 나를 신임하는 편일 수도 있어."

"아하! 그런 일도 있었구나."

잠시 뒤에 차려내온 아귀탕과 수육을 한참 맛있게 먹고 있는 차에, 여주인이 직접 그들의 방으로 찾아왔다.

"정광 처사님. 좀 전에 제가 시명이한테 처사님 여기 오셨다고 전화로 연락해봤더니, 통화 중에 잠시 바꿔 달래요. 지금 병원에 있답니다. 얼마 전에 시명이 아버님께서 폐렴증세로 입원하셨거든요. 병실에서 간병 중인데…… 핸드폰을 그냥 쥔 채로 기다리고 있을 거예요."

"예, 알았습니다."

정광은 급히 일어났다. 그리고는 카운터에 있는 가게 전화의 송수화기를 끄지 않아 여전히 통화중인 상태라며 재촉하는 여주인의 뒤를 따라 나간다.

범보는 일이 어떻게 돌아가는지 감을 잡지 못해 머릿속이 혼란스러웠다. 정광이 돌아올 때까지 그는 내처 묵묵히 아귀수육을 씹으며 혼자 소주잔을 기울였다.

얼마 후 정광이 돌아왔는데 뭔가 좋은 일이라도 생긴 듯 표정에 기쁜 빛이 가득했다. 그는 내처 싱글벙글하며 자리에 앉자마자 대뜸,

"형, 드디어 알아냈어."

하고 밑도 끝도 없는 소리를 불쑥 내뱉는다. 범보는 어리둥절하였다.

"뭔 말이야? 난 당최 뭐가 어떻게 돌아가는지……"

"아까 우리가 마지막으로 다녀왔던 중생사란 그 절이 원래는 '선덕정사(善德精舍)'였대. 시기를 늦게 잡더라도 통일신라시대부터 낭산 서쪽에 삼존불이 새겨진 바위가 있었고, 또 옛 절터가 있었다고 해. 1930년대 말경, 안순이(安順伊)란 보살이 평소 선덕여왕릉을 아무도 돌보지 않아 군데군데 허물어진 것을 보수했다는군. 신심이 매우 깊은 그 분이 내친 김에 낭산 서쪽 신라 때의 옛 절터인 이곳에 개인사찰을 세우고 절의 명칭도 〈선덕사〉 혹은 〈선덕정사〉라고 하던 것을, 훗날 도문스님이 매입하여 지금의 〈중생사〉로 바꾸었다고 해. 이로써 마애삼존불의 주불이 선덕여래임이 분명하다는 사실과 함께 내 마지막 퍼즐 조각도 완성된 셈이고……."

정광의 얼굴엔 흥분으로 들뜬 기색이 역력했다.

"음, 근데, 그런 정보는 방금 통화한 사람한테서 전해들은 건가? 아까 내가 듣기론 시명이라던가, 뭐 그런 이름 같았는데…… 누구야, 그 사람은?"

"으응, 내가 존경하는 사학자 동기 선생님의 따님이야. 최근에 입원하신 아버님 병구완을 하며 우연히 대화도중 중생사에 관해 물었더니, 동기 선생께서 그 절의 유래에 대해 알고 계셨던가 봐. 중생사는 훗날의 이름이고 원래는 안순이 보살이 지은 선덕정사였다는 사실 등을 얘기해 주시더래. 물론 자세한 것들은 조만간 이메일로 내게 알려주겠다는 거야. 어쨌든, 오래 전에 내가 시명 씨한테 중생사의 마애삼존불의 주불이 결코 지장보살상이 아니라 선덕여래상 같지만 확신을 못하고 있다는 말을 한 적이 있었거든. 이제 마침내 내 추리가 맞았다는 결정적 근거를 얻을 수 있게 된 셈이지."

그러면서 정광은 나름대로 뿌듯한 감정을 주체하지 못한 듯 시종 득의만면한 표정을 짓고 있었다.

그처럼 만족해하는 정광의 얼굴을 바라보며 범보는 굳이 시명이란 여인에 대해선 더 이상 묻지 않았다. 세상에는 살아온 환경이나 배경이 달라도 공통의 관심사나 취향 때문에 서로 통하는 관계가 있다. 각기 다른 세계에서 살다가 우연찮게 만나, 더욱이 남녀 사이라면 외로움이 매개가 되어 점차 서로에게 소속감을 느끼는 묘한 감정으로 발전할 수도 있다. 사랑이란 대개 그런 것이다. 그것이 사랑이든 혹은 단순한 우정이든 둘 사이에 마음을 열고 다가가는 속도와 거리가 서로 달라서, 거기 맞게 스스로 속도를 조절하고 거리를 존중하며 관계를 만들어가는 게 현명한 사귐임을 충분히 알 만한 사람들이니까…… 그런 생각을 해보며, 범보는 문득 동생과 자기 사이에 놓인 어떤 거리감을 느꼈다.

"모든 것엔 관계와 균형이 있어. 그 균형이 무너지면 관계에도 파탄이 오는 법인데……"

"지금 무슨 얘길 하려는 참이야?"

정광은 느닷없는 형의 말에 순간 의아한 표정을 지으며 빤히 범보의 얼굴을 쳐다보았다.

"말 꺼내기 불편한 주제라서 좀 주저되지만…… 재작년 조카딸 결혼식 때 부산에 갔을 때 말이야, 제수씨가 내 처한테 들려준 얘긴데…… 너희 두 딸 모두 시집보내고 나면 그땐 너랑 이혼하겠다는 결심을 품고 있다더라."

일순 정광의 미간이 좁혀지며 잠깐 동안 눈빛이 어둡게 흔들렸다. 그리고는 고개를 떨어뜨리고 아까 마시다 남은 소주잔을 말없이 천천히 들이킨다. 그런 다음 빈 잔을 식탁에 내려놓더니 그가 말했다.

"좋을 대로 하라지 뭐. 어차피 나랑 집사람은 종교도 다르고 삶의 가치관도 달라. 그래서 줄곧 별거해 온 처진데, 끝내 헤어질 운명이라면 수용해야지. 결과가 이렇게 돼 버린 데는 누구의 탓도, 누구의 잘못도 아니야. 다만, 선택은 이제 아내의 몫이라 생각할 뿐이고, 나 역시 언젠가는 그런 날이 오리라 예측하고 유언장도 미리 써 놓았어. 내 죽은 뒤에 누구든지 맨 처음 내 방에 들어온 사람이 볼 수 있게 책상 위에다 쪽지를 써서 붙여 두었지. 첫 번째 서랍을 열어보면 유언장이 있으니 그대로 처리해 달라고……. 가령 내 명의로 되어 있는 부산의 아파트는 아내에게 양도할 거고, 지금 살고 있는 빌라 형태의 다세대 건물 중에 내 소유로 등기된 방을 팔아서 처분한 돈은 누가 가지며, 또 연금의 7할은 자동적으로 배우자의 몫으로 돌아가니까 그건 연금공단의 처분에 맡기면 되고, 통장번호와 도장은 내 방의 몇 번째 서랍에 있는데 그 돈은 누구의 몫으로 하라는 식으로……. 이승과 하직할 때를 대비해 미리 일찌감치 정리해 두었어. 다 버리고 갈 거니까 아무 미련도 없어."

그는 한 번 입을 열자 거침없이 쏟아내었는데 의외로 담담한 목소리였다.

"너의 그런 초연한 자세를 보니 안심이 된다만⋯⋯."

범보는 조심스레 그의 눈치를 살피며 위로하듯 얼버무렸다.

"형, 내 걱정하지 마. 난 괜찮아. 모든 것을 다 잃었을 때도 끝내 잃지 말아야 할 것은 '산다는 것'이야. 물론 어떻게 사는 것이 옳은 삶인지가 문제지만⋯⋯."

그의 입가에 희미하게 웃음기가 감돌았으나 어쩐지 좀 서글퍼 보였다.

"넌, 사람이 정말 성불할 수 있다고 믿나?"

"진흙이 없으면 거기엔 연꽃도 없다는 말의 뜻을 형은 이해하나? 연꽃은 진흙이 없으면 존재할 수 없지. 연꽃은 진흙에서 나오지만 진흙은 아니야. 이를 달리 표현하면 마음이 없으면 부처도 없다는 뜻인데, 부처가 곧 마음에서 나온다는 의미와도 같아. 하지만 부처가 곧 마음은 아니지. 그것은 마치 연꽃과도 같아. 연꽃은 오온(五蘊)의 진흙탕 속에서 나와 물 위로 피어오르지. 그때 연꽃은 하나의 초월이야. 이렇게 시공을 초월해서 하나로 흐르는 정신적 연마를 가리켜 일찍이 남악 혜사[117]께서는 '무시무처선(無時無處禪·때도 없고 장소도 없는 수양)'이라 하셨대. 요컨대, 그 분의 말씀은 마음을 완전히 비우고 사물을 사심(私心)없이 바라보면 무심히 흐르는 시냇물도 부처의 설법이요, 산색(山色)은 산색 그대로 청정한 부처의 진리의 몸이라는 거야."

범보에겐 일종의 우문현답(愚問賢答)처럼 들렸다.

---

117) 남악 혜사 : 불교 천태종(天台宗)의 개창주인 천태지의(天台智顗·538~597)의 스승.

제 5 장

두 개의 문필봉(文筆峯)

경주에서 돌아온 지 사흘 뒤, 범보는 정광이 보낸 휴대전화의 문자를 받았다.

— 범보 형, 며칠 전 우리가 경주의 유적지 곳곳을 둘러보며 이야기했던 것에 대해 어떻게 생각해? 나는 형이 나름대로 상당히 흥미 있는 소설적 소재로서 관심을 갖고 있는 것 같다고 느꼈어. 그래서 다시 한 번 부탁하건대, 만약 소설로 집필할 의향이 있다면 필요한 모든 자료들을 제공할테니, 이번 기회에 대작을 한 편 써서 세상에 남기는 것도 좋지 않을까 싶어.

그러나 범보는 곧바로 에둘러 거절하는 답변을 보냈다.

— 저번에도 말했다시피, 구태여 내가 그 이야기를 소설로 써야 할 까닭이 뭔지 모르겠어. 반드시 내가 쓰지 않으면 안 될 무슨 이유라도 있다면 말해 봐. 혹시, 그런 당위적 근거로써 날 설득할 수 있다면 고려해 볼게.

그 뒤 이틀이 지나도록 그에게선 아무런 반응이 없었다. 범보는 자기의 완곡한 거절을 그가 충분히 인지한 것이라고 믿었다. 그런데 사흘째 되던 그 다음날, 예기치 않게 다시 휴대전화에 정광의 이름으로 온 문자가 떴다. 내용은 간단했다.─'형한테 오늘 이메일 보냈으니 확인 바람.' 이었다.

그래, 알았어, 라고 짤막하게 문자로 답해 놓고는 실제 다른 일로 바빠서 범보는 미처 컴퓨터를 열어 보지 못한 채 며칠 더 지나서야 비로소 확인하였다.

─ 형, 우리가 아주 어렸던 시절, 그러니까 초등학교를 다닐 그 무렵엔 벌써 집안 어른들을 뒤따라 추석맞이 성묫길에 함께 나서곤 했었지. 물론 선영(先塋)의 위치를 어릴 때부터 눈에 익혀두어야 한다는 어른들의 가르침을 충실히 따랐을 뿐이지만. 그래도 아이 때는 멋모르고 소풍 가는 기분으로 즐겁게 따라다닌 것 같아.

그러다가 차츰 중고등학생 때는 성묘 가는 것이 귀찮아졌지. 생각해 보면 그 당시엔 흔치 않은 정기버스 노선과 띄엄띄엄 있는 배차시간에 맞춰 여러 번 차를 갈아타고 내리며 여기저기 분산된 조상 묘를 찾아다니는 게 여간 번거롭지 않았어. 게다가 하루 종일 발품을 팔아 산길을 오르내리며 성묘를 다녀야 하는 일이 정말 힘들기도 했으니까. 더구나 예초기(刈草機)가 없던 시절이었으니, 오로지 낫질만으로 묘역 일대의 무성한 잡풀을 쳐내는 일이 어른들 대신 어느새 우리 몫으로 돌아온 뒤엔 더욱 그랬던 것 같아.

그런 어느 해, 아마 형이 고3이었고, 내가 중3이던 그 무렵이었을 거야. 우리가 네 살 터울이지만 학년 차로는 3년이지. 내가 또래들보다 한 해 일찍 초등학교에 입학했으니까. 어쨌든, 그해 증조할아버지의 묘소에 벌초를 갔던 것으로 기억돼. 현재의 사천 공항 자리가 과거 민간인 출입금지 구역인 공군부대 비행장이었던 시절의 이야기야. 거기서 남쪽으로 시오리 떨어진 곳에서 산기슭을 끼고 다시 십리쯤 더 들어간 골짝마을이 '버드내[柳川]'란 곳이었어. 그 마을 뒷산에 증조부와 증조모의 쌍분이 있었고…….

벌초를 끝낸 뒤 땀에 젖은 몸을 식히며 묘소에 앉아 쉴 참에 무슨 얘기 도중에 나온 건지, 그것까진 생각나지 않지만 아버지가 무덤의 의미에 대해 하신 말씀을 나는 평생 기억해.—무덤은 사자(死者)의 공간이 아니라 살아있는 자들의 기억의 장소라고 말이야.

생각해보면 실은 그것이 옳은 정의이기도 해. 무덤은 그 사람이 죽은 바로 그 현장은 아니지. 산 자들이 선택한 장소에다 시신을 옮겨 만든 일종의 상징적 기억장치 내지 추억의 공간으로 조성된 곳이니까. 하여, 무덤은 오로지 거기 묻힌 분의 생전의 내력을 회고하고 기억하기 위해 찾아가는 데지.

"성묘는 그저 단순히 조상숭배의 사상에서 유래한, 오랜 풍습으로만 여길 게 아니야. 무덤의 주인공을 기억하는 윗대 어른들한테서 전해 듣는 그분들의 삶에 대해 추억하는 시간, 그리고 자기 뿌리를 되새기며 스스로 삶의 의미에 대해 되돌아보기 위한 시간을 갖는 행위야. 그게 성묘의 의의라고, 이젠 달리 생각할 필요가 있어."

그날 아버지가 그런 얘기를 들려주신 데는 후손들이 조상의 무덤을 찾아보는 일을 귀찮게 여기지 말라는 의도가 담긴 것 같았어.

또 이런 말도 하셨지.

"너희들 눈엔 저어기 들판 건너 마주 보이는 안산(案山)의 모습이 무슨 형상처럼 보이냐?"

아버지는 산 아래 버드내 마을 앞에 펼쳐진 들판을 끼고 냇물이 굽이져 흘러 멀리 숲속으로 자취를 감추는 그 너머 산줄기를 손짓하며 우리한테 물으셨지. 아마 형이 그때 두 개의 산봉우리가 꼭 낙타의 쌍봉 같이 생겼다고 대답했던 것을 기억하고 있는지 모르겠어.

"얼핏 보면 그렇게도 보이고, 또 연꽃 봉오리처럼 뵈기도 하지만 풍수설에선 문필봉(文筆峰)이라 하지. 두 개의 붓처럼 생긴 저 안산 봉우리를 두고 너희 증조부께서 자주 하시던 말씀이 있었어. 우리 집안 후손 중에 저 쌍필봉의 정기를 받아 훌륭한 학자나 문인 둘이 나올지도 모르겠다고……. 어쩌면 단지 그것이 마음속에 품은 본인의 소망에 불과할 수도 있었겠지만 말이다. 하긴 너희들로선 증조부를 뵌 적도 없지만 그 분은 풍수에도 밝으신 분이었어. 너희 할아버지께서 훗날 그 증조부의 유언을 받들어 저기 두 개의 필봉이 안산이 되게끔 바로 이 자리에 묘를 쓴 것도 다 그 때문이야."

내 기억에 뚜렷이 남아 있는 걸 보면 아마 형도 그날 아버지가 문필봉 이야기를 하신 것을 분명 기억하고 있으리라고 봐.……

그랬다. 범보도 증조부의 선영에 성묘를 갔던 그때의 일을 분명히 기억하고 있다. 어떻게 잊을 수기 있으랴. 학창시절부터 범보는 문학에 꽤 소질이 있었다. 이따금 백일장에 나가 상을 타거나 당시 인기 있던 학생잡지 또는 고등학생을 대상으로 한 대학신문 등의 현상공모에 투고한 글들이 우수작으로 뽑히기도 했었다. 그런 경력들을 통해 장차 문인으로서의 꿈을 키워온 데는 세월이 흘러도 잊히지 않는 그 '문필봉' 이야기의 기억이 은연중 그의 인생을 관통하며 작용했던 까닭인지도 모른다. 그걸 어떻게 잊을 수가 있겠는가.

그로 인해 정광의 이메일을 읽는 동안 범보는 간간이 감회에 잠겼다. 아버지 세대로부터 전해들은 지난 사연들이 절로 떠올라서였다.

한의(韓醫)였던 김경모(金敬模) 노인에게는 아들 셋이 있었다. 태원(泰元), 태근(泰根), 태성(泰星)이 그들이다. 세 아들 모두 국권상실기에 태어났다.

장남 태원은 대정(大正 · 일본 다이쇼 왕의 연호) 8년(1919)생, 차남 태근은 대정 11년(1922)생, 그리고 한참 늦둥이로 태어난 막내 태성은 소화(昭和 · 쇼와) 11년(1936)생이었다.

범보의 아버지 태원은 당시 5년 학제였던 진주중학을 졸업하자마자 장차 가업을 이어받을 요량으로 한의인 조부 밑에서 일했다. 정광의 아버지 태근은 일본으로 유학을 떠나 나라(奈良)에 있는 천리대학교 외국어학부 영문과를 다녔다. 말하자면 부친은 장남에겐 가업을 잇게 하고 대신 차남은 신학문을 배우도록 배려했던 셈이었다.

비록 부친의 뜻을 따라 도일했으나, 막상 식민지 조선의 청년에게 지식인으로 성장해 가는 그 과정은 뼈저린 수모와 차별과 굴욕을 견디는 시련과 각성의 세월이기도 하였다. 일본인들을 이기는 길은 그들보다 더 우수한 학업성적도 중요했지만, 그보다는 일상에서 그들을 힘으로 제압할 수 있는 신체적 우위를 갖추는 게 필요했다. 중학생 때부터 해온 대로 교내 유도부원으로 활동하며 강건한 체력을 단련하는 것은 기본이었다. 또,

상대가 누구든 힘으로 맞붙어도 지지 않기 위해 태근은 무술도장을 찾아가 일종의 필살기를 연마하기도 하며 갈수록 사납고 겁 없는 청년으로 변했다.

그에게는 마음을 터놓는 진정한 친구가 없었다. 다들 외경(畏敬)의 눈초리로 바라볼 뿐 선뜻 다가서려고 하질 않아 그는 외톨이로 지냈다. 그럴수록 정신적으로는 어떤 구심점을 잃었고, 타국에서의 고독감은 점점 그를 아나키스트적인 사고방식에 침윤케 하였다. 그는 졸업 후 귀국하여 진주중학에서 교편을 잡아 사회생활을 시작하면서 결혼도 하였다.

그러다 마침내 1945년에 맞이한 조국광복 이후 1950년의 6.25 전란이 일어나기까지 이른바 '해방 공간'의 그 무질서한 좌우대립의 여파는 교직원 사회에까지 영향을 끼쳤다. 교원들끼리도 편이 갈려 서로 대립하고 있었다. 그럴수록 태근은 불편부당의 중립노선을 견지하며 어느 쪽도 멀리하였다. 혼자만의 세계에 침잠하는 그 조용한 고독감이 늘 몸에 배여 있었던 것이다. 이념대립의 어지러운 사회상을 접하면서 그의 의식구조는 도무지 달갑지 않은 공산주의체제도, 자본주의체제도 수용하길 거부했다. 그에겐 이도저도 아닌 새로운 구원의 사상 말고는 정녕 해방된 조국에 신천지가 도래할 수 없다는 생각만 더욱 깊어졌다.

그런 점에선 아직도 무정부주의적 색채가 그의 정신을 짙게 지배한 셈이었다. 어쩌면 이러한 의식구조는 그의 장인(丈人)인 재령 이씨 화진(華進) 공의 아우 이화준(李華俊), 그러니까 곧 처삼촌의 영향을 깊이 받은 면이 적지 않았다.

화준 공은 진주사범학교를 졸업하고 부산 동래고보에서 교편생활을 하였다. 그는 사상적으로 사회주의에 깊이 심취하여 은밀히 독립운동에 참여하다 일경(日警)에 체포되어 부산형무소에 수감되었다. 3년간 복역 후 중국으로 망명하여 아나키스트운동[118]에 가담했는데, 광복 이후에까지 연락이 두절된 채 감감 무소식으로 끝내 생사조차 알 길이 없었다.

6.25 전쟁이 발발했을 당시 김 씨네 일가는 사천군의 읍 소재지인 삼천포에서 살았다. 조부 때부터 정착해온 그 해안읍이 인공치하(人共治下)에 들어가기 얼마 전, 태근은 가족과 일시 떨어져 혼자 40리 상거에 있는 고성군 하이면 덕명리로 먼저 피난을 갔었다. 그곳은 썰물 때 해변의 표면에 드러나는 백악기 지층의 암석 곳곳에 공룡발자국이 즐비한 바닷가 마을이었다.

8월에 접어들자 전선은 어느새 벌써 한반도의 남녘까지 내려와 곳곳에서 치열한 공방이 전개되고 있었다. 들려오는 바로는, 인민군들의 점령지에서 맨 먼저 행하는 일들이 남한의 공직자나 지식인 혹은 부르주아 계급의 무차별 체포와 구금에 연이어 인민재판을 통한 즉결 처형이 자행되고 있다는 흉흉한 소문들이었다. 따라서 남한사회의 교직원도 당연히 그들의 체포 대상에 속할 것이었다.

전쟁이 터지고 얼마 안 있어 학교는 이내 무기한 휴교에 들어갔었다. 태근은 간단한 짐을 꾸리고 진주의 하숙집을 떠나 일가족 모두가 살고 있

118) 아나키스트 운동은 한국에서는 일제강점기 항일민족운동의 한 형태로 일어났다. 1922년 12월 박열(朴烈)이 중심이 되어 일본에서 풍뢰회(風雷會·후에 黑友會로 개칭)를 조직하여 확산되었다. 국내에서는 1923년 서동성(徐東星)이 대구에서 진우연맹(眞友聯盟)이란 단체를 조직하여 시작되었다. 이 조직은 무정부주의적 사상을 기본으로 하고 있기 때문에 아나키스트 운동이라 했는데, 일제의 강압통치에 저항하여 자유를 옹호하는 한 수단으로 파괴, 암살 등을 필요조건으로 보고 급진적 폭력주의를 택하여 항일운동의 강력한 일면을 보여주었다. 그러나 실제 이들의 항일운동으로서의 큰 성과는 없는 대신, 1920년대 한 시기에 세간의 이목을 집중시켰던 독립운동의 일환이었다는 데 의의가 있다.

는 삼천포로 돌아올 때, 개별적으로 절친한 동료 교직원인 박 선생과 동행하였다. 그때 그의 권유를 받아들여 가족과 의논 끝에 당분간 그 친구의 고향집으로 일단 피신해 있기로 하였다. 그곳은 사천군과 고성군의 남쪽 경계에 위치한 으늑한 만(灣)의 언저리 갯가 마을이었다. 특히 그 동료의 맏형이 읍내의 김약국네 이웃에서 떡방앗간을 하고 있어 평소 집안끼리 잘 지내던 사이기도 하였다.

적의 주력부대가 진공로를 설정할 때 고려되는 점령지의 방향이 대개 도시나 읍내일 것이므로, 거기서 벗어난 한적한 마을은 어느 정도 안심할 수 있으리라는 판단에서였다. 그리하여 덕명리 골짝으로 먼저 몸을 피한 며칠 뒤, 진주 시내가 벌써 인민군에 점령당해 적의 탱크가 남쪽을 향해 파죽지세로 밀고 내려온다는 소문이 삼천포 읍내에 파다하게 퍼지고 있었다. 경모 노인은 부랴부랴 가족에게 피난 봇짐을 싸게 하고는 황급히 떡방앗간 주인 박씨를 만났다.

"우리도 부득이 피난을 가야겠네. 곤명면 본적지에 친척이 더러 있어 그리로 갈라네. 어차피 자네도 고향집인 '뎅밍이[德明里]'로 피난을 가야 할 테니, 지금 자네 고향집에 숨어있는 내 아들한테도 그리 전하고, 부디 잘 부탁함세. 우리 식구가 어데 가 있다는 걸 갸도 알아야 할 테고……. 아무쪼록 모두 무사히 이 위난을 잘 견뎌내고 다시 만날 수 있길 바라네."

그렇게 부탁하고는 일가족이 남부여대하여 읍내 서쪽 해안인 '너분개[廣浦]' 나루에서 배를 구해 타고 사천만 건너 서포(西浦)를 거치서 곤명으로 향했다. 이로써 김약국네 차남인 태근 혼자만 가족과 동떨어져 딴 곳에 피신해 있게 된 셈이었다.

그럴 즈음, 통영과 고성 해안 쪽에서 상륙을 준비하는 미군의 함포사격이 개시되었다. 확 트인 바다 저 멀리에서 육지 쪽을 향해 쏘아대는 함상의 포 소리가 희미하게 들리다가 갈수록 점점 가까이서 울리고 있었다.

하루는 박 선생의 맏형인 떡방앗간 주인이 가솔을 데리고 고향집으로 돌아왔다. 북의 인민군들 공세에 아마 오늘내일 중으로 삼천포 읍내도 곧 함락될 게 틀림없다는 전갈과 함께 김약국네 식구들이 사천 곤명으로 피난을 떠났다는 소식을 전해주었다. 태근이 이곳에 피신해 온 지 엿새가량 지났을 때였다. 그는 이제 여기 말고는 아무 데도 갈 곳이 없다는 걸 불현듯 깨달았다.

그 무렵, 한 무리의 인민군대가 덕명리 바닷가 마을로 들이닥쳤다.

삼천포 읍내를 완전히 장악한 북의 인민군은 사천만으로 가로막힌 서쪽으로의 진격 대신 동쪽의 고성 쪽으로 진로를 바꾼 모양이었다. 양군(兩郡)의 동남방 경계인 하이면에서 고성으로 가는 바닷가 지름길인 자란만을 거쳐 소비포를 지나면 고성 읍내가 지척지간이다. 따라서 북측 인민군의 일파가 이 경로를 택한 것은 미군 함포사격의 지원을 받아 통영이나 고성의 해안 쪽으로 상륙을 시도하는 한·미 연합해병대를 저지할 의도로 펼치는 작전의 일환이었을 터였다. 그리하여 동쪽으로 나아가던 그들 행렬의 일부가 해안 일대에 방어선을 구축할 적당한 장소를 물색하느라 여기 갯마을로 내려온 것은 한낮 무렵이었다.

산허리를 깎아 만든 좁은 길이 구불구불 기슭을 따라 나 있는 그쪽 등성마루에서 내려다보면 그 갯마을은 까마득한 골짝 아래 납작 엎드린 형국이었다. 80호(戶) 남짓한 마을 집들은 만곡(彎曲)의 해안선을 끼고 마치 바윗돌에 다닥다닥 붙은 따개비들처럼 어깨를 맞대고 옹기종기 모여 있었다. 길게 활처럼 휜 그 해안선은 전략상 바다로부터 상륙하기에도 안성맞춤인 곳이었다.

그날 낮에 두 대의 인민군 트럭이 산등성이 쪽에서 갯마을로 내려오는 굽이진 비탈길을 천천히 내려왔다. 곧이어 트럭에서 내린 그들은 총구로 위협하며 마을 사람들을 강제로 끌어내 바닷가 공터에 집결시킨 다음 지금부터 즉시 마을을 접수한다고 선언했다.

그것을 시작으로 집집에서 식량 공출을 강제하는 한편, 마을회관을 인민위원회 사무실 겸 임시 치안소로 정하고 주민들을 차례차례 불러들여 성분 조사를 한다며 이것저것 심문을 실시했다.

태근은 일부러 문밖으로 나가지 않고 밖의 동정을 예의주시하며 가만히 숨죽이고 있었다. 그런데 앞서 조사를 받았던 누군가의 고자질로 태근은 수상쩍은 외지인으로 지목되어 박 선생 댁의 툇마루에 앉아 있다가 무장하고 온 세 명의 인민군에 의해 붙들려 나갔다.

당혹감에 사로잡힌 박 선생이 자기도 같이 가겠다며 급히 뒤따라 사립문 밖으로 나서자, 거기 인민군을 대동하여 길잡이로 온 듯한 어떤 사내가 돌담 곁에 서 있었다. 팔에 완장을 찬 그 사내의 얼굴을 박 선생은 금세 알아보았다. 잘 아는 동네 청년이었다. 어업으로 근근이 생계를 이어가는 가난한 어부의 자식으로 평소 이웃들을 대하는 태도가 싹싹한 젊은이였다.

"이보게, 덕종이, 자네가 웬 일인가?"

"아, 예에⋯⋯. 저야 뭐, 기양 저들이 시키는 대로 했지요. 저더러 청년 농맹 위원상을 낱으라며 완장을 채워주곤 마을 사립들에 대해 미주알고주알 캐묻데요. 그래도 제가 말한 건 아닙니다요. 심문 도중에 누가 일러바쳤는지 몰라도 요새 박 샘 댁에 우리 마을토박이 말고 낯선 손님이 와 있다 캤나 봅디더. 그래서 저를 앞장세워 보내기에 저는 단지 집 안내만

한 거 뿐임니더."

사내는 한껏 목소리를 낮추어 변명조로 말하더니, 어깨를 웅크린 엉거주춤한 자세로 뒷머리를 긁적이며 쑥스러워했다.

"이봐! 거기 두 사람, 빨리 따라오지 않고 뭐 하쇼? 얼른 오라우!"

태근을 데리고 저만치 앞서 가던 인민군 하나가 돌아보며 고함을 질렀다.

임시 치안소로 사용하고 있는 마을회관 앞 양쪽에 인민군 차림의 군인 둘이 총을 들고 보초를 서고, 주변에도 여럿 병사들이 대기하고 있었다. 양철지붕을 얹은 마을회관의 단층 목조건물 앞 당산나무 그늘 아래엔 동네 사람들이 옹기종기 모여 앉아 불안에 싸인 채 웅성댄다.

박 선생이 다가갔을 때 아는 이웃 사람들이 나서며 좀 전에 건넛마을에서 포승줄에 묶인 민간인들이 예까지 호송되어 왔는데, 더러 면식이 있는 자들이었다고 전해 준다. 산 너머 월흥리의 지주와 우익 청년들이 배를 구해 바다 쪽으로 도망치려고 숨어 있다 잡힌 것 같다는 그런 내용이었다.

마을회관 안으로 들어가자 장교복장을 하고 허리춤에 권총을 찬 사내가 가운데 놓인 책상 대용의 커다란 장방형 탁자 한 옆에 떡 버티고 있다. 팔짱을 끼고 의자의 등받이에 비스듬히 기대앉아 다리를 꼰 거만한 자세였다. 그 탁자의 반쪽 모서리 가까이에 의자를 바싹 당겨 앉은 또 다른 한 사내는 좀 전에 호송해온 민간인 포로들을 취조하는 중이었다. 그는 사복차림이었는데 운두가 없고 둥글납작한 모자를 머리에 푹 눌러쓰고 있었다. 흔히 일본 고등계형사들이 즐겨 쓰는 소위 '도리우치보(鳥打帽)'라 불리는 사냥모였다.

그는 책상에 머리를 거의 처박다시피 깊숙이 고개를 수그리고 있다. 앞에 앉은 사람에 대한 심문 조서를 작성하는 양 내처 서류 위에 눈길을 보내고 있기에 그의 얼굴은 자세히 볼 수가 없었다. 목재 마루를 깐 바닥에는 사람들이 신발을 신은 채 들락거렸고, 한쪽 구석에는 포승줄에 묶여 호송돼온 자들이 고개를 떨어뜨리고 죄 무릎을 꿇고 있었다.

그때 막 끌려온 태근과 뒤이어 자발적으로 따라온 박 선생이 임시 치안소 안으로 들어섰다.

"이 자들은 뭐야?"

인민군 장교가 막 자세를 고쳐 앉으며 호송해온 병사들에게 묻는다.

"이 사람은 여기 주민이 아니고 외지인이랍니다, 함께 온 이 자는 집주인이구요."

태근을 데려온 병사 하나가 대답했다.

"그래? 이거 수상쩍은데……"

두 사람을 빤히 쳐다보던 장교가 의자를 당겨 앉으며 정색하고 묻는다.

"당신들 뭐하는 자들이야?"

"교원입니다. 둘 다……."

탁자 앞에 선 채로 태근이 짧게 대답했다.

"교원?…… 그럼, 학교 선생이란 말이우?"

장교모의 둥근 챙 아래에서 쏘아보는 사내의 눈빛이 사납게 변했다. 동시에 거의 반사적으로 취하는 동작처럼 오른손이 허리춤의 혁대 높이에 찬 가죽지갑 속에 든 권총 손잡이를 쥐는 시늉을 한다. 상대방을 겁주려 할 때의 습관인지, 무의식적으로 행한 동작인지는 알 수 없었다. 말로 표현할 수 없는 어떤 두려움을 마주하면서도 태근은 왠지 담담한 심정이었다.

"예, 그렇습니다."

태근은 흔들림 없는 표정으로 태연히 대꾸했다.

"어느 학교 선생이오?"

짧게 한마디 묻는 장교의 목소리엔 아직 서슬이 돋아 있다.

"진주중학 선생입니다."

자기 앞 탁자 건너편에 꼿꼿이 서서 전혀 주눅 들지 않는 상대의 태도에 인민군 장교는 슬그머니 허리춤에 가 있던 손을 탁자 위로 올려놓으며 가볍게 고개를 끄덕인다.

"허! 그러쇼? 인텔리겐치아구먼.……"

약간 놀랐다는 뜻인지, 빈정거리는 의미인지 구분할 수 없는 묘한 말투로 중얼거린 장교는 맞은편 두 사람을 번갈아 보며 잠시 생각에 잠기는 눈치였다.

그때 책상 건너편 모서리 쪽에 고개를 숙이고 있던 '도리우치' 쓴 사내가 비로소 얼굴을 들더니 이쪽을 빤히 건너다본다. 옆에서 벌어지고 있는 일에 무척 관심이 발동한 모양이었다. 그러나 끼어들지 않고 잠자코 돌아가는 형세를 지켜보려는 듯 건너편 두 사람을 자주 힐끔거렸다.

"헌데, 들자 하니 당신은 이곳 주민이 아니라던데 대체 여기엔 무슨 일로 와 있소?"

장교의 말투는 아까보다 훨씬 누그러졌으나 경계의 눈빛은 여전했다.

무슨 핑계를 대야할지 몰라서 잠깐 망설이는 그때, 박 선생이 재빨리 끼어들며 임기응변으로 적당히 둘러댄다.

"아, 여기 김 선생은 건강이 좋지 않아요. 그래 얼마 전부터 요양 차 공기 좋은 바닷가 우리 집에 와서 지내던 참이었죠. 아마 처음 본 마을사람들 눈에 낯설었던 게지요."

"건강이 안 좋다고? 이보쇼, 선생 동무. 내 눈엔 멀쩡해 보이는데 어디가 아프단 말이우?"

장교는 미간을 좁히며 긴가민가한 표정으로 다시금 날카롭게 쏘아본다.

"겉으로 이상 없어 보여도, 실은…… 폐병을 앓고 있어요."

이번에도 박 선생이 적절히 받아넘겼다.

"그래유? 거 참!"

장교는 갑자기 몸을 뒤로 젖히더니 의자 등받이에 기댄다. 그리고는 약간 낭패한 처지에 빠진 듯 팔짱을 끼고 물끄러미 두 사람을 바라보았다. 어떻게 처리해야 할지 잠시 생각에 잠기는 모양새였다.

바로 그때였다. 아까부터 이쪽을 유심히 살피던 도리우치 사내가 의자에서 벌떡 몸을 일으킨다. 무척 키가 크고 체격 또한 건장하였다. 그는 옆에 앉아 있는 그 인민군 장교 쪽으로 두어 걸음 다가가, 허리를 굽히더니 귓속말로 뭐라고 속삭인다. 사내의 소곤거리는 말을 듣는 동안 장교는 충분히 이해했다는 듯이 크게 고개를 끄덕거렸다.

이윽고, 도리우치 사내는 장교와의 얘기를 끝내고 탁자의 한쪽 모서리를 돌아 태근 앞으로 다가서며 큰 키를 숙여 꾸벅 절을 하는 것이었다.

"선생님! 저 모르시겠습니까? 저도 진주중학 졸업생인데 유도부에 있던 장수일입니다. 5년 전 학창시절, 방과 후 특별활동 시간에 선생님한테서 처음 유도를 배웠는데…… 저, 기억하시겠습니까? 장수일이라고……."

"아! 수일이…… 자넨가? 기억이 나네. 허긴, 그때도 덩치는 컸지만 이렇게까지 키가 커진 않았는데……."

"아, 예에. 분명히 기억하시네요. 졸업하고 난 뒤로 훌쩍 커지데요."

"자넨 여기 박 선생님은 잘 모르나?"

"제가 학교 다닐 무렵엔 안 계셨죠, 아마. 졸업한 다음에 부임하신 것 같아서 기억에 없네요. 어쨌든, 모교 선생님이시니 반갑습니다."

장수일이란 사내는 박 선생에게도 꾸벅 고개를 숙이며 예를 표한다. 그는 보통사람보다 훨씬 큰 덩치와 키 때문에 실제 나이보다 겉늙어 보였는데, 무슨 권위의 상징처럼 머리에 쓴 그 도리우치 때문에 더 그렇게 느껴졌다. 본인 스스로는 도리우치를 일종의 완장 효과처럼 여기고 있는지도 모를 일이었다.

"이보쇼, 교원 동지들!"

그때 인민군 장교가 두 사람을 불렀다. 시시각각 호칭이 바뀌고 있었다.

"여기 장 동지가 확실히 보증을 서니까 내 믿겠소. 특히 이번에 남조선을 해방하고 우리의 공산주의 혁명과업을 완수하려는 이 숭고한 전쟁에 당신네들 같은 지식인들의 동참이 뭣보다 필요하오. 명심하시오."

그리고는 이후에도 마을을 벗어나지 못한다는 조건하에 두 사람을 무사히 돌려보내 주었다.

그 당시를 회고할 때마다 정광의 아버지는 장수일이라고 불리던 그 제자 덕분에 무사히 풀려날 수 있었다던 이야기를 빼놓지 않았다.

장의 실제 나이는 알 수 없었으나 당시 5년 학제의 중학교 졸업생 중에는 입학이 늦어 선생과 비슷한 연령의 제자들이 적지 않았다고 했다. 그 무렵 장수일도 실제 나이가 꽤 많은 편에 속한 제자였을 것으로 짐작된다며, 6·25전쟁 이전에 남로당 세포조직의 일원으로 고성군 일대에서 요직을 맡고 있었다는 것은 나중에 안 사실이었다고 회상하였다.

하여간 임시 치안소로 붙잡혀 갔던 그날, 장은 문밖까지 배웅을 나와 은사에게 부디 몸조심하시라며 헤어진 이후로는 두 번 다시 보지 못했다는 것이다. 소문에는 임시 치안소에 체포돼 있던 월홍리 사람들을 밤중에 배에 태워 만(灣)의 동쪽 해안선에 둘러선 병풍바위 아래로 데려가 병사들로 하여금 총살시킨 자가 장이었다고 하는데, 그 사건 직후 그는 갯마을을 떠나버렸다는 것이다.

그리고 밤중이면 미군의 함포소리는 점점 가까이서 울렸다. 마을사람들은 총을 든 인민군 병사들의 강요에 의해 해안선 일대에 참호를 파는 일에 동원되었다. 집집마다 예외는 없었다. 억지로 청년동맹 위원장직을 떠맡은 젊은 어부 덕종은 이젠 완장을 찬 자신의 모습에 스스로 도취된 듯 열성적으로 설쳐댔다. 혹시 바다 쪽으로 탈출을 꾀하려는 자가 있을까 하여 밤낮 구분 없이 인민군들이 보초를 서고 있었다. 그렇게 바다의 동태를 살핌과 동시에 또한 아직은 가까이서 대포 소리만 울리는 미군의 함선과 상륙군이 모습을 드러내는지도 감시하고 있었다.

그 무렵 어느 날부터 통영·고성 쪽에서 쫓겨 온 인민군 패잔병들이 매일같이 무리를 지어 몰려오고 있었다. 마침내 위로부터 퇴각명령이 내려졌는지 덕명리의 해안선을 지키던 점령군들도 갯마을을 떠나기 시작했다.

그 즈음 남해안에 이미 상륙하여 교두보를 마련하고 진격해 오는 한·미 연합해병대에 쫓겨 달아나는 인민군 대열에 덕종을 위시한 상당수의 마을사람들도 동참하였다. 유엔군과 남한군의 입장에서 본 부역(附逆) 행위자들은 처벌을 면치 못할 것이라는 입소문이 마을사람들 사이에 퍼지면서 두려움을 불러왔기 때문이다.

어차피 이곳 토박이가 아닌 태근은 이 틈에 마을 밖으로 벗어나야겠다는 생각으로 퇴각하는 그들과 동행하였다. 맘속으로는 적당한 기회를 보아 탈출을 시도할 궁리를 하고 있었다.

"나를 취조했던 그 인민군 장교가 줄기차게 나를 감시하고 있었던 모양이야. 갯마을을 떠날 땐 나를 강제로 트럭에 태우데. 차가 진주를 지나 산청 쪽으로 접어들 무렵쯤 미군의 '쌕쌕이'가 머리 위를 날며 마구 기총소사를 퍼붓더구나. 쌕쌕이는 제트기야. 그 소리와 빠르기가 쌕- 하고 날렵해서 그렇게 불렀지."

지난날의 그 회고담을 상당히 뚜렷이 기억하고 있는 걸 보면, 범보와 정광은 결코 한두 번 들은 것으로 끝난 게 아니었음이 분명하다. 단지 세월이 흐르면서 그 이야기를 듣던 때와 장소가 마구 뒤섞여버려 나중엔 정확히 구분을 못할 정도가 되었을 따름이다. 따라서 기억 속의 사건들을 재구성하는 데 어느 정도 오류가 생길 수도 있는 것은 부득이한 일이었다.

아군 전투기가 공중을 장악하여 한반도 남녘의 전세를 차츰 뒤바꿔 갈 무렵, 쫓기던 인민군들은 작전상 지리산 쪽을 향해 퇴각하고 있었다. 울퉁불퉁한 길바닥 위를 덜컹거리며 운행하는 트럭들이 꼬불꼬불한 산길을 느리게 움직여 갔다.

난데없이 나타난 전투기 편대가 연달아 기총소사를 퍼부었다. 후퇴하던 인민군들은 빗발처럼 쏟아지는 총탄에 속수무책이었다. 다들 차량을 버리고 뿔뿔이 흩어져 제각기 엄폐물인 바위나 나무 뒤로 숨었고, 은폐물을 찾아 숲속으로 뛰어들거나 하였다.

한 차례 기총소사를 퍼부은 '쌕쌕이'들은 숨 돌릴 틈도 없이 되돌아오곤 하는 것이었다. 마치 비행곡예를 하듯 갑자기 허공에 솟구쳐 올라 보이지 않다가 어느 틈에 저만치 산모롱이 쪽에서 다시 불쑥 나타나 되돌아올 때는 바싹 몸체를 낮추어 낮게 날며 총탄을 갈겨댔다. 땅 위의 차량들이 폭격을 받아 뒤집어져 폭발하기도 하였다. 그때마다 여기저기서 피를 흘리고 나뒹구는 시체들이 무수했다.

　이미 전열이 흐트러지기 시작한 인민군들은 제 한 몸 돌보기에 급급할 따름이었다. 장교들의 통솔력도 그 시점에선 속수무책이었다. 급격히 전의를 잃은 병사들은 순식간에 오합지졸로 변해갔다.

　"나는 첫 번째 기총소사가 있을 때 트럭에서 뛰어내려 길가의 논두렁을 타고 근처의 계곡 쪽으로 달려가 허겁지겁 뛰어내렸지. 그리고는 냇물 주변에 숱하게 쌓인 커다란 바위들을 엄폐호 삼아 그 틈서리에 납작 엎드려 있었어. 시간이 얼마나 흘렀는지도 모를 만큼 한참을 그러고 있었더랬지. 마침내 사방이 조용해지자 슬금슬금 계곡 위로 기어올랐어. 거짓말처럼 주변엔 아무도 없고, 그땐 쌕쌕이 소리도 들리지 않았어. 마침 길섶의 둑길에 무성한 버드나무들이 줄지어 서 있데. 그 나무 그늘 밑으로 가서 둥치에 기대고 가만히 앉아 있었던 거야. 왜냐면 너무나 피곤해서……. 그냥 그대로 한숨 푹 자고 싶은 생각 외엔 아무것도 떠오르지 않았어. 머릿속이 텅 빈 상태였지. 다만 주변에서 줄기차게 울어대는 매미 소리만 자장가처럼 느껴질 뿐이었고……. 난 동행했던 인민군들의 행렬에서 벗어나 그렇게 나무 그늘에서 쉬고 있었단다. 우두커니 한여름의 푸른 하늘과 흰 구름만 바라보고 있다가 그만 졸음에 겨워 스르르 눈을 감고 죽은 듯이 드러눕고 말았지. 더 이상 주변의 동태 같은 건 전혀 의식조차 못하고 말이야. 그때 누군가가 내 다리를 툭툭 걷어차는 발길을 느끼고 퍼뜩 눈을 떴지. '일어나!' 하고 재차 발길질을 하는 자를 누운 채 올려다보니 바로 그 장교더구나. 덕명리 갯마을에서 나를 취조했던 그 자 말이야. 그 역시 쌕쌕이의 기총소사 때 근처 어딘가로 몸을 피해 숨어 있었던가 봐. 주위가 조용해지자 비로소 모습을 드러냈다가 나를 발견했겠지. 진창의 도랑이나 흙구덩이 속을 엎드려 기었는지 옷과 얼굴에는 온통 흙칠이 묻어 있데. 손에는 허리춤에서 빼어든 권총을 들고서 그 자가 나를 내려다보고 있는 거야.

'이거 정말 팔자 좋게 늘어졌구먼. 이봐, 교원 동무, 후딱 일어나라우! 지금이 어떤 판국인데…… 살고 싶으면 나랑 함께 가자우.'—손에 쥔 권총을 두어 번 아래위로 까불리며 위협하듯 지껄이는 녀석의 태도에 어쩐 일로 내가 그렇게 심한 반발심을 느꼈는지 훗날까지 두고두고 생각해 봤어. 개인의 자유의사를 강제하는 그 억압적 태도가 내게 어떤 규정할 수 없는 적개심을 불러 일으켰을까? 혹은, 총구를 들이댄 채 내 자존심을 모욕하며 굴종을 강요하고 있는 녀석의 그 고압적인 자세가 아니꼽게 느껴졌던 걸까? 하여간 알 수 없는 분노가 치밀어 올랐어. 위기가 몸에 닥친 순간이면 이성적으로 판단하기에 앞서 공포와 싸워 이기는 게 급선무야. 내 앞에 들이민 총구가 그 순간엔 하나의 공포였으니 그것부터 우선적으로 처리할 수밖에 없는 노릇이었어. 그래 나는 일부러 굼뜬 동작으로 천천히 몸을 일으켰지. 그렇게 잠깐 녀석을 방심에 빠뜨리는 동시에, 내 앞으로 팔을 쭉 뻗어 권총을 들이밀고 있는 녀석의 오른팔을 번개같이 두 팔로 낚아채어 업어치기로 후렸지. 유도를 익힌 사람에겐 그때 녀석이 취하고 있던 자세는 업어치기의 일격을 가하기엔 안성맞춤이었거든. 그건 식은 죽 먹기보다 쉬웠어. 나는 순식간에 놈을 내동댕이친 다음 필살기로 목의 급소를 찔러 기절시키고는 얼른 권총을 빼앗았지……."

그런 이야기를 들을 때마다 범보는 묘한 흥분을 느꼈었다. 비록 숙부가 젊은 시절의 용맹함을 자랑삼을 의도가 아니라, 한때 그 참혹하고 암담했던 전란 통에 겪은 체험의 구체성을 진지하게 설명할 목적이었다 하더라도, 왠지 그 이야기는 일종의 통쾌한 무용담처럼 회상되곤 했던 까닭에서다.

의식을 잃고 기절한 인민군 장교를 그 자리에 버려둔 채 그는 이제껏 지나온 길을 도로 터벅터벅 걸어 혼자서 되돌아갔다고 하였다. 한참을 걷다가 아까 빼앗은 권총은 길가의 풀숲 너머 계곡 아래로 멀리 던져버렸다. 그때부터는 그저 될 대로 되라는 심정이었기에 아예 한 번도 뒤를 돌아볼 생각조차 않았다고 했다. 방향을 진주 쪽으로 잡고 걷는 동안 이상하게 시골길 위엔 움직이는 그림자를 찾아볼 수가 없었는데, 마치 인적 하나 없는 적막하기 그지없는 세계를 혼자 걷고 있는 듯한 기분이었다는 것이다.

진주에 당도하기까지는 꼬박 하룻밤을 새고도 반나절이나 걸렸다. 도중에 배가 고파 길에서 벗어난 농가를 발견하고 찾아들어가 요행 집안에 사람이 있으면 통사정을 하여 끼니를 해결하곤 하였다. 한여름이라 하룻밤 정도는 한데서도 충분히 빈 가마니 따위의 거적때기를 이불 삼아 덮고 잘 수도 있었건만 그는 달빛에 의지해 밤새도록 걸었다.

진주는 이미 국군의 수중에 탈환돼 있는 모습 같았다. 인민군이 완전히 철수한 거리에는 간혹 미군의 수송차량들이 지나다녔고, 그때쯤엔 벌써 집밖으로 나와 어수선한 시가지를 자유롭게 오가는 민간인들의 모습을 흔히 볼 수 있었다.

태근은 밤새 걸어온 피곤한 몸을 이끌고 옛 하숙집을 찾아갔다. 그 집 식구들은 아예 피난 갈 곳도 없을 뿐더러 그럴 엄두도 나지 않아 줄곧 집을 지킨 채 그냥 머물러 있었다고 했다. 그러면서 뜻밖에 찾아온 태근을 반갑게 맞아준 것이었다. 덕분에 그는 이틀간 옛 하숙집 신세를 질 동안 몸을 추슬러 고향인 삼천포 읍으로 내려와 가족과 조우하였다.

"그 얼마 뒤 나는 곧 부산으로 갔었지……."

숙부의 회상에서 '그 얼마 뒤'란 것은, 낙동강 전선이 끝내 무너지지 않았기에 다행히 부산이 안전지대였던 당시 상황을 염두에 둔 말이었다. 게다가 맥아더 장군에 의해 기습적으로 감행된 인천상륙작전이 성공한 그 무렵이었다는 뜻이기도 했다.

"나라 전체가 혼란한 시기에 직장도 없이 그냥 우두커니 앉았을 수만은 없었으니까. 전쟁은 언제 끝날지도 알 수 없고, 게다가 난 아직 젊은 나이인데 두 손 놓고 세월을 축내느니 나서서 뭔가 일거리를 찾아보려고 말이야. 그래서 무작정 부산으로 간 거지."

그때 무턱대고 찾아갔던 미문화원 공보실에 통역관으로 채용된 것은 유창한 영어 실력 덕분이었다고 했다. 그 말끝에, 그처럼 능숙한 영어를 구사할 수 있게 된 데는 자신이 다닌 천리대학의 외국어학부 영문과 주임교수였던 카가와 신지(香川信治) 선생의 도움이 컸다는 말도 잊지 않았다. 그는 천리교 재단(財團) 산하에 있는 천리대학을 최우등으로 졸업한 직후 영국유학을 다녀와 모교의 교수가 된 분이었다. 본시 나라(奈良) 태생의 일본인이었지만, 실은 백제계 후손으로 자기 가계(家系)의 뿌리가 한반도라는 사실을 언젠가 조선인 제자 태근을 불러 은밀히 얘기해준 적도 있었다.

카가와 교수가 평소 내지인(內地人)과 조선인을 차별 없이 대한 이유에는 아마 그런 점에 기인한 바도 있었을 터였다. 그러나 태근을 자주 연구실로 불러 용기를 북돋워준 데는 무엇보다 학업성적이 우수한 제자에 대한 사랑 때문이었을 것으로 짐작된다며, 여하튼 그가 훌륭한 은사였다는 말도 덧붙였다.

　그러나 어느 시대, 어느 공간에서 숨을 쉬고 있더라도 현실의 삶이 늘 발목을 잡았다. 식민지시대나 이른바 해방공간의 이념과잉 시대나 또 지금처럼 전란을 당해 폐허가 된 국토에서 고향땅을 등지고 온 피난민들이 넘쳐나는 부산 거리를 걸을 때마다 그는 죄 없는 부녀자들과 아이들이 전쟁과 기아에 시달리고 있는 광경들을 매일 목격했다.

　"세상은 결코 도덕성에 의해 돌아가지 않아. 전쟁이 터지면서 더더욱 살의와 폭력이 난무하는 세상이 되었지. 무자비한 살육이 자행되는 조국의 현실을 내 눈으로 목격할 때마다 인간의 잔혹함이 어디까지인지 가늠조차 할 수 없을 만큼 환멸스러웠어. 인간의 탐욕과 파괴본능이 고삐 풀린 세상, 그 속에서 사람들은 무자비와 혼돈 속으로 내몰려 파괴와 폭력으로 가득한 아수라도를 연출하고 있었거든. 세상이 돌아가는 방식이 매양 그랬어. 그럴수록 확인하는 건 인간의 불완전성이야.……"

　정광의 부친이자 범보의 숙부였던 태근은 지난날을 그렇게 회상하곤 했다. 그는 막판에 현실을 잊는 하나의 탈출구를 찾으려 한 까닭에설까, 그 시절 종교의 문을 두드렸다. 기독교 신도가 되어 열심히 장로교회를 다니던 무렵, 자연히 가족들까지 덩달아 교회에 나갔다. 그 전에 미문화원 공보실 통역관으로 근무할 동안 남북 간 휴전협정이 체결되어 옛 질서를 회복한 뒤에도 태근은 본래의 직장인 학교로 돌아가지 않았다. 부산에서 몇 년을 더 지내다 사직서를 내고 고향에 돌아와서는 오로지 宗教에 심취하였고, 가업인 부친의 한약국 일을 돌보며 지냈다.

　당시 범보의 아버지인 장남 태원은 휴전협정이 체결된 그 이듬해인 1954년에 처음 실시된 한의사 국가고시에 합격해 그 이전까지 조부가 사용하던 '김약국'의 명칭을 떼고 '해동한의원'으로 개원했다. 조부는 뒷전으로 물러나 앉았다. 그래도 여전히 뛰어난 침술 때문에 명의(名醫) 소리를 듣던 조부를 보고 찾아오는 단골들이 더 많았다. 전국의 어느 대학에도 아직 한의학과가 개설돼 있지 않던 당시로서는 국가고시가 유일한 등용문이었다. 따라서 '형처럼 너도 한의사 국가고시를 준비하라'는 부친의 엄명에 따라 태근은 그 즈음 형이 운영을 맡은 한의원에서 일손을 돕고는 있었으나, 마음은 영 딴 곳에 가 있었다.

"의술로 사람을 구한다는 건 커다란 한계가 있어. 의학은 너무나 협소한 분야야. 사실대로 말하면, 그 당시 내 관심은 단순히 인간의 병을 치료하는 일보다 차라리 인류의 구원 문제 쪽에 기울어져 있었거든.……"

그것이 의학공부보다 더 중요한 이유였다고 지난날을 회상하였다. 빛바랜 그 오랜 추억 속에서 떠올린 사연들 중에 오늘날처럼 예방백신이 없던 시절 자기 아래 누이동생이 바이러스 감염에 의한 질병에 걸려 심한 독감 증세를 앓다 덧없이 세상을 떠난 일, 또 늦둥이로 태어난 막내 태성이가 고교 졸업을 얼마 앞둔 시점에 폐결핵으로 피를 토하는 것을 본 충격을 빠뜨릴 수 없다고도 말했었다. 의술이라는 현실적인 삶의 수단보다 종교 쪽에 깊이 경도된 이유가 아마 그 때문이었을 터였다.

"대부분의 종교가 절대적인 신의 존재를 믿는 것이라면, 불교는 수행을 통해 나의 본래 모습을 볼 수 있게 해준다는 것이 특이해. 하지만, 현재의 내 처지에서 막상 중이 되는 것도 어려운 일이라 판단했어. 그런 깊은 고민 끝에 어느 날 문득 기독교도 불교도 아닌, 천리교 '오후데사키(御筆先)'의 예언이 새삼스레 나를 사로잡데……. 그래, 인간은 외면했던 길에서 운명을 찾기도 하지. 살면서 변하는 건 어쩔 수 없는 일이고, 그것이 인생의 이치기도 하니까. 우연과 필연은 하나의 원(圓) 안에 존재한다는 말이 있어. 천리교 신도였던 카가와 교수의 인도로 처음 천리교를 접했을 때만 해도 그건 내게 하나의 우연한 계기에 불과했었는데, 지나고 보니 필연이었다고 깨닫게 되었지. 정신 나간 소리 같지만 난 이제부터 세상을 구하려는 거야. 모든 사람들에겐 제 나름대로 삶의 이유와 목적이 있기 마련이야. 그런데 어떤 이에겐 신의 소명이 있어서, 부득이 하늘이 자기에게 내려준 그 사명대로 살아야 할 운명도 있는 법이거든. 나는 새로운 세상을 만들라는 사명을 받았어. 그것을 깨닫는 순간에 재탄생했다 할까. 그래, 더 나은 세상을 만들려는 이상주의자로서 내가 꿈꾸던 것은 '감로대(甘露臺) 건설'의 실현이란 걸 깨달았지. 그건 살아오는 동안 주변에서 그 어떤 끔찍한 일을 당한다 해도 변경할 수 없는 꿈이야……."

세상에 존재하다 흔적 없이 사라졌거나 혹은 아직 현존하고 있는 것들에 대한 사무치는 그리움 때문에 범보는 때때로 이유모를 슬픔에 휩싸인다. 그간 자신의 몸속 어딘가에 잠재되어 있던 잊힌 기억들을 되살리는 어떤 상관물과 맞닥뜨릴 때마다 문득 연상되는 지난날의 흔적들이 아릿한 그리움처럼 다가서는 까닭에서다.

범보는 삼천포에서 중고등학교를 다닌 시절, 동기생들 중에 간혹 고성의 덕명리 바닷가에 사는 친구들이 있어 주말이나 방학 때 몇 번 그곳에 놀러간 적이 있었다. 수많은 공룡발자국 화석이 즐비한 그 갯마을 해안가를 거닐며 오래 전 이곳으로 피난 왔던 숙부에 대한 주억을 문득 떠올리곤 했다. 저만치 해식동굴의 입구 양쪽 바위의 생김새 때문에 붙은 이름인 상족암(象足巖)은 거대한 코끼리 다리 형상과 흡사하였다. 또 어떤 이들은 그것을 평상다리처럼 생겼다 하여 혹은 상족암(床足巖)이라고도 불렀다. 그러나 현지인들에겐 예나지금이나 '쌍바리(雙足)'로 통칭되고 있다.

그 쌍바리에서 바다 건너 동남쪽으로 시야를 차단하며 길게 뻗어나간 병풍바위 아래 해안가에선 6 · 25전쟁 당시 민간인 학살이 있었다고 전해온다. 세상에 존재하는 것은 대개 흔적 없이 사라진다 해도, 그러나 해변을 드나드는 조수간만은 아무리 세월이 흘러도 인간의 유한성과는 별개로 변함없이 반복되고 있었다.

정광의 이메일을 읽는 동안 그간 자신의 몸속에 잠재된 채 잊힌 기억들이 아스라한 곳에서 밀려와, 마치 해안 기슭에 이르면 갑자기 자르르 쏟아붓는 밀물처럼 범보의 머릿속으로 철썩대며 한꺼번에 마구 들이닥치는 것이었다.

제 6장

'오후데사키(御筆先)'의 예언과 감로대(甘露臺)

— 성묘를 하러 아버지의 무덤 앞에 올 때마다 나는 항시 아버지가 틈만 나면 종종 입버릇처럼 들려주시던 그 '오후데사키'와 '감로대'를 떠올리게 돼. 그것은 대학에서 영문학을 전공한 아버지의 문학적 영감의 원천이었고, 때로는 정신적 혹은 종교적 신념의 좌표였어.

생각해 보면, 국권상실기의 식민지 백성으로 태어나 해방된 조국에서 동족상잔의 전쟁까지 치르고도 여전히 분단된 상태인 한반도의 암울한 미래, 오로지 고난과 시련으로 점철된 민족사—그런 역사 인식이 아버지로 하여금 오후데사키의 예언과 감로대에 집착케 했는지도 몰라. 그리하여 마침내 자기 존재의 방법론적 출발점으로 삼았던 것이라는 생각이 들어. 말하자면 끊임없이 불안한 우주 질서가 회복될 수 있는 매체가 아버지에게는 감로대였던 거야…….

형도 잘 알다시피, 천리교는 8세기 중엽 일본에서 일어난 신흥종교로 일본 신토(神道)에 속한 13개 교파 중의 하나야. 교조(敎祖)는 나카야마 미키(中山美伎 · 1798~1887)라는 여성이었는데, 원래 야마토노쿠니[大和國] 야마베군[山邊郡·현재 奈良縣 天理市]의 지주(地主)였던 나카야마가(家)의 평범한 주부 출신이었어.

1838년 그녀가 만 40세 때 하나밖에 없는 아들의 아픈 다리를 고치기 위해 불교 수도승인 야마부시(山伏)를 초빙하여 가지(加持·병이나 재난을 면하기 위하여 올리는 기도)[119]를 행하다가 갑자기 하늘의 계시를 받게 되었다고 해. 한 순간 무언가에 빙의(憑依)된 사람처럼 느닷없이 그녀의 입에서 터져 나오는 전언(傳言)의 목소리는 마치 이 세상의 소리가 아닌 것 같아서 주변 사람들을 깜짝 놀라게 했다는군.

"나는 으뜸인 신, 진실한 신이다. 이 집터에 인연이 있어 이번에 세계인류를 구제하기 위해 하강했다. 미키의 몸을 빌려 신의 사당으로 삼겠다!……"

상상조차 못했던 사태가 발생한 것이야. 예고된 일도 아니거니와 전부터 원했거나 계획된 그런 일은 더더욱 아니었어. 누구보다 가장 놀란 것은 남편 젬베에였다고 해. 아무것도 모르는 농사꾼의 아내 미키가 창조주의 현신(現身)으로 정해졌다는 사실을 젬베에로서는 도저히 이해할 수도, 또한 순순히 납득할 수도 없었을 테니까.

생각해볼수록 기가 막힌 남편은 아내의 그 괴이한 행동을 미친 것이라고밖에 해석할 여지가 없었겠지. 평소 신업(神業)을 원한 적도 없었고, 박식한 학문을 지닌 자도 아닌 일개 평범한 주부였던 미키—빨래하고 밥 짓고 시어른 모시며 남편과 자식들 뒷바라지에 농사일까지 거드는 평범한

---

119) 가지(加持) : 불교에서 부처의 대자대비(大慈大悲)의 힘으로 중생이 그 자비를 실지로 느끼는 것인데, 현실에서 병이나 재난을 면하기 위해 대체로 신심이 깊은 승려가 올리는 기도의 형태로 이루어지는 행위.

주부에게 창조주가 직접 하강하여 몸과 마음을 송두리째 빌리겠다는데, 그 의미가 무엇인지 앞으로 어떻게 될지도 모르는 상황에서 신(神) 지핀 아내의 행동거지를 이해하기란 결코 쉬운 일은 아니었겠지.

신의 몸을 빌린 아내 미키와 인간인 남편 젬베에의 소위 신인문답(神人問答)을 통해 결국 그녀를 신의 현신으로 수용하고 앞으로의 행동을 승낙한 그날이 1838년 10월 26일 오전 8시였다고 해. 그날 이후 50년간 전도(傳道)를 개시한 것이 천리교의 시초였어. 훗날 천리교에서는 이 날을 새로운 세기가 도래한 첫날로 기리며, 미키를 인류의 어버이인 '오야사마(親樣ㆍ어버이님)'라 우러러 받들게 된 근본 하루였다고 믿게 되었지.

학식이라곤 없는 아녀자, 남편과 자녀를 둔 일개 주부의 신분에 불과했던 그녀가 스스로 '삼천세계(三天世界)'를 구현하기 위해 자신이 이 땅에 내려왔다고 선언하고, 그때부터 도쿠가와막부(德川幕府) 말기의 혼탁한 사회정세 속에서 안산(安産)과 치병(治病)의 주술(呪術) 등을 행함으로써 농민과 서민들 사이에서 그 영험한 능력이 널리 퍼져나갔다는 거야.

물론 처음엔 다들 그녀의 말과 행동을 알아주기는커녕 여우에 홀렸다거나 정신이 돌았다고 생각했을 뿐 아무도 그녀의 설교를 귀담아 들으려고도 않았지. 다만 혹세무민한다는 죄목으로 수시로 붙잡혀가 옥에 갇히곤 했어. 막부세력이 몰락하고 메이지조정(明治朝廷)이 들어선 이후에도 여전히 정부의 박해와 압박을 받으며 모두 18번이나 투옥되었지만 끝내 굴하지 않았다고 해. 현신인 천황이 엄연히 존재하는데, 스스로 현신임을 자처하는 미키의 행동은 국가로선 도저히 용납할 수 없었던 셈이었지.

따라서 필설로는 표현할 수 없는 온갖 비난과 비방, 그리고 조롱의 대상이 된 채 묵묵히 신업(神業)을 닦기를 30여 년의 세월이 흐른 1869년 정월 어느 하루, 느닷없이 "붓을 잡아라!"는 하늘의 계시에 따라 붓을 잡기 시작하여 1882년까지 무려 13년에 걸쳐 집필하신 것이 곧 모든 경전의 완결편에 해당하는 '오후데사키(御筆先)'였다고 해. 말하자면 교조의 친필록(親筆錄)인데, 아무리 캄캄한 밤중이라도 붓을 잡으면 붓이 저절로 움직여 글이 써졌다는 거야. 어디서 와서 어디로 가는지조차 모른 채 생의 참다운 가치관의 상실 속에 살아가는 인류에게 1,711수로 표현된 꿈과 희망의 대서사시가 나타난 것이야…….

아닌 게 아니라, 정광의 이메일을 접하고 있노라니 지난날 숙부님이 얼마나 자주 입버릇처럼 말해주었던지, 그 오후데사키의 계시록에 적혀 있다는 구절이 기억에 생생하여 마치 지금도 범보의 귓가에 들리는 듯 떠오르는 것이었다.

신노하시라와 도진야(眞の柱は 唐人也).
토시와 쥬이치, 니닌 아루조야(年は十一, 二人有ぞや).

(감로대를 세울) 참된 기둥은 당인이다.
나이는 열한 살, 두 사람 있도다.

감로대란 것은, 이 세상과 인간이 창조된 지점의 증거표시로 오후데사키의 계시에 따라 세워진 대(臺)이다. 태초에 그곳에서 생명이 태어난 장소로서 모든 인류에게 영혼의 본향이 되는 곳이다. 그리하여 창조주가 직접 창조의 집터에 하강하여 오야사마(나카야마 미키)의 혼과 인연을 맺은 곳으로, 그 자리에 6각으로 된 13단의 임시 목재로 만든 감로대를 세웠는데, 현재 천리교 교회본부의 신전 중앙에 해당한다.

천신을 받들고 죄악의 근원인 욕심을 제거하여 서로 사랑하며 창조주의 뜻에 따라 노력을 바칠 것을 교지(敎旨)로 삼은 천리교는 참다운 이상세계, 곧 감로대를 현세에 건설할 것을 목표로 삼고 있는 종교다. 언젠가 때가 도래하여 참된 지도자가 나타나 비로소 석조 감로대가 세워지면, 하늘에서 내리는 감로수를 마시게 될 때 모든 질병이 고쳐져 본래의 인간 천수(天壽)대로 150년을 향수하게 된다는 것이 계시록의 요지이다. 말하자면 석조 감로대가 세워지고 맨 꼭대기 단에 감로를 받는 5되들이 평발(平鉢·平底盞)이 얹힌다. 계시록에 지시된 그대로의 크기와 치수이다.

그런데 문제는 그 참된 주재자 역할을 할 자가 당인(唐人·도진)이며, 나이는 열한 살, 두 사람이 있다고 한 점이었다.

천리대학을 다니던 학창시절 태근은 오후데사키의 그 부분에 대해 부쩍 의문이 생겼다. 사실은 그것이 가장 큰 수수께끼였다. 카가와 교수의 소개로 처음 가본 나라(奈良) 지역의 한 교구당회장(敎區堂會長)인 카와노(川野) 선생에게 하루는 예언서의 그 점을 지적해서 물었다.

"오야사마께서는 감로대를 세울 진정한 주인이 왜 일본인이 아니고 도진(唐人)이라 예언했을까요? 도진은 누구를 가리킨 겁니까?"

"도진은 천황폐하를 지칭하는 아어(雅語) 정도로 해석하면 될 걸세. 나이가 열한 살이라는 건 교조 사후 11대에 해당하는 천황과 그 형제분이겠지."

카와노 선생은 그때 무척 곤혹스러운 듯 얼버무렸다. 그리고는 변명하듯 질문의 핵심에서 벗어난 엉뚱한 이야기만 잔뜩 늘어놓았다.

"천리란 모든 이치의 근본이며 예나 지금이나 장래에도 변치 않는 불변의 섭리예요. 모든 생명은 천리를 주재하시는 창조주의 뜻을 거스르고는 존재할 수가 없어요. 일월(日月)의 현신(現神)이 곧 오야사마이신 교조 나카야마 미키님이십니다. 천계(天啓)를 받고 오야사마가 하신 말씀들은 인간의 영혼을 향해 하신 말씀들이지요. 아니, 단순히 하늘의 계시라기보다 오히려 창조주의 직접 하강이라 해야 더 적합한 표현이라 생각됩니다. 창조주께서 나카야마 미키의 몸을 빌려 하강하셨던 거예요. 요컨대 창조주의 사당(집)이 되셨다는 의미지요. 겉은 인간의 모습이지만 마음은 창조주의 것이 되었다는 뜻이고요. 오야사마는 지금도 살아계십니다. 몸만 감췄을 뿐, 살아서 존명(存命)으로 활동하고 계십니다.

1887년에 교조께서 숨을 거두시고 현신(現身)을 감추신 후에 목수(木手) 출신인 이부리 이조(飯降伊藏)가 역시 신이 들려 대를 잇고, '오사시즈'(지도말씀)를 저술하여 교단을 이끌었지요. 1907년에 그가 죽자 나카야마 가문에서 대대로 교주를 세습하여 포교에 전력함으로써 비로소 1908년에는 천리교가 13개 교파신도(教派神道)의 일파로서 독립이 공인되었고요."

태근이 알고 싶어 궁금해 한 것은 그런 얘기 따위가 아니었다. 그래서 언젠가 한 번은 사적으로 다른 좌석에서 카가와 교수에게 자신이 늘 품고 있던 그 의문점에 대해 직접 다시 물어보았다.

"도진을 천황폐하라고 설명하는 건 언어도단이야. 메이지조정에서 교조의 포교활동을 얼마나 핍박하고 방해하며 괴롭혔는지 다 아는 사실인데, 감로대의 참된 건립자를 천황이라고 해석하는 건 무리야. 그렇다고 문자 그대로 옛 중국 당나라 사람이란 것도 말이 안 되긴 마찬가지지. 내 생각엔 말이야, 도진(唐人)을 훈독으로 가라비토(唐人)라 읽는데, 그렇게 읽는 게 옳다고 봐. 마찬가지로 한인(韓人·가라비토)도 역시 같은 발음이거든. 즉, 가라비토란 옛 삼한(三韓) 땅인 한반도에서 온 사람이란 뜻인 게지. 여기 나라(奈良) 지역은 역사적으로 널리 알려졌다시피 옛날 백제인들이 대거 이주하여 세운 '나라(國)'였던 곳이기도 해. 나 역시 백제계 후손이기에 자연스레 그런 생각이 들더군. 암튼, 그것까진 나도 알겠는데, 감로대 건립의 주인공이 열한 살의 두 사람이란 예언은 도시 풀 수 없는 수수께끼야. 어쩌면 나카야마 가문의 11대손을 암시하여 열한 살이라 했을까? 물론 그것도 알 수 없지. 게다가 두 사람이라고 말한 건 또 뭔지, 여전히 미스터리야……. 그리고 참, 지금 천리교본부의 교주를 맡고 계신 나카야마 님의 아들이 자네와 동기생으로 우리 대학에 다니고 있다네. 적당한 기회에 한 번 만나볼 수 있도록 내가 자리를 마련하지."

그런 자상한 설명 뒤에 카가와 교수는 오야사마인 나카야마 미키의 임종 시의 한 에피소드를 들려주었다.

교조는 숨을 거두기 얼마 전, 그를 믿고 따르던 몇몇 수제자들을 불러 모은 자리에서 이제 곧 자신은 이승을 떠나야 할 때가 되었으니, 마지막으로 당부할 게 있다고 말했다.

"그 전에 너희들께 한 가지만 묻겠노라. 내가 죽은 뒤에도 나를 믿고 끝까지 나의 가르침을 따르며 포교의 길을 가겠느냐? 설령, 주위의 어떠한 박해와 고난과 시련에 부닥쳐도 진정 이 길을 포기하지 않겠느냐?"

그러자 다들 서슴지 않고 "예!"라고 대답하였다. 교조는 희미하게 웃고는 또 이렇게 물었다.

"그처럼 평소 신앙심이 깊다면 그 여부를 판단할 수 있는 나의 마지막 질문에 대답해 보거라. 이 중에 진정 신앙심이 깊은 자만이 옳은 대답을 할 수가 있다. 나는 곧 떠나므로 이제 내 마음의 문을 열어줄까, 닫아줄까?"

의미심장한 그 말이 끝나자마자, 이구동성으로 "부디 열어주십시오, 오야사마."하고 애원하듯 부탁하며 제자들은 흐느꼈다.

교조는 그 순간 탄식하듯 한 번 길게 한숨을 내쉬고는 연이어 쯧쯧쯧, 혀를 찼다.

"그래, 너희들의 소원대로 문을 열어주마. 그 대신 내 몸을 빌려 거하셨던 창조주 텐리오노미코토(天理王命)의 소임은 나로써 끝나고 이 땅을 영영 떠나버리는 거다. 너희들이 문을 닫아주기를 원했다면 여전히 이곳에 머물러 감로대 건립의 소임을 일본인이 맡아 이룩할 수 있도록 역사(役事)할 수 있었건만……. 이미 오후데사키의 예언대로 돼가는 게 나로서도 안타깝구나. 내가 평소 뿌리를 모르는 잎과 가지는 천리를 모르는 법이라고 입버릇처럼 말했었지. 너희들은 감로대를 세우는 이가 왜 일본인이 아니라 가라비토(唐人)냐고 종종 묻곤 했어. 이제 너희들의 태도를 보니 확실히 알 것 같다. 내가 마지막으로 명백히 대답해주마. 일본인들은 어리석어 근본을 모르기 때문이야. 대저 근본(根本)이란 게 뭔가? 쉽게 말해, 뿌리 아니더냐. 종교를 하나의 나무라고 하면 그 뿌리는 곧 창조주이신 어버이 하느님의 직접 가르침인 게야. 아무리 가지나 잎이 무성해 보여도 한낱 말단지엽(末端枝葉)이라 하지 않는가. 무성한 지엽도 뿌리가 있어 자양분을 공급해 주기 때문인데 그 사실을 모르는 이치와 같아. 한마디로 일본인은 제 근본을 모를 뿐 아니라, 심지어 부정하고 스스로 그 뿌리를 잘라내려는 어리석은 민족이야."

그러고는 마침내 교조는 조용히 숨을 거두었다고 한다.

— 일본이 태평양전쟁에서 패망하고 마침내 일제치하로부터 해방된 한반도는 격동의 사회상과 6·25전쟁으로 인해 거의 폐허가 되다시피 했었잖아. 희망도 없이 암담한 그 황폐한 조국의 현실에서 구세주에 대한 민중의 갈망이 낳은 시대적 요구 때문이었을까? 기존의 천주교 외에도 개신교인 장로교, 성결교, 안식교, 침례교 등이 민중들 사이에 성행한 것은 물론, 기독교 계통의 신흥 종교들까지 우후죽순처럼 생겨나기 시작했지. 여호와의 증인이란 교파, 문선명의 통일교, 박태선 장로가 스스로 감람나무라 칭하고 인간의 몸을 입고 온 하나님이라 자처하며 세운 신앙촌, 또 1955년에 현재의 천부교 같은 신흥 종교 등이 대개 그 시절에 태동하였지.

형도 잘 알다시피, 아버지가 처음엔 개신교인 장로교를 다니다가 차츰 천리교의 예언서에 몰입한 것도 그 무렵이었어. 교조 나카야마 미키의 계시록인 오후데사키의 예언에 근거해서 감로대를 세울 두 사람이 한국인, 즉 태근과 그 아우 태성이란 확신을 갖게 된 뒤부터였어. 말하자면, 계시록에 '11세의 두 사람, 가라비토(唐人·韓人)'란 글귀에 주목한 셈인데, 아버지는 그 11세란 나이는 상징적 의미라고 파악했지. 일본은 소위 '천황 연호'를 사용하거든. 아버지는 다이쇼(大正) 11년생, 숙부는 쇼와(昭和) 11년생이었으니 용케 딱 들어맞잖아.

사람의 이름이 비록 우연한 계기의 작명(作名)이었디 히더라도 지나고 보면 필연이었다는 사실을 뒤늦게 깨닫는 경우도 더러 있으니까.

예컨대, 정유재란 때 왜군에 포로로 잡혀갔던 조완벽(趙完璧)이란 진주(晋州) 선비의 사례도 그래. 그는 한문이 능통하여 노예로 팔리는 대신 당시 교토의 대부호로 동남아 무역에 종사하고 있던 스미노쿠라 소앙(角倉素庵)의 눈에 띄어, 일개 포로의 신분에서 중책을 맡아 그 집안에 고용되었거든. 여기서 조완벽은 막부로부터 해외무역의 허가를 받은 동남아 무역선인 주인선(朱印船·슈인센)의 통역관이자 실무책임자로 발탁되어 베트남을 세 차례나 다녀왔던 최초의 조선 사람이었어. 그 공로로 조완벽은 험난한 생의 격랑을 헤치고 아무 탈 없이 고국에 돌아와 평안한 여생을 보낼 수 있었다는 사연이 이수광(李晬光)의 『지봉유설(芝峯類說)』에 간략히 나오지. 그런데 그 이유를 아마 '완벽'[120]이란 그 이름 때문이었던 것 같다는 소회를 적어놓은 점이 무척 흥미로웠어.

각설하고, 아무튼 아버지의 이름 태근은 '큰 뿌리', 숙부의 이름 태성은 '큰 별'이란 의미가 아닌가. 아버지는 유학시절 천리대학을 다니며 처음 천리교를 접했던 것을 우연한 계기였다기보다 이미 정해진 운명으로 받아들였고, 그 다음부터선 감로대 건설을 하나의 소명의식으로 굳게 믿었던 것 같아.

때마침 숙부 태성이 고등학교 졸업을 6개월가량 앞둔 시점에 갑자기 각혈을 할 만큼 폐결핵이 심해졌대. 그게 아버지의 결심을 더욱 굳힌 계기였다 하셨어. 어떻게든 동생을 온전히 살려야겠다는 굳은 결의를 한 데는 장차 자기를 도와 감로대 건설이란 대업을 함께 도모해야 할 운명을 타고난, 선택받은 자라고 인식하고 있었으니까. 더구나 바로 밑의 여동생이 죽은 뒤 느지막이 십 년 이상의 터울로 태어난 그 어린 동기(同氣)에 대한 안쓰러움까지 겹쳤을 테지.

---

120) 완벽(完璧) : 어원상으로 '흠이 없는 구슬'이란 뜻이며, 여기서 '결함이 없이 완전하다'는 의미가 유래하였다. 또한, '빌려 온 물건을 온전히 돌려보냄'의 뜻으로도 쓰인다.

당시 태성 숙부는 의과대학 진학을 목표로 한참 열심히 공부하던 시절이었어. 한데, 주변 점쟁이의 말처럼 사주팔자에 학마(學魔)가 끼었던 탓일까, 결국 병세가 깊어져 마지막 한 학기를 마저 채우지 못하고 휴학한 채 부득이 집에서 병을 치료하기로 했다대. 조부님과 백부의 지극정성을 다한 한방치료를 받으며 많이 호전되어 갈 무렵, 아버지는 매일 안수기도(按手祈禱)로 태성 삼촌에게 용기를 북돋우며 세뇌를 하셨다고 해. 이 신상고난(身上苦難)은 소명 받은 자에게 하늘이 특별히 내린 시련이며 장차 인류를 위한 재목감으로 쓸 만한 인재(人材) 여부를 시험하는 것이니, 반드시 이겨내야 한다고. 그러면서 아버지는 본인 또한 정녕 신의 소명을 받은 자인지 안수기도를 통해 자기의 권능을 스스로 시험해 보고 있었던 게 아닐까? 말하자면 주어진 운명 앞에 두려워 오그라들기보다 스스로에게 주술을 걸었던 셈이지.—'나는 고통 받는 이 땅의 동포와 나아가 인류를 위해 구현해야 할 시대정신의 소명을 받았다. 그러므로 이것은 천명이다!'라고.

스스로에게 건 그 주술이 신통(神通)하였는지, 아니면 2대에 걸쳐 전수해 내려온 한의원의 비방(秘方) 덕분이었는지는 몰라도 희한하게 태성 삼촌의 병은 기적처럼 말끔히 나았다더군.

그 일 때문에 아버지는 마침내 결심하고 기어이 일본으로 건너가셨지. 하긴, 당시 3대가 한 집에서 대가족을 이루고 살던 1956년의 일이라 그 사실에 대해선 나보다 형이 더 잘 알잖아. 그때 나는 겨우 다섯 살이었지만 형은 초등학교 2학년이던 아홉 살이었으니 더 잘 기억하겠지. 물론 그때는 한·일 간에 국교가 단절돼 있던 시기라 아버지가 삼천포에서 밀항선을 타고 현해탄을 건넜다는 건 나중에 들어서 아는 얘기일 뿐이지만.

하여간 일본 나라(奈良)의 천리교본부로 찾아갔던 그해, 나카야마 집안의 후예로 옛 천리대학의 동기생이 세습에 의한 새 교주로 막 취임해 있었다고 했어. 덕분에 거기서 1년 6개월을 머무는 동안 틈틈이 치열한 논쟁이 있었다는 이야기도 훗날 아버지한테서 전해 들었어. 아버지의 이론은 천리를 깨닫지 못하는 일본인의 어리석음에 초점을 맞추어 전개해 나갔다고 해. 일테면, 신도(神道)의 나라 일본에 인위적 현신인 천황의 존재를 내세워 숭상하는 한, 창조주의 현신인 '오야사마'의 뜻과 가르침을 정면으로 위배하는 모순에 스스로 빠져든다는 것. 그 결과, 소위 '신의 나라'라고 자칭해온 일본이 도리어 천벌을 받은 셈이지. 하늘로부터 떨어진 핵폭탄이 바로 천벌이 아니고 무엇이겠는가.

명색이 천황이 현신이라면 만민을 구제하고 상생(相生)의 희망을 주어야 함에도 불구하고, 오히려 전쟁을 일으켜 이웃 나라들을 침략하여 씻을 수 없는 온갖 만행과 죄악을 일삼은 대가를 치를 수밖에 없는 것이라 주장하셨다대. 즉, 이웃 나라에 죽음과 불행과 참혹한 고통을 안겨다 준 일본이 막판에 어떻게 됐는가를 보라고 말이야. 기어이 일본은 패망했고, 천황은 스스로 '인간 선언'을 하지 않았는가. 밝음과 어둠, 빛과 그늘이라는 우주적 질서에 내포된 이중률(二重律)의 이치를 모르는 민족은 천리를 논할 자격이 없다고. 그래서 일본의 패망은 이를 통해 하늘이 일깨우는 계기였음을 일본인은 통절하게 깨달아야 한다. 누구보다 먼저 천리교 신도들이 똑바로 이 사실을 알아야 하지 않겠는가, 라고…….

일본 천황의 뿌리, 나아가서 일본 국가의 뿌리가 한국과 한민족이므로 한민족에 대한 우호적 관계정립부터 새롭게 이뤄지지 않으면 안 된다. 과거 일제가 강제로 한국과 한민족을 모욕하고 말살하려 한 것은 마치 자신

772

의 뿌리를 잘라내려 한 행위나 진배없다. 그럼에도 불구하고, 일본인은 여전히 과거사 반성의 기미조차 없다. 반성은커녕 오히려 한때 조선을 강제병합하여 식민지 정책을 폈던 일본의 한민족에 대한 우월주의가 현재도 존재하고 있다. 요컨대 진정한 참회와 반성이 없는 한 언젠가 일본은 다시금 반드시 군사대국화로 회귀하려는 야심을 버리지 못할 것이다. 그 중심에 천황과 황국사관이라는 구심점이 자리하고 있다. 그런 상황에선 결코 일본은 동아시아 주변 국가와의 상생 정치는 요원할 뿐이며, 천리교의 이상(理想)인 감로대는 결코 일본에 세워질 수 없다.

그렇기 때문에, 교조 오야사마께서 기록한 계시록인 오후데사키의 예언대로 이 일은 일본인에 의해 이룩될 수 없음을 이미 명백히 하신 것이다. 말하자면 일본인은 인류 구원과 같은 원대한 일을 이룩해낼 수 있는 마음 바탕을 갖추지 못한 민족이라고 결론 내렸기 때문이다.—이것이 대략 아버지가 나카야마 교주와의 대담에서 내세운 논리였지.

참된 기둥은 가라비토다.
나이는 열한 살, 두 사람 있도다.

범보 형, 나는 아버지가 입버릇처럼 읊조리던 그 오후데사키의 예언을 수없이 들으며 천리교의 사상과 교리 속에서 성장하는 시절을 겪었어. 감로대 건설이라는 원대한 꿈을 품고 일본으로 건너가셨던 아버지의 뜻이 좌절되고 부득이 귀국하신 그 해가 내 나이 일곱 살 때였어. 나카야마 교주의 알선으로 부산으로 오는 일본상선을 얻어 타고 아버지는 1년 반 만에 하릴없이 고향에 돌아오셨지만, 그런 뒤에도 종교에 대한 근행(勤行)만은 멈추질 않았어.

한데, 우리 집안에 한 가지 불행한 일이 생긴 건, 형도 알다시피 태성 삼촌이 출가하여 행방을 감춘 일이었어. 숙부는 병에서 회복한 뒤 동기생들보다 한 해 늦게 의과대학 진학시험에 응시했으나 불합격하고 재수를 위해 처음엔 조용한 절로 찾아들어갔었지. 1956년, 아버지가 숙부에게 장차 함께 인류구원의 종교적 사업을 도모할 운명임을 주지시키고는 홀로 밀항선을 타고 일본으로 건너가신 그 해였어. 이후 숙부는 머릿속에 무슨 바람이 들었는지 절간에서 세속의 학업 대신 불교에 심취해 있었던가 봐. 어쩌면 일본으로 건너간 형이 그곳에서 자기를 불러들일 때를 기다리며 절에 가 있는 동안 심신수양을 하는 과정으로 삼았을 수도 있고…….

그러기를 한 해가 지나도록 일본으로부터 아무런 소식도 없자 삼촌은 아버지가 귀국하기 반년 전인 1958년 봄에 완전히 종적을 감추었다대. 절간에 있을 때도 간간이 집에 연락을 취해오던 삼촌의 소식이 뚝 끊긴 거야. 중간에 어떤 심적 변화를 일으켰는지는 본인 외엔 알 도리가 없는 노릇이지만, 아마 그때쯤 이미 선승이 되어 어딘가로 떠돌고 있었는지도 모르지. 첫 출발이야 어찌됐든 그렇게 운수납자(雲水衲子)로 떠돌 팔자로 태어난 거라면 그 역시 삼촌의 운명이랄 수밖에.

내가 태성 삼촌을 처음이자 마지막으로 만난 건 1979년도였어. 당시 주식회사 '금강(金剛)'의 서울본사 영업부에 근무하던 시절이었는데, 그 무렵의 행정구역상 명칭인 경기도 고양군(高陽郡) 신도면(神道面) 진관내리(津寬內里)로 돼 있던 세칭 '구파발(舊擺撥)' 시내버스 종점으로부터 한참 걸어 들어가, 창릉천이 내려다보이는 북한산 기슭의 암자에서 삼촌을 만났었지. '신도'라는 이름에 끌려 그곳에 정착하셨다대.

나중에야 알았는데 '북한산 김도사(金道士)'란 별칭으로 그 지역에 소문난 분이 바로 태성 삼촌이었어.

집 나간 뒤로 까마득히 행방조차 묘연하던 삼촌한테서 20년 만에 달랑 편지 한 통이 고향집으로 부쳐온 것을 보고 비로소 살아있는 것을 가족도 알게 된 셈이지. 아버지는 삼촌이 그렇게 된 것을 자신의 탓으로 여겨 마침 서울에 살고 있던 내게 꼭 찾아보라고 신신당부하셨거든. 아우의 운명을 이상한 방향으로 꼬이게 만든 부담감이랄까, 일종의 죄책감을 늘 안고 사셨으니까.

삼촌은 내가 신분을 밝히기 전까진 성인이 된 내 얼굴을 전연 알아보지 못하시데. 그럴 수밖에 없었겠지. 대여섯 살 때의 내 모습을 본 것이 마지막이었을 테니까. 나는 아버지를 대신해 그간의 고향집 소식을 전하며 삼촌과 오랫동안 이야기를 나누었는데, 삼촌은 종내 무덤덤한 표정이었어. 조부모님 두 분 모두 별세하셨다는 사실을 전할 때도 말없이 고개만 두어 번 끄덕일 뿐이었고……. 그건 이미 세상사에 초탈하여 달관한 자세 같았어.

나는 또 혹시 아버지를 원망했던 적은 없느냐고 은근히 묻고 싶었지만 끝끝내 그 질문은 못했어. 그런데도 삼촌은 벌써 그런 내 마음을 꿰뚫어 본 듯했어.

"이렇게 사는 것이 내 운명임은 스스로 깨달은 결과일 뿐 누구의 탓도 아니야. 내 삶은 내 선택에 따른 것이기에 아무도 원망하지 않아. 그렇게 알고 있어라."

하며 이야기 도중에 굳이 그 말을 덧붙이는 것이었어.

꿈은 현실에서 좌절됐지만 신념만은 변하지 않았던 분들의 말년을 보는 것은 왠지 서글프고 가슴 아픈 일이었어. 적어도 아버지와 삼촌의 생애가 내겐 그렇게 보이데.

이후 내가 '금강' 본사근무 도중에 일본지사를 고집한 밑바탕엔 나라에 있던 천리교본부와 아버지가 공부한 천리대학을 늘 의식했던 것도 사실이야. 처자식을 버려둔 채 홀로 도일(渡日)하여 1년 반을 지낸 곳이기에 아버지에겐 그토록 지대한 의미를 지닌 그 장소가 어떤지 내 눈으로 직접 가서 확인해 보고 싶었어. 심지어 한·일간 국교가 단절된 상황에서 밀항까지 감행해서라도 그곳으로 가려한 목적에 대한 궁금증의 해소 차원이기도 했고.

1958년도에 귀국한 아버지의 심정에 대해선 그 당시 너무 어렸던 나로선 전혀 몰랐다는 것이 당연한 일이지. 하지만 누구에게나 현실의 삶이 항상 발목을 잡기 마련이듯, 가족을 돌봐야 하는 아버지도 예외는 아니었지. 귀국 후 2년 뒤인 1960년에 아버지가 한의사국가고시에 합격함으로써 조부님을 위시한 3부자가 한의원 노릇을 하고 있는 것만 보고 자란 나는 아버지의 젊은 시절의 깊은 고뇌와 종교적 신념 등에 대해선 까마득히 몰랐거든.

내가 아버지로부터 오후데사키의 예언이나 감로대 건설에 관한 이야기를 비로소 듣게 된 것은 중학생이 되었을 무렵이야. 지금 돌이켜보면, 아버지는 살아 있는 동안 그 감로대의 환상만을 좇으며 이미 생매장된 인간처럼 살고 있는 자기 처지를 스스로 위로하고 맹목적인 믿음 하나로써 일종의 자기기만(自己欺瞞)에 빠져 있었던 건지도 모를 일이란 생각이 들어. 스스로 신의 사도(使徒)로서 소임 받은 자라는 과대망상 같은 것 말이야. 그렇기에, 좌절된 그 꿈을 이따금 이런 식의 넋두리로 스스로 위안하고 있없는지도 몰라.

"당시 나카야마 교주는 석조 감로대 건설의 기둥역할을 할 자가 가라비토, 즉 한국인이란 그 사실을 미심쩍어 했어. 그리곤 끝내 내 제안을 수용하지 않으려 하데. 그런 태도를 보았을 때 난 이미 일본의 장래를 예감했지. 일찍이 오야사마께서 임종 직전 수제자들을 향해 '너희를 위해 내 마음의 문을 열어줄까, 닫아줄까?' 하고 던진 질문에 엉뚱한 대답을 한 것과 똑같은 어리석음을 봤다고나 할까. 그는 내심 날 미친 사람으로 취급했을 거야……

모름지기 일본은 고대로부터 한반도를 젖줄로 하여 성장한 아이와 같아. 태평양전쟁에서 패망한 일본이 간신히 부흥하게 된 것도 실은 6·25전쟁 덕분이지. 그들은 늘 한반도를 젖줄로 삼아 생존할 때라야 평화가 지속된다는 지정학적 운명을 잊고 자신의 뿌리를 자르려고 할 게야. 언젠가 일본은 다시 군사대국화로 나아갈 헛된 꿈을 반드시 꾸게 될 게 틀림없어. 그때 가서 취할 첫 번째 행동이 뭘까? 그건 한반도와의 탯줄을 끊으려는 짓일 게야. 일제강점기의 시절을 그리워하며 다시금 헛된 망상에 사로잡히게 될 거란 말이야. 하지만, 두고 봐, 일본이 또다시 전쟁을 일으키는 나라로 변신하는 건 스스로 목줄을 죄는 행위나 다름없다는 걸 깨닫고, 뒤늦은 후회를 해봐야 그땐 이미 너무 늦어.

13층 임시 목조 감로대를 천리교본부 중앙에 세워두겠지만 그건 가짜 감로대야. 시쳇말로 짝퉁일 뿐이지. 비록 내가 죽은 뒤에 일어날 일이겠지만, 2030년경이 다 되기 전에 일본은 두 번의 커다란 지각변동을 겪게 될 거다. 미래를 알고 싶어 간절히 올린 내 기도에 응답하신 하늘의 계시로는, 과거 도쿄를 강타한 관동대지진과 같은 엄청난 재앙을 일본은 두 차례

겪을 거야. 그 무렵 동아시아에 커다란 정세변동이 일어나고 한반도에는 통일의 운세가 급작스레 밀어닥치는 해가 된다. 내 말이 맞을지 틀릴지는 장차 너희들이 두고 보려무나⋯⋯."

생전에 좌절된 꿈의 자락을 무한정 붙들고 인류 구원을 열망하며 감로대 건설을 통해 우주의 재탄생의 새벽을 연다는 몽상에 잠겨 지내는 삶이란 얼마나 황홀한가! 그것이 비록 아버지에겐 험난한 시대를 살아오면서 피폐해진 육체와 정신에 새로운 원기를 북돋우고, 또 일상의 무미건조한 삶이 주는 무력증의 엄습으로부터 벗어날 수 있는 유일한 현실 도피에의 한 방법이었을망정⋯⋯.

하여간 그런 사연들이 있기에 성묘 가는 날이면 나는 아버지 산소 앞에서 항시 묘한 감정에 사로잡히지.

"내가 이 세상을 다녀간 이유를 너희들은 알까?"

내 속에서 울려오는 아버지의 그런 음성을 환청으로 듣는 것 같은 야릇한 기분에 빠지곤 하기 때문이야.

— 그래, 그렇다 치고, 너는 2030년경 한반도 통일의 대운이 올 것이라는 그 말을 곧이곧대로 믿나?

범보는 정광의 이메일을 다 읽고는 좀 어이가 없어 그렇게 질문했다. 즉시 정광으로부터 답변의 메일이 왔다.

— 현재 속에 부각되는 과거사를 되짚어 봄으로써 오늘의 우리 좌표를 인식하고 21세기 한·일간의 새로운 관계 설정의 좌표를 세우기 위해서도 나는 아버지의 지난날이 하나의 새로운 시각을 제공해준다는 데 의의가 있다고 봐. 과거는 역사 속으로 사라지는 게 아니라 면면히 이어지는 것이

니까.

나는 오래 전부터 남산 동록의 옛 신인사 수미산 제석궁에 부처가 된 덕만여래의 입불상을 찾은 후, 일본 나라지방 천리교본부의 13층 임시 목조 감로대와 망덕사지 13층 목탑에서 어떤 동일점을 찾고 있었어. 선덕여왕이 자장의 권유로 황룡사 9층탑을 세운 목적에서도 알 수 있듯, 이것들은 어쩌면 황폐화된 조국의 정세 속에서 구세주에 대한 민중의 갈망이 낳은 시대적 요구로 생겨난 상징적 조형물이었던 게 아닐까? 잘 모르긴 해도, 실제 그럴 가능성의 여지는 충분하다고 생각해.

예로부터 작명에도 그 사람의 운명이 담긴다고 했어. 만약 이름 속에 내포된 그 의미가 운명과도 관련이 있다는 것을 전제로 한다면, 천리교의 교조 나카야마 미키(中山美伎)는 '산 가운데 아름다운 재주를 가진 여인'이란 뜻이 되지. '가운데 산' 혹은 '중심 산'이 암시하는 바를 나는 항시 '수미산 제석천'과 연관 지어 생각하곤 했어. 말하자면 수미산 가운데 제석궁에 부처가 된 아름다운 재주를 가진 여인이라면 이는 곧 착한 덕을 지닌 선덕여래(善德如來)와 동일한 뜻이 되지 않는가.

서라벌 낭산 아래 사천왕사는 문무왕이 당나라 군사를 물리치기 위해 명랑법사를 시켜 세운 절이야. 신인사 또한 명랑법사가 거대암벽을 이용하여 마애조상군(磨崖彫像群)을 새김으로써 수미산의 형상을 조성하고 그곳에 덕만여래의 입불상을 세워 제석궁에의 부활을 상징화한 것이고. 게다가, 삼한통일의 대업을 이룬 문무대왕은 죽어서까지 동해용이 되어 왜국(일본)을 물리치려는 강한 의지를 보였었지. 일찍이 선대왕인 진흥대왕은 스스로 법륜왕(法輪王)임을 자처하며 영토 확장에 앞장섰던 것인데 손자 진평왕은 선대의 뜻을 이어 석가족(釋迦族)을 자칭하며 불법으로써 정치를 펼친 왕이었어. 그 뒤를 이은 선덕여왕은 부친의 원에 따라 사후에 수미산 도리천 제석궁에 제석천왕의 자녀로 태어나 부처되기를 염원했다지 않은가.

남들이 듣기엔 좀 억지 같은 주장일지 모르나, 나는 선덕여왕이 죽은 지 1,151년 후인 1798년에 일본 천리교 교조 나카야마 미키로 환생했던 것이라고 생각해. 그리하여 우민국(愚民國) 백성들인 일본인을 제도하고 그들에게 뿌리 찾기를 권하는 오후데사키를 저술케 했다는 생각을 떨쳐버릴 수가 없어. 옛날 일본 '나라(奈良)' 지역은 한민족 이주민들이 세운 터야.

현신으로 자처한 나카야마 미키는 도쿠가와막부시절부터 메이지시대에 걸쳐 무려 18번이나 투옥당하는 수난을 겪었어. 현재도 일본은 엄연히 신에 버금가는 천황이란 존재가 있기에 타민족, 특히 아시아 민족에 대한 우월주의가 팽배해 있어. 그 때문에 과거 그들이 침략한 이웃나라에 대해 아직도 진정한 사죄를 통한 참회와 반성을 거부하고 있잖은가.

더구나 엽락귀근(葉落歸根 · 잎이 지면 뿌리로 돌아감)의 자연법칙은 변함없는 하나의 진리야. 그런데도 이를 망각한 우익세력이 정치적 영향을 지대하게 미치면서 군사대국화에 대한 신봉이 심화될수록 일본은 지구촌시대에 역행하는 길로 나아가는 우려스러운 사태를 계속 벌일 거야. 나카야마 교조가 일본민족의 뿌리를 잘 알고 그 뿌리를 중시하는 천리 이치를 포교하고 실천하기를 권유했건만, 일본인은 어리석은 민족이기에 그런 사실을 알지 못함을 임종의 자리에서까지 지적하고는 너무나 안타까운 나머지 탄식과 함께 숨을 거두셨다고 전해오데.

예나지금이나 지구촌 곳곳에서는 자기들이 신봉하는 신과 종교를 빙자한 전쟁과 테러를 멈추질 않아. 인간의 탐욕과 파괴본능이 고삐 풀린 짐승처럼 끊임없이 날뛰는 무도(無道)한 세상에 인류가 진정 함께 나아갈 길은 보이지도 않고 있어. 자고로 그런 길 없는[無道] 혼돈의 세상이 되면 무릇 선지자들이 나타나 새로운 길을 지시하는 예언들을 하지.

인내천(人乃天)의 교리를 완성하여 옛 서라벌 땅의 경주에서 처음 동학의 길을 제시한 수운(水雲) 최제우(1824~1864) 선생이 조선에 있었듯이, 일본에서는 나카야마 미키(1798~1887)가 고대 일본의 수도였던 나라에서 천리교의 길을 열어 나갔어. 동시대에 각기 다른 곳에서 유사한 일이 발생한 것을 두고 단순히 우연한 두 개의 사건으로 취급해선 안 될 거야.

왜냐하면, 천지운행의 우주적 질서에 따라 어느 시기엔가 결정적인 계기가 도래하면 하늘의 소명을 받은 인물들이 거의 같은 시기에 태어나는 사례들을 인류 역사 속에서 숱하게 봐 왔으니까. 세상을 바꾼 천재들—예컨대, 인류 문명사에 획기적 전기(轉機)를 마련한 과학자, 수학자와 같은 대학자들, 또는 천기(天機)를 읽고 하늘의 뜻에 따라 인류가 나아갈 길을 밝힌 성현들이 이상하게도 어떤 일정한 시기에 동시에 태어나는 역사적 사실들은 결코 우연의 결과로만 볼 수 없기 때문이야.

범보 형, 우리에게 희망이 남아 있다면 그건 우리가 주변 강대국의 끊임없는 핍박과 고난의 역사로 점철된 조국을 위해 행동을 취하는 게 우리의 의무이자 모든 희생자를 구하는 길이라고 나는 믿어.

— 너의 말뜻은, 평범한 한국인으로서 정상적 시민으로 행동하려면 역설적이게도 너의 아버지처럼 개개인이 영웅적인 생각을 품어야 하는 것이 오늘날 우리사회의 현실이란 건가? 하지만 지금까지 네가 주장해온 위대한 한국의 미래 건설, 혹은 한국인의 꿈과 이상의 실현 같은 터무니없는 믿음이 결코 비현실적인 과대망상에서 비롯된 게 아니란 근거를 나는 아

직 확신하지 못하고 있어. 다시 말해서, 오후데사키의 예언에 따른 감로대의 건설—그건 아버지 시대의 실패한 삶의 의미를 현재에 강요하는 사건이나 다름없어. 과거사에 대한 회상은 어디까지나 당신 자신을 향해 들려주는 이야기에 불과하고, 그 이야기 속에서 자신의 실패한 삶을 반추하며 애써 의미를 찾고 싶어 했던 안타까운 노력이었다고 봐.

— 물론 형처럼 그렇게 볼 수도 있겠지. 하지만, 아버지 시대의 삶이 유의미하도록 만들어야 할 책무는 우리 손에 달려 있어. 밤의 어둠 속 안개에 잠긴 이 미로 같은 인생길에서 예언은 믿음의 산물이고, 우린 그 믿음을 실현해야지. 요컨대 선현(先賢)의 예언은 믿음이 깊은 자에게만 사명으로 다가오는 법이야. 그러기에 그 예언을 믿음으로 실현해야 할 자는 우리야.

— 왜 하필 '우리'라는 거지? 네가 말한 '우리'라는 의미가 구체적으로 '너와 나', 두 사람을 지칭한 건가?

— 형과 나의 본명을 조합해 볼 때 성씨와 항렬을 제외하면, 인(仁)과 문(文)이 괄호 속에 묶이는 셈이지. 예컨대, '金(仁+文)培'와 같은 꼴이 되거든.

아무튼, 나는 이름 속에 운명이 담긴다고 믿는 쪽이야. 그래서 형과 내 이름을 파자해독(破字解讀)하면, '金人二文土立口'로 분석할 수 있어. 우선 '金人'은 소호김천씨(少昊金天氏)의 후예를 말해. 문무왕 비문(碑文)에도 나오는 흉노족의 선우(單于)인 좌현왕(일명 휴저왕)의 아들 김일제(金日磾)의 후예이자 신라왕족 김씨의 후손을 지칭한 거야. 또 금(金)은 오방(五方) 중에 '서쪽'을 가리키지. 그런데 일본에서 보면 서쪽은 한반도야.

형의 이름 가운데 글자 '인(仁)'을 파자한 '人二'까지 종합해서 '金人二'

를 풀이하면, 결국 '김씨 성을 가진 사람 둘'이란 의미야. 내 이름의 가운데 글자 '文'은 글과 관련된 것이고, 항렬인 '培'(배)를 파자하면 '土立口'인데 이를 더 쪼개면 '十一立口'가 되거든. 결과적으로 '토(土)'는 음양오행에서 중앙 내지 중심을 가리키고, 이를 더 쪼갠 '十一'은 무극(無極)이면서 또한 태극(太極)을 의미하지.

과거 대일항쟁기에 우리 민족종교의 하나였던 보천교는 그 대웅전에 〈십일전(十一殿)〉이란 현판을 달았다고 해. 10은 무극이요, 1은 태극이니 보천교 신도들은 이를 〈태극전〉이라 읽었다대. 또, 1이 나뉘어 10을 크게 한다는 『천부경』의 '일석십거' 이론에서 유래한 그 십일(十一)은, 천리교의 계시록에 나오는 감로대 건설자로 등장하는 두 사람의 '나이 열한 살'을 암시한 그 '11'이라고 나는 해석했어.

물론 이때의 감로대 건설은 단순히 물질적인 조형물을 세우는 의미라기보다 천리의 이치대로 근본(뿌리)의 중요성을 알려 한반도에서 일본으로 건너간 저들의 정체성을 바로 세우게 한다는 의미야.

그런 즉, '金人二文土立口'의 파자해독 속에는, 〈서쪽에서 온 김씨 성 가진 사람 둘이 글[文]을 토대로 하여 감로대의 진실을 세상에 알리고 일본인들의 정체성을 밝히는 실마리[口 · 緖]를 세운다〉는 의미가 담겨 있어.

내가 형더러 이런 사실들을 글로 써서 세상에 알리자고 자꾸 권유하는 까닭도 거기 있지. 이는 증조할아버지 때부터 우리 집안에 전해 내려온 두 개의 문필봉(文筆峰) 이야기와도 무관하지 않아. 하여간, 나는 아버지가 늘 읊조리던 오후데사키의 그 예언—감로대를 세울 참된 기둥은 한국인이고, 나이는 열한 살, 두 사람이 있다—의 수수께끼를 내 나름대로 그렇게 풀이했던 거야. 형, 다시 말하지만 예언은 믿음의 산물이고, 우리는 그 믿음을 실현해야 할 사명을 갖고 태어났다는 걸 부정하지 마.

　— 부전자전이라더니, 이상한 집안 내력과 혈통 탓인지 어쩜 그렇게 아버지와 아들의 생애가 소름 끼칠 만큼 점점 닮아가고 있냐? 뭐 어찌됐건, 너의 부탁대로 만약 내가 글을 쓴다면 거기엔 실명(實名)의 인물들이 등장하고, 역사 논문과 소설의 경계를 허무는 기묘한 형태의 작품이 될 게 뻔해…….

제 7 장
낯선 방문객

서기 2013년 정월 초이튿날, 그러니까 양력으로 새해 뒷날이었다. 며칠 전부터 내린 눈발이 그친 뒤에 다시 찾아온 혹한의 날씨가 주위를 꽁꽁 얼어붙게 했다. 아침 햇살이 떠올랐건만 한겨울의 태양은 찬 공기를 부드럽게 데우지 못한다.

작은 암자 규모의 중생사(衆生寺) 뜨락에 내려쌓인 눈이 그대로 하얗게 얼어붙어 있어 절간 마당의 나무며 마당 전체가 하얀 솜을 덮어쓴 듯이 보였다. 늙은 주지승은 아까부터 대웅전 앞에서 손님을 기다리고 있었다. 며칠 전 밤에 꿈속의 이상한 현상을 접하고 나서 잠을 깬 뒤로 내처 생생한 그 꿈의 잔영이 뇌리를 떠나지 않았기 때문이다.

잠자리에서 일어나자마자 분명 꿈속에서 그랬던 것처럼 오늘쯤은 아마 낯선 손님이 찾아오리라는 예감이 퍼뜩 들곤 하였다. 그러기를 벌써 며칠째. 시선 가는 곳에 마음도 머물기 마련이듯, 꿈을 꾼 이후부터 주지승의 관심은 매일 아침 절 입구에 머물러 눈길이 자꾸 그쪽을 흘낏거리고 있었다.

그 꿈속에서 처음엔 말로만 듣던 당나라 산시성 우타이산(五臺山)이 눈앞에 펼쳐졌다. 곧이어, 언젠가 사진으로만 봤을 뿐 여태 직접 가본 적이 없는 토번(티베트) 특유의 형태인 초르텐(13층 백탑)이 보였다. 탑의 모양에서 사각형은 땅을 의미하고, 원형으로 된 13층은 깨달음을 얻기 위한 13단계를 의미하며, 탑 꼭대기의 초승달과 해는 부처님의 지혜를 상징한다고 하였다.

햇살에 반사되어 유난히 희게 빛나던 그 탑이 사라지더니, 이윽고 먼 길을 걸어온 듯 허름한 납의(納衣)를 걸치고 바랑을 짊어진 한 중이 중생사 입구에 이르러 한참을 서서 망설이고 있었다. 비록 초라한 입성에 피로에 지친 모습이었으나, 등 뒤로 햇살을 받고 서있는 양 눈부신 발기(發氣)가 마치 광배처럼 빛나고 있었다.

마침내 천천히 절간 경내로 걸어 들어온 그 괴승은 중생사 주지승 앞으로 다가와 공손히 합장하고는 자신을 신라의 승려라고 소개하였다. 그러더니 이 절이 옛 선덕정사(善德精舍)가 맞느냐고 물었다.

주지는 갑자기 머릿속에 심한 혼란을 일으켰다. 신라의 승려라? 자기 눈앞에 서있는 이 이상한 중의 정체가 의심스러워 주지는 지금 자기가 어느 시대에 있는지조차 모를 만큼 혼란스러워졌다. 그는 설레설레 고개를 젓고는,

"그게 언제 적 얘긴지는 모르겠으나 이 빈도가 알기로는 오래 전부터 이곳은 중생사였습지요."

하고 대답했다.

그 순간, 이상한 차림새의 그 신라승의 표정이 잠시 어두워졌다. 그는 미간을 찡그리고 고개를 갸웃거리더니, 그렇다면 이곳에 마애불이 있다는

소문을 듣고 찾아왔는데 그것은 사실이냐고 물었다.

"아, 그야 있습지요. 바로 요 근처, 언덕 아래쪽입니다."

주지가 손가락으로 오른쪽을 가리키자 괴승은 비로소 희미하게 미소를 짓는다. 그리고는 부디 그쪽으로 안내해 줄 것을 부탁하는 것이었다.

주지승은 앞장을 섰다. 대웅전 오른쪽 나지막한 언덕 아래 암벽에 새겨놓은 마애삼존불을 보호할 목적으로 지은 전각형의 건축물 앞에 이르자 신라승은 합장하며 묵묵히 마애불을 향해 허리를 숙여 절을 하는 것이었다. 주지승은 그 뒤에 서서 우두커니 지켜보았다.

"지장전이라?"

문득 고개를 치켜들고 전각의 현판을 우러러본 신라승은 혼잣말로 중얼거렸다.

다음 순간, 홱 고개를 돌리고 주지승을 바라보는 그 신라승의 표정에 노기가 감돌았다.

"도대체 누가 이런 짓을 하였소? 저건 지장보살이 아니오! 눈여겨 잘 보시오. 인위적으로 세공한 암벽의 모양은 수미산 형상이지요. 주불인 마하살(摩訶薩)의 두건 쓴 모양새를 보고 지장보살로 착각한 듯한데, 주불 아래 양쪽에 있는 무구를 손에 쥔 두 인왕상(仁王像)을 보시오. 저것은 향용 수미단(須彌壇) 전면 좌우에 안치하는 한 쌍의 금강역사임이 분명한데 어찌 그걸 모르오? 지장보살이라면 좌우의 협시상이 결코 무장(武裝)한 신장상일 수가 없단 말이오, 게다가 이 불상은 통일신라시대에 만들어진 것이거늘, 어찌 훗날의 고려시대 지장보살과 비교하는 어리석음을 저지른단 말이오?"

한심하다는 듯 신라승은 쯧쯧쯧, 혀를 차더니 미간을 찡그린 눈길로 잠깐 주지승을 노려보다가 다시 휙 몸을 틀었다. 그러자 다음 순간, 그 신라승의 등짝에 어려 있는 눈부신 후광이 주지승의 시야를 아뜩하게 만들었다.

신라승은 망설이지 않고 성큼성큼 몇 발짝 앞으로 걸어가 홀연히 암벽 속으로 사라져버렸다. 마치 난데없는 한 줄기 햇살이 번쩍 암벽을 비추는 형국으로 신라승이 눈앞에서 사라진 대신, 바위에 새겨진 마애불의 두광(頭光)과 신광(身光)이 원형으로 음각된 그 위치에 유난히 밝은 빛이 오랫동안 감돌고 있는 모습을 보다가 주지는 꿈에서 깨었다. 꿈이었지만 너무나 생생하여 그 즉시 꿈속에 찾아온 그 신라승이 문수보살의 현신이었다고 불현듯 깨달았던 것이다.

자고 일어난 바로 그날 아침, 공교롭게도 밤새 도둑눈이 내려 절간 경내에 수북이 쌓여 있었다. 잠든 새 간밤의 폭설이 만상을 뒤덮어 세상의 오욕(汚辱)을 하얗게 정화시켜 놓은 듯하였다. 섣달 마지막을 장식한 드문 서설(瑞雪)이었다.

주지는 괜스레 마음이 설레는 가운데 어떤 계시 같은 것을 감지하고 뜰의 눈을 쓸어내는 동안 시선은 자꾸 절의 입구 쪽을 흘끔거렸다. 지장전 앞까지 말끔히 치우고 나서 노스님은 한참을 서서 전각 밑에 있는 그 마애불을 바라보았다. 그러다가 그는 퍼뜩 뭔가를 깨달았다. 머릿속이 비로소 명징(明澄)해졌다.

그날부터 노승은 뚜렷한 근거도 없었건만 틀림없이 누군가 찾아오리라는 믿음을 품고 기다리기를 며칠 째, 그동안 희끗희끗 흩날리는 눈발이 잦았다가 그치기를 반복하였다. 새해 첫날까지 내린 눈이 마침내 그치고, 이튿날 모처럼 햇살이 눈부시게 빛났다.

눈이 그치면 틀림없이 손님이 찾아오리라는 기대감에 노스님은 새벽예불 때에도 오늘이 그날일까 하고, 대웅전 불상 앞에 조아려 경건히 자문하곤 하였다. 발우공양을 끝낸 후엔 아예 대웅전 축대 앞에 나와 서서 기다렸다. 사찰을 지키는 두 마리 흰 털빛의 견공(犬公)도 스님 옆에서 침묵한 채 절 입구를 마냥 바라보고 있다.

그러기를 얼마간 지나자 갑자기 후각이 예민한 개들이 짖기 시작한다.

주지는 절 입구 쪽으로 시선을 집중하며 남자를 기다리고 있었다. 마치 약속한 사람이 찾아올 것을 알고 기다리는 듯이.

왼편 산중턱의 숲을 뚫고 스며드는 햇살이 절 입구를 환히 밝히고 있었다. 이윽고 두 마리 개가 인기척을 느꼈는지 재빨리 입구를 향해 달려 나갔다. 드디어 왔구나, 하고 노스님은 마음으로 중얼거렸다. 며칠 전 꿈속에 선명하게 나타난 문수보살의 현신인 그 신라 승려가 중생사 마애불 속으로 걸어 들어간 꿈을 되새기며 스님은 은근히 그를 닮은 남자를 기대하고 있었다.

잠시 후 한 장년(長年)의 남자가 모습을 드러냈다. 얼핏 봐도 오십대 후반은 돼 보였다. 그는 자기를 향해 달려온 개들을 데리고 하얀 눈 위를 저벅거리며 주지승 앞으로 다가오더니 공손히 합장을 하는 것이었다. 패딩 점퍼를 입고 어깨에 카메라를 걸친 사내는 작은 등산용 배낭을 등에 메고 있었다. 두 마리 견공은 의외로 짖기는커녕 반가운 듯 껑충거리며 그 사내 주위를 연신 맴돌았다.

"처사님은 어쩐 일로 예까지 오셨는지요?"

하고 주지승이 떠보듯 넌지시 물었다.

"스님, 이곳에 있는 마하여래(摩訶如來)를 친견하러 왔습니다."

머리칼이 희끗희끗한 장년의 그 사내가 말하였다.

"아! 마침 기다렸습니다."

미소를 머금은 주지승도 합장을 하며 이미 알고 있었다는 듯 대답한다.

중년사내는 내심 놀라는 눈치였다. 처음 보는 주지승의 짧은 대답이 의외였기 때문이다. 그가 오기를 이미 예상하고 있었던 것과 함께 마애불에 대해 새로운 사실을 말해줄 누군가를 기다리고 있었다는 것을 사내가 맘속에 확신하는 순간이었다.

누비로 된 두툼한 겨울 납의(衲衣) 위에 허름한 조끼를 걸친 주지는 사내의 속내를 모두 알고 있는 것처럼 대웅전 옆의 서편 바위 면에 새겨진 마애삼존상으로 안내하며 앞서 걷고 있었다.

사내 또한 자신의 방문 목적을 미리 예측하고 있는 주지승의 예사롭지 않은 행동에 솔직히 당황하고 있었다. 어쩌면 사내가 찾고 있는 모든 일들이 마치 그의 운명 속에 기록된 절차에 따르듯 스님의 그런 태도를 이젠 순순히 받아들이는 모양새였다.

'이게 모두 예정된 운명에의 수순(隨順)인가?'

사내는 자신이 새롭게 발견하고자 한 마애불 앞에서 속으로 중얼거린다. 지붕 아래 '지장전'이라 쓴 편액이 걸린 전각 모양도 새삼스러이 낯설게 느낀다.

"스님, 저 본존불이 정말 지장보살님이 맞는지요?"

하고 장년의 사내가 물었다.

"글쎄, 학자들은 대개 머리에 두건 쓴 형상을 보고 지장보살이라고들 말하고 있어요. 그래서 안내문에도 그렇게 소개했고……. 내가 봐도 그렇게 생각되는데 본존불인 지장보살상은 보시다시피 결과부좌에 두광과 신광을 지녔고, 머리 부분의 두건은 넓고 길게 늘어져 어깨 부분을 덮었지요. 법의는 통견으로 보이는데, 곳곳에 마모가 심해 두 손의 자세는 불분명해요. 아예 생략되었거나 앞가슴 쪽에 이어졌거나 아니면 복부 쪽에 놓였을 것으로 추정될 뿐이오. 하여간 협시는 칼을 든 두 신장상인데, 이와 같은 도상(圖像)은 불교 조각사에서도 유래가 없는 최초의 양식이란 의의를 갖는다고들 하죠."

주지는 평소 자신이 알고 있는 그대로를 사내에게 전했다. 사내는 묵묵히 듣고 있었다. 노승의 말이 끝나고 나서도 한동안 아무 말이 없더니,

"스님, 십여 년 전 제가 문화재 탐사 회원들과 왔던 때는 이런 전각도 없었는데 그때와는 참 많이 달라졌군요. 지장전이란 현판도 걸렸고……. 물론 그 당시엔 천년도 넘은 옛 장인의 솜씨로 새긴 지장보살상이려니 막연히 느끼면서, 단지 마모가 심한 마애불 정도로만 여겼던 기억뿐이었어요."

하고 드디어 입을 떼는 것이었다.

"그런데 말입니다, 고려불화 속에 두건 쓴 지장보살이 있긴 해도 거기엔 보주(寶珠)와 석장(錫杖)도 함께 지닌 모습으로 나타나거든요. 하지만, 저 마애불은 그런 지물(持物)을 갖고 있지 않습니다. 제 생각엔 단지 두건을 썼다는 이유 하나로 이를 지장보살이라 단정하기엔 무리가 따른다고 보는데요. 더욱이 양 옆의 협시보살도 도명존자와 무독귀왕이 아닌 신장상이기에 여기 본존불은 결코 지장보살이 아닌 것 같습니다."

아닌 게 아니라, 본존불의 오른쪽 아래에 있는 협시 신장상은 상태가

아주 양호한 편이며 조각 역시 뚜렷하다. 오른손에 칼을 쥐고 전방을 향하고 있다. 유희좌(遊戲坐)의 모습을 하고 수심에 찬 표정이다. 반면에, 왼쪽 협시 신장상은 암벽이 가로로 두 가닥이나 갈라져 파손이 심한 편이다. 갑옷을 입고 오른손으로 칼을 짚은 모습을 하고 있다. 측면관의 얼굴모양은 정확하게 표현되었다. 갑옷의 문양은 팔부중상에 나타나는 것과 흡사하다. 두 발의 형상은 역시 유희좌로 보인다.

"지장보살 옆에 협시 신장상이 있는 예로서는 이 마애삼존불이 불교 조각사에서 최초의 것이라는 설명이 과연 타당한 것일까요? 제 견해로는 그런 설명이 마애불의 정체를 잘 몰라서 얼렁뚱땅 적당히 둘러댄 것이라고 판단하는데, 스님께선 어떻게 생각하십니까?"

사내는 그렇게 말하며 옆에 서있는 주지승을 돌아본다.

"뒤늦게야 깨달았지만, 이 빈도(貧道) 역시 지금은 그렇게 생각하오."

스님은 순순히 수긍하였다.

"그렇게 생각하신다면 저 본존불은 누굽니까?"

사내가 또 물었다.

"글쎄요, 천여 년 전이나 지금이나 여기 마애불은 없어지지 않고 그대로인데, 최근에 와서야, 아니, 실은 요 며칠 사이에 갑자기 왜 이렇게 나한테도 다른 눈으로 보일까, 하고 의아해하고 있지요. 처사님께선 그 이유를 아시오?"

주지가 되레 사내를 돌아보며 반문하는 것이었다.

"제가 알기론, 지장보살이 쓴 두건의 유래와 관련된 기록이 소위 '돈황(燉煌) 문서'인 「환혼기(還魂記)」에 전하고 있습니다. 그 기록은 도명스님—후에 도명존자로 칭송받게 된 분—이 하늘에 올라가서 본 지장보살의 형상을 적은 것이에요. '두건을 쓰고 영락(瓔珞·목과 팔 등에 두르는 구슬을 꿴 장식품)과 석장을 짚고 연꽃에 앉아 있는 모습'에서 비롯된 것으로 알고 있거든요. 특히 8세기 말엽, 그러니까 서기 778년에 도명스님이 본 지장보살의 '두건 쓴 기록'보다 이 마애보살의 제작 시기는 1세기 이상이나 빠릅니다. 뿐만 아니라, 조선시대 중기의 명부전(冥府殿)에 그려진 불화에도 지장보살 양편의 협시보살 중 왼쪽엔 합장하고 있는 도명존자가 서고, 오른쪽엔 공수(拱手) 자세를 한 무독귀왕이 서있는 형상입니다. 결국, 한마디로 요약하면 지장보살의 양쪽 협시상은 결코 저 마애불상처럼 신장상(神將像)으로 표현될 수 없다는 점이에요."

"예, 맞습니다. 다 맞아요. 문수처사님."

주지는 눈앞의 이 사내를 꿈속에서 보았던 문수보살의 현신인 신라승인 양 착각하고 있는 듯 이제는 대놓고 '문수처사'라는 호칭으로 깍듯이 예우하는 것이었다.

"원래 지장보살은 천관을 쓰고, 왼손에 연꽃을 쥐고, 오른손엔 보주를 든 모습으로 묘사되어 있습니다. 우리나라 특유의 지장보살은 대개 삭발한 머리에 보주를 들고 석장을 짚고 있는 형상인데, 특히 그에 관한 경전인 「지장보살 본원경」과 여러 경전에서도 지장의 모습을 머리 깎은 스님 형상으로만 묘사하고 있을 뿐, 두건에 대한 언급은 없어요."

"그건 나도 알지만, 저기 안내판의 해설문에 기록된 것처럼 두건을 쓴 고려불화 속 지장보살에 대해선 어떻게 생각하시오?"

주지도 지장보살에 대한 지식쯤은 잘 알고 있었다. 그러나 재차 확인코자 하는 심사가 발동하여 사내에게 반문하였다.

"물론 고려불화 속에는 두건 쓴 지장보살이 그려져 있습니다. 하지만 보주와 석장도 함께 나타납니다. 그런데 여기 마애불의 본존에는 아예 그런 게 없지요. 더구나 손의 형태가 불분명하여 손가락 모양의 계인(契印) 자세도 알 수 없고요. 게다가, 아까 말했듯이 도명스님이 778년에 본 지장보살의 두건 쓴 모습에 대한 기록보다 이 마애보살의 제작 시기는 1세기 이상 빠른 통일신라시대 것입니다."

"그럼, 결국 여기 써 붙인 '지장전'이란 편액은 잘못된 것이겠군요."

노승은 조용히 중얼거렸다. 그리고는 이미 어떤 답을 알고 있을 듯한 사내를 향해 확인이라도 할 요량으로 빤히 바라보았다.

"예. 최소한 제 생각엔 잘못됐다고 봅니다. 그렇다면 과연, 저 본존불의 정체는 누구일까요?"

"그야, 문수처사님은 이미 알고 계시겠죠?"

주지승은 이제 사내가 꿈속에서 보았던 문수보살의 현신이라 믿고서 학계에서 말하는 소위 지장보살의 정체를 꼭 알고 싶은 듯 다그쳤다.

신라승의 꿈을 꾼 직후부터 그는 만약 자신이 염원한 무언가가 있다면 필경 부처님의 영험에 의해 누군가가 찾아와서 얘기해줄 것이라 믿었다. 그런 사례들은 경전에도 많이 나오고, 그처럼 문수보살의 모습으로 나타난 전설 속 사자(使者)가 바로 오늘 느닷없이 찾아온 당신이라고.—노승은 그렇게 말하고 싶었다.

"스님께선 아까부터 저더러 자꾸 문수처사라고 하시는데, 보잘것없는 제겐 정말 가당찮은 호칭입니다. 저는 단지 불교에 관심이 많은 한낱 우바새(優婆塞)에 지나지 않습니다."

"이 빈도가 그렇게 부르는 데는 내 나름의 사연도 있으니 호칭에 대해선 괘념치 마시길 바랍니다. 나무관세음보살……."

노승은 합장하고 공손히 고개를 조아렸다. 그러자 사내도 황급히 합장하고 머리를 숙였다.

"저 마애삼존불에서 뭐가 보입니까? 가르쳐 주십시오. 문수처사님."

하고 노승이 말했다. 사내는 졸지에 노승의 호칭에 의해 '문수처사'가 되었고, 마애불에서 우러나오는 어떤 정기(精氣)가 그를 위해 예정해둔 비밀의 해답을 들려주고 있는 것도 같았다.

"제 눈에는 도리천에 묻혀 제석천의 만수대성(曼殊大聖)을 서원했던 선덕여왕의 모습이 보입니다. 저 마애불의 가운데 보살은 건너편 동남산 쪽 불곡 감실 할매부처라 불리는 석조여래좌상과 같은 두건을 쓴 점, 그리고 법의(法衣) 또한 양쪽 어깨에 겹으로 수놓은 연잎 모양의 무늬며 목 부분에 수놓은 장식, 더구나 저 옷고름의 동전 형식까지, 모든 게 여왕복장과 무척 닮아 보입니다."

"선덕여래의 현신으로 새겨놓은 문수보살상이란 뜻이겠죠."

하고 고개를 끄덕이는 것으로 보아, 노승도 이미 알고서 그렇게 묻고 있는 것처럼 들렸다. 아까 따라왔던 흰 털빛의 두 마리 견공(犬公) 보살들은 가까운 축담의 양지쪽에 엎드려 두 사람의 대화를 경청하고 있는 모습이었다.

"협시보살 또한 한 차원 낮게 양쪽에 새겨져 있어요. 구도면(構圖面)에서 이건 상·하의 개념으로 해석됩니다. 말하자면 양옆에 사천왕 내지 두 금강신이 버티고 있어요. 사천왕의 권능과 영험에 대한 언급은 5세기 인도 땅 일대의 서역에서 중국을 거쳐 들어온 「금강명경」이란 호국경전에 잘 나타나 있습니다. 신라에선 당의 침입으로 위난에 빠진 국가 운명을 밀교 신앙으로 물리치기 위해 명랑법사가 세웠던 절 이름도 사천왕사였지요.

말하자면 상·하 개념으로 볼 때 도리천의 제석궁에 모신 선덕여왕의 능이 있는 위쪽 신유림과 그 아래 사천왕천을 의미하는 사천왕사가 있듯이, 여기 본존불 아래쪽에 사천왕을 상징하듯 두 신장상을 새겼어요. 그럼으로써 왕즉불(王卽佛), 왕이 곧 부처란 것을 실현한 것이 바로 이 마애삼존불의 구도에 대한 올바른 의미가 아닐까요?"

주지승의 귀에는 지금 사내의 설명을 듣고 있는 게 아니라 마치 마음속에서 누군가가 속삭이고 있는 소리처럼 들렸다.

"아! 가까이 두고서도 여태 미욱하여 그런 생각조차 전혀 못하고 있었소이다. 들을수록 처사님의 설명이 놀랍고 지당하단 느낌이 듭니다. 나무 관세음보살……"

늙은 주지승은 오랜 미몽에서 깨어난 듯 문득 머릿속이 환해져 사내를 향해 합장하고 고개를 숙였다. 자기 눈앞에 있는 이 괴이한 사내는 단순한 내방객이 아니라는 생각이 갈수록 점점 굳어지는 것이었다.

선덕여왕 즉위 5년(636년) 자장법사가 당나라로 건너가 청량산(淸凉山·중국 五臺山)에서 수도할 때 제석천왕이 공장(工匠)을 데리고 와 만들었다는 전설이 내려오는 만수대성(曼殊大聖·Mañjusri의 음역. 곧 문수보살)의 조상(彫像)이 있었다. 자장은 감응을 받고자 그 앞에서 늘 기도하였다. 그러다 깜빡 잠이 들었다. 꿈에 그 조각상이 그의 머리를 어루만지며 범어로 된 게(偈)를 주었으나, 그 뜻을 몰랐다. 이튿날 아침이 되자 한 이상한 스님이 와서 그 범게(梵偈)를 해독해주더니, 또한 가사와 사리 등을 주고는 사라졌다. 그는 문수보살의 현신이었던 것이다.

주지승은 그 일화를 떠올리며 이곳 마애삼존불에 대해 이 낯선 사내가 들려주는 전혀 다른 의미를 새로이 깨닫고 있었다. 그래도 아직은 미심쩍어 노승은 다시 물었다.

"문수처사님, 어느 정도 이해는 가는데 여기 이 본존불을 딱히 선덕여래라고 단정해도 좋을 만한 확실한 근거라도 있는지요?"

"예. 저도 얼마 전에 알게 된 사실인데요, 1933년에 간행된 『동경통지(東京通志)』에는 이런 기록이 있습니다. '낭산 서쪽 기슭 민가에 큰 바위가 있는데, 삼존상이 조각되어 옆으로 파묻혀 있다. 가운데 상은 가사를 입었고, 오른쪽 갑주를 입은 상은 칼을 지녔고, 왼쪽에 있는 상은 흙에 매몰되어 자세히 알 수가 없다(狼山西麓下, 村家有大石, 刻三像橫埋, 中被袈裟, 右甲而持劍, 居左者埋土, 不可明也.)' 라는 내용입니다. 이런 기록으로 보건대, 아무리 늦게 잡아도 통일신라시대엔 이곳에 삼존불이 새겨진 바위가 있었고, 또 옛 절터가 있었다는 추정도 가능합니다. 그런데 『동경통지』가 간행될 무렵엔 이미 절은 허물어지고 민가가 들어선 곳에 이 마애불이 방치돼 있었다는 정황도 알 수 있겠죠. 그 얼마 뒤, 아마 1930년대 말경이었을 겁니다. 군데군데 허물어진 선덕여왕릉을 보수한 안순이(安順伊)란 보살이 있었어요. 평소 신심이 매우 깊은 그 분이 신라 때의 옛 절터인 이곳에 개인사찰을 세우고 절의 명칭도 〈선덕사〉 혹은 〈선덕정사〉라고 하던 것을 도문스님이 매입하여 지금의 〈중생사〉로 바꾸었어요. 주지스님께선 그 사실을 알고 계시는지요?"

"아! 그런 사연이 있었습니까? 금시초문이외다. 세속 나이로 올해 일흔다섯에 접어든 소승으로선 막연히 1930년대 말경의 일이었다고 하면 알 도리가 없지요. 그땐 아직 세상에 태어나지도 않았거나 겨우 한두 살에 불과했던 때의 얘기라서……. 더더구나, 현 중생사의 유래에 대한 사중기(寺中記) 같은 게 전혀 남아 있질 않은 형편이다 보니."

주지는 그런 말로 대신하며 스스로도 구차한 변명처럼 느껴졌는지 겸연쩍은 낯빛을 감추느라 공연히 땅바닥으로 시선을 내리깔았다.

"안순이 보살은 선덕여왕을 흠모했을 뿐 아니라, 무엇보다 여왕이 품었던 그 피안에의 꿈을 자기도 실현할 수 있기를 간절히 원했다 할까요. 거 왜, 있잖습니까? 여성은 곧바로 성불할 수 없다는 한계를 극복하기 위해 불법을 열심히 지키며 살다가 간 구이석(瞿夷釋)이란 여신도(女信徒) 이야기 말입니다. 비록 여성의 신분이었지만 구이석은 생전에 정성을 다해 불법을 닦은 결과, 죽은 후에 도리천 제석왕의 열 아들, 즉 십대천자(十大天子) 중 하나로 태어나는 큰 공덕을 세웠다고 하지요. 그것을 본받아 선덕여왕도 일단 도리천에 남성으로 태어나, 다음 세상에서 부처가 되는 방법을 생각했듯이, 안순이 보살도 이를 닮고 싶은 나머지 이곳에 '선덕정사'를 세우고 열심히 불도에 정진했더랍니다. 아마도 그 시절이 국권상실기였으니 나라 잃은 민족의 한스러움 때문에 더더욱 구원에의 염원도 간절했었겠죠."

"………."

주지는 간간이 고개를 끄덕이며 묵묵히 귀를 기울이고 있을 따름이었다.

"1940년대 그 안순이 보살이 저 아래쪽 망덕사지 서편의 논을 치다가 우연히 망덕사지에서 출토된 것으로 보이는 똑같은 형태의 석조상륜부(石造相輪部) 2개가 나둥그러져 있는 걸 발견했다더군요. 『삼국사기』나 『삼국유사』 기록에도 망덕사에는 동탑·서탑 2기의 목조 쌍탑이 있었던 걸로 나오지요. 그 목탑 상륜부의 석재로 추정되는 이것을 낭산의 선덕정사, 그러니까 바로 현재의 이 중생사에 모두 보관해 오다가 도문스님에게 선덕정사를 인계하고 그 아랫마을에 불당을 신설하여 옮겨올 때 하나만 가져오고, 다른 하나는 선덕정사에 두고 왔는데 현재는 그 행방을 알 수 없다고 합니다. 안순이 보살이 새 불당으로 이사하며 가져왔던 상륜부 1개는 1982년에 동국대학교 측에서 수습하여 현재 학교박물관에 소장되어 있는 걸로 알고 있습니다. 아무튼, 30년 전인 그해 예순 아홉이었던 안순이 보살의 평소 염원이 이루어져 지금쯤 성불했는지는 알 길이 없습니다만……."

"나무아미타불, 나무관세음보살……."

주지승은 합장한 채 주문을 외듯 중얼거리고는,

"이제 비밀은 다 드러났군요. 보아하니, 문수처사님께선 참으로 먼 길을 돌아 예까지 오신 것 같습니다."

하며 경이로운 표정으로 장년의 사내를 쳐다보는 것이었다.

"예. 천수백 년 전 명랑법사가 갔던 길을 되짚어 오랜 세월을 더듬다 보니, 어느새 여기까지 온 것 같습니다."

"불은(佛恩)으로 이렇게 맞이할 수 있게 된 것에 소승은 묘한 연(緣)을 느낍니다. 처사님은 어찌하여 이 모든 것을 다 알고 있는지 정말 놀랍고도 신기하군요."

"만물에는 다양한 언어들이 숨어 있지요. 사물들은 그 언어들을 스스로 드러내지 않습니다. 디만 한 곳에 집중하여 무언가를 간절히 소원할 때 비로소 온 우주의 기운이 그 소망을 실현할 수 있도록 도와준다는 사실을 종종 깨닫곤 했습니다."

사내는 그렇게 말하더니, 잠시 여기까지 온 지난날들의 감회에 잠기는 듯하였다.

천수백년 전, 자장법사와 그의 조카 명랑이 각기 당나라와 천축에 속한 토번에서 가져온 심오한 사상을 바탕으로 왕도인 옛 서라벌에 불국토를 열었다. 특히, 명랑은 구궁팔괘의 도상(圖象·얀트라)을 염두에 두고 이곳 배반동 '내리들'을 중심으로 하여 중앙 연꽃에 달린 팔엽(八葉) 형상의 태장계 만다라 세계를 구축해 놓았던 것이다.

사내는 처음 통도사 자장암의 관음당 뒤편 암벽에 산다는 소위 '금와(金蛙)보살'의 실재적 표적(表迹)에 따라 만다라세계 속으로 이끌려 왔었고, 마침내 오늘 이곳까지 온 사연의 대략을 주지승에게 이야기하였다.

그동안 사내는 몇 번이고 직업을 바꾸었다. 청년시절에 찾아온 행운이든, 중년에 맞이한 시련이든, 그 모든 것이 신이 자기를 시험하는 것이었다고 그는 뒤늦게 깨달았다. 가까웠던 사람들이 주위에서 모두 떨어져 나갔다. 철저히 혼자가 되었다. 오히려 그 사실을 '운명에 기록된 필연'으로 받아들였다.

사람은 누구에게나 각자의 삶과 자아가 있다. 제 나름의 신화를 이루어 내는 것, 요컨대 자아의 신화를 추구하며 사는 사람에겐 일견 가혹한 운명처럼 여겨지던 인생도 사실은 신의 뜻이었음을 깨닫게 될 때, 비로소 신의 자비 앞에 새삼스러이 고개가 숙여지는 것이었다.

만물의 정기(精氣)를 꿰뚫어보는, 이른바 통찰지(洞察智)의 방법을 알게 되는 자는 오직 한 가지 목적을 가진 사람들이다. 때로 귀신의 영험을 빌려 대상을 꿰뚫어보는 능력을 밑천으로 먹고 사는 무당이나 점쟁이들도 사내를 대하면 어려워할 정도였다. 그동안 사내는 만다라세계를 이 서라벌에 구축해 놓은 명랑법사가 갔던 길을 찾아 헤매었고, 또한 자장법사의 흔적을 더듬으며 경주를 중심으로 한 불국정토에서 12년의 세월을 보냈다.

그는 언젠가 중국으로 여행 갔을 때 산시성 오대산(우타이산)의 5대 봉우리가 한눈에 보이는 남산사(南山寺)를 오르는 투박한 자연 돌길 위를 걸으며, 오래 전 이 길을 밟았을 자장과 명랑과 혜초의 발길을 느꼈었다. 대백탑(大白塔·초르텐)의 형상을 통해서는 티베트 불교(밀교)를 이 땅에 가져온 명랑법사의 문두루법(Mudra·神印)을 떠올려 보기도 했었다. 또, 강원도 오대산 쪽에 등산을 갔을 때였다. 그때는 자장이 중국의 오대산(우타이산) 신앙을 받아들여 그곳(강원도 오대산)에서 문수보살의 자취를 뒤쫓던 일화를 염두에 둔 산행 길의 감회가 사내의 가슴을 한껏 설레게도 했었다.[121]

그리하여 그 장년의 사내는 이제 '지장전'이란 현판을 건 전각 앞에서 마침내 작심이라도 한 듯 늙은 주지승을 돌아보며 단호하게 말하였다.

"저 마애불은 확실히 지장보살이 아닙니다. 신은 모든 창조물에 자신의 비밀을 알기 쉽게 계시해 놓았지만, 미욱한 우리 인간들이 이를 제대로 해독해내지 못할 따름이지요. 그저 나날의 생존에만 급급한 현실에 매몰돼 있을 뿐, 신의 조화에 따른 우주의 심오한 뜻을 읽어내려는 관심조차 없구요. 한데, 제가 깨달은 바로는 그 해독의 열쇠는 다름 아닌 계시란 형태였습니다."

노승은 고개를 끄덕였다.

"하여, 지금 하신 그 말씀 속엔…… 만물은 순수한 생명에서 비롯되었고, 그 생명은 그림이나 말로는 포착하기 어려우니, 반드시 계시를 통해

---

121) 전주(前註) 100과 같음.

전해져야 한다? 뭐, 그런 뜻이겠죠?"

노승은 꿈의 계시를 통해 지금 문수보살의 현신인 듯한 이 사내를 만나 교감을 나누고 있는 것이라고 여기며 그렇게 물었다. 장년의 사내도 대답 대신 고개를 끄덕이는 것이었다.

한겨울 찬바람이 햇살 때문에 잠잠해지고 있다. 중생사 경내를 그늘 짓게 했던 절간 앞의 낮은 동산에 빽빽한 소나무 숲 위의 중천으로 어느새 높이 솟아오른 아침햇살이 전각의 처마 아래로 스며들어 주불의 양쪽 협시 신장상을 밝히고 있다. 그리고 차츰 그 빛살이 위로 올라가며 주불의 모습에서도 어둠의 그늘이 사라지고 있었다. 놀랍게도 생명의 부활이 이루어지는 순간이었다. 마애삼존불의 새 생명이 부활하듯 새로운 의미와 인식이 싹트고 있었다.

"만물의 정기 속으로 깊이 침잠해 들어가면 갈수록 우리 생각이 그대로 저들의 생각과 일치하는 신인합일(神人合一)의 경지가 열리는 거라고 저는 믿고 있습니다. 만물의 정기는 신의 정기의 일부며, 신의 정기는 다름 아닌 깨달은 자의 순수한 영혼과도 같은 것임을 알게 되었지요."

사내가 말하였다. 바로 그 순간, 그는 바위에 새겨진 마애불의 영혼이 들려주는 소리가 지금 자기의 입을 빌려서 나오는 언어라는 걸 알았다.

"나무 문수보살, 마하살……."

갑자기 늙은 주지승은 합장한 채 중얼거리며 장년의 사내를 향해 불상 앞에 절하듯 공손히 머리를 조아리는 것이었다.

"이제 그만 가야겠습니다. 저를 위해 굳이 시간을 할애해주신 스님께 재삼 감사드립니다. 나무관세음보살……."

쌀쌀한 아침에 오직 두 사람, 노승과 장년의 사내는 마애삼존불의 전각 앞에서 헤어지기 전 서로 마주 보며 말 대신 잠깐 의미 있는 미소를 나누었다. 부처의 영광을 알고 있는 낯선 사내를 만난 기쁨에 노승은 며칠 전 밤에 꾸었던 꿈의 계시를 내려준 부처에게 감사하였다. 그리고는 절간 문을 나서 멀어져가는 사내의 머리 위로 펼쳐진 파란 겨울하늘을 올려다보았다.

제 8 장

미완의 성불(成佛)

중생사를 나선 장년의 사내는 그늘진 오솔길을 천천히 걷는다.

빛이 잘 들지 않는 좁은 그 길은 항시 응달이어서 며칠 전까지 내려쌓인 눈이 그대로 꽁꽁 얼어붙어 있다. 미끄러운 길을 사내는 조심조심 걸어 나왔다. 이윽고 소로를 다 벗어난 지점에 문무대왕의 다비식을 치른 옛터로 알려진 능지탑(陵旨塔)이 흰 눈을 덮어쓴 커다란 봉분 형태처럼 솟아올라 있었다.

사내의 발길은 능지탑을 끼고 있는 소로를 지나자 잠깐 서서 망설인다. 거기서 남쪽으로 가까운 낭산 신유림의 중턱에 있는 선덕여왕릉으로 향하는 언덕길을 버리고 오른쪽으로 꺾어 돌았다. 국권상실기에 일제에 의해 다분히 나라의 운기를 훼손할 의도에서 낭산 아래 내리들의 한쪽을 가로질러 신라의 맥을 자르듯 부설(敷設)한 철도의 건널목을 막 건넜다. 사내는 멈추지 않고 계속 걷는다. 울산과 연결되는 그 포장도로 위에는 타이어의 잦은 마찰로 인해 곳곳에 눈 녹은 물기가 흥건하여 검게 번들거린다. 오가는 차들도 미끄럽고 질퍽한 길을 서행하고 있었다.

얼마쯤 더 걷다가 사내는 찻길에서 벗어나 낭산의 남쪽 산자락이 끝나는 곳에 지금은 폐허가 된 사천왕사지 옆을 지나갔다. 명랑법사가 당나라를 거쳐 토번에서 가져온 문두루 비법으로 당의 세력을 무찌르기 위해 세운 사천왕사는 문화재 관련 당국의 발굴이 한창 진행 중에 있는 듯. 단지 한겨울인 지금은 일시 중단된 채 곳곳에 두꺼운 비닐 보호막을 덮어쓰고 접근 금지 표시를 해두고 있었다.

이윽고 사내는 망덕사지 앞에 이르렀다. 장사벌지지(長沙伐知旨)가 저만치 눈앞에 펼쳐져 있다.

그는 망덕사지 옛 금당 터의 젖은 주춧돌에 배낭에서 꺼낸 수건을 깔고 앉아 이제는 없어져버린 동탑과 서탑이 있었던 자리를 물끄러미 바라보았다. 13층의 웅장했을 동·서의 두 목탑들이 흔들거리며 다투는 환상이 펼쳐진다.

『삼국사기』 기록에 가끔 동·서의 이들 두 목탑이 부딪치며 다투었다는 기사와 경덕왕 14년(755년)엔 망덕사 목탑들이 자주 흔들렸는데 마침 중국에서 안록산의 난이 일어났으므로 사람들은 이를 가리켜 당나라를 위해 절을 지었기 때문에 이를 예견했던 것이라고 전하기도 하였다. 꽤 오래 전 사내가 처음 이곳 망덕사지를 찾았던 계기도 실은 그의 눈길을 사로잡은 『삼국사기』의 바로 그 기사들로 인해서였다.

그 기사 속에 숨어 있는 진짜 속뜻은 무엇일까?

그런 생각을 하며 사내는 처음 이곳을 찾아왔던 그날, 티베트의 초르텐(백탑)을 본뜬 13층 높이의 목탑 규모란 과연 어느 정도였을지 가늠조차 되지 않아 망연히 하늘을 우러러보기만 했었다.

그는 다시금 그날을 떠올려 본다. 그래, 바로 이 자리였지. 그날, 하늘을 보고 있는 동안 소나기를 품은 먹구름이 잔뜩 몰려왔었지. 그때 느닷없이 일진광풍까지 불었어. 바람의 방향으로 보아 낭산 쪽으로부터였어…….

그가 앉은 자리인 금당지(金堂址) 주춧돌의 주변 잡풀들이 연신 떨어대며 맥없이 한쪽으로 눕는다. 먹장구름은 금세라도 비를 뿌릴 태세다. 사내는 예기치 않았던 사태에 꽤나 당혹스러웠다. 비에 흠뻑 젖는 낭패스런 꼴을 예상하자 불안감으로 얼른 그곳을 빠져나가야겠다고 생각했다.

비에 젖기 전에 빨리 주춧돌에 앉은 자기 모습의 사진이라도 한 장 찍고 현장을 벗어나려는 다급함이 앞섰던 것일까. 사내는 저만치 사진기의 타이머를 조작해놓고는 급히 되돌아 뛰었다. 그러다가 그만 금당지의 주춧돌에 걸려 넘어지면서 앞쪽의 다른 주춧돌에 무릎을 찧고 말았다. 바지가 찢어질 정도로 심하게 부딪쳤던 것이다.

무릎 뼈를 싼 살갗이 터져 피가 흘렀다. 격심한 통증을 참으며 그는 손수건을 꺼내 피가 흐르는 무릎 쪽과 오금을 싸매어 응급조치를 한 다음, 강풍과 함께 멀리서 몰려오는 소나기구름을 살폈다.

고개를 돌려 오른편 서산마루를 보았다. 거기 탑곡(塔谷) 쪽 하늘을 뒤덮은 먹구름 사이로 밝은 햇살이 마치 구름을 뚫고 내려오는 빛의 사다리같은 형상을 띠고 있었다. 참으로 희한한 광경이었다. 그곳에는 명랑법사가 창건한 옛 신인사 터가 있던 자리였다. 지금의 옥룡암이 들어선 남쪽 언덕배기에 우뚝 솟아 있는 마애조상군의 하늘 쪽이 눈부신 황금사다리의 빛으로 열려 있는 형국이다.

언젠가 몇 번 가봤던 그 암벽에 새겨진 북면의 9층탑과 7층탑이 사내의 뇌리에 다시금 떠올랐다.

그는 바람이 불어오는 등 뒤의 낭산 기슭을 돌아보는 순간, 사천왕사의 9층탑과 7층탑이 신기루처럼 그곳에 펼쳐지는 환영을 보았다. 그러나 이내 그 신기루를 지워버리듯 쏴아, 하는 소리와 함께 낭산 쪽에서부터 소낙비가 쏟아져 내렸다.

어떤 계시에 접한 사람이 까닭모를 두려움에 휩싸일 때처럼 그는 한 차례 몸을 부르르 떨면서 당간지주가 서 있는 소나무 숲으로 옮겨가 소낙비를 피했다. 고개를 숙이고 우두커니 내려다본 당간지주 앞 서탑지(西塔址)의 팔각형 심초석(心礎石), 거기 움푹 팬 방형의 공동(空洞) 속에 벌써 빗물이 괴었다. 그리고 그 안쪽에 비를 맞고 떠 있는 청개구리를 보았다. 사내는 오래전 통도사 자장암의 관음당 뒤편 암벽에서 전설의 '금와보살'을 직접 목도한 이후부터 청개구리의 출현은 항상 자신에게 어떤 서기(瑞氣)를 예고한다고 믿었다. 우연인지 필연인지 알 수 없으나 그런 경우가 종종 일어났기 때문이다.

그날도 마찬가지였다. 망덕사지 주춧돌이 그의 발목을 잡고는 금와보살의 출현을 통해 문득 뇌리를 스치는 어떤 깨달음의 계시가 그에게 숨겨진 역사적 진실을 말해주고 있었다.

옛 신인사 마애조상군 북면의 실체를 확연히 깨닫게 된 순간이었다. 바로 그 암벽의 정체가 수미산 형상임을 명랑법사의 영(靈)이 일깨워 주었던 것이다.

그때의 일을 회상하면 지금껏 거쳐 온 자기의 모든 수고로운 탐색의 여정이 바로 그날, 여기서부터 시작되었던 것이라고 깨닫게 된다.

아직 다 녹지 않은 눈이 원근일대를 하얗게 뒤덮고 있다. 사내의 시선은 내리들 건너편 탑곡 마애조상군의 암벽이 솟아있을 옛 신인사 자리였던 옥룡암 쪽을 더듬었다. 그곳은 사천왕사지에서 직선거리로 약 800미터, 망덕사지에서는 300미터쯤 떨어진 아주 가까운 거리였다.

그 암벽에 새긴 7층 목탑과 9층 목탑, 그리고 그 한가운데 금당을 상징한 천개(天蓋) 아래에서 연화좌에 정좌한 여래상 등은 그 실체가 사천왕사의 모사도(模寫圖)였다고 단정하기에 충분했다. 말하자면 신인사 마애조상군 암벽의 북면에 새겨진 형상들을 보면 사천왕사 1가람 2탑과 수호사자상, 그리고 서로 다른 9층과 7층의 두 탑은 본래 사천왕사의 양 탑이 그랬을 것이다.

특히 북면 위쪽에 새긴 비천상들이 나타내고자 한 것은 다름 아닌 욕계육천(欲界六天)의 사천왕천을 암시한 것이었다고 해석된다. 요컨대 그 사천왕천의 세계를 눈앞에서 보여주는 조각상의 실체를 통해 명랑이 건립했던 사천왕사의 1가람 2탑의 위용을 자랑하고 있는 건축물의 재현이었음을 말해주고 있었다.

그렇게 함으로써 명랑은 영원히 사라지지 않을 탑을 바위에 새겨 기념했을 것이었다. 또한, 도리천에 부처가 되길 기원한 여왕의 꿈이 실현되었음을 상징할 의도로 이곳 수미산 모형의 바위 위쪽에 따로 여성 형상의 석불을 세웠던 것은 아닐까? 그리하여 마침내 사천왕천 위의 도리천에 선덕여래로 부활했음을 시각적으로 보여준 입불상은 아닌지? 아! 그렇게 봐도 좋을 것이었다.……

사내는 지금 망덕사지에서 지난날의 그 깨달음을 되새기며 깊은 감회에 젖고 있다. 근심 서린 그의 눈은 황량한 폐허만 남은 현재를 보고 있으나 귀는 열심히 과거의 전언을 듣는다.

당나라 사신의 눈을 속이려고 사천왕사를 감추고 따로 망덕사를 지어 13층의 두 목탑까지 세웠는데, 탑들이 서로 싸우고 흔들렸다는 속뜻도 이제는 알 것 같았다. 그것은 단순히 지진의 영향이라거나 폭풍과 같은 기상이변에 따른 착시현상 때문이었다고만 설명하기엔 부족하다. 그와 같은 전설 이면에 문두루비법의 신비로운 조화가 신라백성들에게 회자되어 몇 차례 당선(唐船)을 침몰시킨 그 쾌거의 위용이 은연중 반영되었을 터였다. 따라서 여전히 주변의 적들과 대치하며 싸워야 할 신라의 지정학적 숙명 때문에 외침의 조짐이 있을 때마다 이를 예고하는 이야기로 만들어 전해 내렸던 것은 아닐까?

아마 그랬을 것이다. 이는 마치 자장법사의 건의로 황룡사 9층 목탑을 만들게 된 동기와 비슷하다. 바다 건너 인근의 왜국을 비롯해 신라를 위협할 아홉 나라의 침략을 방지하기 위해 각 층마다 나라를 정해 9층을 만든 것처럼 명랑법사도 당의 침입에 대비해 문무왕의 허락을 얻어 사천왕사를 건립했다. 이 또한 문두루 비법을 활용키 위해 서탑과 동탑의 다른 층수를 사용한 호국의 탑을 만든 것으로 생각된다.

하지만 사천왕사의 탑에 대한 더 자세한 기록은 남아 있지 않다. 당나라의 눈속임을 위해 만든 망덕사의 두 탑이 흔들렸다는 것은 일종의 경세적(警世的) 의미에 불과할지도 모른다. 그만큼 당의 침략 야욕에 대한 전조를 암시한 이야기일 가능성과 함께 항시 이에 대비하라는 경계심의 발로가 작용한 전설이었을 터였다.

아닌 게 아니라, 지난날의 역사를 되돌아보면 예나 지금이나 중국은 음흉하여 믿을 수 없고, 일본은 돌아서면 기다렸다는 듯 뒤통수를 치는 교활한 이웃이라는 생각엔 변함이 없었다. 7세기 고구려·백제의 멸망 후 한반도 전체를 손아귀에 넣으려 획책했던 당(唐) 제국의 야심에 결연히 맞서 무력으로 물리친 신라의 당당한 대응이야말로 현 시점에서 남북통일과 한·중 관계를 장차 어떻게 이끌어 나가야 할지를 잘 보여준 역사적 비전이기도 하다.—사내는 그렇게 판단하고 있었다.

바야흐로 중천에서 쏟아져 내리는 햇볕이 우주의 따스한 기운처럼 내리들을 환히 비추고 있다.

중국을 거쳐 티베트를 다녀온 명랑법사는 청장(靑藏·칭짱) 고원을 발원지로 한 메콩 강 상류에서부터 길고 긴 그 강을 따라 내려온 후 수마트라와 자바의 어름에 있던 불교 해상왕국인 스리위자야국에 들러 밀교의 비법을 전하고 귀국한 뒤, 이곳 내리들을 중심으로 태장계 만다라 세계의 도상(圖象·얀트라)을 계획하고 실행했었다. 지금 그 내리들에 눈부신 햇빛이 쏟아져 내린다.

명랑의 그 긴 여정을 떠올려보던 사내는 이윽고 폐허로 남은 망덕사지의 주춧돌에서 일어선다. 배낭을 추스르곤 명랑이 예전에 행했던 자취를 되짚어 뒤따르듯 잔설이 녹고 있는 길을 다시 터벅터벅 걷기 시작했다.

언제부터선가 걷는 행위는 그에게 사유(思惟)하는 방식의 일종이었다. 평탄한 길이든 산길이든 걷는 동안 문득 어떤 깨달음이 계시처럼 다가오는 것이었다. 그래서 그는 마냥 걷기를 좋아했다.

사내는 아직 덜 녹은 눈 무더기로 뒤덮여 하얗게 보이는 황량한 겨울 논두렁길을 거쳐 언 냇물 위에 걸친 다리 위를 건넜다. 텅 빈 들판을 건너오는 바람이 몹시 차가웠다.

이윽고 큰길이 나왔다. 그 길은 벌써 수십 차례나 가봤던 옛 신인사 터인 옥룡암으로 꺾어드는 샛길과 이어져 있다. 사내는 이번엔 옥룡암으로 가는 대신, 거기서 그리 멀지 않은 미륵곡(彌勒谷)의 보리사(菩提寺)로 향했다. 그 길을 쭉 따라가면 월명리(月明里)가 나온다.

일테면, 좀 전에 사내가 거쳐 온 경로를 따라 사천왕사에서 망덕사 옆길을 통과하고 보리사를 지나 지금의 화랑교육원 가는 길이 신라향가 〈처용가(處容歌)〉에 등장하는 처용이 노닐었던 곳이라 전해온다. 『동국여지승람』에도 신라 49대 헌강왕 재위시절(875~886) 처용이 밝은 달빛 아래 밤새 놀았다는 월명항(月明巷)은 '밝은 거리'란 뜻으로, '금성 남쪽에 있다'고 기록되어 있다. 그러나 그보다 앞서 35대 경덕왕 때(742~765) 이미 월명사가 사천왕사에서 문천을 끼고 뻗은 이 길을 즐겨 피리를 불며 다녔다는 데서 스님의 이름을 따 붙였던 지명이 '월명항'이었던 것이다.

걷다가 사내는 잠시 뒤를 돌아보았다. 벌써 중천에 솟은 해가 내리쬐는 눈부신 광선이 한겨울 텅 빈 벌판에서 거울처럼 반사되고 있었다. 며칠째 쌓인 폭설이 여태 다 녹지 않았기에, 내리들은 멀리서 보면 온통 흰 빙판처럼 빛났다.

그 옛날 달이 밝은 서라벌의 이 밤길을 피리 불며 거닐었을 월명사, 또한 달빛에 홀려 밤나들이에 나선 처용이 정처 없이 이 길을 걸었을 사연과 그 밤의 정경들을 상상해 본다. 남산 위로 덩그렇게 솟은 밝은 달빛이 저기, 저 내리들에 금실처럼 풀어져 내릴 때, 추수를 끝낸 뒤 휑뎅그렁하게 비어 있는 대지는 속살을 다 드러내고 누워 천상에서 내리는 달의 정기를 흡수하고 있는 형국이 아니었을까!

깨달음이란 한 순간에 전해지는 뜨거운 불길 같은 것임을 자각한다. 보리사 입구에서 좌측, 그러니까 절 입구의 남쪽 산 중턱을 가파르게 오르면 만면에 환한 미소를 짓고 있는 인자한 모습의 마애불 하나가 거기 우뚝 서 있다. 예전엔 그 존재조차 예사로 여겼던 마애불의 정체가 오늘에야 마침내 자기 가슴에 뜨거운 불길을 당겨 화인(火印)을 새기는 것 같은 전율을 경험하였다. 사내는 사천왕사와 신인사와 도리천, 그리고 선덕여래 입상불의 정체에 대한 의문들이 하나씩 밝혀지면서 머릿속이 한 순간 명징해졌다.

그리하여 그는 보리사 입구에 이르자 외부 방문객들의 편의를 위해 주차장용으로 닦은 듯이 꽤 널찍한 공터의 남쪽 산기슭을 향해 허위단심 기어올랐다. 나뭇가지들을 부여잡고 그늘에 쌓인 눈길에 미끄러지지 않기 위해 애쓰며 수차례 친견한 적이 있었던 그 마애불상 앞에 단숨에 다다랐다.

거친 숨을 토해내는 사내의 눈앞에 거대한 바위를 반으로 쪼개어 평면으로 다듬은 듯 돌결이 고운 마애불이 환히 웃고 있었다. 그 모습은 흡사 주선형(舟船形) 감실(龕室) 속에 정좌하여 사바세계를 관조하시는 듯 보였다. 그 인자한 얼굴의 환한 미소와 편안한 자태에 보는 이의 마음마저 평온해진다.

마애불 앞에는 자연석으로 꾸민 제단석이 놓여 있다. 주변에는 편하게 발 딛고 서 있을 만한 공터가 전혀 보이지 않아 위태롭기까지 한 산비탈 그대로였다. 이 불상이 굳이 여기에 존재해야 할 이유가 있다면 그것은 이곳에 새겨진 불상이 관망하고 있는 지점 때문일 것이다. 무엇을 바라보고 있는 것일까?

사내는 마애불 앞의 자연석으로 된 제단에 쌓인 눈을 손으로 대충 쓸어냈다. 그런 다음, 등에 맨 등산용 배낭에서 수건을 꺼내 제단석 위에 깔고 앉아 편하게 유희좌(遊戲坐)의 자세를 취했다.

지금 그의 발치 아래 모든 것이 시들고 텅 빈 한겨울의 조망이 펼쳐졌다. 한눈에 들어오는 시야에는 저 멀리 낭산 중턱의 선덕여왕릉과 신유림, 그 아래 사천왕사지와 망덕사지, 박재상 부인의 전설이 서린 장사 벌지지, 그리고 남산에서 배반동으로 펼쳐진 내리들 위에 찬란한 햇살들이 무수히 금실처럼 풀어져 내린다. 그 가운데를 가로지르는 문천(남천)이 띠처럼 태극의 선을 만들고 있었다.

이 조망 때문에 바로 이 자리에서 환하게 웃고 있는 마애불의 주인공이 명랑이 아니라면 대체 누구란 말인가? 그런 느낌을 지울 수가 없었다. 가령, 이 마애불의 정체가 명랑법사의 생전의 모습이라면 이는 필히 두 수제자였던 안혜(安惠)와 낭융(朗融)에 의해 이 자리에 조각돼 세워졌을 것이다.

이곳 마애불의 시선이 가서 머무르고 있는 지점들을 사내도 지금 하나하나 그 불상의 눈을 빌려 탐색하고 있는 기분이었다. 이곳에서 바라본 그 옛날의 웅장했을 망덕사, 사천왕사, 그 위에 낭산 도리천의 선덕여왕릉 등을 생각하며 뿌듯한 마음에 마애불은 미소 짓고 있는 게 아닐까?

당시 대다수 신라 지배층들의 신념 속에 선(仙)과 불(佛)은 하나의 도라고 어겼고, 선도(仙道)는 다름 아닌 우주의 청원(淸元)의 기(氣)에서 나온다고 믿었다. 요컨대 선을 배우는 일은 우주의 참된 기를 살펴 터득함으로써 우주의 이치에 정통하는 것이었다.

따라서 명랑은 선불(仙佛)을 모두 터득하여 티베트 밀교에 의한 팔엽연화 만다라의 구조도와 유사한 구궁팔괘를 원용하여 우주 운행의 이치를 적용한 얀트라[圖象]의 건축물들을 계획하였다. 그리고 마침내 저기 내리들을 중심으로 자신이 꿈꿔온 세계를 구축한 것이다. 스스로 이룩한 그 만다라 세계를 회심의 미소를 띤 채 관조하며 명랑은 천년만년 이곳에 앉아 자신이 기원한 무극대도의 세상이 펼쳐지는 시기를 기다리고 있는 것은 아닐까?

"아! 이제 다 이루었다. 이것으로 드디어 나의 소명(召命)을 다했노라!……"

그런 감회로 인해 뿌듯한 성취감에서 오는 환희의 미소를 짓고 있는 마애불의 심정을 사내도 이 순간 함께 느끼고 있었다.

그때 누군가가 사내의 오른쪽 어깨를 툭, 내리쳤다. 흠칫 놀라 반사적으로 고개를 돌렸을 때 마애불의 암석 위에 쌓였던 눈더미의 일부가 녹아서 그의 어깨 위로 한 무더기 툭 떨어진 결과였다. 사내는 한껏 고개를 치켜들고 등 뒤쪽 마애불을 우러러보았다. 마애불은 마치 사내의 내면을 다 들여다본 듯이 여전히 밝게 웃는 눈짓을 보내고 있다.

그 미소 짓는 표정과 눈길이 가닿는 저 멀리 내리들엔 햇살이 밝게 빛난다.

사내는 마애불의 시선을 따라가듯 얼마 전 자기가 지나온 그쪽 길을 무심코 다시 바라보았다. 헤아릴 수 없이 수많은 사람들이 오갔을 그 길. 자연의 이법에 따라 영원한 시간 속에 끊임없이 순환 반복하며 덧없이 나타났다 사라져간 만상들의 부침(浮沈)과 함께 해온 그 길.

그 길은 아직 다 녹지 않은 눈을 뒤집어쓴 채 흰 띠를 풀어놓은 것처럼 구불구불 누워 있다. 사천왕사에 살던 월명스님이 곧잘 피리를 불며 걸었던 데서부터 월명항으로 불리기 시작한 이래, 처용이 또한 달 밝은 밤에 저 길을 걸었을 장면들을 연상해보며 사내는 마애불의 시선이 머물고 있는 저쪽 내리들을 보고 있었다.

비록 명랑의 육신은 사라졌어도 그의 신념과 의지가 이루어낸 세계는 여전히 존속하고 있다.

밀교는 법신불인 대일여래를 중심으로 한 태장계와 금강계의 수행법을 닦아 익히면 이 육신 자체가 바로 부처가 될 수 있다는 즉신성불을 강조한다. 그렇다면 과연 현실에서 즉신성불은 가능한 일인가? 그것은 누구한테나 열려 있는 질문이다.

그렇기에 사내는 스스로에게도 열려 있는 그 질문을 던지며 한참을 그 자리에 앉아 있었다. 그러나 미완(未完)의 그 질문에 답할 수 있는 자도 오직 나 자신뿐이고, 그 해답도 자신의 내부에 있을 것이었다. 그 어떤 것도 진정한 끝은 없다. 그 때문에 미로 속을 탐험하는 듯한 생의 순례 또한 여전할 것이었다.

이따금 산바람이 불어내릴 적마다 나뭇가지에 얹힌 눈가루가 흩날리곤 하였다. 그는 산속에서 추위로 몸이 으스스해질 때까지 마애불이 위치한 곳에서 조망한 광경들을 흡족할 만큼 바라보았다. 둘러보면 천년왕도의 외곽 지대는 여전히 신비한 수수께끼를 품은 채 그윽하게 눈 속에 잠겨 있는 것 같았다.

이윽고 사내는 산을 내려왔다.

모든 생명들의 기운이 쇠락해진 한겨울의 한적한 교외를 지나 다시 세속을 향해 돌아오듯 그는 터벅터벅 지친 걸음을 내딛어 도심을 향해 가고 있었다. 길 위를 달리는 차량들의 소음이 시끄럽고, 찬바람 속에 왕래하는 사람들의 발걸음도 분주하다. 멀리 산자락을 가리며 일정한 높이로 번

듯하게 솟은 아파트 건물들이며 걸어갈수록 차츰 번화한 모습의 시가지가 눈앞에 다가오며 그를 맞이한다. 그리하여 변함없는 일상의 도심 속으로 흡수되듯 그도 또한 행인들 속에 섞여들어 평범한 중생들의 일부가 되었다.

별빛 혹은 달빛에 의지하여 피리 불며 어두운 밤길을 걸을 때처럼 피안으로 가는 길을 더듬는 너와 나, 모든 중생의 꿈이여!

어느 새 군중들 틈에 묻혀 그는 여느 때처럼 편안한 익명성의 공간 속으로 잠겨 갔다. 휘적휘적 사람들의 물결 속을 걸으며 사내는 혼자 속으로 중얼거린다.

성불할 때까지 인생은 늘 고단한 순례길인 걸 어쩌랴. 그래, 절망하기엔 아직 이르다. 더 외로워져야 한다.